국어교육학과 사고

국어교육학과 사고

이삼형·김중신·김창원·이성영
정재찬·서 혁·심영택·박수자

도서출판 역락

머리말

이 책은 〈국어교육학〉(2000)을 개정하는 작업으로 시작되었다. 내용이 다소 어렵다는 주위의 지적을 겸허히 수용하고, 검토 과정에서 발견된 친절하지 못한 부분을 고치고, 그동안 국어교육학에서 이루어진 연구 성과들을 반영하기로 하였다. 특히 새로운 교육과정을 반영하는 일이 중요한 과제였다. 더불어 〈국어교육학〉이 강의 교재로는 적합하지 않다는 의견에 대해 강의에 적합한 체제를 모색하기로 하였다. 이 책에 선보인 도입 부분, 날개 부분, 요약, 탐구 과제들이 그러한 결과이다.

필자들은 〈국어교육학〉이 매우 도전적인 제목이라는 데 의견의 일치를 보았다. 도전적이면서도 그동안 돌을 맞지 않고 오히려 격려를 받은 것은 분명 행운이었다. 치기를 너그럽게 보아 넘겨준 후의에 이 자리를 빌려 감사의 뜻을 표한다. 그렇다고 책 제목을 그대로 유지하는 것은 좋은 모습이 아니라고 생각되었다. 넘치는 것은 미치지 못한 것보단 못한 것이기에. 그래서 새로운 체제에 맞게 새로운 이름을 쓰기로 하였다. 또한 여러 사정으로 인해 출판사를 옮겨 출판해야 하는 점도 새로운 제목을 쓰게 된 또 하나의 원인이 되었다. 이 책이 〈국어교육학〉의 기본 방향과 내용에 바탕을 두면서도 새로운 제목을 쓴 이유는 이 때문이다.

책의 제목을 바꾸었다고 해서 우리의 도전 정신을 포기하는 것은 결코 아니다. 국어교육학에는 도전을 기다리는 부분이 많이 있다고 믿기 때문이다. 국어교육학의 크고 작은 문제들에 대해 계속해서 고민하고 탐구해 나갈 예정이다. 따뜻한 마음으로 지켜봐주길 바란다.

출판계가 모두 어려움을 겪고 있다고 하는데 이 책으로 인해 어려움이 더하지 않았으면 하는 바람이다. 이대현 사장님과 편집자들께 감사의 뜻을 표한다.

2007년 2월, 저자 일동

초판 머리말

새로운 시대라고 한다.

하긴, 새로운 시대를 내세우지 않은 때가 언제 있으랴마는, 요즘처럼 새롭다는 것이 실감나는 때가 없는 것 같다. 사회가 이전 같지 않고, 사람들도 예전과 다른 것 같다.

다만, 변하지 않는 것은 교육이고, 그 교육이 이 땅의 가장 중요한 자산이라는 점에 이르러서는 교육의 한 구석에서 학생들을 가르치는 일에 종사하고 있는 우리로서도 심각한 반성과 함께 이를 논의의 화두로 삼게 되었다.

국어교육은 그 성격상 단순히 학문적 담론에만 머물 수 없다. 학자들의 골방 의식으로만 존립할 수 없는 것이 국어교육학의 숙명이다. 따라서 세상을 설득하고, 세상을 움직여야 한다.

사실 그 동안 국어교육학이 국어교육 현장에 여러 방식으로 영향을 끼쳐 왔고, 실제적으로 국어교육 현장을 일정 정도 체계화시킨 공이 있음을 부정할 수는 없다. 하지만, 아직도 국어교육의 학문적 담론이 실천 현장에 직접적이고 구체적인 방법론을 제시하지 못하고 있다는 비판을 겸허히 받아들이지 않을 수밖에 없다.

이 책은 여러 학자들의 3년 간의 결실이다. 돌이켜 보면 3년의 세월은 개인의 고민과 그것을 집단화하는 과정에서의 격론, 그리고 난감함으로 뒤범벅이 된 시절이다. 하지만, 이것이 작게는 우리들의 학문적 공감대를 형성하는 과정이면서도, 크게는 국어교육의 학문적 위상을 새로 다지는 계기가 될 것이라는 믿음에는 흔들림이 없다. 다만 그 결과를 책으로 엮어내고자 하는데는 많은 용기가 필요했다. 이러한 우리를 다그친 것은 국어교육학에 대한 시대적 비판이었다.

이 책은 수십 차례에 걸친 간담회와 세미나, 집담회에서 격론의 산물이다. 그간의 논쟁을 통해서 두 가지 점에서 합의를 보았다. 하나는 국어교육이 더 이상 '언어교육'과 '문학교육'이라는 두 가지 국면으로 바라보는 것이 무의미하다는 사실이다. 그간 소위 '언어교육'과 '문학교육'의 두 국면은 자칫 대립적 축으로 보일 우려까지 있었음은 사실이나, '국어교육학의 학문적 위상'을 논쟁적으로 발전시켜 왔던 점을 부인할 수 없다. 이제 그 결실의 하나로서 국어교육을 언어교육과 문학교육의 두 축이 아니라 하나의 축으로 바라보고자 했다. 이것은 언어교육과 문학교육을 연구하고 고민했던 사람들이 모여 행복한 결합의 일환으로 보아주기를 바란다. 다른 하나는 국어교육의 본질이 '의사소통'에만 그치지 않고 '사고력 증진'이라는 사실에 합의한 것이다. 이것은 사고가 의사소통의 전단계이면서 한편으로는 개인의 사색과 감정의 본질이기 때문이다. 따라서 국어교육의 본질은 곧 '사고(思考)'일 것이다. 이러한 합의는 국어교육이 말만 배우고 가르치는 행위만 있지, 배우고 가르치는 사람은 실종되지 않았던가 하는 반성에서 비롯되었다.

이러한 논의가 우리들만이 사적인 차원이 아니라 공적인 담론이 되었으면 하는 기대를 가져 본다.

특히 신경을 쓴 것은 각자의 개성이 반영되면서도 전체적인 흐름을 유지할 수 있도록 한 점이다. 아직 미흡한 점도 많고 부끄러운 점도 많다. 더욱 가다듬어 국어교육학의 학문적 튼실함에 조금이나마 기여를 하고자 한다. 모자란 것은 추후에 보완할 예정이다.

2000년 여름, 저자 일동

| 차 례 |

제1부 국어교육의 이해

제2부 국어교육·사고·문화

국어
교육학과
사고

제 3 부 **사고력과 이해·표현 교육**

국어

교육학과

사고

제4부 사고력 중심의 국어교육 실천

국어
교육학과
사고

제1부 국어교육의 이해

제1장 **국어교육의 본질**

교육을 무엇을 가르치는 일이라고 한다면, 왜 그것을 가르치는지 그리고 그러한 일은 어떤 의미가 있는지에 대한 생각이 먼저 정리되어야 한다. 이 장에서는 국어를 가르치는 일이 왜 중요한지 알아보고, 국어를 가르치는 일은 다른 것을 가르치는 일과 어떤 점에서 다른지에 대해 살펴본다.

1. 국어교육의 목적

1) 기능적 문식성(functional literacy)의 신장

인간을 사회적 동물이라고 한다. 이 말은 인간은 누구나 로빈슨 크루스처럼 혼자 살 수 없으며, 이 세상에 태어나는 순간부터 공동체의 일원으로 살아가야 한다는 뜻이다. 모든 공동체는 그것이 가정이건, 사회이건, 국가이건 구성원들 사이의 의사소통이 없이는 그것을 유지할 수가 없다. '공동체'를 뜻하는 영어 단어 community와 '의사소통'이란 뜻의 communication이 모두 '공통의, 공동의'이라는 뜻의 라틴어 communis에서 비롯되었음은 의사소통이 공동체를 유지하는 데 얼마나 중요한 것인가를 잘 말해 준다.

인간의 의사소통은 언어에 의해서 이루어진다. 물론 엄밀한 의미에서 보면 의사소통은 언어에 의해서만 이루어지는 것은 아니다. 사랑하는 사람들 사이는 눈빛만 보아도 상대의 마음을 읽을 수 있다고 한다. 우리는

〈바벨탑〉

인류 역사의 초기, 즉 대홍수가 휩쓸고 지나간 후 노아의 후손들은 다시 시날(바빌로니아) 땅에 정착하기 시작하였다. 이곳에서 사람들은 홍수와 같은 야훼의 심판을 피하기 위해서 꼭대기가 하늘에 닿게 탑을 세우기로 하였다. 이를 괘씸하게 여긴 야훼는 탑을 건축하는 사람들의 마음과 언어를 혼동시켜 멀리 흩어지게 함으로써 탑 건축이 중단되게 하였다.

얼굴 표정으로 자신의 감정이나 의사를 표현하기도 하고, 손짓으로 의사를 교환하기도 한다. 그러나 그것은 보조적인 역할을 할 뿐이다. 인간의 의사소통은 언어에 의해서 이루어진다고 해도 크게 틀린 말은 아니다. 구약성서에 나오는 바벨탑 이야기는 언어가 갈라진 근원을 나타내고 있다고 보기보다는 공통된 언어가 없이는 공동체 생활이 불가능함을 상징적으로 말해 주고 있다고 볼 수 있다.

사람들이 대화할 때에 한 시간 평균 4, 5천 단어를 사용하며, 책을 읽는 평균 속도는 시간당 1만 4, 5천 단어로 알려져 있다. 일반인들의 하루 중 신문과 서류를 보는 시간이 1시간, 대화를 나누는 시간이 1시간, TV를 시청하는 시간이 1시간만 되어도 하루에 적어도 2만 5천 단어를 처리하게 된다. 실제로는 이보다 훨씬 많은 10만 단어 이상을 처리하는 것이 보통이다. 이러한 빈도를 다른 것과 비교하면 언어가 얼마나 중요한가를 충분히 짐작할 수 있다. 호흡은 하루 평균 2만 3천 번, 맥박은 10만 번 정도로 알려져 있다. 이렇게 보면 언어는 인간에게 심장의 고동만큼이나 중요하다고 할 수 있다(김진우, 1985).

인간의 의사소통 능력은 권위주의 시대보다는 탈권위주의 시대에 더욱 강조된다. 권위주의 사회에서는 신분, 출신 학교 등으로 사람의 능력을 판단하려는 경향이 강하다. 그러나 탈권위주의 시대에는 개인의 능력이 강조된다. 우리나라에서도 예전에는 출신 학교로 개인의 능력을 판단하는 경향이 강했지만 근래에는 출신 학교보다는 개인의 능력을 중시하는 분위기로 바뀌고 있다. 개인의 능력을 구성하는 요소는 여럿 있지만 의사소통 능력은 개인의 능력을 구성하는 주요한 요소임은 두말할 필요가 없다. 상대방을 설득하는 능력, 구성원들의 의견을 모으는 능력, 협상을 효과적으로 이끌어내는 능력 등은 지도자가 갖추어야 할 기본적인 능력으로 손꼽히고 있다. 의사소통 능력은 개인의 기본적인 능력을 넘어서 성공적인 삶을 살아가는 데 갖추어야 할 기본적인 능력으로 자리잡아 가고 있다. 서점의 경영학 코너에서 메모의 기술, 회의를 주재하는 방법, 설득의 방법 등에 관한 책들을 쉽게 만날 수 있는 것은 이러한 사정을 잘 말해 주는 단적인 예라고 할 수 있다.

이와 같이 성공적인 삶을 살아가는 데 필수적인 의사소통 능력을 길러 주는 것이 국어교육이다. 그런데 위에서 말한 바와 같이 의사소통은 주로 언어에 이루어지는 것이 보통이다. 따라서 국어교육은 언어 소통의 네 양식(mode)인 듣기, 말하기, 읽기, 쓰기 기능의 신장을 기본적인 목표로 삼아 왔다. 즉, 국어교육은 1955년 제1차 국어과 교육과정부터 2007년 고시된 새 국어과 교육과정에 이르기까지 언어 기능의 신장을 국어교육의 본질적인 목표로 삼아왔다.

〈2007년 교육과정〉

지금까지 우리의 교육과정은 제1차부터 제7차까지 7차례 개정이 있었다. 그런데 교육과정의 개정을 수시개정 체제로 전환함에 따라 '제 몇 차'라는 명칭을 붙이기 어렵게 되었다. 본서에서는 2007년 2월에 고시된 교육과정을 2007년 교육과정이라고 부르기로 한다.

그러나 정보화 사회에서 국어교육은 언어 기능보다는 문식성(literacy)에까지 그 관심을 확대할 필요가 있다. 'literacy'는 글을 읽고 쓸 수 있는 뜻을 가진 형용사 literate에서 꼴을 바꾼 말로, 이는 라틴어 literatus에서 온 말이다. 이 말은 고대 로마 시대에는 학식 있는 사람, 중세 시대에는 라틴어를 읽을 수 있는 사람, 종교 개혁 이후에는 모국어로 읽고 쓸 줄 아는 능력이라는 의미를 가졌다(Venzky, 1993 : 3). 근래에 와서 이 말은 그 의미가 매우 다층적이고 폭 넓은 분야에서 사용되고 있다. 즉, 읽고 쓸 수 있는 문어적 능력을 가리키는 말에서 지금은 읽고, 보고, 쓰고, 듣고, 말하는 능력은 물론이고, 정보를 수집하고 활용하는 능력으로까지 그 의미의 폭을 확대해 가고 있다. 그래서 지금은 문화적 문식성, 경제적 문식성 등과 같이 매우 폭넓은 분야에서 사용되고 있으며 21세기 정보화 사회에서 그 중요성이 더욱 강조되고 있다. 2002년 3월에 독일 베를린에서는 '21세기 문식성 정상회의(21st Century Literacy Summit)'가 열렸는데, 이는 지식 정보화 사회에서 문식성이 얼마나 중요한 능력인지를 잘 말해 준다.

국어교육에서 문식성에까지 관심을 가져야 하는 이유는 21세기 지식정보화 사회의 특성에서 기인한다. 즉, 지식정보화 사회에서는 새로운 형식의 의사소통과 문제해결 상황에 능숙하게 대처할 수 있는 새로운 능력이 요구된다. 우선 텍스트 매체, 음성 및 영상 매체의 전통적인 구분은 정보통신 기술을 기반으로 하는 인터넷 매체에서 디지털 정보로 통합되어 유통되게 된다. 이러한 매체적 특성에 적응하기 위해서는 전통적인 문어매

〈21세기 문식성 정상회의〉

2002년 3월 7, 8일 독일 베를린에서 열린 회의로 독일의 쉬뢰더 수상, 스페인의 아즈나르 수상, 미국의 앨브라이트 전국무장관 등 세계 35개국으로부터 300여 명의 정책 수립가, 최고경영자, 매체전문가, 학자 등이 참석하였다. 이 회의에서는 전 세계적으로 21세기를 위한 디지털 리터러시 기능에 관한 백서를 발표하였다.

체의 읽기 능력과 쓰는 능력에서 읽고 보는 능력과 쓰고 만드는 능력이 강조되어야 한다. 아울러 새로운 매체 환경에서 그것을 효율적으로 활용할 수 있는 능력을 소유하여야 다양한 원천으로부터 정보를 수집하고 관리할 수 있다. 아울러 정보의 양이 엄청나게 증가하고 그 흐름이 가속화되는 시대적 환경에 성공적으로 대처하기 위해서는 정보를 수집·관리하는 능력 외에 수집된 정보의 타당성을 판단하는 비판적인 능력과 적절한 맥락에서 활용할 수 있도록 변형하며 새로운 정보를 만들어 내는 창의력이 점점 더 요구되고 있다. '21세기 문식성 정상회의'에서도 21세기 문식성의 특성을 기술적 문식성, 정보 문식성, 매체 창의성, 사회적 능력과 책임 등으로 규정하고 있는 것도 이러한 능력의 중요성을 잘 말해주는 것이라고 하겠다.

언어 교육에서 문식성이 강조되는 것은 세계적인 추세이다. 호주의 교육과정에서 말하기, 듣기, 읽기와 보기(viewing), 쓰기로 영역을 나누고 있는 것은 문식성을 강조한 영역 구분이라고 할 수 있다. 우리나라 2007 고등학교 국어과 교육과정에서도 선택 과목으로 '매체 언어'를 새롭게 신설한 것도 같은 맥락이라고 볼 수 있다.

지식정보화 사회에서 문식성이 강조된다면 국어교육은 왜 기능적 문식성인가? 기능(function)의 사전적 풀이는 구성 성분이 하는 작용 또는 구실을 말하므로 기능적 문식성은 문식성의 쓰임새 즉, 유용성을 나타낸 말이다. 그렇다면 국어교육에서 문식성의 유용성을 어디에 두어야 할까? 위에서 살펴본 바와 같이 문식성이 가지는 의미의 폭은 매우 넓어서 유용성을 한정한다는 것 자체가 우스운 일이다. 그렇다고 국어교육이 만능이라고 말하는 것도 억지일 것이다. 국어교육에서 강조하는 문식성은 국어교육에서 전통적으로 강조해 온 의사소통 능력, 민주시민으로서 역할을 충실히 수행할 수 있는 능력 등과 같은 현실 사회에 유용한 능력으로 한정하는 것이 옳은 방향일 것이다.

〈문식성의 사회적 능력과 책임〉

정보화 사회는 정보의 생산과 유통이 자유로운 시대이며, 익명성이 가능한 시대이다. 따라서 잘못된 정보를 유통시키면 그 피해가 매우 클 수 있다. 이러한 사회적 폐해를 막기 위해서는 매체 생산과 보급의 사회적 결과를 신중하게 고려할 수 있는 능력과 책임감이 요구된다.

2) 국어 문화의 계승과 창조

언어는 사람과 사람 사이의 의사를 전달해 주는 기능을 위해서 존재한다. 그런데 이러한 의사소통 과정에서 문화와 밀접하게 결합된다. 우리말에 특히 발달한 대우법은 우리말과 문화가 밀접하게 결합되어 있음을 보여주는 단적인 예이다. 대우법만이 아니다. 모든 우리 언어 현상들은 우리 문화를 떠나서 생각하기 어렵다. "혼례 때 신랑이 웃으면 첫 딸을 낳는다."는 금기담은 지금까지도 강하게 영향을 미치는 남아선호 사상을 반영하고 있으며, 〈춘향전〉 등 고전 소설에 흔히 나오는 "사위는 백년지객(百年之客)이라" "쏘아놓은 살이요, 엎지른 물이라", "마파람에 게눈 감추듯", "뱃사공의 닻줄 감듯", "죽은 중 매질하기"와 같은 속담이나 관용 표현들은 우리네 민중들의 삶과 밀접하게 관련되어 있다.

우리들은 일인칭 단수 소유격을 써야 할 곳에서조차 '우리 엄마', '우리 집' 등과 같이 일인칭 복수 소유격을 사용한다. 이는 우리나라의 전통적인 거주 형태와 밀접하게 관련되어 있다. 즉, 가족이나 씨족 단위로 이루어진 거주 형태에서는 나보다는 우리가 더 강조되었고, 그런 의식에서 '우리'라는 표현이 관습적으로 널리 쓰여 온 것으로 생각된다. 이와 같이 언어는 언어를 사용하는 사람들의 삶의 양식은 물론이고 나아가 의식에까지 밀접하게 관련되어 있다. 그래서 한 언어를 사용하는 사람들 사이에는 긴밀한 유대관계를 느끼게 된다. 해외에서 우리말을 사용하는 사람들을 만나면 반가운 것도 그 때문이다.

언어가 문화와 밀접하게 관련되는 이유는 말하기의 생태학 즉, 말이 발화되는 전체 환경의 규칙과 제약을 생각해 보면 쉽게 알 수 있다. 전통적으로는 말을 할 때 고려하여야 하는 요소를 화자, 청자, 이야기되는 주제 사이의 가변적인 관계로 생각하였으나 최근의 정교한 분석에 의하면 이보다 훨씬 많은 요소들이 작용된다는 사실이 밝혀졌다. 하임즈(Hymes)는 이들 요소들을 S, P, E, A, K, I, N, G로 분류해 놓았다(Farb. 이기동 외, 1997).

〈금기담과 금기어〉

금기어는 호랑이를 직접 부르지 못하고 대신 산신령 · 영감 따위로 부르는 것처럼 말 자체를 피하는 것이고, 금기담은 삼가야 할 행동에 대한 지침을 담은 이야기이다.

S - 배경과 장면(Setting & Scene) : 모든 말 행위는 특정한 시간과 장소 등 물리적 배경과 심리적 배경(공식적, 비공식적)에서 이루어진다.

P - 참가자(Participant) : 공동체마다 어떤 말 행위에 누가 참가해야 하는가를 결정하는 방법이 다르다. 유럽 사람들은 아이들이 이야기 장소에 있고 듣고 있더라도 아이들이 없는 것처럼 얘기한다. 또, 교회에서는 신이 그 장소에 육체적으로 존재하지 않지만 마치 존재하는 것처럼 이야기한다.

E - 목적(Ends) : 사람들이 말을 할 때는 어떤 결과가 있을 것이라 예상한다.

A - 행위의 전후 관련(Act Sequence) : 같은 내용이라도 낯선 사람에게 전달할 때와 친한 사람에게 전달할 때 다르다.

K - 어조(Key) : 모든 말 행위는 어떤 어조, 태도 및 기분으로 전달된다. 어조는 중요하여 말하는 내용을 부정할 수 있다. 예를 들어서 밤늦게 찾아오는 사람에게 비꼬는 투로 "오실 줄 알고 기다리고 있었습니다."라고 말하면 말 내용에 담긴 예의 바른 인사를 무효로 만든다.

I - 수단(Instrument) : 같은 영어라고 해도 영국의 요크셔 주, 인도, 호주, 홍콩의 그것은 각기 다르다.

N - 규범(Norms) : 공동체마다 말 행위에 어떤 규범을 부가한다. 어떤 담화 공동체에서는 어떤 사람이 말을 할 때에는 그의 말을 중단시켜서는 안 되나 다른 공동체에서는 마음대로 중단시킬 수 있다.

G - 유형(Genre) : 공동체마다 말 행위를 여러 종류로 분류한다. 예를 들어 '신사 숙녀 여러분'은 연설의 시작을, '---에 대한 이야기를 들어보셨나요?'는 농담의 시작을 가리킨다.

말을 할 때 작용하는 이와 같은 여러 요소들은 곧 언어 공동체의 문화에 밀접하게 관련되어 있다.

언어에 문화적인 요소가 결합되기도 하지만 언어가 곧 우리의 문화이기도 하다. 그 대표적인 것이 문학 작품이다. 문학 작품은 우리의 언어를 농축해서 만들어 낸 고도의 예술품임이며, 거기에는 우리 민족의 삶이 녹아들어 있다. 따라서 문학 작품을 읽고 감상하는 일은 우리 문화의 계승과 창조에 관여하는 일에 다름 아니다. 예를 들어 다음 시조를 읽고 감상

한다고 하자.

> 꿈에 다니는 길이 자취 곧 날 양이면
> 님의 집 창 밖의 석로(石路)라도 닳으련마는
> 꿈길이 자취 없으니 그를 슬허하노라.
>
> — 이명한, 〈화원악보(花源樂譜)〉

이 시조는 꿈 속에 다니는 길이 만일 자취가 남는다면, 임의 집 창 밖은 돌길이라도 다 닳아 버렸을 것이나 그것이 꿈길이라서 다닌 흔적이 남지 않으니 허망하기 그지없다는 의미로 홀로 임을 사모하는 마음을 노래한 시조이다. 이 시조를 읽으면서 돌길이 닳아 버릴 정도로 지극히 임을 향한 사모(思慕)의 정을 느끼기도 하고, 조선시대 이조판서와 예조판서를 지낸 유학자가 어떻게 사모하는 정한을 이처럼 곱고도 아름답게 노래할 수 있었는가를 생각해 볼 수도 있다.

아울러 '하노라'로 끝맺는 방식에 주목할 수도 있다. 이를 일반적으로는 감탄형 종결어미라고 하는데 과연 감탄형 어미인가 의문을 가져볼 수도 있다. 현대시에서 이러한 방식으로 끝맺는 방식이 있는가를 따져볼 수 있고, 자신의 마음 상태를 노래한 시에서 감탄형으로 끝맺는 것이 우리의 담화 규칙에 익숙한 것인가 생각해 볼 수 있다. 아울러 '하노라'라는 어미는 "다정도 병인 양하여 잠 못 들어 하노라", "어즈버 태평연월이 꿈이런가 하노라", "아희야 무릉이 어디오 나난 엔가 하노라"와 같이 고시조에서 많이 나타난다는 사실도 발견할 수 있다. 그렇다면 왜 이러한 종결 어미가 고시조에 많이 나타나는가에 대해 생각해 볼 수 있다. 이러한 시조 읽기는 우리의 국어문화의 정수와 만나게 되고 나아가 국어문화의 계승과 창조의 원동력이 된다.

우리의 국어 문화에는 문학작품만 있는 것이 아니다. 설(說), 논(論) 등과 같은 논의 양식의 글도 국어문화의 정수이다. 우리에게는 이러한 글들이 국어교육의 제재가 되면, 국어교육을 통해서 선인들의 삶과 사상과

〈'하노라' 종결어미〉

김대행(1995)은 '하노라'형의 종결어미를 시조 장르의 존재 배경에서 찾고 있다. 시조는 가곡창이나 시조창의 방식으로 연희나 모임의 자리 또는 한가로운 분위기에서 교환되고 노래되었으며, 자신의 태도나 의지 또는 정서를 여러 사람에게 밝히는 장치로 인식되었고 창작되고 향유되어서 그러한 어미가 시조에 자주 나타난다고 하였다.

만나게 된다. 가까이 조선 시대에만 보아도 성리학에 관한 논쟁이 그렇고, 지배세력에 대항하여 민중의 힘이 집약된 동학혁명과 관련된 글, 일제의 침략에 대항하는 지식인들의 저항을 보여주는 글, 임시정부에서 발표에서 발표된 글 등은 우리 민족의 삶의 역동성을 보여주는 글들이다. 그러나 국어교육에서 이러한 논의 양식에 대한 관심이 지금까지 너무 인색했던 것이 사실이다. 이러한 논의양식의 글들도 정전화 작업이 필요한 시점이다.

3) 국어교육과 자아성장

학교교육으로서의 국어교육은 수학, 과학 등 다른 교과와 구별되는 교과의 독자성을 갖고 있어야 하며, 다른 한편으로는 다른 교과와 함께 교육 일반 이념에 기여하는 교육적 보편성을 지향하여야 한다. 교과의 독자성은 국어교육이 다른 교과와 구별되는 근거를 제공하고, 국어교육이 갖는 교육적 보편성은 학교교육 안에서 존재할 수 있는 근거가 된다. 기능적 문식성은 국어교육의 교과적 독자성을 확보하는 가장 확실한 근거가 된다. 그렇다면 국어교육은 교과적 보편성에 어떤 점에서 맞닿아 있는가? 이에 답하기 위해서는 먼저 우리나라 교육 일반 이념을 살펴볼 필요가 있다.

교육법 1조
교육은 홍익인간의 이념 아래 모든 국민으로 하여금 인격을 완성하고 자주적 생활능력과 공민으로서의 자질을 구유하게 하여 민주 국가발전에 봉사하며, 인류공영의 이상 실현에 기여함을 목적으로 한다.

위의 교육법은 크게 두 가지 점을 제시하고 있는데, 하나는 개인적 능력과 소양에 관한 것이고 다른 하나는 그것을 국가발전에 봉사하고 인류공영의 실현을 위해 기여하라는 것이다. 그런데 국가발전에 봉사하고 인류공영에 기여하는 것은 학교를 졸업한 뒤의 일이다. 그렇다면 학교교육에서 해야 하는 일은 그러한 일을 할 수 있는 능력과 소양을 갖춘 인간을 기르는 것이라고 할 수 있다. 그리고 이러한 인간을 교육과정에서는 바람직한 인간상으로 규정하고 있다. 이러한 인간상으로 기르는 것이 교육의 일반 이념이며 국어교육이 교육적 보편성을 획득하기 위해서는 이러한 인간상으로 나아갈 수 있도록 개인의 성장에 도움을 주어야 할 것이다.

국어교육이 개인의 성장에 기여할 수 있는가의 여부는 인지적 발달과 언어와의 관계에서 잘 드러난다. 인간의 지적 사고 발달에 대한 연구에서 두드러진 업적을 남긴 사람은 피아제(Piaget)와 비고츠키(Vygotsky)이다. 피아제에 의하면 아동들은 스스로 세상의 물리적 환경을 의미 있게 이해하고 탐구하려고 하며, 환경을 이해하고 이에 적응하려고 하는 과정 그 자체가 곧 사고 학습이며 이를 통해서 사고가 발달한다는 것이다. 이에 비하여 비고츠키는 아동들의 지적 발달에서 사회적 측면을 강조한다. 그는 아동들의 지적 발달은 사회생활 속에서 당면하는 과제에 의해서 비롯된다고 한다. 즉, 피아제는 개인적인 측면을 강조한 것이고, 비고츠키는 사회적인 측면을 강조하고 있는 셈이다.

인지 발달과 언어의 관계에서도 두 사람은 차이를 보인다. 피아제는 언어를 아동의 사고 발달과 분리하여 보고 있다. 언어는 사고를 담는 그릇-개개인의 사고를 사회적 의미로 번역하는 기능만을 담당한다고 보기 때문에 언어를 사용한다고 해서 개인의 상징적 구조가 영향을 받는 것은 아니라고 한다. 즉, 피아제는 언어가 사고의 발달에 결정적인 역할을 하는 것은 아니라는 입장이다. 이에 반해 비고츠키는 "언어는 개인적으로는 사고 발달의 중심이며, 인류 전체로는 역사적 의식 성숙의 핵심이다."라고 하며 사고 발달에서 언어의 역할을 강조한다. 비고츠키는 피아제가 강조한 물리적 환경 대신에 사회적 측면을 강조하는데, 사회적 의미의 전달이 언어에 의해서 이루어진다고 보기 때문에 인지 발달에서 언어가 중심적인 역할을 하게 된다.

피아제가 설명하는 인지 발달에 언어는 큰 역할을 하지 않는 것처럼

〈바람직한 인간상〉

제7차 교육과정에서는 교육을 통해서 길러내고자 하는 이상적인 인간상을 '가. 전인적 성장의 기반 위에 개성을 추구하는 사람', '나. 기초 능력을 토대로 창의적인 능력을 발휘하는 사람', '다. 폭넓은 교양을 바탕으로 진로를 개척하는 사람', '라. 우리 문화에 대한 이해의 토대 위에 새로운 가치를 창조하는 사람', '마. 민주 시민 의식을 기초로 공동체의 발전에 공헌하는 사람'으로 규정하고 있다.

〈피아제의 인지발달단계〉

피아제는 인지발달단계를 감각운동단계(sensori-motor stage, 출생에서 2세까지), 전조작단계(preoperational stage, 2세에서 7세까지), 구체적 조작단계(concrete operational stage, 약 7세에서 12세까지), 형식적 조작단계(formal operational stage, 12세 이상)로 나누고 있다. 이에 대한 자세한 설명은 제3장을 보라.

보이나 인지 발달에 대한 피아제의 설명을 더 들어보면 언어가 사고 발달에 실제적으로는 큰 역할을 함을 알 수 있다. 피아제는 논리 발달의 기초는 태어나서부터 2세까지의 감각 운동기에 형성되는 행동 쉐마(schema of action)에 있으며, 전조작기에 이러한 행동 쉐마들이 언어로 표현되기 시작하여 5세 이후에 언어가 논리적 사고에 중요한 역할을 한다고 설명한다. 즉, 피아제는 언어의 획득 이전에 사고가 먼저 형성되며 언어가 획득되기 시작하면서 사고는 끝없는 확장을 계속한다고 보는 것이다. 결국 그도 언어가 사고의 발달에 결정적인 역할을 하고 있다는 것을 인정한 셈이다.

물론 모든 경험이 언어에 의한 것이거나 모든 경험을 언어로 표현할 수 있다고 생각하는 것은 환상이다. 일찍이 코르지브스키(Alfred Korzybsky)는 지도 제작자가 아무리 많은 세부 사항을 지도 제작에 집어넣어도 어느 지역에 있는 산맥, 경사지, 계곡 등을 다 표시할 수 없는 것처럼 언어 역시 어떤 사건에 대한 모든 것을 나타낼 수 없다고 믿었다. 물론 언어는 경험을 그대로 전달할 수 있는 능력이 없다. 그리고 사람들은 언어가 그러한 일을 해 주리라고 기대하지 않는다. 언어의 기능은 현실을 복사하는 것이 아니기 때문이다. 오히려 언어는 현실을 회상하여 그것에 대한 의견을 말하고 그것에 대한 예측을 하는 것이라고 말해야 한다. 이는 이 세상의 경험에 대해서 생각을 할 때 언어가 없이는 불가능하다는 것이다. 사랑, 미움, 아픔 따위에 대해서 생각해 보자. 언어를 쓰지 않고는 생각할 수 있는 다른 방법이 있는가 아마도 없을 것이다. 생각이란 자기에게 하는 언어이며 언어가 경험에 의미를 부여하기 전에는 이 경험은 뜻이 없다. 김춘수의 〈꽃〉은 이를 잘 말해 준다.

피아제에서 볼 수 있듯이 사고의 발달은 문제 사태의 해결을 통해서 이루어지며 문제 사태에 대한 생각은 언어를 떠나서 생각해 볼 수 없다면 사고의 발달과 언어의 관계는 자명해 진다. 문제 사태의 해결은 문제를 인식하고, 그것을 다양한 각도에서 분석하고 해결의 실마리를 찾는 과정이 요구되는 데 그 과정에서 언어가 중요한 역할을 담당한다. 문제 사

〈생각과 언어〉

생각과 언어의 관계를 사회적 교섭기능을 갖춘 외어(外語)에 대비시켜 내언(內言, inner-speech) 또는 내어(內語)라고 하기도 한다. 내언은 다른 사람과 의사전달을 하기 위해서가 아니라 사고의 한 도구로서, 자기의 행동을 억제·통어(統御)·조정하는 기능을 가진다. 또한 발성하는 데까지는 이르지 않고, 눈에 보이지 않을 정도로 미약한 발어운동(發語運動)을 가리키는 경우도 있다.

태의 해결에서 언어의 중요성은 언어를 사용하지 않고 문제를 해결한다고 가정해 보면 쉽게 짐작할 수 있다. 언어가 없으면 그 사태를 분석하는 것 자체가 매우 어렵거나 거의 불가능할 것이다.

언어는 인간의 지적 발달에 중요한 역할을 담당하는 것에서 그치지 않는다. 인간은 언어를 통해서 세계를 인식하고, 세계와 소통한다는 점을 생각하면 언어가 인간의 자아 성장에 얼마나 중요한 역할을 담당하고 있는지 쉽게 짐작이 갈 것이다. 이러한 점에서 국어교육은 인간의 자아성장을 돕는 데 기여하는 교과라고 말할 수 있다.

2. 국어교육의 성격

1) 방법 중심 교과적 성격

학교 교육에서 국어교육을 담당하는 교과를 국어 교과라고 한다. 그런데 학교 교육에는 국어 교과만이 있는 것이 아니다. 수학 교과도 있고, 물리 교과도 있다. 각각의 교과는 다른 교과와 구별되는 독특한 성격을 갖고 있다. 이것이 교과의 고유한 특성이다. 만약 교과의 고유한 특성이 존재하지 않는다면 그것은 하나의 교과로서 성립할 수 없다. 국어교육도 다른 교과와 구별되는 독특한 성격이 있다. 그리고 그 성격은 국어교육의 고유한 영역에서 찾아야 할 것이다.

국어 교과에서 다루는 대상은 국어활동과 그 결과물이다. 국어활동은 구어적·문어적 텍스트를 생산하고 이해하는 활동을 말하며, 그 결과물은 텍스트 자체이다. 그런데 텍스트를 생산하고 이해하는 활동은 국어 시간에만 이루어지는 것은 아니다. 생물 시간에도 텍스트를 통해서 학습이 이루어지고 있다. 생물 교과서의 거의 전부가 언어적 텍스트로 이루어졌으며, 생물 수업에서 교사와 학생의 수업 대화 또한 언어를 이용하고 있다.

〈국어교육과 국어과교육〉

국어교육은 학교교육에서만 이루어지는 것은 아니다. 학교에 입학하기 전에도 졸업한 후에도 국어를 가르치고 배운다. 또한, 학교교육에서도 국어교과가 아닌 다른 교과에서도 국어교육을 할 수도 있다. 그래서 학교의 국어교과에서 이루어지는 국어교육을 가리켜 국어과교육이라고 하여 국어교과 밖에서 이루어지는 국어교육과 구별하기도 한다.

또한 국어 교과서에 생물에 관한 글이 실려 있으며, 국어 수업 또한 생물에 관한 내용을 언어로 수업하게 된다. 이렇게 되면 국어 교과와 생물 교과의 차이가 모호해진다. 그렇다면 국어 교과와 생물 교과의 차이는 과연 무엇인가? 국어 교과의 독자적 영역은 무엇인가?

현미경 사용법을 예로 들어보자. 현미경 사용법에 관한 텍스트를 생물 수업에서 다룰 수도 있고 국어 수업에서 다룰 수도 있지만, 국어 수업과 생물 수업은 다르게 마련이다. 두 경우의 차이가 국어 교과와 생물 교과의 다른 점일 것이다. 먼저 생물 수업에서는 현미경 사용법을 가르치고 배운다고 말할 수 있다. 그런데 현미경 사용법은 언어를 이용해서 가르칠 수도 있고, 영상 매체 또는 다른 매체를 이용할 수도 있다. '현미경 사용법'이라는 것은 생물 교과의 순수한 내용 영역이며 전달 매체를 이용하여 내용 영역을 교수·학습하게 된다. 언어로 현미경 사용법을 가르칠 때 그것은 언어활동의 범주에 속하게 되고, 다른 매체를 이용할 때는 언어활동의 범주에 들지 않는다. 그렇다면 생물 수업에서 언어활동이 이루어지는 것은 무슨 이유일까? 만약 언어보다 교사의 동작이 더 효과적이라면 언어를 이용하치 않고 동작을 이용하였을 것이다. 생물 수업에서 언어활동이 이루어지는 것은 언어가 교수·학습에 매우 효과적인 매체이기 때문이다.

그렇다면 국어 수업에서 현미경 사용법에 관한 텍스트를 다룰 때는 무엇을 배우고 가르치고 배우는 것일까? 국어 수업에서 현미경 사용법을 가르치고 배운다고 말하지 않을 것이다. 이는 다음 두 텍스트를 비교해 보면 그 이유를 짐작할 수 있을 것이다.

(1) 현미경 사용법
① 현미경을 옮길 때에는 한 손으로는 손잡이를 잡고, 다른 손으로는 다리를 받쳐든다.
② 직사광선을 피해 밝고 안정된 실험대에 놓고 관찰한다.
③ 조동 나사로 경동을 올리고 배율이 가장 낮은 대물렌즈가 경동의 밑에 오도록 회전판을 돌린다.
④ 반사경을 조절하여 시야를 밝게 보이도록 한다.

⑤ 프레파라트를 재물대 위에 놓고, 옆에서 보면서 조동 나사를 돌려 대물렌즈가 프레파라트에 거의 닿을 정도로 내린다.

⑥ 접안렌즈를 들여다보면서 조동 나사로 경동을 서서히 올려 상을 찾은 후 미동 나사를 돌려 초점을 정확히 맞춘다.

⑦ 관찰이 끝나면 경동의 밑에 배율이 가장 낮은 대물렌즈가 오게 하고, 경동을 밑으로 내려 건조하고 그늘진 곳에 보관한다.

— 중학교 과학 1학년, 동아출판사

(2) 영계백숙

① 손질해 놓은 닭의 뱃속에 찹쌀·마늘·대추를 넣는다(찹쌀 대신 멥쌀을 넣어도 좋다).

② 밖으로 나오지 않도록 터진 곳을 실로 꿰매거나 대꼬챙이를 꿰어 막는다.

③ 큰 냄비와 솥에 물을 넉넉히 붓고 닭을 넣어 삶는다.

④ 푹 고아지면 소금으로 간을 맞추어서 국물과 닭을 담아서 놓는다.

⑤ 상에 낼 때는 소금을 곁들여 놓는다.

— 세계의 가정 요리 한국편, 삼성출판사

(1)은 중학교 과학 교과서에서 (2)는 일반인을 위한 요리 책에서 인용한 텍스트이다. 그런데 두 텍스트가 매우 흡사함을 발견할 수 있다. 즉 (1)과 (2)는 일이 이루어지는 과정을 중심으로 전개된 텍스트이다. 국어 수업에서 (1)의 텍스트를 이용하였다고 한다면, 같은 자리에 (2)의 텍스트를 이용하여도 큰 차이가 나타나지 않는다. 그 이유는 국어 수업에서 현미경 사용법이나 영계백숙을 만드는 법을 가르치고 배우는 것이 아니기 때문이다. 그렇다면 국어 수업에서는 무엇을 배우는 것일까? (1) 또는 (2)의 텍스트를 이용하여 텍스트 구조의 원리를 배우며, 이를 통하여 일이 이루어지는 과정이나 물건의 사용법을 효과적으로 설명할 수 있는 능력을 기르는 것이다. 결국 국어 교과는 우리말의 쓰임의 원리를 알고 우리말을 효과적으로 사용할 수 있는 능력을 기르는 교과라는 데 그 특성이 있음을 알 수 있다.

여기서 국어 교과와 다른 교과의 차이점을 알 수 있다. 그 차이점을 현

〈텍스트 구조〉

텍스트 구조는 구성과 관련된 원리와 전개와 관련된 원리로 나누어진다. 내용 전개 원리는 시간성을 중시하지 않은 정태적 범주와 시간성을 중시하는 동태적 범주로 나누며, 정태적 범주에는 분석, 묘사, 분류, 예시, 비교와 대조 동태적 범주에는 서사, 과정, 인과 등이 있다.

미경 사용법을 설명한 텍스트에서 도출해 보자. 텍스트는 텍스트에서 다루고 있는 내용과 그 내용을 다루는 방법으로 나누어 볼 수 있는데, 국어교과는 후자와 관계를 맺고 있고 국어 교과 이외의 교과는 전자와 관계를 맺고 있다. 그래서 전자와 관계를 맺고 있는 교과를 내용교과라고 하고, 국어 교과는 내용을 다루는 방법과 관련을 맺고 있으므로 방법교과라고 한다.

〈기초기능과 고등정신기능〉

노명완 외(1993)는 글자 읽기나 글자 쓰기를 기초기능이라고 하고, 사고를 언어로 표현하고 언어를 통해서 사고를 이해하는 것을 고등정신기능이라고 하여 둘을 구분하였다.

국어 교과를 특징짓는 특성으로 도구교과를 들기도 한다. 도구교과는 국어 교과가 다른 교과의 학습에서 도구가 된다는 뜻이다. 그러나 도구교과라는 의미는 학생들이 읽고 쓸 줄 아는 능력이 갖추어지는 초등학교 고학년에서는 큰 의미가 없어진다. 이러한 한계를 극복하기 위해서 노명완 외(1991)는 국어 교과가 도구교과가 되는 이유를 문자를 읽고 쓸 수 있도록 지도하는 교과라서가 아니라 지식을 활용하는 고등 정신 기능을 기르는 데서 찾고 있다. 지식을 활용하는 능력은 범교과적으로 모든 학습활동에서 요구되며 따라서 국어 교과의 도구교과적 특성은 초등학교 고학년에서 끝나지 않게 된다. 그러나 도구교과라는 말 자체는 국어 교과의 특성을 학교 교육에 한정하게 한다. 또한 도구라는 단어가 지식의 활용을 제한한다는 점에서 도구교과보다 방법교과라고 말하는 것이 좋다.

여기서 방법이 뜻하는 바를 좀 더 분명히 할 필요가 있다. 이를 위해서 내용교과에서 다루고 있는 지식들과 비교해 보자. 내용교과에서 다루고 있는 지식들은 사람이나 상황에 따라 크게 달라지지 않는 객관적인 지식 체계이다. 현미경 사용법이 그것을 사용하는 사람이나 상황에 따라 달라지지 않는 것이 이를 잘 말해 준다. 그에 비해 국어 교과의 방법들은 그 자체가 지식의 체계를 갖고 있다고 해도 실제에서는 목적, 상황, 사람을 종합적으로 고려해야 비로소 의미를 갖는다는 특성을 갖는다. 예를 들어 보자. (1)에서 현미경 사용법을 일이 이루어지는 과정이라는 내용 구성 방법에 의해서 전개하였다. 그러나 이러한 방법이 고정되어 있는 것이 아니다. 망원경 사용법을 잘 아는 사람에게는 망원경과 현미경의 사용법을 서로 비교하면서 설명하는 것이 (1)의 방법보다 더욱 효과적일 수 있다. 이와 같이 국어 교과에서는 방법이나 원리를 하나의 고정된 실체가 아니라 목적, 상황, 사람, 원리 등이 종합적으로 고려되어 역동성을 띤다.

2) 관습성과 창조성의 강조

국어교육은 '국어'와 '교육'이 합해진 말이다. 그런데 그 합해진 관계에 따라서 다음 세 가지 의미가 가능하다. 먼저 '국어를 교육'한다는 뜻으로 쓰인다. 이는 우리말의 쓰임을 교육한다는 것으로 대상이나 상황에 맞게 우리말을 사용할 수 있도록 가르치고 배우는 것이 국어교육이라는 뜻이다. 결혼한 여자(남자)가 남편(아내)을 가리키는 경우를 생각해 보자. 우리말에서는 아는 사람에게 가리키는 경우와 모르는 타인에게 가리키는 경우를 구별해서 다르게 말하는데, 아는 사람에게는 '○○ 아버지(엄마)' 또는 '바깥양반(안사람)'이라 하고 모르는 사람에게는 '우리 남편(안사람)'이라고 하는 것이 보통이다. 이와 같은 우리말의 쓰임을 교육하는 것이 국어교육이다.

다음 국어교육은 '국어에 대한 교육'이란 뜻을 갖는다. 이는 국어에 대한 지식을 교육하는 것을 뜻한다. 예를 들면, 국어는 알타이어족에 속하며, 훈민정음은 세종대왕에 의해 창제되었다와 같은 국어와 관련된 지식을 교육하는 것이 이것이다. 다음 국어교육은 '국어를 통한 교육'이라는 뜻이 가능하다. 이는 오해를 불러일으키기 쉽다. 국어를 통해서 다른 무엇, 예를 들면 자연 현상을 교육한다는 뜻으로 해석하면 국어교육과 과학교육은 차이가 나지 않게 된다. 그래서 이 말은 국어를 활용하여 내용을 효과적으로 학습하는 것을 가르치는 것으로 한정해야 한다. 예를 들면, 글을 읽고 그 내용을 요약하거나 조직자(organizer)로 나타냄으로써 글의 내용을 효과적으로 기억할 수 있는데 이러한 방법을 교육하는 것이 여기에 속한다.

국어의 쓰임을 교육한다는 뜻의 '국어를 교육'한다는 것도 다시 따져볼 여지가 있다. 국(언)어를 무엇으로 보느냐에 따라 국어의 쓰임이 뜻하는 바

〈할리데이의 언어학습 분류〉

영국의 언어학자 할리데이(M. Halliday, 1979)는 언어와 관련된 학습을 언어학습(learning language), 언어에 대한 학습(learning about language), 언어를 통한 학습(learning through language)의 세 가지로 구분하였다. 이에 대한 자세한 설명은 제3장을 보라.

가 달라질 것이며 그에 따라 국어교육을 바라보는 시각도 달라질 것이다.

인간은 현실세계에 실재하는 것이건 실재하지 않는 추상적인 것이든 그들의 지각과 사고의 대상이 되는 모든 것에 기호를 부여하여 왔다. 언어는 인간이 고안한 가장 체계화된 기호이다. 이러한 기호화는 우리 주변에서 흔히 볼 수 있다. 어린 아이들이 흔히 상대방에게 별명을 붙여주는 일도 넓게 보면 기호화의 일종이다. 기호화가 이루어졌다고 해서 언어로 성립되는 것은 아니다. 오랜 기간 동안 여러 사람들에게 인정을 받고 쓰여야 언어로 성립한다. 이는 한 사람에 대해 누군가 별명을 불렀다고 해서 그것이 바로 그 사람의 별명으로 성립되지 않는 것과 같다. 여러 사람에게 쓰이고 이것이 관습화되어야 언어로 성립된다.

위에서 본 바와 같이 남편을 '바깥양반'이라고 하고, 아내를 '안사람'이라고 부르는 것도 관습화된 용법이다. 할머니나 어머니 등에 업힌 어린 아기를 보고 사람들은 "아이고 고 놈 참 밉다."라고 말한다. 아기가 예쁘다는 것을 이렇게 말한 것이다. 이와 같은 용법은 우리나라 사람들에게 널리 알려져 있으며 오랫동안 그렇게 써 왔다. 관습화되어 있다는 뜻이며, 이를 관습화된 언어 용법이라 한다.

언어를 관습화된 의미의 체계라고 보는 언어관에 입각한 국어교육은 어떤 모습일까? 국어교육은 국어의 관습화된 의미와 용법을 가르쳐주는 일을 담당할 것이다. 관습화된 언어의 용법을 학습자의 발달 단계에 맞추어 적절한 시기에 가르쳐주고, 적절한 상황에서 사용할 수 있도록 하는 것이 국어교육에서 하는 일이 된다. 또한 학교 교육이 시작되기 이전에 아이들은 익힌 국어 용법 중 관습과 어긋나는 것을 교정해 주는 역할을 담당하게 된다. 아울러 학교 교육이 시작한 뒤에도 아이들은 끊임없이 새로운 말과 그 용법을 배운다. 이러한 과정에서 국어의 관습적인 용법을 제대로 알도록 지도하는 일이 국어교육의 본령이 된다.

사람들은 국어의 관습화된 용법을 존중하고 그에 맞추어 국어를 사용하기도 하지만 때로는 관습화된 용법을 거부하기도 한다. 그에 따라 새로운 단어를 만들기도 하고, 새로운 용법을 시도하기도 한다. 이것이 언어의 생성적 특성이다. 관습화된 언어 용법을 규범적 용법이라고 한다면 규범에서 벗어난 용법을 일탈적(逸脫的) 용법이라고 하며, 문학 작품 뿐만 아니라 일상의 언어생활에서 흔히 볼 수 있다. 아이들의 '별명부르기'를 김대행(1995, 63-64)은 분명히 정해진 이름이 있음에도 불구하고 굳이 새로운 이름을 붙이는 행위이므로 규범적 언어에서 일탈하고자 하는 욕구 또는 탈규범화를 지향하고 있는 행동 양식이라고 말한다.

생성적 특성을 강조하는 언어관에 입각한 국어교육은 언어를 관습적인 기호체계로 보는 국어교육관과는 다른 모습일 것이다. 규범화된 언어사용보다는 사물을 새롭게 인식하고 그것을 표현하는 능력을 강조하게 된다. 그렇다면 국어교육은 어떤 관점에 서는 것이 좋은가. 다음의 예를 통해서 알아보자.

(3)
a 토실토실 <u>밤토실</u> 주어서 올테야
b 토실토실 <u>알밤을</u> 주어서 올테야

원 시는 (3a)인 것을 교과서에 (3b)로 고쳐서 수록한 적이 있었다고 한다. 그렇게 한 이유는 규범적 성격을 강조하였기 때문이다. '밤토실'은 명사 '밤'에 '토실'이 접미된 말이다. 그런데 '토실'은 부사 '토실토실'을 형성하는 어근이므로, '밤토실'은 어근이 접미사로 쓰인 것이다. 이렇게 어근이 접미사로 쓰이는 것은 국어의 일반적인 문법에서 벗어난다. 교과서에서 비문적인 용법을 가르쳐서는 안 된다는 입장에서 '알밤을'로 수정하였다.

이렇게 고치는 것은 아무래도 문제가 있다. (3a)의 '밤토실'이 문법을 깬 파격임에는 분명하지만, 이러한 파격을 인정하고 높이 사야 할 것이다. 그것은 '토실'이 세 번 반복됨으로 리듬감을 느끼게 하고, 시적인 표현 효과를 높여 주기 때문이다(이용주, 1986). 이는 관습적 용법에서 벗어난 창조적 언어 사용이며 국어의 창조적 사용은 장려할 일이지 관습으로 억제

할 일이 아니다. 국어교육에서는 규범성에 입각하여 관습화된 국어의 용법을 사용할 수 있도록 가르치기도 하지만, 국어를 창조적으로 사용할 수 있는 능력도 기르도록 해야 할 것이다.

언어를 관습화된 언어(기호)의 체계로 보는 관점 이외에 의사소통을 위한 표현 전달의 유목적인 인간행동으로 보기도 한다. 인간이 언어를 사용한다는 것은 어떤 목적을 달성하기 위한 것이다. 그것은 설득을 위한 것이 될 수도 있고, 정보 전달을 위한 것이 될 수도 있으며, 미의 창조를 위한 것이 될 수도 있다. 발신자는 의도한 목적을 위해서 적절한 담화의 종류를 선택하고, 국어를 관습적인 용법으로 사용하기도 하고, 탈규범적으로 사용하기도 한다.

(4) 너 이제 학교는 다 갔다.

형태소 '-었-'은 지나간 과거의 일이 기정사실화되어 있는 것을 나타내는 데 쓰이는 것으로 알려져 있다. "합격 소식을 지금 막 들었다."와 같은 발화는 '-었-'의 관습적 의미를 충실히 따르고 있다. 그러나 (4)에서 학교에 가는 일은 과거의 일이 아니라 앞으로 일어날 일이다. 그런데도 '-었-'을 사용하고 있으므로 이는 관습적 사용에서 벗어나는 일탈적 사용이다. 그러면 화자는 왜 이와 같이 관습적 사용에서 벗어나게 사용하였을까? 그것은 학교에 가기가 쉽지 않음을 강조하기 위한 것이다. 즉, (4)의 '다 갔다'는 반어적인 뜻을 나타내고 있는데, 이를 위해서 화자는 기정사실화라는 '-었-'의 용법을 확대 사용하여 미래에 일어날 일도 기정사실화하여 나타낸 것이다.

의사소통을 위한 표현 전달의 유목적인 인간행동이라는 언어관은 국어교육을 설명하는 데 유리하다. 그것은 목적을 달성하기 위한 효과적인 언어사용은 국어의 관습적 사용과 일탈적 사용을 모두 포괄하기 때문이다. 또한 국어교육은 관습적인 용법과 창조적 사용을 통하여 효과적으로 의사소통을 할 수 있는 국어활동 능력을 기르도록 가르치고 배우는 교과라는 교과적 특성을 잘 말해주기도 한다.

요약

01. 국어교육은 기능적 문식성을 길러 성공적인 삶을 살아갈 수 있도록 한다.

1.1. 문식성은 읽고 쓸 줄 아는 능력을 가리키는 말이었다.

1.2. 정보화 사회에서는 읽고 쓸 줄 아는 능력과 함께 정보를 수집, 선택, 관리는 물론이고 새로운 정보를 창출해 내는 종합적인 능력을 포괄하는 개념으로 사용되고 있다.

1.3. 매체 문식성을 강조하는 것은 세계적인 추세이다.

02. 국어교육은 국어문화를 계승하고 창조할 수 있는 인간을 양성한다.

2.1. 언어는 문화와 밀접하게 연관되어 있다.

2.2. 문학 작품은 물론이고 논의 양식의 글들도 우리의 빛나는 문화이다.

2.3. 국어 텍스트를 읽고, 비판하고, 감상하는 활동은 바로 국어문화를 향유하고 창조하는 행위이다.

03. 국어교육은 자아성장에 도움을 준다.

3.1. 교육의 일반적인 목적은 바람직한 인간상을 기르는 데 있다.

3.2. 언어는 인지적 발달 과정에서 필수적인 역할을 한다.

04. 국어교육은 방법 중심의 교과이다.

4.1. 국어교육은 텍스트의 원리를 다룬다는 점에서 내용교과와 구별된다.

4.2. 도구교과는 학교교육에 한정되는 개념이므로 방법교과가 국어교육의 특성을 좀더 폭넓게 규정한다.

4.3. 국어교육에서의 방법은 고정적인 것이 아니라 화자, 청자, 지시대상, 상황 등이 고려되는 역동적인 실체이다.

05. 국어교육은 언어의 관습성과 창조성 모두를 강조한다.

5.1. 언어는 관습성과 창조성 양 측면이 있다.

5.2. 국어교육에서는 관습성과 창조성 모두를 강조한다.

알아 두어야 할 것들
문식성, 국어문화, 피아제의 인지발달, 방법교과, 내용교과, 도구교과, 관습성과 창조성

탐구과제 ‖‖‖

1. 다음에 나오는 '눈먼 사람'은 기능적 문식성의 관점에서 보면 어떤 사람을 말하는 것인가?

> 우리 생활 속에는 지금 새로운 문명이 모습을 드러내고 있다. 그리고 이것을 깨닫지 못하는 눈먼 사람들이 세계 도처에서 새로운 문병의 탄생을 억눌러 보려고 애쓰고 있다. 이 새로운 문명은 새로운 가족 형태, 노동·애정·생활 방식의 변화, 새로운 경제, 새로운 정치적 충돌, 그리고 무엇보다도 의식의 변화를 초래하고 있다. 이 새로운 문명의 부분들이 지금 그 모습을 드러내고 있다. 수많은 사람들이 이미 내일의 리듬에 맞추어 생활을 조정해 나가고 있다. 미래를 두려워하는 그 밖의 다른 사람들은 과거로 도피하려고 헛된 노력을 기울이고 있으며, 또한 그들을 탄생시켰던 죽어 가는 세계를 되살리려고 애쓰고 있다.
>
> — 엘빈 토플러, 〈제3의 물결〉

2. 김소월의 〈진달래꽃〉이 어떤 상황에서 씌어진 것인가를 이해하지 않고, 수사법이 어떻고 율격이 어떻고 작가의 생애가 어떻고 하는 것은 언어의 시체를 주무르는 일에 불과하다는 견해가 있다. 문화의 계승과 창조라는 관점에서 이 견해의 정당성을 생각해 보자.

3. 다음은 비고츠키가 사고와 말의 관계를 말한 부분이다. 이를 통해서 인간의 발달에 언어가 미치는 영향을 말해 보자.

> 가장 중요한 발견은 분리되었던 사고와 말의 발달곡선이 2세 전후하여 만나게 되어 새로운 형태의 행동을 주도한다는 사실이다. (중략) 이 결정적 시기 즉 말이 지능을 돕고 사고가 말로 표현되기 시작하는 시기에 두 가지 객관적 징후—(1)아동의 단어에 대한 갑작스럽고 적극적인 호기심, 모든 새로운 사물에 대해 "이건 뭐야?"라는 질문, (2)이에 따른 어휘의 급격한 증가가 나타난다. 이 시기 이전의 아동이 재인할 수 있는 단어란 소수의 사물, 사람, 행위, 상태 또는 원망에 관한 것들뿐이다. 아동은 다른 사람들이 제공해 준 단어만을 알고 있다. 그러나 결정적 시기가 되면 상황은 변한다. 아동은 단어의 필요성을 느끼게 되고, 질문을 통해서 사물을 지칭하는 신호들을 적극적으로 배우려고 한다. 이제 단어의 상징 기능을 발견한 것이다. 이전 단계에서는 감정적–욕구적이었던 말이 이제 지적 단계에 접어든다. 말과 사고의 발달곡선이 만나는 것이다.
>
> — 비고츠키, 〈사고와 언어〉

4. 국어교과를 도구교과라고 정의하는 데 발생하는 문제점은 무엇인지 생각해 보자. 그리고 그것을 극복하는 방법에 대해 서로 의견을 나누어 보자.

5. '학교 종이 땡땡 친다', '北漢山 기슭을 피는 진달래' 등을 규범성과 창조성의 원리로 설명해 보자. 아울러 일탈적 용법을 우리 주변에서 더 찾아보자.

제2장 사고 교육으로서의 국어교육

대상에 대한 인식은 그것을 바라보는 관점에 따라 달라지듯이 국어교육도 관점에 따라 그 강조되는 바가 다르게 된다. 본장에서는 지금까지 국어교육의 대표적인 관점들과 그것이 안고 있는 제한점에 대해서 알아보고, 사고 중심의 국어교육관이 가지는 장점과 그 특성을 살펴보고자 한다.

1. 국어교육관의 변화 패러다임

1) 기능 중심의 국어교육관

국어교육에서 전통적으로 강조해 온 것은 언어기능이다. 이는 광복 후 처음으로 제정된 제1차 고등학교 교육과정의 국어과 학습 목표를 통해서 확인된다.

고등학교 국어과 학습의 목표는 사회적인 요구에 적합한 것이어야 하며, 개인적인 언어생활의 기능을 쌓는 것이어야 하며, 중견 국민으로서 교양을 갖추는 것이 되어야 할 것이다.(밑줄－필자)

그러나 교육과정의 목표와는 다르게 국어교육 현장에서는 언어생활의 기능에 대한 교육이 크게 강조되지 못하였다. 이러한 실정은 제1차에서부

〈독본형 교과서〉

읽기 자료 중심으로 된 교과서
를 말한다. 이러한 교과서는 자
료집으로서의 성격이 강하며 수
업은 이러한 자료에 대한 해설
이 중심을 이루게 된다. 교과서
는 독본형 이외에 해설 중심(대
학의 교재), 활동 중심(학습 안
내 또는 워크북 형태) 등 여러
가지 구성 형태가 가능하다.

터 제4차까지 국어 교과서가 독본 형식으로 짜여진 것에서 그 실상을 짐
작할 수 있다. 이러한 경향을 반성하고 국어과 교육에서 언어사용 기능의
중요성을 강조하고 나선 것이 제5차 국어과 교육과정이다.

> 국어과 교육이 언어활동 즉 학생들의 말하기, 듣기, 읽기, 쓰기 활
> 동에 필요한 능력을 신장시켜 주는 교과 교육이라는 점에서 국어 교
> 과는 지식 자체를 다루는 교과라기보다는 기능(표현 기능과 이해 기
> 능)을 다루는 교과이다. 국어 교과를 도구교과로 보는 이유는 바로
> 국어과 교육이 언어 사용 기능을 신장시켜 주는 교과이기 때문이다.
> — 5차 국어과 교육과정 해설서

위에서 알 수 있는 바와 같이 국어교육은 지식 자체를 다루는 교과가
아니라 언어사용 기능을 다루는 교과라는 점에서 도구교과의 성격을 갖
는다는 것이다. 기능 중심의 국어교육관의 핵심은 언어사용 기능에 있다.
따라서 기능 중심의 국어교육관의 실체를 알아보기 위해서는 '언어사용
기능'의 성격을 구체적으로 살펴보는 것이 필요하다.

위에서 보는 바와 같이 언어사용 기능은 말하기, 듣기, 읽기, 쓰기 활동
을 할 수 있는 능력으로 간주된다. 그런데 언어사용 기능에는 수준이 있
다. 노명완 외(1988)는 문자를 읽을 수 있는 문자읽기나 생각을 글자로 나
타내는 문자쓰기와 같은 낮은 수준의 단순 기능과 글을 읽고 의미를 파
악하거나 생각을 글로 나타내는 고등 수준의 기능으로 구별한다. 국어교
육에서 기르고자 하는 언어사용 기능은 언어와 사고를 연결짓는 고등 정
신 기능으로 이는 낱자나 단어 또는 하나의 문장 수준이 아닌 담화 수준
의 지적 기능을 뜻하며, 지식의 단순 수용 또는 단순 표출을 초월하는 일
종의 앎의 양식이요, 지적 성장을 유발하고 조성하는 지식 생산의 힘임을
강조한다. 만약 언어사용 기능이 문자읽기나 문자쓰기와 같은 단순기능이
라면 국어교과의 도구교과적 성격은 문자읽기와 문자쓰기의 학습이 어느
정도 완료되는 초등학교 고학년 수준에서 그치고 말 것이다. 그러나 언어
사용 기능은 고등수준의 사고 기능이므로 도구교과적 성격은 학교급에

상관없이 유지된다.

　그러나 국어교육을 언어 기능을 다루는 교과라고 보는 관점에 대해 비판하는 시각도 많이 있다. 비판론자들은 노명완의 설명에도 불구하고 기능을 낮은 수준으로 본다. 결국 기능을 어떻게 바라보느냐에 논의의 핵심이 있다.

　'기능'이 무엇인가에 대해 살펴보기 위해 우선 '기능'이라는 용어의 용법을 살펴보는 것부터 시작하자. 우리는 목수나 용접공을 가리켜 기능인이라고 한다. 여기서 기능인이란 특정한 일을 할 수 있는 사람 또는 그런 능력을 갖춘 사람을 가리킨다. 그런데 과학자나 발명가들처럼 창의적으로 생각하고 탐구하는 사람들을 기능인이라고 하지 않는다. 따라서 기능이란 비교적 단순하게 일정한 절차를 밟으면 행할 수 있고 여러 번 반복하여 연습하면 갖출 수 있는 능력을 가리키는 말에 주로 쓰임을 알 수 있다. 용접 기능이 그렇고, 가구를 만드는 일이 그렇다.

　기능과 관련된 또 하나의 특성은 그것이 하위 요소들로 세분화된다는 것이다. 운전 기능이 핸들 조작 기능, 기어 변속 기능 등으로 나누어지는 것과 같다. 이는 언어기능에서도 그대로 적용된다. 말하기, 듣기, 읽기, 쓰기를 가리켜 언어사용의 네 기능(four skills)이라고 말하고, 다시 각각을 하위 기능들로 나누는 것이 그것이다. 기능은 또한 탈맥락적이다. 대패질은 가구를 만들 때나 창문을 만들 때나 다르지 않으며 나무의 종류와 무관하게 나무를 다루는 기능이다. 이러한 기능의 특성을 다음과 같이 정리할 수 있다.

　첫째, 기능은 무의식적인 행동 특성을 갖는다. 즉, 자동화되는 특성이 있다. 운전을 하면서 핸들을 어느 정도까지 돌리느냐를 의식하지 않고 조작한다.

　둘째, 기능은 일정한 틀에 의해서 움직이는 행동 특성을 갖는다. 이는 대패질이 일정한 원칙에 따라서 수행되는 것과 같다. 이러한 특성 때문에 반복적으로 연습하면 기능을 습득할 수 있다.

　셋째, 기능은 하위 요소들로 나누어지며 그 하위 요소들은 위계적 관계

〈자동화〉

인지적 과정이 의식적인 통제 없이 자동적으로 이루어지는 것을 자동화라고 한다. 문자를 읽을 때 의식적으로 읽지 않아도 자동적으로 읽어지는 것은 문자 해독 기능이 자동화되었기 때문이며 이에 반해 낱자 하나하나를 읽어 나가는 것은 문자해독 기능이 자동화되어 있지 않은 증거이다. 그런데 기초적인 기능들은 자동화 단계에 이르러야 인지적 과정이 무리 없이 이루어진다. 따라서 기초적인 기능들을 자동화하는 것은 학습에서 매우 중요한 의미가 있다.

를 갖는다. 하나의 기능은 그 기능을 구성하는 여러 가지 행동들의 총화라고 본다.

넷째, 기능은 탈맥락적이다. 즉, 기능은 내용과 무관하게 언어를 처리할 수 있는 능력을 말한다. 요약하기 기능은 글의 종류나 읽기의 목적에 무관하게 글을 요약할 수 있는 능력을 말한다.

그러면 기능 중심의 국어교육은 어떤 모습일까? 언어기능들을 그것을 구성하는 하위 기능들로 나누고, 그 하위 기능들을 하나하나 나누어서 가르치는 형태를 취할 것이다. 읽기 영역을 예로 들어보자. 기능적인 관점에서 접근하는 사람들은 읽기를 문자해독(decoding)과 이해(comprehension)에 포함된 하위 기능들의 집합으로 나눌 수 있는 하나의 기능이라고 말한다. 이해의 하위 기능들로는 이야기에서 사상(event)을 선조화하기, 이야기의 결과 예상하기, 결론 이끌어내기, 중심내용 찾기 등등이 포함된다. 더욱이 읽기는 학생들에게 능숙한 독자(mastery) 수준에서 필요한 각각의 하위기능들을 가르침으로써 향상된다고 믿는다(Rosenshine, 1980). 이의 구체적인 모습을 중학교 국어 교과서의 읽기 영역의 단원이 '중심내용 찾기, 글의 구성, 사실과 의견'등과 같이 읽기의 하위 요소들로 구성되어 있다는 점에서 확인할 수 있다.

기능 중심의 국어교육관은 몇 가지 점에서 문제점을 안고 있다. 먼저 기능 중심의 국어교육은 국어활동의 실제와 다르다는 점이다. 국어활동은 총체적이며 통합적으로 이루어지는 데 기능 중심의 국어교육은 국어활동을 부분적으로 접근한다. 즉, 읽기는 사실적 이해, 추론적 이해, 비판적 이해, 창조적 이해가 총체적이며 통합적으로 이루어지는 것이지 이들 각각이 독립적으로 이루어지지 않는다. 그럼에도 불구하고 교과서가 이들을 나누어 각 단원으로 구성하고 있는 것은 국어활동의 실제와 거리가 있다는 것을 보여준다. 아울러 기능 중심의 국어교육은 학습자를 수동적인 존재로 간주한다. 다시 읽기를 예로 들어보자. 읽기를 기능의 위계로 보는 관점은 독해는 사회적 맥락들과 무관한 독자의 순수한 심적 능력인 기능

〈사상 선조화하기〉

이야기에서 사건은 등장인물을 중심으로 전개되기 때문에 언제나 시간의 흐름에 따라 나타나는 것은 아니다. 심청전에서 용궁의 이야기와 심봉사의 이야기가 각각 전개되는 것이 그 예이다. 따라서 이야기를 이해하기 위해서는 사건을 시간적 흐름에 따라 정리하는 것이 필요하다.

들에 의해서 이루어지는 것으로 본다. 탈맥락적인 기능은 텍스트의 내용과 무관하며, 독자는 이들 기능을 이용하여 텍스트의 내용을 받아들인다는 것이다. 다르게 말하면 텍스트는 하나의 결정된 의미를 갖고 있고, 독자는 그것을 그대로 수용한다는 뜻이다. 텍스트를 독자들이 반드시 추출해 내야하는 의미 즉, 사전에 결정된 의미를 포함하는 정적인 존재로 보고, 독자는 텍스트에 담긴 내용을 그대로 받아들이기 때문에 의미 구성과정에서 수동적인 역할을 할 뿐이다.

그러나 실제로 텍스트를 읽는다는 것은 기능적인 관점에서 본 읽기와 다르다. 텍스트의 의미는 고정되어 있는 것이 아니라 독자에 의해 재구성된다. 이는 문학 작품 읽기에서 쉽게 확인된다. 한용운의 '님'을 조국, 절대자, 사랑하는 임이라고 해석할 수 있는 것이 그것이며, 춘향이 절개를 지키는 것을 열녀라는 관점에서 바라보기도 하고 신분상승 욕구라는 측면에서 바라보는 것이 그것이다. 이와 같이 읽기를 기능적인 관점에서 접근하는 것은 읽기의 실제를 제대로 보지 못하는 단점을 갖고 있다.

2) 지식 중심의 국어교육관

기능과 함께 국어교육에서 강조된 것은 지식이다. 사실 국어교육에서 지식은 교육과정과 같은 문서상이나 이론상에서가 아닌 교육현장에서 특히 강조되었다. 이러한 실정은 국어과 교육의 오랜 전통인 강독식 수업과 독본형 교과서에서 유래하는 바가 크다. 국어교과서의 글은 인문, 사회, 과학, 예술 등 모든 방면의 글이 가능하며, 이를 교사의 설명으로 수업을 진행하다 보면 자연스럽게 그 글과 관련된 지식이 수업에 많은 부분을 차지하게 된다.

지식 중심의 국어교육관이 이론적으로 체계화된 것은 4차 교육과정부터이다. 4차 국어과 교육과정에서는 국어교육의 영역을 언어기능 영역, 언어 영역(7차에서는 '국어지식'으로 2007 교육과정에서는 '문법'으로 바뀜), 문학 영역으로 나누고 각 영역의 배경 학문에서 제공하는 지식 체계가 국

〈6영역 체제와 3영역 체제〉

제4차 교육과정의 3영역을 제5차 교육과정부터 '듣기, 말하기, 읽기, 쓰기, 국어지식, 문학'의 6영역으로 세분하였으나 이는 '언어기능, 국어지식, 문학'의 3영역 체제에 뿌리를 두고 있다. 결국 6영역 체제는 3영역 체제와 큰 틀에서 보면 다르지 않다고 보아야 한다.

어교육의 내용이 된다고 보았다. 이러한 3영역 체제는 국어교육의 영역을 배경 학문인 수사학, 국(언)어학, 문학 중심으로 나눈 것임에 다름 아니다. 이러한 3영역 체제가 2007 교육과정까지 흔들림 없이 지속되고 있다는 것은 국어교육에서 지식 중심의 국어교육관이 강하게 작용하고 있다는 증거가 된다.

그런데 지식 중심의 국어교육관도 교육현장과 교육과정 사이에 차이가 있다. 주로 교육현장에서 강조하고 있는 지식은 텍스트 내용에 대한 지식을 강조한다. 읽기 제재에 대한 해설 중심의 수업은 제재와 관련된 지식이 수업의 주요한 내용이 되기 때문이다. 이와는 다르게 교육과정에서는 텍스트를 이해하고 표현하는 원리나 방법과 관련된 지식을 강조한다. 즉, 전자에게는 김소월의 〈진달래꽃〉이라는 작품을 이해하고 감상하는 것이 주가 된다면, 후자는 시의 운율, 시적 화자 등의 문예학적 이론을 적용하여 〈진달래꽃〉을 이해하고 감상하며 이러한 과정을 통하여 문학 작품의 감상 능력을 기르는 데 주안점이 있다. 전자에게는 김소월의 〈진달래꽃〉이어야 하지만 후자에게는 반드시 김소월의 〈진달래꽃〉일 필요는 없다. 국어교육의 목표가 〈진달래꽃〉을 아는 것에 있는 것이 아니라 작품의 감상 능력을 기르는 데 있기 때문이다.

국어과의 교육내용으로서의 지식을 보다 체계화한 것이 제6차 교육과정이다. 제6차 교육과정에서는 내용 체계를 '본질', '원리', '실제'의 세 범주로 제시하고 있는데, '본질'과 '원리'가 각 영역의 활동에 기저가 되는 지식이 된다. 언어기능 영역에서의 본질과 원리는 각 기능의 수행을 가능하게 하는 기본적인 지식 및 원리를 의미하며, 문학 영역은 문학의 본질 및 작품 이해의 기본 원리가 여기에 속한다. 제6차와 7차 교육과정에서 본질과 원리로 구분한 이론적 배경은 라일(Ryle, 1949)의 선언적 지식(declarative knowledge), 절차적 지식(procedural knowledge), 조건적 지식(conditional knowledge)에 있다. 선언적 지식은 무엇(what)에 해당하는 지식으로 "설명문은 일반적으로 처음, 중간, 끝으로 구성된다."와 같이 명제로 표현될 수 있는 지식을 말한다. 절차적 지식은 어떻게(how)에 해당하는 지식으로 목

〈교육과정의 내용체계와 지식의 유형〉

제6차와 7차 교육과정 내용체계의 '본질, 원리'는 각각 선언적 지식과 절차적 지식과 연결된다. 본질은 각 기능의 필요성, 목적, 개념, 방법, 상황, 특성에 해당하는 지식이며, 원리는 각 기능의 수행에 관한 지식으로 듣기(읽기)의 경우 청각적 식별(낱말 이해), 내용 확인, 추론, 평가와 감상, 말하기(쓰기)의 경우 발성과 발음(글씨 쓰기), 내용 생성, 내용 조직, 표현과 전달(표현, 고쳐쓰기)로 되어 있다.

수가 책상을 만드는 법을 알고 있는 것과 같이 어떤 일을 수행할 수 있는 방법이나 절차에 관한 지식을 말한다. 조건적 지식은 언제(when)와 왜(why)에 해당하는 지식으로 선언적 지식이나 절차적 지식을 상황에 알맞게 적용하는 지식을 말한다.

국어교육의 지식 중심 접근은 국어교육의 영역을 선언적 지식, 절차적 지식으로 나누어 체계화할 수 있다는 장점이 있다. 학문적 체계화가 어느 정도 가능하다는 것이다. 아울러 지식 중심 접근은 국어 수업을 체계화하는 데에도 도움을 준다. 사실 지금까지 국어수업에서 무엇을 해야 하는지 명확하지 않았다. 그러나 지식 중심의 국어교육관에 서면 국어수업에서 무엇을 해야 하는지 명확해 진다. 즉, 듣기, 말하기, 읽기, 쓰기 등의 학습이 단순한 연습이 아니라 지식을 바탕으로 체계적으로 활동할 수 있게 한다는 장점도 또한 갖고 있다.

그러나 지식 중심의 국어교육관은 지식 자체가 무엇을 할 수 있는 능력의 충분조건이 되지 못한다는 점 때문에 국어교육을 충분히 설명해주지 못하는 단점을 갖고 있다. 이는 비유법의 원리를 알고 있다고 해서, 국어활동에서 비유적 표현을 적절하게 잘 구사할 수 있다고 보기 어려운 것과 같이 이치이다. 다시 말하면 국어활동 능력은 지식이라는 요소만으로 설명하기 어렵다는 것이다. 또한, 위에서 살펴본 기능 중심의 국어교육관의 기능에는 선언적 지식과 절차적 지식적인 요소를 내포하고 있는 것으로 간주된다. 책상을 만드는 기능을 갖고 있다는 것은 책상의 용도가 무엇이며(선언적 지식) 책상을 만드는 법(절차적 지식)을 알고 있다는 것을 전제로 하기 때문이다. 이러한 점은 지식 중심의 국어교육관은 기능 중심의 교육관과 실제적으로는 크게 다르지 않다는 것을 알 수 있다.

3) 사고 중심의 국어교육관

우리는 기능 중심과 지식 중심의 국어교육관이 국어교육을 총체적으로 포괄하지 못함을 보았다. 그렇다면 국어교육을 포괄할 수 있는 관점은 무

〈직접교수법〉

제6차 교육과정에 도입된 직접교수법은 '설명하기-시범보이기-질문하기-활동하기'의 절차로 진행되는데, 설명하기에서 질문하기까지는 본질과 원리에 해당하는 지식의 학습이 주가 된다. 그리고 이러한 지식을 실제 언어활동에 적용하는 구조로 되어 있다.

엇인가? 우리는 사고력 중심의 국어교육이라고 생각한다. 사실 교육의 본질적이며 궁극적인 목표 중의 하나는 '생각하는 힘'을 길러 주는 일이다. 이는 동서양이 다르지 않으며 예전과 오늘이 다르지 않다. 서양의 그것은 인간을 '이성적 존재'라고 규정한 플라톤과 아리스토텔레스의 전통에 맞닿아 있다. '배우고 생각하지 않으면 어둡고, 생각하고 배우지 아니하면 위태로우니라(學而不思則罔 思而不學則殆)'라고 한 공자의 말은 사고의 가치를 함축적으로 표현해 주고 있다. 교육의 본질적인 목표가 생각하는 힘을 길러 주는 일이라면, 국어교육의 본질적인 목표도 거기에서 크게 벗어나지 않을 것이다.

교육의 본질을 사고력 신장에 두면 전통적으로 나누어진 교과의 구분이 모호해지는 문제가 있다. 그것은 모든 교과가 사고력 신장이라는 동일한 목표를 가질 것이고 따라서 교과적 독자성이 상실하게 된다. 김홍원 (1993)은 이 문제에 대해 '사회적 탐구력', '과학적 탐구력'이란 용어는 탐구라는 점에서는 같지만 사회적 탐구력과 과학적 탐구력은 다르다는 점을 내포하고 있다고 하며, 이것은 보편적인 사고의 기능, 작용은 없으며 교과, 내용, 지식의 유형에 따라 사고는 달라진다는 것을 의미한다고 말한다. 그리고 그는 이러한 접근을 사고 교육에 관한 '교과 모형'이라고 정의한다. 이에 반해 인간 사고의 일반적이고 공통적인 사고 기능, 작용, 과정을 상정하며 이러한 기능, 과정, 작용들은 교과나 내용, 지식의 유형에 관계없이 어디에나 작용할 수 있다고 보는 관점이 있다고 하며 이런 입장을 '일반 모형'이라고 정의하고 있다. '일반 모형'에 서면 교과적 독자성은 약해질 수밖에 없으며, 사고력을 기르기 위한 교과를 따로 설정해야 한다는 결론이 자연스럽게 도출된다.

그러나 교육의 본질을 사고력 신장에 둔다고 해서 교과적 독자성이 상실되는 것은 아니다. 사고를 문제 해결 과정이라고 한다면, 문제의 성격은 다양하다. 과학과와 관련된 문제는 자연 현상이며, 역사과와 관련된 문제는 인간의 과거사에 관한 문제이다. 과학과에서 탐구하는 문제와 역사과에서 탐구하는 문제의 성격은 분명히 다르며, 문제의 성격에 따라 문제 해결에 필요한 사고 또한 달라질 수밖에 없다. 또한 일반적인 사고력을 기르기 위한 교과를 따로 설정해야 한다고 주장하는 것은 무리가 있다. 사고력의 신장은 문제 사태의 해결을 통해서 이루어지는데, 문제 사태는 결국 지금의 교과에서 제공하는 문제 사태와 크게 다르지 않을 것이기 때문이다.

그렇다면 다른 교과와 구별되는 국어과의 고유한 영역은 무엇인가? 그것은 한 마디로 국어활동이다. 국어활동은 언어적 표현과 이해로 의미를 텍스트로 그리고 텍스트를 의미로 재구조화하는 것을 말한다. 따라서 국어교육과 사고의 관계는 텍스트의 생산과 이해의 과정에서 드러난다.

먼저 텍스트 생산에 대해서 생각해 보자. 인간은 현실세계에 실재하는 물건, 사건, 인간의 정신현상 등을 텍스트로 만드는 능력을 갖고 있는데 텍스트 생산의 과정은 대강 다음과 같다.[1]

① 현실세계의 삼라만상, 그리고 현실세계에 실재하지 않는 모든 대상에 대해 인간의 정신이 작용한다.
② 인간의 정신이 작용한 대상은 인간의 머릿속에 표상된다. 머릿속에 표상된 대상은 발신자에 따라 다르다. 즉, 발신자에 의해 무의식적이나 의도적으로 변형될 수 있다. 결국 발신자의 머릿속의 표상은 발신자의 심리내용이다.
③ 발신자의 심리내용 중에서 선택된 것들이 기호를 이용하여 텍스트로 만들어진다.

이와 같은 과정에 중요하게 작용하는 또 하나의 요소는 상황과 문화적 배경이다. 텍스트를 생산하는 것은 실험실 안이 아니기 때문에 수신자가 고려되어야 하며, 기호화의 규칙이나 문화적 전통이 발신자의 심리 내용에 영향을 미친다. 따라서 텍스트 생산에 작용하는 요소들은 크게 발신자의 심리 내용, 표현 원천, 텍스트, 그리고 상황과 문화적 전통이다. 이들

---

1) 텍스트 생산의 과정은 넓은 의미의 기호화 과정이다. 단어 차원에서의 기호화 과정은 이용주(1993)에 잘 정리가 되어 있다.

의 관계를 도식화해서 나타내면 다음과 같다.

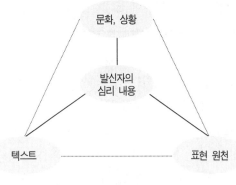

〈텍스트 생산 모형〉

이 그림에서 각 요소들 사이의 관계에 대해서 생각해 보자. 발신자의 심리적 작용이 표현 원천에 작용하고, 그것을 바탕으로 텍스트를 산출하므로 발신자의 심리내용과 이 둘의 관계는 직접적이다. 그러나 표현원천과 텍스트는 직접적인 관계가 아닌 간접적인 관계를 갖는다. 발신자의 심리 내용을 통해서 연결될 뿐이다. 또한 그 과정에 상황과 문화적 전통이 발신자의 심리내용에 작용한다. 그런데 상황과 문화적 전통과 표현 원천, 텍스트와의 관계는 발신자의 심리 내용을 통해서 관계를 맺게 된다. 따라서 이들의 관계도 간접적이다. 이렇게 보면 발신자의 심리 내용이 텍스트 생산에서 중심 위치에 있으며 나머지 것들은 서로 발신자의 심리내용을 통해서 연결된다는 것을 알 수 있다.

여기서 발신자의 심리내용이 구체적으로 무엇인가를 좀 더 자세히 살펴보자. 우선 표현원천(지시대상)에 대한 발신자의 정신작용이 여기에 속한다. 발신자가 지시대상을 바라보는 시각과 수준 등에 따라 텍스트가 결정된다.

〈의미의 삼각형〉

오그덴과 리차즈(Ogden & Richards, 1930)는 의미의 구성 요소를 의미주체(사람), 사물이나 생각, 상징으로 나누고 그 관계를 삼각형으로 나타냈다.

(1)

a 철수가 영희를 때렸다.

b 영희가 철수한테 맞았다.

(1a)와 (1b)는 같은 사건을 표현하고 있다. 그래서 둘의 의미가 같다고 생각한다. 그러나 (1a)와 (1b)는 사건을 바라보는 시각이 다를 수 있다. (1a)는 철수의 행동을 중심으로 사건을 파악하고 있으며 (1b)는 영희를 중심으로 사건을 바라보고 있다는 점에서 차이가 있다. 이와 같이 하나의 사건을 어떻게 바라보느냐에 따라 텍스트가 달라진다. 또한 지시대상을 바라보는 수준에 따라서도 텍스트는 달라진다. 나무를 단순히 나무로 바라보는 것과 덕을 지닌 사람으로 바라보는 것에 따라 텍스트가 달라지는 것이 그것이다.

또한, 지시대상이 갖고 있는 자질들 중에서 발신자가 파악한 자질들 가운데 일부를 선택하여 그것들의 관계로 재구조한다. 예를 들어 사건에 직접, 간접으로 관련되는 사람들 중에서 일부를 선택하여 그들을 주인공과 반대자로 구분하여 파악하기도 하고, 선인과 악인으로 구분하여 파악하기도 한다. (1)과 관련된 사건을 생각해 보면 그러한 일이 일어나게 된 원인, 그 당시의 상황 등 여러 요소들 중에서 특정한 자질을 뽑아서 텍스트화한 것이다. 이러한 과정에서 분석, 재조직 등과 같은 사고가 동원되는 것은 말할 것도 없다.

아울러 발신자의 심리 내용에는 적절한 어휘소의 선택과 국어의 문법에 맞게 순서화, 구조화하는 작업도 포함한다. 지시대상을 같은 맥락에서 바라보았지만 어떤 어휘소를 선택하느냐에 따라 텍스트가 결정된다.

(2)

a 우리 정부는 <u>강력히 항의하였다.</u>

b 우리 정부는 <u>유감의 뜻을 표명하였다.</u>

이상을 통해서 우리는 텍스트의 생산에 발신자의 심리적 작용이 가장 중요한 구실을 함을 보았다. 국어교육이 국어활동 능력을 신장하는 것이 목표이고, 국어활동의 중심에 있는 텍스트의 생산에 발신자의 심리적 작용이 가장 핵심적인 사안이라고 할 때, 국어교육은 당연히 사고중심으로 접근해야 함을 알 수 있다. 이러한 뜻에서 사고중심의 국어교육관을 제안하고자 한다.

2. 사고 중심 국어교육의 특성

1) 언어적 사고의 본질과 국어활동

사고에 대한 정의는 매우 다양하다. 그러나 일반적인 통념상으로는 사고는 지적 작용을 지칭하는 것으로 알려져 있다. 사고에 대한 다음과 같은 정의에서 이를 확인할 수 있다.

> 일반적으로 인간의 사고란 합리적으로 문제를 규정하고 거기에 대
> 처해나가는 의도적인 정신 활동이다.(Newmann, 1987)

사고를 문제 해결에 동원되는 정신 기능이라고 간주하면, 사고의 개념은 인지 또는 문제해결력과 같은 지적인 작용으로 한정된다. 이와 같은 전통은 멀리 아리스토텔레스까지 거슬러 올라간다. 아리스토텔레스는 인간이 다른 존재와 구별되는 것은 이성을 소유하고 있기 때문이라고 생각한다. 이성의 기능은 사유하는 것이고, 이성이 제대로 기능을 다하고 있을 때 최고 가치인 행복의 상태에 도달한다고 생각하였다. 아리스토텔레스의 이성은 실재를 규명하고 그 법칙과 질서를 인식할 수 있는 심리적 능력으로 이해되었다. 그러므로 아리스토텔레스의 사고는 감정, 욕망, 의지, 용기 등에 관련된 심리적 작용을 제외한 것이었다(이돈희, 1987). 사고는 고도의 조직성과 형식성을 띤 정신적-심리적 활동이라는 아리스토텔

레스적인 이성관은 지금도 강력하게 영향력을 미치고 있다.

이러한 사고가 지니는 특성을 철학사전 〈*The Encyclopedia of Philosophy*〉에서는 다음과 같이 5가지로 규정하였다(한명희, 1987에서 재인용).

① 사고란 내적 의식과정이다.
② 사고란 어떤 대상에 대한 것이고 그 대상의 속성이나 관계를 다룬다.
③ 사고를 서술하기 위한 언어는 객관적 실체를 반드시 지칭하는 것은 아니라는 점에서 비외연적이다.
④ 사고는 언어의 형태로 표현되고 전개되기 때문에 본질적으로 언어적이거나 개념적이다.
⑤ 각각의 사고는 어떤 종류의 논리적 형태, 즉 범주적, 가설적, 보편적, 특수적 형태의 논리를 지닌다.

이를 종합하면 전통적으로 사고라고 하는 것은 논리적, 개념적, 언어적인 성격을 갖고 있음을 알 수 있다. 이와 같이 논리적, 개념적 성격이 강한 사고를 인지 중심적 사고라고 말할 수 있다. 그러니까 일반적으로 사고를 지칭할 때는 이와 같은 인지 중심적 사고를 지칭하는 것이다.

그런데 우리의 정신작용에는 이와는 다른 차원의 의식과정이 존재한다. TV를 통해 이산가족이 재회하는 장면을 보고 있다고 가정해 보자. 사람에 따라서 그 장면을 보고 떠오르는 생각이나 느낌을 매우 다양할 것이다. 이산가족이 많다는 사실을 새삼스레 알고 이들이 쉽게 만날 수 있는 장치는 없는가에 대한 생각도 떠오를 것이고, 피붙이의 소중함이나 이별의 아픔을 절실하게 느끼는 사람도 있을 것이다. 그런데 앞의 생각은 논리적, 개념적인 성격을 갖고 있는 반면에 후자는 그런 성격을 갖고 있지 않다.

후자와 같은 정신작용의 특성을 찾아보면 다음과 같다. 우선 대상을 특정한 시각이나 의도와는 무관하게 바라보아야 한다. 이산가족이 재회하는 장면을 바라보면서 그것을 이용해 돈을 벌 생각을 한다면 그런 정신작용이 생기지 않을 것이다. 아울러 인식 주체가 인식대상과 하나가 되어 그 대상에 몰입하는 과정이 필요하다. 이를 소위 감정이입(empathy)이라고 하는데 이산가족의 처지가 실감나지 않으면 절실한 감정이 들지 않는 것과 같다. 또한 후자와 같은 정신 작용은 대상 자체의 특성과 밀접한 관계를 갖고 있다. 가족과 이별하는 것 자체는 매우 슬픈 일이라는 것은 누구나 인정할 수 있는, 대상이 갖고 있는 특성이다. 여기에 인식주체의 상상적 작용이 개입되어야 한다는 점도 또한 중요하다. 즉, 이러한 정신 작용은 주체의 상상력과 대상의 특성이 합쳐져서 발생하는 의식인 셈이다.

이렇게 볼 때, 후자와 같은 의식도 저절로, 무질서하게 아무 근거도 없이 이루어지는 것이 아님을 알 수 있다. 주체자의 적극적인 인식 참여에 의하여 대상 속성에 대한 지각에 근거한 상상이기 때문에 현상적 객관성을 띠고 있다. 또한 감정이입에서 확인할 수 있듯이 논리적이며 개념적인 성격의 사고와는 달리 정서적인 측면과 밀접한 관계를 갖고 있다고 판단된다. 이와 같이 인지 중심적 사고와 구별되는 정신 작용으로 정서적 요소가 개입되는 사고를 정의 중심적 사고라고 칭할 수 있다.

인지 중심적 사고와 정의 중심적 사고 사이에는 다음과 같은 차이점이 있다(한명희, 1987).

첫째, 인지 중심적 사고는 지각대상을 기술하거나 문제를 해결하는 데 목표가 있는 반면에 정의 중심적 사고는 인간 삶의 질을 고양하거나 내면세계의 심화에 목표가 있다. 전자가 합리적 과학적 지성이라고 할 수 있다면, 후자는 정신적 존재적 지성이라고 부를 수 있다.

둘째, 인지 중심적 사고의 결과로서의 산물은 진리, 지식이라고 부르는 것이며 정의 중심적 사고의 결과물은 통찰, 의미 등으로 부르는 경향이 있다.

셋째, 인지 중심적 사고가 개념과 같은 상징을 매개로 하는 추상적 논리적 과정이라면, 정의 중심적 사고는 상상의 체험(virtual experience)을 통한 사고이다.

국어활동과 이들 인지 중심적 사고와 정의 중심적 사고의 관계를 텍스트의 생산이라는 측면부터 생각해 보자. 위에서 살펴본 바와 같이 텍스트의 산출은 표현원천에 발신자의 심리가 작용하면서부터 시작된다. 그런데 이러한 과정에 인지 중심적 사고와 정의 중심적 사고가 함께 작용하게 된다. 이산가족이 만나는 장면을 다시 생각해 보자. 이산가족의 아픔을 느끼지 않는 경우 이산가족이 쉽게 만날 수 있는 장치가 필요함을 생각하기는 쉽지 않을 것이다. 결국 발신자의 머릿속에서 표상되는 것은 인지 중심적 사고와 정의 중심적 사고가 함께 작용한 발신자의 심리내용이다. 텍스트의 산출은 발신자의 심리내용 중에서 선택된 것들이 기호를 이용하여 텍스트로 만들어지는데, 기호로 변환되는 과정에서 두 사고가 관련된다. 어휘에 유의어가 많다는 것과 금기어에 대해 완곡어가 있다는 것도 이와 무관하지 않은데, 같은 지시 대상을 '뚱뚱하다'와 '풍채가 좋다'와 같이 표현이 달라지는 것은 지시대상에 대한 호불호의 정서가 작용한 것이다.

텍스트의 이해에서도 인지 중심적 사고와 정의 중심적 사고는 함께 작용하게 마련이다. '르완다 내전'에 대한 이해를 생각해 보자. '내전'은 국가간의 무력 충돌이 아니고 국내 집단들 사이의 무력 충돌을 의미한다. 따라서 '르완다 내전'은 르완다에서 일어난 민족간의 충돌이라는 정도의 이해는 '르완다 내전'에 대한 개념적 수준의 이해이다. 그러나 이와 같은 개념적 의미를 아는 정도로는 '르완다 내전'을 제대로 이해하였다고 보기 어렵다. 즉, 내전에서 오는 민족적인 비극이나 전쟁으로 인한 인간성의 상실이나 폐허에 따른 고통 등의 정서적 차원에까지 이해가 미쳐야 '르완다 내전'을 제대로 이해한 것이 된다. 다시 말해서 인지 중심적 사고만이 아니라 정의 중심적 사고가 함께 해야 '르완다 내전'을 바르게 이해할 수 있다.

이와 같이 국어활동과 관련된 사고는 인지 중심적 사고와 정의 중심적 사고가 모두 관련되는 것이며 나아가 인지 중심적 사고가 정의 중심적 사고를 유발하기도 하고 정의 중심적 사고가 인지 중심적 사고를 유발하기도 한다. 김동인의 〈감자〉를 읽고 복녀의 처지에 동정을 느끼거나 분노를 느끼는 경우가 인지 중심적 사고가 정의 중심적 사고를 유발하는 경

〈완곡어〉

금기어가 지니는 불쾌하고 부정적인 연상 때문에 대용으로 사용되는 어휘소를 말한다. '죽다(금기어) : 돌아가다/작고하다/영면하다(완곡어)'가 그 예이다. 상황과 장면을 고려하여 적절한 완곡어를 사용하지 못하고 직설적인 표현을 하게 되면 부정적인 효과가 발생할 때가 많다.

우이다. 독자들은 작품을 읽고 복녀, 왕서방과 같은 등장인물의 행위에 대한 어떤 정서적 반응을 경험하게 된다. 여기서 느끼는 정서적 반응은 대개 복녀에 대한 동정심이거나 혐오감 둘 중의 하나일 가능성이 많다. 동정심은 당대 식민지 조선인의 비참한 생활이나 여성의 권리가 인정되지 않았던 환경 속에서 산 복녀에 대한 감정이입을 바탕으로 한다. 그에 반해 혐오감을 느끼게 되는 것은 그 당시 가난한 사람들이 모두 윤리적 타락의 길로 떨어진 것이 아니었다는 논리를 바탕으로 한다. 그런데 복녀에 대한 동정심이나 혐오감은 그러한 감정이 일어나게 된 내용에 대해 다시 생각해 보는 기회를 갖게 한다. 이것은 정의 중심적 사고가 인지 중심적 사고를 유발하는 것이다.

정의 중심적 사고가 인지 중심적 사고를 유발하는 것은 텍스트 생산 과정에서도 확인할 수 있다. 텍스트 생산 과정은 지시대상에 대해 발신자의 정신이 작용하는 것에서부터 비롯된다고 했다. 그런데 이 과정에서 지시대상에 대한 새로운 인식과 통찰이 요구된다. 예를 들어서 나무가 덕을 지녔다고 하는 것이나, 바위에서 인고의 세월을 읽을 수 있는 것은 대상에 대한 통찰과 대상으로의 감정이입의 결과이다. 정의 중심적 사고에 의해서 새로운 인식과 통찰에 도달한 것이며, 이를 바탕으로 텍스트의 산출로 나아가는 것이다.

결국 텍스트의 이해와 산출의 과정에서 두 사고는 끊임없이 상호작용을 통해서 상승작용을 일으킨다고 보아야 한다. 국어활동은 두 사고의 상호작용의 결과라고 말할 수 있으며 국어활동에 작용하는 사고의 관계를 다음과 같이 표현할 수 있을 것이다.

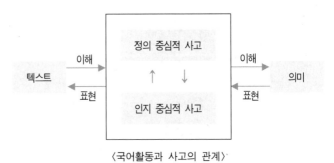

〈국어활동과 사고의 관계〉

2) 국어활동과 사고의 총체성

사고중심의 국어교육의 특성으로 또 하나 들 수 있는 것이 사고의 총체성이다. 여기서 말하는 총체성이란 두 가지 측면에서 생각해 볼 수 있다. 하나는 국어활동에 작용하는 사고의 특성이 총체적이라는 점이며, 다른 하나는 국어활동에서 사고는 국어활동과 관련된 모든 국면에 작용한다는 점에서 총체적이다.

인간의 사고는 매우 다양하다. 인간의 행동과 말이 모두 사고를 바탕으로 하고 있으므로 인간의 사고는 인간의 행동과 말만큼이나 다양하다고 할 수밖에 없다. 범주화, 순서화, 귀납, 연역, 분석, 조직, 추론, 평가, 생성, 비판, 창의, 직관, 상상 등 사고와 관련된 개념들이 다양함을 잘 보여준다.

그런데 이들 사고에는 정반대의 특성을 갖고 있는 사고가 있다. 그것은 계산 과정과 자유연상이다. 계산 과정은 일정한 틀에 의해서 이루어지는 사고이고, 자유연상은 목적이 없는 자유분방한 사고의 흐름이다. 이 둘이 양극단에 서고 나머지 추론, 분석, 조직 등의 사고 유형들은 둘 사이에 위치하게 된다. 대부분의 사고들은 일정한 목적이 있다는 점에서 자유연상과 구별되며, 일정한 틀을 따르지 않는다는 점에서 계산 과정과 다르다. 하지만 각각의 사고 기능들은 정형적인 성격이 강한 사고와 비정형적 사고의 성격이 강한 사고로 나눌 수 있다. 분석, 비교/대조, 범주화, 귀납 등은 비교적 전자에 가까운 사고라고 하면, 유추, 상상 등은 비정형적인 성격이 강한 사고의 범주에 속한다.

그런데 국어활동인 텍스트의 생산과 수용은 정형적 사고와 비정형적 사고 모두를 요구한다는 데 그 특징이 있다. 여기서는 쓰기를 예로 들어 보자. 플라워와 헤이즈(Flower & Hayes, 1981)는 작문의 하위 과정을 계획하기, 작성하기, 재고하기, 조정하기로 나누고 있다. 계획하기 과정은 내용을 생성해 내고, 조직하며, 글의 목표를 결정하는 사고 활동을 말한다. 내용의 생성은 필자의 장기 기억에 저장된 정보를 인출하거나 선택하기도 하고, 외부 정보들 중에서 선택하기도 하며, 경우에 따라서는 기존의 정

〈수렴적 사고와 발산적 사고〉

수렴적 사고는 주어진 정보를 가지고 한 가지 정보를 생성해 내는 사고를 말하며, 발산적 사고는 주어진 정보로부터 여러 가지 결과를 생성해 내는 사고이다. 즉, 한 가지 정답을 찾아 내기보다는 다양하고 질적으로나 양적으로 우수한 반응을 강조하는 사고로 창의적 사고와 동일한 것으로 생각한다.

보를 바탕으로 추론하거나 상세화하기도 한다. 이러한 과정에서 많이 이용하는 것이 자유연상과 브레인스토밍이다. 자유연상이나 브레인스토밍은 비정형적 사고의 대표적인 예이다. 또한, 조직하기는 정보들을 관련된 범주로 나누고 서로 연결짓는 것을 말하는 데 여기에는 시간적 순서화, 비교/대조, 분류 등의 사고가 적용된다. 이러한 사고들은 비정형적 사고의 특성보다는 정형성을 많이 갖고 있는 사고이다. 이렇게 쓰기의 과정에 비정형적 사고와 정형적 사고가 모두 동원된다. 이러한 점이 국어활동의 총체성이다.

국어활동과 관련된 사고의 총체성은 국어활동의 과정에서 모든 요소들을 고려해야 한다는 점에서 그러하다. 두 사람의 대화를 생각해 보자. 현재 발화하는 사람은 자신이 전달하고자 하는 의도를 지금까지의 대화가 진행되어 온 바에 의해서 상대방이 추론할 수 있다고 가정하고 발화한다. 아울러 상대방이 오해하지 않도록 하기 위해서는 어떤 표현을 써야 할 것인가를 검토해야 한다. 그 과정에서 관습화된 언어 용법은 물론이고 상황에 맞는 새로운 방법을 구안할 수도 있다. 물론 관습적인 용법을 사용할 것인가 아니면 새로운 방식으로 말할 것인가의 결정은 적절성을 기준으로 결정할 것이다. 반대로 듣는 사람은 지금까지 대화의 진행과 상황 등을 종합적으로 고려하여 발화하는 사람의 의도가 무엇인가를 추론할 것이다.

또 다른 예로 독서를 하고 있다고 가정하자. 독서의 방법은 책의 종류에 따라 달라진다. 가벼운 소설을 읽는 방법과 철학책을 읽는 것이 같을 수 없다. 또한 책을 읽는 목적에 따라 책을 읽는 방법이 달라진다. 시험을 대비해서 읽는 경우와 교양을 위해서 읽는 것은 읽기의 방법에서 차이가 날 수밖에 없다. 또한 시험을 준비하는 경우도 객관식 고사와 주관식 고사에 따라서 달라지기도 하고, 시험의 비중에 따라 달라진다. 이밖에도 많은 변수들이 읽는 방법을 다르게 할 것이다. 물론, 국어활동은 이러한 모두를 종합적으로 고려하면서 이루어진다. 이렇게 보면 아무리 간단한 국어활동이라고 해도 국어활동에 동원되는 사고는 총체적일 수밖에 없다. 여기에 국어활동의 또 하나의 특징이 있는 것이다.

01. 국어교육의 관점은 기능 중심, 지식 중심, 사고중심으로 나눌 수 있는데 기능 중심 국어교육관은 제5차 교육과정에서 크게 강조되었다.

1.1. 기능에는 문자읽기나 문자쓰기 같은 낮은 수준의 기능과 사고기능과 같은 높은 수준의 기능이 있다.

1.2. 기능은 무의식적인 행동 특성이 있으며, 하위 요소들로 나뉘며, 탈맥락적이다.

1.3. 기능 중심 국어교육은 언어활동을 총체적으로 접근하지 않고 부분적으로 접근한다는 점에서 국어활동의 실제 모습과 다르다.

1.4. 학습자보다는 기능을 강조함으로써 학습자를 수동적인 존재로 보게 된다.

02. 국어교육에서 지식을 강조하는 패러다임이 있다.

2.1. 지식 중심 국어교육관은 독본형 교과서와 강독중심의 수업에서 강조된다.

2.2. 교육과정에서는 선언적 지식과 절차적 지식을 강조하는 데, 이는 6, 7차 교육과정의 내용체계에서 본질과 원리로 나타났다.

2.3. 지식 중심 국어교육관은 지식이 활동 능력으로 바로 전이되지 않는다는 데 그 한계가 있다.

03. 사고중심 교육관은 언어활동이 사고를 바탕으로 이루어진다는 점에서 국어활동을 총괄한다는 장점이 있다.

04. 사고는 인지 중심적 사고와 정의 중심적 사고로 나누어진다.

4.1. 인지 중심적 사고는 논리적, 개념적 사고의 성격이 강한 사고이다.

4.2. 정의 중심적 사고는 정서와 밀접하게 관련된 사고이다.

4.3. 텍스트의 수용과 산출에 언어적 사고는 인지 중심적 사고와 정의 중심적 사고가 함께 작용한다.

05. 국어활동은 인지 중심적 사고와 정의 중심적 사고가 총체적으로 작용한다.

5.1. 국어활동의 총체성은 국어활동과 관련된 모든 요소들이 총체적으로 작용한다는 점에서 확인된다.

알아 두어야 할 것들
고등사고 기능, 하위 기능, 자동화, 탈맥락적, 선언적 지식, 절차적 지식, 본질, 원리, 인지 중심적 사고, 정의 중심적 사고,
발산적 사고, 수렴적 사고, 총체성

1. 기능 중심적 국어교육관을 비판하는 사람들은 국어교육에서 길러내어야 하는 사람은 말만 잘 하는 사람이 되어서는 안 된다고 말한다. 이러한 비판이 나오게 된 원인을 생각해 보고 기능 중심적 국어교육관에서 이를 반박해 보자.

2. 지식 중심적 국어교육관이 미친 영향을 교과서, 수업, 평가 등으로 나누어 보았다. 수업과 평가에서 지식 중심적 국어교육관이 끼친 영향을 정리해 보자.

교재	국어교과서는 문학 작품과 비문학 작품의 모음집이다.
수업	
평가	

3. 인지 중심적 사고와 정의 중심적 사고의 특성을 정리해 보자.

4. 텍스트의 생산 과정에서 작용하는 인지 중심적 사고와 정의 중심적 사고의 구체적인 예를 들어 보자.

5. 사고 중심의 국어교육관이 바람직한 인간상을 기르는 데 어떤 점에서 유리한지 정리해 보자.

제 2 부 국어교육 · 사고 · 문화

제3장 **국어교육과 사고**

　타 학문의 경우도 마찬가지이겠지만 국어교육학을 공부하고자 하는 사람에게 유독 해결하기 어려운 몇 가지 난관이 존재한다. 그 중 하나가 바로 언(국)어와 사고의 관계이다. 이 장에서는 이 둘 사이의 일반적인 역학 관계와 발달적 측면에서 언어와 사고의 관계를 살펴보고, 나아가 언어 발달과 사고 발달이 국어교육에 주는 시사점을 찾고자 한다. 또 다른 난관 하나는 학생의 언어적 사고력을 신장하는 방법이다. 이 장은 행동주의 심리학적 접근과 인지주의 심리학적 접근을 통해 국어 교육학자들이 이 난관을 어떻게 해결하고자 하였는지 간단히 살펴보고자 한다.

1. 언어와 사고

1) 언어와 사고의 상호 관련성

　언어 없는 사고가 가능한가? 그리고 사고 없는 언어가 가능한가? 이는 언어와 사고의 관계를 알기 위한 질문이다. 둘 사이의 관계가 지닌 의미와 의의를 모르고서는 국어교육의 목표와 내용에 '언어'와 '사고'가 긴밀하게 연결되어 있는지 이해할 수 없다. 학자들에 따라서는 언어가 더 중요하다고 주장하기도 하고, 그 반대로 사고가 더 중요하다고 주장하기도 한다. 나아가 언어와 사고의 상호 작용을 주장하기도 한다. 그들이 주장하는 언어와 사고의 관계를 정리하면 다음과 같다.

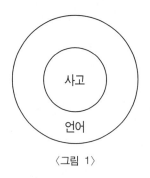

〈그림 1〉

〈언어 우위설〉

언어 우위설은 언어 상대성 원리나 Whorf(또는 Sapir-Whorf) 가설, 혹은 언어학적 세계관(Weltanschauung)의 문제라고 불린다. 대표적인 학자로는 Sapir, Whorf와 Malinowski 등이 있다.

〈그림 1〉은 언어가 사고보다 중요하며 언어가 사고에 영향을 준다고 생각하는 사람들의 주장을 보여준다. 우리나라 속담에 '말이 씨(種)가 된다.'가 있다. 이는 늘 말하던 것이 마침내는 어떤 '사실'을 가져오게 하는 원인이 되었음을 이른다. 여기서 '사실'은 사고의 변화도 포함된다. 언어는 이처럼 무엇인가를 이루어내는 힘을 지니고 있다. 그래서 훔볼트(Humboldt) 같은 학자는 언어 발달이 그 사람의 정신 발달을 상징하는 것이라고 한다.

사고 차이 또는 생각 차이를 낳게 하는 원인은 먼저 두 언어의 어휘 비교에서 찾을 수 있다. 다른 언어에는 구분되지 않은 채 남아 있는 개념이 어떤 언어에는 잘 구분되어 어휘 항목으로 나타나 있기 때문이다. 영어로 한 단어인 '눈'을 우리나라 언어에는 내리는 때에 따라 복눈·봄눈·춘설·보름치·밤눈·도둑눈 등으로 구분하기도 하고, 내린 장소에 따라 눈봉우리·눈벌·눈바다·눈꽃 등으로 구분하기도 하고, 내리는 양상에 따라서는 진눈깨비·가랑눈·솜눈·소나기눈·함박눈 등으로 구분하기도 한다(이미영, 1995). 이러한 어휘 차이로 말미암아 사물을 범주화하는 사고의 차이가 발생한다고 보는 것이다.

나아가 워프(Whorf)는 언어의 문법 범주에 대한 연구가 문화적 통찰을 깊게 해 주고, 그리하여 민족학의 발전에 매우 중요하며, 결국엔 우리 사고의 무의식적 경향을 밝혀 줄 수 있다고 생각했다. 그는 보험 회사 화재 원인 조사원으로 자신이 겪은 전문적 경험을 인용하여 이런 예를 들었다.

화재 발발의 원인은 물리적 상황뿐만 아니라, 때로는 어떤 사람으로 하여금 특정 행동을 하게 하는 상황에도 있음이 분명하다. 상황의 의미는 일반적으로 상황에 적용되는 언어 '명칭'이나 언어 '기술'로 존재할 때 그 의미가 가장 분명히 드러난다. 그래서 '가득 찬(full) 가솔린 통'이라는 표지가 붙은 저장물 주변에서는 특정 유형의 행동을 띠게 된다. 즉 극도로 조심을 하게 되는 것이다. 그러나 '빈(empty) 가솔린 통'이라는 표지가 붙은 저장물 주변에서는 달라진다. 부주의하고 흡연을 절제하지도 않으며 담배꽁초를 던져 버린다. 그러나 '빈' 통이 아마도 더 위험할 것이다. 그 안에는 폭발성 기체가 가득 차 있기 때문이다.(Whorf 1956 : 135)

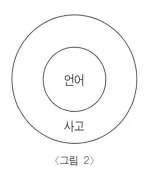

〈그림 2〉

한편, 〈그림 2〉는 사고가 언어보다 중요하며 사고가 언어에 영향을 준다고 생각하는 사람들의 주장을 보여준다. 이는 아동 발달에 대한 네 가지의 지적 단계를 설정한 피아제(Piaget)의 생각에서 엿볼 수 있다. 피아제의 이론은 한 마디로 말해서 지적인 준비가 먼저 되어 있지 않은 상태에서는 어느 수준의 것이든 언어 습득은 절대로 이루어질 수 없다는 것이다. 예컨대 어린이들은 만 한 살 때부터 낱말을 조금씩 배우기 시작한다. 이 무렵에 이런 일이 있을 수 있는 것은 먼저 그렇게 할 수 있는 지적인 능력(=사고), 즉 '스키마(schema)'가 바탕이 되어 얻어지는 일종의 심리적 영상이지, 상징적 개념이나 추상적 개념(=언어)은 아닌 것으로 보고 있다.

피아제는 〈발생적 인식론〉(1970)에서 스키마를 사용하였는데, 이는 모종의 체계성을 띠고 있는 일종의 반응 양태로서, 아동들의 세계에 대한 경

〈스키마 이론〉
(schema theory)

인간의 기억 속에 축적된 지식 구조인 스키마에 관한 이론으로, 스키마라는 용어는 1932년 영국의 심리학자 바틀릿(F. C. Bartlett)의 논문 〈기억〉에서 나온 말이다. 바틀릿은 먼저 고양이의 모양을 기억해 그림으로 그리고, 다음 사람에게 그 고양이 그림을 계속 전달해 나간다는 상황을 설정해 인간의 기억 속에서 고양이의 모양이 어떻게 변해 가는가, 즉 기억이 사람들에 의해 어떻게 주관적으로 조직되어 나가는가를 고찰했다. 지식 표현 형식으로서의 스키마는 민스키(Minsky)의 프레임 이론과 공통되지만, 바틀릿의 스키마 이론은 더 나아가 인간이 어떤 지식에 대해 가지고 있는 의미의 플롯 타입을 강조하는 한편 일상생활에서의 적용 기능을 고찰하였다.

〈언어 습득 장치〉

모든 인간은 유전적으로 언어를 익힐 수 있는 능력을 갖추고 있다. 그 능력은 7세 경까지 작동하며, 그 이후에는 급격히 퇴조한다. 성인이 되어 새로운 언어를 배우기 힘든 이유가 여기에 있다.

험은 이러한 범주적인 구조에 의하여 유형화된다. 그들은 스스로 의식하지는 못하지만, 이러한 도식이나 인식의 틀로 세계를 흡수하고 동화하고 변형시킨다. 인지상의 발달은 바로 이와 같은 스키마의 총체적인 변화를 의미한다(장상호, 1997 : 269에서 재인용). 이와 같은 피아제의 주장을 인간의 발달 과정으로 볼 때 언어의 능력보다 항상 한 걸음 앞서가는 것이 바로 사고의 능력이며, 따라서 사고의 능력이야말로 언어적 능력의 모체에 해당하는 것이다(김진우, 1992 : 413~415).

사고가 언어보다 중요하고 더 큰 영향을 준다는 주장은 세계 여러 나라 사람들이 각각 자기 나라 언어를 배우는 언어 능력이나 언어 습득 과정을 통해서도 그 근거를 찾을 수 있다. 아동은 어른들이 사용하는 말을 모방·연습해서 배우기도 하지만, '왕따, 고딩, 안습'과 같은 새로운 어휘를 만들어낼 뿐만 아니라, '나는 보라색 언어가 롤러블레이드를 타면서, 푸른색 사고(思考)와 함께 힙합을 추는 것을 보았다'와 같은 문장을 창조적으로 사용할 수 있다. 심리학자이기도 한 촘스키(Chomsky)는 이러한 언어 습득과 창조성 원리를 언어 능력(language competence) 혹은 언어 습득 장치(language aquisition device, LAD)로 설명하였다. 인간이라면 이러한 능력을 모두 가지고 있다고 볼 때, 그가 '언어 능력 또는 언어 습득 장치'로 설명하고자 한 것은 각기 다른 언어가 기저에 '비슷하거나 같은 언어 구조'를 지니고 있다는 것을 설명하려고 한 것이 아니다. 오히려 인간이 비록 각기 다른 언어를 사용하는 환경에 처하더라도 그 언어를 배울 수 있는 것은 인간 심리의 기저에 '비슷하거나 같은 사고 구조'를 지니고 있음을 설명하려고 한 것이다.

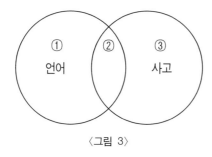

〈그림 3〉

〈그림 3〉은 사고와 언어가 서로 상호 작용하고 있음을 보여주기 위한 것이다. 그런데 여기서 눈여겨보아야 할 부분은 영역 사이에 존재하는 특성이다. 먼저 '영역1'은 일상적인 언어 생활에서 사고가 없는 언어가 있음을 의미한다. 꿈을 꾸면서 무슨 말을 하는 '잠꼬대'가 여기에 해당할 것이다. 일반적으로 꿈의 내용은 아침에 일어나면 어렴풋이 기억하는 데 비해, 잠꼬대를 기억하는 사람은 거의 없다. 그리고 '표현(表現)'과는 다른 개념인 '표출(表出)'도 여기에 해당한다. 누군가 몰래 다가와 뒤에서 놀라게 하였을 때, 놀람을 당한 당사자가 무의식적으로 내뱉은 말이나 소리가 그것이다. 이와 같은 예는 사고가 없는 언어 영역이 독립되어 있음을 의미한다.

그리고 '영역3'은 언어 없는 사고가 일상생활에 존재하고 있음을 의미한다. 그림이나 영화, 그리고 음악 등을 감상하면서 머리 속에서 일어나는 사고 작용이 여기에 해당할 것이다. 예를 들어 진양조나 중몰이·중중몰이·잦은몰이 박자로 연주하는 대금 소리를 들었을 때, 마음 깊은 곳에서 어떤 울림이 있음을 느낄 것이다. 이와 같은 '음악적 사고'는 언어가 없는 사고이기에, 언어 영역과는 다른 독립된 사고 영역이 존재하고 있음을 알 수 있다. 즉 정서를 유발하는 감정적 표현이 말의 특징을 모두 갖고 있다 할지라도 엄밀한 의미에서 사고 행위로 간주될 수는 없기 때문이다.

한편 가운데 있는 '영역2'는 사고와 언어가 만나는 부분이다. 이 영역은 모든 형태의 사고와 언어를 단순 조합하고 있는 곳이 아니라, 의미 구

〈표현과 표출〉

이용주(1995 : 84~85)에서는 개인의 심리 내용을 언어로 나타내는 현실적인 담화, 발화 행위를 '표현'이라고 하고 '표출'이라고도 해서는 안 된다고 한다. 왜냐하면 '표현'은 의도적인 것이지만 '표출'은 반사 작용이기 때문이다.

〈언어적 사고〉

비고츠키에 의하면, (단어 또는
텍스트) 의미는 사고와 언어의
철저한 혼합물을 나타내기 때문
에, 그 의미가 의미 현상인지
아니면 사고 현상인지 말하기
어렵다고 한다. 의미 없는 단어
는 공허한 소리일 뿐이고, 일반
화와 개념과 같은 사고 행위는
물과 같아서 언어 형식과 같은
그릇이 없이는 그 형태를 알기
가 어렵다. 따라서 (단어 또는
텍스트) 의미는 사고가 언어로
구현될 때만이 사고 현상이며,
언어가 사고와 연계되고 사고에
의해 밝혀질 때만이 언어 현상
이 된다. 의미는 언어적 사고
또는 의미 있는 언어 현상이다.
(신현정 역,1985 : 47, 120에서
재인용).

성 과정이 일어나는 곳이다. 비고츠키(Vygotsky)는 영역2에서 일어나는 사고를 언어적 사고(verbal thought)라고 하였다. 이는 언어적 사고의 속성을 성분 요소인 사고와 언어로 분할하여 설명할 수 없음을 의미한다. 물이 수소와 산소로 분리할 수 있지만 낱개의 요소(수소나 산소)는 전체(물)의 특성을 갖지 못하기 때문이다. 따라서 '요소로서의 분석'을 '단위로서의 분석'으로 대치하여야 한다. 왜냐하면 단위는 그 단순 형태 속에 전체가 가지고 있는 모든 특성을 유지하기 때문이다. 워즈워드(W. Wordsworth)의 「무지개」를 통해 그 특성을 알아보자.

> 하늘의 무지개 바라보면 / 내 마음 뛰나니, / 나 어려서 그러하였고 /
> 어른 된 지금도 그러하거늘 / 나 늙어서도 그러할지어다. / 아니면 이제
> 라도 나의 목숨 거둬 가소서. //어린이는 어른의 아버지 / 원(願)하노니
> 내 생애의 하루하루가 / 천생의 경건한 마음으로 이어질진저……

이 시에서 '어린이는 어른의 아버지'라는 표현에서 '아버지'의 의미를 살펴보자. '아버지'의 사전적인 의미는 '자기를 낳은 어머니의 남편' 또는 '자식을 가진 남자를 자식에 대한 관계로 이르는 말'이다. 순수하게 언어적인 이 의미로는 '어린이는 어른의 아버지'라는 표현을 해석할 수 없다. '아버지'의 심리적인 의미를 생각해 보자. 아버지에 대한 심리적인 연상과 상상, 그리고 관련된 개념으로도 이 표현을 해석할 수 없다. 즉 순수하게 사고적인 의미로서도 부족하다. 따라서 이 표현이 담고 있는 의미는 작가의 삶과 의도, 문맥과 상황 등 표현 과정과 이해 과정을 수반하여야 해석이 가능하다. 어린 시절 누구나 그랬듯이 무지개를 보며 지녔던 그 꿈과 이상이 어른이 된 지금의 자기를 만들었다고 해석해야 할 것이다. '아버지'라는 언어 요소와 '아버지'에 대한 사고 요소는 이처럼 상황 맥락을 고려한 전체 단위 속에서 해석해야 그 의미를 올바로 찾을 수 있다. 한마디로 말하자면 국어교육에서 중요한 언어적 사고는 '의미가 협력적으로 구성되고 창조되는' 성격을 지니고 있다고 할 수 있다.

2) 발달적 측면에서 본 언어와 사고

가. 언어 발달 단계

아동의 언어 발달 단계를 연구하기 위해서는 출생 때부터 완전한 문장을 말할 수 있을 때까지의 인간의 언어화를 기록하고 분석하는 일이다. Garder & Gardiner(1981)는 이러한 자료를 분석하여, 언어 발달을 언어전(前) 발달 단계와 언어 발달 단계 둘로 나누었다. 초분절적인 음소를 익히는 언어전 발달 단계도 중요하나 여기서는 언어 발달 단계를 중심으로 그 특징과 의미를 살펴보고자 한다.

첫 단계는 한 단어(one word) 발화시기로, 15개월 정도의 영아들이 '엄마'나 '우유'와 같은 단어를 획득한다. 이러한 한 단어의 발화는 단어의 의미가 아니라 바로 어떤 전체적인 진술(statement)을 의미한다. 즉 그들의 입에서 튀어나온 낱말 하나하나는 하나의 완전한 문장이나 구와 똑같은 역할을 수행한다는 점이다. 예컨대 어떤 어린이가 어느 날 '우유'라는 단어를 배웠다면 그는 바로 그 순간부터 그것을 하나의 낱말로서 사용하기 시작하는 것이 아니라, 그것을 '이것은 우유야(서술)', '저기 우유 있다(지시)' 또는 '우유 줘(요구)'와 같은 의미와 기능을 지닌 하나의 발화로 사용하기 시작한다. 그렇기 때문에 한 단어 발화 시기를 흔히 한마디 표현(holophrastic) 시기라고 하는 것은 바로 이러한 전체적인 사고 기능 때문이다(Greenfield & Smith, 1976).

두 번째 단계는 전보 언어(telegraphic speech) 시기로, 2세가 되기 전 대부분의 아동들은 '빵 좀', '가게 자전거 가' 등과 같이 주로 명사나 동사로 구성된 두 단어 또는 세 단어의 문장을 구성하기 시작한다. 이러한 문장들은 성인들이 전보를 칠 때 사용하는 문장과 비슷하기 때문에 전보 언어 시기라고 하였다. 한 단어 발화가 할 수 있는 기능은 대단히 제한적인 것이어서 '서술'과 '지시'의 기능과 '요구'의 기능 정도가 전부였다. 그렇지만 전보 언어의 기능에는 위치나 이름을 알리는 것(저기 책, 저거 차), 요구나 욕망을 표현하는 것(우유 더, 사탕 줘), 부정의 뜻을 나타내는 것(안 씻

〈언어 전 발달 단계〉

언어 전 발달 단계는 울기(crying) 단계, 옹알이(cooing) 단계, 종알대기(babbling) 단계로 나눌 수 있다고 한다. 이들 각 단계의 특징과 의미는 김영채(1995 : 561∼563)와 김진우(1996 : 113∼126)를 참조하기 바람.

어), 사건이나 상황을 서술하는 것(철수 가, 편지 와), 소유 관계를 표현하는 것(내 신, 엄마 옷), 수식이나 형용사 관계를 나타내는 것(예쁜 옷, 큰 배), 의문의 뜻을 나타내는 것(공 어디) 등이 있다(Slobin, 1979). 한 단어 발화 시기 이후 언어의 기능이 일년 뒤에 일곱 가지로 확대된 것인데, 이것으로 미루어 보아 그들의 사고 능력과 사고 절차도 그만큼 확대되고 다양화되었다는 것을 알 수 있다.

세 번째 단계는 전체 문장(whole sentence) 발화 시기로, 어휘력이 크게 달라지고, 발음상으로나 문법적으로 불완전했던 것들이 거의 사라져 버리며, 문장의 길이와 그 종류가 다양해진다고 한다. 이런 능력은 명제를 조작하여 중문이나 복문과 같은 수준 높은 문장을 만들 수 있는 지력이나 사고력이 높아졌음을 의미한다고 볼 수 있다. 그리고 자음과 모음 사이의 변화를 지각하는 정도가 달라진다고 한다. 즉, 모음을 변화시키거나 첨가하는 것이 자음을 그렇게 하는 것보다 더 현저하다고 한다. 예를 들면 '살랑살랑'이 '설렁설렁'으로 되는 모음 변화에 대한 지각 정도가 '쌀랑쌀랑'으로 되는 자음 변화의 그것보다 더 현저하다는 것이다. 또한 모음을 첨가하면 어느 정도의 강세를 받게 되는 음절이 생기게 되기 때문에 변화의 지각 정도가 자음 첨가보다 현저하다는 것이다. 스타인버그(Steinberg, 1982)는 이와 같은 현상을 음 변화의 현저성이라고 설명하고 있다(박경자·유석훈 공역, 1986에서 재인용).

나. 사고 발달 단계

그러면 아동의 사고 발달 단계와 그 단계에서 나타나는 특징과 의미를 알아보자. 피아제는 아동의 사고(인지) 발달 단계를 다음과 같이 나누어 설명하고 있다.

첫 단계는 감각·운동의 단계로, 모든 지적인 활동이 반드시 감각과 운동의 능력을 통해서 이루어진다고 본다. 그 결과 2년 정도에 걸쳐 생성된 지식도 다분히 감각의 형태나 운동의 형태를 닮을 수밖에 없다. 그러나 2년 동안에 일어나는 유아의 행동은 고정된 것이 아니라 반사적 감각 행동에서 문제 해결적인 지능 행동으로 바뀌어 간다. 예를 들면 시각 행동의 경우, 처음에는 자기 시각에 들어오는 것을 피동적으로 감지하다가, 머리를 돌려서 쳐다보는 행동을 하다가, 손으로 잡아서 눈으로 확인하며, 자기가 보고 싶은 것을 직접 쫓아가서 보게 된다. 더 나아가 눈에 보이지 않는 것을 찾아서 보기도 한다.

두 번째 단계는 전조작적 단계로, 아동은 감각이나 행동을 통해서 얻은 정보들을 하나의 개념이나 상징으로 바꾸어서 사고 체계 내에 넣는 '표상적(表象的) 사고 행위'를 할 수 있다. 그 결과 6세나 7세 이르기까지 적게는 1,000개로부터 많게는 2,000개 정도의 단어가 아동의 머리 속에 저장되어 있다. 그러나 아직 무엇인가를 종합적이며 전체적으로 감지

〈전조작적 단계 실험〉

CONTAINER A   CONTAINER B

하는 능력과 양방(兩方)의 사고 능력이 부족하다. 예를 들면, 같은 양의 물을 높이와 넓이가 각각 다른 그릇에 옮겨 부으면 물의 양이 달라졌다고 생각하게 된다.

세 번째 단계는 구체적인 조작의 단계로, 아동은 하나의 완성된 인지체계로 상징 체제를 내면화하는 능력을 지닌다. 예를 들면 깨진 대리석의 조각을 모으면 다시 원래의 모습을 만들 수 있음을 아는 '가역성(可逆性)' 개념 같은 것이다. 그러나 지적 활동은 다분히 감각 의존적이며 단편적이다. 만 11세 정도의 아동들은 대부분 눈앞에서 벌어지는 사건이나 사물 등에 대해서는 많은 생각을 할 수 있으나, 눈으로 볼 수 없는 추상적인 개념이나 사실들의 관계를 알아차리지 못한다.

네 번째 단계는 형식적 조작의 단계로, 추상적인 논리력을 마음대로 구사할 수 있게 된다. 만 15세 정도의 청소년들은 추상화와 기호화하는 능력을 갖출 뿐만 아니라, 문제 해결이나 결정 내리기와 같은 사고 활동도한다. 그들이 미래에 하고 싶은 일과 그 일을 실천할 수 있는 구체적인 계획을 수립할 수 있는 것도 이러한 능력을 지니고 있기 때문이다. 이러한 능력은 그들이 겪는 경험과 당장의 현존하는 실재를 넘어서서 가설적

인 명제를 형성하기도 한다. 그리고 그러한 지적인 작업 속도는 엄청나게 빠르다.

3) 사고력 신장의 도구로서의 언어

사고 발달 단계	아동의 연령	언어적인 특징
감각·운동기	2세까지	한 단어, 전보 언어
전조작기	6~7세까지	전체 문장(문장이 길어지고, 다양해짐)
구체적 조작기	11세까지	문자 언어 습득, 어휘의 수 증가, 문법적 능력
형식적 조작기	15세까지	언어로 모든 지적인 조작을 함, 문자 언어를 통한 지식과 정보 전달·전수

위 표는 피아제의 사고(인지) 발달 단계를 중심으로 언어적인 특징을 정리한 것이다. 사고 발달 단계 특징과 의미는 아동의 연령과 언어적인 특징에서 찾을 수 있다. 아동이 완성된 사고 발달 단계인 형식적 조작기에 이르기까지는 거의 15년이 걸린다. 이에 비해 아동이 전체 문장(whole sentence) 발화 시기와 같은 완성된 언어 발달 단계에 이르기까지는 6~7년이 걸린다. 여기서 알 수 있는 것은 사고 발달 단계는 언어 발달 단계 이후에 완성된다는 것이다. 즉 사고력다운 사고(=형식적 조작기)는 하나의 언어가 완전히 발달한 다음에 이루어짐을 의미한다. 뒤집어서 살펴보면 아동은 언어가 완전히 발달하기까지는 사고력다운 사고를 지니고 있지 못하다가, 언어 발달이 끝난 다음에 가서야 그러한 능력을 가질 수 있다는 말이다.

인간의 사고력은 앎이나 느낌 같은 것을 기호화하는 능력, 여러 기호들을 일정하게 조작하는 능력, 새로운 생각을 만들어 내는 능력 등의 세 가지로 나눌 수 있다(김진우, 1996). 물론 음악, 운동, 그림 등을 통해서도 이러한 사고력을 기를 수 있다. 하지만 이러한 사고력을 유지하고 발전시키는 데 가장 핵심적이고 가장 결정적인 구실을 하는 것은 언어라는 것이다. 여기서는 언어가 이들 사고력을 어떻게 신장할 수 있는지 구체적인 예를 들어가면서 살펴보고자 한다.

사고력의 세 영역 중 첫 번째 것은 기호화의 영역이다. 인간은 누구나 기호화의 능력을 타고난다. 그래서 인간은 자기가 일단 인식했거나 감지한 것은 반드시 일정한 기호로 만들어 머리 안에 저장해 둔다. 그런데 이 일을 하는데 인간이 사용하는 기호에는 시각적 이미지나 청각적 이미지, 운동감각적 이미지 등과 같은 원초적인 것으로부터 언어적 기호나 도형 기호, 수학적 기호 등과 같은 인공적인 것에 이르기까지 여러 가지가 있다. 이들 가운데 가장 쉽고 편리하게 쓸 수 있는 것이 언어적 기호라는 것이다. 예를 들면 원색과 혼합색을 이용한 색종이 실험은 언어가 기호화에 어떤 도움을 주는지 잘 보여준다. 이 실험은 피실험자에게 원색과 혼합색이 서로 섞여 있는 다양한 색종이 중 하나를 보여주고 방금 본 것을 찾아내는 것이다. 피실험자들은 빨강·노랑·파랑 같은 원색을 본 경우가 여러 색을 섞은 혼합색을 본 경우보다 훨씬 쉽게 잘 찾아낸다. 이러한 실험 결과는 인간이 주어진 어떤 대상을 지각하고 범주화하거나 그 대상을 인식하는 데 언어가 도움을 주고 있음을 보여준다.

사고력의 세 영역 중 두 번째 것은 기호 조작의 영역이다. 기호 조작에는 일정한 절차나 틀이 있는데, 언어적 절차나 틀이 가장 편리하고 효율적인 조작 방법이라는 것이다. 인간이 다양한 표현 효과와 정교화 효과를 얻기 위해 언어 기호 조작을 어떻게 하는지 다음 사례를 통해 알아보자.

(1) 나폴레옹은 궁전에 도착했다. 그 오스트리아의 정복자는 들떠 있었다. 나는 그렇게 의기양양한 남자를 본 적이 없었다. 그는 이야기를 거의 멈추지 않았다.

(2) 다름 아닌 누가 들어왔는가 하니 한 존엄스런 나이든 남자였는데, 각하는 교회의 성직자들 중에 한 분이라는 것을 즉시 알아보았고, 다름 아닌 세르지우스 대주교였다.

위의 (1)과 (2)는 모두 대용형을 사용하여 초점을 바꾼 경우이다. 대용

〈반복 표현을 통한 도상성 (圖象性 iconicity)〉

다음은 프로스트(Frost) 시인이 쓴 마무리 시행 부분이다. "내가 잠들기 전에 가야할 먼 길이 있다네/내가 잠들기 전에 가야할 먼 길이 있다네." 이것은 밤 설경 속에서 화자가 썰매를 타고 여행하는 정연하고도 지속적인 움직임을 떠올리게 하는 수법이다. 시 텍스트의 구성은 이처럼 전체적인 소통 의미와 목적에 부합하려는 동기에서 결정되는 수가 많다.

형의 일반적인 용법은 그 초점을 점점 확대해 가는 것이다. (1)처럼 가장 특정화되고 명확히 규정된 의미 내용('나폴레옹')에서 출발하여, 특정성과 명확성이 가장 약한 내용('그')으로 텍스트가 진행되는 것이 보통의 경우이다. 그러나 (2)처럼 이 진행 방향을 거꾸로 하면, 지시대상의 정체를 조금씩 밝혀나가는 데 대단히 효과적인 수단이 된다고 한다. (2)는 오히려 초점을 점점 축소하여, (1)과 같은 효율성을 높이는 방법을 따르지 않음으로써, 그 효과를 높인 것이다(Lakoff, 1968. Beaugrande & Dressler, 1981에서 재인용).

사고력의 세 번째 것은 사고 절차나 사고방식에 어떤 변화를 일으키어 새로운 사고를 창출하는 것이다. 물론 친한 친구의 이별이나 죽음 등과 사건이나, 예술가의 그림·몸동작·음악 등도 그러한 변화를 초래하기도 한다. 다음 사례를 통해 언어는 어떻게 그러한 사고력을 창출하는지 살펴보자.

인식의 힘
－절망하는 자는 대담해지는 법이다 － 니체

도마뱀의 짧은 다리가
날개돋힌 도마뱀을 태어나게 한다.

－최승호, 〈인식의 힘〉

최승호의 시는 인식의 힘을 제목과 부제, 짧은 두 행의 시로 나타내고 있을 뿐이다. 그럼에도 불구하고 이 시는 그 어떤 사건이나 예술적 행위보다 설득력 있게 자기 인식의 필요성을 너끈히 잘 표현하고 있다. 즉 절망적인 자신의 상황을 성찰하고, 그 절망을 분명하게 인식할 때에야 비로소 절망을 극복할 수 있음(김상욱, 1998)을 간단명료하게 잘 표현하고 있다. 그러면서 전체는 긴밀하게 결합된 구성을 취하고 있다.

4) 언어 발달과 사고 발달이 국어교육에 주는 시사점

이 장을 시작하면서 언어와 사고 둘 사이의 관계가 지닌 의미와 의의를 모르고서는 국어교육의 목표와 내용에 '언어'와 '사고'가 긴밀하게 연결되어 있는지 이해할 수 없다고 하였다. 언어 발달 단계와 사고 발달 단계의 관계가 국어교육에 어떤 의미를 주는가? 이 물음에 대한 답은 다음과 같다.

첫째, 언어사용 실태 조사로 사고력의 발달 단계를 진단 또는 추론할 수 있다. 유치원에 들어가기 전인 3~4살 무렵의 아동은 날아다니는 것을 모두 '새'로 인식하는 시기가 있다. 비둘기나 참새뿐만 아니라 사람이 타고 다니는 그 무거운 비행기조차 '새'로 인식하고, 사물을 자기 나름대로 범주화하는 시기가 있다. 이러한 언어 범주화가 일어나는 시기를 조사하는 것은 매우 중요하다. 왜냐하면 이를 통해 아동의 사고 발달 단계를 진단하고 추론하고, 그에 적합한 언어 교육을 할 수 있기 때문이다.

둘째, 언어 교육으로 사고력 발달을 신장시킬 수 있다. 피아제의 인지 발달 단계를 보면, 12세부터 발달하는 형식적 조작기는 언어로 모든 지적인 조작을 하고, 문자 언어를 통해 지식과 정보를 전달하고 전수한다. 그렇다고 할 때, 15세 이후의 사고력은 더 이상 발달하지 않는 것인가? 만에 하나 그러한 현상이 존재한다면 굳이 대학과 같은 고등 교육이 무슨 소용이 있는가? 피아제의 주장대로 15세 이전까지는 사고력의 발달이 언어 발달을 유도한다고 하였다면, 그 이후는 언어 발달이 사고력을 발달시키기에 더 이상의 사고 발달 단계를 설정할 필요가 없었으리라 생각된다. 다시 말하면 사고력을 발달시킬 수 있는 완벽한 도구인 언어가 완성되었기에, 이 단계부터는 언어적인 지각과 추론, 언어적인 감각과 정서를 발달(교육)시키면 자연히 사고가 발달하기 때문이다. 즉 언어로 사고하는 수준이 곧 사고 발달 수준을 가리키는 지표가 되기 때문이다.

셋째, 국어교육의 목표를 '언(국)어적 사고력 신장'으로 삼을 수 있을 것이다. 비고츠키(1962)는 언어적 사고를 '요소로의 분석적 접근'보다는

'단위로서의 분석적 접근'을 하여, 언어적 사고의 단위를 단어 의미에서 찾았다. 물을 수소와 산소로 분리하여 접근하면 물의 속성을 제대로 설명할 수 없듯이, 언어적 사고의 속성을 성분 요소인 사고와 언어로 분할하여 설명하고자 할 때, 사고와 언어라는 낱개로서의 이 요소 두 가지는 전체로서의 언어적 사고의 특성을 갖지 못한다고 보았다. 비고츠키의 이러한 생각은 국어교육의 두 가지 중요한 활동인 표현 과정과 이해 과정에서 일어나는 언어적 사고의 모습을 잘 보여주고 있다. 또한 국어교육이 왜 언어 현상에만 집착해서 그 내용만을 가르쳐서는 안 되는지, 그리고 사고 기능만 집착해서 그 기능만을 가르쳐서는 안 되는지 잘 보여주고 있다. 언어적 사고는 언어와 사고의 통합 현상이기에, 그리고 표현 과정과 이해 과정에서 일어나는 필수적인 현상이기에 이 과정에서 존재하는 언어적 사고 능력을 신장시키는 것을 국어교육의 목표로 삼을 수 있는 타당한 근거가 된다.

넷째, 국어교육 내용의 위계와 연계를 구상할 수 있다. 블룸(Bloom, 1956)은 교육 목표를 '지식·이해·적용·분석·종합·평가'로 나누었는데, 지식은 '기억력'이 되지만, 나머지는 각각 '이해력·적용력·분석력·종합력·평가력'으로 '사고력'과 관련이 있다. 이들 사고력은 국어교육의 내용과 위계를 구성하는 데 중요한 축이 되어 왔다. 국어과 교육과정에서 '읽기' 교육 내용이 사고력과 어떤 관계를 맺고 있는지 살펴보면 다음과 같다.

- 가리키는 말의 내용을 파악하며 글을 읽는다. (이해력)
- 내용의 연결 관계를 파악하며 글을 읽는다. (분석력)
- 목적과 상황에 따라 읽기의 방법을 달리한다. (적용력)
- 읽기 상황에는 글의 종류, 읽기의 목적과 방법 등이 관련됨을 안다. (종합력)
- 주장에 대한 근거의 적절성을 판단하며 글을 읽는다. (평가력)

다음 절은 이러한 시사점을 토대로 언어적 사고력 신장을 위한 접근법 두 가지를 살펴볼 것이다. 두 접근법은 우리가 언어를 어떤 방식으로 학습했는지, 그 방식으로 언어를 배우면서 언어에 대한 생각이 어떻게 변했었는지, 언어 학습 경험과 과정이 어떠했는지 등을 생각해 볼 기회를 제공할 것이다. 또한 학생들의 언어 학습을 관찰하여 언어와 사고의 본질적인 관계뿐만 아니라, 어떤 학생들은 성공적으로 학습하는 반면에 왜 다른 학생들은 그렇지 못한지에 본질적인 고민도 제공할 것이다. 이러한 언어적 사고력에 대한 접근법과 인식을 국어교육 현상과 밀접한 관계가 있는 행동주의 심리학과 인지 심리학을 중심으로 그 관계를 살펴보고자 한다.

2. 언어적 사고력 신장을 위한 행동주의 심리학적 접근

1) 국어교육 내용의 반복과 분산

먼저 제7차 국어과 교육과정을 살펴보자. 국어과 교육 내용 중 '작품의 인물'과 관련된 주요 학습 요소를 살펴보면 다음과 같다.

- 작품에 나오는 인물의 모습이나 성격을 상상하기
- 작품에 나오는 인물이 되어 보기
- 작품에 나오는 인물의 사고 방식을 이해하기
- 작품에 나오는 인물의 다양한 삶을 이해하기

이들 작품의 인물과 관련된 학습 요소는 초등학교 1, 3, 4, 5학년에 '반복'되어 나타난다. 국어교육에서 반복·연습이 강조되고 있는 것은 오직 반복·연습을 통해서만이 언어 기능의 습관화가 가능하기 때문이다. 행동주의에서는 그 대상이 무엇이든 간에 습관화되지 않은 것은 결국 학습된 것으로 보지 않는다. 언어란 일종의 습관이기 때문에 그것을 배우는 데는 반복된 습관 이외에 다른 방법이 없다는 것이다.

반복을 강조하는 이와 같은 교육과정 틀은 제5차 국어과 교육과정의 학년별 목표 설정(노명완 외, 1988 : 86~87)에서 유래한 것으로 보인다. 아래 그림은 학생의 지적 발달과 지도 내용의 난이도에 따라 언어활동을 1~2학년, 3~4학년, 5~6학년으로 '분산'하고, 학년 묶음에 따른 중점 사항들을 제시하고 있다.

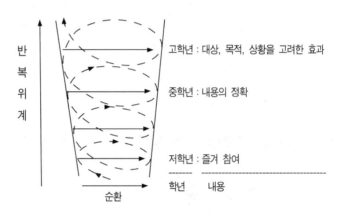

〈국어과 교육과정의 반복 순환적 위계〉

'분산' 역시 행동주의자의 모습을 알 수 있는 개념이다. 왓슨(Watson, 1961)은 '우리에게 사용 가능한 시간을 넓게 분산시켜 집중 연습한다면 놀라울 정도로 좋은 결과를 얻을 수 있다'고 주장한다. 반복해서 집중 연습을 하되, '넓게 분산시키라'는 것의 의미는 '반복·연습의 효과'를 극대화하기 위함이다. 즉 반복·연습의 법칙이란 일정한 시간이 지나고 나면 결과적으로 안한 것만도 못하는 결정적인 역기능을 불러들이기 때문에, 학습의 효과를 극대화하기 위해서는 필요한 양의 연습을 여러 회수로 나누는 것이 좋다고 주장한다.

2) 교수-학습 방법으로서의 부분 학습과 강화 학습

국어과 교수-학습 방법은 어떠한가? 언어는 지식적으로나 기능적으로나, 그리고 태도적으로 배워야 할 내용이 많을뿐더러 또한 그 내용 자체는 가르치기도 배우기도 어려운 과목 중의 하나이다. 이러한 난점을 해소하고자 언어 내용을 전체적으로 접근하기보다 부분으로 나누고, 그 내용을 배워 가는 방식을 취하기도 한다. 부분적으로 조금씩 해 나가는 것이 전체적으로 한꺼번에 공부하는 것보다 쉬운 것이 당연하기 때문일 것이다.

예를 들어 '읽기의 과정을 알아보자'는 교육 내용은 한꺼번에 공부하기는 매우 어렵다. 그래서 먼저 '읽기 전'과 '읽는 중', 그리고 '읽은 후'로 나눈다. '읽기 전'은 제목을 보고 어떤 내용인지 추측하거나, 제목과 관련된 자신의 배경 지식을 꺼내는 기능 등으로 세분한다. 그리고 '읽는 중'은 글을 읽으면서 모르는 낱말의 뜻을 찾거나, 이해가 안 되는 문장의 뜻을 생각하거나, 각 문단의 중심 내용을 찾거나, 글 전체의 중심 내용을 찾는 기능 등으로 세분한다. 그리고 '읽은 후'는 글 전체의 내용을 요약하거나, 자신의 생각이나 느낌을 적거나, 비판하는 글을 쓰는 기능 등으로 세분한다.

국어과 교육과정에서는 '직접교수법'을 이용하여 이렇게 세분된 기능을 하나씩 익혀나가도록 유도하는데, 그 절차는 '설명하기-시범 보이기-질문하기-활동하기'이다. 이 절차는 총체적인 언어활동을 부분적인 언어 기능으로 잘라서 접근하기에 알맞은 방식이다. 지식이나 기능을 이렇게 세분하여 접근하는 것을 'andsum' 방식으로 볼 수 있다(Wertheimer, 1959). 즉 부분의 합은 전체가 되는 것으로, 부분+부분+부분…… = 전체라는 것이다. 다시 말하면 부분적인 언어 지식과 기능에 대한 학습의 단순 총합은 총체적인 언어활동이라는 것이다. '직접 교수법'은 전체 언어 능력을 개별적인 언어 기능으로 나누고 이들 기능을 학습함으로써 '고등 사고 기능 신장'이나 '의사소통 능력 신장'과 같은 국어교육의 목표를 달성하고자 하였다. 이는 행동주의 심리학의 교수·학습 방법과 그 맥을 같이 한다고 할 수 있다. 행동주의 심리학자들도 비둘기나 쥐에게 복잡한 행동을 학습시킬 때, 우선 복잡한 행동을 단순한 행동으로 나누고, 부분적인 단순 행동을 하나씩 학습시킨 뒤 복잡한 행동을 하도록 가르치기 때문이다.

한편 국어과 교수·학습 방법론으로 기능이나 전략을 가르치는 현시적 교수법이 있다(심상영 외 5인, 1997). 이 교수법의 핵심 요소 5단계 중 하나인 '강화' 단계와 학생 독립 연습 단계에 있는 '미이해 아동들을 위한 재강화' 역시 행동주의 심리학의 교수·학습 방법과 그 맥을 같이 하고 있다.

여기서 셋째 단계인 강화에서는 주로 학습지를 가지고 그 기능이나 전략이 무엇이며 그것을 왜 적용하는지 등을 확인하고 학습한 것을 정리하면서 그 기능이나 전략을 충분히 이해하도록 한다. 국어교육에서 이와 같은 강화는 그 비중이 높다고 할 수 있다. 왜냐하면 흔히 좋은 언어 교육이란 결국 매 시간마다 모든 학생에게 강화를 잘 시키고 있는 국어교육을 가리키기도 하기 때문이다.

단계(과정)	핵심 요소	주요 교수 학습 활동
1	안내	· 동기 유발 · 학습 목표 확인 · 기능이나 전략의 소개 · 교사의 시범 보이기
2	교사유도학습	· 기능이나 전략의 적용 방법 탐색 및 연습 · 교사의 피드백
3	강화	· 기능이나 전략에 대한 자세한 설명 (기능 / 전략의 특성 및 적용 방법) · 학생의 이해 여부 확인
4	학생독립연습	· 학습지나 학습 자료를 통한 문제 해결(연습) · 교사의 피드백과 이해 여부 확인 · 미이해 아동들을 위한 재강화
5	적용	· 다른 실제적인 글에 적용 (능력별, 흥미별 학습 활동 강조)

〈현시적 교수법〉

〈즉각적 칭찬〉

이는 연습과 칭찬이 가깝게 연결되어 있을수록 그 효과가 더 크며, 이와는 반대로 그들간의 시간상의 간격이 멀면 멀수록 그 효과는 반감되기 때문이라고 한다.

강화 법칙의 구체적인 예로는 칭찬을 '많이 해 주어야 한다거나, 칭찬을 즉각적으로 해 주는 것이 좋다거나, 모형이나 정답을 모두에게 다시 제시해 주어야 한다거나, 싫든 좋든 간에 학생들이 저지르는 오류에 대해서는 느슨할 정도로 관대해야 한다는 등의 전략이 있다.

3) 글읽기 결과로서의 암기와 암송

글읽기를 행동주의 방식으로 한 적이 있는가? 핏제럴드(Fitzgerald, 1990)는 읽기 교육의 역사를 '경험으로서 읽기 교육'(1783~1910년 사이)과 '과학으로서 읽기 교육'(1910~1987년 사이)으로 나누었다. 그런데 전자의 시기에 행동주의 방식의 글읽기가 유행한 적이 있었다고 한다. 그것은 바로 스테이니포드(Staniford, 1815)의 암기 모형이다(천경록·이재승, 1997에서 재인용).

암기 모형의 출발은 종교적 견해를 바탕으로 한 것인데, 이는 그 당시의 시대적인 상황과 밀접한 관련이 있다. 그 당시에 책은 종교적인 책이나 학술적인 책으로 한정되어 있었는데, 이들 책을 외우게 했던 것이다. 특히 〈기도문〉이나 〈찬송가〉·〈성경〉에서 발췌한 글을 암기하게 했고, 학자들은 숫자가 한정된 이들 책 내용을 거의 암기했던 것이다.

종교적 견해	암기로서의 읽기	비종교적 견해
1. 해독, 즉 철자나 단어의 뜻을 이해하는 것이 하나님의 말씀을 이해할 수 있는 핵심 요소이다.	1. 글의 의미 파악을 위한 철자, 발음법 이해	1. 철자, 발음법을 이해하는 것은 독자가 지식을 획득하는 것, 즉 글의 의미를 이해하는 기본이다.
2. 하나님의 말씀은 반복적인 훈련, 묵독을 통해 암기할 수 있다.	2. 묵독을 통한 기계적 암기	2. 지식은 반복적인 연습과 반성적인 학습을 통해 기억된다.
3. 한번 획득한 하나님의 말씀은 다른 사람에게 전달된다. 낭송을 통해 하나님의 말씀을 전달하는 능력을 가지는 것이 읽기의 마지막 단계이다.	3. 텍스트의 낭송.	3. 일단 획득한 지식은 낭송을 통해 다른 사람들과 나눌 필요가 있다. 다른 사람들과 지식을 나눌 수 있는 능력은 읽기의 마지막 단계이다.

〈암기 모형〉

현대에도 이와 같은 암기와 암송을 하는 경우가 있다. 탑돌이를 하면서 자기 소원을 비는 경우와 기독교에서 〈사도신경〉과 〈주기도문〉을 외우는 경우, 그리고 천주교나 불교에서 경전을 암송하는 경우가 그러하다. 하나 이렇게 경전을 암송하는 이유는 무엇일까? 그 이유는 이란의 알리 샤리아티(Ali Shariati)의 다음과 같은 표현에서 엿볼 수 있다.

여러분이 신전 주위를 돌며 (경전을 암송할 때) 거룩한 카으바에 접근할 때 거대 강물에 합류하는 작은 시냇물과 같은 느낌을 받을 것입니다. 물살을 따라가다가 갑자기 수면 위로 떠올라 큰 물결에 휩싸이는 듯한 느낌을 받을 것입니다. 당신이 그 물결, 즉 사람들 무리 가운데로 접근해 그들로부터 강력히 밀치는 압력을 온몸에 받을 때, 새 생명을 받는 듯한 느낌에 사로잡힐 것입니다. 그로부터 당신은 영원히 살아 존재하는 사람으로서 그 사람들의 일부가 되기 시작합니다. …… 신전의 거룩한 바위(the abah)가 지구를 움직이는 태양의 중력과 같은 유일하고도 절대적인 힘을 통해, 그 무리의 물결 궤도 속으로 당신을 진입시켰기 때문입니다. 그럼으로써 당신은 우주의 한 부분이 되었습니다. 그것은 알라 신전을 돌면서 (경전을 암송함으로써) 당신이 자신의 존재를 잊게 되고, 점차적으로 잦아들어 사라지는 한 소립자로 변화함으로써 궁극적으로 절대적인 사랑과 하나 되는 것을 뜻합니다.(배국원·유지황 옮김, 1999 : 277~278)

이처럼 종교적인 견해로서 경전을 암송하는 것은 진리의 이해와 깨달음, 그리고 전파에 그 목적이 있다. 반면 비종교적인 견해로서 암송하는 것은 지식의 획득과 기억, 그리고 지식의 전파에 그 목적이 있음을 알 수 있다. 암기와 암송을 바탕으로 배경 지식을 축적하는 것은 인지주의 심리학에서도 그 중요성을 부인하기 어려울 것이다. 왜냐하면 지식을 구성하는 과정에서 이러한 배경 지식은 중요한 구실을 하기 때문이다.

4) 글쓰기 방식으로서의 전범(典範) 텍스트 학습

<전범 학습과 전범 텍스트 학습>

오늘날의 교육이 교수·학습을 통칭하여 '교육'이라 일컬어진다면, 그에 비해 중세 교수·학습의 모습은 일반적으로 '학습'이란 용어로 일컬어지며, 중세의 교육을 '전범 학습'이라 할 수 있다(김성룡, 1997). 그리고 '전범 학습'이란 용어는 이중적 함의, 즉 도덕적 덕성의 함양과 모범적 텍스트의 학습이라는 의미를 지니기에, 전자는 '전범 학습'으로, 후자는 '전범 텍스트 학습'으로 변별하여 사용하기도 한다(조희정, 1999).

중세의 문학 교육은 주로 전범 텍스트 학습을 통해 이루어졌다고 한다. 이 때 글쓰기를 위한 전범 텍스트 학습은 '(전범 텍스트의) 말을 익히고 (習其語), 그 문체를 본받아서(效其體), 마음에 배고(重於心), 공교로움에 익숙해져서(熟於工), 읊을 적에는 마음과 입이 서로 응하여 말만 내면 문장이 되게 하려는 것(賦詠之際 心與口相應 發言成章)'을 목표로 하고 있다고 한다. 그리고 전범 텍스트의 문체 익히기는 장르 개념으로서의 문체 익히기와 함께 스타일로서의 문체 익히기의 측면을 모두 포함하고 있다고 한다(조희정, 1999).

이와 같은 전범 텍스트 학습은 글쓰기도 행동주의 방식으로 가능함을 의미한다. 그리고 그 방식은 현대에 이르기까지 면면히 이어져 내려오고 있음도 알 수 있다. 먼저 좋은 소설을 쓰기 위해 고민하는 작가의 고백을 들어보자. 이문열(1996)의 <세계 명작 산책> 서문에서 우리의 문학 환경을 다음과 같이 그리고 있다.

이 땅의 문학 지망생이 고통스럽지 않게 쓸 수 있는 습작 기간은 대개 학창 시절의 자투리 시간과 졸업 후의 한두 해가 전부가 되고, 더 있어봤자 생업을 따로 가진 일요작가로서의 몇 년이 보태질 뿐이다. 그 경우 손쉬운 습작의 대상은 아무래도 장편보다는 짧은 시간에 완결을 볼 수 있는 단편이 될 수밖에 없다.

하지만 경험으로 미루어 봐서 그런 습작 방식도 반드시 나쁜 것 같지는 않다. 장편이든 단편이든 크게는 같은 소설이라는 점에서 습작의 많은 부분은 겹쳐지기 마련이다. 더구나 단편에서의 철저함과 정확함을 익혀두는 것은 자칫 느슨해지기 쉬운 장편의 형식미를 다잡아주는 데 아주 유용하다. 장편 작가와 단편 작가를 구분하는 듯한 서양에서도 대부분의 위대한 작가들은 그 둘을 겸하고 있는데, 그 또한 단편 습작의 유용성을 보여주는 예가 될 수 있을 것이다.

여기서 자주 반복되어 등장하는 용어는 '습작(習作)'이다. 습작의 개념은 '(문학이나 그림·조각·음악 따위의) 예술에 뜻을 둔 사람이 그 기능을 익히기 위하여 연습 삼아 지은, 아직 세상에 발표하지 않은 작품, 또는 그 작품을 만듦'이다. 이 습작 방식과 과정이 반드시 어떤 전범이 되는 글이나 작품과 동일하지 않다고 하더라도 그 본질은 행동주의자들이 생각하는 것과 동일하다. 행동주의자들이 생각하는 언어 습득은 조건화의 과정으로, 이는 한두 번의 경험이 확실한 지식이나 능력으로 굳어지려면 반복된 연습이 필요한 법이기 때문이다. 그리고 굳이 작가가 되려고 하는 꿈을 지니고 있지 않더라도 누구나 글을 잘 쓰고 싶은 욕망은 지니고 있다고 본다면, 그 욕망을 달성하기 위해, 습작과 같은 글쓰기 기능에 대한 반복 연습은 필요하며, 이는 행동주의를 바탕으로 한 글쓰기와 그 바탕이 비슷하다.

그러면 전문 작가들이 이처럼 전범 텍스트 학습을 하는 이유는 무엇인가? 그것은 가네(Gagné, 1985)가 내세우는 학습 조건과 같은 것이다. 그는 성공적인 언어 학습을 위해서 학습자 자신이 갖추어야 할 조건을 아래와 같이 제시하였다.

〈전문 작가의 습작 모습〉

소설 창작의 습작 단계에서 기존 작가의 작품을 그대로 베껴가며 학습하는 모습은 오늘날도 여전히 남아 있다. 신경숙의 자전적 요소가 많이 배어 있는 소설 〈외딴방〉에는 조세희의 〈난장이가 쏘아올린 작은 공〉을 외울 정도로 익히는 작가의 모습이 드러난다.

"열 일곱의 나, 늘 난장이가 쏘아올린 작은 공을 가지고 다닌다. 어디서나 난장이가 쏘아올린 작은 공을 읽는다. 다 외울 지경이다. … 주산 시간에 국어 노트 뒷장을 펴고 난장이가 쏘아올린 작은 공을 옮겨본다."

이제부터 습득하려는 언어적 재료의 각 부분들은 S-R의 연합체로서 이미 학습해 두어야 한다. 언어적 단위들은 하나의 자극도 될 수 있으며 또한 하나의 반응도 될 수가 있다. // 언어적 단위들을 연결시켜 줄 중개물들을 이미 학습해 두어야 한다. 각 낱말에 보다 많은 언어적 '자유 연상'들이 긴밀히 얽혀 있을수록 그것의 학습은 빨라진다. 이러한 언어적 부호뿐만 아니라 시각적 심상이나 청각적 심상도 중개물로서의 기능을 훌륭하게 수행하게 된다.

가네가 학습 조건에서 말한 중개물은 전문 작가가 습작과 같은 조건화를 통해 배우게 되는 기능(skills)과 전략(strategies)이며, '상위 구조'나 '거시 구조' 등 역시 그러하다. 실제 설명문이나 논설문, 그리고 문학 작품을 쓰는 경우에도 '상위 구조'와 같은 형식이 글이나 작품의 틀을 형성하는 데 일차적으로 작용함을 알 수 있다. 글을 쓰는 작가의 머리 속에 얽혀 있는 미시 구조나 거시 구조와 같은 개념들의 관계 역시 작가가 언어적 '자유 연상물'을 자유롭게 풀어나가는 데 도움을 준다는 점에서 중개물이 될 수 있다.

3. 언어적 사고력 신장을 위한 인지 심리학적 접근

1) 글읽기와 글쓰기에서의 의미 구성 과정

구성주의 이론은 담론 과정에 대하여 독자와 작가가 텍스트를 이해하거나 작성할 때 의미를 구축하고, 형성하며, 정교화하는 것으로 묘사한다. 이와 같은 시각에서 문자로 표현된 텍스트란 글읽기와 글쓰기를 통하여 정신적으로 구성되는 의미에 대한 단서의 역할을 하는 일련의 기호들에 불과한 것이다.

구성주의 이론은 이해와 작문을 의미의 구축·형성 및 구체화로 묘사한다(Spiro, 1977). 목공과 건축에 비유하면, 목공에 해당하는 사람들은 텍스트를 작성하거나 읽을 때 그들이 갖고 있는 사전 지식에 기초하든지 아니면 과제를 수행하는 과정에서 발전시키는 지식에 기초하여 그들 나름대로의 의미를 구축한다. 이와 같은 방법으로 지식은 조직되고 구성된다는 것이다. 여기서 '의미'란 텍스트를 작성하거나 이해할 때 심리적으로 산출해내는 내용의 형태, 즉 일종의 '정신적 표상' 또는 '의미의 표상'이다(조연주 외 2인 공역, 1997).

먼저 읽기의 의미 구성 과정을 살펴보자. 전통적인 관점은 읽기 행위를 '텍스트와 독자'와의 관계로 보고, 텍스트에 제시된 낱말이나 문장·문맥·문단이나 글 전체의 의미를 '정확하게' 찾아내는 것이 읽기 교육의 목적이 될 것이다. 이 관점은 텍스트가 하나의 자극이 되며, 독자들은 그 자극에 대해 얼마나 충실하게 반응을 하는가 하는 관계로 구성되어 있기에 행동주의 심리학의 영향을 받은 읽기라고 볼 수 있다. 그리고 이 관점은 그 무게 중심이 텍스트에 있기에 '텍스트 중심의 읽기'라고 볼 수 있다.

그러나 '의미 (재)구성 관점'은 텍스트를 통해서 독자가 필자와 의사소통한다고 보고 있다. 다음은 이 관점을 잘 보여주고 있다(노명완 외, 1988 : 19).

이러한 읽기는 사람들이 글을 읽는 과정을 '균질적'인 것으로 보고 있다(심영택, 1999). 균질적이란 누구에게나 읽기 과정에서 필자-텍스트-독자간에 일어나는 상호작용의 관계 양상이 동일하며, 그 양상 속에 작용하는 기능이 동일한 것으로 보고 있다. 그래

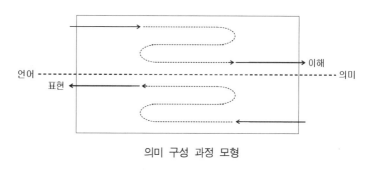

의미 구성 과정 모형

서 이 관계 양상과 기능을 잘 배우기만 하면 누구나 고등 수준의 사고 기능을 지니게 되는 것으로 보고 있다.

또한 이러한 읽기는, 독자가 자신의 배경 지식과 읽기 기능, 전략을 활용하여, 텍스트를 읽으면서 필자의 의도와 텍스트에 나타난 정보를 점검·조정되는 측면이 강하다. 여기서 점검·조정은 주어진 텍스트를 바탕

으로 하여 적절한 기능이나 전략을 사용하면서 의미를 재구성하는 것이라고 볼 수 있다. 따라서 이 관점은 '기능 중심의 의사소통적 읽기', '수렴적 사고 기능을 신장하는 읽기'라고 볼 수 있다.

그렇지만, 담론에 대한 구성주의 이론은 의미와 의미 형성의 '역동적인 특성'을 강조한다. 이는 글을 읽는 과정의 '균질성'을 부정하는 것이다. 즉 사람들이 글을 읽는 행위는 균질적인 것이 아님을 의미한다. 단순히 축자적으로 글을 읽는 사람도 있고, 표면적인 글의 내용만을 읽는 사람도 있으며, 이에서 더 나아가 심층적인 의미까지 읽어내어 자신만의 텍스트로 재창조하는 사람도 있다. 이와 같이, 글을 읽는 과정에서는 독자가 행하는 읽기 행위의 질(quality)에 따라 읽기 과정에서 일어나는 필자-텍스트-독자의 상호작용 양상이 달라진다. 이것이 균질성을 부정하는 첫 번째 이유이다.

그리고 글을 읽는 과정의 균질성을 부정하는 또 다른 이유는 의미 구성 모형이 지나치게 '이상적'이라는 점 때문이다. 의미 구성 모형을 보면, 이해 과정은 '언어'에서 '의미'로 화살표(──→)가 한 쪽 방향으로 그려져 있다(표현 과정은 그 반대 방향으로 그려져 있다). 이러한 화살표는 의미 구성 관점이 상호 작용을 강조하지만, 정작 이해 과정을 보면 화살표가 한 쪽 방향으로 그려져 있음을 알 수 있다. 즉 필자에서 출발하여 텍스트를 거쳐 독자로 들어가고 있다.

그러나 실제로 글을 읽어 나가는 과정에서 생각해 보면, 독자는 텍스트를 읽으면서도 끊임없이 자신의 생각이나 느낌을 텍스트를 향해 표현하고 있음을 알 수 있다. 따라서 실제 읽기 과정에서 일어나는 의미 구성은 이해 과정을 나타내는 일방향(一方向)의 화살표 위에 독자가 표현 활동을

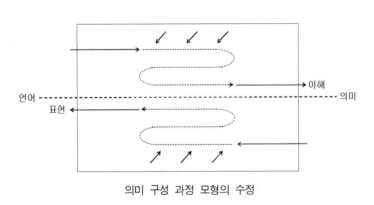

의미 구성 과정 모형의 수정

하고 있음을 아래와 같은 사선 모양의 화살표로 나타내야 한다. 왜냐하면 글을 읽는 동안에 독자가 텍스트의 내용을 '이해'할 뿐만 아니라 자신의 생각이나 느낌을 간헐적으로 '표현'하고 있기 때문이다. 표현 과정에서 청자의 생각이나 느낌을 읽어 내는 활동도 마찬가지이다.

이러한 읽기의 실제 모습은 필자-텍스트-독자의 상호 작용의 양상을 다르게 하며, 주어진 텍스트는 동일하지만 독자마다 그 읽기의 양상이 질적으로 다름을 알게 한다. 그리고 이러한 질적으로 다른 읽기 행위 속에는 독자의 창조적인 의미부여 행위가 일어나기도 한다. 따라서 의미 구성 관점은 '독자 중심의 질적 읽기' 또는 '발산적 사고 기능 신장을 위한 읽기'로 나아가야 할 것이다.

쓰기의 의미 구성 과정도 간단히 살펴보자. 쓰기의 대한 연구는 작가가 텍스트를 창출하는 데 있어서 그 과정에서 발생하는 의미의 변화를 분석하기도 한다. 능동적으로 글쓰기 계획을 세우고, 목표를 설정하고, 새로운 아이디어를 생성해 내고, 가지고 있는 생각으로부터 새로운 것을 추론해 내고, 아이디어들 사이의 관계나 유형을 찾아내고, 일단 초고를 써 보기도 하고, 이제까지 쓴 글을 평가하기도 하고, 오류를 탐색하기도 하고, 쓰기 과정의 계획 수립 방식이나 문제점을 진단하기도 하는 등의 전체적인 쓰기 과정에서 발생하는 의미의 변화를 분석하는 것이다. 왜냐하면 작가가 쓰고자 하는 의미는 목적과 대상이 바뀜에 따라 더 구조화되거나, 특정 구조를 갖지 않을 수 있으며, 일관되거나 일관되지 않을 수도 있고, 더욱 정교화 되거나 초점이 두어질 수도 있기 때문이다.

이와 같은 쓰기 활동에 있어서 작가는 그 자신의 의미를 구성할 때 사실상 다른 작가가 쓴 텍스트를 참고하고, 다른 작가의 텍스틀 직접적으로 활용한다. 작가가 그와 같이 쓰기 활동을 할 때, 읽기와 쓰기 과정을 혼합된다. 작가는 다른 텍스트를 읽고, 한 텍스트를 쓰기 위한 의미를 형성하게 되는 것이다. 따라서 표현 과정을 나타내는 일방향(一方向) 아래에 필자가 이해 활동을 하고 있음을 사선 모양의 화살표로 나타내야 한다.

읽기와 쓰기 과정에 대해 행동주의와 인지주의가 생각하는 관점의 차이를 정리하면 다음과 같다. 읽기 과정이나 쓰기 과정 활동 전체를 w, 그리고 필자·텍스트·독자 요인을 a, b, c, …… n 등으로 표시할 때, 행동주의 관점의 읽기나 쓰기는 w = a+b+c+……+n이라는 방식으로 표현될 수 있으며 전체를 단지 부분의 합에 불과한 것으로 본다(andsum). 이 입장에는 부분은 각각 독립된 것으로서 서로 간에 아무런 영향을 주지 않는다는 가정이 포함되어 있다. 이에 비해서 구성주의 관점의 읽기나 쓰기는 전체를 구성 요소의 단순한 합과는 다른 '하나의 형태(a gestalt)'를 취한다고 가정한다(transum). 왜냐하면 부분 a(필자 요인)는 그것이 부분 b(텍스트 요인)와 어떤 관련을 맺느냐, 그리고 c(독자 요인)와 어떤 관련을 맺느냐의 여부에 따라서 전혀 다른 양상과 의미를 갖기 때문이다(장상호, 1997).

2) 국어사용 능력 향상을 위한 창의력

제7차 국어과 교육과정에서는 '학습자의 창의적 국어사용 능력 향상을 국어 교과 교육의 최상위 목표로 설정'하고 있다. 인지주의 입장에서도 창의력이나 창조력보다 더 중요한 것은 없다. 그래서 인지 심리학자들은 기회가 있을 때마다 인간의 능력 중 가장 고귀한 것이 바로 창의력이며, 따라서 모든 교육의 궁극적인 목표는 그것을 기르는 데 있어야 한다는 것을 강조하고 있다.

학습자의 창의적 국어사용 능력을 살펴보기에 앞서 '창의력이란 무엇인지' 알아보자. 이성언(1985)은 "창의력이란 당면한 과제를 해결하기 위하여, 과거의 경험과 지식과 같은 기존 정보를 끌어내고(解體), 새로이 조립(結合)함으로써, 가치있는 어떤 '사물'이나 '아이디어'를 만들어내는 능력이다"고 정의하고 있다(윤종건, 1996에서 재인용). 이 정의는 창의력의 두 특성, 즉 과정적인 측면과 개인적인 측면을 담고 있다. 과정적인 측면에서 창의력이란 무(無)에서 유(有)를 이루는 기적과 같은 것이 아니라, 이미 자신의 머리 속에 간직하고 있는 지식이나 축적된 경험을 바탕으로 새롭고 유용한 결합을 이루는 것이다. 또 개인적인 측면에서 창의력이란 반드시 누가 봐도 새로운 것이어야 할 필요는 없으며, 다른 사람들에게는 이미 익숙한 것이라도 자신에게 지금까지 경험하거나 활용하지 못했던 새롭고 유용한 것이면 곧 창의적인 것이 된다는 뜻이다.

그러나 '국어교육에서 보는 창의력이 무엇인지', '국어사용에 있어 창의적인 수준이 있는지', '국어교육에서 창의력을 어떻게 기를 수 있는지'와 같은 질문에 한마디로 선뜻 대답하기 어렵다. 기존의 단편적인 생각들을 살펴보면 다음과 같다. 촘스키는 언어에 있어 창조(창의)란 항상 일정한 형식과 규칙 내에서의 생산적 활동이지 그것 자체를 새롭게 만들어 가는 것이 아닌 것이다. 그가 변형 생성문법에서 말한 창조성(creativity)이란 결국 '규칙 지배적인 창조성'이며, 이는 생산성과 밀접한 관련을 지니고 있다(Lyons, 1981 : 23). 여기서 알 수 있는 바는, 이는 언어의 '규범성'을 바탕으로 무한한 '창조성'을 지향하고 있다는 것이다.

문학 교육의 입장에서는 지식의 창조력은 '지식의 판박이'가 아니라 '지식의 창안'이 되어야 한다고 주장한다. 문학 작품의 해석과 감상 능력 신장이라는 목표를 달성하기 위해서도, 지식의 반복적 배급이라는 형태로 제시되어서는 안 되며, 지식의 결과로 새로이 생겨나는 또 다른 형태의 지식의 모습을 지녀야 한다고 본다. 문학 교육은 이처럼 창조력의 의미를 독창적인 행위로 해석하고, 그 활동을 왕성하게 펼치고 있다.(김대행, 1995)

논의의 방향을 바꾸어 국어교육을 통해 기를 수 있는 창의력의 구체적인 방안 하나를 살펴보자. 옛말이나 새말을 쓰는 것이나 한자말, 일본말, 서양말을 다듬는 것도 창의력을 기를 수 있는 하나의 방안이 될 수 있다. 이러한 활동은 이미 알고 있는 지식 내용을 새롭게 이용함으로 창의력을 기를 수 있기 때문이다. 다음은 그 일례이다.

· 페스티벌, 향연 → 모꼬지
  → 몰ㄱ지는 즈조듸ㅣ 례도는 브즈런ㅎ며(會數而禮勤「소학언해」6)
  → 마돈나! 지금은 밤도 모르고 목거지에 다니노라 피곤하여 돌아가련도다. / 아! 너도 먼동이 트기 전으로 水蜜桃의 네 가슴에 이슬이 맺도록 달려 오너라. (이상화, 〈나의 침실로〉)

<창의성의 수준>

테일러(Taylor)는 창의성의 수준을 다음과 같이 다섯 가지로 나누었다. ① 표현된 창의성 : 창의성의 결과 나타난 질적인 면을 고려하지 않고 표현에만 관심을 두는 수준, ② 생산적 창의성 : 주변 환경을 이용하여 목표물을 산출해내는 수준, ③ 창작 창의성 : 이미 알고 있는 지식 내용을 새롭게 이용하는 수준, ④ 혁신적 창의성 : 새로운 아이디어나 원리가 개발되는 수준, ⑤ 발현 창의성 : 통상적으로 제시되는 경험 속에 빠져들어 완전히 다른 것을 만들어내는 수준(임선하, 1993).

· 외출복, 출입옷 → 난벌 · 든벌
→ 평양집이 서 서방더러 가을살이니 나들잇벌이니 하며 해 달
라고 (이해조, 〈빈상설〉)

새로운 '아이디어'를 만들어내는 창의력의 예로 '브레인스토밍(brain-storming)'
과 같은 것도 있다. 이는 어떤 특정 문제나 토픽 혹은 주제에 관한 아이
디어를 창출하기 위해 사용하는 기술이다. 이것은 거의 모든 주제 범위와
상황에서 문제를 편리하게 성공적으로 해결할 수 있는 방법이다. 화법에
서 토론 기술의 강화, 작문에서 글감거리 찾기 등에 자주 이용되는 기술
이다.

3) 국어교육 내용에 대한 탐구 학습 활동

국어교육 내용은 할리데이(Halliday, 1979)의 세 가지 언어 학습 유형과
그 유형에 관한 굿맨(Goodman, 1987)의 해석으로 설명할 수 있다.

· 언어 학습(learning language) : 학생으로 하여금 더 효과적인 언어
사용자가 되게끔 도와주는 학습
· 언어를 통한 학습(learning through language) : 학생들이 사회적으
로 바람직한 방향으로 의사소통을 할 수 있도록 해 주기 위한
학습
· 언어에 관한 학습(learning about language) : 학생들에게 언어에
관한 지식과 술어를 제공함으로써 언어가 어떻게 작용하는지를
이해하고 논의하게 하는 학습

7차에 이르기까지 국어과 교육과정 내용은 이러한 유형과 해석에서 벗
어나는 것은 없을 것이다. 눈여겨보지 않더라도 언어 학습은 '언어 사용
영역'과 관련이 있으며, 언어를 통한 학습은 '문학 영역', 그리고 언어에
관한 학습은 '국어 지식 영역'과 관련이 있음을 알 수 있다. 문제는 이들

영역에서 다루고 있는 내용을 어떻게 가르칠 것인가이다. 국어과 교육과정 내용에서 다루고 있는 항목들을 하나씩 교사가 친절히 가르쳐 줄 수도 있다. 이러한 방식은 학생들이 국어교육 내용을 이해할 수 있도록 하고, 기억하기 쉽게 하고, 학습 이외의 사태에 적용할 수 있도록 할 수 있다. 그러나 현대 사회는 정보화 사회로 엄청나게 쏟아져 나오는, 국어교육 내용과 관련된 정보를 모두 일일이 가르칠 수는 없다.

이제는 브루너(Bruner)가 강조하는 '탐구 학습' 즉 학생이 모른 것을 '가르쳐주는 것'이 아니라, 학생으로 하여금 자신의 '지적 탐구'를 통하여 스스로 '발견' 또는 '회상'해 내도록 교수·학습 방법을 바꾸어야 한다. 이때 브루너가 강조하는 탐구 학습은 '학생들에게 탐구할 문제를 내어주고 그 해답을 스스로 발견하게 하는 것'처럼 지나치게 문자 그대로 해석하는 수업의 외부적인 특징을 가리키는 것이 아니라, '지식의 구조'를 가르치는 방법상의 원리를 말한다(이홍우, 1992 : 86). 브루너가 지식의 구조를 탐구 학습 방법으로 가르쳐야 한다고 강조한 것은 예컨대 물리학을 '토픽(topic)'으로 보는 것이 아니라, 하나의 '사고방식'으로 보았기 때문이다.[1] 그에 의하면 물리학은 '책에서 베껴낼 수 있는 사실의 더미'가 아니라, '지식을 처치할 수 있는 장치'라는 것이다. 즉 우리가 그것에 '관하여 알아야 할'(know about) 그 무엇이 아니라, '할 줄 알아야 할'(know how to) 그 무엇이라는 것이다. 그리고 물리학을 배우는 학습자는 물리학의 '관람자'가 아니라, 물리학의 '참여자'여야 한다고 주장한다. 지식의 구조를 가르치는 방법상의 원리로서 탐구가 중요한 것은 바로 이 때문이다(이홍우, 1987에서 재인용).

김광해(1995)에서는 브루너의 주장과 논리를 문법 교육에 적용하여 탐구 학습이라는 새로운 교수 학습 방법을 개발하였다. 그가 이러한 적용을

---

1) "물리학을 배우는 학습자는 다름이 아니라 '물리학자'이며, 물리학을 배우는 데는 다른 무엇보다도 물리학자가 하는 일과 똑같은 일을 하는 것이 쉬운 방법일 것이다. 그 방법은 물리학자들이 하듯이 물리 현상을 탐구한다는 뜻이다.(브루너, 1973)"

〈학습과 탐구의 연속성〉

물론 문법학자와 학습자가 문법 현상을 탐구하는 수준에서 차이, 안목의 차이가 있을 것이다. 즉 탐구 학습에서 학습자가 하는 '학습'과 문법학자가 하는 '탐구'는 분명한 거리가 있다. 이러한 거리를 강조하다 보면 '탐구 학습'은 실제적으로 적용이 불가능해 진다. 이홍우(1987)에서는 학자와 학습자가 하는 일 사이의 '연속성(連續性)'으로 재해석하고 있다. 즉 지식의 구조라는 말이 나타내고 있는 교육 원리는 전체적으로 학자와 그 학문을 공부하는 학습자 사이의 '연속성'을 강조하는 데 초점이 있기 때문이다.

시도한 까닭은 아마 문법 지식의 구조가 탐구 학습 방법을 적용하는데 적합하다고 보았기 때문일 것이다. 말하기·듣기, 읽기, 쓰기 영역의 개념과는 달리 문법 개념은 음운－형태소－단어－문장－담화/텍스트처럼 상호 관련성이 강하며 서로 간에 질서가 정연한 것이 특징이다. 그는 학습자들이 탐구 학습을 통해 이러한 문법적인 질서를 배울 때, 새로운 경험의 세계를 맛볼 수 있다고 추측하였을 것이다. 그리고 그가 구상한 탐구 학습의 단계, 즉 학습자들이 새롭게 경험하게 될 탐구 과정을 보면 문법학자들이 하는 문법 지식을 탐구하는 과정과 흡사하다. 이러한 유사성은 문법 지식 현상을 보는 학습자의 '안목(眼目)'이 문법 학자의 안목과 대동소이함을 암시한다. 학습자의 안목이 중요한 까닭은 '스스로 탐구하고 발견하는 눈'을 기르기 위함이며, 문법 지식을 내면화할 가능성을 높이기 위함이다. 만약 학습자에게 그러한 안목이 생겼다면, 이는 문법 지식과 관련된 여러 가지 활동과 탐구 과제가 학습자에게 의미 있는 것으로 존재하고 작동하고 있음을 의미하기 때문이다.

김광해(1995)에서 제시한 탐구 학습의 단계와 실제는 다음과 같다.

> ㉠ 문제 정의 단계 : 문제, 의문 사항의 인식, 문제에 의미부여, 문제의 처리 방법 모색
> ㉡ 가설 설정 단계 : 유용한 자료 조사, 추리, 관계 파악, 가설 세우기
> ㉢ 가설 검증 단계 : 증거 수집, 증거 정리, 증거 분석
> ㉣ 결론 진술 단계 : 증거와 가설 사이의 관계 검토, 결론 추출
> ㉤ 결론의 적용 및 일반화 단계 : 새로운 자료에 결론 적용, 결과의 일반화 시도

지식 자체의 학습보다는 학생 스스로 지식을 발견해 낼 줄 아는 능력을 기르는데서 오는 효과(이경섭, 1990)를 국어교육에 적용하면 다음과 같다. 첫째는 구성력을 배양할 수 있다. 학생은 단순한 행동의 주체가 아니라 환경이나 대상을 그 자신의 활동적 심상에 따라 구성한다는 것이다. 이것은 학생들이 국어과 교육 내용에서 다루고 있는 정보에 대한 설명력

과 내용과 관련된 자료를 처리할 수 있는 능력을 최대한 보장해 줄 수 있는 내용들이 함유되어야 함을 시사해 주는 것이다. 둘째는 문제 해결력을 함양할 수 있다. 글쓰기의 문제 해결 전략에서 볼 수 있듯이(원진숙·황정현 공역, 1998), 문제 자체의 파악을 위한 지식을 가져야 하고, 그 문제에 적용될 수 있는 정보를 찾는 일이며, 정보를 사태에 맞도록 조작할 수 있는 방식을 갖는 일이다. 셋째는 내적 보상의 자율화이다. 인간은 어떤 것에 관해서 학습하는 것이 아니라, 어떤 것을 '탐구하는 과업'으로서 학습을 하는 것이다. 국어교육 내용과 관련된 탐구 활동과 그 과정에 대한 책임은 탐구 주체에 있다. 자기 스스로 모형을 형성하고, 적용하고 그 결과를 검증하는 과정상에서 생기는 기대감·친숙성·예견력 등의 심리적 상태 등은 탐구 수행에서 오는 지적 흥분이다. 그리고 그러한 흥분은 촉발된 탐구력 없이는 불가능하다.

4) 작품 감상 지도 방법으로서의 침묵과 암시

국어 교사는 가능한 말을 많이 하지 않음으로써 학생 안에 잠재해 있는 모든 내면적 자원들(inner resources)을 모두 동원하여 글을 이해하거나 작품을 감상하도록 기회와 책임과 자유를 부여해야 한다. 학생에게 교육시키는 것은 지식이 아니고 깨침(awareness)이다. 이것은 학생에게 잃었던 자신감을 되찾게 하고 자기 교육을 가능하게 하는 기본이다. 예를 들어 황지우(1998)의 〈살찐 소파에 대한 日記〉로 이러한 활동을 하여 보자.

> 살찐 소파에 대한 日記
>
> 나는 아침에 일어나 이빨 닦고 세수하고 식탁에 앉았다.
> (아니다. 사실은 아침에 늦게 일어나 식탁에 앉았더니
> 아내가 먼저 이 닦고 세수하고 와서 앉으라고 해서
> 나는 이빨 닦고 세수하고 와서 식탁에 앉았다.)
> 다시 데워서 뜨거워진 국이 내 앞에 있었기 때문에

나는 아침부터 길게 하품을 하였다.
소리를 내지 않고 하악을 이빠이 벌려서
눈이 흉하게 감기는 동물원 짐승처럼.
(…중략…)
내가 "오우 소파, 마마이야!" 외치면서 소파에서 벌떡 일어난 것은
아내가 돌아왔기 때문이다.(그녀는 무대 오른쪽에서 등장했다,
슈퍼마켓에 들렀는지 식료품 봉다리를 들고.)
나는 오늘, 밥 먹고 TV보고 잤다.
자기 전에 아내가 이 닦고 자라고 해서 이빨도 닦았다.
화장실 앞에서 前해군참모총장처럼 포즈를 취했더니
아내가 쓸쓸하게 웃었다는 것도 적어야겠다.
아 참, 오늘 날씨는 대체로 맑았고 서울과 중부 지방 낮 28도였다.
내가 안방 문을 열면 무대, 불이 꺼진다.
(…이하 생략…)

등장하는 인물은 화자와 화자의 아내이다. 재미있는 것은 화자의 아내
가 '이'라고 표현하였음에도 불구하고, 시 속의 화자는 군이 '이빨'이라고
표현하였다. 그것도 시의 첫 연과 마지막 연에 걸쳐서 반복적으로 사용하
고 있다. 운율을 맞춘 것도 아니니, 흔히 말하는 수미상관법(首尾相關法)이
아닌가 추측할 수도 있다. 왜 이런 표현을 사용하였을까? 혹시 황지우 시
인이 실수한 것은 아닐까?

교사는 다음과 같은 암시를 주어 작품을 감상하도록 유도할 수 있다.
'이빨'과 '이'라는 표현의 차이를 안고, 그 차이가 주는 감동을 느끼려면
우리 조상들이 사용한 언어를 통시론적인 차원에서 접근해야 한다. 우리
조상들은 생명체를 이루는 핵심(자위)을 '알'이라고 하는데, 사람의 자위를
'얼'이라고 불렀다. 정신이 빈 이를 '얼빈이'라고 하고, 정신 나간 이를 '얼
간이'라고 한다(이상태, 1993). 우리 조상들은 동물에 대한 표현과 사람에
대한 표현을 구별하여 사용하였던 것이다. 그래서 동물의 가장 소중한 생
명체를 '알'이라고 하고, 사람에게는 '얼'이라고 구별하여 사용하였다.

학생들은 그제서야 이러한 암시를 바탕으로 시인이 이 표현을 사용한

의도를 찾으려고 할 것이다. 아하! '이빨'은 동물들에게만 사용하는 낱말이고, '이'는 사람들에게만 사용하는 낱말이구나. 그래서 시인은 이 두 낱말의 용법 차이를 절묘하게 사용하여 시 속의 화자가 동물처럼 살아가는 모습을, 그리고 화자의 아내가 평범하게 살아가는 일상인의 모습을 그려내려고 하였구나. 교사의 조그만 암시로 말미암아 학생들은 작품 전체를 바로 이해하는 길을 찾은 것이다.

국어 교사의 임무는 이처럼 지식을 일방적으로 전달하는데 있지 않고 암시와 같은 방법으로 학생 스스로 공부하도록 도와주는 데 있다. 학생 자신의 적극적인 노력으로 자기에게 내재해 있는 능력, 예를 들면 '문학 작품을 즐겨 읽고, 아름다운 정서와 풍부한 상상력'과 같은 능력을 스스로 인정하고, 스스로 계발함으로써 더욱 큰 의미를 지니기 때문이다.

〈시 감상법〉

김상욱(1990)은 시를 제대로 감상하는 방법을 사과 먹는 것에 비유하면서, "시를 읽고 감동을 느끼려면 시를 나누고 쪼개서는 안 된다. 그저 사과를 먹듯이 와싹 먹어 치워야 한다. 시의 형식이나 운율 등을 따지면서 감상하는 것은 사과를 헛바닥으로 나누고 가르면서 먹는 것과 같이 올바른 방법이 아니기 때문이다"라고 한다. 그러나 적어도 학생들이 작품을 읽고서 '와싹' 하는 감동을 느낄 수 있도록 교사가 어느 정도 암시를 주어야 한다.

요약

01. 언어와 사고의 관계는 학자들마다 서로 관점과 강조점이 다르다.

1.1. 언어 우위설(Humboldt, Sapir-Whorf 등), 언어 교육을 강조

1.2. 사고 우위설(Piaget, Chomsky 등), 사고 교육을 강조

1.3. 상호작용설(Vygotsky 등), 언어적 사고력을 강조

02. 발달적 측면에서 본 언어와 사고를 보면 다음과 같다.

2.1. 언어 발달 단계 : 한 단어 시기, 전보 언어 시기, 전체 문장 발화 시기

2.2. 사고 발달 단계 : 감각 · 운동의 단계, 전조작적 단계, 구체적인 단계, 형식 조작의 단계

2.3. 사고력 신장의 도구로서의 언어의 기능 : 기호화 능력, 기호 조작 능력, 사고 절차와 사고 방식의 변화를 통한 새로운 사고 창출 능력

03. 언어 발달과 사고 발달이 국어 교육에 주는 시사점

3.1. 언어 사용 실태를 통한 사고력 발달 단계 진단 또는 추론

3.2. 언어 교육으로 사고력 발달과 신장

3.3. 국어 교육의 목표로서 '언어적 사고력 신장' 추출

3.4. 국어 교육의 내용과 연계 구상

04. 사고력 신장을 위한 행동주의 심리학적 접근

4.1. 국어 교육 내용의 반복과 분산 : 언어 기능의 습관화, 국어과 교육과정의 반복 순환적 위계

4.2. 국어과 교수 학습 방법으로서 부분 학습과 강화 학습 : 직접 교수법, 현시적 교수법

4.2. 글읽기 결과로서 암기와 암송 : 암기 모형(종교적 견해, 비종교적 견해), 암기와 암송의 이유

4.3. 글쓰기 방식으로서 전범 텍스트 학습 : 전범 텍스트의 문체 익히기, 습작의 중요성, 학습 조건화

05. 사고력 신장을 위한 인지 심리학적 접근

5.1. 글읽기와 글쓰기에서 의미 구성 과정 : 의미 구성 과정 모형 비판, 표현과 이해 과정의 재해석

5.2. 국어사용 능력 향상을 위한 창의력 : 창의력 개념과 재해석, 문학에서 창의력과 해석 능력, 낱말의 재구성 능력, 브레인스토밍

5.3. 국어 교육 내용에 대한 탐구 활동 : 탐구 학습의 개념, 탐구 과정

5.4. 작품 감상 지도 방법으로서 침묵과 암시 : 학생의 내면적 자원 일깨우기, 교육적 암시와 깨침

알아 두어야 할 것들

스키마 이론, 의미구성과정, 언어적 사고, 반복 표현을 통한 도상성(圖象性), 전범 학습과 전범 텍스트 학습, 창의성의 수준, 학습과 탐구의 연속성

1. 다음 기사를 읽고, '나'라면 어떻게 할 것인지 말해 보자. 그리고 언어와 사고의 관계를 생각하며 그 이유도 말해 보자.

> 우리 정부는 20년 만에 ○○ 지역에서 처음으로 발생한 '구제역'이 완전 해결됨에 따라 오늘부터 그 지역의 모든 육류 및 관련 제품을 타 지역에 출하하는 것을 허용하기로 결정하였다. 그리고 국민들이 안심하고 그 지역의 육류를 섭취해도 좋다는 것을 홍보하기 위해 그 지역의 국회의원을 초청하여 시식 장면을 생방송으로 촬영하기로 하였다. 그런데 국회의원 누구도 '그 고기'에 젓가락을 대지 않았다. 생방송을 하는 장면이라 촬영 담당자들이 당황하기 시작하였다. 마침내 누군가가 옆에서 그 고기가 ○○ 지역이 아닌 △△ 지역의 것이라고 귀엣말로 전해 주자 그제서야 도의원들은 '그 고기'를 허겁지겁 먹기 시작하였다.(○○ 지역 방송 기자)

2. 다음 표를 보고, 그 의미론적 기능에 대한 물음에 답해 보자.

때	이전 상황	언어 표현	수반된 동작	의미론적 기능
10개월 16일	(특별한 상황이 없음)	아빠	장난감 수화기를 흔들며	실행하기
10개월 16일	어머니가 방에 들어옴	엄마	엄마를 쳐다보며	부르기
10개월 19일	엄마가 공을 침대 밑에 넣었음	엄마	팔을 벌리며, 칭얼대며	요구하기
11개월 9일	업혀서 밖에 나가 아이들이 놀고 있는 것을 봄	아—아*	엄마 등을 두드리며	감탄하기
12개월 16일	자신의 손에 쥐어진 빵을 보며	맘마	손을 내미는 동작	(?)

* 이것이 말이냐의 여부는 다른 시간과 다른 상황에 반복하여 사용되는가의 여부로 결정하였음.(조명한, 1982, 이익섭, 1986 : 97에서 재인용)

① 이 시기는 언어 발달 단계 중 어느 시기에 해당하는가?

② '아빠'라는 언어 표현은 다른 언어 표현과 어떻게 달리 해석할 수 있는가?

③ 12개월 16일 행한 '언어 표현'의 의미론적 기능은 어떻게 해석할 수 있는가?

3. '내'가 만일 초등학교나 중등학교 국어 교사가 되어 워즈워드의 시 '무지개'를 가르친다면, 행동주의 심리학과 인지 심리학에서 소개한 접근 방식 중 어느 것을 취할지 생각하여 보고, 그 이유도 말해 보자.

제4장 국어교육과 문화

외국어의 어휘나 문법 등에 관한 지식과 기능이 있어도 그 나라의 문화를 알지 못하면 그 언어를 제대로 구사할 수가 없다. 그러니 자국어로서의 한국어를 가르치고 배우는 데 문화의 중요성은 더 말할 필요도 없을 것이다. 자국어교육의 경우, 기능 교육은 기본이지 그 자체가 목적이 될 수는 없다는 데 동의한다면, 국어교육이 지금보다 더 문화적인 능력을 신장하는 데 기여해야 할 것이라는 점도 쉽게 인정할 것이다. 이 장에서는 먼저 언어와 문화의 관계를 심도 깊게 이해하고, 그 관점에서 국어교육이 어떤 방향으로 전개되어야 할지 커다란 그림을 그려보도록 하겠다.

1. 언어와 문화

1) 언어와 문화의 관계

가. 언어의 사회성에 대한 이해

언어에 대해 잘 알고, 언어를 잘 사용할 줄 안다는 것은 무엇일까? 어휘력이 풍부하고 문법을 잘 구사할 줄만 알면 언어를 잘 사용하는 것이라 과연 말할 수 있을까?

어휘를 예로 들어 보자. 단어를 안다는 것은 어떤 것인가? 한국인이라면, 가령 '남자'란 단어의 뜻이 무엇인지 알기 위해 굳이 사전을 찾아보아야 할 필요는 없을 것이다. 스피드 퀴즈 게임에서 '남자'란 단어가 나오면 어떻게 설명하겠는가? "'여자' 말고! '여자'의 반대말!"이라고 함이 가장 빠른 길일 것이다. '남자'의 사전적 의미가 정확히 무엇이냐고 물으면 딱히 답하기가 힘들겠지만, 적어도 우리는 그것이 '여자'의 상대어라는 것만 알면 족한 법이다.

하지만 '남자'의 의미를 '여자'의 상대어, 곧 대등적인 관계에서 단지 의미만 대립하는 것으로 이해하는 것은 우리의 언어 현실상으로 볼 때 반드시 옳지만은 않다. 우리의 언어 현실로 보면, "남자니까 네가 참아라."라고 하는 말과 "여자니까 네가 참아라."라고 하는 말은 그 내포가 현저히 다르다. 전자가 "남자는 우월한 존재이니 그만한 일은 참아야 한다."라는 의미, 곧 참으면 더 좋다는 의미를 함축하고 있다면, 후자는 "여자는 열등한 존재이니 무조건 참아야 한다."라는 의미, 곧 참지 않으면 안 된다는 의무의 의미를 깔고 있기 때문이다.

이러한 현실이 과연 옳으냐 그르냐 하는 것은 여기서 다룰 문제가 아니다. 하지만 이러한 의미를 모르고 언어를 사용하면, 한국어를 잘 아는 것이라 할 수 없다는 점만은 확실하다. 이는 마치 만원 버스에서 사람들 틈을 비집고 나오면서 누군가가 "내립시다."라고 말할 때, 그 청유형에 이끌려 따라 내리는 자에게 한국어를 안다고 할 수 없음과 마찬가지이다. 한국어를 배우고 한국어를 안다는 것은 적어도 이러한 언어 현실과 문화에 익숙해지고 그에 걸맞게 사고하는 것을 의미한다.

그렇다면 언어는 사회를 반영하기만 할 뿐인가? 언어는 사회의 약속이므로 사회가 변하기 전까지는 언어의 변화를 기대할 수 없는가? 언어를 배운다는 것은 기존의 체제에 순응하여 들어가는 것 이외에 다른 것은 없는가?

아직까지도 '여교수'라는 말은 있어도 '남교수'란 말은 없다. '여류 작가'는 있어도 '남류 작가'는 없다. 남성 우위의 시대에서 교수나 작가는 대부분이 남자들이었기 때문이다. 언어학에서는 이런 것을 유표화(有標化)라고 부른다. 친족 호칭도 그렇다. 모계의 친족 명칭에는 모두 '외'라는 표지가 따로 붙는다. 어머니의 어머니는 외할머니라 불러야 하지만, 아버

이 영화 제목에는 우리 사회의 문화적 관점이 함축되어 있다.

지의 어머니, 곧 친할머니는 그냥 할머니라고 부르는 것이 옳다. 할머니를 유표화하여 친할머니라고 한다는 것은 부계 중심 사회에 대한 중대한 도전이 되기 때문이다. 마찬가지 이유에서 시아버지에게 아버님이 아니라 시아버님이라 부르는 것도 우리 어법에는 그릇된 것이 된다.

그러나 요즘은 '여류 작가'란 말이 교양 있는 사람들 사이에서는 사라지는 추세이다. 그런데 이것이 여류 작가가 양적으로 늘어난 데 따른 결과만은 아니란 점을 고려해 볼 때, 언어란 사회를 반영하는 것일 뿐만 아니라 사회에 영향을 끼치는 존재임을 알 수가 있다. '간호원'이나 '운전수'란 명칭이 그들의 의식적 노력의 결과로 '간호사', '운전기사'로 바뀌게 된 사실도 같은 예에 속한다. 만일 이 같은 의식적이며 의도적인 노력 일체를 불가능하고 무의미한 것으로 돌린다면, 국어 순화 운동 역시 설자리를 잃을 것이다. 흔히 '정치적 올바름(political rightness)'이라 부르는 완곡어 운동(예컨대 '검둥이'나 '흑인'을 '아프리카계 미국인'으로 대치하는)도 언어가 현실을 부분적으로 개선하거나 악화할 수 있다는 인식에 바탕을 두고 있다. 언어는 사고를 바꾸고 사고는 사회를 바꾼다. 언어는 사회의 약속인 동시에 역사성을 갖는 것이어서 불역성(不易性)과 가역성(可易性)을 함께 지니기 때문이다.

이러한 의미에서, 우리가 언어를 가르치고 배운다는 것은 그 언어에 담긴 그리고 그 언어를 둘러싸고 있는 사회와 문화까지 이해하고 비판하며 창조할 수 있는 사고와 능력을 기르는 것이어야 한다. 그 동안 우리 국어교육은 언어와 언어문화의 이해와 전수에만 주된 관심을 가져왔다. 물론 그 목적도 충분히 잘 달성된 것 같지는 않다. 하지만 그보다 더욱 중요한 것은 우리의 언어와 언어문화에 대한 이해와 전수를 넘어서서 그것을 비판하고 새로운 언어문화를 창조할 수 있는 사고력을 함양하고 이를 통해 창조적인 언어문화 생활을 영위하게 하는 데에 있다.

〈유표화〉

유표·무표의 개념은 1930년대 프라하학파에서 사용된 것으로 최근에는 유표화이론(有標化理論 : markedness theory)으로 발전하였다. 대립하는 두 언어요소는 한쪽은 중성적이고 다른 한쪽은 적극적이다. 전자를 표시되지 않은 것, 즉 무표라 하고 후자를 표시된 것, 즉 유표라고 한다. 일반적으로 무표의 형태가 훨씬 더 일반적인 의미를 지니며, 유표화한 형태보다 훨씬 더 넓은 의미를 나타내게 된다.

〈불역성(不易性)〉

언어의 사회성, 곧 언어는 그 언어를 사용하는 사람들 사이의 약속이므로 한 개인이 언어를 바꿀 수는 없다는 것.

〈가역성(可易性)〉

언어는 고정 불변의 것이 아니며, 시대에 따라 신생, 성장, 사멸하는 성질이 있다. 즉 언어는 바뀔 수 있다는 것.

나. 언어·문화·언어문화

언어가 사회적 약속이라는 것은 누구나 다 아는 사실이다. 그러니 사회에 따라 언어가 다르고, 그 언어에 그 사회의 문화가 들어있으리라는 것쯤도 쉽게 짐작할 수 있다. 그런데 언어와 사고가 밀접한 연관이 있다면 과연 사회에 따라 사고도 달라지는 것일까?

이른바 사피어-워프 가설(Sapir-Whorf hypothesis)은 모국어의 사용 습관에 따라 사고의 틀이 정해진다는 이론이다. 미국의 언어학자인 사피어(Sapir)와 워프(Whorf)에 따르면 언어는 인간의 사고나 사유를 반영할 뿐만 아니라 그 언어를 쓰는 사람들의 사고방식에 영향을 미친다.

공동체의 언어 습관이 특정한 해석을 선택하도록 하기 때문에 우리는 일반적으로 우리가 행한 대로 보고 듣고 경험한다고 한 사피어(Sapir)의 관점에 영향을 받아 워프는 언어가 경험을 조직한다고 주장했다. 한 문화의 성원으로서, 한 언어의 화자로서, 우리는 어떤 암묵적 분류를 배우고 이 분류가 세계의 정확한 표현이라고 간주한다. 그리고 그런 범주들이 사회마다 다르므로, 각 문화는 서로 다른 의견을 가질 수 있는 개인들로 구성되지만 문화마다 독특한 합의를 보여주는 것이다.

<하나, 둘, 많다?>

2004년, 피터 고든이라는 미국인 심리학자는 브라질에서 피라하족(族)이라는 수렵채취 종족을 관찰했다. 고든은 그 과정에서 피라하족의 언어에는 수사가 '하나', '둘', '많다'의 셋밖에 없을 뿐 아니라 이 종족의 많은 사람들이 셋 이상의 수를 셈하는 걸 매우 힘들어 한다는 사실을 발견했다.

가령, 에스키모어에는 눈에 관한 낱말이 많다. 에스키모어는 영어로는 한 단어인 '눈(snow)'을 네 가지 다른 단어, 즉 땅 위의 눈(aput), 내리는 눈(quana), 바람에 날리는 눈(piqsirpoq), 바람에 날려 쌓이는 눈(quiumqsuq)으로 표현한다는 것이다. 그런가 하면, 북아프리카 사막의 유목민들은 낙타에 관해 10개 이상의 단어를 가지고 있고, 페루의 인디언들은 감자에 대해 50개 이상의 단어를 가지고 있다고 한다(Sternberg & Smith, 이영애 역, 1996). 우리도 마찬가지다. 예를 들어, 영어의 'rice'에 해당하는 개념에 대해 우리말은 '모', '벼'·'쌀'·'밥' 등이 있다.

그렇다면 언어와 사고, 언어와 문화의 관계는 어떠한가? 앞 장에서 살펴 본 것처럼, 일단 우리는 언어와 정신 활동이 상호의존성을 갖는다고 말할 수 있을 것이다. 하지만 그들 간의 관계가 어느 것이 어느 것을 지배하고 있는지를 잘 식별할 수 없는 정도의 것으로 인식이 되고 나면, 그 사람의 생각은 언어 우위 쪽으로 기울게 마련이다. 왜냐 하면 정신은 물과 같은 것이고 언어는 그릇과 같은 것이어서 물그릇에 따라 물의 모양이 달라지듯이 언어의 형태에 따라 정신의 모양이 달라지는 것이라고 생각하는 쪽이 그 반대로 생각하는 것보다 훨씬 더 쉽기 때문이다. 그런 점에서 사피어와 워프는 언어 우위론적 입장이라 할 수 있다.

그러나 사피어-워프 가설이 언어 우위론의 근거로만 되는 것은 아니다. 앞서 든 에스키모어의 예 자체만으로는 에스키모 사람들의 눈을 인지하는 방법이 먼저 달라져서 그 결과 그들의 언어도 그것에 걸맞게 달라지게 되었는지 아니면 그것과 정반대로 그들의 언어 체계가 먼저 달라진 나머지 궁극적으로 그들의 눈을 인지하는 방법도 똑같이 달라지게 되었는지를 가려서 말할 방법이 없기 때문이다.

사피어-워프 가설에는 많은 반증이 제기되어 왔다. 우선 동언어 이문화 (同言語異文化) 현상을 들 수 있다. 즉 그 가설이 옳다면 동일한 언어를 사용하는 사람들은 동일한 문화와 세계관을 가지고 있어야 하는데 사실은 그렇지 않다는 것이다. 동일한 언어가 서로 다른 국가나 사회에서 쓰이고 있는 경우, 영국·미국·호주 등을 생각해 보면 된다. 물론 서로 다른 점보다는 같은 점이 많다고 주장할 수도 있겠으나, 문화란 그보다 훨씬 더 심층적이고 종합적이어서, 그래서 결국 영국 문화, 미국 문화란 말이 따로 존재하는 것이다. 특히 미국은 동일한 언어를 쓰면서도 그 안에 인종·종교·문화적 전통 등에 따라 서로 다른 문화가 혼재한다. 그런가 하면 이언어 동문화(異言語同文化) 현상도 발견되며, 언어는 거의 고정되어 있는데도 문화만은 크게 달라지는 경우도 발생한다. 또한 만일 그 가설이 옳다면 다언어(多言語) 사용자는 정신분열증을 앓아야 하는데 그렇지가 않은 것이다.

그래서 사피어-워프에 대한 여기서의 관심은 언어와 사고의 관계 쪽보다는 언어와 문화의 관계 쪽으로 이동해 들어간다. 어느 것이 우위에 서는가의 문제보다는, 그 어느 쪽이든 언어가 문화와 동떨어져서 이해될 수

〈보편과 차이〉

언어가 인간의 사고나 세계관에 일정한 영향을 끼친다는 것은 분명하다. 그러나 언어가 사고나 세계관을 결정한다고 말할 수는 없다. 따라서 각 문화마다 언어가 다르면 사고도 다를 수 있지만 이 차이가 인간 보편의 문화, 인간 사고의 보편성을 부정할 수는 없다. 영어 화자에게나 한국어 화자에게나, 에스키모어 화자에게나, 그가 인간인 한, 사고와 인식의 가능성은 똑같이, 무한히 열려있다.

는 없다는 교훈에 중점을 두고자 하기 때문이다. 사실 언어교육에서 언어 사회학이나 언어 인류학과 같은 연구들은 언어 심리학만큼이나 매우 중요한 의미를 갖는다. 이런 연구를 통해 언어 학습자는 문화적 맥락을 학습해야 할 뿐만 아니라 언어와 문화 간의 상호 작용에 대해서도 알아야 한다는 확신이 널리 퍼지게 되었던 것이다.

언어의 습득 과정은 사회화·문화화 과정 그 자체라 해도 별 무리가 없어 보인다. 아이가 최초로 습득하는 단어 중 절반 이상이 명사라는 사실은 주목할 필요가 있다. 문화적인 의미나 개념을 가장 직접적으로 나타내고 있는 것이 명사이기 때문이다. 때로는 그 자체가 문화 항목의 이름인 경우도 있다. 예를 들어 미국 어린이들은 네 살 때쯤이면 '할로윈(Halloween)' 같은 단어를 알겠지만 우리 어린이들은 '추석' 같은 단어를 알게 될 것이다. 이처럼 의식주나 친족 관계, 민속과 문화와 관련된 어휘는 물론, 속담 같은 관용적인 표현에서 보이는 비유와 묘사 등등에 이르게 되면, 한국어를 배우는 과정은 곧 진정한 한국 사람이 되는 과정과 일치한다고 할 수 있다.

언어는 결국 문화의 일부이다. 언어 안에는 그 언어를 사용하는 이들의 문화가 반영되어 있으며, 바로 이런 이유로 말미암아 언어가 수행하는 기능 가운데는 그 사회의 문화를 보존하고 전수하는 기능도 들어가 있게 되는 것이며, 국가가 국어교육을 강조하고 국어교육에서는 또한 문화의 전수와 창조를 강조하게 되는 사연 역시 이러한 사정에서 연유한다. 이처럼 문화의 전수와 창조는 언어에 의해, 그리고 교육에 의해 이루어진다. 언어와 교육의 친화 관계가 여기서도 발견되는 것이다.

언어와 문화의 관계를 좀 더 직접적으로 표현해 주는 것으로 언어문화란 용어가 있다. 언어문화라 하면 시나 소설 같은 문학 작품을 먼저 연상하기 쉽지만, 문화가 예술의 동의어라기보다는 사회와 동의어에 가깝듯, 언어문화 역시 언어 예술보다는 훨씬 광범위한 것이다. 실은 우리의 국어 생활 전체가 언어문화라 해도 무방하다. 신문이나 방송·통신을 비롯한

문화적 매체 언어는 물론, 높임법이 발달한 것을 우리 언어문화의 특징이
라 하고, 토론 문화가 부재한다 하여 우리 언어문화의 맹점을 지적하듯이,
언어문화는 일상의 언어 전체에 걸쳐 존재하는 것이다.

따라서 우리는 언어문화의 정수(精髓)로 문학 언어를 강조하는 한편, 일
상의 다양한 언어문화에 유념하지 않으면 안 된다. 최근 문학교육에서도
문학 언어를 일상의 언어와 관련을 맺고자 하는 노력이 설득력 있게 전
개되고 있다. 그런데 일상의 언어문화에는 속어·비어·은어·방언·유
행어·유머 등도 포함되고, 광고나 통신 등의 언어도 포함되며, 정치인·
의사·변호사·종교인 등 직업과 종교에 따른 특수 언어도 포함된다. 그
렇다면 이처럼 시장(市場)의 언어에서 예술의 언어에 이르기까지 다양하고
방대한 언어문화 모두를 국어교육의 대상 언어로 삼아야 할 것인가?

그 어느 언어도 국어교육의 대상이 될 수 없는 것은 없다. 그리고 국어
교육에서 다루는 언어생활이 지금보다는 더 폭넓어져야 한다는 데에도
오늘날 학계나 교육계에서 별 이견이 없는 듯하다. 매체 언어라든가 사이
버 세계에서의 언어 등은 특히 그러하다. 하지만 그렇다고 해서 모든 언
어가 직접적인 교육의 대상이 되어야 한다는 것은 아니다. 교육은 가치
있는 행위의 의도적인 선택이다. 가르치지 않아도, 오히려 하지 말라고
가르쳐도 더 하는 비속어 따위를 굳이 학교에서 가르쳐야 할 필요는 없
다. 호적 등본 신청서 쓰기나 보험 증서 읽기, 라디오 프로그램에 자기 사
연 잘 쓰는 법, 텔레비전 토론 프로그램에 전화하는 법 등도 마찬가지이
다. 이는 자연의 모든 현상을 자연 과목이 가르치지 않음과 같은 이치에
서 그렇다. 동시에, 고기를 직접 잡아 주는 것이 아니라 고기 잡는 방법을
가르쳐 주는 것에 교육의 본질을 비유하듯이, 그 모든 언어 낱낱을 교육
이 직접적으로 다루어야 하는 것은 아니기 때문이다. 잘못된 실용주의,
기능주의에 빠지지 않기 위해서는, 그 다양한 언어문화의 구체적인 현상
그 자체보다는 그러한 구체를 만들어 내는 원동력으로서의 힘, 곧 사고력
의 함양 그 자체, 아울러 그 사고력에 의한 이해와 표현의 능력을 길러
주는 데에 국어교육은 목표를 두어야 한다.

2) 문화와 언어교육

가. 민족 문화와 언어교육

언어가 문화와 긴밀한 함수 관계에 있다면, 그리고 문화는 집단의 사고가 이루어낸 결정체라면, 언어는 집단적 사고를 반영하고, 아울러 집단적 사고에 영향을 미치게 될 것임이 자명하다.

언어문화의 정수라 불리는 시를 예로 들어 보자.

> 내 마음은 호수(湖水)요
> 그대 노 저어 오오
> 나는 그대의 흰 그림자를 안고,
> 옥(玉)같이 그대의 뱃전에 부서지리다.
>
> ─ 김동명, 〈내 마음은〉 일부

호수는 우리나라 사람들에겐 평화롭고 고요하며 안온한 느낌을 불러일으키는 존재이며, 그러기에 이 시는 많은 이들에 의해 낭만적인 연가(戀歌)로 사랑 받아 왔던 터이다. 하지만 만일 이 시를 그대로 직역해 미국의 오대호 근처에서 사는 사람들에게 들려주면 어떤 반응들이 나올까? 그 크기가 한반도의 몇 배에 달하며, 그로 인해 조수가 일고 일기의 변화가 일어나는 그 광대한 호수에 자신을 비겨 표현하였은즉, 이것은 호연지기(浩然之氣)를 노래한 시가 되지나 않을까? 혹은 그 넓고 거친 호수에 연인더러 조각배 타고 노를 저어 오라고 하고서는, 그러면 흰 그림자를 안은 그 거센 호수의 물결이 뱃전에 부서지리라 하였은즉, 이것은 죽음 또는 정사(情死)를 노래한 시이거나, 혹은 위협과 저주에 가까운 시가 되지는 않을까?

앞서 우리는 '남자'라는 보통 명사 하나에도 문화적 함축이 들어 있다 하였는데, 지명(地名)과 같은 경우에는 아마도 사정이 더 증폭될 것이다.

▲ 이리호
오대호(슈피리어호, 미시간호, 휴런호, 이리호, 온타리오호)의 총면적은 24만 4,940㎢. 우리나라 남북한 면적은 22만 2천㎢. 남한만 9만 9천㎢.

예컨대 '압구정동'은 단순한 동네 이름이 아니라 부(富)와 소비문화의 상징으로 우리에게 작동된다. 인명(人名)도 마찬가지이다. 우리에게 '돌쇠'는 마당쇠가 아니면 '의리의 사나이'다.

▲ 시집 〈바람부는 날이면 압구정동에 가야 한다〉

이처럼 언어의 함축이라든가 언어 미학은 물론, 우리의 문화와 관습, 그리고 그에 따른 사상과 감정을 다른 집단에 고스란히 전한다는 것은 매우 힘든 일이다. 다른 민족이 우리의 독특한 정서와 생활 풍습을, 정치·경제·역사·사회·문화적 특수성을, 그것도 머리만이 아니라 온몸으로 공감하고 감동하기란 실로 불가능에 가깝기 때문이다.

▲ 영화 〈바람부는 날엔 압구정동에 가야 한다〉

그러나 우리의 언어문화라 하여 자동적으로 누구나 이해하고 공감할 수 있는 것은 아니다. 모어 화자임에도 모어에 대해 배워야 하는 당위가 성립되듯, 언어문화에 대해서도 역시 상당한 소양과 사고력이 필요하고 의식적인 노력을 기울여야 할 태도가 요구되기 때문이다. 한국인이라 하여, 한민족이라 하여 우리 언어문화의 당당한 일원으로 자동 가입되는 것은 아니다.

특히, 우리가 우리 자신의 타자(他者)로 될 때가 있다. 공간적 타자만이 아니라 시간적인 타자도 있는 것, 다시 말해 외국 문화만이 타자가 아니라 우리의 과거 문화도 현재 우리에겐 타자가 될 수 있는 것이다. 민족 문화란 이름은 우리 문화 내의 다양성 가운데 차이성보다는 동질성을 강조하는 측면을 강하게 안고 있지만, 현실이 그렇지만은 않기 때문이다. 어쩌면 오늘날의 학생들은 동시대의 외국 문화에 대해서는 물론, 시간적으로도 공간적으로 먼 외국의 고전들에 대해 우리의 고전보다 더 친숙하게 여길지도 모른다. 그리고 이러한 사태는 결코 학생들의 탓만은 아니다.

현재 우리 국어교육에서 고전(古典)은 어디까지나 옛것(古)이라는 의미에서만 고전일 뿐, 전범(典範)으로서의 의미는 별반 얻지 못하는 것이 현실이다. 문학교육 가운데서도 특히 고전문학교육은 학생들의 감상이나 비평적 태도를 아예 요구하지도 기대하지도 않는다. 고전문학의 역사성이 학생들의 문학적 이해와 감상, 나아가 문화적 성장에 의미 있는 요소로서 체험되기는커녕, 오로지 메마른 고증학과 지식주의만이 교실을 압도적으

〈역사적 원근법〉

역사란 무엇인가에 대한 가장 잘 알려진 정의는 E. H.카의 "현재와 과거의 끊임없는 대화"라는 것이다. 카는 '과거에 대한 사실' 그 자체가 '역사의 사실'이 되는 것은 아니라고 한다. 역사적 사실들이란 역사가가 현재적 관점과 문제의식에 의거해서 '과거에 대한 사실들' 가운데 의미 있다고 여겨지는 것들만을 선택하여 일정한 질서로 배열함으로써 성립되는 것이다. 하지만 현재를 사는 역사가의 주도로만 이루어지는 대화는 진정한 대화가 아니다. 현재에 살고 있는 우리들은 과거와 대화하기 위해서 먼저 그들의 의미체계를 이해하고자 해야 한다. 과거인들이 공유했던 문화에 대한 이해를 전제로 하지 않는 현재와 과거와의 대화는 무의미하기 때문이다.

로 지배할 뿐이다. 고전이 현재와의 대화를 이루지 못하고 있는 사태, 이 속에는 소위 전통단절론이 한 몫을 하고 있는 것이긴 하지만, 교육 자체가 분비하고 있는 문제 또한 커다란 책임을 지고 있는 것이라 하겠다.

고전이 선언적으로는 늘 중요한 의의를 부여받고 있으면서 실질상으로는 중심부에서 배제되거나 소외되고 있는 이 상태는 고전을 진정한 '역사적 원근법'(김흥규, 1992)으로 다루지 못하는 데 기인한다. 물론 고전을 그 당대의 문화적 코드 속에서 이해하도록 가르치면서 동시에 현재의 관점에서 수용하길 요구하는 것이 쉬운 일은 아니다. 그러나 이로 인해 현재적 관점과 당대적 관점 간에 존재 가능하고 실로 존재하고 있는 질문들은 사라진 채, 오로지 과거의 박물학적 유산으로만 전수되고 수용되는 경향이 지배적이다. 결과적으로 고전과 현대는 단절되며, 전통의 계승은 선언과 당위, 그리고 강제의 형태로만 남게 되기 마련인 것이다. 더욱이 문학에 대한 이론이 현대 문학이론, 특히 서구의 이론에 기초함으로써, 그 이론적 관점과 가치 평가축이 우리의 고전에도 은연중에 적용됨으로 인해, 마치 우리 고전의 문학적 가치가 폄하되는 듯한 감마저 갖게 된다.

과거 당대의 문화적 코드를 강조한다는 것은 매우 중요한 일이다. 그 경우 우리는 우리 시대의 개념적 틀에 의해 그 동안 상대적으로 배제되고 소외되었던 지난날의 문학들에 대한 새로운 배려를 시도해야 한다. 또한 충의나 교훈가 같은 목적 문학에 대해 폄하만 할 것이 아니라 그 당대의 코드 속으로 학생들을 이끌어 들여야 한다. 그래서 작품을 가르칠 때면 거기에 등장하는 '풍월(風月)'이란 낱말의 뜻을 그저 '자연'이라 풀이하는 데 그칠 것이 아니라 '청풍명월(淸風明月)'이라는 말 그대로, 왜 우리의 선조들은 풍류를 맑은 바람과 밝은 달에 비기어 표현하고 이해했는지, 그 정서와 상상력에 동화해 보도록 해야 할 것이다.

그것은 공감적 이해의 확대에 기여하는 교육이 될 것이다. 우리가 살지 못한 삶, 우리와 같고 또 다른 삶, 우리가 생각해 보지 못한 영역과 차원에 대한 사유, 그 발상과 표현의 기호론적 의미에 대해 심사숙고하는 교육이 되어야 한다는 것이다. 아울러 사물을 바라보는 우리 선조들의 독특한 관점과 글쓰기 방식, 발상과 표현의 관습과 개성, 언어와 문자 문화의 중요성에 대한 각별한 인식, 효용성과 미학을 동시에 중시하는 태도 등에 주목하게 된다면, 고전문학교육만이 아니라 우리의 국어교육 자체가 새로운 지평을 열 수 있을 것이다.

그와 동시에 현재적 관점을 긴장 속에 유지시켜야 한다. 그것은 곧 비판적 인식의 심화에 기여한다. 과거의 것, 전통이라 하여 강요된 당위로서만 기능하게 됨으로써 결국엔 주체적 내면화와 거리가 먼 길을 걷게 할 것이 아니라 오늘의 문화가 지향해야 할 바에 비추어 민족의 문화적 전통을 숙고하게 하여야 할 것이다. 비판적 사고 없이 창의적 사고는 기대하기 어렵다.

이상에서 본 바와 같이, 우리가 민족의 언어문화를 강조하는 것은 국어교육이 민족 문화 유산의 전승과 창조에 기여함을 목적으로 삼기 때문이다. 그것은 곧 우리 문화의 정체성에 대한 자각과 연결되고, 문화적 능력의 확장을 기대하는 것이기도 하다. 그 능력에는 인지적 사고만이 아니라 정의적 사고도 포함됨이 물론이다.

나. 세계화·정보화 시대의 언어교육

민족 간의 언어문화의 차이가 크다 해도, 특별한 경우를 제외하고는 소통이 불가능할 정도라 할 수는 없다. 문화에는 보편성이라는 인자가 들어 있기 때문이다. 특히 세계화의 시대가 도래하면서 문화가 점점 더 보편성을 지향하리라는 진단이 일반적이다.

물론 그 보편성 가운데 제국주의적 속성도 들어 있음에 우리는 유념해야 한다. 하지만 그와 동시에 타문화와 소통이 될 수 없는 우리만의 사고가 진짜 우리의 사고라고 이해하는 것 또한 위험한 생각이다.

민족주의라는 과제와 세계화 문제 역시 이와 같은 맥락에서 진지한 숙고를 요하는 대목이다. 현단계로서 우리는 민족주의가 갖는 교육적 의의를 부인하기가 어렵다. 세계 시장의 형성이라는 자본의 논리가 꾸준히 관철되고 있는 세계사의 흐름에서 민족주의란 하나의 생존 논리란 측면에서 우리가 지녀야 할 가치이자 덕목이 되고 있기 때문이다. 하지만 이같이 역사적이고 상황적인 산물이 일단 교육 내용으로 들어오면, 그것은 불가피하게 존중해야 하지 않으면 안 될 가치로서보다는 절대시되거나 신성시되며 시대 초월적인 가치 체계로 곧잘 변질되고 만다. 민족주의 자체가 진정한 대안이 되리라고는 믿기 어렵다. 민족 간의 경쟁은 개인 간의 경쟁에 못지않게 애초부터 자본주의 발전 동력의 일부였던 만큼, 단순히 자기 나라 자기 민족의 국제적 위상을 높여보자는 식의 민족주의가 세계 시장에 대한 대안이기는커녕 바로 그 구성요인의 하나임은 더 말할 나위 없다. 그러므로 민족주의는 세계 시장의 보편주의 이데올로기에 대한 진정한 대안이라기보다 그 보완으로 그치기 쉽다고 보아야 할 것이다(백낙청, 1994).

그러므로 언어문화를 가르치는 입장에서 우리는 민족 문화의 정체성 확보를 위해 노력하는 한편으로, 세계 문화 시민으로서 성숙할 수 있는 능력을 길러 주는 데 노력하지 않으면 안 된다. 그런 의미에서 국어과 교육 내의 문학 과목을 통해 최근 들어 외국 문학 작품을 적극적으로 수용하려 하고, 나아가 탈 서구 모델을 지향하려는 작금의 노력은 매우 값진 것이라 할 수 있다.

한편 세계화 현상을 가속화시키는 데에는 인터넷을 비롯한 정보화의 물결이 가장 중요한 동인으로 작용하고 있다. 실제로 7차 교육과정은 '21세기 세계화·정보화 시대를 주도할 자율적이고 창의적인 한국인 육성'이라는 이념 아래, '세계화·정보화에 적응할 수 있는 자기 주도적 능력의 신장' 및 '정보화 사회에 대비한 창의성, 정보 능력 배양' 등을 주요 내용 항목으로 삼고 있다. 정보화 시대에 대비하는 교육이라 하면 컴퓨터를 비롯한 정보 기기와 기술을 교실에 도입해 그것을 가르치는 것을 연상하지만, 중요한 것은 그것을 바탕으로 자기 주도적 학습 능력을 신장시키는 것, 창의성과 정보 능력을 배양하는 데에 있는 것이다. 자칫 그에 대한 시각이 결여되었을 경우, 본말이 전도되고 형식적 기술적 장치의 변화

〈세계문학과 국어교육〉

국어과에서 세계문학을 가르치는 것이 국어과의 순수한 교과 내적 논리로 볼 때는 꼭 온당치만은 않다. 국어교사는 한국문학 전공자일 따름이다. 하지만 현실 논리를 고려하면 국어과 교육과정에라도 세계문학이 반영된 것은 다행스런 일이다. 하지만 실제 학교교육에서는 세계문학이 제대로 다루어지지 않는다. 수능에 나오지 않기 때문이다. 그래서 오늘날 청소년들은 한국문학 작품은 억지로라도 읽는 반면, 세계문학에는 전혀 무지한, 심각한 교양 부족 상태를 보이고 있다.

가 곧 교육적 변화인 것으로 오해하는 경우가 발생한다. 그 경우는 마치 교과서를 컴퓨터가 대신하는 것에 지나지 않는다. 우리가 이제껏 교과서 중심주의를 비판해 온 것은 교과서'로' 가르쳐야 할 것을 이제껏 교과서 '를' 가르쳐 왔기 때문이었음을 상기할 필요가 있다.

극단적으로 말해 교실에 컴퓨터 한 대 없이도 학생들의 자기 주도적 능력을 키워 내는 것이, 한 사람에게 한 대씩 컴퓨터가 주어지고도 이전의 교육 내용과 다를 바 없는 교육이 전개되는 모습보다 정보화 시대의 요구에 부합하는 교육과정의 이상에 훨씬 더 가깝다. 물론 컴퓨터를 통한 학습의 속성이 자기 주도적 능력을 기르는 데 매우 유익할 것으로 보이는 것은 사실이다. 인터넷을 이용하는 것과 자기 주도적 능력의 상관도는 매우 높거니와, 컴퓨터 게임조차도 요즘은 창의성 없이는 갖고 놀 수 없는 세상에 우리는 살고 있는 것이다.

하지만 정보화 사회 문제와 관련해 볼 때, 국민 공통 기본 교육과정으로서 국어과가 어떠한 질적 양적 확보를 해 두고 있는가 하는 측면을 살펴보아야 한다. 컴퓨터로 글쓰기가 교육과정에 들어 왔다 해서 대단한 변화가 있는 것은 아니다. 컴퓨터 글쓰기가 고작해야 글쓰기 도구의 변화 수준이라면 그것은 고작해야 타자기의 도입과 다를 바가 없기 때문이다. 컴퓨터가 등장하기 전까지 시청각 장치를 이용한 교수 기술은 교사들의 할 일만 증가시켰을 뿐, 학생들을 소극적으로 만들었던 것으로 평가된다. 그런데 미래학자들은 컴퓨터가 이러한 상황을 근본적으로 변화시킬 수 있다고 본다. 평가 기준을 스스로 발견하고 개발하며 탐구하는 데 학습의 요체가 있다면, 컴퓨터는 분명히 학생들을 수업 사태의 적극적 주체로 이끌 수 있기 때문이다. 미래학자인 네그로폰테의 유명한 말이 바로 "개구리를 해부하지 마라. 한 마리 만들어 보라"(Negroponte, 1995)는 것이다. 컴퓨터로 시뮬레이션하는 것이 가능하기 때문에 이제는 개구리를 알기 위해 개구리를 해부할 필요가 없다는 것이다. 오히려 어린이들은 개구리를 디자인하고, 개구리 같은 행태를 가진 동물을 만들고, 개구리의 형태를 변형하고, 근육을 시뮬레이트 하면서 개구리와 함께 논다.

〈자기주도적 학습 능력(SDL : Self Directed Learning)〉

타인에 의해 미리 계획된 교육 과정에 따라 학습 활동에 참여 하기보다는 자신의 관심과 흥 미, 적성 등에 따라서 교육의 전 과정을 스스로 형성해 가는 학습 활동. 자기주도적 학습 능력은 기본적으로 두 가지가 복합된 능력이다. 자기주도적 능력과 학습 능력이 그것이다. 엄밀한 의미에서 자기주도적 능력이란 능력이라기보다는 성향이나 성품, 성격에 보다 유사한 개념이다. 즉, 모든 일을 스스로 발안, 처리하고 그 결과에 대하여 책임을 지려는 자율적, 독립적, 진취적 성향을 뜻한다. 그리고 학습 능력이란 성향과 기능이 복합된 개념으로서 배우려는 성향과, 배우는 데 필요한 기본적인 지식과 기술이 결합된 능력을 말한다.

〈네그로폰테(Nicholas Negroponte, 1943~)〉

멀티미디어의 개념을 최초로 제시하고 명명한 미국의 미디어 학자. 정보고속도로 개념의 창시자이기도 하다. 〈디지털이다〉를 저술해 전 세계의 이목을 끌었다. 이 책은 인터넷으로 대표되는 미래사회가 물질의 최소 단위인 원자의 시대에서 정보의 최소 단위인 비트(bit) 중심의 시대로 바뀔 것을 예측한 미래서이다. 그는 미래사회가 정보화를 넘어 탈정보화 사회로 나아갈 것이며, 이에 시간과 공간의 제약을 뛰어넘는 창의적이고 자유로운 개인들이 만들어 가는 네트워크 공동체야말로 미래사회의 가장 바람직한 가치라 보았다.

개구리가 이러하다면, 글쓰기가 어려울 리 없다. 교육에서 구성주의적 접근법이 환영받게 되는 것도 이와 무관하지 않다. 따라서 컴퓨터로 글쓰기가 타자로 글쓰기처럼 이해되어서는 곤란하다. 컴퓨터로 글쓰기가 교육에 도입되려면 무엇보다도 먼저, 컴퓨터 글쓰기에 관한 제반 문제, 즉 컴퓨터의 편집 기능이 갖는 글쓰기의 특성, 퇴고가 용이한 컴퓨터 기능으로 인한 글쓰기 과정의 변화, 컴퓨터 글쓰기의 문체상 특징, 정보의 저장과 처리가 용이함으로 인한 컴퓨터 글쓰기의 장점을 적극화하는 문제 등등이 연구되고 그것이 교육적 국면에 활용되는 방법이 연구되지 않으면 안 된다.

정보 사회와 교육의 문제를 오로지 기술과 기기의 측면에서만 접근하는 것은 대단히 위험하다. 오히려 우리는 국어과의 거의 모든 영역과 내용이 정보 사회와 유관하다는 적극적 시각을 갖는 것이 필요하다. 인터넷 시대에 제 아무리 영어가 위세를 떨쳐도, 그러니 영어를 우리의 공용어로 삼자는 주장을 펼치기에 앞서, 결국에 그 모든 정보가 우리의 언어로 변환되어야 한다는 점에 주목한다면, 세계화 정보화 시대에서 국어 능력의 필요성은 오히려 더욱 증대되어야 한다고 봄이 마땅할 것이다. 이해와 표현 능력은 정보 사회에서 가장 긴절히 요구되는 능력이다. 정보의 노예가 되지 않고, 정보 제국주의에 지배당하지 않기 위해서는, 정보가 넘치는 사회에서 정확하게 정보를 이해하고 그 가치를 판단하여 선별하는 고등 사고 능력, 그리고 그것을 요약하고 새로운 정보를 표현해 내는 능력이 긴절히 요구된다 하겠다.

다. 사회 문화적 이념과 언어교육

우리가 자아를 구축하는 것은 남의 이야기를 듣고 배우는 과정이라고 해도 별로 지나치지 않다. 우리 삶의 과정은 대화의 과정이다. 학교에서의 배움도 대화이며, 소설을 읽거나 텔레비전을 보는 것도 다 대화에 해당한다. 대화는 언어를 주고받는 행위이다. 그리고 언어가 곧 사고라면 대화는 결국 사고를 나누는 행위이다. 그렇다면 우리의 성장은 결국 남의 이야기와 자신의 이야기가 서로 섞이는 상호 교차적인 대화의 과정인 셈이라 할 수 있다. 우리 자신 내부에서의 이데올로기적 발달이라 함은 이러한 다양한 제도에서 흘러나오는 여러 가지 가치나 관점 등이 우리 내부에서 패권을 확보하기 위해서 끊임없이 싸우는 과정의 결과라 볼 수 있는 것이다. 따라서 바흐친(M. Bakhtin)에 따르면 언어에 관한 연구는 궁극적으로 이데올로기에 관한 연구가 되며 역으로 이데올로기에 관한 연구의 영역은 결국 기호의 영역과 겹친다.

언어를 통하지 않은 정치적 투쟁은 없다. 우리처럼 단일어가 통용되는 사회에서도 그러한 다중 언어적인 현상이 발생한다. 방언과 같은 언어적 차이는 말하는 사람의 사회 내의 위치를 상징하기도 하고 때로는 그러한 위치를 만들어 주기도 한다. 또 페미니즘적 관점에서 보면 가부장적인 억압과 그에 대한 저항도 역시 언어를 통해 이루어진다. 억압은 일상의 대화에서, 환자를 대하는 의사의 거만한 말투에서, 생활 보호 대상자에 대한 공무원의 관료적인 어투에서, 공식적인 장소에서만 행해지는 직장 상사의 느닷없는 경어투에서 이루어지며, 그에 대한 저항도 거기에서 이루어진다.

이러한 관점에서 보면, 예컨대, 국민의 당연한 의무처럼 여겨지는 표준어 구사가 갖는 의미도 다르게 해석될 수 있다. 표준화 과정 자체는 다양한 기능을 수행한다. 하지만 표준화란 결국 어떤 기준에 의해 하나의 지방어를 선택하는 것을 뜻하는바, 그 기준 여하에 따라 다른 변이형, 다른 기준, 그리고 이러한 변이형을 사용하는 사람들을 약화시키게 된다. 그런데 선택된 기준은 결국 권력의 소유 및 부족과 관계가 있게 마련이다. 지배 세력과 관계있는 변이형이 선택되는 것은 어쩌면 자연스런 일이다. 표준화된 변이형들은 화자들에게 권위를 주도록 사용될 수 있으며, 그것을 사용하는 사람과 그렇지 않은 사람을 구분 짓는다. 그러므로 표준화된 변이형은 그렇지 않은 사람들에게 언어 행위에 대한 일종의 목표로 사용될 수 있다.

〈표준화 과정〉

영어의 경우 표준화란 자본주의 사회의 출현과 결부된 경제적 정치적 및 문화적 통일이라는 훨씬 더 폭넓은 과정 가운데 하나로 보아야 한다. 표준화는 의사소통을 개선하는 직접적인 경제적 중요성을 갖고 있다. 그것은 또한 민족의식의 확립이란 측면에서 거대한 정치적 문화적 중요성을 갖는다. 실제로 표준 영어로 발전하게 된 사회적 방언은 중세 말기 런던의 상인 계급과 연관된 동중부(東中部)방언이었던 것이다. 이렇듯 표준화는 봉건주의로부터 자본주의로의 전환기에 있어서의 근대화, 혹은 중산 계급의 성장한 권력과 분리하여 생각할 수 없다. 표준 영어의 발전은 라틴어와 불어만이 아니라 '비표준적'인 사회적 방언들을 희생한 대가로 이루어졌다는 사실에도 주목해야 하는 것이다(Fairclough, 1989).

뿐만 아니라 표준어는 지방어만 제한하는 것이 아니다. 우리의 표준어 규정에 제시되어 있는 '교양 있는'은 계층이나 계급을 직접적으로 지시하지는 않지만 무관하지도 않아 보인다. 정치 경제 사회적으로 낮은 계층의 지위를 차지한다 해서 교양이 없는 것은 아니며 그 역도 참이지만, 일반적으로 그 '교양'의 성격이란 것이 상류 지배층의 것에 가깝기 때문이다. 물론 우리나라의 경우, 한편으로는 표준어의 권력을 현실적으로도 인정하지 않을 수 없으면서도, 방언 간의 차이도 별로 크지 않고, 국가의 공식어로서 표준어를 구사해야 할 책무가 있는 역대 대통령들마저 표준어를 제대로 구사한 사례가 거의 없으며, 표준어 정책 자체도 그다지 엄격하지 않은 편으로 보인다. 하지만 적어도 텔레비전 오락 프로그램이나 영화의 예에서 보듯 방언 사용자는 여전히 희화화의 대상이 되고 있는 것을 보면 — 그들은 언술 내용과 무관하게 언술 형식만으로도 웃음을 유발한다. — 우리도 지방성만이 아니라 계층성이 표준화에 반영되어 있음을 감지할 수 있다.

이제 우리 교육도 일상의 담론에 눈을 돌릴 필요가 있다. 방언처럼 억압된 다양한 소수자의 목소리에 귀 기울여야 하고, 그 목소리가 담긴 일상의 텍스트와 문학 텍스트를 제공해 주어야 한다. 사회적 소통이란 것도 문화의 소산이다. 우리 일상생활과 문화에서, 대중매체에서, 교사와 학생의 대화에서, 남성과 여성의 대화에서 권력이 어떻게 작동하며 어떻게 우리의 다양한 목소리들이 억압당하고 또 저항하는지에 대해 구체적이고도 실천적으로 우리 학생들이 탐구해 볼 필요가 있다. 이러한 교육의 목적이 사회 내 여러 소수자(minorities)의 목소리를 포함한 다성성(多聲性)의 추구와 실현에 있다면, 그것은 그 자체로 종의 다양성 회복이란 측면에서 생태친화적이며, 민중의 다양한 목소리를 담는다는 점에서 민주적인 동시에, 여러 목소리가 한데 어울려 심포니를 울려 퍼지게 한다는 점에서 문화적인 것이 아닐 수 없다.

한편 바흐친은 형식주의자들과는 달리 문학과 문학외적인 담론의 총체를 구분하는 것에 반대하였다. 문학어와 일상어 사이에 분명한 경계는 없다. 그것들은 기호라는 점에서 모두 동일하다. 문학어 역시 개인적인 언어가 아니다.

은유를 예로 들어 보자. 흔히들 은유는 시에서나 등장하고, 과학 언어는 은유적이지 않다고 하지만, 은유적 표현은 언어 자체에 뿌리내리고 있다. 예를 들어 우리는 습관적으로 '위아래'라는 용어를 사용하여 친족 간이나 조직 사회에서 그 구성원의 관계를 표현하지만 이것은 바로 인간관계를 공간에 비유한 것이다. 은유는 이처럼 우리의 말에 너무 밀접하게 잠재되어 있기 때문에 우리는 그것이 은유인지조차도 망각해 버리기 쉽다. 은유는 속담이나 격언에서도 자주 발견된다.

예컨대 '시간은 돈이다'와 같은 말을 생각해 보자. 이것이 인간이 시간을 개념지울 수 있는 유일한 방법인 것만은 아니다. 이런 것들은 단지 근대화 이후 문화의 산물일 뿐이다. 기본적으로 유럽 어에서는 시간이란 객관적으로 수량화할 수 있는 하나의 상품으로 인식된다. 그래서 "시간을 낭비한다."거나 "시간을 절약한다."라고 말한다. 또 전쟁이나 스포츠 경기에서는 "시간을 번다."고 말하고 방송국은 광고주에게 "시간을 판다."고까지 말한다. 그러나 시간이 이러한 것들로 비유되지 않았던 시대와 문화도 있었다(마단 사럽, 1991).

이처럼 은유는 가장 시적이며 그래서 가장 위험한 것이 된다(올리비에르불, 1994). 은유는 아무런 역할을 하지 않는 단순한 미사여구가 아니다. 언어의 수사학적 내지 자의식적 사용은 현실로부터 분리되어 있는 것이 아니라 현실을 구성하는 것이며, 문체 또한 현실의 장식적 표면을 창조하는 것이 아니라 현실의 주요한 구성 요인인 것이다. 은유의 힘은 오히려 직설법 이상의 힘을 갖는다. 짐짓 아무렇지도 않게 은유를 담화에 이끌어 들이면서 사실은 아무런 증명이나 설명도 필요로 하지 않는 힘을 갖게 되는 것이다. 은유는 상당한 정도까지 우리가 상상할 수 있는 범위를 규정해 주고, 사물을 어떻게 상상하는가에 영향을 미치며, 세계관을 형성 유지하게 해준다. 정치적 발화에는 우리가 알게 모르게 상당한 은유의 힘이 언제나 구사되고 있다.

그러나 이러한 은유의 힘은 저항의 힘이 될 수도 있음에 아울러 유념해야 한다. 은유는 새로운 시야를 열어줄 뿐만 아니라 지성을 계발시킬 수도 있다. 은유는 이전에 깨닫거나 예견치 못했던 미묘한 유추를 가져다 줄 수 있으며, 사물을 다르게 보는 방식을 가져다 줄 수 있다.

이른바 완곡어법에 대해서도 이와 유사한 설명이 가능하다. 이는 동일한 지시물에 대한 의미 연상을 변화시키고자 하는 방법 가운데 하나이다. 시니피에는 동일함에도 이 완곡어법에 의해 대치된 시니피앙은 언어적 금기에 해당하는 것들이다. 성·신체·생리 현상·죽음·질병·범죄와 같은 화제를 다룰 때에도 불유쾌한 연상들이 피할 수 없이 따른다.

그러나 완곡어법은 그러한 영역에서만 쓰이는 것이 아니다. 사회적이고 정치적인 주제에서도 즐겨 사용되는 것이다. 전쟁에서의 패퇴를 '작전상 후퇴'라 일컫는 것도 완곡어법이며, '감옥'에서 '형무소'를 거쳐 '교도소'에 이른 과정에도 완곡어법이 작용하고 있다. 집단수용소(concentraion camp)도 원래는 완곡어법이었으며, 후진국(backward)·미개국(undeveloped)이니 하던 말이 개발도상국(developing countries)·저개발국(less developed countries)이라고 하게 된 과정에도 마찬가지로 완곡어법이 작용하고 있다.

완곡어법은 사물의 성질상 완화제이지 치료제는 아니다. 단어의 불쾌한 함축은 결국 단어 자체가 아니라 그 단어가 가리키는 대상의 탓이다. 그러므로 본래의 말을 바꿔치는 완곡 표현은 어차피 똑같이 지저분해지고 그래서 대체된 시니피앙은 자주 다른 시니피앙으로 바뀌게 된다. 그렇기 때문에 변소를 가리키는 완곡어법이 그렇게도 많은 것이다. 이처럼 완곡어법은 일종의 주술적 방법이라 할 수 있다. 즉 그것은 사람들 사이에 친교적 기능을 발휘하는 한편으로 무언가를 언어의 힘에 의해 왜곡시키고 은폐시키고자 하는 기능을 행하고 있는 것이다.

이상의 예들은 우리 일상 언어 주변에서 얼마든지 발견할 수 있는 것들이다. 그러나 지금까지 우리는 이러한 것들을 문장론과 수사의 차원에서만 다루었다. 표준어가 문법의 대상만은 아니며 은유는 문학적 수사의 대상만은 아님에도 불구하고, 우리는 일상 언어에 담긴 권력이나 문학적 언어의 정치적 권력에 대해서는 관심을 기울이지 않았던 것이다. 그 결과 국어교육은 생동성을 잃고 삶과의 연관을 상실했던 셈이다. 언어를 둘러싼 이 다양한 역동성이 교육에 도입되고 반영될 때, 국어교육의 깊이는 더욱 심화될 수 있으리라 기대된다.

라. 사회 문화적 가치와 언어교육

국어과교육은 말하고 듣고 읽고 쓰는 능력을 제공해 준다. 특히 문식성(literacy)의 신장은 국어과가 다른 교과의 도구가 되고, 모든 교과의 기초가 되며, 소위 주요교과로 불리게 되는 핵심적 관건이다. 그러니 문학이라든가, 도덕적 교훈이라든가, 제재에 담긴 내용 지식이라든가 하는 것이 국어과교육의 중핵은 될 수 없다. 이러한 생각은 이른바 형식교과로서 국어과교육을 바라보는 관점과 밀접한 관련을 맺는다. 국어과교육의 본령이 내용교과일 수 없다는 점에서 이러한 지적은 매우 타당하다. 그런데도 지난 날 국어교육이 목표와 수단을 혼동함으로서 혼란을 초래했던 것이 사실이다. 가령 〈파브르의 곤충기〉를 읽으면서 설명문의 특성을 가르치기보다, 그래서 학생들에게 그릇으로서의 형식을 다루는 능력을 주기보다, 곤충에 관한 지식이나 파브르의 위인 됨을 설파하는 데 바빴던 사례를 들 수 있을 것이다.

하지만 형식은 내용 없이 존재할 수가 없다. 따라서 형식교과라는 뜻은 내용을 배제하라는 뜻도 아니며 원천적으로 그럴 수도 없는 것이다. 좋은 형식은 내용과의 긴장 속에서 최적의 상태를 발견하게 될 때 획득되는 것이요, 그런 의미에서 훌륭한 형식 지도일수록 내용을 깊이 파고들어야 하는 것이다. 또한 형식을 지도해야 하는 교과적 목표도 중요하지만, 그렇다고 해서 군이 학습자가 경험해야 할 내용적 가치를 버릴 필요도 없고 버려서도 안 된다. 말할 것도 없이, 국어과교육 또한 교과교육의 하나이며, 교육이라는 집단적 사업의 하나이기 때문이다. 개별 교과들이 자신의 고유 업무에만 충실하길 바라는 분업 체제는 그 체제적 완결성만 추

〈교과의 구분〉

교과는 환경과 주체와의 관계에서 분류할 때, 주로 환경을 배우는 교과와 주로 주체를 배우는 교과로 나눌 수 있다. 전자로는 내용교과·형식교과가 있고, 후자로는 주체가 환경에 노작을 가하는 기술과·실업과와 주체의 정서를 표현하는 표현교과가 있다. 국어과는 수학과와 같이 환경의 '형식'을 가르친다는 점에서 형식교과로 분류되며, 환경의 '내용'을 가르치는 내용교과에 대응한다.

구하다 보면, 정작 더욱 중요한 교육 공통의 목표, 교과와 교과 사이의 교육적 가치 등이 사라질 우려가 발생한다.

비유해서 말하면 이렇다. 홍차를 마시는 경우를 생각해 보자. 우리는 티백을 물에 우려내어 그 물을 마신다. 엄밀히 말해 우리는 홍차를 마시는 것이 아니라 홍차 우려낸 물로서의 홍차를 마시는 것이다. 말하자면 국어를 가르치는 과정에서 우러나오는 향기라든가 덕성이라든가 하는 것을 우리는 배제할 필요도, 그럴 수도 없다. 행여 국어과 교육의 정체성을 지킨다는 각오에서 티백 자체를 빨아먹는 우를 범해서는 안 될 것이다. 역사 소설을 읽으면서 인물과 플롯에 대해서만 가르치고 정작 역사적 상상력이라든가 역사의식에 대한 이야기를 나누지 않는 문학교실을 순정한 문학교실이라 부를 수는 없지 않은가. 따라서 소설을 읽고 거기에 등장하는 인물의 성격을 알아보자는 교육과정상의 목표만 추구하는 수업이 좋은 수업이라고 말할 수는 없다. 텍스트의 성격상, 그것에 충실하다 보면 오히려 윤리적, 도덕적 질문이 나오지 않을 수 없을 경우, 그것을 시행하는 것이 문학교육 측면에서도 좋은 수업이라 할 것이다. 다만 그것은 어디까지나 동경험 다목표의 원칙에 따라 국어교육을 올바르게 실천한 결과로 얻어져야 하는 것이지 교과 외적인 목표에 국어교육이 종속되어야 한다는 것은 아니다.

따라서 교육을 통해 인류가 공통적으로 기대하고 기획한 결실을 맺기 위해 국어과교육, 특히 문학교육은 기꺼이 활용되어야 한다. 역사를 돌이켜본다면, 문학은 이러한 사회적 기대와 오랜 연관을 맺어왔음을 알 수 있다. 문학의 태생이 그러하였고 본성이 그런 한, 지금도 문학은 사회 문화적 가치의 이해와 전수, 비판과 창조를 위해 활용되어야 한다. 문학의 힘을 활성화한다는 것이 문학의 본질을 왜곡하는 것은 아니며, 문학을 활용한다는 것이 문학의 자율성을 침해한다는 것도 아니다.

실제로 외국의 법학, 의학, 경영학 대학 및 전문 대학원에서는 윤리교육을 대단히 강화하면서 문학과 영화를 활용하여 토의하고 토론하는 프로그램을 적극적으로 실천하고 있다(Williams, 1997). 마찬가지로 문학적 상상력은 환경 교육에도 활용될 수 있다. 환경 교육은 인류로 하여금 생물적·지리적·사회적·경제적 및 문화적 제 요소들 간의 복잡한 상호관련성을 이해하게 하고, 그와 동시에 환경 문제를 발견하고 해결하며 환경의 질을 관리할 수 있는 지식·가치관·태도 및 기능을 습득하게 하는 것을 목적으로 하고 있다. 이러한 목적에 맞추어 각 급 학교에서 환경 교육이 추진되고 있으나 그 효과는 별로 뚜렷하지 못하다. 도덕교육의 예와 마찬가지로, 종래의 가치중립적인 과학적 해결 방법, 즉 인과적 탐구에 의한 지식-실천적 교육은 비록 환경오염의 원인과 결과, 행동 방법 등에 관하여 지적 이해와 행동 경험은 갖게 하는 데 기여하였지만, 환경 문제에 대한 일상생활에서의 반응이 지적 체계를 따르지는 못하다는 데 문제점을 안고 있는 것이다. 이에 필요한 것이 바로 생태학적 상상력이다. 그 같은 사고 활동이 적극화될 수 있는 계기를 우리는 또한 문학적 상상력 활동에 찾을 수 있다 (정재찬, 2004).

〈생태학적 상상력〉

자연과 인간 그리고 문화가 어우러져 자연 속의 인간다운 문화적 삶의 결을 누릴 수 있는 녹색 유토피아를 그리는 사고 활동. 공장에서 내뿜는 프레온가스가 오존층을 파괴시켜 지구 저편의 이름 모를 사람에게 피부암을 일으킬지도 모르는 사태를 그려볼 수 있는 상상력이 생태학적 상상력이라고 할 수 있거니와, 이러한 상상의 구체적 형상화 활동, 곧 문학적 상상력 활동을 통해 환경 교육의 목적이 달성될 가능성이 높은 것이다.

2. 국어교육에 관한 문화적 이해

1) 사회구성주의적 접근

가. 사회구성주의에 대한 이해

지난 날 우리 교육은 행동주의의 지배를 받아 왔다고 해도 지나치지 않다. 실험실의 쥐로부터 도출된 모형에 따라 인간에 대한 교육이론이 만들어졌다는 점을 들어 그것을 비난하는 것은 지나친 일일지 모른다. 하지만 이로부터 수행을 위한 훈련(training)과 이해를 위한 교수(teaching)와의 구별이 없어졌다는 지적은 사실로 들린다. "사람을 포함하여 모든 동물은 경험을 통하여 만족스런 결과를 초래하는 행동을 반복하는 경향이 있다"는 손다이크(Thorndike)의 공식은 특별히 신기한 원리라고도 할 수 없는 주장이었다. 하지만 행동주의자들은 이를 "강화되는 반응은 무엇이든지 반복된다."라고 체계화하였고, 이어 강화를 바탕으로 한 '학습이론'을 구축하였던바, 불행히도 이 이론이 교육에 막강한 영향력을 행사해 왔던 것이다(조연주 외, 1997 : 16).

그러나 오늘날 우리가 문제 삼는 교육이란 이전에 경험하지 않은 문제 해결에 더 초점을 두고 있다. 이제 중요한 것은 기본 개념들뿐만 아니라 이들 사이에 상정되는 관련성에 대한 개념적 이해이다. 그러한 개념적 이해를 가진 학생만이 새로운 문제에 봉착했을 때 문제 해결에 성공할 수 있는 것이다.

물론 암기나 암기 학습이 문제 해결에 전혀 소용없다는 것을 의미하지는 않는다. 그러나 지식이 어떤 독립적 세계를 나타낸다는 개념은 점점 포기되고 있다. 진리란 주체로부터 독립된 외부 세계의 상태나 사상을 그대로 반영하는 것으로 간주하던 기존의 관념으로부터 하나의 인식론적 전환이 일어나기 시작한 것이다. 어떠한 설명도 관찰자의 경험으로부터 도출되기 때문에 문제를 해결하거나 목적을 달성하는 방법은 항상 다양하기 마련이다. 따라서 객관적 진리관도 배척된다.

가령, 하늘의 별자리를 생각해 보자. 기원전부터 카시오피아 자리는 W자형으로 간주되어 왔다. 그러나 이 다섯 개 별 가운데 알파는 45광년, 베타는 150광년, 감마는 96광년, 델타는 43광년, 입실론은 520광년씩 지구로부터 떨어져 있다. 이 다섯 개의 별은 서로 아무런 관련이 없다. 카시오피아 자리는 객관적으로 존재하는 것이 아니라 오로지 카시오피아 자리라는 이미지가 우리 마음속에 존재하는 것이다. 이것이 경험 세계에 대한 주관적 구성이라는 말의 의미 가운데 하나다(조연주 외, 1997 : 20).

그런데 여기서 주목해야 할 사실은 카시오피아 자리를 그같이 인식하는 것이 단지 개인의 주관적 구성에 의한 것이라는 사실만이 아니라 그같은 인식이 한 집단의 신화적 사고와 맞물려 그 사회에 전승되어 왔다는 사실이다. 동일한 별자리를 다른 사회에서 그와 다른 모양으로 인식하는 것은 오히려 자연스러운 일이다.

이처럼 사회적 구성주의는 객관주의적 인식론과도 구분되며, 인식의 기원을 개인에게서 찾는 급진적 구성주의와도 구별된다. 사회적 구성주의는 외인적인 입장처럼 외부 세계를 근본적인 관심사로 시작하지도 않고, 내인적인 입장처럼 개인의 정신을 관심사로 시작하지도 않는다. 그들은 언어를 관심의 초점으로 삼는다. 우리가 지식이라고 간주하는 문화를 분석해 보면 그 안에는 언어의 힘, 권력의 힘이 검출되기 때문이다.

그렇다면 구성주의의 언어관은 어떠한가. 구성주의는 해체주의와 상통한다. 해체주의와 구성주의는 그 명칭으로만 보면 일견 대립되는 입장처럼 오해되기 쉽지만 지식의 절대성을 해체하고자 하는 것이나 지식이 구성된다고 주장하는 것이나 그 입장은 서로 유사한 것이다.

먼저 해체주의의 언어관부터 살펴보자. 앞에서 우리는 '남자'라는 단어를 이해함에 있어 '여자'와의 대립, 또는 변별적 자질에 의해 그 의미를 알 수 있다는 예를 든 바 있다. 이처럼 의미가 어떠한 실정적(positive)인 것에 의해서가 아니라 단지 부정적(negative)인 관계들에 의해 규정된다고 보는 것이 바로 소쉬르 언어학의 입장이다. 소쉬르 이전에는, 의미는 사물에서 오고 그 사물은 낱말에 재현(representation)된다고 보거나, 의미는 보편적 관념에서 나오며 그 관념은 낱말에 의해 표현(expression)된다고 보는 것이 일반적이었다. 이에 반해 소쉬르 언어학은 의미가 언어에 앞서 존재하지 않고, 언어에서 비롯된다고 주장하면서 그 이전의 의미 이론들과 결별했다. 즉 기호는 다른 기호와의 상호 관계를 통해서만 정의될 수 있을 따름이며, 따라서 소리나 의미는 체계에 앞서 존재하는 것이 아니라 체계에 의해 만들어지는 것이다. 언어는 차이로 이루어진 체계인 것이다(다이안 맥도넬, 1992 : 20~21).

그런데, 만일 그러하다면, 의미는 결코 고정되지 않는다. '노랑'이라는 기호는 실정적인 정의를 통해서가 아니라, '빨강'이 아니고 '파랑'이 아니고 '검정'이 아니라는 식의 부정적 관계들에 의해서 그 의미의 가능성만 드러낼 뿐이다. 사실은 '흑'조차 '백'과의 대립을 통해서만 정의되지는 않는다. '흑'은 '백'이 아닐 뿐만 아니라 '핑크'도 아닌 것이다.

언어는 다양한 등가 관계의 집
합에 따라 나뉜다. 예를 들어
철수, 영희, 바둑이 등은 명사라
는 점에서 하나의 계열체를 이
룬다. 그런데 그 각각은 그 자
체로 의미를 갖는 것이 아니라
계열체 내의 다른 단어들과의
관계, 즉 계열체 내에서 그것들
이 차지하는 위치에 따라 의미
가 이루어진다. 즉 철수는 원래
부터 철수가 아니라 그 체계 내
에서 영희가 아니고 바둑이가
아니기 때문에 철수이다. 소쉬
르는 언어는 실질은 없고 차이
만 있다고 말했다.

데리다가 만든 신조어. 불어 동
사 différer는 '다르다'는 뜻과
'연기하다'라는 뜻을 지니고 있
는데 그 명사형 différence, 즉
'차이'라는 단어와 발음은 같고
뜻은 다른 différance(불어로 이
두 단어는 발음이 같다)를 만든
것으로서, 차이와 지연의 뜻을
갖는다 하여 우리말로는 흔히
차연이라 번역한다. 이러한 언
어유희를 통해 데리다는 음성중
심주의를 거부함과 동시에 차이
의 체계라는 소쉬르 언어학의
결정주의를 비판하고자 한 것으
로 볼 수 있다.

실제로 어떤 단어의 의미를 알려고 한다면, 사전에서 그것을 찾아볼 수
있겠지만, 그러나 그 과정에서 우리는 우리가 조사해서 찾은 기의보다 훨
씬 더 많은 기표가 있다는 것을 알게 될 따름이다. 기표를 찾는 과정은
무한할 뿐만 아니라 다소 순환적이다. 기표는 기의로 치환될 수 있을 뿐
만 아니라 기의 역시 기표로 치환될 수 있기 때문이다. 본질상 기표가 아
닌 종국적인 기의에는 결코 도달할 수가 없다. 어린아이의 물음에 대한
대답에서처럼, 혹은 사전상의 정의에서처럼 하나의 기호는 무한히 다른
기호로 우리를 인도한다(마단 사럽, 1991 : 20).

이를 두고 해체주의의 문을 연 데리다는 차연(差延, différance)이라고 불
렀다. 의미는 공시적인 차이(差異)에 의해 존재 가능함과 동시에 시간적인
차이에 의해 끊임없이 지연(遲延)되는 것이다. 내가 어떤 문장을 읽었을
때 그것의 의미는 항상 어느 정도 '연기'·'지연'된 어떤 것이다. 하나의
기표는 '나'를 다른 기표와 관계하도록 만든다. 각각의 기호에는 기호가
되기 위해 그 기호가 배척했던 다른 낱말, 곧 '타자'의 '흔적'이 깃들어
있으며, 이 연쇄는 끊이지 않는다. 달리 말하면, 모든 것은 나머지 모든
것들의 흔적을 담지하고 있고, 그로 인해 언어의 어떤 기본 단위도 절대
적으로 정의될 수 없다.

소쉬르 이래 구조주의 언어학은, 한 언어 안에서는 모든 사람이 같은
언어를 말하며 말하고 쓰는 모든 발화의 밑바닥에는 소리와 의미의 공통
된 약호나 일반체계가 깔려있다고 믿었다. 그러나 체계라는 관념을 모두
부정할 수는 없으나, 모든 담론 뒤에 단일하고 일반적인 체계가 놓여 있
다는 신념은 의심스러워졌다. 그 신념이란 곧 모든 사회적인 것은 동질적
이며, 모든 사람들에게 공유된다고 생각하는 것과 다르지 않다. 사회의
모든 갈등을 무시하고 심지어는 담론간의 차이와 갈등을 무시하게 되는
것이다(다이안 맥도넬, 1992).

구성주의적 관점 역시 언어의 의미란 둘 이상의 사람들의 협력에 의해
이루어지는 것으로 본다. '내'가 여기서 말하는 바는 상대방이 그 의미에
동의하지 않는 한 별 의미가 없다는 것이다. 앞서 든 '자유'와 같은 예를

생각해 보라. 심지어 저명한 시인의 작품도 단지 사회적 공인을 받은 허튼 소리에 지나지 않는 것으로 볼 수도 있다. 따라서 사회적 구성주의는 전통적인 지식 개념의 개인주의적 이데올로기를 공동체의 관심으로 대치하고자 한다(조연주 외, 1997).

아울러 구성주의자들은 언어는 세계를 이해하는 수단이거나 자기표현의 수단이라기보다 일종의 게임이라고 이해한다. 그러기 때문에 같은 진술이라도 지식으로 받아들여지는 것이 있고 그렇지 않은 것이 있다. 학자들의 대화를 학자 아닌 사람들이 들으면 그들의 어휘나 표현이 현학적인 것처럼 들릴 테지만 학자들 사이의 게임 규칙에서는 그것이 의사소통을 하는 데 합리적일 뿐만 아니라 편하기 때문이다. 병원에서 의사들의 대화를 들어 보라. 그런 말들은 특정 공동체 안에서만 특별한 가치를 지닌다. 구성주의자들에게 중요한 것은 언어 사용의 실제적인 조건이자 제한 사항이다. 게임을 벗어나는 그럴 듯한 말이란 없기 때문에 순수한 언어란 존재하지 않는다. 모든 언어는 어떤 공동체 내에서 필요한 기능을 수행한다는 점에서 일종의 응용인 셈이다.

〈언어 게임 이론〉

비트겐슈타인에 따르면, 언어란 게임과 같은 인간 공동의 활동이다. 언어는 일종의 게임처럼 다수의 참여와 그 게임의 규칙 준수가 전제되기에 공공성이 있다. 우리가 말을 한다는 것은 마치 놀이를 하듯이 진지하게, 그러나 이것을 의식하지는 못한 채로 하나의 활동을 하는 것이며, 이것은 언어가 우리 삶의 한 형식이라는 사실을 뚜렷이 보여주는 것이다. 따라서 여기서는 말의 의미를 논할 때, 언어의 형식적인 구조보다는 실제적인 활동 맥락이 초점이 된다.

나. 사회구성주의의 국어교육적 함의

그렇다면 이 같은 구성주의적 언어관이 국어교육에 의미하는 바는 무엇일까?

국어교육과의 관련을 말하기에 앞서 교육 일반의 사태에서 일어날 변화부터 생각해 보자. 구성주의적 입장에서 보면 학습은 단순한 자극-반응 현상 이상의 것이다. 즉 학습을 위해서는 자기 조정과 성찰적 사고가 그리고 추상화를 통한 개념적 구조의 수립이 필요하다. 문제 해결은 기계적으로 학습한 정답의 재생에 의해 수행되지 않는다. 문제를 해결하기 위해서는 먼저 그것을 나 자신의 문제로 간주해야 한다. 즉 문제는 목표를 향한 나의 진로에 있어 하나의 장애로 보아야 하는 것이다. 그러므로 동기 유발 활동은 매우 중요한 의미를 갖게 된다. 물론 문제 해결 과정에서 학생들마다의 상이한 해결이 똑같이 바람직한 것으로 간주되어야 한다는 것을 의미하지는 않는다.

이로부터 우리는 구성주의적 교육관에 따라 학생들이 지식의 소극적 소비자가 아니라 적극적 구성자로 위치될 것을 예견할 수 있다. 동시에 우리는 그들의 활동이 추상적인 지식의 형태가 아니라 구체적이고 상황 맥락적인 형태로 이루어지리라 기대할 수 있다. 나아가 개인주의적 입장에서가 아니라 공동체 문화의 관점에서 교육 활동이 전개되리라 기대할 수도 있을 것이다.

다시 국어교육으로 돌아와 보자. 지식과 언어에 대한 사회적 구성주의의 관점이 교육에 투영된다는 것은 어떤 의미를 지닐까?

지난 날 지식 중심의 국어교육, 단순한 기능주의적 국어교육의 폐해는 무엇보다도 절대적이고 객관적인 표준이 존재한다고 가정하는 데에서 비롯하였다. 그 결과, 지식 중심 국어교육은 학습자의 존재 조건과 무관하게 강요되어 삶의 문제 해결 과정으로부터 멀어져갔고, 기능주의 국어교육은 판에 박힌 형식을 누구나 똑같이 반복하는 우를 범하고 말았던 것이다. 편지 쓰기 교육을 예로 들어 보자. 물론 처음에는 도무지 편지를 어떻게 써야 할지 모르는 학생들을 위해 편지에 관한 기본적인 지식과 형식을 가르치게 되었을 것이다. 하지만 그것이 고정화되게 되면 학생들 편에선 그 지식과 형식이 문제를 해결해 주는 해방의 기능을 하는 것이 아니라 오히려 억압이 되는 경험을 겪게 된다. 계절 인사 같은 것이 그런 경우이다. 이처럼 교육에서 편지 쓰기의 표준은 물론 필요한 일이지만, 그것을 바탕으로 자신의 맥락과 목적과 대상에 맞는 새로운 형식을 구성하도록 가르쳐야 하는데 그렇지 못한 것이다.

일반적인 독해와 작문 교육도 마찬가지이다. 가령 작가와 독자의 관계부터 다시 이해해 보자. 전문 작가든, 일반인, 또는 학생이든, 글을 쓰는 작가(writer)들은 누구나 자신을 위해서보다는 독자들을 위해서 텍스트를 쓴다. 그 독자층은 기지 혹은 미지의 대상일 수도 있으며, 인접해 있거나 멀리 떨어져 있을 수도 있고, 한 명일 수도 있고 수천 명일 수도 있으며,

그 주제에 대해 잘 알 수도 있고 전혀 모를 수도 있으며, 그에 대해 공감하거나 반대하는 경우도 있을 것이다. 문제는 작가가 상정한 내포 독자와 실제 독자가 반드시 일치하지는 않는다는 데 있다.

그래서 작가와 독자 간의 관계는 때때로 일종의 권력 획득을 위한 갈등 관계로 인식되어 왔다. 텍스트 작성을 레토릭(rhetoric), 곧 설득의 과정으로 이해하는 데에는 나름대로 진실이 있다. 작가는, 심지어 특정한 선생님께 과제물로 내는 글을 쓸 때조차, 기존의 텍스트와는 다른 특정한 텍스트를 구성해야만 한다.

또 다른 이해 방법은 작가와 독자가 그들의 생각을 채우려고 노력하는 협동적 작업으로 그 관계를 이해하는 방식이다. 작가는 단지 단서를 제공할 뿐이고, 그 단서를 사용하는 것은 독자다. 지나치게 분명한 텍스트는 특정 독자들에게는 매우 지루할 수도 있다. 그와 같은 글은 독자들에게서 추론하는 즐거움과 도전감을 박탈할 수 있다. 반면에 지나치게 난삽한 텍스트는 독자들로 하여금 모욕적이거나 곤혹스러움을 느끼게 할 수 있다. 특정 독자의 입장에서 지나치게 뻔한 내용을 지루하게 설명하고 있거나 그와 반대로 이해하기 어려운 것을 마치 상식인 양 설명도 해 주지 않는 사태를 생각해 보라. 일반적으로 우리는 글에서 명확성을 요구하지만 명확성은 상대적인 것이다. 그러므로 작가가 분명히 밝힌 것과 독자가 추론하도록 밝히지 않은 것 사이에는 흥미로운 긴장 상태가 있다. 독해 과정은 이러한 협동적 작업, 곧 구성적 활동에 의해 이루어진다.

한편 작가는 독자다. 작가가 자신의 텍스트의 독자라는 분명한 사실에 대해서는 더 말 할 필요가 없다. 하지만 더 중요한 것은 어떻게 읽고 쓰는 단일한 활동에서 한 사람이 작가(텍스트를 위해 의미를 구성하는 자)인 동시에 독자(텍스트로부터 의미를 구성하는 자)가 될 수 있는가 하는 점이다. 대학에서의 글쓰기를 생각해 보자. 대학에서는 다른 사람들의 텍스트, 곧 참고 문헌에 기초한 작문이 매우 일반적인 활동에 속한다. 작문 활동의 상당 부분은 다른 텍스트를 읽고 작문하는 과제인 것이다. 이와 같은 활동에서 작가는 그 자신의 의미를 구성할 때 다른 작가가 쓴 텍스트를 참

〈내포 독자(implied reader)〉

텍스트의 의미 형성은 텍스트와 독자의 밀접한 관계에서 이루어진다. 두 요소의 교섭에 참여하는 가상적 독자를 내포 독자라고 한다. 내포 독자는 실제 독자가 독서 과정을 통해 텍스트의 잠재력을 실현할 수 있는 하나의 요소로서, 실제 독자는 암시된 내포독자의 압력을 거쳐 자신의 위치를 구체적으로 결정짓게 되기도 한다.

고하고 직접 활용한다. 여기서 독해와 작문 과정은 혼합된다. 물론 행동만을 본다면 독해와 작문은 뚜렷이 구별되는 듯하다. 이는 마치 처음에는 독해 단계가 있고 그 다음에 작문 단계가 있는 듯이 보이게 한다. 그러나 행동보다 구성 과정을 생각한다면 우리는 독해(텍스트로부터 의미를 형성하는)로부터 구성이 어디에서 끝나며 작문(텍스트를 위해 의미를 형성하는)을 위한 구성이 어디에서 시작하는지를 말할 수 없는 것이다.

그런데 전통적으로 우리 초·중등학교에서 독해에 대한 교육은 다른 텍스트를 쓰기 위한 텍스트의 활용이나 텍스트들 사이에 연관을 짓도록 하는 것이 아니라 일반적으로 하나의 텍스트에 대한 분석과 이해, 감상과 비평을 강조한다. 반면에 대부분의 작문 교육은 다른 텍스트와 무관하게 문예문과 같은 독창적인 텍스트를 쓰는 데 초점을 둔다. 대학의 리포트처럼 텍스트 참조를 통한 텍스트 구성을 생명으로 삼는 작문은 부과되지 않는 것이다. 이처럼 독해와 작문은 분리되어 전개된다.

우리의 교육 현실을 지배하고 있는 것은 보수적 독해관이자 작문관이라 할 수 있다. 독해나 작문과정에서 구성적 주체로서의 힘은 발휘되지 않는다. 거의 대부분의 경우 자기만의 독해는 오독으로 처리되며 그것은 결국 시험을 통해서 '처벌'될 가능성이 크기 때문이다. 하지만 우리가 구성주의나 해체주의의 언어관을 따른다면 모든 독해는 곧 오독이라 할 수 있다. 단일한 해석이 우리 바깥으로부터 객관적으로 존재하는 것이 아니라 단지 여러 오독들이 있을 뿐이기 때문이다. '통제된' 혹은 '정확한' 해석을 성취하려 하는 어떠한 비평이나 교육, 또는 책읽기 이론은 정작 독해가 갖는 의미 창출적 행위를 심각하게 훼손하는 것이 되고 만다.

따라서 무엇보다도 읽기의 개방이 전제되지 않으면 안 된다. 유일한 독법은 없다. 수용 미학이나 독자 반응 비평을 생각해 보라. 그럼에도, 이제껏 교육은 텍스트가 아무리 복잡하고 다층적인 의미를 지니고 있다 할지언정 한 텍스트의 해석은 모든 독자에게 동일한 것이라고 가정하곤 하였다. 하나의 독자로서 어떤 작품에 대해 타인이 갖고 있지 않은 사적(私的)인 연상을 할 수는 있지만, 그에 반해 그 작품의 공적(公的)인 의미에 대한

〈제한된 창조자로서의 독자〉

독자에 따라 텍스트의 어떤 요소는 배제되기도 하고 어떤 부분은 수용되기도 한다. 이것이 독자의 자율성이다. 독자는 텍스트에 제시된 모든 요소들을 새롭게 해석할 수 있다는 의미에서 창조자이다. 하지만 독자는 완전히 자유로운 창조자가 아니라 텍스트의 영향을 받고 있는 '제한된 창조자'이다.

〈독자 반응 비평〉

이저(Wolfgang Iser)에 따르면 텍스트와 작품은 다르다. 텍스트의 구조가 독자의 의식 속에서 심미적으로 다시 태어난 것이 작품이다. 따라서 한 편의 텍스트는 여러 독자들에 의해서 상이한 작품으로 태어날 수 있으며, 같은 독자라 하더라도 시간과 상황에 따라 다른 작품으로 태어날 수 있다.

자신의 인식은 자신의 삶과 연결된 특이한 모든 연관들을 제거함으로써 얻어지게 된다는 것이다. 우리는 저마다 그 텍스트의 '이상적 독자'로서의 보편적 인간에 스스로를 동화시키고자 하였다. 그러나 그 보편적 인간의 성은, 인종은, 그리고 연령·국적·종교는 과연 무엇인가. 어느 여성이 여성차별주의자의 시를 읽을 때, 그녀는 그것을 하나의 이상적 독자 가운데 한 사람으로서, 결국 한 남자로서 읽는 것인가? 〈허클베리 핀〉을 읽는 흑인들은 마크 트웨인이 기대한 백인 독자의 자리로 들어가야만 하는 것인가? 독자 구성원에게 텍스트를 읽을 때 자신의 관습적 정체성을 제쳐 두도록 어떻게 요구할 수 있을 것인가? 또한 다른 시대의 작가들이 우리 시대의 가치를 정확히 모사하기를 기대한다는 것은 비현실적이며 시대착오적일 것이다(Richter, 1994 : 6).

왜 이 작품이 다른 작품보다 좋은가? 거기에는 '나'의 이해관계가 작동한다. 이해관계란 지식을 구성하는 적극적 요소이지 지식을 위태롭게 하는 한갓 편견에 그치는 것이 아니다(테리 이글튼, 1986). 이해관계의 다름은 필연적으로 갈등을 낳는다. 그러나 갈등 또한 타기해야 할 그 무엇이 아니다. 그래서 갈등의 교육적 가치를 극대화하고자 하는 갈등 학습(conflictual learning)은 비평 범주·이론적 이슈·설명 방식·독법들 사이에 개입하는 이해관계의 갈등을 학생들에게 드러내고 보여주는 것을 목적으로 한다(Gerald Graff, 1989). 갈등 교육의 미덕은 일차적으로 학생들로 하여금 읽기가 순진무구한 행위가 아니라는 점, 즉 읽기의 이해관계를 보여준다는 점에서 발휘된다(도정일, 1993). 이 갈등은 한편에서는 전통적 읽기의 방법들에 대한 거부와 도전이라는 측면을, 다른 한편에서는 현대적 독법들 사이의 경쟁이라는 양상을 띠고 있다.

협동학습(collaborative learning)도 마찬가지이다. 지식을 사람의 정신 안에 내재해 있는 것으로 보는 전통적 입장에서 교사와 학생은 뚜렷이 구별되었다. 그 교실에서 지식을 아는 자는 오로지 교사이며 학생들은 오로지 그 지식의 내용이 채워져야 하는 대상이 되는 것이다. 반면에 구성주의 관점에서 모든 개인은 지식이나 이성의 소유자가 아니라 지식이 만들어

〈갈등학습과 협동학습〉

협동학습의 상대어는 갈등학습이 아니라 경쟁학습이다. 그런 점에서 갈등학습도 협동학습이 될 수 있다. 다만, 협동학습은 동일한 학습 목표를 향하여 소집단 내에서, 교사의 관여 없이, 함께 활동하는 수업 방법인 반면, 갈등학습은 교사의 관여도 가능하며 반드시 일치에 도달하여야 하는 것은 아니란 점에서 구별된다. 과학과의 인식론적 갈등 학습이나 도덕과의 가치 갈등 학습 모형을 참고할 것.

지는 과정의 참여자이다. 합리적이고 지식적인 진술이란 인간 내면의 외적 표현이 아니라 지속적인 공동체적 교류의 산물이다. 구성주의적 입장을 취하는 교사에게 어려운 일은 학생들로 하여금 일련의 대화에 참여하게 하는 것이다. 이 경우 학생은 어떤 대상이 아니라 관계 속에서 기능하는 주체이다. 교육은 주로 이 대화에 참여하는 사람들의 행위를 조정함으로써 즉 상호교류에 의해 일어난다. 따라서 구성주의의 시각에서는 협동학습(collaborative learning)의 활성화가 강조된다(Bruffe, 1993). 여기서 협동 학습이란 학생들 간의 지속적인 교류가 교육의 첫 번째 기능이 되는 과정을 일컫는다. 학생들은 타인의 관점을 알아보고 비판적으로 탐구하면서 배우고, 더 나아가 새로운 해석의 가능성이 교류를 통해 이루어진다.

요컨대 갈등 학습과 협동 학습은 서로 다른 기준과 견해에서 빚어지는 대립을 해소하고 공통적인 세계 인식 위에서 삶의 평화와 조화를 추구하는 관용(tolérance)의 정신과 상통한다.

2) 문화론적 접근

가. 문화론에 대한 이해

문화론이라는 이름 아래 묶일 수 있는 문화에 관한 사유는 대단히 다양하고 복잡하다. 여기서는 단지 교육과 관련되는 의미에서 문화의 범주를 나누어 보고자 한다. 첫째는 흔히 문화적 유산이라 불리는 것으로서, 그 실체는 주로 이른바 고급 문화적 전통에 해당하는 것이다. 이는 소위 문화인의 교양이나 지식 또는 예술 개념과 깊은 연관을 갖는바, 전통적 교육과정에서는 바로 그러한 전통을 내면화하는 것이 문화적 능력이요 덕목이라 강조되어 왔다. 둘째는 문화인류학자들이 주로 관심을 갖는 '생활양식'으로서의 문화 개념이다. 모든 사회는 저마다 독특하게 유형지어진 관습적 행위 양식이 있게 마련이다. 그런데 이러한 양식을 지속시키는 힘이 어디에서 오는가, 혹은 어떻게 유지되는가 하는 것은 설명하기 쉽지 않은 문제다. 그것은 마치 우리가 끼고 있는 안경의 렌즈가 우리 눈에는 보이지 않는 것과 마찬가지이다. 셋째는 문화 연구(Cultural Studies)적 시각을 들 수 있다. 문화 연구는 고급문화보다는 대중문화에 대해 더 관심을 가지며, 그것을 기술하는 것보다는 실천을 지향한다는 점에서 다분히 정치적이다.

국어교육은 이 가운데 그 어느 것도 소홀히 다룰 수가 없다. 민족의 문화유산을 전수하는 데 꾸준히 노력해 왔음에도 실제적으로 그 과업이 만족할 만한 수준으로 성취되었다고 보기는 힘들다. 그 이유는 아마도 학습의 자발성과 주체적 사고가 결여된 상태에서 오로지 당위나 강요의 형태로만 과업이 부과된 데 있을 것이다. 둘째 사항 역시 마찬가지이다. 국어교육은 살아 있는 언어생활을 대상으로 살아 있는 언어 교육을 하기 위해 상당 기간 동안 노력해 왔다. 하지만 그 노력이 일상의 의사소통 기능 신장에만 머묾으로써 언어적 사고의 신장에까지 기여하지는 못한 것으로 보인다. 의사소통 기능 신장은 국어교육의 기본이지 궁극적인 목표라 말하긴 힘들다. 기본조차 제대로 교육하지 못한 것은 철저히 반성을 해야 마땅한 일이지만, 우리의 목표는 그 같은 기본을 갖춘 상태에서 더욱 차원 높은 곳으로 학생들을 인도하는 데 있을 것이기 때문이다. 동시에 일상으로의 확대가 단순히 소재적 확장의 의미에 머물어서는 안 된다. 우리는 학생들이 단순히 일상에 적응하는 수준이 아니라 일상의 뒤에 숨어 있는 의미를 파악하고, 일상의 변혁을 꿈꿀 수 있는 수준에 도달하기를 기대한다.

위의 세 가지 문화관 가운데, 대중문화를 본격적인 연구 대상으로 삼는 문화 연구적 시각을 각별히 강조하고자 함은 바로 이러한 까닭에서이다. 현재의 언어생활 양식에 대해 올바르게 인식한다는 것은 곧 우리가 쓴 안경의 렌즈를 정당하게 인식하고 그 근원의 힘을 발견하는 것이 된다. 아울러 현 당대의 문화 가운데 압도적 위력을 발휘하고 있는 대중문화에 대해 막연히 혐오를 표하고 그것을 금기의 대상으로 규제하기보다, 이미 학생들의 삶의 맥락 속에 자리하고 있는 그것을 현실로 인정하여 교육의 문화적 문식성이라고도 한다. 본래 '리터러시'란 문자를 사용하여 메시지를 이해하고 생산할 수 있는 근대적 의미의 의사소통 능력을 뜻하는 용어이다. 그러나 20세기에 들어 영화, 텔레비전, 비디오와 같은 영상매체의 등장으로 인해 매스 커뮤니케이션과 대중문화가 확산된 것에 힘입어, 문자를 통한 의미 생산 능력을 뜻하던 리터러시는 본래의 의미보다 훨씬 확장된 의미로 쓰이기 시작했다. 따라서 오늘날 문화적 문식성이란 전통적인 의미의 문화 예술에 관한 감식안을 뜻하는 것은 물론 '미디어 리터러시', 그리고 최근에 등장한 '디지털 리터러시'까지 포괄하는 개념이다.

장으로 끌어들이고자 하는 것은 미래 사회의 주역이 될 학생들의 문화적 정체성을 확립하고 문화적 능력(cultural literacy)을 신장시키고자 하는 것이 된다. 이 같은 인식의 힘과 문화적 정체성 및 문화적 능력이 확보될 때, 우리의 전통문화 유산도 당위나 강요에 의해, 그리하여 결과적으로는 소극적으로 계승되는 현재의 상태와 결별하게 될 것이기 때문이다. 이에 여기서는 문화 연구적 시각에 대해 좀 더 알아보기로 하겠다.

먼저 우리가 인정해야 할 사실은, 일반적으로 대중문화에 대해서는 부정적인 시각이 더 많다는 점이다. 교육계에서는 그 같은 시각이 더 증폭되는 것 같이 여겨지기도 한다. 하지만 대중문화에 대한 비판적 입장은 전통적 가치를 옹호하는 보수주의자들에게서만 발견될 수 있는 것은 아니다. 소위 진보적인 입장에 있는 사람들 가운데도 대중문화의 상업성과 이데올로기성을 들어 대중문화에 대해 비판적 입장을 취하는 사람이 많다.

두 가지 입장 모두 경청할 값어치는 충분하다. 그러나 이 경우 대중문화는 교육의 장으로 들어올 수 있는 입장권을 아예 얻지 못하거나, 입장권을 얻더라도 오직 비판당하기 위해서 들어오게 되는 셈이다. 이들의 공통된 우려는 대중문화가 생산자와 소비자 가운데 오로지 전자의 힘에 의해서만 지배되며 후자는 그에 철저히 영향을 받아 단지 속거나 희생당한다는 인식에 기반하고 있다.

이러한 우려가 그릇된 것만은 아니다. 신문이 지배 체제의 공고화에 기여한다거나 텔레비전이 시청자로 하여금 지배 이데올로기를 자연스레 수용하게끔 만든다는 연구들이 구조주의 혹은 기호학적 전통에 의해 산출되었다. 사실 이 같은 비판은 이데올로기의 중요성이 사라지지 않는 한 계속 주요한 의의를 갖게 될 것이다. 그러기에 영화나 텔레비전 드라마의 장르·내용·주제·서술 방식을 기호학적으로 분석하는 작업은 여전히 계속되고 있는 것이다.

그러나 최근 들어 가장 많은 주목을 받는 분야는 문화주의적 접근이다. 1980년대 이후 커뮤니케이션 연구자들의 초점은 매체의 내용으로부터 수용자로 옮아갔는데, 이들의 전제는 연구자의 텍스트 분석 결과와는 무관하게 개별적 수용자는 자기가 속한 문화적 환경에 따라 메시지를 달리 해석한다는 것이다. 입력한 약호와 해독한 약호가 불일치하는 현상은 첫째, 텍스트의 다의성(polysemy of texts) 때문이고, 둘째, 수용자의 해독 과정이 그의 이념적 윤리적 관점·태도·기호·당시의 상황 등에 의해 극히 가변적이라는 점에 기인한다. 물론 수용자의 능동성이 지나치게 강조되어 대중문화의 지배 이데올로기의 힘이 무시되어서도 곤란한 일이지만, 그로 인해 체제 변화의 불가능성을 불가피한 것으로 받아들이게 되는 것은 역사적으로나 인식론적으로나 옳지 않다. 그것은 개인적 주체를 수동적으로, 힘의 관계를 고정적으로, 사회 분석을 몰역사적으로 간주하는 한계를 갖는다. 그런데 알튀세나 그람시 또는 푸코 등에 의해 이데올로기는 지배 이데올로기만 있는 것이 아니라 저항 이데올로기도 있다는 것, 그것들은 일상의 곳곳에 깔려 있으며 바로 그곳에서 권력의 헤게모니 쟁투가 벌어지고 있다는 것이 밝혀졌던 것이다.

이러한 인식을 바탕으로 국어교육은 재구조화되어야 할 필요가 있다. 무색무취한 방식으로 우리의 언어생활을 다룰 것이 아니라, 현실과 분리된 고급문화의 전통 속에만 머물 것이 아니라, 당대의 문화를 교육의 장 안에 끌어들이고, 그 각각의 문화 속에 함축되어 있는 이데올로기를 비판적으로 인식함과 아울러 각각의 문화 속에서 느끼는 즐거움을 적극적으로 인정함으로써, 궁극적으로 학생들에게 문화적 능력을 길러 주기 위한 적극적 체제를 마련해야 한다는 것이다. 그것은 곧 과거와 현재, 현재와 미래 사이의 대화를 의미하는 것이며, 학생들을 단순한 수용자가 아니라 지식의 생산자로 정위하는 의의를 지니는 것이다.

나. 문화론의 국어교육적 함의

이러한 관점에 선다면 국어교육의 영역은 더 확장되어야 할 필요를 느끼게 된다. 앞서 세계문학을 언급하면서 국어교육의 개념 규정이 지금보다 더 탄력성을 지녀야 한다는 점을 지적한 바 있는데, 대중문화를 논하

〈헤게모니(hegemony)〉

대중문화는 지배와 저항이 대립 경합하는 투쟁의 영역이다. 지배 블록의 헤게모니적 지배가 아무리 강해도 이해관계가 근본적으로 지배 블록과는 다른 피지배대중을 완전히 사로잡을 수는 없다. 그러므로 대중은 나름대로 대중문화의 영역에서 지배적 헤게모니의 힘에 저항하는 문화적 실천을 행할 수 있다. 그러나 대중들이 소비과정에서 행하는 문화적 실천의 저항성, 능동성, 창조성을 과신한 나머지 대중문화의 생산, 교환, 소비를 규정하고, 대중문화 텍스트의 구조와 내용을 규정하는 지배 권력과 지배 헤게모니의 힘을 무시해서는 안 된다.

면서 대중매체(mass media)를 배제할 수는 없듯, 미디어 교육을 감당해야 할 교과 역시 국어과를 제외하고는 발견하기 힘들다.

대중전달 혹은 대량전달, 곧 매스컴(mass communication)도 마찬가지다. 커뮤니케이션을 '의사 또는 의미의 전달'이라는 측면에서만 이해하는 것은 잘못이다. 그 경우 교육은 기능주의적 전통에 따라 레토릭 교육의 범주를 벗어나기 힘들다. 하지만 커뮤니케이션에 관한 정의는 'com'의 어원에서 알 수 있듯 '의미의 공유'로 내리는 것이 더 지지를 얻고 있다. 확실히 오늘날 매스컴은 누군가가 대중에게 무언가를 전달하는 도구라기보다는 우리 공동체가 어떤 의미를 공유하는 수단으로 존재하고 있다. 그런데 의미의 공유에는 경험 세계의 인식이 전제되어 있으며, 이를 이해하기 위해서는 인간 삶의 방식, 즉 문화에 대한 이해가 필요하다. 따라서 커뮤니케이션 연구는 곧 문화 연구와 동일시될 수 있다. 여기서 국어과가 커뮤니케이션, 곧 의사소통을 문제 삼는 교과임에 새삼 주목할 필요가 있다. 바로 그 상식으로부터 우리는 왜 국어교육이 문화 교육을 담당해야 하는지, 왜 매스 미디어와 매스컴을 비롯한 대중문화 교육에 중요한 기여를 해야 하는지에 대해 보다 분명한 대답을 들을 수 있을 것이다.

그렇다면 구체적으로는 어떠한 관계가 있을까? 텔레비전 토크쇼를 예로 들어보자(여홍상 편, 1995 : 320). 이 장르는 말하는 사람들 간의 관계, 대화의 구체적인 상황, 사회적 관계의 집합, 이데올로기적 지평 등으로 구성되어 있다. 토크쇼의 가장 중심에는 화자들 간의 대화적인 상호작용이 있으며 주변에는 그 대화에 참여하는 들리지 않는 많은 참여자가 있으며 또한 상업적인 내용으로만 말하는 방송 담당자와 광고주가 있다. 그리고 대담프로에는 스튜디오 내의 방청객들, 사회자가 주대상으로 말하는 내포적 청자들, 그리고 실세계에서 계급별 성별 인종별 모순으로 인해 가려져 있는 수용자들이 그 프로그램에 참여하고 있다. 이 모든 것을 읽어내는 것, 그리고 거기에 바탕해 참여하는 데에는 상당한 언어적 사고력이 요구된다. 이것이 문자 텍스트로 국어를 공부하는 것보다 훨씬 풍부한 내용을 갖는다.

오늘날 우리 주변에서는 '영화 읽기', 'TV 읽기', '그림 읽기' 등과 같은 표현이 많이 등장하고 있다. 영화나 드라마나 그것들은 모두 기호학적 대상이 되기 때문이다. 문화를 기호학적으로 독해할 수 있는 능력은 그런 점에서 오늘을 살아가는 문화 능력이라 할 수 있다. 인용으로는 상당히 긴 편이지만 아래에 그 같은 능력의 한 가지 예를 들어 보기로 한다.

〈명사가요열창〉과 〈토요대행진〉의 〈떴다 이홍렬〉 코너는 텔레비전이 각기 다른 사회적 계층을 어떻게 다르게 의미화하며 어떻게 권력의 체계를 구조화하는지를 보여주는 전형적인 예이다.

〈명사가요열창〉은 이른바 '명사'들이 참여하는 노래 부르기 대회이다. (…중략…) 각 분야의 명사들이 출연해 노래경연도 하고 토크가 덧붙여지는 구성이다. 점잖은 이미지의 이계진과 미스코리아 출신 성현아가 사회를 본다. 일단 이 프로그램에 출연하는 사람들은 명사라는 위치를 부여받고 명사로 대접을 받는다. 출연자는 정치인, 기업체 사장, 고위 간부, 의사, 변호사, 박사 등이다. 꽃으로 장식된 탁자 주변에 죽 둘러앉은 그들은 줄곧 점잖은 말들을 주고받고 진행자도 "○○○님 근황은 어떠십니까?"라고 묻는다. 카메라도 경망스럽게 움직이는 대신 천천히, 때로는 촌스러운 느낌이 들 정도로 정통의 접근을 구사한다. 카메라가 출연자에 바짝 다가가거나 그들의 얼굴을 찌그러뜨리는 일은 없다.

출연자들은 애창곡을 부르는데 악단과 스태프들은 그들에게 노래 부르는 최상의 여건을 만들어주기 위해 애를 쓴다. 거리에 카메라 하나를 달랑 세워놓고 "지나가는 시민 여러분, 마음껏 재주를 부려보세요."라는 식의 무례함은 있을 수 없다. 노래를 잘 부르지 못하는 출연자가 나오면 악단이나 사회자, 그리고 스태프들은 안쓰러운 표정으로 그들의 노래를 인도한다. 구제불능인 출연자가 나오면 합창단이 뒤에 서서 노래를 받쳐준다. 그들이 노래를 못 부르고 실수를 한다고 해서 웃음을 터뜨리거나 그것을 면박 주며 즐기는 일은 금지되어 있다. (…중략…)

〈떴다 이홍렬〉 코너는 이와는 정반대이다. 시장 등 서민들이 모여 있는 곳으로 찾아가 현장 퀴즈를 내는데 서울의 용산, 마포, 남영동 등 중하류층이 모여 사는 곳이 채택된다. 코미디언 이홍렬이 진행을

말고 그의 신체적 대비를 극대화해 우스꽝스러움을 주는 늘씬한 팔
등신 미인이 그의 파트너로 나온다. 정식으로 출연섭외를 하고 충분
한 준비가 된 출연자를 카메라 앞으로 모시는 것이 아니라 아무 예
고 없이 그들의 생활공간 속으로 불쑥 들어간다. 퀴즈는 '텔레비전을
가까이 보면 눈이 나빠지는가?' '비행기는 후진할 수 있는가?' 등 좀
처럼 맞추기 어려운 것들이다. 시민들은 그런 난해하고 황당한 질문
에 쩔쩔맨다. 들이대는 카메라를 피하기도 하고 이홍렬로부터 급습을
당해 당황스러운 표정을 짓고 엉뚱한 대답을 하는 것이 이 프로그램
의 요체이다.

　　물론 이 두 프로그램을 통해서 전혀 다른 것을 읽어낼 수도 있다.
경직되어 있고 엄숙한 명사(상류층)와 생생하고 살아있는 서민들(하
류층)이 그것이다. 그러나 그보다 더 중요한 것은 다음과 같은 상황
은 상상조차 힘들며 그것이 텔레비전의 기능과 관련해 많은 것을 시
사한다는 점이다. 카메라가 아무런 예고 없이 점잖은 변호사의 집무
실로 찾아가 황당한 문제를 내고 못 맞히면 "그것도 몰라요"라고 면
박을 주고, 맞히면 유치원아이에게 하듯 "잘 했어요."라며 선물로 우
산을 안겨주는 상황. 시장아줌마들을 방송사로 모셔서 뻔한 레퍼토리
에 잘 부르지도 못하는 애창곡을 부르게 하고 점잖고 심각한 표정으
로 근황을 묻는 상황.

— 양성희(1995), 〈선택적 바보 만들기〉

　　이것은 기호학적·구조적 분석의 예가 된다. 이 글의 필자는 보이는 것
의 뒤에 깔려 있는 보이지 않는 것을 발견하고 그 기호의 사회적 의미를
적출해 내고 있다. 그리고 그것을 꽤 재치 있는 방식으로 표현해 내고 있
다. 국어교육을 통해 학생들에게 우리가 기대하는 능력이 국어적 사고 능
력이라면, 그리고 그것에 기초해 이해력과 표현력이 증대되길 기대하는
것이라면, 나아가 그것이 국어에만 국한되는 것이 아니라 언어 문화적 능
력으로 발전되길 기대하는 것이라면, 우리는 이러한 예문의 생산자를 이
상적 학습자상의 하나로 간주해도 좋을 것이다. 만일 우리가 정말로 사고
력과 읽기와 쓰기 능력을 길러 주었다면, 그 대상이 문자 텍스트냐 다른
매체냐, 언어냐 기호냐 하는 것은 전혀 문제될 것이 없다.

이러한 능력 향상을 위해 교사가 대중문화에 대해 설명해 주는 것으로 만은 충분치 못하다. 그것은 문화적 능력의 고양보다는 또 하나의 억압이 되기 쉽고, 발견적이라기보다는 교훈적이 되기 십상이기 때문이다. 대중 문화 텍스트의 해독을 교사가 학생들에게 깨우쳐 주어야 한다고 생각하는 것은 여전히 학생들을 계몽의 대상으로만 한정한다는 이유에서만이 아니라, 대중문화를 교육에 도입하고자 한 근본 의의와 모순된다는 점에서 거부되어야 한다.

요체는 즐거움이다. 롤랑 바르트(Roland Barthes)는 우리가 흔히 말하는 즐거움을 다시 '즐거움(plaisir)'과 '쾌락(jouissance)'으로 구분한 바 있다. 전자는 사회적으로 상호주관적 객관성을 확보한, 곧 보편타당한 문화적 규범을 통해 텍스트의 '의미'를 확인했을 때 느낄 수 있는 즐거움, 발견과 확인의 즐거움을 뜻한다. 이것은 이른바 '읽을 수 있는 텍스트'를 읽을 때 불러일으켜진다(레이먼 셀던, 1987 : 118). 그러므로 이는 안락한 독서를 통해 얻어지는 즐거움, 텍스트의 일관된 의미를 발견함으로써 인지적이며 정서적인 불균형을 극복한 뒤에 찾아오는 즐거움이다. 이에 반하여 후자는 충격·교란을 통해 얻어지는 즐거움이다. 이것은 규범을 벗어남으로써 혹은 규범과의 불일치 때문에 텍스트의 의미를 하나로 단정 짓지 못하는 데에서 오는 즐거움이자 괴로움이다. 그러나 이 불편함은 정서적인 의미에서 불쾌감과 연관되지 않는다. 오히려 그것은 일종의 즐거움이다. 불편한 것은, 통상적인 의미화의 범주에서 벗어난, 따라서 이제까지의 규범으로는 포착해 낼 수 없었던 은밀하고 모호한 경험이기 때문이다. 그래서 그런 쾌락은 '쓸 수 있는 텍스트'와 연관된다.

물론 바르트는 이 가운데 '쾌락', 곧 '쓸 수 있는 텍스트'를 선호하였지만, 우리에게는 이 둘 모두가 다 소중하다. 이는 마치 규범과 위반 또는 일탈의 관계와 유사하지만, 이를 또 달리 표현하면 전통과 창조의 관계이기도 하기 때문이다. 즉 궁극적인 관점에서는 창조와 연관되는 '쾌락'의 즐거움을 지향해야 하겠으되, '즐거움'의 즐거움, 곧 규범이 주는 안락함도 허여해 주지 못한 우리 교육의 현주소에서는 사정이 그리 단순하지만

〈읽을 수 있는 텍스트 (readable text)〉

각 텍스트는 무한히 많은 '이미 씌어진' 것들에 대해 각기 다른 방식으로 언급하게 된다. 어떤 글쓰기는 특정의 의미와 지시대상을 주장함으로써 독자가 '씌어진 것'과 텍스트를 자유스럽게 재연결시키는 것을 저지하고 있다. 또 다른 부류의 텍스트들은 독자로 하여금 의미를 산출하도록 격려한다. 전자의 부류는 독자로 하여금 다만 고정된 의미의 소비자가 되도록 하는 반면, 후자는 생산자로 만든다. 이때 전자를 '읽을 수 있는 텍스트', 후자를 '쓸 수 있는 텍스트'라고 부른다.

은 않은 것이다. 하지만 과연 어떻게 해야 순응과 저항, 전통과 창조 사이의 변증법을 이룩할 수 있을지 하는 문제는 그보다 더욱 단순하지 않다는 점을 인정해야만 할 것이다. 여기에 우리 국어교육의 커다란 과제가 놓여 있다.

요약

01. 언어는 사회를 반영하고 개혁한다.

1.1. 국어교육은 그 언어에 담긴 사회와 문화를 이해하고 수용하는 사고력과 태도를 신장시켜야 한다.

1.2. 국어교육은 사회의 언어문화를 비판하고 새로운 언어문화를 창조할 수 있는 사고력을 함양하고 창조적인 언어문화 생활을 영위하게 해야 한다.

02. 언어는 문화를 반영하고 창조한다.

2.1. 국어교육은 민족 문화 유산의 전승과 창조에 기여해야 한다.

2.2. 국어교육은 세계화, 정보화 시대에 처해 문화제국주의에 맞설 수 있는 문화적 창조력을 신장시켜야 한다.

2.3. 국어교육은 국어를 통한 교육의 일환으로 사회 문화적 이념과 가치 교육에 기여해야 한다.

03. 국어교육과 구성주의

3.1. 국어교육은 구성주의와 해체주의의 교훈을 통해 학습자의 구성적 능력과 자율성을 최대화하는 방향으로 전개되어야 한다.

04. 국어교육과 문화 연구

4.1. 국어교육은 대중문화 등을 적극적으로 수용하여 학습자의 삶과 연관 있는 살아있는 교육, 문화적 문식성을 증대시키는 교육을 지향해야 한다.

알아 두어야 할 것들
언어문화, 사피어-워프 가설, 이데올로기, 구성주의, 해체주의, 문화연구

탐구과제 ▮▮

1. 언어의 다음과 같은 특성에 대해 구체적으로 설명하고 그것이 국어교육 및 사고교육과 관련하여 어떤 의의를 지닐지 각각 설명해 보자.

· 사회성 :

· 역사성 :

2. 다음은 대학수학능력시험 언어 영역 모의고사에 실제로 출제된 문항이다. 이 문항의 정답을 찾아 해설하고, 출제 의도와 의의를 설명한 다음, 정답지를 2개 이상 새롭게 구안해 보자.

〈보기〉는 일본어의 잔재인 ⓐ 잔업을 ⓑ 시간 외 일로 순화해야 하는 이유를 밝힌 글이다. 〈보기〉와 같은 관점이 적용된 것은?

> 〈보기〉 '잔업(殘業)'을 글자 뜻 그대로 '남은 일'로 바꾸게 되면, 노동자가 근무 시간 안에 해야 할 일을 다 하지 못했다는 의미를 함축하게 된다. 그러나 '잔업'은 노동자의 처지에서 볼 때 사실상 초과 근무를 뜻하기 때문에 '시간 외 일로 바꾸어 쓰는 것이 바람직하다.

① 스탕달의 소설 제목 『적과 흑』은 일본식 번역이므로 『적색과 흑색』이라고 번역하는 것이 옳다.
② '한 해를 잊는다.'는 뜻의 '망년회(忘年會)'보다는 '한 해를 보낸다.'는 뜻의 '송년회(送年會)'로 바꾸는 것이 바람직하다.
③ '동학란'은 민중들의 저항을 반란으로 본 지배층의 시각을 반영한 것이므로 '동학 농민 운동'이라 부르는 것이 바람직하다.
④ 모차르트의 오페라 제목 『마적(魔笛)』은 '말 탄 도적 떼'인 '마적(馬賊)'으로 오해할 가능성이 높으므로 『요술 피리』로 바꾸는 것이 좋다.
⑤ '엑기스'는 '뽑아내다'는 뜻의 네덜란드어 'extract'에서 일본인들이 'ex-'만 취하여 '에키스'라고 부르는 데 연유한 것이므로 '진액(津液)'이라고 바꾸어 쓰는 것이 옳다.

3. 고전 시가 또는 현대시 중에서 작품에 대한 해석이나 감상, 평가가 충돌하는 사례를 찾아 토론식 수업을 하고자 한다. 작품을 제시하고, 중등학교 학습자에게 적절한 토론 자료를 제작하여 보자.

4. 다음에 제시된 여러 유형의 대중문화를 도입해 현행 국어과 교육과정에 나타난 구체적인 학습 목표들을 구현하는 데 활용하고자 한다. 자신의 구체적인 아이디어를 밝혀 보자.

유형	작품	학습목표	적용 전략
대중가요			
광고			
드라마			
영화			
방송 프로그램			
인터넷 문화			
기타			

제5장 국어적 사고력의 본질과 구조

언어로 표현하고 이해하는 언어 활동의 과정이 본질적으로 인간의 사고력을 기반으로 이루어지며, 더 나아가서 언어 활동의 과정 혹은 그 결과가 인간의 사고력 신장에 크게 기여한다. 세계의 다양한 언어들은 기능이나 형태면에서 서로 같거나 유사한 보편성도 지니지만, 동시에 각기 특수한 문화적 기반과 언어적 관습에 따라 특수성을 내포하고 있다. 국어는 우리 민족의 문화와 사고, 예술적 풍토에서 우리에게 가장 적절하고도 효과적인 의사소통의 수단이자 문화의 핵심적 요소이다. 이 장에서는 국어의 보편성과 특수성을 중심으로 국어적 사고력의 본질과 구조에 대해서 살펴본다.

1. '국어적 사고'의 개념

국어적 사고란 국어로 표현하고 이해하는 인지적이고도 정의적인 심리 활동의 과정이다. 즉, 국어적 사고란 국어를 통한 사고를 말하는 것으로, 한국인이라면 누구나 국어 활동시에 거치게 되는 과정이자 활동이다. 이는 관습적이고 규범적인 국어 활동은 물론 창의적인 국어사용의 과정과 절차를 포함한다. 국어적 사고력은 국어 텍스트를 바탕으로 어떤 지식이나 경험, 정서 등과 관련한 의미를 구성하거나 표현하는 정신 활동 능력을 가리킨다.

수학·과학 등 대부분의 교과에서는 '수학적 사고력·과학적 사고력'

과 같이, 해당 교과와 관련된 사고력을 신장시켜 주는 것을 기본 목표로 하고 있다. 국어과에서는 창의적인 국어적 사고력을 신장시켜 주는 것이 국어과 교육의 기본 목표라고 할 수 있다.

7차 국어과 교육과정에서 궁극적 목표로 제시하고 있는 '창의적 국어 사용 능력' 역시 국어적 사고력의 또 다른 표현이라고 할 수 있다. 곧, 국어사용 능력은 국어 표현과 이해 능력을 말하는 것으로, 이는 각각 '사고(思考)를 언어화하고 언어로 사고'하는 국어적 사고 능력인 것이다. 이런 맥락에서 국어교육의 핵심적인 내용은 국어적 사고 능력의 신장임을 알 수 있다.

그런데 왜 굳이 기존의 '언어적 사고'라는 용어 대신에 '국어적 사고'라는 표현을 쓰고자 하는가? 우리는 일반적으로 수학적 사고, 과학적 사고라는 말을 사용하고 있다. 수학이나 과학의 경우, 언어 사회의 문제와 관계없이 전 인류가 공통적으로 가질 수 있는 보편적 범주의 개념이기 때문에 국어와는 그 성격이 조금 다르다. 즉, 수학적 사고나 과학적 사고는 대체로 세계 공통의 수(數)와 식(式)을 이용하여 어떤 문제에 대해 동일한 논리적 추론과 문제 해결 과정, 그에 따른 동일한 결과를 갖는다는 점에서 본질적으로 세계적 보편성을 갖는다. 물론 수와 식 이외에 각 민족마다의 언어가 사고의 과정에서 사용되지만, 과학적 언어의 특성 중 하나는 바로 다의성(多義性)이 없으며 있어서도 안 된다는 점이다. 그런 점에서도 수학적 사고와 과학적 사고는 객관성과 보편성을 가질 수 있게 된다. 특히 이들 학문 분야는 서구에서 체계화된 이론과 원리들이 세계적으로 보편화되어 사용되고 있다는 점과도 밀접한 관련을 갖는다. 그런 점에서 수학적 사고나 과학적 사고라는 용어는 확실히 '한국 수학적 사고'나 '한국 과학적 사고'에 비해 자연스럽다.

이런 맥락에서 '국어'보다는 '언어'라는 용어가 더 타당한 것 아닌가 하는 문제를 제기할 수도 있을 것이다. 더 나아가서, '국어적'이 가능하다면 '영어적, 불어적, 일어적' 사고 등과는 과연 어떤 차별성이 있는가 하는 문제가 자연스럽게 제기될 수 있다. 또한 '국어적'이라는 용어의 선택이 자칫하면 강한 주의(主義)적 경향성을 가지고 있다고 오해받을 수도 있다. 그러나 다음과 같은 점에서 언어적 사고보다는 국어적 사고라는 용어가 더 적절하다.

첫째, 무엇보다도 사고의 매개체라고 할 수 있는 세계 공통의 보편적 '언어'가 존재하지 않는다. 그럼에도 불구하고 '언어적 사고'라는 용어가 사용되는 것은 세계 모든 언어가 갖는 어떤 보편적이고 일반적인 원리와 특성들에 의거한 것이다. 달리 말하자면 여기에는 특정 언어의 개별성이나 특수성들이 배제되고 있다는 것을 의미하기도 한다. 그러나 각각의 특정한 문화적 환경 속에서 이루어진 개별 언어들의 특성들을 단지 보편적이거나 일반적인 현상으로만 바라보기에는 많은 한계를 갖는다.

둘째, 현재 어느 언어에나 공통적으로 적용될 수 있는 완전한 '보편 문법'이 존재하지 않는다는 점이다. 이는 여러 개별 언어들에 존재하는 각각의 어떤 특수성들에 기인한다. 즉, 문법에도 언어 일반의 보편적인 현상과 개별적이고 특수한 현상들이 존재하는 것처럼, 언어적 사고 역시 보편성과 특수성이 존재한다. 그런데 '언어적 사고'라는 용어는 언어 일반의 보편성들을 잘 드러내고 있지만, 개별 언어의 특수성들을 반영하지는 못하고 있다. 그러나 '국어적 사고'라는 용어는 언어 일반이 갖는 보편성뿐만 아니라, 개별 언어로서 (한)국어가 갖는 특수성들을 반영하기 때문에 '국어적 사고'라는 용어가 더 적절하다.

셋째, 어느 나라에서나 '언어' 혹은 '언어적 사고'라는 용어를 사용하고 있지만, 이 때의 '언어'는 대부분 각기 자기 나라말을 전제하고 있다는 점이다. 그리고 이 결과 자주 개념의 혼란을 초래하게 된다. 그런 점에서 언어적 사고와 개별 언어로서의 국어적 사고는 구분되어 사용되는 것이 바람직하다.

넷째, 각국은 초·중등의 학교급에서 '언어학' 일반을 가르치는 것이 아니라 각각의 자국어를 가르치고 있다는 점이다. 즉, 수학이나 과학은 어느 나라나 공통적인 교육과정상의 교과명이지만, '언어학'은 사정이 다르다. 만약 초·중등 학교급에서 언어학을 세계 공통적으로 가르치는 것이라면 분명 '언어적 사고'라는 말은 정확한 용어일 것이다. 그러나 각국의 자국어교육은 각각 (한)국어·영어·불어·독일어·일본어·중국어 등의 자기 나라 언어를 가르치는 것이지 일반 언어학을 대상으로 하는 것은 아니다. 곧, 자국어교육은 기본적으로 자국어로 활동하고 사고하는 내용들을 중심으로 하는 것이다.

다섯째, 개별 언어의 특성들을 가장 잘 보여 주는 것이 바로 최근의 '이중 언어(二重言語, bilingual)' 교육 분야이다. 최근의 이중 언어 교육에서는 특정 모어(母語)를 사용하는 화자들에게 어떤 대상 언어(target language)를 가르칠 때 주목해야 할 언어적·문화적 특성들에 대해서 비교 관점에서 크게 관심을 기울이고 있다. 이는 다름 아닌 언어의 개별성에 대한 고려이자 관심인 것이다.

여기에서 우리는 '국어적 사고'라는 용어가 타당성을 가지며, '국어적 사고'가 결코 어떤 강한 주의적(主義的) 경향에 기반한 것만은 아니라는 사실을 알 수 있다. 이러한 점에서 최소한 언어와 사고의 문제와 관련하여 국어교육에서는 '언어적 사고'라는 용어보다는 '국어적 사고'라는 용어가 훨씬 합당하고 타당하다고 하겠다.

그렇다면, 국어적 사고와 영어적 사고 사이에는 과연 어떤 차이가 존재하는 것인가? 그 보편성과 특수성은 무엇인가? 이런 질문에 대한 정당한 답변이 없이는 '국어적 사고'라는 용어 자체의 성립 근거가 미약할 수밖에 없을 것이다. 따라서 다음절에서는 이와 관련하여 국어적 사고의 특성에 대해 살펴보기로 한다.

2. 언어적 사고의 보편성과 특수성

1) 언어적 사고

비고츠키는 사고에 언어가 개입되는 현상을 언어적 사고라고 불렀다.

그는 언어적 사고의 기본 단위를 단어와 그 의미에서 찾고 있다. 단어의 일반적 의미가 바로 사고의 언어적 행위이며 사고 작용이라는 것이다.

비고츠키는 침팬지와 인간을 비교 연구하면서, 사고와 언어의 기능은 상호 독립적이며 서로 다른 계열을 따라 발달하지만, 동시에 인간의 사고와 언어 사이에는 밀접한 관계가 있음을 밝히고 있다(Vygotsky(1962). 신현정 역, 1985 : 41). 즉, 침팬지나 아동의 경우에 언어 사용이 어려운 수준이더라도 자신의 욕구나 감정을 표현하는 특정의 행동을 보여줄 수 있는데, 이는 어느 정도 언어와는 독립된 형태로 일어나고 있다는 점에 주목한 것으로 볼 수 있다.

그러나 언어나 기호는 소통을 위한 사회적 약속을 기본 전제로 하기 때문에, 어떤 지식이나 정서를 완벽하게 표현 전달할 수 없는 많은 한계에도 불구하고, 가장 강력하고 정밀하며 효과적인 소통의 수단이라는 점을 부정할 수는 없다.

모든 사물은 이름을 갖는다는 것을 희미하게 깨닫기 시작하는 3세 전후의 유아기는 언어가 지능을 돕고 사고가 말로 표현되기 시작하는 시기, 즉 결정적 시기가 되는데, 이는 인간의 일생에서 가장 위대한 발견의 시기로 인정된다. 단어의 상징 기능을 이해하고 사용하기 시작하면서 인간은 감정과 욕구 중심의 단계에서 지적 단계로 접어든다고 보는 것이다. 비고츠키는 이를 말과 사고의 발달 곡선이 만나는 시기로 보고 있다. 그 결과 아동이 숙달한 언어 구조는 아동 사고의 기본 구조가 되며, 사고의 발달은 언어와 사회 문화적 경험에 의해 이루어진다는 점이다. 또한 언어적 사고는 태어나면서부터 저절로 갖게 되는 생득적이고 자연적인 현상이라기보다는, 역사문화적 과정에 의해 결정되며 특정한 속성과 법칙을 갖는다는 점이다. (Vygotsky(1962). 신현정 역, 1985 : 43-51)

예컨대, 초기 아동들은 언어 발달 초기 단계에서 날아다니는 모든 물체를 '새'라고 지칭한다. 참새, 까치, 독수리가 모두 새인 것이다. 심지어는 날아가는 비행기도 '새'라고 부른다. 그러다가 유치원에 다닐 무렵을 전후하여 '비행기'가 새와는 다른 물체라는 것을 인식하고, 초등학교 이후

〈결정적 시기(critical period)〉

인간의 성장 발달과 관련하여 지능, 성격, 신체, 정서, 사회성 등이 급격하게 발달하는 시기. 이시기를 놓치면 정상적인 발달이 어렵거나 더뎌진다고 본다. 대체로 언어 발달의 결정적 시기를 3-6세로 보기도 한다. 가령, 갓 부화한 새끼오리들에게 어미오리 대신에 키운 사람의 얼굴 모습을 보여 주면 그 사람을 어미로 생각하고(각인) 따라 다닌다고 한다. 어미로 각인된 이 시기가 결정적 시기에 포함된다. 캐롤 발라드 감독의 영화 〈아름다운 비행(Fly Away Home, 1996)〉에서도 이러한 장면을 볼 수 있는데, 애미(Amy)와 그 아빠는 야생 기러기(wild goose)들을 길러서 그들의 원래 서식지로 이동시키게 된다.

에는 전투기와 여객기, 로켓, 미사일, 인공위성을 구분하게 된다. 중등학교를 다니면서 핵연료와 음속의 개념, 비행의 원리를 좀 더 구체적으로 학습하게 된다. 매 순간마다 새로운 용어와 개념을 통해 기억하고 이해하며, 분류하고 종합하는 사고 활동을 하게 되는 것이다. 더 나아가서는 핵무기와 전쟁의 문제점과 인류 평화, 과학자와 윤리 문제에 대해서 판단하고 비판적으로 평가하고 문제 해결과 대안을 제시하는 고차원적인 사고와 언어 활동을 하게 된다.

여기에는 언어와 사고의 중요한 두 가지 국면이 존재하는데, 일반화와 구체화가 그것이다. 즉, 아동이 날아다니는 모든 물체를 '새'라고 표현하는 것은 범주들을 유목화하는 일반화의 사고와 언어적 표현을 보여준다. 그러나 학습과 경험이 진전되면서 새 중에도 참새, 비둘기, 까치, 까마귀, 독수리, 제비 등을 구분하게 되는데, 이는 언어 발달과 사고 발달이 동시에 진행되어 감을 말해 준다. 여기에서 사고 발달의 결과 언어 발달은 사람에 따라 선후관계가 달리 나타날 수도 있고, 동시에 나타날 수도 있을 것이다. 즉, 다람쥐와 청솔모를 구분하지 못해 모두 다람쥐로 부르다가, 어느 순간에 청솔모가 다람쥐와 다른 종류라는 것을 알게 되고 각각을 구별하여 달리 부를 수 있게 된다. 여전히 다람쥐로 통칭하는 경우도 존재할 수도 있다.

국어교육에서 궁극적으로 지향하는 것은 다양한 지식과 경험, 정서에 동반되는 언어적 이해와 표현의 넓이와 깊이를 확장해 나가는 것이라 할 수 있다. 요컨대 국어적 사고력 교육은 개인적 삶과 사회적이고 전문적인 생활에서 동반되는 다양한 국어 활동 속에서 일어나는 이해와 표현의 넓이와 깊이를 다져나가는 힘을 길러 나가는 과정이다. 이 과정에서 사고의 발달은 반드시 어휘량과 정비례하는 것은 아닐지라도 언어를 통해 이루어지는 종합적이고 분석적인 이해와 표현 능력과는 밀접한 관계를 지니게 된다.

2) 언어적 사고의 보편성과 특수성

언어적 사고 이전에 언어와 사고도 각각 보편성과 특수성이 존재한다. 즉, 모든 언어는 소리와 뜻의 연쇄로 이루어지고, 모음과 자음의 결합으로 이루어지며, 일정한 문장 구조를 유지하는 등 보편적 특성을 지니고 있다. 또 세상 사람들은 주로 언어로 소통하며 사고한다. 그리고 기억, 이해, 적용, 분석, 종합, 평가와 같은 기본적인 사고 기능은 어느 민족 어떤 사람들이나 하게 되는 보편적인 사고 기능이라고 할 수 있다.

그러나 이러한 보편성 뒤에는 특정 언어와 민족 문화에 따른 특수성 또한 분명하게 자리잡고 있다. 그것은 국어가 성장해 온 역사적, 문화적 토양 위에서 살아온 우리 민족이 국어로 사고하고 표현하기 때문이다.

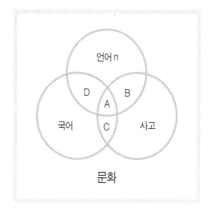

언어적 사고의 보편성과 특수성
(A : 언어적 사고의 보편성. B : 언어적 사고의 특수성. C : 국어적사고의 특수성. D : 언어의 보편성.)

그러면 언어 그리고 사고와 관련되는 보편성과 특수성의 문제를 좀 더 구체적으로 살펴보자. 먼저, 언어와 인간 심리의 상호 관계와 관련한 세계 언어의 보편적 원리들이 밝혀진 바 있다. '나 먼저 원리(me first principle)', 은유와 사은유(死隱喩, dead metaphor), 문장의 길이 혹은 구조와 기억의 문제, 의미 단위 중심의 언어 이해 등은 세계 모든 언어에 대체로 같거나 유사한 원리들에 해당한다는 점이다.

'나 먼저 원리'란 시간이나 공간에 관한 한 쌍의 단어를 열거할 때, '여기저기, here and there' '이제나 저제나, now and then'과 같이 화자를 중심으로 이루어진다는 것이다. 은유적 표현이나 사고 역시 보편적 현상을 보여준다. 비록 지금은 비유의 참신성을 잃어버려 사은유가 되었지만, '하구(河口)/mouth of river', '상(床)머리/head of a table', '상(床)다리/legs of a table'와 같은 표현은 우리말과 영어에서 모두 쓰이고 있는 것으로 보편적인 은유와 사은유 현상을 보여준다. 이는 한쪽의 어휘가 다른 언어의 영향을 받아서 번역하여 사용하는 것이라 할지라도 은유의 보편성을 떨어뜨리는 것은 아니다. 오히려 거의 직역하여 사용해도 동일한 의미 전달 효과가 있다면 그것은 언어적 표현과 사고의 보편성을 오히려 강화시켜 주는 셈이다.

문장의 어순 역시 세계 여러 언어들은 대체로 '주어-목적어-서술어'이거나 아니면 '주어-서술어-목적어' 등의 순서로 이루어지는 보편성을 보여준다. 비록 서로 다른 몇 가지 유형이 존재하긴 하지만 대체로 일정한 어순의 규칙을 유지하며, 우리 국어가 보여주는 '주어-목적어-서술어'의 어순 구조는 가장 보편적인 유형의 하나에 속하는 것으로 알려져 있다.

또 모든 언어는 수식어구에 의해 문장이 확장되는데, 수식어구가 거듭될수록 인간의 기억 부담은 커지기 때문에 어느 정도 제한을 갖게 된다. 예를 들어서 다음의 (1)과 같이 수식어구와 절은 무한정 길어질 수 있지만 언어 유희를 인위적으로 만드는 상황을 제외하고는 자연스런 발화로 보기 어려울뿐더러 듣는이도 받아들이기 어렵다.

> (1) 우리 앞집에 사는 아저씨 집에서 기르는 강아지를 좋아하는 옆집 꼬마가 무서워하는 경비 아저씨가 항상 아침 일찍 청소하는 놀이터에서 운동을 하는 주민들이 ......

따라서 모든 언어에는 적절한 성분의 배열과 결합의 형식이 존재하며, 화자들은 청자가 수용가능성을 고려하여 길이와 정보량, 휴지(休止)와 표현 등을 고려하며 발화하게 된다. 여기에서 중요한 점은 어느 언어에서나 사람들은 말이나 글을 이해할 때에 대체로 의미 단위 중심으로 처리를 한다는 점이다.

> (2) The scouts the Indians saw killed a buffalo.

위 (2) 문장에서 사람들은 'Indians-killed'보다는 'scouts-killed'라는 단어 쌍의 인식 반응이 훨씬 빠르다는 실험 등을 통해서 증명되기도 했다(김진우, 1991 : 334~356). 표면적으로 어휘 간의 거리는 'Indians'와 'killed'가 가깝지만, 사람들의 기억 회상 반응은 'scouts'와 'killed'로 더 많이 연결 짓고 있는 것이다. 이는 사람들이 소리나 문자로만 언어를 처리하는 것이 아니라 의미 중심으로 처리함을 말해 준다.

언어의 특성과 언어적 사고에는 전술한 보편성만 있는 것이 아니라 특수성도 존재한다. 세계 각국의 국어(모어) 교육에서는 그 특수성과 관련된 언어적 사고 교육이 핵심적 내용이다. 이때의 특수성이란 해당 개별 언어의 특성은 물론 넓게는 문화적 특성까지 반영한다. 모어 화자들은 유아기 때부터 마치 공기의 존재와 같이 너무나 자연스럽게 모어에 익숙해져 있기 때문에 모어의 중요성과 특수성을 쉽게 인식하지 못한다. 그러나 국어적 사고력의 본질을 확인하고 교육하기 위해서는 언어적 사고력의 특성과 함께 국어적 사고력의 특성들을 밝혀야 한다. 예컨대, 국어가 담고 있는 사고 구조로서의 발상법·논리구조·담화구조·논증의 절차·정서의 구조 등을 이론화하고, 이러한 이론들이 교과의 지식으로 중요한 몫을 하는 것은 매우 필요한 일이 될 것이란 점이다.

국어교육에서 지향하는 국어사용 능력을 신장시킨다는 것은 궁극적으로 사고력을 신장시키는 것을 의미한다. 인간의 사고는 언어를 통해 정밀화되는데, 한국인은 한국어를 기반으로 표현하고 이해하는 사고 과정을 거친다. 따라서 한국인이 정확하고 효과적인 표현, 이해에 도달하기 위해서는 한국어로써 정확하고 효과적으로 사고하는 능력을 갖추어야만 한다. 달리 말하자면 한국어에 대한 언어적 감각을 갖추게 하는 것이다. 이는 한국어 텍스트의 특성에 대한 이해와 그 사용으로 압축된다. 그러므로, 국어 텍스트의 특성과 국어 사용자의 사고 과정, 그리고 이를 기반으로 한 교수·학습의 체계화가 국어교육 연구에서 가장 중요하게 다뤄져야 할 부분이다.

〈국어와 한국어〉

'국어(National Language)'는 모어 화자의 관점에서, 한국어(Korean Language)는 외국어 학습자와 관련한 관점에서 주로 사용한다. 그런데 최근에는 국제화 추세 속에서 모어 화자의 관점에서도 '한국어'라는 표현을 자주 사용한다. '국어(National Language)'라는 표현은 서양에서는 그리 자주 쓰이는 표현은 아니나, 2000년도를 전후하여 다민족 사회인 미국에서 국가와 자국어에 대한 정체성 강조 차원에서 '국어 법령(National Language Legislation)'을 새로 정하는 추세이다. 우리나라도 2005년도에 '국어기본법'을 제정하여 시행하고 있다.

3. 국어적 사고의 보편성과 특수성

언어 기호가 갖는 특성의 하나는 인간으로 하여금 좀더 체계적이고 정밀한 사고와 그 소통을 가능하게 해 준다는 점이다. 또한 언어는 문화와도 불가분의 관계를 갖는다. 이런 점에서 언어·사고·문화는 상호 밀접한 관련을 갖는다.

그런데 특정 언어에 따라 사고의 특성이 달라지는가? 다시 말해서 국어를 사용하는 한국인과 외국어를 사용하는 외국인 사이에는 사고의 과정이나 결과가 차이가 있을 것인가? 즉, 우리가 한국어를 사용하기 때문에 외국인과 다른 사고의 과정을 거치거나 사고 결과에 도달하게 되는 경우가 있는가? 있다면 어떤 경우에 그러한가?

뉴기니아(New Guinea) 원주민인 다니(Dani) 족의 경우 색채어에 해당하는 어휘는 '밝다(mola)', '어둡다(mili)'의 둘뿐이지만, 실제 색깔의 인식이나 구분은 영어 화자와 큰 차이가 없다고 한다(김진우, 1991 : 355). 이러한 연구 결과는 언어가 다르다고 해서 인간의 인식이나 사고에 어떤 차이가 존재하지는 않는다는 점을 보여주는 듯하다. 그러나 이에 대한 확답이나 검증은 그리 쉬운 문제는 아니다.

결론부터 말하자면, 전술한 바와 같이, 여기에는 보편성과 특수성이 존재한다. 즉, 우리는 한국인이면서 동시에 인류에 속하듯이, 인간으로서의 보편성과 한국인으로서의 특수성을 동시에 갖는 것이다. 보편성과 특수성은 모든 언어와 문화에 반영되는 일반 원리에 해당한다고 하겠다. 마찬가지로 국어적 사고 역시 모든 언어적 사고가 갖는 보편성과, 국어로 표현하고 이해하는 특수성이 존재한다. 즉, 모든 언어는 각각의 언어사용 문화체 내에서 발견하고 인식한 어떤 대상이나 그와 관련된 정서적 내용, 곧 사고 내용을 표현하고 전달하는 역할을 수행한다. 이 때 인식과 정서의 내용은 문화체에 따라 공통적인 부분도 있고, 차별적인 부분도 존재한다. 이 공통점과 차이점은 달리 말해서 보편성과 특수성에 해당한다. 그런데, 이 때의 보편성과 특수성은 반드시 어떤 집단적 문화체를 통해서만 나타나는 것이 아니라 인간 개개인의 경우에도 마찬가지다.

요컨대, 개인과 집단(각 언어사용권)의 언어·사고·문화에는 모두 보편성과 특수성을 갖는다. 그리고 이들은 상호 긴밀한 영향 관계를 갖는다. 이를 도식화하고, 구체적으로 살펴보면 다음과 같다.

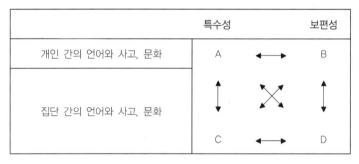

〈언어·사고·문화의 보편성과 특수성〉

A : 개인 언어로서의 특수성. (예) 개인이 최초로 명명한 '까마귀'와 'crow'

B : 특정 집단 내에서의 언어의 보편성. (예) 사회(집단) 관습적 의미로서의 '까마귀'와 'crow'

C : 집단 간에 나타나는 언어의 특수성. (예) 서로 다른 집단 (예:한국와 영국) 간의 '까마귀'와 'crow'의 의미 차이

D : 집단 간에 나타나는 언어의 보편성. (예) 서로 다른 집단 간에도 보편적으로 나타나는 '까마귀'와 'crow'의 의미

위의 도식을 좀더 쉽게 이해하기 위해서 '까마귀'를 예로 들어 보자. 까마귀를 누가·언제·왜 '까마귀'라고 이름 붙였을까? 물론 여기에 대해서는 아무도 알 수 없다. 다만 좀더 정확하고도 효과적인 소통의 필요성 때문에 어느 누군가가 해당 대상에 대한 명명(命名)이 필요함을 느껴 그러한 이름을 붙이고(A), 이것이 개인들간에 통용됨으로써 한 집단의 보편적인 명칭으로 굳어졌을 것이다(B). 그러나 언어는 본질적으로 자의적(恣意的)인 것이기 때문에 서로 다른 언어를 사용하는 집단간에는 달리 사용될 수밖에 없다(C)(예컨대, '까마귀'에 대한 영어의 'crow'처럼). 그러나 까마귀가 흉조(凶鳥)라는 생각은 한국이나 서양이나 대체로 일치한다. 즉, 우리의 경우 "까마귀가 울면 사람이 죽는다"거나, 서양에서도 "까마귀가 울면 불길하다"는 정서적 의미는 보편적인 현상이다. 이는 아마도 까마귀의 검은색이 죽음을 연상하게 하는 불쾌한 정서를 인간에게 주기 때문일 것이다. 이는 까마귀라는 대상에 대한 보편적 사고라 할 수 있다(D).

〈반포〉

반포(反哺)는 우리말로 '안갚음'
이라고 하는데, 이는 '자식이 어
버이의 은혜를 갚는 효성'을 말
하는 것으로 까마귀 새끼가 자
란 뒤에 늙은 어미 까마귀에게
먹을 것을 물어다 주는 것에서
유래한다.

그러나, "까마귀는 씻어도 희어지지 않는다(Crows are never white for often washing)"는 영국의 격언은 한국 속담의 "까마귀가 검기로 속도 검겠나"와는 많은 차이를 갖는다. 이는 까마귀에 대한 정서적 의미가 민족간에 큰 차이가 있음을 보여준다. 까마귀에 대한 한국적 정서가 긍정적 가능성을 열어 두고 있는 데 비해, 영국의 정서는 그렇지 못하다는 것을 알 수 있다. 특히 한국이나 중국에서 까마귀는 반포조(反哺鳥) 혹은 반포오(反哺鳥)・효조(孝鳥)라고도 불리는데, 새끼가 어미를 먹여 살린다 하여 효(孝)를 상징하는 새로 알려져 있다. 그 반면에 영국 속담인 "까마귀는 죽은 양(羊)을 곡(哭)하여 슬퍼하고 나중에 이를 먹는다(Crows bewail the dead sheep, and then eat them.)"에서 알 수 있는 바와 같이 까마귀가 결코 긍정적으로 인식되지 않고 있다는 점에서 한국과 영국 두 문화간의 차이가 더욱 분명해진다. 이는 까마귀에 대한 언어・사고・문화의 집단간 특수성을 보여주는 좋은 예가 된다(C).

또한 "까마귀는 제 새끼를 가장 귀여운 것으로 생각한다(The crow thinks her own bird fairest.)"는 영국 속담이 있다. 반면에 "고슴도치도 제 새끼는 함함하다고 한다"는 한국 속담이 있다. 여기에서 우리는 영국의 '까마귀'와 한국의 '고슴도치'가 상호 유사한 정서적 의미 전달 기능을 수행하고 있음을 알 수 있다. 모두 집단의 언어・문화・사고의 특수성을 보여 주는 사례라 할 수 있다. 물론 좀더 넓은 의미에서 볼 때, 이는 인간의 자식 사랑을 동물에 비유하고 있다는 점에서 보편적 원리를 발견할 수도 있다.

요컨대, 까마귀나 까치・박쥐와 같은 동물들에 대한 대상 그 자체의 지시적 의미는 어느 개인이나 사회・민족에 모두 공통적이며 보편적이다. 그러나 이들이 갖는 정서적 의미나 연상적 의미는 개인이나 사회・민족에 따라 차이가 있다. 다시 말해서 개인 혹은 집단에 따라 의미의 특수성을 가질 수 있다. 이는 개인과 집단의 문화나, 언어적 사고의 보편성과 특수성을 반영하는 것이다. 이 때 특수성은 문화적 차이뿐만 아니라 발상과 (언어적)표현의 자의성(恣意性)에 따르는 경우가 많다. 그리고 이들은 'A↔B↔C↔D'와 같이 상호 밀접하게 교류되면서 한 편으로는 보편성의 차

〈언어의 자의성〉

언어는 형식과 의미의 결합으로
이루어진다. 단어의 경우 '해',
'sun'의 발음이 형식이 되고, 그
단어들의 뜻이 의미가 되는데,
어떤 형식이 어떤 의미를 나타
내는가 하는 것은 언어에 따라
다르다. 하늘에 빛나는 크고 둥
근 것을 반드시 '해'라고 불러
야 할 이유는 없는 것이다. 이
를 언어의 자의성이라고 한다.

원으로, 다른 한 편으로는 특수성의 차원으로 계속 발전하게 된다.

지금까지는 우리는 언어, 사고, 문화가 갖는 보편성과 특수성을 간략히 살펴보았다. 국어적 사고도 결국은 국어가 갖는 우리의 문화적 토양을 벗어날 수는 없으며, 거기에서 언어적 보편성과 특수성을 갖는다. 이 때의 보편성이란 모든 언어가 갖는 언어적 사고에 해당하며, 특수성이란 국어(문화)의 특성에 따른 인식과 정서의 차이를 가리킨다. 앞에서 예를 든 것처럼 동서양 모두 까마귀가 불길한 새라고 생각하게 된 것은 발견과 인식의 보편성을 보여준다. 그러면서도, 동양에서 효의 상징물로 자리잡게 된 것은 발견과 인식, 더 나아가서 정서의 차이에 기인한다. 그리고 이러한 인식은 정서적 의미 차이로 연결되는 것이다. 이는 후술할 인지적 사고, 정의적 사고와도 관련된다.

언어는 인간의 심리적·입체적 사고를 좀더 실체적·선조적(線條的, linear)으로 표현 혹은 이해하게 하는 사고 수수(授受)의 매체이다. 모든 언어는 해당 언어권의 문화적 특성들을 반영한다는 점에서 특수성과 보편성을 동시에 지닌다. 그런데 문화 자체가 특정 문화권의 특성을 반영한 어떤 고유성을 기초로 발생했다 하더라도, 문화권간에 상호 교류, 공유됨으로써 보편적 속성을 갖게 된다. 그뿐 아니라 언어와 문화는 해당 언어권, 문화권에 따라 각각 다른 양상을 보이더라도 그 기능과 본질에 있어서는 공통적인 속성을 갖는다. 예컨대, '파피루스·갑골(문자)·점토판·한지·양피지·종이 등'은 각각 시대와 문화권에 따라 다양한 재료적 특성을 반영하지만, 본질적으로 문자 표기를 위한 재료로써 동일한 목적과 기능을 수행하는 것이다. 언어 역시 마찬가지이다. 즉, 언어 형식은 언어권에 따라 다양한 형태를 띠더라도 그 수행 기능은 동일하다고 할 수 있다.

〈언어의 선조성(또는 선형성)〉

언어는 말소리나 시각 기호를 차례로 실현하면서 의미를 전달한다. "날씨가 좋다."는 문장은 예로 들면, "ㄴ-ㅏ-ㄹ-ㅆ-ㅣ……"의 순서로 발음하고, "날씨-가-좋-다."의 순서로 단어를 배열한다. 만일 이 순서를 어기면 의미 전달이 안되는데, 이를 언어의 선조성이라 한다.

4. 국어와 국어적 사고의 특수성

국어사용 과정에서 국어 화자는 기본적으로 국어의 특수성을 기반으로 하며, 한국인의 사고 역시 또한 그로부터 자유로울 수 없다. 국어적 사고 과정인 국어 활동에 나타나는 특성들은 크게 언어적 측면, 사회·문화적 측면으로 나누어 살펴볼 수 있다. 특히 언어적 국면은 좀더 구체적으로 어휘·문장·텍스트·소통 차원으로 구분하여 살펴볼 수 있다. 즉, 어휘 국면에서는 수사(數詞)·색채어·높임법 등이 발달되었다는 점을 들 수 있다. 또한 문장 국면에서는 '주어-목적어-서술어'의 구조, 주어 생략 등을, 텍스트 국면에서는 기승전결 등의 담화 구조적 특성을 들 수 있다. 그리고 소통 국면에서는 상황맥락 의존성이 강하다는 점 등이다. 어떤 측면에서건 이들은 국어가 지나온 역사적·문화적 맥락과 밀접한 관련을 가지면서 양식화되어 왔다.

1) 언어적 측면

가. 좌분지(左分枝)와 미괄식 구조

우리말 어순은 통상 '주어-목적어-서술어' 순서라는 것은 널리 알려진 사실이다. 물론 이러한 어순을 갖는 언어는 국어만은 아니며, 세계 여러 나라의 언어들이 '주어-목적어-서술어'의 구조나 '주어-서술어-목적어' 등의 구조로 이루어진다. 다만 여기에서는 국어의 어순이 갖는 특수성을 중심으로 살펴보기 위해 편의상 영어와의 비교 대조를 중심으로 논의하기로 한다.

문장이 확장 될 때에는 "비가 오니, 우산을 준비해라"에서처럼 종속절이 앞에 오고 주절이 뒤에 오게 된다. 또 절 안에서는 주어 다음에 다른 성분들이 다 온 후에 서술어로 마무리되는 좌분지(左分枝) 구조로 이루어진다. 즉, 수식어구들이 서술어의 앞쪽인 왼쪽에 위치하게 된다. 이러한 구조는 영어를 비롯한 대부분의 인도유럽 어족이 우분지(右分枝) 구조인 것과는 대조된다. 따라서 우리말은 이유나 조건 등을 나타내는 종속절을 먼저 내세운 후 말하고자 하는 중심 내용을 마지막에 제시하거나, 한 문장 안에서 누가 언제 어디서 등의 성분들을 먼저 제시한 후 가장 중요한 서술어를 맨 나중에 말하는 어순을 기본으로 하는 것이다.

우리말의 좌분지 구조의 특징은 우리의 사고와 행동에도 크게 영향을 준다.

예를 들어 한 동안 우리 사회에서 유행했고 지금도 인터넷 상에서 쉽게 해 볼 수 있는 '청기백기 놀이'는 우리말의 좌분지 특성을 잘 보여준다. 주지하다시피 '청기 백기 놀이'는 사회자의 지시에 따라 참가자들이 각자 들고 있는 푸른색 깃발과 하얀색 깃발을 올리거나 내리거나 움직이지 않는 등의 행동을 보여 주어야 한다. 이 놀이는 사회자가 '청기 올리지 말고 백기 내려, 청기 내리고 백기 올리지 마'

〈컴퓨터 '청기백기 게임'〉

등과 같은 지시를 하게 되는데, 참가자는 끝까지 정확하게 사회자의 말을 듣고 판단한 후 지시대로 행동해야만 한다. 영어와 달리 우리말은 서술어가 문장의 마지막에 오며, 게다가 부정어가 그 뒤를 따른다는 점에서 완전히 발화가 끝난 다음에 어떻게 행동할지를 판단해야만 실수를 하지 않게 된다. 그야말로 우리말은 '끝까지 들어봐야 안다'는 점을 확인시켜 준다.

이러한 좌분지 구조의 특성은 '말의 끝 부분에 유의'해야 함을 보여 주는데, 이는 단지 한 문자에서만이 아니라 한 편의 긴 글에서도 유사한 양상을 보여준다. 서양의 논설문은 대체로 말하고자 하는 화제나 주제를 서론에서 제시하고 들어가지만, 우리 선조들의 글은 대체로 마지막 부분에서 간단히 말하고자 하는 바를 제시하는 경우가 많다. 이른바 두괄식 구성보다는 미괄식 구성이 일반적이라는 점이다.

반면에 영어를 비롯한 대부분의 인도유럽 어족의 언어들은 말하고자 하는 요지를 먼저 보여 주고 그 뒤에 이유·조건 등을 늘어놓거나, 한 문장 안에서 주어와 서술어의 순서로 먼저 단정을 내린 후 언제·어디서 등의 성분을 배열하는 것이 일반적인 어순이다. 이러한 문장의 구조적 차이는 우리가 생각을 풀어내는 방식에 있어서 서로 반대되는 것으로, 일상 언어 생활을 통한 사고와 인식의 방식과도 밀접한 관련을 갖는다. 국어의 미괄식 어순이 갖는 특성이나 장단점을 구체적으로 살펴보면 다음과 같다(서정수, 1993 ; 최기호·김미형, 1998 참조).

첫째, 국어의 미괄식 언어 표현은 순리적인 사고와 조심스런 언어 태도를 갖는다고 볼 수 있다. 작은 것에서 큰 것으로, 덜 중요한 것으로부터 더 중요한 것으로 발전하여 가는 자연스런 접근 방식이라는 점이다. 이는 매사에 조심성을 드러내는 접근 태도이자 청자 중심의 총체성을 고려한 설득적 어법에 해당한다고 볼 수 있다. 또한 심리적 충격을 완화하는 효과를 내기도 한다. 거절이나 부정을 하는 표현 등에서 결정적인 표현을 뒤로 미루기 때문에 충격을 감소시킨다는 것이다. 잘못을 지적할 때, 충고나 싫은 소리를 할 때 등에도 상대방의 거센 반응을 서서히 누그러뜨리는 효과가 있다. 영국의 어떤 심리학자는 거절하는 방식은 동양의 것이 심리학적으로 더 낫다고 지적한 일이 있는데, 이는 우리말을 포함한 일부 동양어들의 우회적 어순과 관련된다 하겠다. 앞에서도 말한 것처럼 우리말은 끝까지 들어보아야 알 수 있기 때문에 대화의 분위기를 끝까지 경청하는 의식을 낳게 되며, 또 이러한 태도는 국어교육의 중요한 부분이기도 하다. 예컨대, "나는 이 세상에서 철수를 가장 사랑하-"에서 문장의 끝에 '-ㄴ다'가 이어지는 경우와 '-지 않는다'가 오는 경우를 생각해 보라. 마지막에 어떠한 어휘소가 오는가에 따라 철수에 대한 화자의 태도는 정반대가 된다. 이와 같이 일반적으로 중요한 문장의 술어적 내용이 문장의 마지막 부분에 나오기 때문에 끝까지 다 듣고 판단하게 만든다는 점이다. 이는 특히 부정문일 경우 더욱 그러하다.

둘째, 미괄식 표현은 전달하고자 하는 핵심 내용보다는 주변(상황)적 정보의 제시가 우선시 되기 때문에 경제적이거나 효과적인 표현·이해에 장애가 될 수도 있다. 즉, 정작 중요한 것을 감추어 둔 채, 때로는 관계가 먼 이야기나 상황적 배경 등에 중점을 두어 말하게 됨으로써 자칫하면 중요한 사항을 간단하게 처리하거나 빠뜨리는 일조차 있게 된다는 점이다. 따라서 신속한 소통이나 일처리 측면에서는 비능률적이라는 지적도 가능한 것이다. 즉, 결론을 뒤로 미루고 정황 설명을 지루하게 하는 사고 방식은 문제시 될 수 있다. 이는 한국어 청자들은, 화자가 도입시에 발화하는 배경적 말하기를 통해 화자의 결론이나 주장을 추리하면서 듣거나, 혹은 추리해 내는 능력이 훨씬 뛰어나야 한다는 것을 시사해 준다 하겠다. 따라서 효과적인 표현의 차원에서 요약적 전달하기, 결론부터 표현하기 등의 언어 구사도 우리 한국인들에게는 유용한 전략의 하나로 염두에 둘 필요가 있다 하겠다.

나. 문장 성분의 생략

또한 국어는 문장 성분의 생략이 자유롭다는 특성을 지니고 있다. 특히 주어의 생략이 일반적이다. '어디 가니? / 점심 먹으러.' 이러한 성분 생략의 특성과 한국인의 사고 유형은 어떤 관련을 가지는가?

성분 생략이 자유롭다는 것은 곧 의사소통에 있어서 상황맥락 의존성이 강하다는 점을 말해 준다. 이는 화자와 청자 상호간의 공통의 지식 기반의식이 강할 때라야만이 가능하다. 이는 우리말의 특징 중의 하나인 '우리'라는 용법과도 밀접한 관련을 갖는다. 이는 공동의 한 울타리 문화에 기반한다고 볼 수 있다. 또 다른 측면에서 볼 때 빈번한 성분 생략은 곧 언어사용의 경제성과도 관련된다. 핵심적인 정보만을 제시함으로써 표현과 이해의 과정에 작용하는 사고 부담량을 줄이는 효과를 갖는다. 이는 우리의 미괄식 담화 표현의 특성에서 나타나는 도입부의 주변적 말하기로 시작하는 것과 대조되는 것으로 서로 상호 보완적 관계에 놓인다고 하겠다. 그리고 이는 국어가 그만큼 다양한 표현 방식을 지니고 있다는 특성을 보여 주는 것이기도 하다.

그런데 국어의 생략적 표현의 특성을 가리켜 '점의 논리'로 지칭하기도 한다. 반면에 생략 현상이 상대적으로 적게 나타나는 영어는 '선의 논리'

〈점의 논리〉

서정수(1993)에서는 문장 성분의 생략을 '점의 논리'라는 사고 유형과 관련지어 설명한다. '점의 논리'란 문장이나 글의 표현에서 되도록 많은 부분을 생략해 버리고 징검다리식으로 말을 하는 것을 가리킨다. 생략적 표현은 시에서처럼 함축미를 담게 되는데, 화자와 청자가 서로 적극적으로 소통에 임하지 않으면 전달 의미를 쉽게 놓치기 십상이다. 이러한 점의 논리는 서양에서 볼 수 있는 '선의 논리'와 대조된다. 즉 영어의 경우 '주어-서술어-목적어'가 다 갖추어지는 선적 연결을 보인다. 그 중 일부를 생략해 버리는 것은 특별한 경우를 제외하고는 거의 허용되지 않는다.

로 불린다. 점의 논리는 생략이 많다 보니 표현상의 경제성이 높은 반면에 상대적으로 추론, 상황맥락 의존도가 높고, 추론을 위한 지적 노력이 더욱 요구된다. 이러한 이유 때문에 때로는 정확한 전달이 어렵고 종종 논리적 비약으로 비칠 수도 있다. 반면에 선의 논리는 점의 논리에 비하여 사물의 표현과 판단에 명확한 선을 그어주는 강점이 있다. 여기에서 중요한 것은 언어는 우열의 문제로 접근할 성격이 아니며, 모든 언어는 해당 언중의 문화적 특성에 맞게 진화해 왔고, 또 앞으로도 그렇게 진화해 갈 것이라는 점이다.

물론 우리말과 글의 구조 역시 서구의 그것과 유사한 요소나 원리에 따라 이루어지는 것도 사실이다. 더구나 최근에는 서구 학문과 논리적 사고의 영향으로 큰 차이가 느껴지지 않을 정도이다. 그러나 앞에서 살펴본 바와 같이 우리의 전통적인 글쓰기 혹은 말하기 방식은 나름대로의 독특한 특징도 가지고 있는 것이다. 그리고 이들은 아직도 우리의 사고와 언어 활동의 기저로 작용하고 있다고 하겠다. 그밖에도 다양한 텍스트들 속에서 위와 같은 혹은 또 다른 텍스트 구조나 특성들이 존재한다.

다. 높임법

국어에 나타나는 언어적·문화적·심리적 특성들을 가장 잘 보여 주는 문법 현상 중 하나가 바로 높임법이다. 물론 영어와 같은 외국어에서도 우리말의 높임법과 유사한 공손한 표현이나 높임법이 없는 것은 아니지만, 우리말처럼 체계적이거나 다양하지는 못하다. 다시 말해서 국어의 높임법은 그 어느 언어보다도 다양하고 복잡하여, 외국인들이 처음 한국어를 배울 때 어려워하는 국어의 특성 중 하나이다. 두루 알려진 것처럼 국어 높임법은 '-해라, -해, -해요, -하게, -하오, -하십시오'와 같은 어미뿐만 아니라, '진지·춘추(春秋)·계시다'와 같은 어휘에 의해서도 이루어지는 등 매우 다양하다. 국어 높임법은 화자와 청자의 관계, 즉 지위나 연령·친밀감·소통의 상황 맥락·개인의 심리나 의도 등 다양한 요인에 의해 표현된다.

이러한 국어의 대표적인 특성 중 하나인 국어 대우법은 인간 관계에 대하여 연령이 높거나 지위가 높은 이에 대하여 존중하는 겸허한 자세를 가지게 한다. 우리 나라가 동방예의지국(東方禮儀之國)이라 불리게 된 데에는 이러한 언어적 특성도 작용한 것으로 보아야 할 것이다. 서구에 비해 한국인들이 어른을 존경하고 예의가 바른 것도 이러한 언어적 영향과 무관하지 않다고 하겠다. 그러나 한편으로 대우법이라는 국어의 언어적 특성은 인간 관계를 수직적으로 보게 한다는 단점도 있다. 예컨대, 앞에서 제시한 '-해라, -해, -해요, -하게, -하오, -하십시오'로 특징 지워지는 상대 대우법에서 어떠한 것을 선택해서 언어를 사용하는가와 관련된 화계(話階, speech level) 선택의 문제는, 화자와 청자 사이의 지위나 친소(親疎) 관계, 역학 관계(power relation)를 극명하게 규정한다는 점에서 인간 관계의 수직적인 면을 드러내기도 한다. 그러나 이는 국어 대우법의 전체적인 특징이라기보다는 한 부분에 불과하다고 하겠다. 따라서 그렇게 부정적으로만 볼 필요는 없으며, 오히려 화자가 청자를 고려하고, 자신의 심리나 의도를 효과적으로 표현할 수 있는 다양한 표현의 측면이 더 중요하다 하겠다.

2) 사회·문화적 측면

가. 우리의 역사와 문화를 반영하는 국어

흔히 말이란 민족의 삶이 잘 투영된 거울이라고 한다. 예컨대 지금은 매우 일반화된 '장가간다'나 '쏜살같이'의 경우를 보자. '장가 가다' 혹은 '장가 들다'는 말은 현재는 '남자가 아내를 맞이하는 것'을 의미하지만, 기원적으로는 '입장가(入丈家)'를 가리키는 것으로서 '장인 장모가 사는 처가에 들어간다'는 말이다. 이는 모계사회의 데릴사위제 문화를 반영하고 있음을 알 수 있다. 즉, '장가 간다'는 말은 우리 조상들의 문화를 반영한 어휘로서 비록 현대 한국인들이 이러한 사실을 인식하지 못한다 하더라도 오늘날에도 그대로 사용되고 있는 것이다. '쏜살같이'의 경우도 마찬가지다. 이는 '쏘아 놓은 화살같이(빠르다)'라는 뜻이다. 따라서 '쏜살같이'라는 말 역시 활을 사용하던 시대에 비유적인 용법으로 만들어졌다가, 현재는 그 정확한 의미 인식 여부와는 상관없이 관습적으로 굳어진 어휘가 된 것이다. 이를 사은유(死隱喻)라 부르기도 한다. 어휘는 이렇게 당대의 문화를 반영하여 생성되고 사용된다.

그러나 언어에 반영되는 문화성이 단지 어휘 차원에 머무는 것은 아니다. 우리가 표현하고 이해하는 한 편의 글이나 말의 전개 역시 특정 사회의 문화를 반영한다. 또한 한국인은 한국어라는 개별 언어를 통해 사고하기 때문에, 국어사용(사고·이해) 과정에서 국어적 특성에 따른 제약과 관습을 기초로 한다.

나. 가족과 공동체 중심의 가치

모든 언어에는 해당 언어사용자의 가치관이 반영되어 나타난다. 이는 흔히 국민성과도 관련되는 광범위한 가치 문화적 성격을 띤다. 우리 민족의 가치관 중에 가장 특징적인 것의 하나는 '공동체 의식'이라고 할 수 있다. 외국인들이 한국어를 배우는 초기에 가장 혼란스러워하는 표현 중의 하나가 바로 '우리'라는 표현이다. '우리 부모님, 우리 집사람, 우리 가족, 우리 동네' 등은 실제로 영어로 번역할 때도 종종 혼란에 빠지게 한다. '우리'라는 말 속에는 가족이나 집단 공동체를 중시하는 우리 민족의 공동체 의식을 반영한다고 할 수 있다. 이는 서양과는 구별되는 우리 민족과 언어의 특성이라고 할 수 있다. 이러한 특성은 다음의 몇 가지 예에서도 분명하게 드러난다.

첫째로, 우리 민족의 가족 중심, 공동체 중심의 가치관의 특성은 서양의 개인 중심 가치관과 대조된다. 가족 중심의 공동체적 가치관을 잘 보여 주는 예의 하나로 2006년에 상영된 영화 '괴물'의 포스터(〈그림 1〉)를 들 수 있다. 〈그림 1〉에 나타난 국내용 포스터에는 '괴물 - 가족의 사투가

〈그림 1〉영화 '괴물'의   〈그림 2〉영화 '괴물'의 국외 소개 포스터
　　국내용 포스터   (왼쪽부터 영국판, 일본판, 미국 및 프랑스판). *자료 출처 cine.com, 2007.2.8.

시작된다. 한강, 가족 그리고 괴물'이라는 서술과 함께 긴장감 넘치는 가
족들의 얼굴 사진이 크게 부각되고 있다.

　반면에 〈그림 2〉는 각각 영국, 미국, 프랑스판의 포스터로서 가족의 모
습은 사라지고 공포감 넘치는 괴물과 그 배경에 초점을 맞추고 있음을
볼 수 있다. 실제로 영국판은 또한 "〈죠스〉부터 〈쥬라기 공원〉까지 재미
있고 무섭고 통렬하고 정치적인 모든 것을 담고 있다"는 광고 문구를 통
해 자국민에게 친숙한 작품들을 친히 언급하기도 했다고 한다(cine21.com,
2007. 2. 8.).

　흥미로운 것은 〈그림 2〉의 중간에 있는 일본판 포스터에는 위기에 빠
진 중학생 딸 '현서'의 모습과 괴물을 전면에 부각시키면서 가족의 구원
에 초점을 맞추고 있다는 점이다. '아빠 살려줘'라는 심금을 울리는 카피
와 함께 위기에 빠진 현서를 전면에 내세워 일본인들의 정서에 호소했다
는 것이다. 일본 역시 가족과 공동체 의식을 강조하는 가치관을 보여준다
고 하겠다.

　둘째 사례는 1987년에 미국 노스캐롤라이나 주에서 일어난 한국인 교
포의 재판과 관련된 이야기이다. 어린아이를 홀로 집에 두고 직장을 다녀
야만 했던 한국인 여성은, 어느 날 집에 돌아와 장롱 서랍장에 깔려 죽은

〈영화 '괴물'〉

2006년에 상영된 봉준호 감독
의 영화 '괴물'은 당시 국내 영
화사상 최대 관객인 1,300만
명을 돌파하고, 제5회 대한민국
영화대상 최우수 작품상을 수상
했으며, 일본과 미국, 유럽 각국
등 국외에도 널리 소개된 것으
로 유명하다.

아이를 발견하게 된다. 사건 초기에 담당 경찰관의 조사 과정에서 이 한국인 여성은 "내가 죽였다, 내가 죽였다"라며 자신을 탓하는 탄식의 비명을 지르게 된다. 이러한 자신을 탓하는 말하기는 한국인들의 일반적인 화법의 하나이다. 그런데 문제는 미국 내 재판 과정에서 이 한국인 여성의 "내가 죽였다"는 말은 중요한 증거로 채택되고, 문자 그대로 해석되어 재판에서 20년형이라는 중형이 선고된 것이다(다행히 후에 오해가 풀리게 되어 이 여인은 7년 만에 가석방되었다고 한다). 요컨대 이 사건은 우리 국어에 흔히 사용되는 독특한 화법을 서양인들이 쉽게 이해하지 못한 언어문화적 차이에 기인한 것이지만, 한국인 부모의 자식에 대한 애정과 가치관을 잘 보여 준다.

셋째는, 우리의 가족 공동체 의식과 유사한 특성을 보여주는 미국 내 일본인 주부들에 대한 실험 예도 좋은 참고가 된다. 이들은 우리와 같은 동아시아의 한자 문화권에서 성장하고 미국으로 건너가 살고 있다는 점에서 두 문화의 차이에 따른 상반된 가치관을 동시에 보여주는 좋은 사례라 할 수 있다. 즉, 미국인과 결혼하여 살고 있는, 일본어와 미국 영어에 모두 능숙한 일본인 여성들을 대상으로 한 실험이다(최기호·김미형, 1998 : 161~164). 이들 일본인 여성들은 일상적으로는 가족이나 이웃에게 영어를 사용하지만, 일본인인 자기네끼리 만나면 일본어를 주로 사용했는데, 이러한 이중언어의 사용은 흔한 일이기는 하다. 그런데 기자가 이 일본 여성들을 개별적으로 찾아가서, 한 번은 일어로 한 번은 영어로 각각 인터뷰를 두 번씩 했다고 한다. 흥미로운 것은 이들 일본 여성들의 반응이 인터뷰 때에 사용하는 언어에 따라 현저하게 다르게 나타났다는 점이다. 즉, "자신이 바라는 것이 자신의 가족과 대립될 때에는 어떠한가?"라는 질문에 대해 일본어로 한 인터뷰에서는 "참으로 불행한 시기이다"라고 답한 반면에, 영어로 한 인터뷰에서는 "내가 하고 싶은 대로 한다"고 반응했다. 또한 "참된 친구는 어떠해야 하는가?"라는 일어와 영어 인터뷰에 대해 각각 "서로 도와야 한다", "솔직해야 한다"라는 반응을 보였다.

또한 일본인들이 자주 사용하는 언행 중에 "그렇군요, 그렇겠습니다(소우데스네)."라는 표현은 상대방의 표현에 긍정만을 나타내는 것이 결코 아니라는 점이다. 이는 오히려 일단 완곡하게 상대방의 의견을 수용한 후에 자신의 반대 의견을 제시하는 화법으로도 자주 사용된다는 점이다(모세종, 2000). 이는 한 언어를 다른 언어로 직역해서만은 안 되며, 언어가 하나의 문화를 반영하고 있다는 점을 알려 준다. 그리고 더 나아가서 사고를 언어로 표현하는 표현 방법에 있어서 언어마다 어떤 특징들을 담고 있다는 것을 알 수 있다.

이국땅이나 낯선 곳에서 동포나 같은 고향 사람을 만났을 때, 특별히 친근감을 느끼게 된다. 이는 기본적으로 언어에 의해서 확인이 되는데, 언어는 화자에 대한 많은 정보를 이미 담고 있으며, 우리의 인지적·정서적 사고와 행위에 큰 영향을 미친다는 증거가 된다.

이러한 예들은 언어사용 자체가 사고 방식·가치관·문화 등과 밀접한 관련을 맺고 있다는 점을 암시한다. 이는 '모든 언어에는 한 겨레의 문화적인 전통 속에서 자라난 얼이 담겨 있다. 언어는 늘 하나의 공동체와 더불어 자라나는데 그 언어 속에는 그 공동체의 정신적인 전통이 담겨져 있어서, 그 공동체에 속하는 사람들의 정서와 사유와 감성까지 인도한다.'는 훔볼트(Humbolt)의 말처럼, 한국말에는 한국인의 삶의 모습이 반영되어 있으며 언어와 문화는 서로 맞물리고 순환되면서 형성되어 온 우리 겨레의 정신적 물질적 표상이라는 점을 보여 준다.

다. 조화(調和)와 상황중심 지향의 언어 문화

동서양 언어 문화의 차이와 관련하여, 한국이나 일본은 조화(harmony)를 중시하는 정적이거나(affective)이거나 상황중심적 유형(situation-oriented pattern)으로 불리기도 한다. 즉, 동양 문화의 기본적 특징의 하나는, 서양의 힘의 개념과 달리, 조화의 개념에 지배를 받는다는 점이다. 동양에서 지식은 흔히 자연과 인간을 더 조화롭게 하기 위한 것인 반면에, 서양에서 지식은 평화와 질서를 조정하기 위한 것이 그 첫 번째 가치라는 점이다(Park, 1993).

따라서 한국이나 일본 등 동양에서는 상대방 앞에서 직접적으로 반대하는 것을 피하려는 경향이 있다. 이러한 유형은 상대방의 감정(feeling)에 강조점이 놓인다. 그 반면에 미국인들은 언어 그 자체를 전달하려는 경향이 강하다는 점이다.

또한, 영어와 한국어 문화를 대조 분석해 보면, 한국어의 개인간 의사소통에 크게 영향을 미치는 것으로 '심리-문화 중심(psycho-cultural orientation)' 원리가 있다는 점이 지적되기도 한다(전술한 언어와 가치관의 문제나 후술되는 심리의 문제와도 관련된다). 예컨대 한국어에서 흔히 '예(yes)'라는 반응은 긍정적 대답만을 가리키는 것이 아니라, '당신의 입장을 충분히 이해한다. 이야기를 계속 해 보라'는 정도의 의미로 쓰이는 경우가 많다는 것이다. 그러나 영어 화자의 경우 이를 동의나 의견의 일치로 오해하는 경우가 흔히 있다. 이러한 현상은 일본어에서도 유사하게 나타나는 것으로 알려져 있는데, 1972년 일본과 미국의 외무장관 회담에서 심각한 소통의 오류까지 나타난 사례가 있다(Park, 1993 : 89~90).

요컨대, 언어는 필연적으로 그 삶의 역사성·지역성·양식성·창의성·심미성을 드러내게 마련이다. 언어의 이러한 요소를 지배하는 것을 문화 원리라 할 수 있다. 이 점에서 언어는 사용의 도구를 넘어서서 문화로서의 성격을 지니게 되는데, 앞에서 말한 언어의 규범적 성격과 함께 언어의 문화적 성격이 언어의 성격을 결정짓는 두 축을 이루게 된다.

언어로 이루어지는 여러 문화 양식, 예컨대 일상의 대화에서부터 문학의 세계에 이르기까지 언어문화에 나타나는 차이가 그 정신활동의 차이를 반영할 것임은 자명하다. 이래서 같은 언어를 사용하게 되면 동질감을, 다른 언어를 사용하면 이질감을 느끼게 마련이다. 언어가 민족의식과 관련된다는 것은 이러한 문화 원리에 기반을 둔 것이다. 결국 언어가 지닌 문화적 가치를 통해 사회적·민족적 결속을 이루기도 하고 나아가 새로운 문화를 형성해 나가기도 한다는 점에 언어가 지닌 문화 원리의 중요성이 있다(김대행, 1995).

라. 번역과 심리·문화

언어 간의 특수성을 잘 보여주는 또 다른 사례로 번역의 문제를 들 수 있다. 가령, '김치'를 영어로는 어떻게 번역하는가? 물론 그냥 'Kimchi'라고 부른다. 영어권 문화에 '김치'에 해당하는 적절한 용어가 없기 때문이다. 흔히 '떡'이나 '막걸리'를 각각 'Rice Cake', 'Rice Wine'이라고 번역하기도 하는데, 외국인들이 떡이나 막걸리를 실제 체험하고 나서 보여주는 표정은 애초에 자신들이 이해했던 것과는 크게 다르다는 표정으로 당황해하기도 한다. 번역이라는 행위는 곧 가장 정확한 소통과 이해를 목적으로 이루어지는 언어 활동이며 그러한 점에서 기본적으로 심리적인 측면과 밀접한 관련을 갖는다.

예컨대, 외국 영화를 국내로 수입하거나 우리 영화를 국외로 수출할 때에 제목을 바꾸는 경우가 허다하다. 대중과 관람객들이 좀 더 쉽게 이해할 수 있도록 그들의 지식과 문화의 코드에 맞게 새롭게 번역하는 것이다. 아래 영화 제목들을 비교해 보자.

(1) 국내에 소개된 외국 영화들의 예
- Ghost → '사랑과 영혼'
- Waterloo Bridge → '애수'
- A summer place → '피서지에서 생긴 일'
- The place in the sun → '젊은이의 양지'
- Bonnie and Clyde → '우리에게 내일은 없다'
- The Living reed → '갈대는 바람에 흔들려도'
- Butch Cassidy and the Sundance Kid → '내일을 향해 쏴라'

(2) 외국에 소개된 국내 영화들의 예
- '괴물'(2006) → The Host (기생 동식물의 '숙주(宿主)')
- '친절한 금자씨' → Lady Vengeance(여자의 복수)
- '태극기 휘날리며'(2004) → Brotherhood
- '겨울연가' → 冬のソナタ(후유노소타나, 겨울소나타)

영화 '친절한 금자씨'의 국외 포스터(왼쪽부터 스웨덴판, 일본판, 프랑스판). *자료
출처 cine.com

(1)에서 볼 수 있듯이 국내에 소개된 'Ghost'는 '유령' 혹은 '영혼'이 아니라 '사랑과 영혼'이라는 제목으로 국내에서 상영되었다. 'Waterloo Bridge' 또한 '워털루 다리'가 아니라 '애수(哀愁)'로 번역 상영되었다. 반면에 (2)에서 볼 수 있듯이 외국에 소개된 영화 '괴물'(앞 절의 그림과 설명 참조)은 'The Host(숙주)'로, '친절한 금자씨'는 'Lady Vengeance(여자의 복수)'로 번역되었다. 반면에 주인공 배우가 상당히 널리 알려진 일본의 포스터에서는 주인공의 얼굴을 그대로 보여 주고 제목도 거의 그대로 따르고 있다.

왜 그러한가? 원래 제목을 직역할 경우 각각 한국인이나 외국인의 배경 지식과 문화 차이로 인해 적절한 심리 작용을 기대할 수 없기 때문이다. 즉, 우리말로 번역하는 경우 직역은 부적절하기 때문에 의역하는 경우가 많을 수밖에 없다. 이는 지명이나 인명과 같은 문화적 차이에 기인하는 경우도 있지만, 우리 국어와 민족적 정서의 특징이, 지시(指示)적이고 건조하기보다는 감상적이고 함축적인 멋을 더 선호하는 정서적 감흥과 낭만을 반영하기 때문이라고 설명되기도 한다. 실제로 위의 영화 제목 명명의 특성을 살펴보면, 영어 제목들이 외연적 지시(指示)를 드러내는 경향이 강한 데 반해, 한국어 제목에서는 내포적 의미를 통한 정서적 반응을 전략적으로 고려하고 있다는 점을 알 수 있다. 이러한 치밀한 작업들은 영화의 흥행과 경제적 이익에도 매우 큰 영향을 미치기 때문이다.

요컨대, 언어는 우리의 사고를 교환하는 도구이기도 하다. 언어는 필연적으로 인간의 내적 정신활동을 그대로 보여 주게 된다. 이러한 인간의 내적 정신활동의 소산을 총칭하여 우리는 문화라 한다. 국어 사용자는 국어의 고유한 국어 문화적 특성들을 바탕으로 한다. 여기에는 어휘적·텍스트 구조적·텍스트 유형적 특성들과 함께 한국인의 문화적 총체성을 기저로 한다.

5. 국어적 사고력의 구조와 양상

국어적 사고는 국어의 특성·국어 문화의 특성·한국 문화의 특성들을 토대로 하되, 일반 언어의 보편적 특성들을 모두 반영하는 총체적인 인지적 과정이다. 사고에 대한 논의는 논자에 따라 구분이나 접근 방식이 매우 다양하다.

1) 국어적 사고력의 구조

사고(thinking)는 어떤 주체의 지식, 경험, 정서를 바탕으로 또 다른 대상이나 지식, 경험, 정서 등 모든 현상에 대하여 의미를 구성, 판단, 산출하거나 문제를 해결해 나가는 정신 활동이다. 사고력은 이러한 정신적 능력을 가리킨다. 국어적 사고력은 지식, 경험, 정서 등 제 현상과 관련하여 언어인 국어로 의미를 구성하고 판단하며 표현하거나 문제를 해결해 나가는 정신적 능력을 가리킨다.

중요한 것은 사고력이 교과 내용을 공부하다 보면 거기에 부수하여 저절로 충분하게 개발되는 것은 아니라는 점이다. 또한 사고력은 모든 교과의 교육에서 중요한 한 가지 목표이며, 가르치고 배움으로써 향상될 수 있다는 점이다(김영채, 1998 : 17).

사고에 대한 논의는 연구자에 따라 다양하게 제시되어 왔다. 즉, 마르

〈마르차노(Marzano, 1989)의 사고 기능〉

마르차노는 사고 기능을 '주의 집중, 정보수집, 기억, 조직, 분석, 산출, 통합, 평가'로 구분하여 제시하고 있다.

차노(Marzano, 1989), 서울대 국어교육연구소(1998), 베이어(Beyer, 1988), 김영채(1998)의 사고(력)에 대한 논의를 비롯하여 교육목표분류학(Taxonomy)의 블룸(Bloom, 1956) 등 사고와 사고력, 사고 기능에 대한 연구가 수행되어 왔으며, 이들은 각각 다양한 목적과 관점에 따라 사고(력)나 사고 기능을 범주화하고자 시도했다. 이들을 참고하여 국어적 사고력의 구조를 정리하여 제시하면 다음과 같다.

〈국어적 사고력 구조의 통합성〉

4. 상위인지	
2. 인지적 사고	3. 정의적 사고
1. 국어 및 국어문화 지식과 사용 전략	

국어적 사고력의 구조는 1~4가 통합적으로 작용한다. 즉, '국어 및 국어 문화 지식과 사용 전략을 바탕으로 인지적·정의적 사고와 상위인지가 통합적으로 작용하는 것이 일반적이다.

〈국어적 사고력의 구조〉

1. 국어 및 국어 문화 지식과 사용 전략
(1) 국어 및 국어 문화에 대한 지식
(2) 국어사용 전략

2. 인지적 사고
(1) 기본적 사고 기능(Fundamental thinking skills)
　　①기억　②이해　③적용　④분석　⑤종합　⑥평가
(2) 확장적(Developmental) 사고
　　① 개념 형성　② 설명　③ 예측　④ 가설 형성
(3) 복합적(Complex) 사고
　　①문제 해결　②비판적 사고　③의사 결정　④창의적 사고

3. 정의적 사고
(1) 정서적(Emotional) 사고
　　①반응　②연상　③상상　④내면화
(2) 심미적(Aesthetic) 사고
　　①형식　②내용
(3) 가치(value)적 사고

4. 상위인지
(1) 자기 점검(self-monitoring)
(2) 자기 평가(self-assessment)
(3) 자기 조정(self-regulation)

국어적 사고력은 국어 및 국어 문화 지식과 사용 전략을 바탕으로 하면서, 지식이나 경험과 관련하여 크게 인지적 사고, 정의적 사고, 상위인지로 구분된다.

국어 및 국어 문화 지식과 사용 전략은 국어지식, 국어 문화 지식, 국어 사용 전략에 대한 지식을 포함한다.

기본적 사고 기능은 블룸(1965)이 교육목표분류학에서 제시한 여섯 가지의 사고 기능인 '(지식의) 기억, 이해, 적용, 분석, 종합, 평가'를 바탕으로 하고 있다. 이들 여섯 가지 사고 기능은 모든 인지적 사고 기능과 활동의 근간이 된다. 학자들이 이를 '사고 기능'이라고 부르는 이유는 이들이 그만큼 모든 교과 학습은 물론 일상생활에서도 기본적인 요소이기 때문이다.

확장적 사고는 기본적인 사고 기능에서 더 나아가 자신의 지식과 경험을 바탕으로 더욱 적극적이고 능동적으로 새로운 의미를 전개해 나가는 사고로서 개념 형성, 설명, 예측, 가설 형성이 이에 속한다.

복합적 사고는 문제 해결, 비판적 사고, 의사 결정, 창의적 사고와 같이 궁극적인 사고 교육의 방향과 관련된다고 할 수 있다. 복합적 사고는 기본적인 사고 기능과 확장적 사고 기능을 바탕으로 문제를 해결하고, 비판적이고 창의적으로 사고하며, 자신의 의사를 결정하는 고차원적인 사고 능력이다.

정의적 사고는 정서적 사고, 심미적 사고, 가치적 사고로 구분할 수 있다. 정서적 사고는 텍스트에 대한 반응, 연상, 상상, 내면화로 구분된다. 반응은 정서적 반응을 가리킨다. 심미적 사고는 각각 텍스트의 형식적인 측면과 내용적인 측면, 표현적인 측면에 대한 미적 판단을 가리킨다. 텍스트에 담긴 가치(관)에 대한 판단을 의미한다.

심미적 사고의 '형식, 내용, 표현'은 소설의 경우 각각 '구성, 주제, 문체'에 대응된다고 할 수 있다.

인지적 사고는 설명적 텍스트와, 정의적 측면은 문학적 텍스트와 긴밀한 관련성을 갖는다고 할 수 있지만, 이 둘이 서로 명확하게 구별되지는 않는다. 또 기본적 사고 기능 없이 확장적 사고 기능이 활발하게 작동하기는 어렵고, 기본적 사고와 확장적 사고가 뒷받침 될 때 복합적 사고가 원활하게 작동될 수 있다. 그러나 이들 사고 사이에 반드시 어떤 위계적 관계가 성립한다고 단언하기는 쉽지 않다. 사고는 그만큼 복잡한 과정을 거치면서 서로 맞물려 일어나기 때문이다.

상위인지(meta-cognition)는 자신의 인지적 사고 활동을 스스로 점검하고 평가하며 조정하는 사고를 가리킨다. 각각 자기 점검, 자기 평가, 자기 조정이라 불린다. 이를 각각 사고 전략으로 부르기도 한다. 그런데 상위인지적 사고를 인지적 사고에 포함시키지 않고 독립 항목으로 다룬 이유는 이것이 정의적 사고에도 작용한다고 보기 때문이다. 사고 내용을 표현하고 이해하는 국어 활동을 정확하고 효과적으로 수행하기 위해서는 상위인지적 사고가 필수적이다.

이들은 모든 언어에서 공통적으로 일어날 수도 있지만, 전술한 국어적 특성과 국어 문화를 반영한다는 점에 항상 유의할 필요도 있다. 즉, 국어적 사고력은 일반적인 사고력과 밀접한 관련을 갖되, 국어의 특수성을 기반으로 한다는 점이다.

2) 국어적 사고 활동의 주요 양상

국어적 사고의 활동은 국어를 통한 의미의 형성과 산출 활동이라고 간단히 정의할 수 있다. 즉, 국어적 사고 활동은 국어를 매개로 어떤 대상에 대한 인식과 표현의 변화를 꾀하는 정신 활동이다. 여기에서의 인식의 변화는 곧 어떤 대상에 대한 이해 수준의 변화, 의미와 가치의 변화를 가리킨다. 아울러 표현의 변화란 우리말과 글로 표현하는 데 있어서 효과적이고 창의적으로 하는 것을 말한다.

사고를 표현하는 최소의 단위는 어떤 개념을 담고 있는 하나의 단어 또는 화제(topic)에서 출발한다. 즉, 발신자(화자, 필자)는 사회적 약속에 따르는 단어나 개념을 바탕으로 자기 나름대로의 개념을 형성한 후 이를 서술해 나간다. 이를 좀 더 정밀하게 분석해 보면 하나의 화제(topic)와 그에 대한 서술(predicate)의 형태를 띠게 되는데, 이를 명제라고 한다. 하나 이상의 명제가 모여서 절과 문장 또는 발화를 구성하게 된다. 다시 말해서 국어로 표현하거나 이해하는 실제 사고 활동은 명제를 기반으로 이루어지며, 그 결과는 발화 또는 문장으로 실체화 된다. 실제적인 국어 활동은 이미 형성되어 있는 음성이나 문자 연쇄를 단순히 반복하는 것이 아니라, 먼저 수없이 많은 명제 수준의 창조적 사고를 하고, 더 나아가 이러한 명제들을 다시 관련시켜 통일성(coherence) 있는 큰 의미 덩어리를 만들어 내는 창조를 하는 것이다. 따라서 언어적 의사소통을 할 때 인간은 명제 수준의 내용을 생성해 내는 사고와 그것을 글이나 단락에 대응되도록 내용을 조직하는 사고를 거치게 된다.

따라서 국어 표현·이해 활동의 사고 과정은 거시적으로 볼 때 국어를 통한 의미(내용) 생성 능력과 의미(내용) 조직 능력, 그리고 이를 적절한 음성 형식이나 문자 형식으로 실체화하는 표현 능력의 세 가지로 구성된다고 할 수 있다. 이 세 가지 하위 능력들은 선조적인 관계가 아니라 복잡하게 얽혀 서로 상호 작용하며 우리의 표현·이해 활동을 가능하게 해 준다.

이러한 국어적 사고 활동은 전술한 인지적 사고, 정의적 사고, 상위인지들이 텍스트 및 과제 수행 상황에 따라 긴밀하게 연관되며 수행된다.

인지 중심적 사고와 관련한 국어 표현·이해 활동 교육은 주로 다음의 단계와 방법에 따르는 것이 효과적이다(구체적인 내용은 이 책의 '9장. 인지 중심적 사고와 이해·표현 교육'을 참조할 것).

- 명료화하기 : 텍스트(말이나 글) 속에 담겨 있거나 담아야 할 의미를 명확히 하기 위한 활동.
- 상세화하기 : 텍스트에 담겨 있는 의미나 담아야 할 의미를 넓고 깊게 하는 활동
- 객관화하기 : 텍스트의 내용이나 이해·표현의 과정과 결과를 객관적으로 검토하는 활동
- 주체화하기 : 텍스트에 제시된 새로운 지식이나 정보, 경험, 신념, 태도를 재확인하거나 내면화하는 활동

정의 중심적 사고와 관련한 국어 표현·이해 활동 교육은 주로 다음의 단계와 방법에 따르는 것이 효과적이다(구체적인 내용은 이 책의 '10장. 정의 중심적 사고의 본질과 작용'을 참조할 것).

·알 기 : 텍스트(말이나 글) 속에 담겨 있거나 담아야 할 의미를
           명확히 하기 위한 활동
·따지기 : 텍스트에 나타난 형식과 내용, 정서 등을 분석하고 객
           관화하는 활동
·느끼기 : 텍스트에 나타난 형식과 내용, 정서와 관련하여 일어나
           는 추상적인 감정을 구체화하는 활동
·즐기기 : 연상과 상상에 의한 주체적 감정을 구체적이고도 창의
           적으로 향유하고 형상화(작품화)하는 활동

그런데 전적으로 인지 혹은 정의만이 작용하는 사고는 존재하기 어렵다. 예컨대, 인지적 사고가 중요하게 작용할 것으로 생각되는 논설문을 읽을 경우에도, 필자의 주장이나 논리 전개에 탄복하고 감동을 받고 가슴 후련한 시원함을 얼마든지 느낄 수 있는 것이다. 반대로 시인의 정서가 듬뿍 담겨 있는 한 편의 시를 읽을 때도 기본적으로 인지적 사고가 작용하지 않고서는 올바른 감상에 도달할 수 없다.

그러므로 '인지적 사고, 정의적 사고'가 아니라 '인지 중심적 사고, 정의 중심적 사고'로 구분하는 것이 타당하다. 위에서 '인지 중심적 사고, 정의 중심적 사고'라고 표현한 것은 바로 이런 이유 때문이며, 이는 궁극적으로 '인지'와 '정의'가 서로 구분되는 별개의 사고 과정이 될 수 없다는 것을 보여 주는 것이다.

기존의 국어교육에서 정의 중심적 사고 교육에 대한 접근은 적절하게 이루어지지 못한 측면이 있다. 즉, '알기'와 '따지기' 차원에서 머무르고 '느끼기'와 '즐기기' 단계에까지 이르지 못하는 수업이 빈번했다. 이는 정의적 영역이 갖는 특수성에 기인한다고 할 수 있는데, 정서나 감동이라는 현상들이 그만큼 개인의 가치 주관적인 요소들을 많이 담고 있어서 객관

적으로 접근하기 어렵고, 이와 관련한 국어 수업 역시 접근이 어렵기 때문이다. 국어적 사고력 중심의 수업에서는 학습자 주도적인 국어 활동을 통해서 학습자들이 텍스트를 스스로 느끼고 즐기는 적극이고도 능동적인 수업을 지향할 필요가 있다. 또한 반응·연상·상상·내면화와 같은 '정서적 사고'나 대상이나 텍스트에 대한 미적 판단과 관련된 '심미적 사고', 대상이나 텍스트를 통해서 발신자나 인간, 세계 등에 대한 선악이나 가치 판단 등과 관련된 '가치적 사고'는 매우 중요한 국어적 사고 교육의 범주에 해당한다는 점에 유의할 필요가 있다. 이들 요소들은 인지 중심적 사고와도 밀접한 관련을 갖는다. 여기에서 인지 중심적 사고와 정의 중심적 사고가 국어 활동 과정에서 확연하게 구별되어 나타나는 것만은 아니라는 점이다. 즉, 인지 중심적 사고는 설명적 텍스트와, 정의 중심적 사고는 문학적 텍스트와 좀 더 밀접한 관련을 가질 수는 있겠지만, 이들이 각각 독립적으로만 일어나는 경우는 거의 없다는 점이다. 앞에서도 이야기한 바와 같이 사고는 항상 입체적이고 복합적이며, 통합적으로 일어나는 속성이 강하기 때문이다. 또한 바람직한 사고는 다양하고도 통합적인 사고라 하겠다. 즉, 한 편의 작품을 제대로 감상하기 위해서는 읽기 전, 중, 후의 과정에서 끊임없이 인지 중심적 사고와 정의 중심적 사고, 상위인지적 사고가 작동되어야만 한다.

기존의 국어교육에서는 텍스트의 유형에 따라서 너무나 확연하게 특정 사고의 유형을 중심으로 교수 학습해 온 감이 없지 않다. 즉, 설명적 텍스트에서는 인지적 사고만을 주로 다루고, 문학적 텍스트에서는 정의적 사고만을 주로 다루어 온 경향이 있다는 점이다. 그러나 좀 더 통합적이고 총체적인 국어활동과 국어교육을 고려한다면, 인지적·정의적 사고의 통합적인 측면이 강조되어야 한다. 예컨대 설명적 텍스트에서도 궁극적으로 정의적인 사고를 반영하고, 문학적 텍스트에서도 인지적 사고를 강조하는 가운데 효과적인 비판적 이해와 감상이 가능한 것이다. 따라서 텍스트의 유형에 따른 사고력 교육이 아니라, 통합적인 국어적 사고력을 고려한 국어과 교수 학습이 이루어져야 하는 것이다(인지 중심적·정의 중심적 사고와 관련된 각각의 구체적인 표현·이해 교육의 논의는 이 책의 6장에서 10장을 참고할 것).

3) 국어적 사고력 수행의 통합성

국어적 사고력은 전술한 바와 같이 크게 인지적, 정의적 영역으로 나눌 수 있지만, 실제 텍스트 이해와 표현 과정에서는 입체적이고도 통합적으로 수행된다. 독자가 한 편의 시 텍스트를 온전하게 감상하는 과정을 예로 들어서 국어적 사고의 통합적 수행을 살펴보면 다음과 같다.

다음에 제시된 시 텍스트는 기존에 국어 교과서에 꾸준히 실렸던 김소월의 〈진달래꽃〉이다.

　　　진달래꽃

　　　나 보기가 역겨워
　　　가실 때에는
　　　말없이 고이 보내 드리오리다.

　　　영변(寧邊)에 약산(藥山)
　　　진달래꽃,
　　　아름 따다 가실 길에 뿌리오리다.
　　　가시는 걸음 걸음
　　　놓인 그 꽃을
　　　사뿐히 즈려 밟고 가시옵소서.

　　　나 보기가 역겨워
　　　가실 때에는
　　　죽어도 아니 눈물 흘리오리다.

학생들이 이 시의 주제적 이해에 도달하기까지 어떠한 사고의 과정을 거치게 되는가. 먼저, 독자는 기본적 사고 기능을 통해 텍스트의 의미를 명료화하고 상세화 하면서 알기와 따지기 활동을 수행하게 된다. 즉, 1연에 나타나 있듯이 '나'를 누군가가 떠나가는 상황을 가정 혹은 예감하는 '이별'을 깨달을 수 있어야 한다. 가정 혹은 예감한다는 것은 이별이 아직 발생하지는 않았다는 것으로서, '드리오리다, 부리오리다, 흘리오리다' 등을 통해서 파악된다. 그리고 2연에서 어떤 산('영변에 약산')에서까지 진달래 꽃을 따다 뿌려 주겠다는 정성을 다짐하고 있다. 그것도 자기가 싫어서 떠나는 사람인데도 말이다. 그리고 마지막 연에서는 죽어도 슬퍼하지 않겠노라고 다짐하고 있다.

더 나아가서는 텍스트 속의 '나'는 누구일까, 왜 헤어지는가, '내'가 싫어 떠나가는 사람에게 왜 그리 정성스럽게 보내주겠다는 것인가 등등을 생각해 보아야 할 것이다. 이는 곧 '화자·청자·텍스트의 상황 맥락, 진술 태도' 등을 상세화 하고 따져보는 활동이 된다. '누가, 누구에게, 무엇을, 왜, 어떻게 말하고 있는가'에 대한 물음과 답을 찾는 과정이라고 할 수 있다. 여기에는 텍스트 자체의 진술 내용과 아울러 상황 맥락에 대한 독자의 배경 지식이 중요하게 작용한다. 텍스트의 진술 방식이나 어조에 따르면 화자는 여성(적)일 가능성이 많으며, 그렇다면 청자는 지극히 사랑하는 사람과의 이별이 임박했거나 그에 대한 가정을 토대로 자신의 사랑하는 마음을 노래하고 있다. 그것이 아무리 아프고 슬플지라도 꾹 참겠다는 심리적 갈등을 드러내 애써 최대한의 공손한 표현을 발휘하며 감추고 있다는 점이다. 이는 애써 눈물을 참거나 눈물을 글썽이면서도 밝게 웃어 보이는 우리의 일상적 경험에서 얼마든지 찾아볼 수도 있다.

이러한 이해의 과정에서 유능한 독자는 또한 지속적으로 텍스트의 장면과 상황 맥락을 연상하고 상상하면서 자신의 정서적 반응을 보이게 된다. 예컨대, 화자가 지나치게 나약한 태도를 보인다고 생각하거나, 더 나아가서 화자의 이중적이고도 이율배반적이라는 비판, 부정적인 의견까지도 제시될 수 있을 것이다. 또한 시적 텍스트의 운율미·압축미 등 미적(美的) 언어 표현에 대한 판단, 그리고 시적 화자와 작가의 세계관에 대해 생각해 보거나 자신의 가치관에 비추어 비판, 감상하게 된다. 이 과정에서 텍스트에 대한 인지 중심적 사고와 정의 중심적 사고가 반영된다. 따라서 올바른 텍스트 이해와 감상은 전술한 인지적·정의적 사고가 통합적으로 수행될 때라야만 가장 효과적이고도 올바른 이해에 도달하게 된다. 이러한 면에서 궁극적으로 표현·이해는 언어 사용자가 가지고 있는 언어적, 사회·문화적, 심리적 특성들이 인지적·정의적 사고 작용들을 거쳐서 복합적으로 이루어지는 사로 활동이다.

6. 국어적 사고력 교육의 방향

모든 언어에는 보편성과 특수성이 동시에 존재하기는 한다. 그러나 특정 언어가 지니고 있는 언어적·문화적 특성들은 보편성의 논의 이전에 이미 존재하는 것이다. 이러한 점에서 '국어적'이라는 용어는 국어의 다양한 텍스트적 특성을 잘 반영하고 있는 텍스트를 염두에 둔 말이다.

국어적 사고력을 신장하기 위해서는 국어의 특성을 담고 있는, 다양한 유형의 텍스트들이 교수·학습의 대상으로 다뤄져야 한다는 점에 이의를 제기할 사람은 없을 것이다. 국어 텍스트들이 한국어의 특수성을 다양하고도 적확하게 반영함으로써, 언어를 의미화하고 의미를 언어화하는 국어적 사고 과정에도 그대로 반영되기 때문이다. 따라서 이러한 한국어의 특수성은 한국어 화자가 특별히 의식할 수 없을 정도로 너무나도 기본적인 것이며, '국어적'이라는 표현은 결코 모순적이거나 이상한 표현만은 아니다. 오히려 너무도 당연한 것이라 하겠다.

실제로 지금까지 국어학이나 국문학·수사론·문체론·(한국)언어심리학 등에서 다뤄진 많은 연구들은 바로 국어 텍스트의 특성을 밝히고자 하는 작업의 일환이라고 할 수 있다. 그리고 최근 들어 우리의 고전 문학 작품들에 나타난 텍스트 구조 연구나 표현 원리의 문제에 대한 탐색 노력 자체가 바로 국어교육에서의 텍스트 연구의 본질에 접근하는 중요한

성과라고 하겠다. 이러한 최근의 연구물들은 기존의 연구들이 미시적이며 텍스트의 부분적 요소들에 기울였던 관심들을 텍스트의 거시적, 총체적 국면 특히 텍스트의 상황 맥락을 고려한 언어사용의 원리적 측면들을 다루고 있다는 점에서 큰 의의를 지닌다. 이는 곧 텍스트의 사용 전략과도 연결될 수 있는 중요한 부분이다.

그밖에 국어적 사고력 교육의 측면에서 중요하게 다뤄져야 할 텍스트 연구로 '학습자의 텍스트, 학습자를 위한 텍스트'를 들 수 있다. 즉, 학습자가 표현하거나 이해하는 텍스트의 특성에 관한 연구를 말한다. 기존에 국어교육에서 긴급히 요청되는 과제의 하나로 학습자의 어휘발달 연구 문제가 빈번하게 제기 된 바 있다. 이는 텍스트 연구 차원으로 좀 더 확장되고 체계화될 필요가 있는 것이다. 학습자가 표현하고 이해하는 텍스트의 특성들을 발달 단계에 따라 종합적이고 체계적으로 연구할 필요가 있는 것이다. 기존의 텍스트 연구는 주로 전문적이고 모범적인 한국어 텍스트 연구를 통한 원리적 탐색이 주를 이루어 온 것이 사실이다. 국어교육에서의 텍스트 연구는 이러한 한국어 텍스트의 원리적 탐색 측면뿐만이 아니라, 학습자의 발달적이고 오류적인 텍스트까지도 중요하게 취급되어야 한다.

이러한 기반 위에서 국어적 사고력 신장을 위한 교육은 다음과 같은 방향에서 이루어질 필요가 있다.

① 학습자 주도적인 국어 활동 중심의 수업이 요구된다. 사고 작용이란 머리 속에서 일어나는 보이지 않는 현상이다. 따라서 이를 확인할 수 있는 방법은 학습자가 스스로 이해하거나 생각한 바를 말하거나 쓰게 하는 등의 활동을 통해 드러내게 하는 수밖에 없다. 가령, 읽기의 경우라면 읽은 내용에 대한 자신의 생각을 표현해 보게 하는 것이다. 또는 읽기 능력의 확인을 위해서 직접 단락 나누기를 시켜 보는 등의 글의 구조 파악 능력을 확인해 볼 수 있을 것이다. 이 경우 학습자 단독으로는 하는 것보다는 조별 활동 등을 하거나 전체적 발표의 기회를 부여함으로써 상호 의견을 비교 검토할 수 있도록 하는 것이 흥미를 높여 주고 교육적 효과도

크다.

②통합적이고도 총체적인 국어 활동 수업이 이루어질 필요가 있다. 물론 특정 기능 요소별 훈련이 필요할 경우도 있겠지만, 기본적으로 국어 활동은 통합적으로 이루어지며 사고 작용 역시 그러하기 때문이다.

③국어 텍스트의 이해나 표현을 위한 충분한 경험 기회와 시간을 부여할 필요가 있다. 국어 활동은 기본적으로 복잡한 사고 과정에 기초하기 때문에 학습자들의 국어 활동을 위해서는 사전에 충분한 시간적 여유를 줄 필요가 있다.

④이해·표현의 결과보다는 과정과 근거를 중시할 필요가 있다. 흔히 교사의 질문에 대한 학습자들의 국어 활동 결과만을 확인하고 넘어가는 경우가 있는데, 이는 그리 바람직하지 않다. 학습자는 자신의 결과가 도달하기까지의 과정이나 근거를 포함하여 발표하여야 할 것이며, 그렇지 못할 경우 교사는 이에 대해 충분히 짚고 넘어가야 할 것이다.

⑤학습자 스스로 자신의 국어 활동을 점검(monitoring)할 수 있는 기회를 부여하고, 또한 그러한 능력을 길러 주어야 한다. 이는 상위인지(meta-cognition)적 사고와 관련되는 것으로, 교사는 의도적인 질문과 지속적인 지도 조언 등을 통해서 유도해 줄 필요가 있다. 그러기 위해서는 평소 학습자 개개인에 대한 교사의 관찰과 점검 노력이 절대적으로 요청된다. 바로 이 점에서 교육은 지식의 전달 이상의 의미를 갖는다 하겠다.

⑥국어적 사고력을 풍부하게 할 수 있는 텍스트 혹은 과제의 설정 제시가 중요하다. 특히 텍스트의 선정 제시는 학습 목표에 따라 국어적 사고력을 극대화 할 수 방향에서 고려되어야 할 것이다. 즉, 때로는 소위 명문(名文)이라 불릴 수 있는 훌륭한 텍스트들을 제시할 필요도 있을 것이며, 때로는 학습자들이 흔히 보여주는 오류들을 많이 담고 텍스트들이 오히려 효과적일 수 있다는 점이다. 이는 교재 구성이나 교수·학습, 평가 시에 모두 고려되어야 할 중요한 기본 원리에 해당한다. 특히 사고력 중심의 교수·학습을 위해서는 쟁점적인 텍스트나 혹은 질문을 제시할 필요가 있다. 예컨대 필자가 말하고자 하는 요지를 파악하고, '왜 그러한가?

그것은 항상 그러한가? 그것에 대한 나의 생각은 어떠한가?' 등의 질문이나, '관점이나 생각을 달리해서 표현해 보기, 반대되는 사례를 찾아 표현해 보기, 결말을 바꾸거나 고쳐 써 보기' 등등의 과제 제시도 사고력 신장 훈련에 매우 유용하다.

국어적 사고력 교육과 관련하여 전술한 인지적, 정의적 영역은 항상 통합성을 염두에 두고 국어과 교수·학습에서 다뤄져야 한다는 것은 매우 중요하다. 그러나 텍스트의 특성이나 언어사용 국면에 따라서 혹은 때로는 인지적 영역이 때로는 정의적이 더 크게 작용하기도 한다. 특히 문학 텍스트의 수용은 인지적 작용과 정의적 작용이 고도의 조화를 이루는 가운데 이루어지는 것이다. 정의적 요소에 대한 행동목표의 진술이 모호하다고 해서 주로 인지적 작용의 대상으로서만 문학 텍스트를 교재화 하고 가르쳐 온 것은 오류라 아니할 수 없다. 문학교육의 목표는 인지적 목표와 정의적 목표의 통합을 의도적으로 추구해 나가는 쪽으로 자리잡아야 한다. 즉, 국어과 교육과정이나 실제 국어과 교수·학습 과정에서 인지적인 것과 정의적인 것이 이원화되어 분리되어서는 안 된다는 점이다.

요약

01. 국어적 사고란 국어로 표현하고 이해하는 인지적이고도 정의적인 심리 활동의 과정이다. 국어적 사고력은 국어 텍스트를 바탕으로 어떤 지식이나 정보, 정서 등을 인식하거나 조정하고 생산하는 사고 수행 능력을 가리킨다.

02. 언어적 사고란 사고에 언어가 개입되는 현상을 말한다. 모든 언어는 체계와 구조면에서 보편성과 특수성을 지닌다. 언어의 보편적 원리의 예로는 '나 먼저

원리, 은유와 사은유, 의미 중심의 언어 처리' 등을 들 수 있다. 기본적인 사고 기능(기억, 이해, 적용, 분석, 종합, 평가) 그 자체는 보편성을 갖는다.

03. 국어적 사고는 모든 언어가 갖는 보편성과 함께, 개별언어로서의 국어가 갖는 언어적 특수성을 반영한다. 대상에 대한 지시적 의미는 세계 보편적일 수 있지만, 정서적 의미나 연상적 의미는 사회와 민족에 따라 다를 수 있다.

04. 국어는 언어적 측면에서 '좌분지(左分枝)와 미괄식 구조', '문장 성분의 생략', '높임법' 등에서 뚜렷한 특수성을 보여준다. 또한 사회문화적 측면에서 우리의 역사와 문화를 반영하며, 가족과 공동체 중심의 가치, 조화와 상황 중심의 지향성을 보여준다.

05. 국어적 사고력의 구조는 크게 '국어 및 국어 문화 지식과 사용 전략, 인지적 사고, 정의적 사고, 상위인지'로 구분할 수 있다. 이들은 사고 과정에서 서로 긴밀하게 작용하며, 통합적인 교육을 필요로 한다. 인지 중심적 사고 교육 활동은 '명료화하기, 상세화하기, 객관화하기, 주체화하기'를 들 수 있다. 정의 중심적 사고 교육 활동으로는 '알기, 따지기, 느끼기, 즐기기'를 들 수 있다.

06. 국어적 사고력 교육은 사고의 과정을 중시하고, 학습자 주도적이며 국어 활동 중심의 통합적 교육을 필요로 한다. 학습자 스스로 자신의 국어 활동을 점검, 평가, 조정하는 상위인지(meta-cognition)적 사고를 길러 주어야 한다.

알아 두어야 할 것들

언어적 사고, 국어적 사고, 언어적 사고의 보편성과 특수성, 국어적 사고의 보편성과 특수성, 좌분지(左分枝)와 미괄식 구조, 국어적 사고력의 구조, 인지 중심적 사고, 정의 중심적 사고, 상위인지적 사고

1. '언어적 사고'와 '국어적 사고'는 과연 같은 것인가 다른 것인가? 국어교육의 목표를 각각 '언어적 사고'와 '국어적 사고' 능력의 신장이라고 보는 관점의 차이는 무엇인가? 어느 쪽이 더 타당하다고 생각하는가?

2. 우리나라의 시나 소설 등의 문학 작품을 영어로 번역하여 국외에 소개하고자 할 때 가장 중요하게 고려해야 할 점이나 어려운 점은 무엇이라고 생각하는가? 〈진달래꽃〉이나 〈심청전〉 등 구체적인 작품을 선정하여 형식과 내용, 가치관의 측면을 중심으로 논의해 보자.

3. 국어적 사고의 보편성과 특수성을 보여 주는 예를 더 찾아보자.

4. 학생들에게 〈진달래꽃〉이라는 시를 읽고 한 편의 감상문을 쓰게 했다. 이 과제를 수행하는 과정에서 학생들이 작동하게 될 주요 사고 유형은 어떤 것일지 '국어 및 국어 문화 지식과 사용 전략, 인지적 사고, 정의적 사고, 상위인지'를 중심으로 논의해 보자.

5. 다음 읽기 교수-학습 상황에서 교사가 사용한 질문 ①~③의 유형이 학생들의 국어적 사고력 자극에 어떻게 다르게 작용할 것인지를 설명하고, 바람직한 질문의 내용이나 방향에 대해 말해 보자. (*지문은 2007 국어 중등임용고사 문제를 참조함)

【독해 자료】
　역사가와 역사관의 관계는 여행가와 지도의 관계에 비유될 수 있다. 역사가는 믿을 만한 지도를 손에 들고 과거란 큰 도시를 찾아드는 여행가와 같다. 여행가에게 좋은 길잡이가 되는 지도가 있다면 복잡한 거리를 이리저리 헤매지 않고 목적지에 갈 수 있을 것이다.
　역사가의 지도는 무엇인가? 그것은 많은 사실 속에서 역사적 의미를 가려낼 수 있게 하는 문제의식이다. 또한 그것은 어느 시대를 역사적 전후 관계에 따라 전체를 파악할 수 있게 하는 하나의 관점이다. 역사가의 사명은 바로 이러한 문제의식과 관점을 확실하게 세워서 사회와 인간 생활을 정확하게 이해하는 데 있다.
　그러면 직업적 역사가의 사관은 어떻게 형성되는가? 역사가의 사관은 무엇보다도 정직한 마음을 가지는 데서 형성될 수 있다. 근대 사학의 시조 랑케는 역사가의 정직을 강조하면서 '일어났던 그대로' 사실을 재구성하라고 말하였다. 이것이 역사가의 정직이다. 역사가는 극작가가 아니다. 역사가에게는 미리 정해 놓은 플롯도 필요 없고 거기에 맞추어 인물을 배역하거나 이양기의 줄거리를 윤색할 필요도 없다.
　우리는 역사가의 정직과 더불어 역사가의 사관 형성에 도움이 되는 또 하나의 덕성을 스토아 철학자들의 태도에 배울 수 있다.

【교사 발문】
① 교사 : 역사가와 역사관의 관계를 무엇에 비유했나요?
② 교사 : 왜 그렇게 비유했나요?
③ 교사 : 마지막 문단의 '역사가의 사관 형성에 도움이 되는 또 하나의 덕성'이란 무엇일 것 같나요?

6. 국어의 특징적인 문법 범주의 하나로 높임법을 들 수 있다. 이는 실제 국어 활동 과정에서 높임법에 대한 지식 및 표현 방법, 화자와 청자의 사회적 지위와 관계, 친소 관계 등 우리의 국어문화적 특성을 반영하고 있으며, 이와 관련한 다양한 국어적 사고를 요구한다. 다음의 대화 예들을 바탕으로 이를 적용하여 설명해 보자. (*대화의 예는 2007 중등임용고사 문제를 참조함)

〈대화 1〉
신입 사원 연수회장에서(입사할 때)
김영희 : 처음 뵙겠습니다. 저는 김영희라고 합니다.
오주연 : 네, 반갑습니다. 저는 오주연입니다.
김영희 : 우리 입사 동기니까 앞으로 잘해 봐요.

회사 식당에서(입사 5년 후)
김영희 : 오 대리, 요즘 기획실 분위기 어때?
오주연 : 어, 김 대리. 분위기? 좋지.
김영희 : 다음에 시간 되면 밥이나 같이 먹자.
오주연 : 그래. 나중에 전화하자.

〈대화 2〉
#대학교에서(10년 전)
이민수 : 어, 선배님 먼저 오셨네요.
박진우 : 응, 좀 전에 왔어.
이민수 : 이번에 우리 답사 어디로 갈까요?
박진우 : 글쎄. 고민 좀 해 보자.

#회사에서(현재)
박진우 : 부장님께서 한 말씀 해 주십시오.
이민수 : 네, 조금 전에 박진우 과장이 말했듯이 요즘 우리 회사 영업 실적이 좋지 않습니다. 자료는 박 과장이 좀 나눠 주세요.

제3부 사고력과 이해·표현 교육

제6장 이해의 본질과 과정

이해는 텍스트를 읽고 그 의미를 파악하는 능동적이고 적극적인 사고 과정이다. 이해의 과정에는 언어, 사회·문화, 심리 차원의 다양한 요인들이 작용하게 된다. 이 장에서는 이들 요인과 이해의 발달 단계 및 관련 이론과 모형에 대해서 살펴보기로 한다.

1. 이해의 개념

'이해(理解)'라는 말은 두 가지 서로 다른 의미로 사용된다.

    (1) 철수는 물이 얼음이 되는 현상을 <u>이해</u>했어.
    (2) 나는 철수가 한 말이 무슨 뜻인지 <u>이해</u>했어.

(1)의 '이해'는 어떤 현상의 원리나 과정을 깨닫게 되었다는 뜻이며, (2)의 '이해'는 어떤 언어 기호나 그 결합체가 갖는 의미를 파악했다는 뜻이다. 굳이 영어로 구별하자면 ㄱ의 '이해'는 understanding에 해당하고 (2)의 '이해'는 comprehension에 해당한다. 한편 "나는 그의 처지를 이해하고 그를 용서해 주었다."에서처럼 '양해'의 의미로 사용되는 경우도 있는데, 이것은 크게 보면 'understanding'의 이해 개념에서 파생된 것으로 볼 수 있

이해(理解)

① 사리를 분별하여 앎. ②[말이나 글의 뜻을] 깨쳐 앎. ¶-하기 어려운 책. ③☞양해(諒解).

다. 국어교육에서 '표현과 이해'라고 할 때의 '이해'는 'comprehension'의 의미로 사용된 것이다. 그러나 개념적으로 구별되는 이 두 가지 이해가 실제로는 밀접한 관련을 갖는 경우가 많다. 우리는 대개 텍스트의 의미를 '이해(comprehension)'함으로써 세상의 이치를 '이해(understanding)'하기 때문이다.

국어교육에서 말하는 이해는 메시지 소통의 한 과정이다. 그런데 메시지가 언어만을 통해서 소통되는 것은 아니다. 언어를 통한 메시지 수용뿐 아니라, 음악이나 미술 작품을 통한 메시지 수용도 이해의 한 양상이라 할 수 있다. 그러나 이들이 언어와 결부된 것이 아니라면 국어교육에서의 이해의 범주에 포함되기는 어렵다. 그렇지만 언어적 이해와 비언어적 이해의 구분이 그리 선명한 것은 아니다. 예컨대 그림과 언어가 통합되어 하나의 의미를 구성하는 만화의 경우 어디까지가 미술적이고 어디까지가 언어적인지 불분명하다. 그리고 신문의 시사만화에서처럼 언어는 최소화되어 있지만 강한 언어적 메시지를 담고 있는 경우도 있다. 나아가 상대의 복장에서 그 사람의 성격이나 기호를 읽어 낸다든지 음식점의 내부 장식에서 그 집의 고객 취향을 읽어낸다든지 하는 것처럼, 사회·문화적인 기호의 의미를 읽어내는 것도 국어교육에서의 이해와 그리 멀리 떨어져 있는 것은 아니다. 이들은 국어 이해 교육의 주변을 형성한다고 할 수 있다.

이해란 '메시지 혹은 의미의 수용'이라고 하였다. 여기서 '수용'이라는 말은 조심스럽게 사용해야 한다. 수용이란 흔히 주어진 것을 그대로 받아들이는 것을 의미하는 경우가 많다. 그러나 언어 표현을 수용하는 것은 물건을 받는 것이나 제안을 받아들이는 것과는 다르다. 언어 이해에는 수용하는 사람의 능동적인 의미 구성 과정이 작용한다. 동일한 글을 읽는 경우라 하더라도 그 글의 의미를 이해하는 사람도 있고 이해하지 못하는 사람도 있다. 그리고 이해한 경우라 하더라도 그 깊이와 넓이가 다를 수 있으며, 서로 전혀 다른 방향으로 이해할 수도 있다. 이러한 현상들은 이해에는 수용하는 사람 각각의 능동적인 의미 구성 과정이 개입된다는 것

〈기호의 조건〉

'의미'와 '형식'이 규칙적으로 결합되어 있는 것만이 기호가 될 수 있다. 언어는 기호의 대표적인 예이고 모스 부호나 수기 신호, 교통 표지판 등도 기호의 예가 된다. 한편 한글 자모 'ㄱ, ㄴ, ㅏ, ㅓ' 등은 의미가 없기 때문에 기호가 아니다. 언어 기호를 만들 수 있는 구성 요소일 뿐이다.

을 보여 준다. 텍스트의 의미는 독자나 청자에게 있는 그대로 '이송'되는 것은 아니다. 수용자들은 자기 나름의 경험, 지식, 기대, 가치관 등을 바탕으로 텍스트의 의미를 구성한다. 수용자들 나름으로 새롭게 의미를 구성하여 수용하는 것, 이것이 바로 인류 발전을 가능하게 하는 가장 기본적인 조건이다. 이러한 과정을 통해 새로운 지식과 지혜가 생성되기 때문이다. 이처럼 이해가 의미를 구성하는 능동적인 과정이라는 것은 곧 이해는 사고 과정이라는 뜻이며, 이해 능력의 핵심은 바로 사고 능력이라는 것을 의미한다.

2. 이해의 요인

이해란 텍스트의 의미를 구성하는 과정이며, 이 과정에는 크게 언어 차원, 사회·문화 차원, 심리 차원의 세 가지 요인이 작용한다. 이 세 가지 차원의 요인들이 구체적으로 어떻게 작용하는가에 따라서 이해는 전혀 다른 모습으로 전개될 수 있다.

언어 차원은 텍스트의 성격과 관련되는 요인이다. 먼저 구어 텍스트인가 문어 텍스트인가에 따라 이해의 양상이 달라질 수 있다. 구어 텍스트를 이해할 때에는 그 텍스트가 구어적 속성을 지니고 있을 때, 그리고 문어 텍스트를 이해할 때에는 그 텍스트가 문어적 속성을 지니고 있을 때 더 효율적으로 이해할 수 있다. 만약 그 반대라면 이해에 문제가 생길 수 있다. 구어 담화를 문자 언어로 옮겨 놓은 것을 읽어 보면 무슨 내용인지 이해하기 어렵고, 역으로 친구간의 대화 상황에서 미리 준비해 온 원고를 읽는 경우라면 그 또한 이해하는 데, 그리고 상호간의 관계를 형성하고 유지하는 데 문제가 발생할 수 있다. 그리고 텍스트의 구조화 정도, 내용의 이해를 도와주는 담화 표지의 제공 정도, 표현의 명료성 정도 등도 이해에 영향을 미칠 수 있다.

〈이독성(易讀性, readability)〉

텍스트의 이해하기 쉬운 정도. 이독성이 높은 텍스트는 이해하기 쉽다는 뜻이다. 이독성을 결정하는 요인으로는 텍스트의 내용, 구조, 문장, 어휘 등 다양하다. 객관적으로 같은 이독성을 지니고 있는 텍스트라도 누가 읽느냐에 따라 이독성이 달라지기도 한다. 학년 수준에 맞는 교과서의 편찬 등과 같은 실용적인 목적으로 이독성 공식이 개발되기도 하였다. 가장 간단한 공식을 예로 들면 다음과 같다 (김기중, 1993 : 33).

R.E. = 206.835 - 0.846wl - 1.015sl(wl : 백 단어 당 평균 음절 수, sl : 문장 당 평균 단어 수)

심리 차원은 이해의 주체와 관련되는 요인이다. 동일한 텍스트라고 하더라도 누가 그것을 읽거나 듣느냐에 따라 이해 결과가 달라지는데, 이것은 독자 혹은 청자가 가지고 있는 경험과 배경 지식, 사고 경향, 가치관, 이해 능력 등이 서로 다르기 때문이다. 이해의 주체는 설령 텍스트가 구조화되어 있지 않다고 하더라도 자기 나름으로 재구조화하여야 하며, 특정의 주장을 담고 있는 표현이 갖는 사회·문화적인 의미와 파장을 판단하여야 하고, 글의 내용과 관련되는 적절한 배경 지식을 선택하고 활용하여 텍스트의 의미를 명료화하고 상세화하는 등의 심리적인 활동을 하여야 한다. 이러한 활동은 곧 사고 활동이다. 이런 점에서 이해에서 가장 중요한 요인은 역시 이해 주체의 사고 과정이라 할 수 있다.

사회·문화 차원은 이해의 맥락과 관련되는 요인인데, 크게 미시적 맥락과 거시적 맥락으로 구분할 수 있다. 미시적 맥락은 표현하는 사람이 누구이며 그 사람과 어떤 관계에 놓여 있는가, 텍스트와 관련하여 지금까지 어떤 이야기가 진행되어 왔는가 등과 관련되는 요인이다. 동일한 표현 혹은 텍스트라 하더라도 의사소통 주체들 상호간의 관계에 따라 혹은 텍스트의 맥락에 따라 이해의 방향은 사뭇 달라질 수 있다. 거시적 맥락은 상호텍스트성의 측면에서 이전에 이미 존재했던 다른 텍스트들과의 관련성, 해당 주제에 대한 사회 공동체의 이데올로기나 가치관, 문화 등과 관련되는데, 이들 역시 이해의 방향을 결정하는 데 중요한 요인으로 작용한다.

3. 이해 능력의 구성 요소와 발달 단계

이해 능력은 다양한 요인들로 복합적으로 구성되어 있으며, 기준을 어떻게 정하느냐에 따라 여러 가지로 구분할 수 있다. 일반적으로 언어의 위계적 단위를 기준으로 하여 문자나 음성 해독하기(decoding), 단어 의미 이해하기, 문장 이해하기, 단락 및 글 이해하기 능력 등으로 구분할 수 있다. 그러나 이러한 구분은 이해 능력의 다면성을 제대로 포착해 주지 못한다.

이해 능력의 다면적 특성을 반영하기 위해서는 이해의 관련 요인에 따른 분석이 더 유용하다. 이것을 정리하면 다음과 같다.

- 언어 요인
  ① 음성 언어나 문자 언어를 해독하는 능력
  ② 언어 규범이나 장르 관습, 문체 등을 파악하는 능력
- 심리 요인
  ③ 기억, 연상 등 기초적인 사고 능력
  ④ 분석, 조직, 추론, 평가, 통찰, 창조 등의 고등 사고 능력
- 사회·문화 요인
  ⑤ 화자나 필자의 목적과 성향, 가치관 등을 고려하는 능력
  ⑥ 사회적 가치, 문화적 배경 등을 고려하는 능력

말을 듣거나 글을 읽고 이해하기 위해서는 우선 언어에 대한 앎이 선행되어야 한다. 아무리 똑똑한 사람이라도 처음 접하는 외국어는 알아듣지 못한다. 언어에 대한 지식이 없기 때문이다. 그리고 동일한 표현이라고 하더라도 누가 어떤 맥락에서 그 표현을 했느냐에 따라 다른 의미가 될 수 있으며, 사회 공동체의 가치나 문화적인 배경에 따라서도 서로 다른 의미로 해석될 수 있다. 그리고 이해 과정에서 가장 중요한 역할을 하는 것은 이해하는 사람의 사고 능력이다. 얼마나 풍부한 지식을 가지고 있고 그것을 어느 정도 기억해서 활용할 수 있으며 얼마나 복잡한 사고 활동을 전개할 수 있는지 등이 이해의 수준과 방향을 결정하는 데 결정적인 영향을 미친다. 그리고 언어적 요인과 사회·문화적인 요인을 통제하고 조작하는 주체 역시 이해하는 사람 자신이다. 이런 점에서 이해 능력은 곧 사고 능력이라 할 수 있다.

이해 능력을 구성하는 요인들은 읽기 능력의 발달과 밀접한 관련이 있다. 읽기 능력의 발달 단계는 사람에 따라 다양하게 분류되고 있지만(천경

록, 1999 ; 최현섭 외, 1996 ; 이경화, 2001), 여기서는 크게 읽기 전 단계, 소리 읽기 단계, 내용 읽기 단계, 독립적 읽기 단계로 나눈다.

㉠ 읽기 전 단계

문자를 깨치기 이전의 단계로서, 읽기를 학습할 수 있는 준비를 갖추는 시기라 할 수 있다. 소리와 문자의 대응 관계가 확립되어 있지 않기 때문에 글을 바르게 소리 내어 읽을 수 없다. 간혹 겉으로 보기에는 그림이 있는 이야기책을 줄줄 읽어내는 것처럼 보이는 유아들이 있는데, 사실은 글자를 읽을 줄 알아서가 아니라 반복적인 듣기를 통해 암기한 것을 그림을 실마리로 삼아 재생한 경우가 많다. 따라서 이 단계에서는 ③의 능력이 주로 관여한다.

㉡ 소리 읽기 단계

글을 소리 내어 읽을 수 있는 단계이다. 이것은 다시 '해독하기'와 '낭독하기'의 두 가지 하위 단계로 구분할 수 있다. '해독하기'는 문자와 소리의 대응 관계에 대한 지식을 바탕으로 글자를 소리 내어 읽는 단계이다. 글자를 갓 깨친 어린이들이 손가락으로 글자 하나하나를 짚어가며 또박또박 읽는 단계가 이에 해당한다. 이 단계에는 주로 ①의 능력이 관여한다. '낭독하기'는 글의 의미나 분위기 등에 어울리게 알맞게 띄어서, 리듬감을 살리며 읽는 단계이다. 낭독을 제대로 하기 위해서는 구나 절, 문장, 문단 등에 대한 지식도 갖추어야 하며 텍스트의 장르적 특성도 알아야 한다. 따라서 이 단계에서는 ①과 ③에다가 ②의 능력이 추가된다. 낭독을 제대로 하기 위해서는 글의 내용 파악이 어느 정도 선행되어야 하는데, 이런 점에서 '낭독하기'는 '소리 읽기'와 '내용 읽기'의 중간쯤 위치하고 있는 것으로 볼 수도 있다.

㉢ 내용 읽기 단계

주로 글의 내용에 초점을 맞추어서 읽는 단계로서, 이 단계에 들어서면

〈읽기 준비도 (reading readiness)〉

읽기를 배울 수 있는 준비가 되어 있는 정도를 말한다. 아이들이 읽기를 학습하기 위해서는 청각이나 시각 등 신체적인 발달, 집중력이나 글자에 대한 호기심 등 정의적인 발달, 그리고 형태를 기억하거나 변별하는 등의 인지적인 발달과 같은 조건이 갖추어져 있어야 한다. 원래 읽기 준비도는 자연스럽게 갖추어지는 것으로 보았으나, 교육이나 환경에 의해서도 영향을 받을 수 있다.

〈발생적 문식성 (emergent literacy)〉

문자를 본격적으로 익히기 이전에 생활 속에서 자연스럽게 문자나 책, 읽기에 대해서 알게 되는 지식을 가리킨다. 가령, 글에는 의미가 담겨 있다는 것, 책은 앞에서부터 뒤로 페이지를 넘기며 읽는다는 것, 윗줄부터 아랫줄로 읽어 가고 또 왼쪽에서 오른쪽으로 읽어 간다는 것 등에 대한 인식이 그 예이다. 이를 촉진하기 위한 가장 좋은 방편은 역시 유아들에게 자주 책을 읽어 주는 것이다.

음독보다 묵독이 더 빨라지고 편안해진다. 이 단계는 다시 '빠져 읽기'와 '따져 읽기'의 두 가지로 하위 구분이 가능하다. '빠져 읽기'는 글의 내용 혹은 필자의 생각에 푹 빠져서 그것에 공감하며 읽는 읽기이다. 따라서 이 단계에서는 내용 파악을 위한 ④의 분석, 조직, 추론 능력과 함께 필자와의 공감과 관련되는 ⑤의 능력이 추가된다. '따져 읽기'는 글 혹은 필자의 논리에 몰입되지 않고 자기 나름으로 새로운 관점에서 내용의 진실성이나 합리성, 개연성 등을 검토하거나 혹은 글의 내용이 사회·문화적인 가치와 부합하는지 등을 따지며 읽는 읽기이다. 따라서 이 단계에는 ④의 평가 능력과 ⑥의 능력이 덧붙게 된다.

ㄹ 독립적 읽기 단계

가장 수준 높은 읽기로서, 이른바 지식인들의 독서와 유사한 양상의 읽기가 여기에 해당한다. 우선 이 단계에 이른 독자는 글을 읽는 이유나 목적에 따라 그에 어울리는 책을 골라서 그에 어울리는 방법으로 글을 읽는다. 이러한 과정에서 새로운 아이디어와 지혜를 생산하기도 하고 자기 자신이나 사회를 성찰함으로써 발전 방향을 모색하기도 한다. 따라서 이 단계에서는 ④의 통찰, 창조 능력이 덧붙게 된다.

이들 발달 단계는 연속적인 과정을 밟는다. 다시 말해 후행하는 발달 단계는 선행하는 발달 단계에서 요구하는 능력을 전제하며, 이는 특정 단계를 뛰어넘고 지나갈 수는 없다는 뜻이다. 물론 학습자들의 특성에 따라 특정 단계를 빨리 지나갈 수도 있고 느리게 지나갈 수도 있으며, 특정 독자의 경우에는 최종의 단계인 독립적인 읽기 단계까지 이르지 못할 수도 있다. 이런 점에서 이해 능력의 발달 단계는 개인차가 크다. 따라서 교사는 각각의 학습자들이 어느 단계에 있는지를 정확하게 진단할 수 있어야하며, 나아가 다음 단계로 이행할 수 있도록 하기 위해 어떤 도움을 주어야 하는지 판단할 수 있어야 한다. 한편 어느 한 단계에 속해 있는 학습자는 그 이후 단계의 활동을 전혀 수행할 수 없다고 가정하는 것은 옳지

〈읽기의 여러 가지 방법〉

· 소리 여부에 따라 : 음독(音讀), 낭독(朗讀), 묵독(黙讀)
· 독서 범위에 따라 : 통독(通讀), 적독(摘讀)
· 독서 속도에 따라 : 지독(遲讀), 속독(速讀)

〈읽기 기능과 사고 기능의 유사성〉

읽기 능력이 발달한다는 것은 글에 대한 사고의 폭이 넓어지고 깊이가 깊어졌다는 뜻이다. Barret이 제시한 다음과 같은 읽기 기능의 목록은 사고의 목록과 거의 유사하다 (노명완·손영애·이인제, 1989 : 64-67).

· 축어적 재인 및 회상 (literal recognition or recall)
· 재조직(reorganization)
· 추론(inference)
· 평가(evaluation)
· 감상(appreciation)

않다. 가령 '빠져 읽기' 단계에 있는 학습자도 그 이후 단계인 따져 읽기나 독립적인 읽기를 제 나름의 수준에서는 수행할 수 있다. 그러나 그러기 위해서는 상당히 힘든 인지적 과정을 거쳐야 하며 활동의 결과 역시 만족할 만한 수준이 되기 어렵다. 한 학습자가 특정 단계에 있다는 것은 그 단계에서 요구하는 활동을 큰 무리 없이 자연스럽게 잘 수행할 수 있다는 뜻이다.

4. 이해 이론과 모형

이해에 영향을 미치는 요인은 언어, 심리, 사회·문화의 세 가지가 있다. 이해에 대한 이론은 이들 각 요인 중 어느 것을 강조하느냐에 따라 크게 다음의 세 가지로 구별된다.

1) 텍스트 중심 이론과 모형

언어 요인을 강조하는 것으로서, 텍스트가 이해에서 상대적으로 가장 중요한 역할을 하는 것으로 보는 이론이다. 이것은 객관적으로 존재하는 글을 지향하는 이론으로서, 인식론의 관점에서 보면 객관적 실재주의와 맥이 닿아 있다. 객관적 실재주의란, 지식은 주체와는 별개로 외부 세계에 객관적으로 주어져 있다고 가정하는 것으로서, 지식의 획득 과정은 객관적으로 존재하는 지식을 주체들이 발견하여 자기의 머릿속으로 옮기는 과정으로 이해된다. 이와 마찬가지로 텍스트 중심 이론에서는 글의 의미가 글을 읽는 독자의 외부, 곧 글에 객관적으로 존재해 있고, 독해란 그것을 독자가 자기의 머릿속에 고스란히 받아들이는 과정으로 보는 것이다. 따라서 하나의 글은 언제나 고정된 의미를 지니고 있기 때문에 여러 독자가 읽어도 동일한 의미를 구성하는 것으로 본다. 만약 독자에 따라 서로 다른 의미가 구성된다면 그것은 누군가 오독(誤讀)한 것으로 가정된다.

텍스트 중심 이론에 따른 독해 모형은 상향식 모형(bottom-up model)으로 대표된다. 이 모형에서는 '아래에서 위로'라는 말에서 알 수 있듯이 읽기란 글의 내용이 그대로 순차적으로 독자의 머릿속으로 옮겨지는 과정으로 본다. 곧 읽기란 글 혹은 자료가 중심이 되어 일어나는 자료 주도적인 과정(data-driven process)으로서, 문자 해독에서부터 시작하여 단어 이해, 문장 이해 등과 같이 글의 가장 작은 단위부터 시작해서 점차 큰 단위로 통합해 가면서 전체 글의 의미가 머릿속으로 옮겨지는 과정으로 설명된다. 따라서 읽기 교육에서도 문자 해독, 단어 의미, 문장 규범, 장르 관습 등 텍스트를 구성하는 형식적 요소들과 함께 텍스트가 담고 있는 지식을 강조하게 된다.

2) 독자 중심 이론과 모형

텍스트 중심 이론에서는 독자의 능동적인 역할을 거의 인정하지 않는다. 독자는 주어진 글의 의미를 그대로 받아들여 자기 머릿속에 저장하는 존재로 인식된다. 그러나 글을 읽는 과정에서 독자들이 하는 역할은 수동적이지만은 않다. 독자들은 자기 나름으로 글의 의미를 해석하고 의미를 부여하며, 예측하거나 비판하며, 때로는 새로운 아이디어를 떠올리기도 한다. 독자들의 이러한 능동적인 사고 과정으로 인해 같은 텍스트를 읽은 독자들 서로간의 반응이 달라질 수 있다. 이처럼 독해 과정에서 작용하는 독자 개개인의 심리 과정을 강조하는 이론이 바로 독자 중심 이해 이론이다. 이 이론은 글의 의미가 독자의 머릿속에서 구성되는 것으로 본다는 점에서 주관적 구성주의의 인식론에 뿌리를 두고 있다고 할 수 있다.

주관적 구성주의는 객관적 실재주의와는 달리 지식 획득 과정에서의 주체의 주관적 구성 능력을 강조한다. 세상에 존재하는 지식 중에서 객관적으로 존재하는 것은 없으며, 개개인의 개별적인 인식 및 사고 과정을 거쳐 새롭게 구성되는 것이라는 관점을 갖는다. 동일한 대상에 대해 여러 사람이 모두 '안다'고 하더라도, 각자가 주관적으로 구성한 것이므로 그 앎의 깊이나 넓이, 양상은 모두 다르다는 것이다.

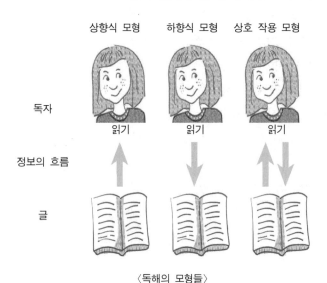

독자

정보의 흐름

글

〈독해의 모형들〉

독자 중심 이해 이론의 범주에 드는 모형에는 두 가지가 있는데, 하나는 강한 모형으로서의 하향식 모형(top-down model)이며, 다른 하나는 약한 모형으로서의 상호작용 모형(interactive model)이다.

하향식 모형은 이해를 '위에서 아래로(top-down)' 이루어지는 과정으로, 개념 주도적인 과정(concept-driven process)으로 설명한다. 곧 글 자체보다는 글의 의미에 대한 독자의 적극적인 가정이나 추측을 강조하며, 주어진 글은 독자의 추측이나 가정을 확인하는 데 이용되는 것으로 그 역할이 제한된다. 다시 말해 의미는 글에 존재하는 것이 아니라 독자의 머릿속에 있다고 보는 것이다. 독자는 배경 지식을 바탕으로 자기 스스로 의미를 구성하며, 글은 그 과정에서 이용되는 참고 자료 정도의 기능을 갖는 것으로 본다. 따라서 같은 글을 읽어도 독자마다 서로 다른 의미를 구성할 수 있으며, 이론상으로는 한 편의 글의 의미는 독자의 수만큼 다양해질 수 있다.

하향식 모형은 전통적인 글 중심의 사고에서 독자 중심의 사고로 전환하게 하는 데 결정적인 기여를 하였다. 그러나 전적으로 이 모형만으로 읽기 과정을 설명하는 것에는 문제가 있다. 글의 의미를 파악하는 과정에서 독자의 능동적인 가정과 예측이 작용하는 것은 분명하지만, 어디까지나 그 가정과 예측의 출발은 글이며 그 타당성 여부에 대한 판단의 근거 역시 글이기 때문이다. 그리고 한 편의 글이 갖는 의미 역시 무한하게 넓어질 수는 없는데, 이는 글이 가지는 의미 제한성 때문이다. 글이 그 의미를 제한할 수 없다면, 모든 글이 모든 의미로 읽힐 수 있는 해석의 무정부 상태에 빠지게 될 것이다. 따라서 읽기란 결국 글과 독자가 적절히 역할을 분담하여 진행되는 과정이라 하는 것이 옳을 것이다. 이러한 관점에서 나온 것이 상호 작용 모형이다.

상호작용 모형은 글과 독자가 상호작용하는 과정에서 글의 의미가 구성되는 것으로 본다. 글의 의미는 글에 객관적으로 존재하는 것도 아니고, 그렇다고 독자의 머릿속에서 자유롭게 구성되는 것도 아니다. 글을 읽고 의미를 이해하는 것은 일종의 문제 해결 과정으로서, 더 합리적인 의미를 더 쉽게 구성하기 위해서 때로는 글에 의존하기도 하고 또 때로는 독자의 배경 지식에 의존하기도 하는 주체와 객체의 상호작용 과정이라는 것이다. 글에 나타난 정보는 배경 지식을 활성화시키고, 활성화된 배경 지식은 다시 글의 의미를 더 쉽게 이해하게 하고 또 이어 나올 내용에 대한 기대를 유발한다. 곧 상호작용 모형은 글에서 독자의 머리로 올라가는 상향식 과정과 독자의 머리에서 글로 내려가는 하향식 과정 모두를 인정하는 것이다.

하향식 모형이나 상호작용 모형은 약간의 차이가 있기는 하지만 독자의 능동적인 의미 구성에 관심을 둔다는 점에서 독자 중심 이해 모형이라고 할 수 있다. 이들 모형에 서면 이해 교육에서는 독자 혹은 학습자들의 배경 지식 활성화하기, 이어질 내용 예측하기, 추론하기, 스스로 질문하고 답하기, 비판하기, 적용 가능성 판단하기 등과 같은 개인 내적 사고 활동을 강조하게 된다.

3) 사회·문화 중심 이론과 모형

최근 전통적인 인식론의 두 가지 경향이었던 객관적 실재주의와 주관적 구성주의의 이분법을 비판하면서 사회구성주의가 대두하였다. 사회구성주의는 지식의 형성을 사회적 상호 작용에 의한 변증법적인 과정으로 파악한다. 지식은 주체와 독립된 객관적인 실재로 존재하는 것도 아니고,

역으로 순수하게 주체가 주관적으로 구성하는 것도 아니라고 본다. 사회구성주의는 지식이란 공동체 구성원들 사이의 대화를 통해서 구성된 사회적으로 정당화된 신념이라고 봄으로써, 지식의 사회적 기원을 강조한다.

사회·문화 중심 이해 이론은 사회구성주의에 바탕을 둔 이론으로서, 독자 중심 이론을 비판적으로 발전시킨 것으로 볼 수 있다. 독자 중심 이론은 이해 과정에서 독자의 권리를 되찾게 하였다는 점에서 큰 기여를 하였다. 그러나 이 이론은 독자 한 사람이 객관적으로 존재하는 글 한 편과 일대일로 대면하여 수행하는 심리적 과정에만 관심을 가졌다는 점에서 읽기 행위가 갖는 사회·문화적 기능을 포착하지 못했다는 약점을 가진다. 곧 사회·문화·역사적인 맥락 속에서 해당 글이 독자에게 가질 수 있는 의미의 다양성과 풍부성을 고려하지 않았다는 것이다. 예컨대 정몽주의 〈단심가(丹心歌)〉를 읽는 경우를 생각해 보자.

> 이 몸이 죽고 죽어 일백 번 고쳐 죽어
> 백골이 진토되어 넋이라도 있고 없고
> 임 향한 일편단심이야 가실 줄이 있으랴

이 작품에 대한 이해는 단지 45자로 된 글을 읽고 '나는 죽어도 변심하지 않겠다.'는 탈맥락적인 의미를 구성하는 것으로 끝나지 않는다. 고려 말의 정치적인 배경 속에서 작자인 정몽주의 처지를 고려하여야 하고, 이방원이 보낸 〈하여가(何如歌)〉와의 관련 속에서 읽어야 하며, 또한 그러한 가치관을 가진 정몽주가 나에게 무슨 말을 하고 있으며, 나는 또 그에게 무엇이 궁금한지 등을 생각하며 읽어야 제대로 이해한 것이 된다. 곧 글을 이해하는 것은 어느 날 갑자기 하늘에서 뚝 떨어진 독자가 어느 날 갑자기 땅에서 솟아난 글을 읽는 것이 아니라, 사회적 존재이며 역사적 존재인 독자가 구체적인 이념적 지향과 상호 텍스트성을 지니고 있는 글을 이해하고 내면화하는 것이다. 이러한 관점에 서는 것이 사회·문화 중심 이해

〈이방원의 하여가(何如歌)〉

이런들 어떠하며 저런들 어떠하리
만수산 드렁칡이 얽혀진들 그 어떠하리
우리도 이같이 얽혀져 백 년까지 누리리라

이론이다.

사회·문화 중심 이해 이론에서는 글의 의미는 개인 독자가 마음대로 구성할 수 있는 것이 아니라고 본다. 〈단심가(丹心歌)〉가 지니고 있는 의미를 우리는 어떻게 이해하는가? 〈단심가〉가 독자에게 가슴 찡한 울림을 준다면 그것은 어떻게 가능한 것일까? 사회·문화 중심 이해 이론에서는 독자를 둘러싸고 있는 담화 공동체가 그것을 가능하게 하는 것으로 본다. 독자가 성장하면서 부모나 책, 선생님, 친구 등과 이러저러한 지식과 깨달음을 얻는 대화를 해 오지 않았다면 〈단심가〉가 독자에게 그러한 의미로 읽히지 않을 것이다. 이런 점에서 사회·문화 중심 이해 이론에서는 담화 공동체의 대화와 협의를 강조한다. 이를 통해서 글의 의미가 확정되거나 풍부해지고, 지식 또한 이렇게 규정되는 것으로 보기 때문이다.

사회·문화 중심 이해 이론은 곧장 교육 모형으로 전환될 수 있다. 발달 과정에 있는 독자들은 담화 공동체로부터 대화를 통해 여러 가지 지식과 의미 구성 방식을 습득하여야 하기 때문이다. 학습자들은 지적으로 자기보다 성숙한 구성원들과의 대화를 통해 실제 발달 지점에서 잠재적인 발달 가능 지점으로 옮겨갈 수 있으며, 이 과정에서 교사와 학생은 인지적 도제 관계를 형성하여, 교사는 학생에게 도움-발판(비계, scaffolding)을 제공해 줄 수 있다.

사회·문화 중심 이론도 독자의 능동적인 의미 구성 행위를 인정한다. 따라서 교육에서 강조하는 점도 독자 중심 이론과 크게 다르지 않다, 다만 교수-학습 상황에서 교사와 학생, 학생과 학생 사이의 협의와 대화를 강조하며, 독서의 사회·문화적인 기능을 중요시한다는 차이가 있을 뿐이다. 독자는 글을 읽으면서 공동체의 일원이 되어 가며, 역으로 독자는 글을 읽고 그에 대해 반응함으로써 사회에 일정한 영향력을 행사한다.

〈비계〉

학생들의 현 수준과 목표 수준 사이에 현격한 차이가 있을 때, 목표 도달이 쉽도록 설정하는 중간 목표 혹은 목표 도달에 도움을 주는 보조 장치나 역할.

01. 국어교육에서 '이해·표현'이라고 할 때의 '이해(comprehension)'는 언어 기호나 그 결합체가 갖는 의미를 파악하는 능동적인 사고 과정을 말한다.

02. 이해의 요인은 크게 언어 차원, 심리 차원, 사회·문화 차원의 셋으로 나뉜다. 언어 차원은 텍스트의 유형에 따른 특성, 구조화 정도, 명료성 등과 관련된다. 심리 차원은 이해의 주체와 관련되는 요인으로 독자나 청자의 경험, 배경 지식, 사고 경향, 가치관, 이해 능력 등이다. 사회·문화적 차원은 소통 참여자 간의 관계, 기존 텍스트와의 관계(상호텍스트성), 사회 공동체의 가치관, 문화 등 맥락적 요소를 말한다.

03. 이해 능력의 발달 단계는 크게 '읽기 전 단계, 소리 읽기 단계, 내용 읽기 단계, 독립적 읽기 단계'로 나눌 수 있다.

04. 이해 이론과 모형에는 텍스트 중심 이론과 모형(상향식 모형), 독자 중심 이론과 모형(하향식, 상호작용 모형), 사회·문화 중심 이해 이론 및 모형이 있다.

	텍스트 중심	독자 중심	사회·문화 중심
인식론적 배경	객관적 실재주의	주관적 구성주의	사회적 구성주의
주요 관심 요인	언어	심리	사회·문화
모형	상향식 모형	하향식 모형 상호 작용 모형	
주요 학습 내용	텍스트의 내용과 구조에 대한 지식	독해 전략	텍스트의 의미와 가치에 대한 대화와 협의

알아 두어야 할 것들

이해(comprehension), 이해 능력, 읽기 전 단계, 소리 읽기 단계, 내용 읽기 단계, 독립적 읽기 단계, 텍스트 중심 이론과 모형, 독자 중심 이론과 모형, 사회·문화 중심 이해 이론 및 모형)

1. 국어교육에서 주로 말하는 '이해·표현'에서 '이해'의 범위를 어디까지로 볼 것인지 논의해 보자.

2. 읽기 발달 단계와 관련하여 '소리 읽기 단계'와 '내용 읽기 단계'를 구분할 수 있는 관찰 가능한 행동 유형이나 교사의 발문 방법을 말해 보자.

3. 통독(通讀, 훑어읽기)과 적독(摘讀, 골라읽기), 지독(遲讀, 천천히 읽기)과 속독(速讀)이 각각 적용될 수 있는 읽기 상황이나 텍스트 유형, 독자의 수준을 말해 보자.

4. 독자 중심 이해 이론과 모형에서 '하향식 모형(top-down model)'과 '상호작용 모형(interactive model)'을 각각 '강한 모형', '약한 모형'이라고도 부르는 이유를 설명해 보자.

5. 사회·문화 중심 이해 이론과 관련하여 교사가 학생에게 도움발판(또는 비계, scaffolding)을 제공해 주는 것은 어느 정도까지 허용되는 것이 바람직한지 논의해 보자. 또 이것이 교사 중심의 강의법과는 어떻게 다른지 설명해 보자.

제7장 표현의 본질과 과정

표현과 이해는 동전의 양면과 같다고 한다. 의사 소통을 이루는 양대 요소이기 때문이다. 하지만 모든 이해의 궁극적인 목적은 표현이라고 해도 과언이 아니다. 표현 활동이 없으면 이해도 무의미하다. 이런 면에서 표현은 단순히 언어 능력의 한 요소만이 아니다. 현대 사회에서는 그 사람의 인품이나 능력을 측정하는 요소가 되기도 한다.

이 장에서는 표현이란 무엇이며 이것을 구성하고 있는 요인, 그리고 표현을 잘 하기 위한 요소들에 대해 학습을 한다.

1. 표현의 개념

'표현(表現)'이라는 말의 의미는 과정과 결과 두 가지 측면에서 접근 가능하다.

(1) 철수는 표현을 참 잘해.
(2) 그 표현은 음미해 볼 가치가 있어.

(1)에서는 과정의 의미로 사용된 것이고, (2)에서는 표현된 결과물을 말하는 것이다. 그런데 결과물로서의 표현을 연구한다는 것은 표현된 결과물의 구조를 분석하거나 의미를 파악하는 등의 활동을 말하는 것이므로 이

〈전자 매체 시대의 표현과 이해〉

최근 컴퓨터를 비롯한 전자 매체가 널리 보급되면서 새로운 형태의 표현이 등장하였다. 곧 문자, 음성, 그림 이미지, 음악 등 다양한 매체가 통합된 새로운 형태의 표현이 일반화되고 있다. 가령, 예쁜 그림이나 동영상, 아름다운 음악, 그리고 예쁜 글씨체로 쓰인 사연 등으로 구성된 전자 카드도 이러한 예에 해당한다. 국어교육에서도 이러한 추세에 부응하기 위해 이해 측면에서 듣기와 읽기 외에 '보기(viewing)' 영역을, 그리고 표현 측면에서는 말하기와 쓰기 외에 '만들기(producing)' 영역을 만들자는 의견이 대두되고 있다.

해의 성격이 강하다. 따라서 여기서의 표현이란 과정으로서의 표현, 다시 말하면 생각이나 의견, 감정 따위를 드러내거나 전달하는 과정을 뜻한다.

또, 표현이란 표현하는 수단에 따라 여러 가지 종류로 나뉜다. 표현의 수단으로는 몸짓이나 표정, 그림, 음악, 언어 등이 있다. 그런데 국어교육에서의 표현은 언어, 그 중에서도 한국어를 통한 표현을 의미한다. 언어는 실체화되는 매체에 따라 음성언어와 문자언어로 나뉘기 때문에 국어교육에서의 표현은 음성언어를 통한 말하기와 문자언어를 통한 쓰기 두 가지 양상을 지니게 된다. 물론 언어적인 표현에서도 비언어적인 요소가 개입되기도 하고, 또 그것이 중요한 역할을 수행하는 경우도 많다. 그러나 언어가 배제된 표현은 국어교육에서의 표현과는 거리가 멀다.

표현과 유사한 의미를 갖는 것으로 '표출(表出)'이라는 용어가 있다. 그러나 표출은 표현과는 차이가 있다. 흔히 표현은 표현의도(purpose), 표현형식(form), 표현실체(substance)의 세 가지 조건이 충족되어야 하는 것으로 본다(조성식 외, 1990 ; 이용주, 1993). 다시 말해 표현하고자 하는 심리 내용을 관습화되어 있는 언어기호의 형식을 통해 음성이나 문자로 실체화한 것만이 진정한 표현에 해당한다. 이에 비해 표출은, 예컨대 돌부리에 걸려 넘어져 통증을 느끼고는 자기도 모르게 "아야!" 하고 소리를 내지르는 경우를 말한다. 이것은 표현형식과 표현실체의 조건은 갖추었지만 반사적인 행위이기 때문에 표현의도 조건을 갖추지 못했다. 따라서 진정한 의미의 표현이 되기 어렵다. 잠꼬대도 이와 비슷한 경우로서, 겉으로는 그럴 듯하게 말하고 있지만 표현의도의 진정성이 없기 때문에 표현이라고 하기 어렵다. 한편, 동물들이 자기의 심리 내용을 표현하기 위해 지르는 소리는 표현의도와 표현실체는 있지만 표현형식 조건을 갖추지 못하였기 때문에 표현이 될 수 없다. 또 어떤 심리 내용을 어떻게 말할 것인지 다 생각해 두었지만 무슨 이유로든 음성이나 문자로 실체화하지 못하였다면 이것 역시 표현이 될 수 없다. 표현의도, 표현형식, 표현실체, 이 세 가지 요건을 모두 만족시킨 표현만이 진정한 의미에서의 표현이라고 할 수 있다.

〈동물의 언어〉

일반적으로 동물들의 울음소리나 행동은 약속된 기호 체계에 바탕을 둔 것이 아니기 때문에 표현형식 조건을 갖추지 못한 것으로 볼 수 있다. 그렇지만 꿀벌이 꿀이 있는 위치를 동료들에게 알려주기 위해 추는 춤처럼, 만약 그것이 그들끼리의 의사소통을 위한 약속에 바탕을 둔 것이라면 그들의 관점에서는 표현이 될 수 있다. 꿀벌들은 8자 모양의 춤을 추는데, 춤의 기울기나 속도를 통해서 꿀이 있는 방향이나 거리 등을 동료들에게 알려 준다고 한다.

표현이란 표현의도를 표현형식을 통해서 음성이나 문자로 실체화한 것이라고 하였다. 이것은 주로 표현을 전달의 관점에서 바라본 것으로서, 전달을 위한 구성 요소에 대한 언급이다. 그러나 표현의 개념에서 더욱 중요한 것은, 표현이란 '의미를 구성하는 과정'이라는 점이다. 한 편의 글을 쓰는 과정을 생각해 보자. 글쓰기 과제가 주어졌을 시점에는 대개 어떤 내용의 글을 쓸 것인지 막연하다. 이 상태에서 출발하여, 화제와 독자에 대해 생각하고, 관련 기억을 되새기고, 참고 자료를 찾고, 글감을 선택·정리하고, 관련 요인들을 분석하고 종합하며, 전달하고자 하는 의미를 체계적으로 조직하고, 새로운 아이디어를 생산하는 등 점차 글의 의미를 구체화해 나간다. 이것이 표현을 하는 과정이다. 따라서 표현의 핵심은 '전달'이라기보다 오히려 의미의 '구성'이라고 하겠다.

2. 표현의 요인

음성이나 문자를 통한 표현 과정에는 크게 언어, 표현하는 사람, 표현 상황의 세 가지 요인이 작용한다. 다른 말로 좀더 구체화하면 표현의 과정에는 언어 차원, 심리 차원, 사회·문화 차원의 요인들이 작용한다.

먼저 언어 차원부터 생각해 보자. 의미 전달의 매체인 언어가 구어인가 문어인가에 따라 표현이 달라질 수 있다. 구어와 문어는 각각 그 나름의 특성을 지니고 있다. 문어는 전달자와 수용자가 맥락을 공유하지 않기 때문에 표현이 정제되고 분명해야 하며, 텍스트 그 자체로 의미가 완결되어야 한다. 반면에 구어는 상황 맥락을 공유하기 때문에 반복과 같은 잉여적인 표현(redundancy)이나 필요한 내용이 누락된 불완전한 표현도 용인될 수 있다. 그리고 발음이나 표기의 명료성, 어휘 선택이나 문장 구조의 적절성, 장르 관습에의 부합성 등도 언어 차원과 관련되는 요인이다. 만약 이러한 부분에 문제가 발생한다면, 표현의 목적 달성에 지장을 받게 된다.

〈구어와 문어의 융합〉

구어적인 성격과 문어적인 성격이 섞여 있는 텍스트도 많이 있다. 라디오나 텔레비전을 통한 대통령의 대국민 담화문 발표는 문어적인 성격이 강한 구어이고, 친한 친구에게 보내는 e-메일 같은 것은 구어로서의 성격이 강한 문어에 해당한다.

표현의 내용이나 방법을 결정하는 데 가장 중요한 요인으로 작용하는 것은 표현하는 사람이 누구인가 하는 점이다. 동일한 문제에 대해서도 사람에 따라 표현의 내용과 방법이 전혀 다르게 전개되는 사실에서 이를 확인할 수 있다. 표현이라는 것이 궁극적으로 의미를 구성하고 전달하는 과정이라면, 어떤 내용을 어떻게 구성하여 전달할 것인가 하는 점이 표현의 핵심적인 문제가 된다. '무엇을 어떻게' 구성하는가 하는 것은 결국 표현하는 사람의 심리 문제이고, 말을 바꾸면 사고 문제라고 할 수 있다. 나아가 심리 혹은 사고는 다른 요인들, 곧 언어 요인과 사회·문화 요인을 고려하고 통제하는 주체 요인으로 작용한다는 점에서도 그 중요성이 더욱 부각된다. 곧 어떤 언어로 어떻게 표현할 것인가, 수용자의 특성이나 사회적인 가치를 어떻게 고려할 것인가를 결정하는 주체도 역시 표현하는 사람의 심리이기 때문이다. 따라서 표현하는 사람의 심리 혹은 사고는 표현에서 가장 중요한 요인이 된다.

사회·문화적 요인은 주로 표현 과정에서 작용하는 맥락과 관련되는 것으로서, 크게 미시적 맥락과 거시적 맥락으로 구분해 볼 수 있다. 미시적 맥락은 표현을 하는 그 상황의 수용자가 누구인가, 나와 그 사람은 어떤 관계인가, 현재 어떤 문제 상황에 놓여 있는가, 그리고 바로 지금의 담화 맥락이 무엇인가 등과 관련된다. 이에 따라서 표현의 내용과 방법은 상당히 달라질 수 있다. 그리고 거시적 맥락은 해당 사회 전체의 이데올로기나 가치관, 문화적 배경, 해당 주제에 대한 이전 텍스트들의 역사 등과 관련되는 것으로, 이 또한 표현의 내용과 방법을 결정하는 데 직·간접적으로 작용을 한다.

3. 표현 능력의 구성 요소와 발달 단계

표현 능력 역시 이해 능력과 마찬가지로 다양한 요인들로 복합적으로 구성되어 있으며, 따라서 그 능력을 분석하여 명료하게 제시하는 것은 그리 쉬운 일이 아니다. 표현 능력도 하나의 정신 능력임으로 해서 사고만큼이나 복잡한 양상을 지닌다.

표현 능력이 어떤 요소들로 구성되어 있는가 하는 것은 그 기준을 어떻게 설정하는가에 따라 달라질 수 있다. 먼저 표현의 과정을 중심으로, 계획하기 능력, 아이디어 생성 능력, 아이디어 조직 능력, 텍스트 구성 능력, 고쳐쓰기 능력 등으로 분석해 볼 수 있다. 그러나 이것은 표현 능력을 표현의 심리적인 과정 측면에서만 파악하였다는 한계가 있다. 이를 극복하기 위해서는 표현에 영향을 미치는 여러 가지 관련 요인들을 종합적으로 고려하는 능력을 표현 능력으로 보아야 한다. 앞에서 언급한 언어 요인, 심리 요인, 사회·문화 요인이라는 세 가지 관련 요인을 기준으로 표현 능력을 상세화하여 제시하면 다음과 같다.

- 언어 요인
  ① 음성 언어나 문자 언어를 다룰 수 있는 능력
  ② 언어 규범이나 장르 관습, 문체 등을 고려하는 능력
- 심리 요인
  ③ 기억, 연상 등 기초적인 사고 능력
  ④ 분석, 조직, 추론, 평가, 통찰, 창조 등의 고등 사고 능력
- 사회·문화 요인
  ⑤ 청자나 독자의 목적과 성향, 가치관 등을 고려하는 능력
  ⑥ 사회적 가치, 문화적 배경 등을 고려하는 능력

이들 각각의 표현 능력들은 그 나름의 발달 특성을 지니고 있는 것으로 보인다. 베레이터(Bereiter, 1980)와 박영목(1991)에서 제시한 글쓰기 능력의 발달 단계는 다음과 같다.

㉠ 단순 연상적 글쓰기 단계
①과 ③의 능력이 결합된 단계로서, 문자 언어를 사용할 수 있는 능력

과 단순한 기억이나 연상을 할 수 있는 능력이 결합되어 글을 쓰는 단계이다. 머릿속에 떠오르는 생각들을 그대로 글로 옮겨 적는 유형의 글쓰기로서, 이 단계의 필자들은 알고 있는 내용을 머릿속에 떠오르는 순서대로 쓰며 생각이 더 이상 떠오르지 않으면 바로 글을 종결한다. 대개 한글을 갓 습득한 어린이들이 이 단계에 해당한다.

ⓛ 언어 수행적 글쓰기 단계

위의 단순 연상적 글쓰기 단계에서 ②의 능력이 추가된 단계로서, 맞춤법이나 성분 호응 등과 같은 국어의 규범과 어법, 장르 관습, 문체 등을 충분히 익혀서 글쓰기에 적용할 수 있는 단계이다.

ⓒ 의사소통적 글쓰기 단계

위의 언어 수행적 글쓰기 단계에서 ⑤의 능력이 추가된 단계로서, 예상되는 독자에게 영향을 미치기 위하여 의도적으로 일정한 장치를 마련하여 글을 쓰는 단계이다. 학생들은 자기중심적인 표현 행위에서 출발하여, 쉽게 지각할 수 있는 친숙한 상대를 대상으로, 나아가 잘 모르는 사람을 대상으로 하는 표현 행위로 그 영역을 넓혀 나가게 된다.

ⓡ 통합적 글쓰기 단계

의사소통적 글쓰기 단계에서 ⑥의 능력과 ④의 분석, 조직, 추론, 평가 등의 능력이 추가된 단계로서, 필자 자신이 독자가 되어 자신의 글쓰기를 평가하고 감상할 수 있는 단계이다. 나아가 평가와 감상의 결과를 피드백하여 상대에게 감동을 주고, 사회 구성원들에게 무리 없이 받아들여질 뿐 아니라, 논리적인 구조로 짜여진 더 나은 글로 다듬을 수 있는 능력을 구비하게 된다. 또한 이 단계에 있는 필자들은 자기 나름의 고유한 문체나 글쓰기 전략을 소유하게 되며, 글을 쓰는 행위 자체를 즐기게 된다.

㊀인식적 글쓰기 단계

통합적 글쓰기 단계에서 ④의 통찰, 창안 능력이 추가된 단계로서, 글쓰기를 통하여 반성적 사고를 함으로써 세상에 대하여 새로운 인식을 얻을 수 있게 되는 단계이다. 물론 어떤 단계에서의 글쓰기이건 그 과정을 통하여 필자의 지식과 관점이 다듬어지고 확장되기 때문에 인식적 작문 능력이 작용한다고 할 수 있지만, 본격적인 인식적 작문은 반성적 사고 역량이 충분히 개발된 다음에야 가능하다.

기존의 글쓰기 교육은 주로 언어 수행적 작문 단계에 도달시키기 위한 것이었다. 따라서 그 이상의 작문 능력을 신장시키는 데에는 상대적으로 소홀했다. 다행히 최근 국어과 교육과정에서 글쓰기의 의사소통적 성격을 부각하고, 독자를 고려한 글쓰기를 강조한 것은 의사소통적 글쓰기에 대한 관심을 반영한 것으로 해석될 수 있다. 그러나 사회·문화적 배경을 고려하거나, 감동을 주는 의미 구성체를 창조하는 능력, 나아가 작문을 통해 깨달음을 얻거나 세상을 새롭게 인식하는 측면 등에 대해서는 교육적인 고려가 부족했다. 이것은 결국 글쓰기 지도에서 사고의 측면이 상대적으로 소홀히 다루어졌다는 것을 의미한다. 글쓰기는 사고로 시작해서 사고로 끝나며, 글쓰기 능력의 발달 역시 사고로 시작해서 사고로 끝난다. 아래 그림에서 보는 것처럼 글쓰기 능력의 발달은 단순 연상적 사고로 글을 쓰는 데에서 출발하여 인식적이고 반성적인 사고로 글을 쓰는 것으로 종결된다.

사회		의사소통적 글쓰기 단계	
언어		언어 수행적 글쓰기 단계 ↗	↘ 통합적 글쓰기 단계
사고		단순 연상적 글쓰기 단계 ↗	↘ 인식적 글쓰기 단계
주요 요인	글쓰기 능력의 발달 과정		

〈글쓰기 능력의 발달 과정과 주요 관련 요인〉

4. 표현 이론과 모형

표현 곧 글쓰기나 말하기에 대한 시각이나 접근 방식은 다양하다. 그러나 이들 다양한 시각들은 인식론적 관섬에 따라 몇 가지 경향으로 구분할 수 있다. 여기서는 작문을 중심으로 하여 형식주의, 인지주의, 사회구성주의의 세 가지로 구분하여 그 이론적 지향과 모형, 교육 방향 등에 대해 살펴보기로 한다.

1) 형식주의 작문 이론과 모형

형식주의 작문 이론은 지식에 대한 객관적 실재주의를 그 뿌리로 삼은 작문 이론이다. 이 이론에 의하면 작문이란 작문과 관련된 객관적인 지식, 곧 화제나 주제에 대한 내용적 지식을 작문 절차, 장르 규범, 글쓰기 규칙에 따라 글로 실현하는 과정으로 정의된다. 형식주의 작문 이론에서는 객관화된 내용적 지식, 언어 규칙과 장르 관습 등을 강조한다는 점에서, 언어, 심리, 사회·문화라는 세 가지 표현 관련 요인 중에서 상대적으로 언어 요인에 더 비중을 두는 이론이라 할 수 있다.

이 이론에서는 작문 과정이나 모형에 대해서는 큰 관심을 가지지 않았지만, 은연중에 글을 쓸 때에는 일반화된 절차를 따라야 하는 것으로 가정하였다. 훗날 이를 '단계적 작문 모형'이라 불렀는데, 그들은 작문이 '미리쓰기(pre-write) → 쓰기(write) → 다시쓰기(re-write)'라는 고정된 절차를 거쳐서 일어나는 것으로 보았다.

'미리쓰기' 단계는 독자나 목적 등을 결정하고 쓸 내용을 마련하여 그것을 일정한 원리에 따라 조직하는 단계이다. '쓰기' 단계는 문장의 구조나 어휘의 선택 그리고 철자법이나 문장 부호들을 고려하여 문자 언어로 표현하는 단계이다. 그리고 '다시쓰기' 단계는 퇴고와 같은 개념으로서 글의 내용을 다시 편집하고 고치는 단계이다. 이 모형의 특성은 작문의 과정을 한 방향으로 진행되는 선조적인 과정으로 보았다는 점이며, 글을 쓰는 필자의 내부에서 작문의 과정을 바라본 것이 아니라 필자의 외부에서 관찰하는 입장에서 작문의 과정을 본 것이다(Hayes & Flower, 1980). 따라서 이 모형은 작문 시에 일어나는 사고 과정에 기반을 둔 연구라기보다는 외부적으로 관찰되는 작문의 결과에 기반을 둔 모형이라 할 수 있다.

형식주의 작문 이론에 따르면, 작문교육에서 해야 할 일은 이상적인 모범 텍스트를 생산하는 데 필요한 객관화된 지식을 추출하여 학생들에게 제시해 주는 것이며, 완성된 학생 작품에서 나타나는 오류를 교정해 주는 것이다. 따라서 학생들의 입장에서 보면, 객관화된 내용적 지식, 장르 관습, 작문 절차, 표현 규칙 등을 습득하고 이상적인 텍스트를 모방하여 쓰는 것이 학습 활동의 전부가 된다. 이러한 글쓰기 교육에서는 작문 과정에서 일어나는 학생들의 사고는 큰 의미를 가지지 못하며, 따라서 형식주의 작문 이론에 따른 작문 교육은 학생들의 사고력을 길러 주는 데는 별다른 기여를 하지 못한다고 할 수 있다.

2) 인지주의 작문 이론과 모형

인지주의는 주관적 구성주의를 바탕으로 한 작문 이론이라 할 수 있다. 이 이론에서는 작문 과정에서 일어나는 필자 개개인의 사고 과정을 중요시한다. 글의 형식이나 규범보다는 글을 쓰는 과정에서 필자들이 어떤 사고를 하고 어떤 과정을 거쳐 글을 쓰게 되는지 등에 더 많은 관심을 기울인다. 필자들의 사고 과정에 관심을 갖는다는 점에서 언어, 심리, 사회·문화라는 세 가지 관련 요인 중에서 심리에 가장 큰 비중을 두는 이론이다.

인지주의 작문 이론에 따른 작문 모형의 대표적인 것으로는 헤이즈와 플라워(Hayes & Flower, 1980)의 인지적 과정 모형이 있다.

〈떠오르는 대로 적기 모형 (think-it-say-it model)〉

옛날 사람들은 시인들이 시를 쓰는 재능은 신으로부터 받았다고 믿었다. 그래서 시인들의 시는 각고의 노력 끝에 나온 것이 아니라 영감이 떠오르는 대로 읊은 것이라고 생각했다. 이러한 생각은 일반 사람들의 글쓰기에도 적용되어, 글을 쓰는 것은 필자의 머릿속에 떠오르는 생각들을 종이에 옮겨 적는 것이라고 보았다. 그런데 이러한 '떠오르는 대로 적기 모형'은 작문을 할 때 사람들이 실제로 어떤 과정으로 어떤 일을 하는지에 대해서는 아무 것도 설명해 주지 못한다는 한계가 있다.

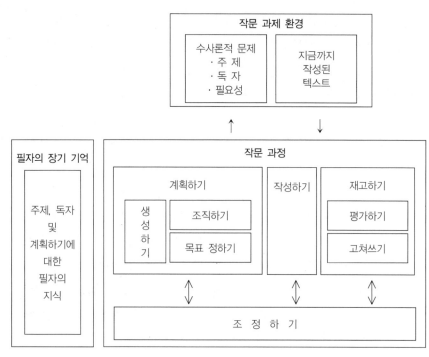

〈인지적 과정 모형〉

인지적 과정 모형은 작문 행위를 고정된 절차로 보지 않고, 필자가 작문의 과정에서 조정하고 통제해야 하는 몇 가지 하위 과정들의 집합으로 본다. 위의 그림에서 '작문 과제 환경'은 글쓰기 과제, 글을 써야 하는 필요성, 예상 독자, 그리고 지금까지 작성해 놓은 내용 등을 모두 포괄하는 것으로서, 작문 행위에 영향을 미치는 외적 요인으로 작용한다. '필자의 장기 기억'은 글을 써야 하는 주제나 독자에 대한 지식과 함께 어떻게 계획을 세워서 어떻게 써야 하는지, 어떻게 표현해야 하는지 등 글쓰기 방식 자체에 대한 지식들이 포함된다. 그러나 이 지식은 필자가 알고 있는 모든 지식이 아니고, 작문의 과정에서 필자가 그의 장기 기억으로부터 끌어내어 선택하고 활용할 수 있는 지식이다.

인지적 과정 모형에서 가장 핵심이 되는 부분은 작문을 하는 동안에 행하게 되는 사고 과정을 나타낸 '작문 과정'이다. '계획하기'는 내용을 생성해 내고, 그것을 조직하며, 글을 쓰는 목적과 절차를 결정하는 사고 활동으로서, 생각을 실제로 종이 위에 글로 옮겨 적기 이전의 모든 사고 활동에 해당한다. '작성하기'는 계획하기 과정에서 만들어진 내용을 문자 언어로 표현하는 단계이다. 여기서는 계획하기 과정에서 형성한 의미들을 문자 언어로 번역하는 일을 하게 되는데, 이 과정에서 필자는 그 의미를 다듬거나, 분명히 하거나, 보충하는 사고를 하여야 한다. '재고하기' 과정은 지금까지 계획된 내용 혹은 작성된 내용을 평가하고 고쳐 쓰는 과정이다. 만약 평가 결과가 부정적으로 나왔을 경우에는 반드시 고쳐쓰기 과정을 거치게 된다. 재고하기 과정은 작문의 중간 혹은 끝부분에서 의식적으로 행해지는 경우가 많다. 이 경우에 필자는 계획하기 및 작성하기는 일단 제쳐 두고, 지금까지 작성된 텍스트를 읽고 체계적으로 평가하게 된다. 그러나 경우에 따라서는 재고하기 과정이 글을 쓰는 과정에서 자동적으로 발생하여 진행 중인 작문 행위를 잠시 멈추게 하기도 한다.

'조정하기' 과정으로 말미암아 필자는 필요에 따라 각 단계를 넘나들 수 있다. 이 '조정하기'는 필자에 따라 혹은 작문 과제에 따라 달리 활용될 수 있다. 어떤 필자들은 가능한 한 빨리 작성하기 과정으로 들어가는 반면에, 어떤 필자들은 계획하기 과정이 완벽하게 이루어진 이후에야 작성하기 과정으로 넘어가게 된다. '조정하기' 과정은 그때그때의 상황에 따라 계획하기, 작성하기, 재고하기 등 필요한 과정을 수행하도록 하는데, 조정하기 과정의 존재로 인하여 작문 과정이 선조적이 아니라 '회귀적(回歸的, recursive)인 과정'이 된다.

보그랑데(Beaugrande, 1984)의 평행적 단계 모형도 인지주의에 따른 표현 모형의 하나이다.

인지적 과정 모형은 작문이 비록 한 방향으로만 진행되는 것으로 본 것은 아니지만 일정

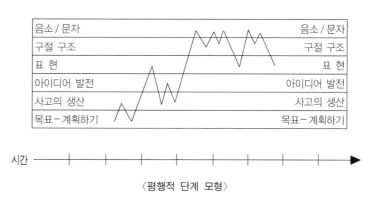

〈평행적 단계 모형〉

글을 쓰는 과정에서 온갖 사고
를 한다는 것은 알고 있는 지식
을 있는 그대로 글로 옮겨 쓰는
것이 아니라 재구성해서 쓴다는
것을 뜻하는데, 이를 지식 재구
성 모형이라 한다. 이에 비해
알고 있는 그대로만 쓰는 것을
'지식 기술(記述) 모형'이라 하
는데, 미숙한 필자들의 글쓰기
는 대개 이 부류에 속한다.

하게 정해진 주된 순서를 따르는 것으로 파악한다. 이에 대한 반발로 나
타난 것이 평행적 단계 모형이다. 평행적 단계 모형에서는 언어 표현은
여러 국면들이 동시에 나란히 처리될 수 있는 것으로 본다. 앞의 그림에
서 볼 수 있는 것처럼, 계획을 세우는 것과 사고를 생산하는 것이, 사고를
생산하는 것과 아이디어를 발전시키는 것이, 낱말을 선택하는 것과 그것
들의 결합 순서를 결정하는 것이 거의 동시에 일어날 수 있다는 것이다.
평행적 단계 모형은 인지적 과정 모형보다 작문의 회귀적 특성을 더 강
조한 것으로 볼 수 있다.

　이상에서 살펴본 인지적 과정 모형과 평행적 단계 모형은 모두 인지주
의 이론에서 나온 모형들이다. 이 두 모형은 약간의 차이가 있기는 하지
만, 표현 과정을 강조한다는 점에서 같다. 필자 혹은 화자들이 어떤 과정
을 거쳐 의미를 생성하고 구체화하는지, 그 과정에서 어떤 사고를 진행하
는지 등이 이들 모형의 주된 관심사이다. 이들 모형에서 설정하고 있는
각 단계 혹은 과정들은 하나하나가 모두 사고 과정이라고 해도 과언이
아니다. 글을 쓰는 목적이나 독자를 고려하는 것, 배경 지식으로부터 적
절한 지식을 끌어오는 것, 작문 계획을 세우고 아이디어를 생산하고 조직
하는 것, 적절한 표현을 선택하는 것, 여러 가지 상황이나 요인을 고려하
여 더 나은 글로 고치는 것 등은 모두 사고 활동이라고 할 수 있다. 따라
서 이들 모형에 따른 표현 교육에서는 학생 개개인의 사고 활동을 강조
한다. 표현의 각 단계에서 학생들이 어떤 사고를 하는지 파악하고, 그 과
정에서 작용하는 장애 요인들을 극복할 수 있는 사고 전략 혹은 문제 해
결 전략을 주된 교육 내용으로 삼고 있다.

3) 사회구성주의 작문 이론과 모형

　사회구성주의 작문 이론은 사회구성주의 인식론에 바탕을 두고 등장하
였다. 곧 글쓰기란 객관화된 지식을 적용하는 과정도 아니고 또한 순수하
게 개인적인 의미 구성 과정도 아닌, 작게는 독자와 그리고 크게는 사회

공동체와의 상호 작용을 통한 의미 구성 과정으로 보는 것이다.

사회구성주의도 구성주의의 하나이다. 따라서 작문 과정에서 필자의 의미 구성 과정을 중요시한다. 그러나 필자 혼자만의 의미 구성이 아닌, 예상 독자 혹은 공동체와의 대화나 의미 협상 과정을 통한 의미 구성을 강조한다. 예컨대 '나는 이 글을 왜 쓰는가, 누가 이 글을 읽을 것인가, 그들은 나에게 무엇을 기대하고 있는가, 내가 이런 내용의 글을 쓰면 그들이 어떻게 생각할 것인가, 그들은 내가 쓴 글을 이해할 수 있겠는가, 이 글에서 말하려는 내 생각은 다른 사람들의 그것과 어떻게 다른가' 등에 대한 무수한 질문과 대답을 통해서 한 편의 글을 쓰게 된다는 것이다. 곧 혼자만의 의미 구성이 아닌 다른 사람과의 의미 협상을 통한 의미 구성 과정이라는 것이다.

사회구성주의 작문 이론에서는 의미가 어떻게 구성되는가 하는 점에 많은 관심을 가지는 반면, 의미가 구성되는 구체적인 과정 곧 모형에 대해서는 큰 관심을 갖지 않는다. 그렇지만 사회구성주의 작문 이론이 은연중에 가정하고 있는 모형을 재구해 보면 다음 정도가 될 것이다.

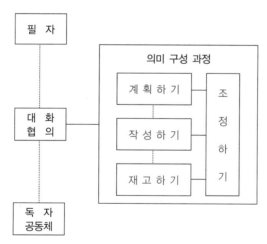

〈사회구성주의 작문 모형〉

이 그림에서 알 수 있듯이, 작문의 과정에 대한 견해나 작문 과정에서의 사고를 강조하는 것은 인지주의 작문 모형과 다르지 않다. 위 그림에서는 인지적 과정 모형에 의한 작문 과정을 넣었으나, 평행적 단계 모형의 것을 넣어도 무방하다. 사회구성주의 작문 이론에서는 작문 과정에 대한 견해는 인지주의의 그것과 다르지 않다. 뚜렷하게 차이가 나는 것은 작문 과정을 이끌어 가는 주체가 필자 혼자만이 아니라 독자 혹은 공동체 구성원도 포함이 된다는 점이다. 필자는 작문의 전 과정에 걸쳐 작문 내용, 형식, 표현 등에 대해 독자 혹은 공동체 구성원과 끊임없이 대화하면서 의미를 구성해 나간다.

사회구성주의 작문 이론을 근간으로 한 작문 지도에서는 대화나 의미 협상을 강조하게 되는데, 따라서 자연스럽게 학생과 교사, 학생 동료 상호간의 대화와 협의가 중요한 요소로 부각된다. 아이디어를 생산하고 조직하며, 글로 옮겨 쓰고, 고쳐쓰는 과정에서 상호간의 협의하기가 핵심 활동으로 자리 잡는다. 이것은 협동 학습의 원리와도 통하는데, 이러한 작문 교육은 자연스럽게 모둠원끼리 서로 협심하여 한 편의 글을 완성하는 협동 작문, 쓴 글을 모둠원끼리 서로 돌려 읽고 평가해 주기 등과 같은 활동을 선호하게 된다. 이러한 '협의하기 중심의 글쓰기'나 '협동 작문', '돌려 읽기' 등은 학생들로 하여금 아이디어는 계속 개발될 수 있다는 것, 나만의 생각은 그릇될 수 있다는 것, 글을 쓸 때에는 언제나 독자를 고려하여야 한다는 것 등에 대한 인식을 심어 줄 수 있다는 점에서 긍정적인 교육적 효과를 가지게 된다.

그러나 모든 작문 교육이 학생과 교사, 학생 동료들 상호간의 협의나 협력에 의해서만 진행되는 것은 문제가 될 수 있다. 일상적인 상황에서의 글쓰기에서는 필자 혼자서 써야 하는 경우가 대부분이기 때문이다. 따라서 협의 대상이 실재하지 않는 상황에서 필자가 그들을 가상하여 그들과 대화하고 협의하면서 글을 쓰는 능력을 길러 주어야 할 것이다.

사회구성주의 작문 교육에서도 인지주의에서와 마찬가지로 학생들의 사고를 강조한다. 의미 혹은 지식은 외부에서 객관적으로 주어지는 것이

〈장르 중심 작문 이론〉

최근 장르를 중심으로 작문 및 작문 교육 현상을 이해하려는 시도가 있다(박태호, 2000). 이 것은 그간의 작문 교육이 주로 인지나 과정 중심으로 흘러온 것에 대한 반성에 바탕을 두고 있다. 장르 중심 이론에서는 역동적으로 변화하는 사회·문화적 맥락 속에서 텍스트의 장르적 특성이 결정되는 것으로 본다. 따라서 이 이론은 상대적으로 텍스트(언어) 요인과 사회·문화 요인을 강조하지만, 특정의 장르 특성을 갖는 텍스트를 생산하는 인지적이고 전략적인 과정 또한 무시할 수 없기 때문에 심리 요인도 자연스럽게 통합할 수 있다. 어렵게 생각하지 않더라도, 각 장르에 따라 중요하게 고려해야 할 요소나 글을 쓰는 과정, 텍스트의 관습이나 규범 등이 달라지며, 따라서 지도 내용이나 방법 역시 달라져야 한다는 것은 두 말할 필요가 없다.

아니라 구성되는 것으로 보기 때문이다. 다른 한편으로 보면, 사회구성주의는 대화적 사고를 강조함으로써 독백적 사고에 머무는 인지주의보다 더 사고를 강조하는 측면이 있다. 우선 사고의 범위 면에서 작문의 과정이나 내용, 형식, 표현에 대한 사고뿐 아니라, 독자나 사회·문화적인 요인을 더 고려할 것을 요구하며, 질적인 면에서도 필자 개인의 주관적인 사고가 아니라 의미 협상 과정을 통해서 사회적으로 공인될 수 있는 사고를 요구하기 때문이다. 따라서 사회구성주의에 바탕을 둔 작문 교육에서도 사고는 가장 중요한 화두가 된다.

요약

01. 국어교육에서의 표현은 다음과 같은 특성을 갖는다.

1.1. 표현된 결과물보다는 표현되는 과정에 초점이 있다.

1.2. 표현의 중심 매체는 말과 글이다.

1.3. 표현으로 성립하기 위해서는 표현의도, 표현형식, 표현실체가 모두 갖추어져야 한다.

1.4. 표현에서 가장 중요한 과정은 의미의 구성이다.

02. 표현에 관여하는 요인은 크게 언어 요인, 심리 요인, 사회·문화 요인의 세 가지이다.

03. 관련 요인을 기준으로 삼아 분석한 표현 능력의 구성 요소는 다음과 같다.

〈언어 요인〉

① 음성 언어나 문자 언어를 다룰 수 있는 능력

② 언어 규범이나 장르 관습, 문체 등을 고려하는 능력

〈심리 요인〉

　　③ 기억, 연상 등 기초적인 사고 능력

　　④ 분석, 조직, 추론, 평가, 통찰, 창조 등의 고등 사고 능력

〈사회·문화 요인〉

　　⑤ 청자나 독자의 목적과 성향, 가치관 등을 고려하는 능력

　　⑥ 사회적 가치, 문화적 배경 등을 고려하는 능력

04. 쓰기 능력은 대체로 '단순 연상적 글쓰기 → 언어 수행적 글쓰기 → 의사소통적 글쓰기 → 통합적 글쓰기 → 인식적 글쓰기'의 단계를 거치며 발달한다.

05. 작문에 대한 이론은 크게 형식주의, 인지주의, 사회구성주의의 세 가지로 나누어 볼 수 있다.

	형식주의	인지주의	사회구성주의
인식론적 배경	객관적 실재주의	주관적 구성주의	사회적 구성주의
주요 관심 요인	언어	심리	사회·문화
모형(특성)	단계적 작문 모형 (선조성)	인지적 과정 모형과 평행적 단계 모형(회귀성)	사회구성주의 작문 모형 (대화와 협의)
주요 학습 내용	객관화된 지식	문제 해결 전략	대화적 사고

알아 두어야 할 것들

　표현, 의미의 구성, 표현 능력, 단순 연상적 작문 단계, 언어 수행적 작문 단계, 의사소통적 작문 단계, 통합적 작문 단계, 인식적 작문 단계, 형식주의적 작문 이론, 인지주의 작문 이론, 사회구성주의 작문 이론

1. "새가 운다."라는 말을 표현과 표출의 측면에서 설명해 보자.

2. 〈보기〉는 우리나라의 전통적 표현 방식에 대한 고찰이다. 필자가 말하는 O-R-M 방식을 인정한다면, 예시로 든 시조의 화자에게 O-R-M 방식은 표현 능력상의 심리 요인인지 아니면 사회 문화 요인인지에 대해 말해 보자.

〈보기〉
한 편의 작품이 시조의 주제를 드러내기 위하여 지니는 성격을 중심으로 살핀다면 여기서 우리는 대상(Object)-관계(Relation)-의미(Meaning)의 구조를 발견할 수 있다.

추강에 밤이 드니 물결이 차노매라
낚시 들이치니 고기 아니 무노매라
무심한 달빛만 싣고 빈 배 저어 오노라

이 시조의 초장은 대상(Object)의 제시다. '가을밤의 차가운 물'이 그 대상이다. (…) 시조의 중장은 초장에 제시된 대상의 성격을 구체화하기 위하여 그 대상을 관계(Relation) 속에 위치시키는 성격을 지닌다. (…) 시조의 종장은 중장에서 관계를 통해 구체화된 대상이 '나'에게 주는 의미(Meaning)를 제시하는 구실을 한다. 전통적인 구성법의 용어로는 결(結)에 해당한다고 할 수 있다. '무심한 달빛만 싣고 빈 배 저어 오노라'는 단지 서경에 그치는 것처럼 보이지만 고기 대신에 달빛이 가득한 배에서 미를 추구하는 삶의 자세에 대한 예찬을 듣는다.
― 김대행, 〈시조의 전통과 현대시조의 과제〉

3. 다음은 7차 교육과정에서 제시한 작문의 원리이다. 이것과 형식주의 작문 이론에서 제시한 '예비 작문하기 → 작문하기 → 다시 쓰기' 등 3단계와 비교하여 설명해 보자.

(가) 작문 맥락 파악

(나) 작문 과정에 대한 계획

(다) 작문 내용 생성

(라) 작문 내용 조직

(마) 작문 내용 표현

(바) 작문 과정에 대한 재고 및 조정

제8장 인지 중심적 사고의 본질과 작용

사고는 크게 인지 중심적 사고와 정의 중심적 사고로 나뉜다. 그 중에서 인지 중심적 사고는 일반적으로 사고력을 대표하는 것으로 인정되어 왔다. 이 장에서는 인지 중심적 사고가 어떤 요인들로 구성이 되는지, 그리고 국어과에서 인지 중심적 사고력이 어떤 모습으로 존재하며, 그것을 효과적으로 길러 주기 위해서는 어떤 방향으로 교육을 수행해야 하는지에 대해서 알아본다. 그리고 인지 중심적 사고가 국어과의 이해와 표현 활동 과정에서 어떻게 작용하는지 그 구체적인 양상을 살펴본다.

1. 인지 중심적 사고의 구조

국어교육의 대상은 '국어 활동'이며, 국어교육의 목표는 학생들의 국어 활동의 질을 높여 주는 것이다. 따라서 국어교육은 국어 활동을 중심으로 진행된다. 그런데 국어 활동은 그 성격상 사고 과정을 동반하지 않을 수 없다. 그것이 표현 활동이건 이해 활동이건 간에 국어 활동의 핵심은 활동을 하는 주체들의 머릿속에서 일어나는 사고 과정이다. 언어는 본질적으로 사고와 관련되어 있다. 스퍼버와 윌슨(Sperber & Wilson, 1986)이 언어는 의사소통보다는 오히려 정보 처리에 필수적이라고 한 것도 이런 맥락에서 이해할 수 있다. 언어 활동은 정보 처리 활동이며, 이는 곧 사고 활동이다. 그리고 비고츠키(Vygotsky)가 머릿속에서 일어나는 사고 활동을 내언(內言, inner speech)이라고 한 것도 결국 언어와 사고의 밀접한 관련에 초점을 맞춘 것이다. 따라서 국어 활동을 다루는 국어교육은 결국 사고 활동을 다루는 것이라고 바꾸어 말할 수 있다.

〈코끼리의 코와 언어〉

코끼리는 코를 손처럼 사용하여 물건을 옮긴다. 그렇지만 코끼리의 코도 원래 기능은 호흡과 냄새 탐지이다. 이와 마찬가지로 언어도 원래는 세상에 대한 이해 혹은 내적 정보 처리를 위해 고안된 것인데, 이것이 타인과의 의사소통에 전용되었다는 것이 스퍼버와 윌슨의 생각이다.

또한 국어과는 인간이 행하게 되는 사고 유형을 가장 광범위하게 다루는 교과라고 할 수 있다. 인간의 사고는 대부분 언어로 나타나게 되는데, 국어과는 바로 모든 유형의 언어를 다루기 때문이다. 국어과에서는 설명문, 논설문, 기행문, 편지, 보고서, 안내문, 광고문, 일기, 기록문 등 모든 장르를 다 다룬다. 그런데 이들 각 장르의 기본적인 형식들은 인간이 살아가면서 부딪히게 되는 문제 사태들을 해결하는 가장 전형적인 방식이 유형화된 것이라고 할 수 있다. 곧 남을 설득해야 하는 문제 사태를 가장 쉽게 해결할 수 있는 방식이 바로 논설문 형식이며, 나는 알고 남이 모르는 대상에 대해 설명해서 알려 주어야 하는 문제 사태를 가장 쉽게 해결하는 방식이 설명문 형식이며, 여행을 다녀온 내가 여행하지 않은 사람에게 그것을 소개해 주어야 하는 문제 사태를 가장 쉽게 해결하는 방식이 바로 기행문 형식이라는 것이다. 따라서 국어과에서는 이들 모든 장르를 가르치고 그래서 각양의 문제 사태를 다루기 때문에 가장 포괄적으로 사고 교육을 행할 수 있다.

우리는 다양한 양상의 국어 활동을 수행하면서 살아가고 있고, 그와 더불어 복잡다단한 정신 활동도 동시에 수행한다. 인간이 수행할 수 있는 정신 활동의 종류에는 제한이 없으며, 따라서 사고의 종류도 다양하고 그에 대한 이름 또한 여러 가지이다. 일반적으로 사고는 그 성격에 따라 인지적 성격이 강한 사고와 정의적 성격이 강한 사고로 나뉜다. 그 중에서 인지 중심적 사고가 어떠한 요소들로 구성되어 있는지를 정리해 보면 다음과 같다(서울대학교 교육연구소 편, 1999 ; Marzano, et al., 1989).

〈여러 가지 사고 성향의 개념〉

· 독자성 : 자기의 아이디어에 대해 자부심을 가지며, 또한 남의 비평에 크게 구애받지 않는 성향.
· 유창성 : 주어진 문제 상황에 대해 제한 없이 가능한 한 많은 아이디어를 산출하는 성향.
· 융통성 : 틀에 박힌 사고방식이나 시각에서 벗어나 다양한 해결 방식을 찾아내는 성향.
· 민감성 : 사소한 일이나 사건에도 예민하게 반응하여 항상 문제의식을 갖는 성향.
· 정교성 : 불완전하거나 혼란스런 상태를 용인하지 않고 짜임새 있게 구조화하려는 성향.
· 의구성 : 주어진 상황을 당연하게 받아들이지 않고 의심해 보는 성향.

· 지식 기반
· 성향
　- 정의적 성향 : 과제 몰입성, 도전 정신, 호기심, 독자성 등
　- 창의적 성향 : 유창성, 융통성, 독창성 등
　- 방법적 성향 : 민감성, 정교성, 의구성 등
· 인지적 조작력
　- 기본 요소 : 주의 집중, 정보 수집, 기억, 분석, 조직, 종합, 추

론, 평가 등
- 작용 사태 : 개념 획득, 원리 파악, 이해, 표현, 문제 해결, 의사
  결정, 탐구 등
- 작용 방향 : 수렴적 사고, 발산적 사고 등
- 작용 수준 : 합리적-비합리적, 논리적-비논리적, 창의적-비창의
  적 사고 등
- 작용 층위 : 인지, 상위인지

사고력이란 생각하는 힘을 말하는데, 이것은 일정한 조건이 충족되어야만 작용을 할 수 있다. 그 조건은 크게 지식 기반, 성향, 인지적 조작력의 세 가지이다.

사고가 성립하기 위해서는 우선 지식 기반(knowledge base)이 갖추어져 있어야 한다. 지식 기반은 사고 활동의 '거리'에 해당한다. 축구 경기를 예로 든다면 지식 기반은 축구공에 해당하며, 건축을 예로 든다면 건축 재료에 해당한다. 축구공 없는 축구가 성립될 수 없고 재료 없이 건축이 불가능하듯이, 지식 기반 없는 사고도 성립될 수 없다.

성향(性向, disposition) 역시 사고 활동을 성립시키는 데 필수적이다. 성향이란 그 자체로 직접 관찰되지는 않지만 어떤 특정한 상황에 대한 반응에서 읽어낼 수 있는 잠재적인 행동 경향을 의미하는 것으로, 사고 활동을 시작하고 지속하게 하는 역할을 한다. 축구를 할 수 있는 제반 조건이 갖추어져 있고, 또 실제로 축구를 하면 잘 할 수 있는 신체 조건을 지니고 있다고 하더라도 축구에 관심이 없고, 도전욕이 없으며, 기량을 높이기 위해 이러저러한 방법으로 노력하지 않는다면 훌륭한 축구 선수가 되기 어렵다. 따라서 성향도 사고력의 중요한 구성 요소가 된다.

인지적 조작력은 사고력의 가장 직접적인 구성 요소이다. 사고력이 뛰어나다고 하는 것은 대개 인지적 조작력이 뛰어나다는 것을 의미한다. 주어진 문제 상황을 해결하는 데 이용될 수 있는 배경 지식을 공유하고 있고, 또 똑같이 그 문제를 해결하고자 노력하는 경우라도 어떤 이는 더 빨리, 더 합리적으로, 그리고 더 기발한 방식으로 문제를 해결한다. 인지적

〈지식의 유형〉

· 명제적 지식 : '○○은 XX 다.'와 같이 진위 판단을 내릴 수 있는 지식.

· 절차적 지식 : 이른바 노하우(Know-how)라는 것으로, 어떤 일을 하는 방법, 절차에 대한 지식.

· 조건적 지식 : 어떤 상황(언제, 어디서)에서 하는 것이 좋은지 왜 그렇게 하는 것이 좋은지 등에 대한 지식.

· 일화적 지식 : 어떤 사건이나 사태를 경험하고 그것을 기억한 지식.

조작력이 높은 사람이다. 인지적 조작력은 축구에 비기면 개인기나 전술에 해당하고, 건축으로 보면 건축술에 해당한다.

인지적 조작력으로서의 사고력은 여러 범주를 지닌다. 먼저 문제 사태를 해결하는 데 작용하는 기본적인 사고의 요소를 생각할 수 있다. 주의 집중, 정보수집, 기억, 분석, 조직, 종합, 추론, 평가 등이 이에 해당하는데, 이들은 주어진 문제 사태를 해결하는 과정에서 선택적으로 작용하게 된다. 예컨대 새로운 개념을 획득하는 경우를 생각해 보면, 먼저 그 문제에 주의를 집중해야 하고, 관련 정보를 수집해야 하고, 필요한 정보를 기억도 해야 하며, 때에 따라 분석, 조직, 종합, 추론 등을 수행해야 할 뿐 아니라, 이러한 과정을 거쳐 파악된 잠정적인 결론으로서의 개념이 적절한 것인지 평가도 해야 한다. 이러한 과정은 원리를 파악하는 경우나 글의 내용을 이해하거나 혹은 비판하는 경우, 그리고 문제를 해결하거나 혹은 의사를 결정해야 하는 경우 등에도 동일하게 일어난다. 이런 점에서 이들은 사고의 기본이 되는 요소들이라 할 수 있다.

그러나 이들 요소 기능들의 구분은 개념적으로만 가능할 뿐, 실제로는 그리 선명하지 않다. 주의집중과 기억 사이, 조직과 종합 사이, 추론과 분석 사이에 명확한 구분 기준이 있는 것은 아니다. 그뿐 아니라 기본 요소라 하였지만 더 하위 요소로 나누어질 가능성도 있다. 예컨대 '조직'은 '비교', '구별' 등으로 더 하위 요소로 분석할 수도 있다. 그러나 그 층위가 무엇이건 간에 특정의 문제 사태를 해결하는 과정에는 여러 가지 기본 요소 사고들이 선택적·집합적으로 작용하게 된다.

인지적 사고력의 또 다른 범주는 사고력이 실제 생활 맥락에서 작용하는 사태에 따른 분류이다. 개념 획득, 원리 파악, 이해, 표현, 문제 해결, 의사 결정, 탐구 등이 이에 해당한다. 우리가 살아가면서 부딪히는, 생각을 필요로 하는 문제 사태 모두가 이 범주에 포함된다. 앞에서도 밝힌 바처럼, 이들 각각의 사태가 해결되는 과정에는 여러 가지 사고의 기본 요소들이 선택적으로 혹은 서로 비중을 달리하면서 개입하게 된다. 따라서 작용 사태별 사고와 기본 요소별 사고는 구조와 구성 요소의 관계를 갖는다.

그런데 이 두 가지 사고 범주의 관계도 실제로는 그렇게 선명하지 않다. '평가'의 경우를 생각해 보자. 우선 평가는 앞에서 분류한 것처럼 사고의 기본 요소가 될 수 있다. 특정의 문제를 해결하는 과정에는 '조직', '분석', '종합', '추론' 등과는 별도의 단계로 진행되는 '평가' 활동이 있을 수 있는데, 이 경우는 기본 요소별 사고로서의 평가 활동에 해당한다. 그런데 평가 행위 자체가 목적이 되는 문제 사태가 있을 수 있다. 이 경우 평가를 위해서는 다른 요소 사고들이 구성 요소로서 작용하여야 한다. 곧 기본 요소별 사고와 작용 양상별 사고 서로 간에는 넘나듦의 현상이 존재한다. 한 가지 더 짚고 넘어가야 할 것은, 작용 사태별 사고 역시 하위 분류가 가능하다는 점이다. 글을 읽고 그 의미를 '이해'해야 하는 문제 사태는 구조 파악하기, 중심 내용 파악하기, 추리·상상하기, 배경 지식과 연결 짓기 등 하위 문제 사태로 나뉠 수 있다. 이들 하위 작용 사태별 사고를 위해서도 마찬가지로 기본 요소 사고들이 구성 요소로서 참여하여야 한다.

사고가 작용하는 방향에 따른 범주도 생각해 볼 수 있다. 수렴적 사고와 발산적 사고가 여기에 해당한다. 수렴적 사고란 주어진 조건이나 상황 속에서 가장 적합한 하나의 해결책을 찾는 사고이며, 발산적 사고란 주어진 조건이나 상황을 뛰어넘어 다양한 가능성을 모색하는 사고이다. 은유적으로 표현한다면, 수렴적 사고란 주어진 조건 '안으로' 들어가는 사고이며, 발산적 사고는 주어진 조건의 범위를 넘어서서 그 '밖으로' 나아가는 사고이다. 글의 의미를 이해할 때, 특정 구절을 여러 가지 맥락 정보나 배경 지식을 활용하여 정확한 의미를 파악하는 경우라면 수렴적 사고가 주로 작용하는 상황이며, 그 구절이 다른 의미로 해석될 수 있는 여지를 여러 가지로 탐색해 보거나 혹은 다른 상황에의 적용 가능성을 생각하는 것은 주로 발산적 사고가 작용하는 상황이라 할 수 있다.

우리는 종종 합리적 사고, 논리적 사고, 창의적 사고 등의 용어를 접하게 된다. 이들은 사고의 질 혹은 수준 측면에서 이야기되는 사고의 범주이다. 예컨대 철수와 영희가 동일한 주제에 대해 작문을 하였는데, 철수는 글을 잘 썼고 영희는 잘 쓰지 못했다는 판정을 받았다고 가정해 보자. 철수가 영희에 비해 글을 잘 썼다는 것은 무엇을 의미하는가? 그것은 대개의 경우 철수의 글이 영희의 글에 비해 글의 구성이나 내용이 더 합리적이거나 논리적이거나 창의적이라는 것을 의미한다. 글을 쓰는 과정에서 철수도 분석, 조직, 종합, 추론, 기억, 평가 등의 사고를 했고 영희도 마찬가지로 그런 사고를 했다. 다만 그 사고의 질이 서로 달랐던 것이다. 학교에서 사고 교육을 한다는 것은 결국 여러 가지 범주의 사고들을 스스로 할 수 있게 해 주고, 동시에 그것을 더 합리적으로, 더 논리적으로, 더 창의적으로 할 수 있도록 가르치는 것이다.

인지적 사고에서 빼놓을 수 없는 것으로 상위인지가 있다. 상위인지는 인지에 대응되는 개념으로서, 인지에 대한 인지를 의미한다. 인지와 상위인지를 나누는 것은 사고의 층위에 따른 것이다. 앞으로 어떻게 문제를 풀어갈 것인지 그 절차와 방법에 대한 계획을 세우거나, 문제 해결 과정이나 방법이 적절한지를 점검하고 조절하거나, 사고의 결과가 기대하는 바대로 이루어졌는지 평가하는 것 등이 상위인지 활동에 해당한다.

〈상위인지(meta-cognition)의 여러 이름〉

상위인지에 대한 다른 이름으로는 메타인지, 초인지, 대인지, 후단인지 등이 있다. 대인지나 후단인지는 예전에 사용되던 이름이고 최근에는 상위인지, 초인지, 메타인지 등이 병존하고 있다. 결국 'meta'를 어떤 말로 번역하는가 하는 문제이다.

2. 인지 중심적 사고의 통합성과 교육 방향

앞에서 인지 중심적 사고는 몇 가지 기준에 따라 여러 범주로 나뉠 수 있음을 보았다. 그러나 이러한 구분은 개념적인 차원에서만 가능하며 실제 상황에서는 명확한 구분이 없이 하나의 전체로서 통합적으로 작용한다.

인지 중심적 사고는 우선 작용의 실제 측면에서 통합성을 갖는다. 개념적으로 구별되는 여러 종류의 사고들은 구체적인 문제 사태를 해결하는 과정에서 함께 뭉뚱그려진 채 작용한다. 난해한 글을 읽고 중심 내용을 파악해야 하는 문제 상황을 생각해 보자. 이를 위해서는 주의집중, 정보 수집, 기억, 분석, 조직, 종합, 추론, 평가 등의 요소 사고 기능과 상위인지 사고가 총동원되어 작용하게 되는데, 이들 사고들이 작용하는 과정은 명확하게 선이 그어지지 않는다. 실제로 글을 읽으며 중심 내용을 파악하는 과정에는 기본 요소 사고들이 상호 중첩적, 동시적으로 작용하며, 하나의 요소 사고가 반복적으로 작용하기도 한다.

또한 인지 중심적 사고는 개념 차원에서도 그 경계가 선명한 것은 아니다. '조직'에 대해 생각해 보자. 조직을 하기 위해서는 관련되는 의미들 상호간의 관계에 대해 따져 보는 작업이 필요한데 이것은 곧 '분석'과 무관하지 않다. 그리고 의미 관계들을 일정한 구성 원리에 따라 조직하는 것은 관련 요인들을 '종합'하는 활동과 무관하지 않다. 이들 '조직 - 분석 - 종합'의 관계에서 보는 것처럼 기본 요소 기능이라고 해도 그들 사이에는 개념적으로 서로 부분 중첩 관계에 놓여 있음을 알 수 있다. 작용 사태에 따라 분류된 사고들 상호간에도 사정은 마찬가지이다. 문제해결과 탐구 사이에, 의사결정과 이해 사이에 명확한 경계가 존재하지 않는다.

사고의 범주 상호간에는 내포와 순환 관계가 존재한다. 우선 기본 요소 사고는 작용 사태별 사고의 각각에 구성 요소로서 포함된다. 예컨대 '비판적 이해'라는 사고 사태는 주의집중, 정보수집, 기억, 분석, 조직, 종합, 추론, 평가 등의 기본 요소 사고들이 작용함으로써 이루어진다. 원리 파악이나 탐구, 작문 등 다른 사고 사태도 마찬가지이다. 그리고 작용 사태별 사고들은 그 해결 과정에서 수렴적 방향과 발산적 방향 어느 쪽으로든 진행될 수 있다. 또한 기본 요소 사고들과 작용 사태별 사고들은 모두 질적 측면을 가지고 있기 때문에 합리성이나 논리성, 창의성의 문제와 언제나 결부될 수밖에 없다. 따라서 작용 사태별 사고를 중심으로 생각한다면, 기본 요소별 사고는 작용 사태별 사고의 구성 요소에 해당하며, 작용 방향별 사고와 작용 수준별 사고는 작용 사태별 사고의 특성에 해당한다. 곧 이들은 하나의 서로 다른 부면이다. 그리고 이들 여러 범주의 사고 위에는 그들을 점검하고 조절하고 평가하는 상위인지가 존재한다. 그런데 이론상 상위인지는 인지의 존재를 전제한다. 인지 없는 상위인지는 존재할 수 없다. 이런 점에서 인지와 상위인지는 상호 의존적이다. 그리고 상

〈사고의 개념적 구별 가능성〉

사고가 통합성을 갖는다고 해서 각 사고의 개념적 구별 자체마저 불필요한 것은 아니다. 글을 읽다 보면 어느 하나의 기본 요소 사고가 집중적으로 요구되는 상황에 직면하기도 하는데, 예컨대 글의 내용을 '분석'해야만 하는 경우도 있고, 때로는 분석한 내용을 '조직'해야 하는 경우도 있다. 그리고 학생들을 가르치는 교육 상황에서도 특정의 기본 요소 사고만을 집중적으로 요구하는 문제 상황을 만들어 과제로 제시할 수도 있다. 이러한 경우들은 사고의 개념적 구별이 가능하고 또 필요함을 말해 준다.

위인지도 인지의 한 종류이며, 상위인지가 다시 인지 차원으로 내려앉을 수도 있다. 이론적으로 본다면 상위인지에 대한 새로운 상위인지가 가능하기 때문인데, 따라서 인지와 상위인지는 상호 순환의 관계에 놓이게 된다. 결국 범주별 사고 상호간에도 통합성의 개념이 적용됨을 알 수 있다.

인지 중심적 사고와 정의 중심적 사고 상호간에도 통합성이 존재한다. 흔히 인지와 정의를 이분법적으로 구별하는 경향이 있지만, 이들 사이에도 밀접한 관련이 있다. 우선 매우 기뻤거나 슬펐던 일은 기억에 오래 남는 현상 등에서 이를 확인할 수 있다. 그리고 인지 중심적 사고와 정의 중심적 사고는 상호 유발 관계에 있는 것으로 보인다. 예컨대 앎은 흥미를 유발하고, 흥미는 앎을 유발할 수 있다. 사람들은 자신이 알고 있는 것에 대해서는 흥미진진하게 몰두하는 경향이 있고, 역으로 자기가 흥미 있어 하는 것에 대해서는 탐구하는 경향을 가지고 있다. 이처럼 인지와 정의의 상호 유발 관계에서도 이들의 통합성을 확인할 수 있다.

인지 중심적 사고가 작용 측면과 개념 측면 모두에서 통합성을 지니고 있음을 보았다. 인지 중심적 사고가 통합성을 지닌다는 사실은 특히 교육 상황에서 유념해야 한다. 사고가 통합적인 성격을 지니고 있다면, 사고 교육 역시 통합적으로 이루어져야 할 것이기 때문이다. 문제는 사고 교육의 통합성을 확보하는 방안이 무엇인가 하는 점이다.

인지 중심적 사고의 통합성을 확보하는 교육 방안으로 우선 생각할 수 있는 것은 인지 중심적 사고를 구성하는 각각의 범주들을 빠뜨리지 않고 별도로 모두 가르치는 것이다. 다시 말해 기본 요소별 사고, 작용 사태별 사고, 작용 방향별 사고, 작용 수준별 사고, 작용 층위별 사고 각각에 대한 별도의 프로그램을 확보하여 가르치는 방안이다. 이것은

작용 층위별 사고

인지, 상위인지

작용 방향별 사고	작용 사태별 사고	작용 수준별 사고
수렴적 사고, 발산적 사고 등	이해, 표현, 개념획득, 원리파악, 문제해결, 의사결정 등	합리적 사고, 논리적 사고, 창의적 사고 등

기본 요소별 사고

기억, 이해, 적용, 분석, 조직 종합, 추론, 평가 등

〈작용 사태별 사고 중심의 통합 모형〉

실제와 이론 두 가지 모두에서 문제가 된다. 첫째는 실제적인 문제로서, 각각의 사고 범주들을 별도로 가르칠 수 있는 시간을 확보하기 어렵다는 점이다. 둘째는 이론적이고 본질적인 문제로서, 인지 중심적 사고의 각 범주들을 별도로 가르치면 사고의 통합성이 확보되지 않는다는 점이다. 사고의 통합성은 물리적인 더하기가 아니라 화학적인 통합을 뜻하기 때문이다. 우리가 생각을 어떻게 하는지 되새겨 보라. 우리는 그저 하나의 생각을 쥐어짜 낼 뿐이다. 거기에서 기본 요소별 사고, 작용 방향별 사고, 작용 수준별 사고, 작용 층위별 사고와 같은 것을 따로따로 고려하는 것이 아니라, 그것들이 자연스럽게 통합되어 따라올 뿐이다.

사고의 통합성을 확보하기 위한 합리적인 방안은 하나의 기본 범주를 설정하고 그것을 중심으로 사고의 여러 측면을 한꺼번에 다루는 것이다. 이 경우 기본 범주로서 가장 유력한 후보는 '작용 사태별 사고'로 보인다. 그것은 우선 범주들 상호간의 관계를 따져 볼 때, 사고의 여러 측면을 모두 포괄할 수 있는 것이 바로 작용 사태별 사고이기 때문이다. 작용 사태별 사고를 기준으로 삼았을 때, 기본 요소 사고는 작용 사태별 사고의 구성 요소로서의 자격을 가지기 때문에 자연스럽게 포함될 수 있으며, 작용 방향별 사고와 작용 수준별 사고는 작용 사태별 사고의 특성에 해당하므로 역시 한꺼번에 다룰 수 있다. 또한 상위인지라는 것도 주어진 문제 사태의 파악과 그 해결 방법에 대한 인지이기 때문에 주로 작용 사태별 사고와 직접적인 관련이 있다. 따라서 작용 사태별 사고를 기본 범주로 삼아 가르칠 때, 사고의 다른 여러 측면들을 비교적 쉽게 통합적으로 가르칠 수 있게 된다. 인간이 일상적인 삶을 살아가면서 필요로 하는 실제적인 사고 유형 역시 작용 사태별 사고라는 점도 이것을 사고 교육의 기본 범주로 삼아야 하는 이유가 된다. 통합성은 자연성을 함의하는데, 삶에서 겪게 되는 자연적인 문제 상황이 바로 작용 사태별 사고를 요구하는 상황이기 때문이다. 국어교육의 장으로 옮겨 생각한다면, 이해나 표현을 해야 하는 실제적이고 자연적인 문제 상황 속에서 통합적인 사고 교육이 이루어져야 한다는 것이다.

3. 인지 중심적 사고의 작용 양상

1) 이해에서의 인지 중심적 사고

이제 이해 과정에서 여러 가지 양상의 사고가 구체적으로 어떻게 작용하는지를 살펴보기로 한다.

> 우리나라의 부모들이나 학생들은 공통적으로 고등학교를 졸업하고 무조건 대학에 진학하는 것이 최선의 길이라고 생각한다. 그래서 학생들은 대학 입시에 실패하면 단념하는 것이 아니라 가시밭길로 나아가는 것을 서슴지 않는다. 이러한 생각은 개인적으로나 국가적으로 엄청난 낭비이고 손해일 뿐만 아니라, 최선의 길도 아니다.

이 예문을 읽은 독자들의 반응은 개인차가 있을 수 있지만, 대개 아래의 네 가지 단계로 구분될 수 있다. 이 예문은 이삼형(1998)에서 가져온 것인데, 원래 다섯 단계로 구분되어 있던 것을 글의 중심 내용에 대한 비판과 필자의 의도에 대한 비판 부분을 '비판' 하나로 통합하여 네 단계로 조정하였다

① "대학 진학만이 최선의 길이 아니라고 말하고 있군."
② "대학 진학에 매달리지 말라고 학부형이나 학생들을 설득하려고 하는군."
③ "개인의 발전을 위해 포기하지 않고 대학 진학에 재도전하는 것은 국가적으로나 개인적으로 꼭 낭비라고 할 수는 없지 않을까. 필자는 객관적인 입장에서 서술하는 것이 아니라 한쪽 면만을 부각시키고 있어."
④ "대학 진학에 매달리는 풍조를 바꾸기 위해서는 학부형이나 학생들의 생각을 개별적으로 바꾸려고 하기보다는 실력을 중시하는 사회로의 체제 전환이 필요해."

①은 예문의 문면에 나타난 '중심 내용'을 파악한 반응이다. 우리나라 학부모와 학생들은 대학 진학만이 최선이라고 생각하고 있으나, 이것은

국가적으로나 개인적으로 낭비라고 하는 것이 예문의 내용이기 때문이다. ②는 필자의 '목적이나 의도'를 파악한 반응이다. 필자는 학부모나 학생들의 생각이 잘못되었다는 점을 지적함으로써 그들의 생각을 변화시킬 목적을 지니고 있다. 필자의 목적이나 의도를 파악하는 단계는 글의 요지가 충분히 파악한 다음에 가능하다는 점에서 한 단계 높은 차원의 이해라고 할 수 있다. ③은 필자의 생각에 대한 '비판'적 반응이다. 대학 진학에 매달리는 것이 반드시 낭비나 손해가 아니며, 그렇게 보는 것은 편협한 생각이라는 반응을 보이고 있다. 비판적 반응은 글의 중심 내용과 필자의 목적이나 의도가 제대로 파악된 다음에 가능하다는 점에서 이들보다 한 단계 더 높은 수준의 이해라 할 수 있다. ④는 대학 진학에 매달리는 문제적 현상을 해결하기 위한 독자 나름의 대안을 제시한 반응이다. 글에 제시되지 않은 새로운 아이디어를 제시했다는 점에서 창조적 혹은 생산적 반응이라 할 수 있다. 이러한 반응이 나오기 위해서는 중심 내용과 의도가 먼저 파악되어야 하며, 나아가 글에 제시된 생각이 갖는 약점이 추출되어야 한다는 점에서 앞의 세 단계의 이해가 전제되어야 한다. 따라서 가장 높은 수준의 이해라고 할 수 있다.

정리하면 이해는 다음의 네 가지 층위로 구분할 수 있다.

그러면 이제 이해의 각 층위에서 구체적으로 어떤 사고가 어떻게 작용하는지 검토해 보기로 한다. 먼저 가장 낮은 단계인 중심 내용을 파악하는 과정을 생각해 보자. 글의 내용을 파악하기 위해서는 먼저 각 문장의 의미를 이해하여야 하는데, 이를 위해 각 문장에 주의를 집중하여 의미 있는 단위로 분석해야 한다. 예컨대 위 예문의 첫 문장은 '우리나라 학부모나 학생들은 공통적으로 생각한다 // 고등학교를 졸업하고 / 대학에 진학하는 것이 최선의 길이다'로 분석하여야 한다. 그리고 각 문장들 상호간의 의미 관계도 파악하여야 하는데, 예문의 경우는

〈이해의 층위와 난이도〉

더 높은 층위의 이해라고 해서 반드시 더 어렵거나 고등 사고를 필요로 하는 것은 아니다. 글의 성격에 따라 중심 내용을 파악하는 것이 가장 난해한 사고를 필요로 할 수도 있고, 일단 중심 내용이 파악되고 나면 의도 파악이나 비판, 새로운 대안 창조 등은 비교적 쉽게 해결되는 경우도 있다. 더 높은 층위라는 것은 논리적인 관계에서 파악되는 개념으로서, 후행 층위가 선행 단계의 사고를 전제로 한다는 의미이다.

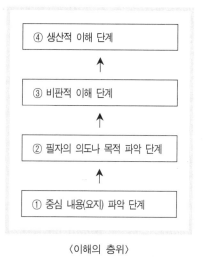

〈이해의 층위〉

'(첫째 문장)우리나라 사람들의 일반적 사고 경향 → (둘째 문장)그 결과로 나타난 행태 → (셋째 문장)그에 대한 필자의 가치 판단'과 같은 의미 관계를 이해해야 한다. 이를 위해서는 각 문장에 나와 있는 내용들에서 중요한 정보를 수집해야 하고, 그들 관계를 분석하고 종합하고 때로는 재조직해야 한다. 물론 이 과정에서 '가시밭길'과 같은 비유적인 표현이 갖는 의미를 추론도 해야 하고, 나아가 가정된 정보나 명시되지 않은 정보를 언어적, 사회·문화적 배경 지식을 이용하여 추론해야 한다. 그리고 독자들은 글에 나온 정보를 기억해야 하는데, 모든 정보를 다 기억할 수는 없으므로 글의 내용을 재조직하고 통합하여 하나의 중심 내용을 추출해 내는 의사 결정을 해야 한다.

이해란 여기서 그치는 것이 아니다. 내용을 파악했으면 필자가 어떤 의도로 이런 내용의 글을 썼을지 추론하고 판단을 내려야 한다. 그리고 그러한 의도로 글을 썼다면 이후의 글 내용이 어떻게 진행되어 갈지 예측도 해야 한다. 그리고 텍스트의 내용이나 필자의 의도에 대한 합리성, 타당성, 창의성 등에 대한 평가 및 비판을 해야 하며, 나아가 이러한 평가 및 비판을 토대로 하여 새로운 대안을 마련하기 위해 주어진 글의 내용에 제한받지 않고 여러 가지 방향에서 해결책을 모색해 보는 발산적 사고도 해야 한다. 또한 글의 내용을 상세화하고 깊이 있게 이해하기 위해서는 각각의 상황에 대해 머릿속에서 이미지를 그려 보는 형상화 사고도 해야 하며, 글에 제시된 방안이나 독자가 스스로 구상한 대안이 실제로 적용될 경우 어떤 결과가 나타날지 상상도 해 보아야 한다.

이상의 각 단계에서 일어나는 사고 과정들은 그 층위에 관계없이 모두 일종의 문제 해결 과정이다. 문장을 분석해서 의미를 파악하는 것, 문장 사이의 의미 관계를 파악하는 것, 글 전체의 구조나 내용을 파악하는 것, 비유적 의미나 가정된 의미를 파악하는 것, 이어질 내용을 예측하는 것, 적절한 배경 지식을 선택하고 활용하는 것, 글을 쓴 의도를 파악하고 비판하는 것, 새로운 대안을 발견하는 것 등 이해 과정에서 일어나는 모든 사고는 문제 해결 과정이다. 또한 각각의 문제 해결 상황에서는 그 과정과 결과를 점검하고 여의치 못할 경우 전략을 재조정하도록 하는 상위인지가 언제나 작용한다.

결국 한 편의 글을 이해하는 과정에는 앞에서 분류했던 온갖 사고가 총동원된다는 것을 확인할 수 있다. 주의 집중, 정보 수집, 기억, 분석, 조직, 종합, 추론, 평가 등 사고의 기본 요소들이 모두 동원되며, 개념 획득, 문제 해결, 의사 결정, 비판, 창조 등 작용 사태별 사고도 작용하며, 수렴적 사고와 발산적 사고 등 사고의 방향에도 제한이 없고, 합리성과 창의성 등의 사고의 수준 측면도 관여한다. 그리고 이러한 모든 유형의 사고를 점검하고 관리하는 상위인지 역시 작용한다. 따라서 글을 읽고 이해하는 활동은 곧 갖가지 사고를 훈련하는 활동 그 자체라고 말할 수 있다.

2) 표현에서의 인지 중심적 사고

표현이란 새로운 의미 구성물을 생산해 내는 정신 활동이다. 따라서 제대로 된 표현을 하기 위해서는 반드시 고도의 지적 노력을 투입해야 한다. 글쓰기가 얼마나 어려운 작업인가를 생각해 보라. 표현은 그만큼 여러 가지 복잡한 사고를 요구한다.

먼저 표현 행위는 어떤 과정을 거쳐 수행되는지 정리해 보자. 물론 표현 과정이 선적으로만 진행되는 것은 아니지만 일반적인 흐름은 있게 마련이다. 표현을 하기 위해서는 우선 표현의 맥락을 파악해야 한다. 이것은 누구에게 어떤 목적으로 어떤 내용을 말할 것인가를 확인하는 단계이다. 계획하기 단계에서는 맥락을 구체적으로 분석하여 그에 어울리는 내용이나 구조 등을 구상하여야 하고, 나아가 표현의 전체적인 과정을 계획한다. 그런 다음 계획된 바에 따라 구체적으로 글의 내용을 생성하고, 일정한 내용 전개 원리에 따라 조직한 다음, 글이나 말로 실체화하는 나타내기 단계가 이어진다. 나타내기 과정 역시 그리 만만한 작업은 아닌데, 머릿속에 구성된 내용은 입체적이고 비정형적이어서 그것을 선적이고 정형적인 언어로 풀어내는 일이 쉬운 일이 아니기 때문이다. 나타낸 것은 종종 다시 고쳐야 하는 경우가 많다. 글쓰기의 경우에는 고쳐쓰기가 하나의 단계로 인정될 만큼 중요한 과정으로 자리 잡고 있으며, 말하기에서도 상대의 의문 제기를 통해 혹은 스스로에 점검에 의해 수정해서 다시 말하는 경우가 종종 있다.

　표현의 단계를 간단히 정리하면 다음과 같다.

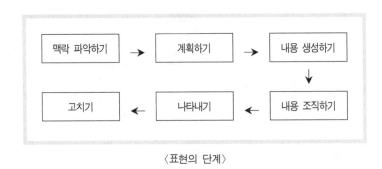

〈표현의 단계〉

　이제 표현의 과정에서 인지 중심적 사고가 구체적으로 어떻게 작용하는지를 살펴보기 위해, 어떤 필자가 앞의 예문과 같은 글을 쓰는 경우를 가정해 보자.

　필자는 제일 먼저 글을 쓰기 위해 주의를 집중해야 한다. 그리하여 글을 쓸 때에는 어떤 절차로 생각해야 하는지, 예전에는 어떻게 글을 썼는지, 글쓰기에 대해 배운 내용이 무엇인지 등에 대해 정신을 집중하여 기억으로부터 끌어내야 한다. 이러한 주의 집중 상태에서, 필자는 누구에게 어떤 목적으로 글을 쓸 것인가를 결정해야 한다. 이를 위해서는 예상 독자를 결정하고 그 독자의 성향, 그 독자의 요구, 지식 수준 등을 분석하여야 하며, 그 독자에게 표현을 통해 달성하고자 하는 목표에 대해 의사결정을 내려야 한다. 예문의 경우라면 '대학 진학만이 최선의 길은 아니라고 학부모나 학생들을 설득하는 것'을 목표로 결정해야 한다. 물론 목표는 외부에서 주어지는 경우도 있지만, 이 경우에도 여전히 독자를 분석하고 목표를 상세화하는 작업은 필요하다. 물론 이와 병행해서 사용할 수 있는 시간이나 공간, 자료 수집 방법 등 여러 요인을 종합적으로 고려하여 전체적인 작문 계획을 작성해야 한다.

작문 계획이 작성되면 그에 따라 쓸거리를 생성해야 한다. 이를 위해 자신의 경험이나 지식, 참고 자료 등으로부터 필요한 정보를 수집해야 하며, 이들을 분석하여 적절한 것과 그렇지 않은 것을 구별하고 나아가 이들을 종합하고 조직하여 새로운 아이디어를 산출하기도 해야 한다. 이 과정에는 수렴적 사고와 발산적 사고가 모두 동원되어야 한다. 발산적 사고란 '대학 진학'이라는 글의 화제에 사고를 한정하지 않고, 예컨대 '개인의 행복', '국가의 발전', '대학의 기능' 등에 대해 자유롭게 사고를 확장시키는 것을 말한다. 내용 생성과 내용 조직은 상당 부분 서로 중첩된다. 조직하는 과정에서도 새로운 내용이 생성될 수 있고, 역으로 내용 생성 과정은 언제나 조직을 염두에 두는 경우가 많다. 조직 과정에서는 생성된 내용들을 분석하고 종합함으로써 의도한 목표가 가장 잘 달성될 수 있는 방법으로 내용을 구조화하게 된다. 그리고 내용을 생성하고 선정해서 조직하는 과정에는 언제나 평가 과정이 개입된다. 이런 내용으로 글을 쓰면 독자에게 어느 정도 유익할지, 목표 달성에 어느 정도 기여할 것인지 등을 고려하여 평가하고, 평가 결과에 따라 이후 해결해야 할 과제를 계속적으로 새로 구성해 나간다.

〈쓸 내용을 생성하는 방법들〉

쓸 내용을 생성하는 방법으로 자유연상하기(brain-storming)나 생각그물만들기(mind-mapping) 등이 잘 알려져 있다. 이 밖에 다음과 같은 방식도 유용하다.

○ 대화하기
　　글로 쓰라고 하면 아무것도 떠오르지 않는데, 친한 친구랑 그 화제에 대해 이야기할 때는 할 말이 많다. 따라서 친한 친구랑 대화하듯 생각을 해 보면 의외로 쓸 거리가 많이 생긴다.

○ 멈춤 없이 자유롭게 쓰기(free writing, non-stop writing)
　　3-5분쯤 일정한 시간을 정해 놓고 맞춤법이나 내용의 적절성 등은 고려하지 않은 채 화제에 대해 머릿속에 떠오르는 내용을 멈추지 않고 계속 빠르게 적어 나간다. 그러다 보면 좋은 생각이 실타래처럼 따라 나오기도 한다.

○ 구두 작문하기(oral composition)
　　손으로 글을 쓰는 것은 생각을 빨리 전개하는 데 장애 요인으로 작용한다. 따라서 쓸 내용을 글로 적지 않고 말로 하게 하여 녹음한다. 이후 녹음된 내용을 들으면서 글로 쓸 내용을 추스른다.

○ 육면체로 사고하기
　　글을 써야 하는 대상에 대하여 '묘사, 비교·대조, 연상, 분석·분류, 용도, 장단점' 등 6가지 측면에서 사고를 전개하여 쓸 거리를 찾는 방식이다.

○ 육하원칙에 따라 사고하기
　　사건의 경우 '누가, 언제, 어디에서, 무엇을, 어떻게, 왜'라는 6가지 점을 기준으로 내용을 정리하는 방식이다. 큰 사건에 속하는 세부 사건 각각에 대해서도 지속적으로 이런 사고를 전개하면 쓸 거리를 풍부하게 생성해 낼 수 있다.

○ 다섯 감각에 따라 사고하기
　　글을 써야 하는 대상에 대해 '시각, 청각, 후각, 촉각, 미각' 등 5가지 감각을 기준으로 하여 사고를 전개하는 방식이다. '가을'이 대상이라면, 가을에 볼 수 있는 것은? 가을에 들을 수 있는 소리는? 등과 같이 생각을 전개한다.

○ 구체화하거나 일반화해서 생각하기
　　주어진 대상을 구체화하거나 아니면 역으로 일반화해서 사고를 전개하는 방식이다. '우리 반 친구'에 대해 글을 쓸 때, '내 짝'으로 구체화하거나 아니면 '친구'로 더 일반화하여 생각을 전개하면 쓸 내용이 더욱 풍성해질 수 있다.

쓸 내용들이 어느 정도 생성되고 조직된 이후에는 그것을 텍스트로 실체화하는 작업을 하여야 한다. 이를 위해서는 우선 머릿속에 막연히 구성되어 있는 의미 표상들을 구체적으로 형상화하는 작업이 필요하며, 이를 나타내는 가능한 언어적 표현 중에서 가장 적절한 것을 선택하여야 한다. 그리고 문장 하나하나를 구성할 때에는 전체 글의 요지를 끊임없이 조회하여야 하고, 앞 내용과의 논리적인 관계를 따져서 적절한 문장으로 이어나가야 한다. 이 과정에는 분석과 조직과 평가의 사고가 개입한다. 상상해 보라. '대학 진학만이 최선이 아니다'라는 요지의 글을 쓸 때 앞의 예문과 같은 세 문장으로 구성된 표현만이 가능하겠는가? 무수한 표현이 가능하다. 그리고 '대학 진학에 재도전하는 것'이 어찌 '가시밭길'로만 표현될 수 있겠는가? '고난의 길'도 될 수 있고, '형극'도 될 수 있으며, '어리석은 길'도 될 수 있다. 그러나 맥락상 '보람찬 길'은 될 수 없는데, 필자는 의식적이건 무의식적이건 이러한 판단을 내리며 글쓰기를 수행한다.

초고를 쓴 이후에는 고쳐쓰기를 한다. 고쳐쓰기를 하기 위해서는 필자가 독자의 입장이 되어 비판적인 시각에서 읽는 작업이 선행되어야 한다. 독자의 입장에서 글을 읽는다는 것은 곧 이해의 과정이다. 이해 과정에는 온갖 사고 유형들이 작용한다는 것은 이미 앞에서 살펴보았다. 이 과정에서 목표 달성의 가능성, 합리성, 논리성, 창의성, 조직의 완결성, 표현의 정확성과 참신성 등을 평가하고 부정적인 결과가 나올 경우 고쳐 써야 한다.

글쓰기 역시 전체적으로나 혹은 부분적으로나 문제 해결의 한 양상이다. 이 문제 해결의 과정에는 언제나 상위인지가 작용하여 그 과정과 결과를 점검하고 조정한다. 상위인지는 각 단계별 사고 활동을 분석하고 종합함으로써 그 완결성, 합리성, 논리성, 창의성 등을 점검하고, 그것을 바탕으로 이후의 작업에 대한 의사 결정을 내리게 된다.

이상에서 살펴본 것처럼, 한 편의 글을 쓰는 과정에는 갖가지 사고가 총체적으로 작용하게 된다. 따라서 글을 쓰는 것은 필자가 그것을 의식하건 하지 않건 간에 여러 가지 사고를 훈련하는 활동이라고 할 수 있다.

〈표현의 다양성과 효과〉

여러 가지 표현으로 동일한 표현 의도를 실현시킬 수 있지만 그 효과는 각자 다를 수 있다. 다음 표현들의 효과를 비교해 보자.

"규정 속도 준수"

"규정 속도로 운행합시다."

"나를 위해 안전운행"

"아빠, 안전운행 하세요."

"아빠, 나도 커서 아빠처럼 운전할래요."

그리고 이러한 훈련은 통합적이고 구체적이고 유목적적인 상황에서의 문제 해결 과정에서 이루어지기 때문에 실제성을 갖춘 사고 훈련이라고 할 수 있다.

요약

01. 언어 활동은 정보 처리 활동이며 사고 활동이다.

02. 문종은 사람들이 흔히 부딪히는 문제 사태를 가장 잘 해결하는 방안이 유형화된 것이며, 국어과는 모든 문종을 다 가르친다는 점에서 사고 교육을 가장 포괄적으로 수행할 수 있는 교과이다.

03. 인지 중심적 사고를 구성하는 요소는 크게 지식 기반, 성향, 인지적 조작력의 세 가지이다.

04. 인지적 조작력은 기본 요소별 사고, 작용 사태별 사고, 작용 방향별 사고, 작용 수준별 사고, 작용 층위별 사고 등으로 구성된다. 각 사고의 예는 다음과 같다.

4.1. 기본 요소 : 집중, 정보수집, 기억, 분석, 조직, 종합, 추론, 평가 등

4.2. 작용 사태 : 개념획득, 원리파악, 이해, 표현, 문제해결, 의사결정, 탐구 등

4.3. 작용 방향 : 수렴적 사고, 발산적 사고 등

4.4. 작용 수준 : 합리적-비합리적, 논리적-비논리적, 창의적-비창의적 사고 등

4.5. 작용 층위 : 인지, 상위인지

05. 인지 중심적 사고는 작용의 실제 측면에서 통합성을 지닐 뿐 아니라 개념 차원에서도 명확하게 나누어지지 않기 때문에 교육 역시 통합적으로 이루어져야 한다.

06. 인지 중심적 사고는 작용 사태별 사고를 중심 범주로 하여 기본 요소별 사고, 작용 방향별 사고, 작용 수준별 사고, 작용 층위별 사고가 통합되는 방식으로 가르치는 것이 좋다.

07. 이해는 일반적으로 '중심 내용 파악 단계 → 필자의 의도나 목적 파악 단계 → 비판적 이해 단계 → 생산적 이해 단계'로 이루어지며, 그 과정에서 온갖 사고가 통합적으로 작용한다.

08. 표현은 일반적으로 '맥락 파악하기 → 계획하기 → 내용 생성하기 → 내용 조직하기 → 나타내기 → 고치기'의 절차를 거쳐 이루어진다. 이들 각 과정이 수행되는 동안에도 온갖 사고 유형들이 통합적으로 작용한다.

알아 두어야 할 것들

수렴적 사고, 발산적 사고, 상위인지, 사고 교육에 대한 일반 모형과 교과 모형, 자유 연상하기, 생각그물 만들기, 대화하기, 멈춤 없이 자유롭게 쓰기, 구두 작문하기, 육면체로 사고하기, 육하원칙에 따라 사고하기, 다섯 감각에 따라 사고하기

탐구과제 ▏▎▍▌▋▊▉█

1. 최근 '사고력 교육' 혹은 '창의성 교육' 등이 중요시되면서 활동 중심의 국어교육이 부각되고 있다. 이러한 현상에 대하여 다른 일각에서는 "활동만 있고 학습은 없다."는 비판과 함께 지식 교육의 중요성을 주장하기도 한다. 다음 물음에 답해 보시오.

(1) 사고력 교육이나 창의성 교육에서 지식이 중요한 까닭은 무엇인가?

(2) 사고력 신장을 위한 지식 교육에서 유의해야 할 점은 무엇인가?

2. 자기 자신의 성향을 점검해 보시오.

〈정의적 성향〉

| · 과제가 주어지면 거기에 몰입하는가? | (아니다) 1 | 2 | 3 | 4 (그렇다) |

· 과제가 주어지면 거기에 몰입하는가?　　　　　(아니다) 1　　2　　3　　4 (그렇다)

· 주어진 문제를 해결하기 위해 도전하는가?　　(아니다) 1　　2　　3　　4 (그렇다)

· 새로운 현상이나 물건에 관심을 가지는가?　　(아니다) 1　　2　　3　　4 (그렇다)

· 남의 비판에도 내 생각을 굽히지 않는가?　　(아니다) 1　　2　　3　　4 (그렇다)

〈창의적 성향〉

· 갖가지 생각이 꼬리를 물고 떠오르는 편인가?　(아니다) 1　　2　　3　　4 (그렇다)

· 고정 관념에 얽매이지 않고 다양하게 생각하는가?　(아니다) 1　　2　　3　　4 (그렇다)

· 다른 사람과 구별되는 나만의 생각을 잘 하는가?　(아니다) 1　　2　　3　　4 (그렇다)

〈방법적 성향〉

· 사소한 차이나 변화를 잘 포착하는가?　　　(아니다) 1　　2　　3　　4 (그렇다)

· 서로 어긋남이 없이 깔끔하게 생각을 정리하는가?　(아니다) 1　　2　　3　　4 (그렇다)

· 무엇에 대해서건 일단 한번 의심을 해 보는 편인가?　(아니다) 1　　2　　3　　4 (그렇다)

3. 다음 '논술 과제'와 '참고 사항'을 바탕으로 하여, '논술'과 '이해'의 관련성에 대해 설명해 보시오.

〈논술 과제〉

(나)의 자료 중 일부를 활용하여, 글 (가)의 주장을 비판하시오.

(가)

사람들이 대상에 대해 학문적으로 탐구하지 못했던 시절에는 주로 '종교적' 관점에서 도덕을 바라보았다. 종교가 절대적인 신앙에 바탕을 두는 만큼 도덕적 이상도 절대적 가치를 지니는 것으로 이해되었다.

그러다가 사람들이 이른바 '과학적'인 태도를 가지게 되면서, 도덕적인 문제도 같은 방식으로 접근해야 한다는 생각이 퍼졌다. '과학적'이란 한편으로는 수리(數理) 계량적이며 다른 한편으로는 실험 관찰적임을 뜻한다. 그런데 실험 관찰이란 언제나 특정 상황에서 일부만을 표본하여 수행할 수밖에 없고, 따라서 그 결과 역시 제한적이고 상대적일 수밖에 없다. 이러한 과학적인 태도는 우리로 하여금 도덕에 대해서도 '가변성'과 '상대성'을 인정하도록 요구하고 있다. 그뿐 아니라 확실성이 없는 문제에 대해서는 서로의 견해를 존중하고 꼭 필요한 경우에는 다수결로 의견을 모으는 것이 '민주적'이며, 실용성을 기준으로 견해 차이를 조정하는 것이 '합리적'이라는 생각이 호소력을 가지면서, 도덕 상대주의는 더욱 힘을 얻었다.

그러나 도덕적 가치가 상대적이라면 도대체 그것은 무엇을 뜻하는가? 어떤 사람에게는 도덕적 가치를 가지는 것이 다른 사람에게는 그렇지 못하다면, 그 도덕이라는 것이 행위 규범으로서 작용할 수 있을까? 이 경우에 도덕이라는 것은 아무런 내적 규범도 되지 못해서 제 역할을 수행할 수 없게 될 것이다. '상대적 도덕'이란 정확히 말하면 도덕이 아니다. 도덕은 있거나 없거나이며, 만약 있다면 절대적인 것이다. 따라서 우리가 '도덕'이라고 말하는 것은 '절대적인 도덕'을 의미하는 것이며, '상대적인 도덕'이란 어불성설이다.

(나)

① 갑돌이는 갑순이의 지우개를 빌려 가서 쓰고는, 나중에 그런 일이 없다고 잡아뗐다.

② 순애는 지난 방학 동안에 해외 어학연수를 다녀왔다. 방학 동안에 무엇을 했느냐는 친구들의 물음에 사실대로 말하면 혹시 따돌림을 당할지도 모른다는 생각으로 그냥 집에서 독서나 하며 보냈다고 말했다.

③ 강철이는 전국 소년 체전에 탁구 선수로 출전하였다. 강철이는 우승에 대한 열망이 강하였고, 장차 국가 대표가 되는 것이 그의 꿈이었다. 그런데 결승전 전날 강철이 어머니께서 위독하다는 연락을 받은 지도 교사는 그 사실을 알리지 않았고, 마침내 강철이는 우승을 하였다.

④ 미순이는 장차 미술가가 되는 게 꿈이어서 미술 대학에 진학하려고 한다. 그런데 미순이는 미술에 재능이 없다. 지도 교사는 미순이가 상처를 받을 것을 염려하여 재능이 있으니 열심히 노력하라고 조언을 하였다. 미순이는 미술 공부에 매진하였지만, 결국 입시에서 실패했다.

〈참고 사항〉

• 이해 과정 : 중심 내용 파악 → 의도나 목적 파악 → 비판적 이해 → 생산적 이해
• 논술 과정 : 논제 파악 → 출제 의도 파악 → 쟁점 분석 → 논지 수립

제9장 인지 중심적 사고와 이해·표현 교육

학생들로 하여금 인지 중심적 사고력을 잘 길러 주는 국어교육은 어떤 모습이어야 할까? 이러한 질문에 답하기 위해 이 장에서는 먼저 우리가 지양해야 할 예전의 국어교육이 어떠했는지, 그것을 극복하고 바람직한 방향으로 나아가기 위해서는 어떤 방향으로 국어교육을 수행해야 하는지에 대해서 살펴본다. 그리고 국어과에서 사고력을 잘 길러 주기 위해서는 활동들을 어떻게 범주화하여 구성하는 것이 좋은지, 그리고 그것을 실제 텍스트에 적용하면 구체적으로 어떤 모습이 되는지에 대해서 알아보기로 한다.

1. 실태

이해와 표현은 그 자체가 복합적인 사고 활동이라는 점을 검토해 보았다. 따라서 이해·표현 활동이 사고 활동이라면 굳이 사고 교육을 따로 강조하지 않아도 이해·표현 교육을 하는 것만으로 사고 교육이 이루어진다는 결론을 내릴 수 있다. 그러나 기존의 국어교육이 사고 교육에 성공적이었는가 하는 질문에는 긍정적인 대답을 하기 어렵다. 지금까지의 국어교육이 제대로 된 이해·표현 교육을 하지 못했기 때문이다.

그러면 기존의 국어교육이 어떤 모습이었으며, 왜 사고 교육에 실패하였는가를 살펴보기로 한다. 다음의 두 인용문은 예전의 국어과 수업이 어떤 모습이었는지 웅변적으로 보여 준다.

교사가 교과서를 들고 문장을 하나하나 읽어가며, 맞춤법, 음운 현상 및 기타 제반 문법 사항, 낱말 및 구절의 뜻, 글 속의 인물이나 지명, 역사적 사건 등을 하나하나 풀이해 나가는 것이 아직도 보편화되어 있는 국어과 수업 현장이다. 대개 관련성 없는 잡다한 단편적인 지식만을 나열하는 국어 수업을 하며, 글의 특성이나 단원 설정의 취지에 상관없이 어느 글이나 천편일률적으로 단락 나누기, 대의 파악하기, 주제 찾기 등을 한다. 대개의 국어 수업이 독해 중심으로 이루어지면서도 그 독해 학습조차 진정한 의미의 독해와는 거리가 먼 실정이다(손영애, 1986 : 68-69).

학년 초 중학교 2학년 국어 교과서의 첫 제재인 辛夕汀 시인의 〈소년을 위한 목가〉를 가르칠 때였다. 필자가 그 시의 첫 행인 '소년아'를 읽자마자 한 학생이 '돈호법, 독립어'라고 외쳤다. 시를 감상하는 데 수사법이 무슨 소용이 있으며, 문장 성분이 무슨 필요가 있느냐며 다시는 그러지 말라고 말했지만, 잠시 후 그 학생은 '더불어'의 뜻을 묻는 내 질문에 '불완전 동사'라고 말했다(위호정, 1988 : 87).

이 두 인용문에서 읽을 수 있는 것처럼, 예전의 국어교육은 다음과 같은 몇 가지 특성을 지니고 있었다.

첫째, 단편적인 지식 위주의 국어교육이었다. 둘째 인용문에서의 '그 학생'은 국어과 공부가 '돈호법, 독립어, 불완전 동사'와 같은 단편적인 지식을 배우는 것으로 인식하고 있다. '그 학생'은 그 학생 한 명으로 끝나는 고유 명사가 아니라 대다수 학생을 가리키는 보통 명사의 성격을 갖는다. '그 학생'과 같은 학생이 많았던 까닭은 국어과 수업이 대개 그런 식으로 이루어졌기 때문이다. 이러한 단편적인 지식 위주의 수업은 이해·표현 과정에서의 의미 구성 과정을 도외시함으로써 학생들의 통합적인 사고력을 길러 주는 데 기여할 수 없다. 곧 단편적인 지식들에 대한 '기억'에만 중점을 두었기 때문에 인지 중심적 사고의 극히 일부만을 다루고 만 것이다.

둘째, 교사의 설명 중심의 국어교육이었다. "교사가 교과서를 들고 문장을 하나하나 읽어가며, 맞춤법, 음운 현상 및 기타 제반 문법 사항, 낱말 및 구절의 뜻, 글 속의 인물이나 지명, 역사적 사건 등을 하나하나 풀이해 나가는" 식의 국어과 수업에서, 학생들의 역할은 단지 교사의 설명을 귀기울여듣고 형형색색의 펜으로 밑줄을 긋거나 교과서 여백에 기록하는 것이었다. 그래서 국어 공부란 '밑줄 좍'된 내용과 기록한 내용을 열심히 외는 일이었고, '누가 선생님의 설명을 하나도 빠뜨리지 않고 잘 받아 적었는가'와 '누가 적은 내용을 하나도 빠뜨리지 않고 암기했는가'에 따라 국어 공부를 잘 하는 학생과 못 하는 학생이 갈렸다. 학생들 스스로 분석하고, 종합하고, 재조직하고, 추론하고, 평가하고, 새로운 생각을 창안해 내는 등의 고등 사고는 거의 필요로 하지 않았다.

셋째, 훈고주석식의 국어교육이었다. 예전의 국어 수업은 교과서에 주어진 글의 내용을 이해하는 것에 중점을 두었지만, 그것 역시 진정한 의미의 독해 능력을 길러 주는 것은 아니었다. 국어 수업이 내용 이해 위주일 수밖에 없었던 까닭은 기존 국어 교과서가 명문 위주의 '독본' 체제였기 때문이다. 물론 '학습 활동'에서 말하기나 듣기, 쓰기 등의 활동을 하도록 하였으나, 평가하기 어렵다는 이유 등으로 뒷전으로 밀려 있었다. 5차 교육과정 이후 초등학교의 〈말하기・듣기〉, 〈읽기〉 및 〈쓰기〉, 7차 중학교에서의 〈국어〉와 〈생활 국어〉 등과 같은 영역별 분책이나 아니면 영역별 단원 구성 등을 통해 듣기, 말하기, 쓰기 등이 강조되기는 하였으나, 주어진 글에 대한 내용 풀이 위주의 수업 전통은 여전히 위력을 발휘하고 있다. 그러나 독해 위주의 국어 수업에서마저도 진정한 의미의 독해 활동이 이루어진 것은 아니다. 예컨대 단락 나누기나 내용 파악 등의 독해 활동을 학생들 스스로 하도록 한 것이 아니라, 대개 교사가 불러 주고 학생들로 하여금 받아 적게 하였기 때문이다. 따라서 암기력만이 필요하였고, 학생들 스스로 분석하고, 조직하고, 의미를 구성하는 능동적인 사고는 불필요하였다. 또한 가끔씩 이루어지는 표현 활동 역시 사고력 신장과는 거리가 멀었다. 예컨대 말하기의 경우에는 내용의 구성보다는 태도나 자세, 똑똑한 발음 등이 강조되었고, 쓰기의 경우도 교사는 학생들에게

〈훈고주석학적 전통의 국어교육〉

오랜 옛날 우리 선조들은 논어나 대학 등 중국의 경전을 이해하는 것이 공부의 전부였다. 따라서 경전에 나오는 구절들의 뜻을 정확하게 풀어내는 훈고주석학이 발달하였다. 이러한 전통이 오늘날의 국어교육에 지속적으로 영향을 미치고 있다.

〈명문의 기능〉

교과서에 명문이 실리는 것은 그
것이 학생들이 도달해야 할 언어
의 수준을 보여 주는 전범이 되기
때문이다. 그런데 이 명문이 모방
의 대상이 되기 위해서는 먼저 그
글이 학생들에게 감탄과 감동의
대상이 되어야 한다. 그러나 기존
의 국어교육은 명문을 감상하도
록 한 것이 아니라 지엽적인 지식
들로 분해해 버림으로써 수용과
모방이라는 본래의 기능마저도 제
대로 발휘하지 못하게 하였다. 국
어교육을 받은 대다수의 학생들은
교과서에 실린 글(명문)을 좋아하
지 않는다는 사실(김창원, 1997)
이 이를 말해 준다.

과제를 제시하고 쓴 결과물에 대해 대개 문법적 오류를 빨간 펜으로 교
정해 주는 '과제 제시─오류 점검형'의 지도에 그쳤기 때문이다(이성영,
1995).

넷째, 교과서 위주의 국어교육이었다. 이것은 닫힌 교과서관과 관련이
있는데, 교과서에는 이상적인 텍스트인 명문(名文)만이 실릴 수 있었고, 따
라서 교사는 그 명문을 해설하는 것이 임무였으며, 학생들은 교과서의 명
문을 모방하거나 교사의 모범적인 해설을 금과옥조로 받아들이는 역할만
을 하게 된 것이다. 교과서에 실린 글들은 권위를 가진 명문이기 때문에
학생들은 거기에 비판적인 시각을 던질 수 없었으며, 감히 어줍은 자기
생각을 제시할 수 없었던 것이다. 학생들의 사고를 다양하게 자극하기 위
한 자료로 명문만으로는 부족하다. 명문은 수용과 모방의 대상일 뿐, 비
판이나 재구성을 요구하지 않기 때문이다.

2. 교육의 방향

이해·표현 교육이 사고력을 길러 주기 위해서는 사고력 신장에 실패
한 기존의 국어교육을 반성하고 그 극복 방안을 마련하는 데에서 출발해
야 한다. 다음의 몇 가지로 정리할 수 있다.

첫째, 텍스트를 통한 의미 구성 과정이 강조되어야 한다. 국어교육에서
활용되는 텍스트는 그 선택의 기준이 학생들로 하여금 풍부한 사고를 이
끌어 낼 수 있어야 한다. 곧 표현이 아름다운 글뿐만 아니라 참신한 사고
의 글, 문제적인 내용의 글, 논리적인 글, 구조화된 글, 추리나 상상을 요
구하는 글 등이 선택되어야 한다. 그리고 다른 한편으로 텍스트의 의미
구성 과정이 강조되어야 한다. 텍스트의 내적 혹은 외적 관련 지식을 가
르치는 데 매달리거나 혹은 학습자들의 의미 구성 결과에 대해 평가만을
하는 것이 아니라, 텍스트의 의미를 구성해 가는 방법이나 과정에 초점을

두어야 한다. 예컨대 표현의 경우라면, 학생들이 구성한 텍스트의 내용이 정확한지, 구성이 제대로 되었는지, 어법에 맞는지 등 표현 결과를 평가하는 데에만 초점을 두기보다는, 텍스트를 구성하는 데 어떤 내용이 필요하고 그것을 어떻게 생성할 수 있는지, 어떤 구조가 더 나은지, 독자의 특성이 무엇이고 그것을 어떻게 고려할 수 있는지 등 의미 구성의 과정과 방법이 부각되어야 한다. 곧 결과 중심이 아니라, 과정 중심의 이해·표현 교육이 되어야 한다는 것이다.

둘째, 교사의 설명이 아니라 학생의 구성적 활동이 중심이 되는 수업이어야 한다. 사고력의 핵심은 개념적 지식이 아니라 지식을 다루는 지적 조작 능력이다. 이러한 지적 조작 능력은 명제적 지식으로 획득되는 것이 아니라, 지적 조작 활동 혹은 훈련을 통해서 점진적으로 습득될 수 있다. 따라서 사고력을 길러 주기 위해서는 당연히 학생들 스스로의 지적 조작 활동이 강조되어야 한다. 이런 점에서 교사의 일방적인 설명으로 진행되는 국어과 수업은 사고력 신장을 위해서는 그다지 바람직하지 않다. 따라서 "○○쪽 ○○줄까지 1단락이고, 단락의 중심 내용은 ××이다." 식으로 교사가 불러 주는 국어 수업은 지양되어야 하고, 학생들 스스로 자기 나름의 근거를 대면서 단락을 나누어 보고 서로간에 일치되지 않는 경우 협의하고 토의하여 이견을 조정하도록 하는 식의 국어 수업으로 바뀌어야 한다. 사실상 글의 단락이란 필자 자신도 정확하게 '이것이다'라고 하기 어려운 점이 많다. 그리고 필자가 '이것이다'라고 할 수 있는 경우라도 과연 그것이 언제나 최선이고 진리인지는 말하기 어렵다. 그리고 참고서에 나와 있는 내용도 그 참고서의 지은이가 그 글의 구조를 그렇게 본 것일 따름이다. 중요한 것은 학생들이 스스로 텍스트의 의미를 구성하고 분석·종합하는 과정에서 작가의 사고를 반추해 보는 경험을 하는 것이며, 또한 자기만의 생각이 아니라 친구들의 생각을 듣고 비교하는 과정에서 사고의 다양성과 풍부성을 인식하고 서로 견주는 가운데 최선의 것을 판단해 보는 인지적 경험이다. 이 때 교사는 모범적인 사고의 결과를 전달해 주는 권위자로서가 아니라, 학생들이 개별적·집단적으로 구성적 반응을 보일 수 있도록 사고를 자극하고 안내해 주고 방향을 잡아 주는 안내자, 지원자로서의 역할을 수행해야 한다.

　셋째, 개별적 사고 기능보다 통합적인 문제 해결 능력을 강조해야 한다. 이것은 교육의 실제성(authenticity)을 높여야 한다는 것과 관련되는데, 말을 바꾸면 기본 요소별 사고보다는 작용 사태별 사고 교육이 되어야 한다는 것이다. 앞에서 사고는 주의집중, 정보수집, 분석, 종합, 조직, 추론, 평가 등 기본 요소 기능으로 분석될 수 있다고 하였다. 그러나 실생활에서 필요로 하는 문제 사태에서는 이들 기본 요소 사고가 개별적으로 작용하는 경우는 드물고 작용 사태별로 통합적으로 작용한다. 따라서 사고 교육은 통합적인 문제 해결 사태를 해결하는 과정에서 자연스럽게 기본 요소 기능들이 길러질 수 있도록 해야 한다. 그리고 학습 장면에서 특정한 요소 기능 하나만이 작용하는 문제 사태를 구성해 내는 것 역시 쉬운 일이 아니라는 점도 통합적인 교육이 이루어져야 하는 한 가지 이유이기도 하다. 예컨대 이해의 경우라면, 글의 구조를 파악하는 문제 사태, 중심 내용을 파악하는 문제 사태, 필자의 의도를 읽어내는 문제 사태, 필자의 생각을 비판하는 문제 사태, 글을 읽고 새로운 아이디어를 창안하는 문제 사태 등을 해결하기 위해서는 기본 요소 사고 기능들이 총동원되어야 한다. 요컨대 사고 교육은 삶의 문제 사태 중심이어야 한다. 그래야만 사고 교육이 삶의 교육이 되어 가치를 지닐 수 있게 되며, 방법적인 면에서도 더 자연스럽고 효과적으로 이루어질 수 있기 때문이다. 그리고 통합의 개념은 말하기, 듣기, 읽기, 쓰기의 언어 활동 양상에서도 마찬가지로 적용되어야 한다. 우리는 말하거나 글을 쓰기 위해서 듣거나 읽거나 본다. 보고서를 써서 발표하고 토론하는 경우를 생각해 보라. 여기에는 말하기, 듣기, 읽기, 쓰기가 하나로서 작용한다. 이런 상황에서는 어디까지가 읽기이고 쓰기인지, 어디까지가 듣기이고 말하기인지 구분하기도 어렵고 또 구분된다고 하더라도 큰 의미를 지니지 못한다. 이런 점에서 현실감 있는 이해·표현 교육, 사고 중심의 이해·표현 교육이 되기 위해서는 언어 활동 양상도 가능한 한 통합하는 것이 필요하다.

넷째, 다양한 자료와 매체를 활용하여야 한다. 서로 다른 자료와 서로 다른 매체는 서로 다른 사고를 요구하기 때문이다. 이는 몇 가지 점으로 나누어 생각해 볼 수 있는데, 우선 질적인 면에서의 다양성이 필요하다. 예컨대 명망가가 쓴 흠 잡을 데 없는 명문과 학생들 자신이 쓴 결점 투성이의 글을 자료로 삼는 경우를 생각해 보자. 명문은 흠 잡을 데가 없으므로 대개의 경우 그 작품이 왜 훌륭한지를 이해하고 수용하는 것이 필요한 반면, 타당성이나 신뢰성, 구조나 표현 등 여러 방면에서 문제투성이인 글은 그 글이 어디에 문제가 있으며 어떻게 개선될 수 있는지 등에 대해 비판하고 재구성하는 활동이 필요할 수 있다. 따라서 학생들의 사고를 포괄적으로 자극하기 위해서는 질적인 측면에서 다양한 수준의 자료를 활용하여야 한다. 다음으로 다양한 장르의 자료가 활용되어야 한다. 이것은 결국 자료 유형의 확대를 의미하는 것으로서, 현대 사회의 언어 생활에서 일반화되고 있는 장르들을 포괄하여야 한다는 것이다. 이것의 대표적인 것이 '보기' 자료들이다. 현대인에게 있어 영상 매체는 이제 생활의 일부가 되어 버렸다고 해도 과언이 아니다. 따라서 영상 매체를 통한 다양한 언어 자료들, 예컨대 광고, 뉴스, 대담, 토론, 다큐물 등 다양한 양식들이 활용되어야 한다. 이들 각각은 그 나름의 독특한 사고를 요구하기 때문이다. 이와 관련하여 특히 강조하지 않을 수 없는 것은, 정보화 사회가 갖는 언어 자료의 특성이다. 읽기의 경우를 예로 든다면, 미래 정보화 사회에서는 주로 하이퍼텍스트 읽기가 일반화될 것임을 짐작하기 어렵지 않다. 하이퍼 텍스트는 온라인상에서 서로 성격이 다른 자료(node)들이 고리(link)에 의해 비선적으로 연결되어 있는 자료망으로서, 이것의 읽기는 이른바 '뷔페식 읽기'의 특성을 지니게 된다. 독자들은 고리를 따라 다니며 자기의 관심에 따라 선택하여 읽게 되는 것이다. 이러한 하이퍼텍스트 자료 역시 사고 교육을 위한 이해·표현 교육의 자료로 적극 활용하여야 한다.

〈결여 텍스트〉

결여 텍스트란 내용이나 구조, 표현 등 여러 가지 점에서 문제가 있는 텍스트를 말하는데, 모범 텍스트, 명문, 혹은 이상적인 텍스트에 대응되는 개념이다. 이론상 국어 능력이 완성되어 있지 않은 학생들이 생산한 텍스트는 결여 텍스트의 대표적인 사례가 된다. 이런 관점에서 보면, 국어교육이란 결여 텍스트를 생산하는 학생들을 모범 텍스트를 생산할 수 있도록 가르치는 일이라 할 수 있다 (이성영, 2001).

〈하이퍼텍스트와 뷔페식 읽기〉

미래의 읽기는 책 읽기보다는 오히려 컴퓨터 모니터를 통한 하이퍼텍스트 읽기가 더 보편화될 것이다. 독자들은 링크된 텍스트들 중에서 기호에 맞는 것을 자유롭게 선택하여 읽는 뷔페식 읽기를 하게 된다. 이러한 뷔페식 읽기는 새로운 텍스트들끼리의 결합이라는 점에서 창의성을 길러 주는 장점도 있지만 무가치한 텍스트 더미에 빠져서 방향 감각을 읽고 시간만 낭비하게 하는 약점도 있다.

3. 활동 범주

표현이나 이해 활동은 그 자체가 바로 사고 활동이다. 따라서 얼핏 생각하면 표현과 이해 자체가 사고 활동이므로 사고력 신장을 위한 특별한 처치를 따로 투입할 필요가 없다고 생각할 수 있다. 그러나 이것은 올바른 생각이 아니다. 문제는 사고의 질이기 때문이다. 건성으로 사고한 이해도 있을 수 있고 깊이 있게 사고한 이해도 있을 수 있으며, 표현의 경우에도 마찬가지이다. 따라서 교사는 학생들로 하여금 깊고 넓게 사고할 수 있도록 교육적 처치를 제공해 주어야 한다. 이를 위해서는 우선 표현과 이해 과정에서 수행하여야 하는 다양한 유형의 사고 활동들을 범주화할 필요가 있다.

표현과 이해 교육에서 사고 활동의 범주를 나누는 기준은 역시 표현과 이해의 과정을 토대로 하는 것이 마땅할 것이다. 이에 따라 '명료화하기', '상세화하기', '객관화하기', '주체화하기'의 네 가지 활동 범주로 구분한다. 이해에서의 '명료화하기'는 텍스트에 담겨 있는 의미를 분명하게 파악하기 위한 활동들의 범주이며, 표현에서의 '명료화하기'는 예상 독자와 표현 목적 등 표현의 상황 맥락을 분명하게 규정하기 위한 활동들의 범주이다. 이해에서의 '상세화하기'는 텍스트가 갖는 의미를 깊고 넓게 하기 위한 활동들이며, 표현에서의 '상세화하기'는 나타내고자 하는 의미를 넓고 깊게, 그리고 조리 있게 구성하기 위한 활동들이다. 이해에서의 '객관화하기'는 텍스트에 매몰되지 않고 거리를 두면서 비판하거나 독자 자신의 텍스트 이해 과정을 점검하기 위한 활동들이며, 표현에서의 '객관화하기'는 표현의 과정이나 결과의 적절성을 객관적으로 검토하기 위한 활동들이다. 그리고 이해에서의 '주체화하기'는 텍스트의 내용과 관련하여 새로운 신념이나 태도를 내면화하거나 새로운 아이디어를 얻기 위한 활동들이며, 표현에서의 '주체화하기'는 표현의 과정에서 새로운 깨달음을 얻거나 의미 구성의 정직성을 확보하기 위한 활동들이다.

이들 네 가지 활동 범주들은 표현이나 이해의 과정에 토대를 둔 것이기 때문에, 이해나 표현의 과정에서 순차적으로 적용할 수 있다. 그러나 이러한 단계적 순서는 일반적 수준에서만 적용할 수 있는 것이고, 구체적인 활동 상황에서는 얼마든지 달라질 수 있다. 예컨대 '상세화하기' 활동을 하는 과정에서 텍스트의 의미가 명료화될 수도 있으며, '객관화하기' 활동을 통해서 텍스트의 의미가 명료화되고 풍부화될 수도 있기 때문이다. 따라서 이러한 단계적 절차는 회귀적이다. 그리고 단계적으로 적용되는 경우라 하더라도 단선적이지는 않다. 텍스트의 구조가 중층적이기 때문이다. 읽기를 생각해 보면, 텍스트는 문장, 단락, 텍스트 수준에서 모두 의미를 지니고 있기 때문에, 이들 각 층위에서 '명료화하기 → 상세화하기 → 객관화하기 → 주체화하기'가 일어날 수 있다. 따라서 논리적으로 보면, 단락 수준의 '명료화하기' 이전에 문장 수준의 '상세화하기', '객관화하기', '주체화하기'가 일어날 수 있으며, 또한 텍스트 수준의 '명료화하기' 이전에 단락 수준의 '상세화하기', '객관화하기', '주체화하기'가 일어날 수 있다. 따라서 이들 단계의 적용은 중층적이다. 한 가지 더 지적하여야 할 것은, 때에 따라서는 어느 일정 단계의 활동만으로 그칠 수도 있다는 점이다. 예컨대 표현의 경우 '주체화하기' 활동을 생략할 수도 있으며, 이해의 경우에는 극단적으로 중심 생각 파악이라는 명료화하기 활동만으로 그칠 수도 있다.

한편, 이들 네 가지 범주의 활동들은 그 성격에 따라 묶일 수 있다. '명료화하기'와 '상세화하기'는 텍스트의 의미를 구성하는 것이 주 목적이며 판단의 근거가 주로 텍스트 자체라는 점에서 텍스트 지향성이 강하다. 이에 비해 '객관화하기'와 '주체화하기'는 언어 활동을 수행하는 주체의 개성이나 가치관, 언어 활동의 목적이나 상황 등이 중요하게 작용한다는 점에서 상대적으로 주체 지향성이 강하다. 이와는 다른 측면에서 '명료화하기'와 '객관화하기'는 논리적인 판단이나 근거를 중시한다는 점에서 수렴적 사고가 더 많이 작용하고, '상세화하기'와 '주체화하기'는 개인적 추론이나 상상, 정의적인 반응 등과 주로 관련된다는 점에서 발산적 사고가 더 많이 작용한다.

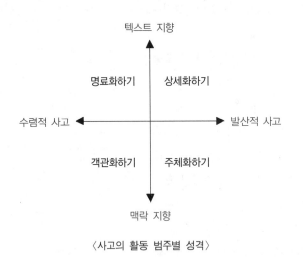

텍스트 지향

명료화하기 　상세화하기

수렴적 사고 ← → 발산적 사고

객관화하기 　주체화하기

맥락 지향

〈사고의 활동 범주별 성격〉

〈이치적(二値的) 사고〉

모든 사태를 선과 악, 흑과 백 등 두 가지로만 파악하는 성향을 말한다. 이런 성향을 가진 사람들은 대화를 통한 협상이나 타협에 어려움을 느끼게 된다.

한 가지 더 검토해 보아야 할 것은 서로 다른 특성을 지니고 있는 이해와 표현을 동일한 범주 이름으로 통일할 수 있는가 하는 점이다. 흔히 표현과 이해는 전혀 별개의 사고 과정인 것으로 생각한다. 이것은 '표현'이라는 말의 상대어를 찾으라고 할 때 누구나 얼른 '이해'를 드는 것에서도 확인할 수 있는데, 이치적 사고 경향에 그 뿌리를 두고 있다. 그리고 실제로 표현과 이해는 수행 과정에서 차이가 있다. 표현은 '아이디어(의미) → 텍스트'로 나아가는 과정을 거치는 데 비해, 이해는 '텍스트→아이디어(의미)'의 과정을 거침으로써 표현과는 반대 방향으로 진행된다.

　그러나 표현과 이해는 차이점보다는 오히려 공통점이 더 많다. 우선 표현과 이해는 '의미 구성'이라는 동일한 목적을 수행하는 사고 과정이라는 점을 지적할 수 있다. 흔히 표현은 텍스트를 만드는 것이 최종 목적이라고 생각하기 쉽지만, 이는 잘못된 생각이다. 표현의 목적은 텍스트를 만드는 것이 아니라, 텍스트(혹은 언어)를 통해서 의미를 생산하여 전달하는 것이다. 텍스트는 최종 목적이 아니라 수단이다. 글쓰기나 말하기 모두 그 본질적인 과정은 의미 구성이며, 텍스트는 이를 구체화하고 형상화하기 위한 장치이다. 이해 역시 마찬가지여서, 텍스트를 통해서 의미를 구성하는 과정이 바로 이해이다.

　표현과 이해의 동질성은 관련 요인 차원에서도 확인할 수 있다. 표현과 이해는 우선 언어 요인을 공유한다. 둘 모두 음성 언어나 문자 언어를 다룰 줄 알아야 하며, 언어 규범이나 텍스트 구성 원칙 등을 알아야 한다. 그리고 표현이나 이해 모두 사회·문화적 요인을 공유한다. 표현에서는 수용자를 가정하여 그들과 명시적·암묵적으로 대화하여야 하고, 이해에서도 그 텍스트를 생산한 사람의 의도나 목적, 성향 등에 대해 끊임없이 질문하여야 한다. 그리고 표현에서건 이해에서건 사회 공동체의 이데올로기나 가치관에 영향 받거나 혹은 그것을 적극적으로 고려하여야 한다. 마지막으로 표현과 이해의 과정에는 유사한 정신 활동이 작용한다. 표현과 이해의 과정에는 유사한 개념적 지식, 언어적 지식, 사회·문화적 지식이 작용한다. 그리고 표현에서건 이해에서건 주의집중, 정보수집, 분석, 종합, 추론, 평가 등의 기본 요소별 사고 기능이 작용한다.

요컨대 표현과 이해는 유사한 특성을 지니고 있다. 이 동질성을 구성하는 가장 중요한 요인은 역시 사고 활동의 유사성이라고 해야 할 것이다. 물론 표현과 이해에서 작용하는 구체적인 기본 요소 사고의 역할이 조금씩 차이가 날 수 있고, 또 과정 측면에서 적용 순서가 달라질 수도 있다. 그러나 표현과 이해는 의미 구성이라는 동일한 목적을 지니며, 거의 유사한 종류의 사고가 작용한다는 점에서 차이점보다는 공통점이 더 많은 사고 활동이라고 할 수 있다.

표현과 이해의 동질성을 강조하는 것은 그 둘의 상관관계에 대한 연구들에서도 지지된다. 필자들이 지니고 있는 텍스트의 구조에 대한 지식이나 추론 능력 등은 주로 독서 경험에 크게 의존하며, 글쓰기에서 필요로 하는 철자법이나 어휘력 등도 읽기 경험으로부터 획득된다(박영목·한철우·윤희원, 1996). 그리고 실제의 언어 생활에서도 표현과 이해는 그리 멀리 떨어져 있지 않다. 우리는 좋은 표현의 글, 구성이 잘 짜여진 글, 내용이 참신한 글을 접하면 감탄하고 한 번 더 읽게 되는데, 이것은 '나도 이렇게 써 봐야지.'하고 생각하며 읽는 것으로서, 장차 나의 글쓰기에 자양분으로 작용하게 된다. 또한 우리는 글을 읽으며 자기 생각을 정리하거나 되짚어 보기도 하고 새로운 아이디어를 구성하기도 하는데, 이것은 본질적으로 글쓰기와 다름이 없다. 그리고 글을 쓰는 과정에서는 이러저러한 참고 자료들을 찾아 읽거나 보거나 듣게 되고, 나아가 자기가 현재까지 써 놓은 글을 반복해서 읽고 여러 측면에서 분석하고 평가하게 되는데, 이러한 과정은 본질적으로 이해와 동일한 활동이다. 따라서 이해와 표현은 실제 언어 생활의 양상 측면에서도 많은 부분이 중첩되어 있음을 알

〈읽기와 쓰기의 관련성(Stotsky, 1983)〉

① 대개 능숙한 독자는 미숙한 독자에 비해 독서를 많이 하며,
② 능숙한 필자는 미숙한 필자에 비해 능숙한 독자인 경우가 많고,
③ 능숙한 독자가 쓴 글은 미숙한 독자가 쓴 글보다 더 잘 조직되어 있으며,
④ 읽기 능력을 신장하기 위해 쓰기 활동을 했더니 읽기 능력이 의미 있게 신장되었고,
⑤ 쓰기 능력을 신장할 목적으로 읽기 활동을 했더니 문법을 포함한 쓰기 능력에 많은 도움이 되었다..

수 있다.

이상에서 살펴본 것처럼 이해와 표현은 서로간에 상당 부분 공통점을 지니고 있다. 따라서 이해와 표현 모두에게 공통적으로 적용되는 활동 범주를 구성할 수 있다. 이제 이해와 표현 교육의 각 단계에서 활동 범주별로 어떤 활동들을 할 수 있는지 질문의 형태로 예를 보이면 다음과 같다.

〈이 해〉		〈표 현〉	
명료화하기	무슨 뜻인가.	명료화하기	이 글을 왜 쓰는가.
	요약하면 어떤 내용인가.		누가 이 글을 읽을 것인가.
	중심 내용은 무엇인가.		내가 하고 싶은 말을 한 마디로 나타내면 무엇인가.
	주제는 무엇인가.	상세화하기	독자는 어떤 생각을 가지고 있고 무엇을 알고 무엇을 모르고 있을까.
	어떤 구성의 글인가.		이 글을 통해서 독자에게 어떤 변화가 일어나기를 기대하는가.
상세화하기	왜 이런 내용의 글을 썼을까. 필자의 궁극적인 의도나 목적은 무엇일까.		독자는 나에게서 무엇을 기대하고 있을까.
	왜 이런 방식으로 말을 했을까.		내가 말하고자 하는 내용은 어떤 것들과 관련이 있을까.
	다른 뜻으로 읽을 수는 없을까.		이 문제를 더 일반화, 추상화할 수 없을까.
	더 이어진다면 어떤 내용일까.		이 문제를 더 구체화할 수 없을까.
	이 내용으로 볼 때, 미루어 짐작할 수 있는 내용은 무엇일까.		역으로 생각해 보거나 다른 상황을 가정해 보면 어떻게 될까.
	내가 경험했거나 알고 있던 내용과 관련이 있는가.		이 문제는 어떤 요소들로 구성되어 있는가.
	이전에 읽었던 다른 글과는 어떤 관련이 있는가.	객관화하기	독자의 수준에 알맞은가.
객관화하기	어디까지가 사실이고 어디까지가 의견인가.		독자에게 의미 있는 내용인가.
	글의 내용이 믿을 만하고 합리적인가.		하고자 하는 말이 잘 드러나 있는가.
	표현이나 조직이 적절한가.		불필요한 내용은 없는가.
	필자의 태도나 관점은 무엇이며, 그것은 정당한가.		설득력이 있는가. 없다면 왜 그런가.
	현실에 적용 가능한가.		구조가 잘 짜여져 있는가.
	내가 글의 내용을 제대로 이해하고 있는가.		의미가 불분명하거나 잘못된 표현은 없는가.
	내가 글을 읽는 목적을 달성했는가.		준비가 부족했거나 소홀하게 다룬 것은 없는가.
	내가 글을 제대로 된 방법으로 읽고 있는가.		제대로 된 방법으로 글을 쓰고 있는가.
주체화하기	공감한 점은 무엇인가.	주체화하기	포기할 수 없는 나만의 생각은 무엇인가.
	글을 읽고 생각이나 태도가 어떻게 바뀌었는가.		글을 쓰면서 가지게 된 지식이나 신념이 있는가.
	글의 내용에 동의할 수 없는 나만의 생각이 있는가.		글을 쓰면서 새롭게 깨달은 것은 없는가.
	글을 읽고 새롭게 깨달은 점은 없는가.		솔직하게 글을 썼는가.
	글에서 배웠거나 새로 떠오른 아이디어를 어디에서 어떻게 이용할 수 있을까.		억지로 꾸며서 쓴 내용은 없는가.
			어떤 점에서 보람을 느꼈는가.

위에서 보는 것처럼, 인지 중심적 사고 교육을 위한 이해·표현 활동에서 '주체화하기'가 독립된 범주로 설정되어 있다는 데 주목할 필요가 있다. '주체화하기'는 표현과 이해의 과정에서 얻은 지식이나 깨달음, 신념이나 태도 등을 자기화, 내면화하는 단계이다. 이런 점에서 '주체화하기'는 정의적 사고와도 관련이 깊다. 교육이란 인간의 성장을 지향하는 의도적 행위이며 이해·표현 교육도 교육 활동의 하나이므로 인간의 성장에 최대한 기여하여야 한다. 따라서 개별 텍스트를 수용하고 생산하는 과정에서 학생들 스스로 자신만의 것(지식, 사고, 신념, 깨달음, 정서 등)을 쌓아 가도록 도와주어야 한다. 이해·표현 교육은 이해·표현의 방법만을 가르치는 것으로 한정되어서는 안 된다. 이해·표현의 방법은 이해·표현의 활동 과정에서 지식과 깨달음을 얻으며 자기 것을 만들어 가는 과정에서 자연스럽게 획득되어야 한다. 학생들 자신의 삶과 연계되지 못한 채 방법만을 강조하는 이해·표현 교육은 학생들로 하여금 쉬 싫증을 느끼게 할 것이다. 따라서 이해와 표현이라는 사고 활동에 즐겨 참여하는 자발적인 동기를 부여하기 위해서라도 '주체화하기' 범주는 필요할 것이다.

인지 중심적 사고력 신장을 위한 이해·표현 교육에서 교수-학습의 편리를 위해 활동의 범주를 네 가지로 구분하였다. 그런데 이 네 가지 범주는 학생들의 개별적인 이해·표현 활동에서도 그대로 적용될 수 있다. 읽기의 경우를 예로 들면 학생들은 각자,

〈학습 독서와 독서 학습〉

지식이나 정보, 깨달음을 얻기 위해 읽는 것을 학습 독서(reading to learn)라 하고, 읽기를 통해 읽는 방법이나 전략 등을 배우는 것을 독서 학습(learning to read)이라 한다.

① (명료화) 이 글의 내용을 명료화해 보자.
  - 도대체 무슨 말을 하고 있는가?
② (상세화) 글의 내용을 상세화해 보자.
  - 왜 이런 글을 썼을까, 무슨 뜻일까?
③ (객관화) 글의 내용을 객관화해 보자.
  - 내용이 합리적이고 타당한가?
④ (주체화) 주체적으로 생각해 보자.
  - 무엇을 배웠으며, 어떤 깨달음을 얻었는가?

등과 같이 범주를 나누어 생각함으로써 더 깊이 있고 가치 있는 이해를 수행할 수 있다. 따라서 사고 활동의 범주를 나누어 보는 것은, 비록 서로간의 경계가 다소 불분명하다는 약점이 있음에도 불구하고 집단적·개별적 학습 모두에서 유용한 가치를 지닌다.

4. 활동의 실제

이해와 표현 활동의 과정은 '명료화하기', '상세화하기', '객관화하기', '주체화하기'의 네 가지로 범주화하는 것이 유용하다고 하였다. 이제 이 범주 틀에 따라 구체적인 텍스트를 정하여 실제로 어떤 활동을 할 수 있는지 살펴보기로 한다. 그런데 먼저 언급하여야 할 것은 실제로 글을 읽는 과정에서는 반드시 이들 네 단계가 모두 그리고 순차적으로 일어나야 하는 것은 아니라는 점이다. 일상적인 상황에서의 읽기는 때로는 중심 내용 파악이라는 '명료화하기'만을 요구하기도 하며, 때로는 주어진 텍스트를 비판적으로 바라보는 '객관화하기'만을 요구하기도 한다. 그러나 논리적인 관점에서 보면 후행의 단계는 그 이전 단계의 활동을 전제한다. 여기서는 이들 네 단계의 활동이 순차적으로 이루어지는 경우를 가정하여 제시하기로 한다.

텍스트는 이곡의 〈차마설(借馬說)〉이다.

차마설(借馬說)

이 곡(李 穀)

내가 집이 가난해서 말(馬)이 없으므로 혹 빌려서 타는데, 여위고 둔하여 걸음이 느린 말이면 비록 급한 일이 있어도 감히 채찍질을 가하지 못하고 조심조심하여 곧 넘어질 것같이 여기다가, 개울이나 구렁을 만나면 내려서 걸어가므로 후회하였으나, 발이 높고 귀가 날카로운 준마로서 잘 달리는 말에 올라타면 의기양양하게 마음대로 채찍질을 하여 고삐를 놓으면 언덕과 골짜기가 평지처럼 보이니 심히 장쾌하였다. 그러나 어떤 때에는 위태로워서 떨어지는 근심을 면치 못하였다.

아! 사람의 마음이 옮겨지고 바뀌는 것이 이와 같을까? 남의 물건을 빌려서 하루아침 소용에 대비하는 것도 이와 같거든, 하물며 참으로 자기가 가지고 있는 것이랴. 그러나 사람이 가지고 있는 것이 어느 것이나 빌리지 아니한 것이 없다. 임금은 백성으로부터 힘을 빌려서 높고 부귀한 자리를 가졌고, 신하는 임금으로부터 권세를 빌려 은총과 귀함을 누리며, 아들은 아비로부터, 지어미는 지아비로부터, 비복(婢僕)은 상전으로부터 힘과 권세를 빌려서 가지고 있다. 그 빌린 바가 또한 깊고 많아서 대개는 자기 소유로 하고 끝내 반성할 줄 모르고 있으니, 어찌 미혹(迷惑)한 일이 아니겠는가? 그러다가도 혹 잠깐 사이에 그 빌린 것이 도로 돌아가게 되면, 만방(萬邦)의 임금도 외톨이가 되고, 백승(百乘)을 가졌던 집도 외로운 신하가 되니, 하물며 그보다 더 미약한 자야 말할 것이 있겠는가?

맹자가 일컫기를 "남의 것을 오랫동안 빌려 쓰고 돌려주지 아니하면, 어찌 그것이 자기의 소유가 아닌 줄 알겠는가?" 하였다. 내가 여기에 느낀 바가 있어서 차마설을 지어 그 뜻을 넓히노라.

— 〈가정집(稼亭集)〉

1) 명료화하기

가. 중심 내용 파악하기

〈차마설〉의 중심 내용이 무엇인가? 뛰어난 독자들이야 직관적으로 중심 내용이 무엇인지 파악할 수 있지만, 그렇지 못한 대다수의 독자들은 이리저리 궁리를 하여야 한다.

① 단순화하기

〈차마설〉의 내용을 단순화해 볼 수 없을까? 무엇에 대한 글이고, 그것에 대해서 어떤 이야기를 하고 있는가? 곧 글의 내용을 '화제 + 진술'의 구조로 단순화해 보는 활동이다. 〈차마설〉은 '남의 말을 빌리는 일'에 대해 이야기하고 있고, '대개의 사람들은 남의 것을 빌려 온 사실을 깨닫지 못하고 있다는 것'을 말하고 있다.

② 중요도 매기기

위의 세 단락 중에서 가장 중요한 단락은 어느 것일까? 중요한 단락 순서대로 번호를 매기면 어떻게 될까? 글의 중심 내용을 찾는다는 것은 의식을 하건 하지 않건 이와 유사한 활동을 한다. 〈차마설〉에서 한 단락만을 남긴다면 둘째 단락이 유력한 후보가 될 것이다. 이 단락을 중심으로 다른 단락들이 제 나름의 기여를 하고 있다. 그 다음으로 중요한 단락이 무엇인가 하는 것은 사람에 따라 달라질 수 있다. 예컨대 둘째 단락의 내용을 깨닫게 한 첫째 단락으로 볼 수도 있고, 둘째 단락의 내용을 맹자라는 성인의 권위에 기대어 다시 말하고 있는 마지막 단락이라고 할 수도 있다. 중요한 것은 자기 나름의 근거를 제시할 수 있느냐 하는 점이다. 다시 둘째 단락 중에서는 어떤 문장이 가장 중요한가? 아마도 "그 빌린 바가 또한 깊고 많아서 대개는 자기 소유로 하고 끝내 반성할 줄 모르고 있으니, 어찌 미혹(迷惑)한 일이 아니겠는가?" 정도가 아닐까 한다. 사람들이 세상의 모든 것은 남으로부터 빌린 것이라는 사실을 깨닫지 못하는 현상에 대한 개탄을 나타내는 내용이기 때문이다.

③ 사소한 내용 삭제하기

가장 사소한 내용의 단락은 무엇인가? 이것은 중요도 매기기와 그 취지는 같되 단지 사고의 순서가 다르다. 여러 가지 색깔의 형광펜 등을 이용해 가장 중요하지 않다고 생각하는 단락이나 내용부터 차례로 제외해 나가면서 마지막에 남는 내용을 바탕으로 중심 내용을 구성한다.

나. 글의 구성 파악하기

〈차마설〉은 어떤 구성을 가진 글인가? 글의 구조를 제대로 파악하는

<학습 방법과 평가 방법>

'단순화하기', '중요도 매기기', '사소한 내용 삭제하기' 등은 글의 내용을 제대로 파악하기 위한 일종의 학습 전략이라고 할 수 있다. 그런데 이들은 평가 방법으로도 활용할 수 있다. 글을 읽고 '화제+진술'로 단순화할 수 있는지, 중요한 내용과 사소한 내용을 제대로 분간할 수 있는지에 따라 읽기 수준을 판정할 수 있다.

것은 그 글의 의미를 제대로 이해하기 위한 필수 조건이다.

① 단락 나누기

이 글을 크게 두 부분으로 나눈다면 어떻게 나눌 수 있는가? 〈차마설〉
은 일상적인 경험 부분(첫 단락)과 그 경험으로부터 이끌어낸 삶의 깨달음
부분(나머지 단락)으로 구성되어 있다.

② 구조도 그리기

〈차마설〉의 구조를 그
림으로 나타내면 어떻게
되겠는가? 일반적인 개요
형식으로 만들 수도 있고,
나무 구조 형식이나 기타
다른 방식도 가능하다. 단
락 나누기도 마찬가지지
만, 친구들과 서로 비교해

보고 차이가 난다면 그 까닭이 무엇인지 토의하고 어느 하나로 의견을
수렴해 본다.

2) 상세화하기

가. 관련 지식 살리기

〈차마설〉의 내용과 관련된 지식이나 경험이 있는가? 있다면 〈차마설〉
에서 말하고 있는 내용과 어떤 관련이 있는가? 글을 읽는 과정에서 글의
내용과 관련된 배경 지식을 떠올려 활용할 수 있다면 더욱 풍부한 이해
를 할 수 있다.

① 비슷한 경험 떠올리기

남의 물건을 빌려 쓴 경우를 생각해 보자. 어떤 물건들을 빌려 썼는가? 혹시 탐이 나서 돌려주고 싶지 않은 적은 없는가? 남이 내 물건을 빌려 가서 오랫동안 갚지 않았을 때 어떤 생각이 들었는가? 이러한 질문과 그에 대한 경험을 떠올려 봄으로써 필자가 전달하려고 하는 내용을 실감나게 이해할 수 있다. 내용을 이해한 경우라도 사람에 따라 그 처리 깊이는 매우 다양할 수 있다.

② 생각 그물 만들기

〈뇌의 구조와 생각 그물 만들기〉

최근 여러 교과에서 생각 그물을 활발하게 활용하고 있는데, 그것은 생각 그물이 뇌의 구조와 관련이 있다고 보기 때문이다. 곧 생각 그물은 선, 도형, 색깔 등의 이미지를 통해 우뇌를 활용하고, 또 언어, 논리적 관계 등을 통해 좌뇌를 활용한다. 곧 우뇌와 좌뇌를 두루 활용할 수 있는 체제가 생각 그물이라는 것이다. 그리고 우리가 알고 있는 많은 지식들은 망상 구조를 이루며 뇌에 저장되어 있는데, 이와 가장 가까운 형태가 생각 그물이라는 점도 한 요인이다. 생각 그물을 이용하면 머릿속에 저장된 지식을 가장 쉽게 끌어낼 수 있을 것으로 보는 것이다.

내가 알고 있는 내용 중에서 언뜻 떠오르지 않은 것이 있지 않을까? 그것을 어떻게 끄집어낼 수 있을까? 관련 경험이 잘 떠오르지 않을 때 활용할 수 있는 방법으로서 연상을 통한 생각 그물 만들기를 할 수 있다. 예컨대 '빌려 씀'이라는 핵심어를 중심에 놓고, 빌려 쓴 물건, 빌려 쓰는 조건이나 대가, 빌려 쓸 때의 장점과 단점 등에 대해 연상해 나가며 정리하는 방식이다. 이러한 방식을 통해, 때로는 남의 물건을 빌려 쓸 때에는 대가를 지불하여야 한다는 생각을 하게 되고, 나아가 〈차마설〉을 읽을 때에도 대가 없는 차용의 부당함을 머릿속에 그릴 수 있는 것이다.

나. 추리·상상하기

글의 내용이 머릿속에 생생하게 그려지는가? 필자는 누구에게 어떤 의도로 이 글을 썼을까? 필자는 왜 이런 방식으로 글을 썼을까? 이러한 질문과 그에 대한 답은 글의 내용을 풍부하게 이해하는 데 중요한 역할을 한다.

① 장면 떠올리기

허약한 말을 빌려 탈 때와 건장한 말을 빌려 탈 때의 필자의 마음은 각각 어떠했을까? 내가 필자 상황이었다면 어떤 마음이 들까? 내가 건장한 말을 장쾌한 마음으로 타고 있는데 주인이 그 말을 도로 찾아가면 어떤 마음이 들까? 상황 상황을 머릿속에 떠올리고, 그 속에 몰입해서 읽는다. 이것은 글의 내용에 '빠져 읽기(몰입 독서)'라 할 수 있다.

② 행간 읽기

〈차마설〉의 표면적인 내용은 "내가 가진 모든 것은 남에게서 빌린 것이다."이다. 이를 통해 궁극적으로 무슨 말을 하려는 것인가? 남에게서 빌려 쓰는 자로서의 의무와 직분을 다해야 하며 늘 삼가야 한다는 것일 것이다. 그것을 어떻게 알 수 있는가? 둘째 단락 다섯째 문장에서 읽어낼 수 있다.

③ 필자의 의도 파악하기

필자는 누구에게 어떤 의도로 이 글을 썼을까? 다양한 가능성을 검토해 볼 수 있다. 방종한 고관대작의 아들을 대상으로 한 글이라면 어떤 뜻이 되는가? 패도를 일삼는 왕을 대상으로 한 글이라면 어떤 뜻이 되는가? 높은 권력을 믿고 날뛰는 신하를 대상으로 한 글이라면 또 어떤 뜻이 되는가? 각 상황에 따라 구체적인 의미가 달라지며, 중요시되는 부분도 달라진다.

다. 발상과 표현의 특성 음미하기

〈차마설〉은 발상이나 표현 방식에서 어떤 특성을 지니고 있는가? 그리고 그 효과는 무엇인가? 글을 읽는 과정에서 발상이나 표현 방식에 대해 음미해 보는 것은 글의 의미를 깊고 넓게 이해하는 데 도움이 된다.

① 발상 음미하기

이 글은 어떤 발상적 틀을 가지고 있으며 그 효과는 무엇인가? 이 글은 말 빌려 타기라는 지극히 평범하고 일상적인 경험으로부터 삶의 태도라는 추상적인 주제를 이끌어내고 있다. 늘 겪을 수 있는 일상적 경험에서 출발하여 삶의 진실을 주장하였기 때문에 누구나 쉽게 이해하고 또 고개

〈예측하기와 질문 만들기〉

글의 내용을 상세화하고 또 다른 방법으로 예측하기와 질문 만들기 등이 있다. 예측하기는 지금까지 나온 내용을 바탕으로 앞으로 전개될 글의 내용을 미리 짐작하면서 읽는 읽기이며, 질문 만들기는 구절의 뜻이나 필자의 의도 등 여러 가지 층위에 대해서 질문을 만들고 스스로 그 질문에 대한 답을 찾아가면서 읽는 읽기 방법이다.

를 끄덕이게 하는 설득력을 지니고 있다. 그뿐 아니라 독자들도 평범한 경험으로부터 추상적 진리를 발견하는 과정에서 일종의 쾌감을 느낄 수 있다. 곧 공감을 얻어 낼 수 있는, 맛이 있는 글이 된 것이다. 만약 삶의 태도에 대한 추상적인 진술만으로 시종하였다면 어땠을까? 글의 재미나 설득력이 상당히 약해질 것이다.

② 표현 방식 음미하기

이 글은 구성과 표현에서 어떤 특성을 지니고 있으며, 그 효과는 무엇인가? 〈차마설〉은 그 목적상으로 보면 논설문의 성격이 강하다. 그러나 지금의 논설문과는 구성에서 차이가 있는데, 곧 서론과 결론에 해당하는 부분이 없고 본론에 해당하는 개인적 경험과 그로부터 얻은 깨달음이 직접 나타나 있다. 따라서 글을 쓰는 동기나 목적, 주장하는 핵심 내용 등이 직접적으로 드러나 있지 않고, 독자로 하여금 글을 읽는 과정에서 스스로 느끼고 공감하도록 하고 있다. 또 주제를 제시하는 방식도 특이한데, '빌려서 쓰고 있는 자로서의 직분과 의무를 다해야 한다.'라고 직접 언명하는 대신 '아니겠는가, 있겠는가' 등과 같이 질문 형식으로 우회하고 있다. 이러한 구성과 표현 방식은 결국 독자 스스로 느끼고 판단하고 공감하도록 함으로써 표현 효과를 높이고 있다.

〈꼭지잘린원뿔(truncate)형 글〉

원뿔의 꼭대기 부분이 잘려 나간 모양의 글이라는 뜻이다. 정작 필자가 말하려는 결론적인 내용을 글에 서술하지 않고, 그러한 결론을 독자들이 스스로 판단하여 내리도록 근거 자료들만을 제공하는 형식의 글이다. 필자가 제시해 준 결론이 아니라 독자 스스로 내린 결론이므로 그 설득 효과가 훨씬 크다.

3) 객관화하기

가. 비판하기

글의 내용, 필자의 관점과 태도, 글의 구성 등에서 문제가 있는 부분은 없는가? 어떤 글이든지 그것은 나와 비슷한 어떤 사람에 의해 쓰여진 것이고, 따라서 완벽할 수는 없다. 텍스트를 이모저모 따져 보는 태도는 개인의 지적 성장과 사회적 발전을 위해서 모두 필요하다.

① 옥에 티 찾기

이 글에서 없는 것만 못한 부분은 없는가? 왜 그런가? 첫째 단락의 마지막 문장이 논의될 수 있다. 훌륭한 말을 빌려 탔을 때의 장쾌함에 어울리지 않는 내용이기 때문이다. 이 내용이 들어옴으로써 허약한 말을 빌려 탔을 때의 조마조마함이나 불편함과의 대비가 현저히 약화되고 있다. 따라서 첫 단락의 마지막 문장은 오히려 일관성을 해치는 역할을 한다고 볼 수 있다.

② 주장의 타당성 논박하기

글에 나타난 필자의 주장이 언제나 타당한가? 의심해 볼 여지가 있는 것은 아닌가? 〈차마설〉의 필자는 "내가 가진 모든 것은 다 남에게서 빌린 것이다."라는 주장을 하고 있다. 과연 내가 가진 모든 것은 다 남에게서 빌린 것인가? '빌린 것'은 돌려주어야 한다는 것을 함의한다. 내가 가진 것들, 곧 지위, 지식이나 능력, 성품, 물건, 돈, 아이디어, 친구, 취미 등등 중에서 내가 주체적으로 획득한 것이어서 돌려주지 않아도 되는 것은 없는지 판단해 본다. 또한 내가 가진 모든 것이 남에게서 빌려 온 것이고 또 그럴 수 있는 것이라면, 내가 애써 노력할 필요가 있겠는지 생각해 본다.

③ 필자의 글쓰기 태도 따지기

이 글에서 드러나는 필자의 태도에서 못마땅한 부분은 없는가? 마지막 단락에서 맹자의 말을 인용하고 있다. 글을 쓴 동기를 솔직하게 보여 준 것이라면 긍정적으로 볼 수 있지만, 행여 권위자의 힘을 빌려 설득력을 높이려고 의도한 것이라면 비판의 여지가 있다. 〈차마설〉은 생활에서 얻은 깨달음을 서술한 것이므로, 굳이 권위자에 의지하지 않아도 충분한 설득력을 지니고 있기 때문이다.

나. 이해 과정 조절하기

내가 이 글을 제대로 이해하고 있는가? 그렇지 못하다면 어떻게 해야 하는가? 이것은 이해 과정에 대한 상위인지 활동으로서 독자 자신의 읽기 과정을 객관화한다는 점에서 글의 내용이나 필자의 태도, 의도 등 글이나 필자에 대한 비판적 읽기와는 성격이 약간 다르다. 그러나 글의 내용에 대한 이해 활동, 곧 명료화하기나 상세화하기 활동이 전제되어야 하며, 그러한 이해 활동에 대해 일정한 거리를 두고 객관화하여 검토한다는 점에서는 유사하다. 이 활동은 이해 과정에서 수시로 수행되어야 하지만, 때로는 일정한 단계로 따로 설정하여 수행할 수도 있다.

① 이해 여부 점검하기

무슨 뜻인지 이해가 되는가? 첫째 단락의 마지막 문장을 예로 든다면, '준마가 호쾌하게 달리니 떨어질까 두렵기도 하였다.'는 뜻으로 이해가 된다는 것을 인식한다.

② 앞뒤 일관성 검토하기

내가 이해한 내용 서로 간에 모순되는 점은 없는가? 첫째 단락의 마지막 문장은 그 의미를 이해하는 데는 문제가 없지만, 바로 앞의 다른 문장들과 잘 연결이 되지 않는다는 점을 인식한다.

③ 문제에 대처하기

왜 문제가 생겼을까? 문제가 발생하였을 경우, 우선은 내가 잘못 이해한 것으로 가정한다. 따라서 해당 부분 다시 읽기, 처음부터 다시 읽기, 무시하고 계속 읽어 가기, 잠정적으로 해석해 두었다가 나중에 다시 생각하기 등의 방식으로 대응한다. 이러한 대처에도 해결이 안 된다면, 그 다음에는 글 자체의 문제로 돌릴 수 있고, 바로 비판하기의 대상으로 넘길 수 있다.

4) 주체화하기

가. 내면화하기

글에서 배운 점이 무엇인가? 글을 읽고 마무리 단계에서 이러한 질문에 대한 답을 스스로 정리해 보는 것은 매우 의미 있는 일이다. 글을 읽는 까닭은 배워서 성장하기 위해서이기 때문이다.

① 표현 방식에서 배우기

내가 글을 쓸 때 차용해서 활용해 보고 싶은 표현 방식은 무엇인가? 평범한 일상 경험으로부터 추상적인 가치를 이끌어내는 방식이 인상 깊었다면, 그 방식을 기억에 새겨 두고 모방해서 글을 써 본다.

② 내용에서 배우기

어떤 내용에 공감하였는가? 내 가슴에 새겨 두어야 할 말은 무엇인가? 〈차마설〉은 내가 가진 것은 남에게서 빌려 온 것이라는 신선한 깨달음을 주는 글이다. 이 깨달음을 각자의 삶으로 가져가서 반성해 본다. 내가 가지고 있는 학생으로서의 권리는 어디에서 비롯된 것인가? 내가 친구들보다 상대적으로 우월한 점이 있는가? 있다면 그 까닭이 '빌려 온 것'에서 비롯된 것이 아닌가? 친구들 중에는 그런 경우가 없는가? 어떤 점을 반성해야 하고 앞으로는 어떻게 행동해야 하겠는가? 이러한 사항들에 대해 생각하고 토의한다.

나. 발전적으로 사고하기

이 글을 읽고 떠올린 아이디어는 없는가? 이 글의 어떤 점을 어떻게 활용하면 좋겠는가? 글의 효용은 독자에게 그 내용을 있는 그대로 제공해 주는 것에서 그치는 것이 아니라, 그 내용을 매개로 하여 독자로 하여금 새로운 생각을 하도록 자극하는 데 있다.

① 내 생각 만들기

이 글을 읽고 어떤 생각을 하였는가? 내 주변과 나의 생활 속에 삶의 진리가 있다는 것을 깨달았다든지, 구체적인 경험에서 출발한 글이 더 설득력을 가질 수 있다든지 등과 같은 발전적인 생각을 정리한다.

② 활용 방안 찾기

어디에 활용하면 좋을까? 글에서 제시된 내용, 그에 대한 비판, 그에서 비롯된 나의 생각 등을 어떻게 활용할 수 있을지 생각해 본다. 예를 들면 "임금은 백성으로부터 힘을 빌려서 높고 부귀한 자리를 가졌고"라는 부분에 주목하여 우리나라도 옛날부터 민주주의의 사상이 있었다는 점을 사회 보고서를 작성하는 데 이용할 수 있겠다든지, 아니면 〈차마설〉의 논지를 정면으로 반박하여 모든 것은 자기가 주체적·능동적으로 쟁취하여야 한다는 요지의 글을 구상해 볼 수도 있다.

요약

01. 예전의 국어교육은 다음과 같은 점에서 사고력 교육에 기여하지 못했다.
- 단편적인 지식 위주의 국어교육
- 교사 설명 중심의 국어교육
- 훈고주석식의 국어교육
- 교과서 위주의 국어교육

02. 국어교육이 사고력을 길러 주는 데 효과적으로 기여하기 위해서는 다음과 같은 방향으로 나아가야 한다.
- 텍스트를 통한 의미 구성 과정이 강조되어야 한다.
- 교사의 설명이 아니라 학생의 구성적 활동이 중심이 되는 수업이어야 한다.
- 개별적 사고 기능보다 통합적인 문제 해결 능력을 강조해야 한다.
- 다양한 자료와 매체를 활용하여야 한다.

03. 사고력 신장에 기여하는 이해와 표현 활동을 구성하기 위해 명료화하기, 상세화하기, 객관화하기, 주체화하기로 범주를 나누어 보는 것이 유용하다.

3.1. 이들 네 단계의 활동은 텍스트를 구성하는 단위들을 넘나들면서 중층적으로 작용하지만, 같은 층위 안에서는 기본적으로 순차성을 가진다.

3.2. '명료화하기'는 텍스트 지향의 수렴적 사고가, '상세화하기'는 텍스트 지향의 발산적 사고가, '객관화하기'는 맥락 지향의 수렴적 사고가, '주체화하기'는 맥락 지향의 발산적 사고가 상대적으로 더 많이 작용한다.

3.3. 표현과 이해는 사고의 과정이 서로 다르지만, 의미 구성이라고 하는 활동의 목적이 같고, 관련 요인이 유사하며, 서로 간의 상관관계가 높으며, 실제의 언어 생활에서도 밀접하게 연관되어 있다는 점에서 동질성을 지니고 있다.

04. 활동 범주별로 이해를 위한 구체적인 활동의 예를 들어 보면 다음과 같다.

〈명료화하기〉

- 중심 내용 파악하기 : 단순화하기, 중요도 매기기, 사소한 내용 삭제하기
- 글의 구성 파악하기 : 단락 나누기, 구조도 그리기

〈상세화하기〉

- 관련 지식 살리기 : 비슷한 경험 떠올리기, 생각 그물 만들기
- 추리·상상하기 : 장면 떠올리기, 행간 읽기, 필자의 의도 파악하기
- 발상과 표현의 특성 음미하기 : 발상 음미하기, 표현 방식 음미하기

〈객관화하기〉

- 비판하기 : 옥에 티 찾기, 주장의 타당성 논박하기, 필자의 글쓰기 태도 따지기
- 이해 과정 조절하기 : 이해 여부 점검하기, 앞뒤 일관성 검토하기, 문제에 대처하기

〈주체화하기〉

- 내면화하기 : 표현 방식에서 배우기, 내용에서 배우기
- 발전적으로 사고하기 : 내 생각 만들기, 활용 방안 찾기

알아 두어야 할 것들

결여 텍스트, 꼭지잘린원뿔(truncate)형 글, 뷔페식 읽기, 빠져 읽기(몰입 독서), 예측하기, 질문 만들기

1. 지금까지 받아 온 국어교육 활동 중에서 가장 긍정적으로 기억에 남는 것과 부정적으로 기억에 남는 것을 고르고, 그 까닭을 사고교육과 관련지어 설명해 보자.

· 부정적 기억 :

· 긍정적 기억 :

2. 작문의 과정을 아래와 같이 나타낼 때, 각 단계마다 어떤 사고 유형들이 작용하게 될지 판단해 보자.

〈명료화하기〉

　맥락(목적, 독자, 주제 등) 파악하기 :

〈상세화하기〉

　계획하기 :

　내용 생성하기 :

　내용 조직하기 :

　표현하기 :

〈객관화하기〉

　작문 과정 조절하기 :

　고쳐쓰기 :

〈주체화하기〉

　내면화하기 :

3. 다음 두 교수법을 교사와 학생의 역할, 사고력 신장 측면에서 서로 비교해 보자.

〈직접교수법〉

설명하기 : 원리, 방법, 절차, 전략 등에 대한 교사의 명시적인 설명

↓

시범보이기 : 설명한 사항을 실제 언어 활동에서 적용하는 과정의 시범

↓

질문하기 : 설명하고 시범 보인 내용에 대한 이해 여부 파악을 위한 질문

↓

활동하기 : 교사가 설명하고 시범 보인 대로 학생 스스로 적용해 보는 활동

〈KWL〉

아는 것(Know) : 화제와 관련하여 이미 알고 있는 내용에 대한 학생 나름의 정리

↓

알고 싶은 것(Want to know) : 궁금하거나 더 알고 싶은 내용에 대한 학생 나름의 정리

↓

배운 것(Learned) : 글을 읽고 난 후 새로 알게 된 내용에 대한 학생 나름의 정리

제10장 정의 중심적 사고의 본질과 작용

정의(情意)는 인간의 감정과 의지를 일컫는 말로 정서(情緒)와 가치를 모두 포함한다. 정의적 텍스트란 앞에서 다룬 인지적 텍스트와 구분되는 것으로 시나 소설, 수필 등과 같은 문학 작품뿐만 아니라 일기, 편지, 감상문 등 정서 표현을 중시하는 텍스트를 말한다.

이 장에서는 정의 중심적 사고는 어떠한 요소로 구성되고 있는지 그리고 그것들은 서로 어떠한 관계가 있는지에 대해 알아본다. 또한 정의적 사고 활동은 어떠한 범주로 구성되고 있는지를 살펴보기로 한다.

1. 정의 중심적 사고의 구조

흔히 문학으로 대표되는 정의적 텍스트를 읽는 이유를 감동을 얻기 위함이라고 말한다. 이때의 감동의 구체적 양상은 교훈과 쾌락이라고 할 수 있다. 교훈은 주로 작가의 사상과 관련되는 것으로서 삶의 이치에 관한 깨달음이며, 쾌락은 주로 작가의 감정과 관련되는 것으로서 삶의 과정에서 느끼게 되는 즐거움이다. 독자는 정의적 텍스트에 담겨 있는 사상을 통하여 삶의 이치를 깨닫게 되고, 또한 정의적 텍스트에 담겨 있는 감정에 대해 공감함으로써 삶의 애환을 체험하게 한다. 따라서 정의적 텍스트를 읽는 것은 독자로 하여금 텍스트에 담겨 있는 사상과 감정을 통해 삶에 관한 깨달음과 즐거움을 체득하게 하기 위해 시행된다.

깨달음은 일반적으로 독자의 인지적 능력에 의존하는 바가 크다. 이것은 자아·현실·사회·역사 등과 같은 세상사에 관한 자신의 인식이 문학적 관심으로 확장되는 데서 일어난다. 깨달음은 지적 실천을 문학에서 구하려는 독자에게서 흔히 발견되는 유형이다.

즐거움은 독자의 정의적 성향이 개입하여 일어나는 현상이다. 텍스트 속에 나타난 삶의 양식을 자신의 체험에 비추어 동질감이나 이질감을 느끼게 되고 이에 대해 정서적으로 공감함으로써 일어난다. 즐거움은 텍스트 전체를 통해서 느끼게 되는 경우도 있지만, 작중 인물이나 특정 장면 묘사 등 텍스트 내의 특정 요소에 의해서 느끼게 되는 경우도 있다.

그러면 정의적 텍스트에 담겨 있는 사상과 감정의 본질은 어떠한가. 사상은 사고 작용의 결과로서 이루어진 체계적인 의식으로서 흔히 생각이라는 말로 표현되기도 한다. 학습자가 정의적 텍스트를 읽고 삶의 이치를 깨닫기 위해서는 작가가 갖고 있는 생각이 무엇인지 알아야 한다. 알지 않고서는 깨달을 수 없기 때문이다. 따라서 정의적 텍스트에 담겨 있는 사상을 통하여 삶의 이치를 깨닫는 토대가 되는 활동은 '알기'이다.

또한 감정은 인간의 마음속에 일어나는 정의를 말한다. 학습자가 정의적 텍스트를 읽고 감동을 받기 위해서는 우선적으로 정의적 텍스트에 담겨 있는 감정이 무엇인지 느낄 수 있어야 한다. 느끼지 않고서는 공감할 수 없고, 공감하지 않고서는 감동을 받을 수 없기 때문이다. 따라서 정의적 텍스트에 담겨 있는 감정에 대해 영혼의 울림을 얻게 되는 토대가 되는 활동은 '느끼기'이다.

'알기'는 텍스트에 대한 수렴적인 수용에 해당하고, '즐기기'는 발산적인 향유에 해당한다. 학습자는 수렴적으로 수용한 것을 토대로 하여 발산적인 수용을 하게 된다. 곧, '알기'로부터 '따지기'와 '느끼기'를 거쳐 '즐기기'로 나아가는 것이다.

이에 대하여 구체적으로 살펴 보자. '알기'를 통하여 깨달음의 수준에 도달하기 위해서는 작가가 말하고자 하는 사상이 옳고 그른가, 혹은 그것이 나의 생각과 일치하는지 여부를 따져 보아야 한다. 작가의 생각에서 자

〈울림과 깨침〉

깨달음과 즐거움은 아리스토텔레스 이후 문학의 두 가지 기능으로 알려진 교훈과 쾌락을 풀어 쓴 말이다. 사실 교훈과 쾌락은 국어교육적인 측면에서 썩 어울리는 말은 아니다. '교훈'을 얻기 위해 작품을 읽는다고 말하지는 않기 때문이다. 최근에는 '울림과 깨침'(박인기, 1996)이라는 말도 두루 쓰이고 있다.

〈공감의 속성〉

공감은 반드시 '동화(同化)'적 공감만을 의미하지는 않는다. 인물이나 사건이 자신의 감정에 일치하지 않더라도 '거리두기'를 통해 일정한 정의적 반응은 일어날 수 있기 때문이다.

기가 미처 알지 못했던 내용을 담고 있음을 알았을 때 세상의 이치를 깨닫게 된다. 이 과정은 학습자가 작가의 생각을 알고 난 이후, 그리고 자신의 경험이나 지식에 비추어 따져 본 이후 도달할 수 있게 된다. 따라서 알기의 이후 단계는 '따지기'가 되며 이것은 깨침에 도달하기 위한 활동이다.

또한 '느끼기'를 통하여 울림의 수준에 도달하기 위해서는 정의적 텍스트에 담겨 있는 정서에 공감하고, 학습자가 그것을 좋아하여 거기에 마음을 쏟을 수 있어야 한다. 이 결과 학습자가 행복스러운 마음을 가지게 된다. 느끼기의 이후 단계는 '즐기기'가 되며 이것은 울림에 도달하기 위한 활동이다.

이상에서 말한 정의 중심적 사고의 구조를 정리하면 다음과 같다.

대상＼활동	성격		목적
	수렴　→	발산	
사상(인지)	알기[認識]　→	따지기[分辨]	깨침(교훈, 깨달음)
감정(정의)		느끼기[感應]　→　즐기기[享有]	울림(쾌락, 즐거움)

〈정의 중심적 사고의 구조〉

앞에서 말한 바와 같이 정의적 사고 교수·학습 활동이란 학습자가 정의적 텍스트작품을 읽고 일정한 반응을 일으키기까지 일어나는 제반 활동을 가리킨다. 이 활동은 크게 두 가지로 나누어서 생각할 수 있다. 하나는 사고 활동의 성격에 관한 것이며, 다른 하나는 사고 대상에 관한 것이다.

먼저 정의적 사고 활동의 성격에 관한 것을 살펴 보자.

정의 중심적 사고 활동의 가장 일반적인 현상은 문학교사가 학습자로 하여금 정의적 텍스트를 읽고 감상하게 하는 활동이다. 정의적 활동이 상당한 정도의 인지적 활동을 전제로 하여 이루어지고 있으므로 정의적 텍스트의 감상은 인지적 활동과 정의적 활동을 모두 포함하는 것이다.

〈정의와 인지의 관계 : 통합론과 단계론〉

정의와 인지는 통합된 것인가 아니면 단계적인 것인가라는 논쟁은 오래되었다. 통합론은 정의와 인지는 상호 교호 작용을 하면서 발생한다는 관점이며 분리론은 정의는 인지를 토대로 하여 발생한다는 관점이다. '잘 지어진(well-made) 작품을 읽으면 나도 모르게 기분이 좋아진다.'는 것은 통합론적 관점의 예이다. 그런데 '흥이 나게 된 것은 그 작품이 잘 지어졌다는 것을 이미 인지하고 있었기 때문이다.'라는 것은 단계론적 관점이다. 여기에서는 단계론적 관점을 취한다.

인지적 활동은 정의적 텍스트가 본질적으로 언어적 구성물이라는 점에 기인한다. 언어는 사회 구성원의 합의에 의한 것으로서 사회성과 문화성을 가지고 있는 것이므로 정의적 텍스트를 감상하기 위해서는 일차적으로 작품을 이루고 있는 언어적 의미에 대한 인식(認識), 즉 '알기(knowing)'가 전제되어야 한다. 그리고 난 후 이를 토대로 작가가 형상화하고 있는 세계의 타당성이나 합리성을 분변(分辨)하는 활동, 즉 '따지기(discriminating)'가 이루어진다.

정의적 활동은 정의적 텍스트를 읽고 감상하는 궁극적인 목적이 정의적 동감이라는 점에 기인한다. 정의는 객관적 대상에 대한 주체의 감각에 의거한 감응(感應), 즉 '느끼기(feeling)'에서 비롯된다. 이것은 결과적으로 주체가 감상 대상이 형성하고 있는 세계에 대한 적극적이고 주체적인 향유(享有), 즉 '즐기기(enjoying)' 활동으로 귀결된다.

이상의 4가지 활동은 정의적 텍스트 교수·학습 활동에서 다루는 대상에 통해서도 파악될 수 있다. 정의 중심적 사고의 교수·학습 활동 대상은 작가가 작품을 통하여 형성하고 있는 '의미'와 그것을 감상하고 난 후 학습자의 내면에 형성된 '의의'로 나누어진다. 작품의 의미를 체험하기 위한 두 가지 활동은 '알기'와 '느끼기'로 대별되며, 작품의 의의는 작품 세계의 타당성과 합리성에 대한 '따지기'와 그것을 향유하는 '즐기기'로 구현된다.

〈'알기'와 '알게 하기'〉

'알기'는 학습자의 주체적인 학습 활동에 해당한다. 교수 활동은 궁극적으로 학습 활동을 가능하게 하는 행위이므로, '사고 활동을 시키기'라고 할 것이다. 이는 '-게 하기'의 형식으로 표현될 수 있다. 즉, '알기'라는 학습 활동에 대한 교수 활동은 '알게 하기'가 된다.

2. 정의적 사고 활동의 범주

1) 알기

자기의 생각이나 판단이 옳기를 바란다는 것은 사물이나 현상에 대해 올바르게 인지하고 있음을 의미한다. 사물이나 현상에 대해 올바르게 인지하고 있을 때 우리는 자기에게 부딪힌 문제에 대한 해결책을 올바르게 찾을 수 있고, 또한 그 문제를 적절히 조정할 수 있다. 그렇다면, 인지의 토대를 이루는 지식의 본질과 속성에 대해 살펴보기로 하자.

대체로 지식은 '알기'라는 행위의 산물로 간주된다. 호스퍼스와 레러는 '알다'는 말의 사용에 따라 종래의 몇 가지 구분을 정리하여 지식을 다음과 같이 세 종류로 구분하고 있다(한상기, 1995). '알다'의 쓰임은 그 성격에 따라 크게 다음의 세 가지로 나누어 볼 수 있다.

> (1) 나는 이 작품의 주제를 파악할 줄 안다.
> 　　나는 소설을 읽을 줄 안다.
> (2) 나는 이광수라는 작가를 안다.
> 　　나는 「무정」을 안다.
> (3) 나는 「무정」이 1917년에 발표되었다는 것을 안다.
> 　　나는 이광수가 납북되었다는 것을 안다.

위의 (1)~(3)은 여러 가지 종류의 지식을 기술하는 '알다'라는 말의 서로 다른 몇 가지 사용을 보여주고 있다. 따라서 '알다'라는 말의 사용에 따라 지식을 몇 종류로 나누어 볼 수 있겠는데,

첫째로 우리는 '~을 할 줄 안다'고 말하는 수가 있다. 이때의 '안다'는 말은 어떤 특정한 능력을 갖고 있다는 것을 뜻한다. 그래서 위 문장 (1)은 "이 작품의 주제를 파악할 수 있는 능력이 있다", "소설을 읽을 수 있는 능력이 있다"는 뜻이다. 만일 어떤 사람이 어떤 것을 어떻게 하는 가를 안다고 말했다면, 그때 '안다'는 말에 포함되어 있는 의미는 대개 이러한 능력의 의미이다. 이런 의미의 지식은 보통 능력지(能力知, knowledge of ability or knowing-how)라고 부른다.

둘째로, '알다'는 말은 어떤 것 또는 어떤 사람과 익숙하다(친숙하다)는 의미로 사용되는 수가 있다. 우리는 자기 가족이나 친지, 자기가 애지중지하는 것들, 자기가 사는 고장이나 가본 곳을 "잘 안다"고 말하는 수가 있다. 이런 경우, '알다'는 말은 '익숙하다,' '친숙하다' '면식이 있다'는

〈'알다'의 의미〉

'알다'의 사전적 의미로는 ①모르던 것을 깨닫다. ㉔아는 것이 힘이다. ②의식하다. ㉔시간이 가는 것을 알지 못하다. ③분별(分別)하다. ㉔내 일은 내가 안다. ④경험하다. ㉔여자를 안다. ⑤낯이 익다. ㉔아는 사람이 많다. ⑥관여하다. ㉔네가 알 것까지 없다. ⑦중히 여기다 ㉔공부만 알다. ⑧짐작하여 이해하다. ㉔그의 고민을 알 수 있다. 등이다.

〈이광수와 친하다?〉

이광수와 친하다는 것이 그와 직접적인 교면이 있다는 것만을 의미하지는 않는다. 그가 언제 태어나서 무슨 작품을 썼으며 그리고 어떠한 활동을 했는가와 같은, 이광수라는 인간에 대한 세부적인 정보에 관해 익숙해 있다는 의미이다.

뜻이다. 위 문장 (2)는 '나는 이광수라는 사람에 대해 친숙하다'는 뜻으로 사용되고 있다. 이런 의미의 지식은 보통 익숙지(knowledge of ability by acquaintance)라고 부른다. 한편 '나는 〈무정〉에 대해 안다'는 능력지와 익숙지 모두를 표현하는 것으로 생각할 수도 있다.

셋째로 '안다'는 말을 가장 빈번히 사용하는 것을 어떤 명제를 아는 경우이다. 이 경우 '나는 ~라는 것을 안다.'는 말은 '나는 어떤 것이 어떠하다는 것을 안다'는 뜻이다. 위 문장 (3)이 그런 예라고 할 수 있다. 이런 경우 '안다'는 말은 어떤 것을 정보로서 파악한다는 의미이다. 그래서 내가 지구가 둥글다는 것을 안다면 나는 어떤 정보 즉 지구가 둥글다는 정보를 파악한 셈이 되고, 2+2=4라는 것을 안다면 2+2=4는 정보를 파악한 셈이 된다. 이런 의미의 지식은 앞의 능력지나 익숙지와는 달리 언제나 어떤 것이 어떠하다는 명제를 아는 경우로 표현할 수 있으며, 이 점 때문에 명제지(propositional knowledge)라고 부른다.

이상의 '지식'의 세 가지 영역 중에서 명제지가 중요하다고 말한다. 능력지나 익숙지의 의미에서 어떤 것을 아는 것은 그것의 명제지를 알아야만이 가능하다. 어떤 사람을 익히 알 수 있으려면, 그 사람에 관한 옳은 정보, 즉 그 사람에 관한 옳은 명제를 얼마쯤은 알아야 한다. 그 사람에 관해서 아무 것도 모른다면 도대체 어떻게 그 사람을 익히 알 수 있겠는가? 이런 사실은 익숙지가 성립할 때에 이미 명제지가 전제되어 있음을 나타낸다. 능력지의 경우도 마찬가지이다. 산에 관한 옳은 정보를 얼마쯤은 알아야 산을 오를 수 있게 되며, 물에 관한 정보를 얼마쯤은 알아야 수영을 할 수 있게 되는 것이다. 따라서 익숙지나 능력지는 언제나 명제지를 전제하고 있다.

이것은 곧 정의적 사고 활동의 토대는 곧 알기, 그 중에서도 명제지라는 점을 말해 준다. 즉 알기는 사물의 의의를 바르게 이해하고 판별하는 마음의 작용이거나, 혹은 사물을 인정(認定)·식별(識別)하고, 기억해 내는 작용이다. 주로 텍스트의 주제·소재·줄거리·인물·배경 등에 대한 수렴적 파악 활동을 통해 이루어지며 이를 토대로 하여 다음 단계의 사고 활동으로의 발산을 가능하게 한다.

예컨대 〈흥부전〉을 감상하기 위해서는 먼저 작품을 구성하고 있는 고어에 대해 알고 있어야 한다. 한자를 알지 못하고서는 한시를 감상할 수 없는 것과 마찬가지이다. 또한 판소리만의 독특한 문체, 조선조 후기 민중의 삶의 모습에 대해 알고 있지 않으면 〈흥부전〉의 깊은 맛을 감상할 수 없게 된다. 이것은 동시대의 텍스트에서도 마찬가지이다. 해방과 분단을 전후한 한국 현대사와 문화에 대한 이해가 전제되어야 〈태백산맥〉에 내재된 인물들의 대립과 갈등, 농민들의 팍팍한 삶, 남도 방언의 걸쭉한 맛을 발견할 수 있다.

2) 따지기

인지적 영역은 '앎'이란 것을 전제로 하여 그것의 속성에 따라 객관적 사실에 대해 알기와 이를 토대로 하여 어떤 사물이나 현상을 분변해 낼 수 있는 '따지기'로 이루어진다.

따지기란 작품에 대한 비판적 사고 능력을 말한다. 비판적 사고 능력은 여러 가지 판단 기준에 의하여 언어 사용이 적절하고 타당하게 또 효과적으로 구사되고 있는지를 구별해 내는 능력을 말한다. 이런 면에서 비판적 사고 능력은 특히 정의적 텍스트의 감상력과 밀접한 관계를 갖는다. 즉 언어 표현과 이해의 과정에서 여러 가지 준거에 의하여 분석된 것을 바탕으로 그 적절성 또는 가치 및 우열을 판단하는 능력을 말한다.

어떤 현상이나 주장을 받아들인다는 것의 의미를 생각해 보자. 독자가 작가의 주장이나 작품 속의 인물의 행위의 정당성에 대해 받아들인다는 것은 그것의 정당성을 곰곰이 '따져' 본 후에 올바른 것이라고 판단하는 것을 말한다. 정당성을 따져 본다는 것은 사물이나 현상의 옳고 그름을 분변하기 위해 정상적인 추론 과정을 거치는 것을 말한다.

예컨대, 〈감자〉의 경우에 대해 생각해 보자. 어떤 독자는 작품을 읽고 왕서방이 무죄라고 생각할 수 있다. 그 근거로서 먼저 텍스트를 읽는 과정에서 알아 낸 사실을 근거로 제시한다. 먼저 복녀가 한밤중에 낫을 들고 왕서방의 신혼방에 들어갔다는 점, 그리고 복녀가 먼저 낫을 휘둘렀다는 점도 제시할 수 있다. 그리고 평소에 자신이 알고 있는 법률적 지식, 즉 어쩔 수 없는 상황에서 자신을 보호하기 위해 무력을 휘두르는 것을 정당방위로서 무죄에 해당한다는 점을 근거로 제시한다. 이것은 〈감자〉라는 텍스트의 내적인 '알기'와 텍스트 외적인 '알기'의 결과를 토대로 하여 왕서방의 행동에 대한 '따지기'의 결과이다.

텍스트 내적인 '알기'		텍스트 외적인 '알기'
〈알기 1〉 복녀가 한밤중에 무단으로 왕서방의 집에 무단으로 침입했다.	〈알기 2〉 복녀가 먼저 왕서방에게 낫을 휘둘렀다.	〈알기 3〉 정당방위는 어쩔 수 없는 상황에서 자신을 보호하기 위해 무력을 휘두르는 행위로서 무죄이다.

〈따지기〉 왕서방은 복녀의 죽임에 대한 책임이 없다. 왕서방은 무죄이다.

물론 이 독자는 복녀가 왜 낫을 들고 들어갔는지, 그리고 복녀의 시체를 놓고 남편과 한의사·왕서방 사이에 이루어지고 있는 모의가 의미하는 바를 따져 보지 않고 있다. 그는 복녀의 죽음을 둘러싸고 있는 여러 상황을 고려하지 않고 복녀가 한밤중에 왕서방의 집에 낫을 들고 무단으로 침입하였다는 하나의 단편적인 사실만을 고려하여 결론을 내리고 있는 것이다. 이것은 복녀의 죽음의 원인과 이유에 대해 적절하게 따지고 있는 것이 아니다. 그렇다고 해도 그가 '왕서방은 무죄이다.'라는 주장을 한 것은 '알기'를 토대로 하여 '따지기'의 활동의 산물이라는 사실은 분명하다.

〈'느끼다'의 의미〉

'느끼다'는 ① 자극을 받아 감각이 일어나다. 예추위를 느끼다. ② 어떤 감정이 우러나다. 예기쁨을 느끼다. ③ 마음 속으로 깨닫거나 생각을 가지다 예필요성을 느끼다. 책임을 느끼다. 등의 의미를 갖고 있다.

3) 느끼기

'느끼기'는 신체의 감각 기관이 외부의 자극에 의해 일정한 반응을 나타내는 것을 말한다. 느낌은 감각 기관을 통하여서 외부의 사물을 인식하는 작용으로서 외부의 사물이 사람의 마음에 주는 감각을 말한다. 정의적 텍스트의 교수·학습 활동에서의 느낌은 작품을 읽고 마음에 느끼어 일어나는 정신 작용으로서 주로 작품에 대한 '인상'을 말한다. 인상은 과거의 체험과 현재를 연결짓는 정신 작용이다.

그러면, '느끼기'는 어떻게 작용하는가. 사람들은 초원의 풍경화를 보고 그것이 초원을 형상화한 것인 줄 알 수 있고 또 그것이 '평화로운 광경'이라고 말을 한다. 하지만 화가들은 어느 누구도 '평화'를 형상화할 수는 없다. 화가는 푸른 초원이나 구름이 떠가는 하늘, 엄마 품에 안겨서 자고 있는 아이 등을 형상화함으로써 통해 관객들로 하여금 평화를 머리 속에 떠올리게 한다. 이때의 감정은 구체적인 사물이 아니라 추상적인 느낌이다. 그렇다면, '초원'을 그리는 화가와 '평화'를 그리는 화가의 차이는 무엇일까. 일단 '초원'을 그린 그림은 이해하기 쉬우나 '평화'를 그린 그림은 어렵다. 이것은 초원은 쉽게 눈으로 확인할 수 있는 구체적인 사물이지만, 평화는 그 너머에 있는 추상적인 것이기 때문이다.

이해하기 어려운 그림을 두고 무엇을 그리고 있는지 모르겠다고 말하는 사람이 있다면, 이는 역설적으로 관객은 자신이 이해하는 그림의 범위를 은연중에 미리 정해 놓고 있다는 뜻이 된다. 자기에게 보이는 것, 자기가 보려는 것을 미리 정해 놓은 사람에겐 그 이외의 것이 보이지 않음은 너무나 당연한 것이다. 피카소가 이른바 '입체파'라고 불리는 새로운 그림을 그리기 시작했을 때, 당시 대부분의 사람들은 그의 그림을 보고 도무지 보이는 것이 없다고 불평을 늘어놓았다. 피카소는 이에 대해 "사람들은 새소리는 묻지 않고서라도 듣기 좋다고 하면서 그림만은 왜 그토록 물으려 드는가?"라고 답변했다. 느끼기보다 아는 것만 보려고 하는 당시의 사람들을 향한 피카소의 이러한 답변은 '아는 만큼 보인다.'라는 말의 함의도 다시 생각하게 해준다. 새들의 지저귐을 소리의 아름다움으로 느낄 줄 아는 자는 음악을 즐기는 자임에 틀림없다. 노래의 가사를 두고 노래가 좋다고 하지 않듯이 그림 속의 꽃과 연인들 두고 그림이 좋다고는 하지 않는다. 그려진 꽃과 연인 위에 덮여진 산과 색, 형체의 울림이 아름답기 때문에 좋은 그림이라고 하는 것이다.

예컨대 박목월의 시 〈나그네〉에서 "술 익는 마을마다 / 타는 저녁놀"을 읽고, 독자는 매우 평화로운 풍경을 그리고 있다고 말한다. 하지만 시인은 어디에서도 이곳이 평화롭다고 말을 하고 있지는 않다. 독자들은 '저녁놀이 붉게 물든, 술 익는 마을'에서 직감적으로 평화를 머리에 떠올리게 된다. 물론 시인이 스스로 풍경을 묘사하였다고 말한 시를 읽고도, 이 시가 무엇을 말하려고 하는지 이해가 안 간다고 말하는 경우도 있다. 하지만 시인들은 독자들이 이 시를 읽으면서 시어의 의미만을 파악하려고 했지 시를 읽을 때 눈앞에 펼쳐지는 광경을 느끼지 못하고 있는 것이 아닌가 라고 반문한다. 이때에 시인들이 독자의 눈앞에 펼쳐지도록 하는 장치들은 곧 독자의 인상에 대한 촉발을 의도하는 것이다.

4) 즐기기

〈'즐기다'의 의미〉

'즐기다'는 다음과 같은 의미를 갖고 있다. ①무엇을 좋아하여 거기에 마음을 쏟다. 예 바둑을 즐기다. 산나물을 즐겨 먹다. ②행복스러운 마음을 가져 즐거워하다. 예 인생을 즐기다. 야유회로 하루를 즐기다.

느끼기가 사물에 대한 감각을 통해 일어나는 추상적인 감정이라고 한다면, '즐기기'는 그러한 감정을 독자 스스로가 구체적으로 형상화하여 주체적으로 정의적 속성을 향유하는 것이다.

독자가 주체적으로 자신의 감정을 형상화하는 것은 일차적으로 연상 작용에 의존한다. 연상은 어떤 사물을 보거나 듣거나 생각하거나 할 때 그와 관련 있는 다른 사물을 머리에 떠올리는 정신 활동을 의미한다. 연상은 기억과 회상과 긴밀히 연계된다. 지금 감지되고 있는 사물로 하여금 그와 관련 있는 다른 하나의 사물을 머리에 떠올리게 하거나, 머리에 떠오른 하나의 사물로 하여금 다른 하나의 사물을 상기하는 것과 같은 정신 작용을 말한다. 이때의 두 사물은 일종의 연관 관계를 갖게 된다.

즐기기는 예술 창작에서의 비유의 심리적 근거가 된다. 즐기기는 단순히 주관에만 의존하는 한 별다른 의미를 갖지 못한다. 작품에 대해서 얻은 감상을 주체적으로 형상화하는 과정에서는 두 개의 사물을 연관시키는 작용뿐만 아니라, 자신의 기억이나 관념에 입각하여 새로운 사물을 형상화하는 상상도 작용한다. 이러한 작용은 모두 독자의 능동적이고 적극적인 행동, 즉 즐기기의 주된 내용이 된다.

즐기기는 텍스트 감상에 대한 우호적이며 적극적인 태도를 형성한다. 제7차 교육과정의 내용 체계 구분인 '본질, 원리, 태도, 실제'에서 '태도'는 즐기기가 가장 두드러지게 드러나는 영역이다. 즐기기는 나아가 텍스트의 세계를 자기 것으로 받아들이는 '내면화'의 단계에 이르게 한다. 즉 즐기기는 '느끼기'의 발산된 단계이기도 하지만 궁극적으로는 정의적 텍스트를 감상하는 최종 목표가 되기도 한다. 학생들이 문학작품을 배우는 데 있어서 새로운 지식에 대해 알거나 정서에 대해 느끼는 것 역시 중요하지만, 가장 큰 이유는 무엇보다 그 내용을 일상 생활에서 내면화하고 실천할 수 있는 힘을 기르는 것이다.

즐기기의 구체적인 활동 중 하나는 '창작'이라고 할 수 있다. 창작은 이제까지 없었던 작품을 새로 만들어내는 일이다. 이 개념은 기존의 요소 혹은 소재(素材)의 독창적인 편성에 의한 새로운 타입의 사물의 산출에서부터 완전 무(無)에서의 세계 그 자체의 창출에 이르는 넓은 범위에 쓰이는 말이다. 정의적 텍스트를 감상하는 과정에서 알고, 따지고, 느꼈던 것을 토대로 하여 기존의 작품을 변형하거나 개작함으로써 새로운 작품을 생산하는 단계로 까지 나아갈 수 있다.

이렇듯 '즐기기'는 정의적 텍스트 감상의 최종 도착지이자, 새로운 정의적 텍스트 생산의 출발지이기도 하다.

〈내면화(內面化, internalization)〉
개인의 사고 및 감정, 행동 등이 여러 가지의 사회적 영향을 받아 내부로 흡수되는 현상이다. 어느 기업이 TV 광고를 한 결과 소비자들이 자사 제품에 대한 인식이 높아졌다면 그 기업은 소비자들에 대한 내면화에 성공한 것이다. 교육적인 면에서는 교수자가 학습자들에게 시행하는 모든 행위의 궁극적인 목표라고 할 것이다.

요약

01. 정의 중심적 사고는 주로 정의적 텍스트를 접하는 일정한 반응을 과정에서 발생하는 것으로 다음의 네 가지 단계로 구성된다.

1.1. 정의적 텍스트에 담겨 있는 사상을 통하여 삶의 이치를 깨닫는 토대가 되는 활동은 '알기(knowing)'로서 텍스트를 이루고 있는 언어적 의미에 대한 인식(認

識) 활동이다.

1.2. 정의적 텍스트에 담겨 있는 감정에 대해 영혼의 울림을 얻게 되는 토대가 되는 활동은 '느끼기(feeling)'로서 객관적 대상에 대한 주체의 감각에 의거한 감응(感應) 활동이다.

1.3. '따지기(discriminating)'는 알기를 토대로 하여 깨달음에 도달하기 위한 활동으로서 작가가 형상화하고 있는 세계의 타당성이나 합리성을 분변(分辨)하는 활동이다.

1.4. '즐기기(enjoying)'는 느끼기를 토대로 하여 울림에 도달하기 위한 활동으로서 작가가 형상화하고 있는 세계에 대한 적극적이고 주체적인 향유(享有) 활동이다.

02. 정의적 사고 활동의 범주

2.1. 알기는 익숙지나 능력지보다는 명제지를 전제로 한다. 주로 텍스트의 주제·소재·줄거리·인물·배경 등에 대한 수렴적 파악 활동을 통해 이루어진다.

2.2. 따지기는 여러 가지 판단 기준에 의하여 텍스트의 내용이 적절하고 타당하게 또 효과적으로 구사되고 있는지를 구별해 내는 능력을 말한다. 작품을 읽고 인물의 행동에 대해 판단을 내릴 수 있는 것은 '따지기'의 산물이다.

2.3. 느끼기는 작품이 주는 정서적 자극에 의해 일정한 반응을 나타내는 것으로서, 작품을 읽고 마음에 느끼어 일어나는 정신 작용이다.

2.4. 즐기기는 텍스트 감상에 대한 우호적이며 적극적인 태도를 형성하며 나아가 텍스트의 세계를 자기 것으로 받아들이는 '내면화'의 단계에 이르게 한다. 또한 정의적 텍스트 감상의 최종 도착지이자, 새로운 정의적 텍스트 생산의 출발지이기도 하다.

알아 두어야 할 것들
정의 중심적 사고, 정의와 인지의 관계, 알기, 느끼기, 따지기, 즐기기, 정의적 사고 활동

탐구과제 ||||||||||||||||||||||||||||||||||||||||||||||||||||||||||||||||||||||||||||||||||||||||||||||||||||||||||||||||||||||||

1. 다음은 정의는 인지를 전제로 하여 이루어진다는 주장을 입증하는 사례이다. 어떠한 면에서 그런지 말해 보고, 또한 정의와 인지는 통합된 것이라는 주장을 입증할 수 있는 사례를 들어 보자.

철수는 오늘 만원 버스에서 영희를 만났다고 하자. 그는 친구들에게 오늘 버스에서 영희를 만났다고 말한다. 이 말에 잘못은 없을까? 철수가 탄 버스는 만원이었다. 그 버스 안에는 상당히 많은 사람이 타고 있었다. 그러나 그 중에서 철수는 유독 영희 '만'을 만났다고 말한다. 만일 그가 영희를 만나지 않았더라면 그는 오늘 버스 안에서 아무도 안 만났다고 말할 것이다. 왜 그럴까. 철수의 의식은 영희의 얼굴을 알아 본 순간 '영희와 자기의 관계'를 되살리게 되고, 그를 회상해 내고 반가움을 표시한다. 결국 철수가 갖게 된 반가움의 정서는 영희를 인식하고 난 후 유발되는 것이다. 이런 사례는 인지가 정서에 앞서기도 할뿐더러 정서의 바탕을 이룬다는 주장을 더욱 강화시켜 준다.

2. 수업 시간에 전광용의 〈꺼삐딴 리〉를 읽고 주인공 이인국 박사에 대한 평가를 하고 있다. 〈보기〉에 나타난 평가의 내용을 대상으로 하여 정의적 사고 활동의 네 가지 단계에 의해 설명해 보시오.

〈보기〉

작중 인물도 작품 속의 세계를 살아가는 존재라는 점에서 그의 행동에 대해 일방적인 평가만을 내릴 수는 없다. 그들이 처한 상황을 고려하여 그들의 행동을 평가해야 한다.
〈꺼삐딴 리〉의 주인공 이인국에 대해서는 굴곡의 한국사에서 개인의 이익만을 위해 변신을 거듭한 기회주의자라고 평가를 한다. 하지만 그의 변신적 삶은 그의 대사 '… 고기가 물을 떠나서 살 수 없는 바에야 그 물에서 살 방도를 궁리해야…'에서 볼 수 있듯이 한국의 비극적 역사 속에서 살아남기 위한 필연적 행동이었다고 생각한다.
이러한 그의 행동을 일방적으로 매도하기 보다는 우리 민족이 근현대사에서 감당해야 할 책무였다는 사실에 가슴이 저려온다. 마찬가지로 이청준의 〈광장〉에서도 주인공 이명준이 중립국으로 가는 배에서 자살을 한 것도 이러한 관점에서 봐야 하지 않을까 한다.

(1) 알기 :

(2) 느끼기 :

(3) 따지기 :

(4) 즐기기 :

3. 정의 중심적 사고는 다음과 같은 도식으로도 설명할 수 있다. '인지'와 '정의'의 관계를 생각하며 구체적으로 설명해 보자.

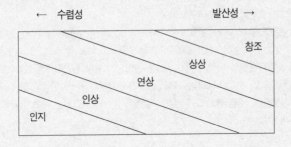

제11장 정의 중심적 사고와 이해·표현 교육

이 장에서는 '알기, 따지기, 느끼기, 즐기기' 등 네 가지 요소로 구성된 정의 중심적 사고를 이해하고 표현하는 교육의 구체적인 활동 양상을 다룬다.

이 양상은 정의 중심적 사고의 기본이 되는 '알기'와 '느끼기' 활동을 가능하게 하는 '알게 하기'와 '느끼게 하기'와 같은 기본 활동과 '따지기'와 '즐기기' 활동을 가능하게 하는 '따지게 하기'와 '즐기게 하기'와 같은 심화 활동으로 구성되고 있음을 알고, 이와 관련된 실제 활동을 정의적 텍스트를 토대로 하여 구체적인 양상을 살펴 본다.

1. 정의 중심적 사고의 이해·표현 활동의 실제 – 기본적 활동

정의 중심적 사고의 이해·표현 활동은 '알기'나 '느끼기'의 활동을 통하여 얻게 된 경험을 바탕으로 새로운 경험을 쌓아가게 하는 것이다. 따라서 이 활동은 '알기'의 심화와 '느끼기'의 심화로 나눌 수 있다.

1) '알게 하기'의 심화

가. 알고 따지기

'알고 따지기'는 사물에 대한 지식이나 작가의 생각에 대해 파악한 결과를 토대로 하여, 삶의 이치를 헤아려 보는 활동이다.

‘따지기’는 어떤 문제 상황에 직면하여 스스로 그 문제를 해결하는 활동이다. 문제 상황에 직면할 때 ‘따지기’의 주체는 자신이 이미 알고 있는 지식이나 원리를 적용하여 그 문제를 설명 또는 정당화하거나 아니면 가설이나 잠정적인 원리를 설정하고 그것을 검사하는 활동을 할 수도 있다. 전자를 법칙이나 일반화 또는 원리를 적용하는 활동 즉 지식을 적용하는 활동이라고 한다면 후자는 지식을 정립하는 활동이라고 할 수 있다(조성민·정선심, 1993).

지식을 적용하는 과정으로서의 따지기는 일상적인 삶이나 전문적인 직업 활동에서 부딪치게 되는 문제 상황에서 발생한다. 이 문제를 해결하기 위하여 과학적인 설명을 해야 할 경우가 있고 가치나 행위를 정당화해야 할 경우가 있다. 과학적 설명을 할 경우에는 이미 확립된 지식 즉 법칙이나 일반화를 문제 상황에 적용하여 해결한다. 그리고 가치나 행위를 정당화할 경우에는 가치 또는 행위의 원리를 윤리적 문제 상황에 적용하여 해결한다.

〈감자〉의 복녀가 죽음에 이르게 된 상황에 대해서 독자가 복녀가 죽게 되었다는 사실을 알게 되는 과정은 다음과 같다.

‘낫으로 사람을 찌르면 죽게 된다’는 자연 법칙에 대한 상기(想起), ‘왕서방은 낫으로 복녀를 찔렀다’는 특수한 상황을 발견을 통하여 ‘복녀는 죽었다’는 설명의 대상을 알게 된다. 이것은 ‘복녀가 죽었다’라는 객관적 사실에 대한 과학적인 설명이다. ‘왕서방은 낫으로 복녀를 찔렀다’는 특수한 사실을 ‘낫으로 사람을 찌르게 되면 죽게 된다’는 자연 법칙에 따라 설명하고 있는 것이다. 그러나 이것이 객관적인 현상에 대한 설명으로는 적합할지 몰라도 〈감자〉라는 작품을 이해하는 데는 그다지 도움이 되지 못한다. 정의적 텍스트는 인간의 일을 다루고 있고, 인간의 일이란 단순한 객관적 사실만으로 설명이 되지 못하는 경우가 비일비재하기 때문이다.

만일, 유능한 독자라면 이 상황에서 ‘사람을 낫으로 찌르게 되면 죽게 된다’는 자연 법칙보다는 ‘왜 왕서방은 낫으로 복녀를 찌르게 되었는가’를 생각하게 된다. 그 결과 복녀는 한밤중에 낫을 들고 왕서방의 신방으로 들어갔고, 실랑이 끝에 왕서방은 낫으로 복녀를 찌르게 되었다는 것을 알게 된다. 독자는 여기에서 다시 '왜 복녀는 한밤중에 낫을 들고 왕서방의 신방으로 들어가게 되었는가'를 생각하게 된다. 이 과정을 살펴보자.

먼저 독자는 '왕서방은 낫으로 복녀를 찔렀다'라는 특수한 상황을 가져온 원인을 생각하게 되고 그 결과 다음과 같은 사실을 알게 된다.

〈알기 1〉: 복녀는 왕서방을 좋아하는 마음이 있었다
〈알기 2〉: 왕서방은 금품으로 복녀를 유린했다
〈알기 3〉: 복녀는 한밤중에 낫을 들고 왕서방의 신혼 방에 쳐들어
　　　　　갔다.

독자는 이러한 사실들 중에서 '왕서방이 낫으로 복녀를 찔렀다'라는 상황에 대한 원인을 찾게 된다. 이때에 어떠한 사실을 원인으로 삼느냐에 따라 왕서방의 행위에 대한 긍정적, 혹은 부정적 가치 판단을 내리게 된다. 이 과정에서 복녀의 행위에 대한 정당성 여부를 따져 보게 된다. 이것은 평가적 정당화를 통해 이루어지는 '가치 탐구'의 과정이기도 하다.

〈감자〉의 알고 따지기의 예

따라서 알고 따지기는 작가나 작품에 대한 외재적 의미를 파악하고 작품 세계를 분변하기로 요약할 수 있다.

나. 알고 느끼기

'알고 느끼기'는 정의적 텍스트에 담겨 있는 작가의 생각이나 사물에 관한 지식을 파악하고 이를 통해 정의적 텍스트의 아름다움을 맛보게 하

는 일이다.

　20세기 들어 인간의 눈부신 문명은 인간의 인지 능력에 대해 절대적인 신뢰를 가져왔다. 그러나 19세기 이후 점차 인간의 인지 능력의 절대성에 대해 점차 회의를 품게 되었다. 예컨대, ‘푸른 하늘 은하수 하얀 쪽배에 계수나무 한 나무 토끼 한 마리’라는 노래 가사가 있다. 이것은 ‘푸른 하늘’과 ‘은하수’는 동시에 존재할 수 없다. 더군다나 이 시가 ‘반달’을 노래한 것이라면 모순이 될 수밖에 없다. 하늘이 푸를 때는 낮이고 은하수가 보일 때는 밤이기 때문이다. 그렇다고 해서 ‘나뭇잎이 푸르다’는 진술이 항상 옳은 것만은 아니다. 나뭇잎이 반드시 푸르기만 한 것은 아니기 때문이다. 태양이 서편에 질 때 노을 빛에 반사된 나뭇잎은 붉은 색일 수 있다. 또 한낮이더라도 햇볕에 직접 쪼이게 되는 부분은 흰 빛에 가깝다. 더군다나 밤중의 나뭇잎을 푸르다고 할 수 있다. 결국 우리가 지금 보고 있는 사물의 색채는 직접 눈으로 느끼는 것보다는 과거에 이미 알고 있던, ‘그 사물은 바로 그 색’이라는 기억에 사로잡혀서 파악하고 있는 것이다. 다른 말로 하면 ‘한 대상에 대해 기억된 색채가 - 그것은 실로 오랜 경험과 습관의 결과인데 - 직접적 지각에서 얻어진 구체적 인상’(아놀드 하우저, 1989)을 대신하는 것이다. 이런 점에 주목한 화가들은 자연의 사물이란 어느 한 색으로 고정되어 있지 않고 그것은 보는 사람의 시선이나 태양 광선에 따라 달리 보일 수도 있다고 하면서 중요한 것은 사물의 색이 무엇이냐가 아니라 그것이 어떻게 보이느냐라고 하면서 인간의 감각을 중시한다. 즉 한 순간의 시간을 화폭에 옮겨 그리는 것이다.

　따라서 ‘알고 느끼기’는 객관적 정보나 지식을 파악하고 이를 통해 작품의 미적 자질을 감지하는 활동으로서 이것의 구체적인 교수·학습 활동의 양상은 시에서 율격의 의미를 알고 율격의 미학을 감지하게 하는 활동이라고 할 수 있다.

〈인상파〉

시시각각 변하는 색채의 미묘한 느낌을 보이는 그대로 표현하고자 한 회화의 한 흐름. 19세기 후반 프랑스를 중심으로 유행했으며 마네, 모네, 세잔, 고흐, 고갱 등이 유명하다.

다. 알고 즐기기

　‘알고 즐기기’는 객관적인 사실에 대한 파악을 바탕으로 하여 정의적 텍스트의 속성이 갖고 있는 즐거움을 향유하는 활동이다.

사람들은 누군가가 자신의 의도를 간접적으로 표현하더라도 이를 주변 상황과 연계하여 능동적으로 파악하려고 한다. 예컨대,

(1) 방문을 닫아라.
(2) 갑자기 방이 추워졌네.
(3) 어디서 이렇게 바람이 들어오지?
(4) 누구 꼬리가 이렇게 기냐?

누군가가 방문을 열고 들어 온 후 문을 닫지 않은 상황에서 (1)처럼 말하였을 때, 그 말을 들은 사람이 방문을 닫는다면 그 사람은 발신자의 메시지를 정상적으로 수용한 것이 된다. 그런데, (2), (3)과 같은 간접적인 표현인 경우에는 수신자가 갖고 있는 정보는 발신자의 메시지를 수용하기 위해 수렴된다. 그런데, 이를 발신자가 (4)와 같이 상황을 유머러스하게 표현하였을 때, 수신자가 방안에 있는 사람의 엉덩이 부분을 살펴본다면 그는 발신자의 의도를 제대로 수용하지 못한 것이 된다. 수신자가 '누군가가 방안에 들어왔다→방문이 그의 꼬리 때문에 닫히지 않았다→사람에게는 꼬리가 없다'라고 생각하게 되고, 그 결과 발신자가 '방문을 닫아라.'는 메시지를 전하고 있는 것으로 파악하는 한편,

〈간접적 표현〉

평서문, 감탄문, 의문문, 명령문, 청유문의 어미가 원래의 의미와 다른 의미를 전달하는 표현. 대체로 화자의 주장을 우회적으로 전달하기 위해 사용한다.

〈간접적 표현〉	〈직접적 표현〉
방이 덥습니다. :	창문을 열어 주십시오.
날씨가 좋군요! :	야외로 놀러 갑시다.
내일 하세요. :	그리 급하지 않습니다.
여기서 내립시다. :	차를 세워 주세요.

그것이 발신자의 간접적 표현임을 알게 된다. 이러한 과정은 수신자가 갖고 있는 정보는 발신자의 메시지를 파악하는 작업을 위해 수렴적으로 동원된다. 그러나 이러한 상황에서 '저 사람이 갑자기 왜 이런 말을 했을까?'라든가, '사람에게는 꼬리가 없는데 발신자가 '누군가의 꼬리가 길다'라고 말한 것은 잘못이다.', 혹은 '사람에게는 꼬리가 없다고 알고 있는데 발신자가 '누군가의 꼬리가 길다'라고 말한 것으로 보아 꼬리가 있는 사람이 있는가 보다'라고 반응하는 것은 발신자의 정보를 이해할 수 있는 능력이 없거나, 발신자의 메시지에 숨겨 있는 정보를 파악하지 못한 것이

다. 따라서 상대방이 간접적으로 표현한 의도를 알아차리지 못하게 되어 발화 상황을 즐길 수 없게 된다.

이처럼 '알고 즐기기'는 텍스트에 내재된 의미를 알고 이를 토대로 유사한 유형이나 의미를 적극적으로 재창조하는 행위로서 구체화된다. 예컨대 운문이나 산문의 의미를 파악하고 유사한 형태나 의미로 지어 보기와 같은 활동 등이 그것이다.

2) '느끼게 하기'의 심화

'영희야, 노올자'라는 말을 듣고, 그것이 '영희야, 놀자'라는 말보다 훨씬 더 친근감을 느꼈다고 하자. 단지 친근감을 느끼기만 했다면 '느끼기'에 해당한다. 그러나 대개의 경우 영희는 다른 상황에서 '철수야, 노올자'와 같이 적용을 하거나 재창조한다면, 느끼고 즐기는 행위가 될 것이다. 또한 그 친근감의 원인이 '놀자'를 '노올자'로 한 음절 늘인 것에 있다는 사실을 알게 되었다면, '느끼고 아는 행위'가 된다. 그리고 한 음절의 늘인 것이 친근감을 주는 이유를 따져 본 결과, '노올자'의 앞 어절이 '영희야'라는 세 음절로 되어 있고, 또한 '영희야'를 부를 때와 '노올자'를 부를 때 걸리는 시간이 같으며, 이것이 일종의 운율 의식에서 비롯된 것이라는 깨닫게 되었다면, 이것은 '느끼고 따지기'의 행위가 된다. 다음에서 각 행위의 자세한 내용을 살펴보기로 하자.

가. 느끼고 알기

'느끼고 알기'는 독자가 정의적 텍스트를 통하여 즐거움이나 감동을 느꼈을 때, 그것의 원인이 무엇인지를 파악하는 활동이다.

예컨대, 우리는 한쪽 손으로 다른 한쪽 손을 잡았을 때, 잡은 손은 잡힌 손을 자기의 외부에서 인지하게 되고 잡힌 손은 자기의 일부가 잡혔다고 감지하게 되는 것이다. 또한 우리는 과거에 만났던 사람에 대해 오랜 시간이 지난 후에 그 사람의 이름은 기억해 낼 수 없어도 그 사람의 분위기 등에 대한 인상은 간직하고 있는 경우가 있다. 문학 작품의 경우에도, 과거에 읽었던 작품의 내용을 회상하고자 할 때, 비록 인물의 이름이나 배경 혹은 사건 등에 대해서 자세하게 기억해 내지 못하면서도 머릿속에 떠오르는 특정한 장면이 그 작품의 분위기에 맞거나 맞지 않는다고 단정지을 수 있다. 이것은 우리의 사고에는 인지의 기저에 인상이라는 정신 작용이 있음을 말해 준다. 하지만 인지(認知)는 사라지기도 하지만, 인상(印象)은 인지가 사라진 후에도 오래 남을 수 있다. 우리는 "옛날에 읽었던 어떤 작품의 내용은 잘 알 수 없지만, 참 재미있었던 작품이었던 것 같다."라는 인상은 가질 수 있다. 이때의 인상은 사물이나 개념에 대한 느낌(feeling)과 연관된다. 이것은 곧 인간이 사물의 현상이나 근본 원리에 대해 '알기' 때문이라고 할 수 있다.

> 얄리얄리 얄랑셩 알라리얄라 (〈청산별곡〉)

이 시구에서 밝고 경쾌한 느낌을 받았다고 하자. 그리고 나서 그렇게 느끼게 된 까닭이 'ㄹ'음은 혀를 굴리는 소리로서 다른 음운보다 밝고 경쾌한 느낌을 준다는 사실을 알게 되었다면, '느끼고 알기'의 활동에 해당한다.

이 활동의 교수·학습 활동의 장에서는, 고려 가요나 민요의 후렴구 혹은 정형률을 갖고 있는 시를 즐기고 그것이 반복성에서 오는 미적 원리는 알게 되는 활동으로 구체화될 수 있을 것이다.

나. 느끼고 따지기

'느끼고 따지기'는 정의적 텍스트의 속성이 갖고 있는 감성에 대해 특정한 반응을 느낀 후, 그러한 반응을 갖게 되는 원인이나 이유를 추론적으로 파악하는 활동이다. 요컨대, 정의적 텍스트가 나에게 왜 감동을 주는가를 분별하는 활동이다.

'따지기'의 과정은 일상 생활 속에서 체득해 온 사건이나 일화를 바탕으로 일정한 규칙을 발견하게 된다. 이 규칙을 바탕으로 작품 속에서 인물의 행동이나 사건을 분석한다. 이러한 따지기가 가능하기 위해서는 일정한 준거틀이 있어야 한다.

따지기는 부정적인 판단만을 뜻하는 것이 아니라 평가적 또는 비평적 사고를 의미하는 긍정적 판단이 전제되는 개념이다. 비판적 사고 자체가 어떤 기준에 따라 행해진다는 점에 비추어 그 능력의 측정도 객관적 준거가 필요하다. 따라서 내적 준거와 외적 준거로 나누어 생각하는 것이 바람직할 것이다.

내적 준거란 언어 또는 사고 그 자체의 문제이므로 정확성이나 적절성이 기준이 되고, 외적 준거란 언어 사용의 외적·환경적 국면에 관련한 비판적 사고이므로 그 타당성과 효용성에 따른 사고 능력이 측정될 수 있다. 작품 내적 준거는 텍스트 속에서의 인물의 행동이나 사건의 전개 과정이 현실 세계에 비추어 그럴 듯한가, 혹은 타당한지의 여부가 된다. 작품 외적 준거는 사회적으로 인정되는 보편적 준거와 개인적으로 용납하는 개별적 준거가 적용된다. 그런데, 작품을 읽고 그것이 독자의 은밀한 내면 세계에 영향을 미치기 위해서는 보편적 준거뿐만 아니라 개별적 준거면에서도 합당해야 한다.

예컨대, 복녀의 행동이나 놀부의 행동은 사회적으로 용납되지 않는 부정적 가치의 소유자이긴 하지만, 특히 현대 소설에서는 이러한 인물들이 대개 사회적 지위를 누리고 있거나 개인적으로 물질적 풍요를 누리고 있는 것으로 나타난다. 이러한 예로서 〈태평천하〉의 윤직원 영감이나 〈꺼삐딴 리〉의 이인국 박사를 들 수 있다. 대다수의 독자들은 외적인 태도로서는 이인국 박사의 행동에 대해 비판적 자세를 표방할 수 있지만, 내면적 태도로는 그의 행동에 대해 용인할 수 있다. 독자들이 놀부의 심술궂은 대목을 즐거워하거나 윤직원의 행동에 조소를 보내는 것도 이와 관련될 것이다. 이것은 인간의 이중적인 심리이다. 소설이 타락한 사회의 타락한 양식이라는 점에서도 소설의 주인공들이 추구하는 가치가 한결같이 사회적으로 인정되는 긍정적인 것만은 아니라는 점에서도 확인할 수 있다. 따라서 정의적 텍스트에서 제시되는 가치는 반드시 사회적으로 용인되는 가치가 아닌 바에야 그것을 용인하거나 거부하는 것은 전적으로 개인의 내면적 태도에 달려 있다고 할 것이다. 즉 사회적 준거에 의한 보편적 기준에 따른 정당성을 갖춤과 동시에 또한 개인적 준거에 의한 개별적 기준에 따른 적합성을 갖추게 될 때 내면화에 도달된다. 이렇듯 정당성이나 적합성을 갖추어야만이 비로소 독자 개인의 내면 세계에 다가갈 수 있는 것이다. 또한,

(1) 노세 노세 젊어서 노세 −〈민요〉
(2) 형님 온다 형님 온다 보고 싶은 형님 온다 −〈시집살이 노래〉
(3) 나는 왕이로소이다. 나는 왕이로소이다. 어머님의 가장 어여쁜
    아들, 나는 왕이로소이다. − 홍사용, 〈나는 왕이로소이다〉
(4) 산에는 꽃 피네/ 꽃이 피네/ 갈 봄 여름 없이/ 꽃이 피네
    − 김소월, 〈산유화〉

(1)과 같은 노래를 부르는 과정에서 흥겨움을 느끼고 이것이 '노세'라는 어구가 반복되는 것에 원인을 있음을 알게 된다. 그런데 이와 유사한 구조가 (2)와 같은 다른 고전 시가 뿐 아니라 (3), (4)와 같은 현대시에서도 나타난다는 사실을 알게 되었다고 하자. 이러한 현상이 우연히 나타난 것이 아니라 우리 시가의 고유한 율격인 'AABA' 구조에서 비롯된 것이라는 사실을 알아 차린다면 '느끼고 따지기'에 해당한다.

다. 느끼고 즐기기

'느끼고 즐기기'는 '느끼기'와 '즐기기'가 복합적으로 연계된 활동이다.
우리의 일상에서 상상은 삶의 일상성과 실제성에서 벗어나게 해 준다. 만화 영화를 본 아이들이 자신을 로봇이라고 생각한다든가 혹은 자신을 공주나 왕자라고 생각하는 것은 다 상상의 소산이다. 뿐만 아니라, 아이

〈AABA구조〉

서정 장르처럼 노래하는 것을 전제로 지어진 문학은 화자가 드러내고자 하는 생각을 노래의 틀에 맞추어 표현한다. 이러한 틀로는 동일한 음운의 반복, 음수나 음보의 반복, 유사한 어구의 반복 등을 들 수 있는데 이 중에서도

<u>가시리</u> <u>가시리잇고</u> <u>바리고</u> <u>가시리잇고</u>

   A   A   B   A

같은 것을 AABA 구조라 한다. 이는 '반복-반복-변화-반복'의 구조이다.

들이 막대기에 올라타고 말을 탄 것처럼 여기거나, 둥글게 붙잡아 맨 새끼줄 안에 들어가서 기차를 탔다고 생각하는 것 등 또한 그러하다. 하지만, 상상의 내용이 현실에는 없는 것이라고 생각된다면 공상(空想)이 된다. 하지만 인간의 우주 여행은 공상이었지만 점차 상상으로 발전되더니 이제는 현실이 되었다. 상상하는 사람은 그 내용이 현실이 아니라는 것을 알고 있으나, 망상(忘想)은 있지도 않은 것을 현실로서 간주하고 있는 것이다.

'느끼고 즐기기'는 대개 연상과 상상 작용으로 구체화된다. 상상은 크게는 머리 속에 그려서 생각하는 일 즉 '사고'의 다른 말로도 사용하나, 여기서는 현재의 지각에는 없는 사물이나 현상을 과거의 기억이나 관념에 입각하여 재생시키거나 만들어 내는 마음의 작용으로서 다분히 미래 지향적인 정신 활동을 의미한다. 인간은 객관적 사물을 반영함에 있어서 당시에 직접 반영되는 사물을 감지할 뿐 아니라 아직은 감지한 바 없는 사물의 형상을 창조해 내기도 한다. 이러한 정신 작용이 상상으로서 머리 속에 각인되어 있는 표상을 개조하여 새로운 형상을 만들어 내는 과정이다.

예컨대,

> (1) '님다히 소식을 아무려나 아자 하니, 오늘도 거의로다. 내일이
>   나 사람 올가' — 정철, 〈속미인곡〉
> (2) '어제도 오신 손님, 오늘도 또 오셨네, 내일 또 오시면 얼마나
>   좋을까.' — 어느 점포의 광고문

(1)은 님에 대한 간절한 그리움을 '오늘'과 '내일'이라는 시간적으로 인접한 상황으로 형상화하고 있다. 그런데, 이를 (2)에서는 손님에 대한 반가움을 '어제'와 '오늘' 그리고 '내일'이라는 시간적 열거의 심리적 근거로 삼고 있다. 사진 속에서 대도시의 모습을 보게 되면, 혼잡스러운 교통 상황이나 고층 건물, 소음 등을 떠올리게 되는 것이나, 고향이라는 말을 들을 때 전원의 풍경 등을 떠올리는 것은 모두 대상에 대한 느낌을 통하

여 자신의 세계를 만들어 내는 활동이다. 이러한 활동이 '느끼고 즐기기'라고 할 수 있다.

2. 정의 중심적 사고의 이해·표현 교육의 실제 – 심화적 활동

1) '따지게 하기'의 심화

가. 따지고 알기

'따지고 알기'는 작품의 역사적 의미를 파악하고 작품 외적 세계를 이해하기고 새로운 사실을 발견하는 활동이다.

주어진 문제 상황에 대하여 이미 알려진 법칙이나 일반화 또는 원리에 대한 지식을 총동원하여도 그 문제를 해결할 수 없다면 어떻게 해야 할 것인가. 이런 때에는 새로운 문제를 해결할 수 있는 법칙이나 일반화 혹은 원리를 찾아내어야 한다. 이것은 당면한 문제를 해결하기 위해서 뿐만 아니라 앞으로 부딪칠 문제를 예측을 하고 대비하기 위해서이다. 어떤 면에서 우리가 정의적 텍스트를 읽고 즐기는 행위는 모두 궁극적으로 지식을 확립하기 위한 활동의 일환이라고도 볼 수 있다.

그렇다면 정의적 텍스트를 읽고 지식을 확립하는 것은 연역적인 과정인가, 아니면 귀납적인 과정인가. 기준이 되는 규칙에 따라 가치 판단을 하는 것은 연역적일 수는 있어도, 그것을 수립하는 것은 귀납적일 수밖에 없다. 착한 일을 한 사람이 복을 받더라는 사실을 직·간접적인 많은 사례를 보아 온 학습자는 '그 일이 과연 옳은 일인가?'를 따지게 되고, 따라서 그것은 옳은 일이라는 판단을 하게 된다. 다음은 기준을 성립하는 '따지기'의 과정을 설명한 것이다.

· 기준의 성립
사례 1. 흥부는 착한 사람이다. / 흥부는 복을 받았다.

사례 2.   팥쥐는 나쁜 사람이다. / 팥쥐는 벌을 받았다.

사례 n   ······   ······

결론 : 착한 사람은 복을 받고 나쁜 사람은 벌을 받는다. (규칙)

이상에서 수립한 기준을 구체적인 문제 상황에서 다음과 같이 적용된다.

· 기준의 적용

사례 1.   A가 어떤 일을 하였다. / 그 일은 착한 일이다.

사례 2.   B가 어떤 일을 하였다. / 그 일은 나쁜 일이다.

결론 : A는 복을 받을 것이고, B는 벌을 받을 것이다.

'따지고 알기'는 교수·학습 활동에서 〈광장〉을 읽고 이 작품의 정의적 텍스트사적 의미와 함께 4·19라는 역사적 사실과 더 나아가 우리의 분단 현실을 알게 되는 활동으로 구체화될 수 있을 것이다.

나. 따지고 느끼기

'따지고 느끼기'는 사실에 대한 이유나 원인에 대해 분석하고 이를 통해 감정적인 반응을 일으키게 하는 것이다.

인간은 동일한 경험을 겪게 되더라고 여러 가지 범주로 분류될 수 있는 반응들이 생겨날 수 있기 때문이다.

다시, 〈감자〉의 경우를 예로 들어 보자. 독자가 〈감자〉를 읽고 얻게 된 정보는 인지의 산물이다. 동시에 그는 '복녀'라고 하는 한 여인의 죽음에 대해서 어떤 정의적 반응을 갖게 된다. 그가 복녀의 죽음이 사회나 환경 탓이라고 생각하게 된다면, 그는 복녀에 대해 동정심을 느끼게 된다. 만약 그가 가난한 사람들이 모두 윤리적 타락의 길로 떨어지는 것은 아니라는 점을 들어 복녀의 죽음에 대한 책임은 '복녀' 자신에게 있다고 생각한다면, 그는 복녀의 죽음에 대해 혐오감을 느끼게 된다. 이것은 독자가 가지고 있는 보편적 평균 체험에 긍정적 혹은 부정적 자극을 가했을 때 일어나는 정의적 반응이라고 할 수 있다(김중신, 1995). 복녀가 불운한 처지에 빠지게 되었다는 인지적 자각없이 복녀에게 동정심이나 혐오감을 느낄 수 없다.

이 점에 대해 구체적으로 살펴보자. 먼저, '복녀는 왕서방에게 몸을 팔았다'는 사실에서는 인물에 대해 혐오감을 느끼게 된다. 이것은 윤리적 관습에 대해 인지를 하는 경우에 복녀의 윤리적 타락에 대한 혐오감을 느끼게 되는 것이다. 그런데, '복녀는 왕서방에게 몸을 판 후 왕서방에게 죽음을 당했다'라는 사실을 파악하게 되면 동정심을 느끼게 된다. 이것은 복녀가 왕서방에 의해 죽음을 당한다는 사실을 알게 되었을 때, 동정심이 유발하게 되는 것이다. 이는 다시 앞의 경우를 회상하게 되어, 그것이 무조건적인 혐오감에서 동정심으로 바뀌게 된다.

또한 어떤 독자가 〈진달래꽃〉을 읽고, "이 작품의 시적 화자는 님을 만나서 주체할 수 없는 기쁨에 쌓여 있다."라고 말한다면, 이것은 작품에 대해 올바르게 감상한 것이라고 말할 수 없다. 왜냐하면 이 시 어디에서도 기쁨과 관련되는 어휘는 한 군데도 나오지 않고 있기 때문이다. 하지만, 독자가 이 시의 상황을 가정적 상황을 전제하고 이를 '님과 함께 있는 기쁨의 노래'라고 말한다면, 타당성을 인정할 수밖에 없게 된다. 그렇다면 앞에서 말한 반응은 보편적인 감상은 아니지만 독자의 주체적인 감상으로 받아들일 수밖에 없다.

오늘날의 독자들이 대체로 향가나 시조·가사 등과 같은 고전 시가에 대해 정서적 감동을 그다지 받지 못하는 이유가 작품과 독자 사이의 시간적 거리감과 미학적 세계관의 차이 때문임은 널리 알려진 사실이다. 하지만, 고전 시가의 시간적 거리감과 세계관의 차이를 전제로 하고, 당대의 사회적·문화적 시각에서 작품을 감상한다면 오늘날의 작품에서는 발견할 수 없는 색다른 감동을 느낄 수 있게 된다. 이것은 '따지고 느끼기'의 교수·학습 활동의 한 사례라고 할 수 있다.

다. 따지고 즐기기

'따지고 즐기기'는 사실이나 주장에 대한 분석을 통하여 새로운 즐거움을 얻게 되는 활동이다.

예를 들어 보자. 어떤 사람에게 들녘에 핀 꽃이 '보여졌을' 때, 그것은 단지 스쳐 지나가는 사물에 불과하다. 그런데 그 꽃을 '보았을' 때, 꽃은 심미적 대상이 된다. 이때의 심미성은 그것을 보는 사람의 마음에 좌우된다. 꽃을 보는 사람의 마음이 기쁘거나 슬플 때 혹은 외로울 때 등 각각의 상태에 따라 꽃의 속성이 드러난다. 이에 따라 사람들은 일반적으로 꽃을 아름다움이나 기쁨·이별을 표상하는 것으로 그린다. 우리의 시문학사에서 꽃을 제재로 한 시는 아름다움의 대상이거나 이별을 노래하기 위한 소재로 파악된다.

(1) 대동강 아즐가 대동강 건너편 고즐여 / 위 두어렁성 두어렁성 다링디리 / 배 타들면 아즐가 배 타들면 것고리이다 나는 ─〈서경별곡〉

(2) 고울사 저 꽃이여 半(반)만 여읜 저 꽃이여 / 더도 덜도 말고 매양 그만 허여 있어 / 春風(춘풍)에 향기 좇는 나뷔를 웃고 맞어 하노라. ─ 안민영의 시조

(3) 꽃은 무슨 일로 피면서 쉬이 지고 / 풀은 어이하여 푸르는 듯 누르나니 / 아마도 변치 않을 손 바위뿐인가 하노라. ─ 윤선도, 〈오우가〉

(4) 인제는 돌아와 거울 앞에선 / 내 누님같이 생긴 꽃이여 ─ 서정주, 〈국화 옆에서〉

(5) 내가 그의 이름을 불러 주기 전에는 / 그는 다만 / 하나의 몸짓에 / 지나지 않았다. // 내가 그의 이름을 불러 주었을 때 / 그는 나에게로 와서 / 꽃이 되었다. ─ 김춘수, 〈꽃〉

꽃에 대해 노래를 한다고 하더라도 (1)에서는 질투의 대상으로서의 '여인'으로 나타나며, (2)에서는 시들어 가는 꽃에서도 아름다움을 발견하고 있다. 활짝 핀 꽃이 아니라 반쯤 시든 모습에서 아름다움을 찾아내고 있는 것이다. 하지만, (3)에서는 쉽게 변하는 대상으로 비추어진다. 또한 같은 꽃이더라도 조선 시대의 고시조에서의 '국화'는 서리를 이겨낸다는 의미의 오상고절(傲霜孤節)로 표현되고 있다. 그런데, (4)에서의 '국화'는 '내 누님같이 생긴 꽃'으로서 '삶의 완숙한 경지'라는 의미로 표현된다.

그러나 이러한 표현들은 모두 '꽃'이라는 사물이 자체적으로 가지고 있는 속성에 근거한다. 꽃은 계절에 따라 피고 지며, 종자를 퍼뜨리기 위해 나비의 도움이 필요하고 이를 위해 여러 가지 색과 화려한 자태, 그리고 향기를 가지고 있다. 꽃에 대한 일반적인 함축은 모두 '꽃' 자체의 속성에 의존한다.

하지만, (5)에서는 '꽃'의 일반적인 함축적 의미와는 아무런 연관이 없다. 이 시에서 말하는 '꽃'은 일반적으로 시에서 사용되는 의미와 상당히 다르게 사용되고 있는 것이다. 그것은 그가 '꽃'을 인간의 존재를 상징하는 것으로 다루고 있기 때문이다. 그만큼 심도가 깊다. 꽃은 들에 핀 구체적인 대상이라기보다는 시인의 생각을 대변하는 추상적 존재라 할 수 있다. 바꾸어 표현하면 여기서의 '꽃'이 반드시 '꽃'일 필요는 없다는 말이기도 하다. 굳이 꽃이 아니더라도, 나무·바다·사랑·제비 등 그 어떤 것이 되어도 무방하다. 이렇듯 여러 작품에 쓰인 '꽃'의 다양한 의미를 따져 보고 이를 토대로 '꽃'의 독특한 쓰임을 즐길 수 있는 것은 '따지고 즐기기' 활동이라고 할 수 있다.

또한 비유적 표현을 짓고 이것이 적절한 것인가를 살펴보는 것도 이 활동의 한 범주로 들 수 있다. 예컨대,

(1) 새는 빠르게 나는 빌딩이다.
(2) 새는 조그만 아기이다.
(3) 새는 까만 밤을 나는 화살이다.

와 같은 비유적 표현에 대해 생각할 때, (1)에서 새를 '빌딩'이나 '아기'라고 말한 것은 어색하다. 여기에서 새와 빌딩의 공통성을 찾기 힘들기 때문이다. 이에 비해서 (2)는 약간 나은 편이며, (3)은 비교적 잘된 표현이다. 마찬가지로 '새는 빠르게 날아다니는 쉼표'라거나, '새는 하늘을 까맣게 수놓는 글씨'와 같은 비유적 표현도 그럴 듯하다는 것을 파악하게 된다. 이러한 활동들은 '따지고 즐기기'에 해당한다.

'따지고 즐기기'는 교수·학습 활동에서 작품의 역사적 의미나 의의를 당대 현실과 비추어 파악하고, 그것이 갖는 미적 감각을 향유하기라든가. 사설시조의 작품 세계를 당대의 외적 현실과 비교해 보고, 사설시조의 골계미를 감지하기와 같은 활동으로 구체화할 수 있다.

2) '즐기게 하기'의 심화

정의 중심적 사고의 이해·표현 교육의 궁극적인 목적중의 하나는 단순히 정의적 텍스트에 관한 지식을 알게 하기 위함이 아니라, 이것을 능동적으로 향유할 수 있게 하는 데 있다. 이는 학습자로 하여금 단순한 정의적 텍스트의 소비자에서 새로운 문화의 창조자로서의 역할을 갖게 하기 위함이라고 할 수 있다. 정의적 텍스트의 교육 활동에서 '즐기게 하기'의 심화는 바로 이런 역할을 수행하게 하는 데 중요한 기능을 한다.

가. 즐기고 알기

〈'즐기고 알기'와 '즐겨 알기'〉

'즐기고 알기'는 '즐겨 알기'와 의미가 다르다. 즐기고 알기는 즐긴 이후에 새로운 사실을 파악하는 활동이라고 한다면, '즐겨 알기'는 알기를 즐겨서 한다는 의미로서 어떤 행위를 자발적으로 하는 행위자의 태도를 말하는 것이다.

'즐기고 알기'는 자신이 즐겨 향유하는 혹은 재창작한 작품의 미학적 원리를 파악해 보는 활동이다. 학생들이 창작한 작품과 그것의 미학적 분석을 통하여 새로운 사실을 알게 되는 경우가 있다.

(1) 문 : 산 밑에서 개 부르는 자는?
　　답 : 崩(무너질 붕) → 月月은 월월(워리워리)
(2) 문 : 나이가 몇 살이냐고 물었더니, "밭의 둑이 무너진 나이입니다."라고 답을 하였다. 몇 살이겠는가?
　　답 : 田(밭 전)의 口를 둑으로 형상화하여 나타냈으므로 口가 없어지면 十(열 십)이 남으므로 열 살이 정답이다.

위와 같은 파자(破字) 놀이는 오랜 세월 동안 선인들이 한자 학습을 하는 과정 속에서 자연스럽게 문자 유희로 발전되어 내려온 것이다. 번뜩이는 재치와 함께 웃음을 자아냄과 아울러 한자의 획을 정확하게 알게 하는 효과를 얻게 된다.

나. 즐기고 느끼기

'즐기고 느끼기'는 기존 작품을 패러디 하여 창작하고 그 작품에 대해 교호하기와 같은 활동이다.

다음의 글을 보자 .

> 내가 단추를 눌러 주기 전에는 / 그는 다만 / 하나의 전파에 지나지 않았다. // 내가 그의 단추를 눌러 주었을 때 / 그는 나에게로 와서 / 전파가 되었다. // 내가 그의 단추를 눌러 준 것처럼 / 누가 와서 나의 / 굳어 버린 핏줄기와 황량한 가슴 속 버튼을 눌러다오. / 그에게로 가서 나도 / 그의 전파가 되고 싶다. // 우리들은 모두 / 사랑이 되고 싶다. / 끄고 싶을 때 끄고 켜고 싶을 때 켤 수 있는 / 라디오가 되고 싶다 //
>
> — 장정일, 〈라디오와 같이 사랑을 끄고 켤 수 있다면
> - 김춘수의 '꽃'을 변주하여〉

이 시는 제목에서 나타난 바와 같이 김춘수의 〈꽃〉을 변주한 작품이다. 리듬이나 가락 등과 같은 시의 형식적인 측면은 원래의 작품과 동일하다. 하지만, 오히려 주제 즉 내용의 측면에서 자신만의 새로운 생각을 바꾸고 꾸미는 일을 하고 있다.

즐기고 느끼기는 창작의 근원적인 동기가 된다. 이것은 기존의 작품에 대한 감상을 토대로 자신만의 생각을 표현하고 즐거움을 느끼는 것이다. 그래서 최근 유행하는 삼행시 짓기 놀이나 다음에서 볼 수 있는 시조놀이는 모두 즐기고 느끼기의 활동에 속하는 것이다.

> 생원 : 다음은 글이나 한 수씩 지어 보세.
> 서방 : 그럼 형님이 먼저 지어 보시오.
> 생원 : 그러면 동생이 운자(韻字)를 내게.
> 서방 : 예, 제가 한 번 내 드리겠습니다. '산'자, '영'잡니다.

생원 : 아, 그것 어렵다. 여보게, 동생. 되고 안 되고 내가 부를 터
　　　이니 들어 보게. [영시조(詠時調)로] "울룩줄룩 작대산(作大
　　　山)하니, 황천풍산(黃川豊山)에 동선령(洞仙嶺)이라."
서방 : 하하(형제 같이 웃는다.) 거 형님, 잘 지었습니다.
생원 : 동생 한 귀 지어 보세.
서방 : 그럼 형님이 운자를 하나 내십시오.
생원 : '총'자, '못'잘세.
서방 : 아, 그 운자 벽자로군. (한참 끙끙거리다가) 형님, 한 마디
　　　들어 보십시오. (영시조로) "짚세기 앞총은 헝겊총하니, 나
　　　막신 뒤축에 거멀못이라."

―〈봉산탈춤〉

　서방과 생원은 모두 '운(韻)'에 관한 기본적인 소양을 갖추고 있고, 이를
바탕으로 하여 '운자 놀이'를 하고 있다. 하지만, 그들이 짓고 있는 것이
원래의 격식에 맞지 않는다는 점에서 즐거움을 느낄 수 있는 것이다.
　다음과 같이 기존의 시조를 변형시키는 것이나, 짤막한 삼행시를 통한
유희도 좋은 사례가 된다.

이 몸이 죽어가서 무엇이 될꼬 하니,
광화문 네 거리에 우체통이 되어다가
오가는 연애편지 뜯어볼까 하노라.

고 : 고등어야!
등 : 등에 푸른 줄이 있어.
어 : 어!

　이렇듯, '즐기고 느끼기'는 널리 알려진 시조를 패러디 한다거나, 삼행
시 등과 같은 양식에 준한 창작으로 통해서 구체화할 수 있다.

다. 즐기고 따지기

　한 학생이 〈서시〉를 즐겨 암송한다고 해서 그 학생이 〈서시〉를 제대로

감상하고 있다고는 아직 말할 수는 없다. 왜냐하면, 그 학생이 〈서시〉에 대한 자신의 해석이나 판단으로 제시한 근거들이 부적절하고 일반적으로 받아들일 수 없는 것이라고 판단되는 경우가 있기 때문이다. 만일 그 학생이 〈서시〉를 '남녀간의 사랑'을 노래한 것이라고 생각한다면, 그 학생은 이 작품을 감상하고 있다고 말할 수 없을 것이다. 정의적 텍스트감상에서의 개별적 다양성이 아무리 강조된다고 해도 정의 중심적 사고 교육에서 전제하고 있는 보편적 심성을 무시할 수는 없기 때문이다.

〈탁류〉를 읽고

이 작품은 백릉 채만식의 대표작 중 하나로서 작가 특유의 문체가 빛을 발하고 있어 가장 채만식다운 소설이라고 할 수 있다. 이 작품에서는 전형적이고 자기의 운명에 따라 살아가는 초봉이가 그녀를 둘러 싼 인물들 - 사기꾼이자 은행원인 고태수, 비겁하고 계산적인 박제호, 흉칙하고 교활한 꼽추 형보, 그리고 활달하고 진취적인 계봉이, 의사 지망생인 승재 등 - 사이에서 겪게 되는 사건을 통해 세차고 험한 탁류에 휩쓸려 가는 여인의 삶을 그려내고 있다.

이렇듯 개성이 뚜렷한 여러 인물들의 모습 속에서 나 자신의 모습도 찾아 볼 수 있었다. 이 글에 나오는 인물들은 승재와 계봉이를 제외하고는 전부 다 부정적이며 타락한 인간들이었다. 또 겉으로는 선하고 잘난 듯 행동하지만 사람들이 없는 곳에서 추악한 행동을 함으로써 인간의 양면성과 사회의 부정부패를 드러내었다.

초봉이의 불행을 예측하면서도 순간의 자기 앞에 굴러 떨어질 이익을 위해 딸을 고태수에게 주어버린 정주사나 고태수·박제호 등의 행동은 자기의 이익만을 추구하는 오늘날 우리 현대인의 모습과도 비슷하다는 생각이 들었다.

그러나 내가 이러한 이들을 무조건 나쁘다고 매도할 수만은 없었던 것은 그들 역시 초봉이처럼 사회라는 범죄자에게 피해당한 피해자였기 때문이다. 악의 상징으로 그려져 있는 형보도 그가 꼽추였기 때문에 당한 사회의 멸시와 천대 때문에 그러한 인간이 되었을 것이다.

이 외의 다른 여러 가지 사건을 통해서 1930년대의 일제의 사회적인 모순에 대해서도 간접적으로나마 느낄 수 있었는데, 이러한 일제의 침략에 대해서는 승재와 계봉이의 대화나 학생들을 통해서 이야기되고 있다. 여기서 일제 치하의 그 세월이 얼마나 많은 것을 우리에게서 앗아갔나 하는 것을 알 수 있었다. 또 여기에서 가난은 가난한 자의 책임이 아니라 사회의 책임이요, 가진 자의 책임이라는 것도 알 수 있었다.

이 작품에 등장하는 긍정적 인물인 승재와 계봉이는 탁류 속에서의 한 가지 희망과도 같은 것이었다. 그러나 왜 승재가 초봉이에 대해서 좀더 적극적이지 못했을까 하는 아쉬움이 남았다. 그리고 승재에게 계봉이와 같은 진취적인 면이 있었더라면 하는 생각도 들었다.

이 작품은 한 여자의 일생을 소재로 삼았다는 점에서 예전에 읽은 토마스 하디의 『테스』를 연상케 한다. 그렇지만 '탁류'는 단순히 한 여자의 파란만장한 삶을 그리는 데에 그친 것이 아니라, 그 범위를 사회문제와 현실문제로까지 확장했기 때문에 전혀 색다른 느낌을 주었다.

거의 40여년 전에 쓰여진 작품임에도 불구하고 우리 시대에서도 충분히 공감할만한 문제점들이 제시되었다는 것은 그만큼 우리의 할 일이 아직도 많이 남아있다는 증거일 것이다. 초봉이를 비롯한 이 작품에 나오는 인물들을 그렇게 만든 사회는 바로 일제 앞에 무능한 사회이고 일제가 지배하는 모순 투성이의 사회였을 것이다. 한 여자의 불행이 그 여자 자신의 문제 때문이기보다는 부패된 사회와 그 사회 속의 오염된 인간들 때문이었다는 사실을 생각해 볼 때, 새삼 어깨가 무거워지는 것 같다. (조수진, ○○고교)

이 글은 학습자가 채만식의 〈탁류〉를 읽고 자신의 감상을 적은 글이다. 고태수나 박제호 또는 형보 등과 같은 부정적 인물을 선과 악의 이분법적인 사고에서 벗어나 사회라는 범죄자에게 피해당한 피해자로 본 것이다. 〈탁류〉가 초봉의 인생사에 초점이 맞추어져 있긴 하나, 작품 서두에는 초봉의 아버지 정주사와 관련된 일이 압도적으로 많이 나와있다. 〈탁류〉의 인물을 소개할 때에는 반드시 조선의 몰락한 선비의 상으로서의 정주사가 주목되어야 한다. 작품에 대한 감상을 통하여 세계의 이치를 따져 본 것이다.

그럼에도 불구하고, 작품의 표면적인 주제에만 집착하지 않고 당시의 시대 상황까지 읽어 내고 있음은 상당한 독서량의 축적되어 있음을 짐작케 한다. 특히, 이 작품을 자신이 예전에 읽은 〈테스〉와 비교한 것은 작품의 자기화라는 측면에서 매우 바람직한 감상법이라고 할 수 있다. 단순 비교에 그치지 않고 그것의 유사점과 차이점을 지적한 것은 성숙한 사고의 발현이며 이는 작품에 대해 즐기고 난 이후의 따지기를 통해서 얻게 되는 성과이기도 하다.

'즐기고 따지기'는 교수·학습 활동에서 자신이 창작한 작품을 향유하고 작품의 윤리성과 교훈성을 생각하여 보기 등으로 구체화할 수 있다.

요약

01. 정의 중심적 사고의 이해·표현 활동은 '알기'나 '느끼기'의 활동을 통하여 얻게 된 경험을 바탕으로 새로운 경험을 쌓아가게 하는 것이다. '알기'의 심화와 '느끼기'의 심화로 이루어진다.

1.1. '알게 하기'의 심화는 다음 세 가지로 구성된다.

1.1.1. '알고 따지기'는 사물에 대한 지식이나 작가의 생각에 대해 파악한 결과를 토대로 하여, 삶의 이치를 헤아려 보는 활동으로서 작가나 작품에 대한 외재적 의미를 파악하고 작품 세계를 분변하는 활동이다.

1.1.2. '알고 느끼기'는 정의적 텍스트에 담겨 있는 작가의 생각이나 사물에 관한 지식을 파악하고 이를 통해 정의적 텍스트의 아름다움을 맛보게 하는 일이다.

1.1.3. '알고 즐기기'는 객관적인 사실에 대한 파악을 바탕으로 하여 정의적 텍스트의 속성이 갖고 있는 즐거움을 향유하는 활동이다.

1.2. '느끼게 하기'의 심화는 다음 세 가지로 구성된다.

1.2.1. '느끼고 알기'는 독자가 정의적 텍스트를 통하여 즐거움이나 감동을 느꼈을 때, 그것의 원인이 무엇인지를 파악하는 활동이다.

1.2.2. '느끼고 따지기'는 정의적 텍스트의 속성이 갖고 있는 감성에 대해 특정한 반응을 느낀 후, 그러한 반응을 갖게 되는 원인이나 이유를 추론적으로 파악

하는 활동이다.

1.2.3. '느끼고 즐기기'는 '느끼기'와 '즐기기'가 복합적으로 연계된 활동으로서 주로 대상에 대한 느낌을 통하여 자신의 세계를 만들어 낸다.

02. 정의 중심적 사고의 이해 표현 교육은 학생들로 하여금 주체적으로 정의 중심적 사고 활동을 수행할 수 있게 하는 것이다. 이에는 '따지게 하기'의 심화와 '즐기게 하기'의 심화로 이루어진다.

2.1. '따지게 하기'의 심화는 다음 세 가지로 나누어진다.

2.1.1. '따지고 알기'는 작품의 역사적 의미를 파악하고 작품 외적 세계를 이해하고 새로운 사실을 발견하는 활동이다.

2.1.2. '따지고 느끼기'는 사실에 대한 이유나 원인에 대해 분석하고 이를 통해 감정적인 반응을 일으키게 하는 것이다.

2.1.3. '따지고 즐기기'는 사실이나 주장에 대한 분석을 통하여 새로운 즐거움을 얻게 되는 활동이다.

2.2. '즐기게 하기'의 심화는 다음 세 가지로 이루어진다.

2.2.1. '즐기고 알기'는 자신이 즐겨 향유하는 혹은 재창작한 작품의 미학적 원리를 파악해 보는 활동이다.

2.2.2. '즐기고 느끼기'는 기존 작품을 패러디 하여 창작하고 그 작품에 대해 교호하기와 같은 활동이다.

2.2.3. '즐기고 따지기'는 교수·학습 활동에서 자신이 창작한 작품을 향유하고 작품의 윤리성과 교훈성을 생각하여 보기 등으로 구체화할 수 있다.

알아 두어야 할 것들

정의 중심적 사고의 이해·표현 활동, 명제지, 알게 하기의 심화, 느끼게 하기의 심화, 따지게 하기의 심화, 즐기게 하기의 심화

탐구과제 ||||||||||||||||||||||||||||||||||||||||||||||||||||||||||||||||||||||||||||||||||||||||

1. 다음은 김소월의 〈진달래꽃〉에 대한 학생들의 다양한 반응의 예이다. 각 학생들은 정의 중심적 사고 활동의 어떠한 유형이 적용되었을지에 대해 말해 보자.

> 영수 : "진달래꽃을 소재로 하여 이별의 슬픔을 노래하고 있는 작품이야."
> 수진 : "〈진달래꽃〉의 시적 화자는 이별의 정서를 예술의 경지로까지 승화시키고 있어."
> 정호 : "사랑의 기쁨을 노래한 것 같아. 이별을 가정적 상황으로 받아들이고 노래하고 있잖아."
> 경희 : "시적 화자는 너무 쉽게 자신의 연인을 포기하는 것 같다."
> 철수 : "이 작품은 읽어도 무슨 말인지 모르겠다."
> 경미 : "내가 왜 이 작품을 읽어야 하는가?"

2. 다음을 자료로 하여 정의적 사고의 이해·표현 활동을 하려고 한다. 구체적으로 어떠한 범주의 활동이 필요한지 말해 보자.

> (1) 어제도 오신 손님, 오늘도 또 오셨네, 내일 또 오시면 얼마나 좋을까.
> ─ 어느 점포의 광고문

> (2) 피아노에 앉은/ 여자의 두 손에는/ 끊임없이/ 열 마리씩/ 스무 마리씩/ 신선한 물고기가/ 튀는 빛의 꼬리를 물고기가/ 쏟아진다.// 나는 바다로 가서/ 가장 신나게 시퍼런/ 파도의 칼날 하나를/집어 들었다.
> ─ 전봉건, 〈피아노〉

> (3) 사람들 사이에 섬이 있다.
>   그 섬에 가고 싶다.
> ─ 정현종, 〈섬〉

> (4) 연탄재 함부로 발로 차지 마라.
>   너는
>   누구에게 한번이라도 따뜻한 사람이었느냐
> ─ 안도현, 〈너에게 묻는다〉

제4부 사고력 중심의 국어교육 실천

제12장 국어과 교육과정과 사고력

국어과 교육과정은 국어교육의 출발점이자 도달점이라 할 수 있다. 국어교육에 관한 철학과 연구 성과, 실천 경험 등이 교육과정에 모두 녹아 있기 때문이다. 국어과교육의 전체상을 알려면 교육과정을 살펴보면 된다. 이 장에서는 그와 관련된 이론들을 점검하고, 교육과정 구성 및 실천상의 문제들을 분석하기로 한다. 아울러, 2007년에 고시된 새 교육과정의 대강을 이해함으로써 국어교육을 큰 틀에서 조망하는 시야를 제공하고자 한다.

1. 국어과 교육과정의 본질

1) 국어과 교육과정을 보는 관점과 국어 현상

교육과정이란 일정한 프로그램 아래 전과정을 마칠 때까지 학습해야 할 목표와 내용, 그 학습을 위한 연한(年限)과 시간 배당, 그리고 교수와 평가 방법 등을 규정한 교육의 전체 계획 혹은 실천을 가리킨다(국어교육학사전, 1999 : 81).

교육과정을 보는 관점은 매우 다양하다. 예를 들면 교육과정은 ① 계획으로서의 교육과정과 결과로서의 교육과정 ② 내용으로서의 교육과정과 과정으로서의 교육과정 ③ 지식으로서의 교육과정과 경험으로서의 교육과정으로 나누어 살펴볼 수 있고, ④ 의도된 교육과정, 전개된 교육과정,

〈좁은 의미의 교육과정과 넓은
의미의 교육과정〉

좁은 의미의 교육과정은 헌법과
교육법, 교육법시행령에 따라
국가(교육인적자원부)가 고시하
는 전국 단위의 표준 교육과정
을 가리킨다. 이것은 교육의 일
반 목적, 교과 편제, 과목별 이
수 시간(단위), 과목별 목표와
성취도 기준(내용), 교수-학습과
평가 방법 등을 세밀하게 규정
한다. 그에 비해 넓은 의미의
교육과정은 교육과 관련되는 일
체의 계획과 실천, 결과를 모두
포함한다. 곧, 교육 현상을 우리
가 이해하기 쉽게 개념화한 것
이 넓은 의미의 교육과정이다.

실현된 교육과정으로 구분할 수도 있다. 또, ⑤ 국가 수준의 교육과정, 지역 수준의 교육과정, 학교 수준의 교육과정, 교실 수준의 교육과정으로 나누어 살펴보는 것도 가능하다(교육부, 1992). ⑥ 명시적 교육과정과 잠재적 교육과정도 자주 대비되며, 법에 의해 공포된 문서로서의 교육과정을 특별히 떼어내서 거론하기도 한다.

교육과정을 이처럼 다양한 관점에서 볼 수 있다는 것은 그만큼 교육과정의 개념폭이 넓다는 뜻이다. 교육관의 변화에 따라 지배적인 교육과정 이론도 변화해 왔는데, 대표적인 것을 들면 다음과 같다(이귀윤, 1997).

교육과정 이론	교육과정의 주안점
교과 중심 교육과정 학문 중심 교육과정 경험 중심 교육과정 인간 중심 교육과정 인지과정 중심 교육과정 사회재건 중심 교육과정	학교의 지도 하에 이루어지는 교과 내용 숙달 지식이나 학문의 구조 습득 경험을 바탕으로 한 교사와 학생의 상호작용 인간의 잠재적 성장 가능성 실현 사고와 학습의 방법 습득 제반 사회 문제들의 분석과 실천

이처럼 다양한 교육과정 이론이 있지만, 국어과의 경우에는 전통적으로 교과 중심이나 학문 중심 이론에 따라 교육과정을 논의해 왔다. 그러다가 1980년대 이후 인지과정 중심의 이론이 퍼지기 시작했으며, 최근에는 인간 중심의 교육과정론이 널리 통용되고 있다. 이러한 변화는 인간과 교육, 언어를 바라보는 철학의 변화와 방향을 같이하는 것이다.

국어과 교육과정은 국어 현상으로부터 나온다. 곧, 다양한 국어 현상 중에서 교육적으로 의미있는 것들을 추출해서 조직한 것이 교육과정이다. 여기서 국어 현상은 크게 사고 현상, 의사소통 현상, 문화 현상으로 나누어 살펴볼 수 있다. 이때 사고 현상이란 언어로써 세계를 해석하고 그 정보를 저장하거나 처리하는 일로 인지적·정의적 측면에서 접근할 수 있으며, 의사소통 현상은 언어 주체들이 언어를 매개로 하여 서로 관계를 맺고 소통하는 일로 이해·표현·상호작용의 측면에서 접근할 수 있다.

〈국어과의 사고 현상〉

· 인지 중심적 사고 : 명료화,
상세화, 객관화, 주체화
· 정의 중심적 사고 : 알기, 따
지기, 느끼기, 즐기기

또, 문화 현상은 사고 및 의사소통의 기본 양식을 제공해 주는 것으로 텍스트·소통·지식·예술 측면에서의 접근이 필요하다. 국어과 교육과정은 국어 현상을 이루는 사고-의사소통-문화의 요소를 종합적으로 고려해야 한다.

아울러, 국어과교육이 하나의 교육 분과인 이상, 교육 현상의 관점에서도 교육과정을 살필 필요가 있다. 교육 현상은 교사-교재-학습자를 잇는 실체적 국면과 목표-내용-방법-평가를 잇는 과정적 국면, 그리고

	공시적 문화	통시적 문화
텍스트	의도나 기능에 따라 텍스트의 구조와 표현 방식이 달라진다.	역사적으로 변화·발전하는 텍스트의 구조와 표현 방식
소통	집단이나 맥락에 따라 소통의 양상이 달라진다.	역사적으로 변화·발전하는 소통의 양상
지식	국어에 관한 고유한 지식과 사고 체계	역사적으로 변화·발전하는, 국어에 관한 지식과 사고 체계
예술	언어로써 이루어지는 예술 활동(문학 등)	언어 예술의 역사적 축적과 발전

〈국어과의 문화 현상〉

교과 설정 및 교과의 배경에 관한 배경 국면으로 나누어 살펴볼 수 있다. 국어 교사의 역할, 국어 교재 구성의 방향, 국어 학습자의 특성에 대한 기술 등이 실체적 국면에 관한 내용이라면, 국어과교육의 목표와 내용, 국어 교수-학습 및 평가의 원리와 방법에 관한 기술이 과정적 국면에 관한 내용이다. 국어교육의 이론적 기초, 국어교육에 대한 개인적, 사회·문화적 요구, 학교 교육 내에서 국어 교과의 위치 등에 대한 기술은 배경 국면에 관한 내용이 된다(최현섭 외, 2002). 이러한 제요소를 기준으로 하여 국어과와 다른 교과 사이에 차이가 난다면, 교육과정은 그 차이를 의미 있게 반영해야 한다.

국어과 교육과정은 국어 현상을 교육 현상에 투사한 결과이다. 국어 현상으로 의미 있는 내용일지라도 교육 현상으로서 의미가 없을 수 있으며, 그 반대의 경우도 있다. 이 때의 조건은 필요성과 가능성이 될 것이다. 이들의 상호 결합 관계에 따라 국어과 교육과정의 실제가 결정된다.

〈교육과정 내용의 필요성과 가능성〉

예를 들어 '인터넷에서 댓글 다는 방법' 같은 것은 국어 현상으로 의미가 있지만, 교육과정에서는 필요성의 기준에 따라 걸러진다. '대하 소설 쓰기'라면 가능성 기준을 적용할 수 있다.

2) 사고력에 기반을 둔 총체적 교육과정의 틀

국어과 교육과정 구성의 기본 축은 사고와 의사소통, 문화라 하였다. 물론 이들은 서로가 서로를 규정하는 관계이기 때문에 어느 하나를 따로 떼어 얘기하기가 어렵다. 그렇다 하더라도 그 중 가장 기초가 되는 요인을 꼽는다면 역시 사고라 할 수 있다. 다른 두 영역이 가능하게 하는 조건이기 때문이다. 제1차 교육과정 이래 국어과 교육과정은 의사소통, 특히 읽기 측면에 치중하여 국어 교과의 총체성을 반영하지 못한 감이 있다. 물론 의사소통 활동들도 그 이면에 사고를 전제하고 있고 그것 없이는 사고의 과정이나 결과를 알기 어렵다는 점을 감안한다 하더라도, 국어과 교육과정과 사고력의 관련에 대해서는 여전히 미진한 점이 남는다. 지식중심주의와 기능중심주의의 관행 아래서 사고나 문화 요소가 설 자리는 매우 좁았던 것이다. 국어과 교육과정 범주화에 관한 다음의 두 표를 보자.

<국어과 교육과정에서의 사고>

5차 교육과정기 이후에 사고 교육으로서의 국어교육관이 널리 퍼져 있으며, '지식'이나 '학문'도 넓은 의미의 사고에 포함시킨다면 3차, 4차 교육과정도 사고의 측면을 강하게 담고 있다.

	언어 이해	언어 표현
음성 언어	듣기	말하기
문자 언어	읽기	쓰기

〈국어과 교육과정 범주론 I 〉

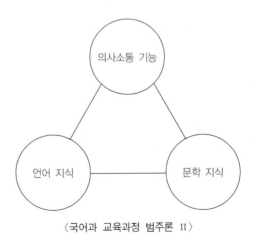

〈국어과 교육과정 범주론 II 〉

전통적인 〈범주론 Ⅰ〉은 순수하게 의사소통의 측면만을 고려하여 교육 과정에 접근한 예이다. 언어를 소통 수단으로 보는 기능적 관점에 따른 것인데, 이는 언어를 삶의 표상으로 보는 다른 관점과 배치될 뿐 아니라 국어과의 성격을 초보적인 도구교과로 한정하는 결과를 낳게 된다. 또한 기초·기본 문식성을 갖추는 단계를 넘어서면 국어과의 목표와 내용이 모호해지는 단점이 있다.

4차 교육과정에서 확립한 〈범주론 Ⅱ〉는 의사소통능력과 관련하여 언어 및 문학에 관한 지식을 중심으로 교육과정에 접근한 예이다. 이는 지식과 기능 사이의 상호 관련성을 강조한 점에서 〈범주론 Ⅰ〉보다 진보적이나, 국어 현상을 문학-비문학의 이분법으로 파악하게 하고 처음 의도와 달리 지식과 기능의 분리를 낳았다는 문제를 지닌다. 곧, 교육과정상에 지식 영역과 기능 영역을 별도로 설정함으로써 교육관에 따라 지식 혹은 기능 경사(傾斜)의 현상이 나타난 것이다.

따라서 국어과 교육과정은 국어 현상의 제변인을 포괄하면서 사고-의사소통-문화의 관계를 총체적으로 보여줄 수 있는 새로운 범주론을 요구하게 되었다. 다음의 표를 보자.

〈국어과 교육과정의 범주 설정〉

국가교육과정의 역사를 보면, 세부적인 차이는 있지만 1~3차 교육과정기는 〈범주론 Ⅰ〉에 따라, 4~7차 교육과정기는 〈범주론 Ⅱ〉에 따라 구성된 것을 알 수 있다. 그 중 4차 교육과정기는 지식 경사, 5차 교육과정기는 기능 경사의 모습을 보인다. 6·7차 교육과정기는 지식과 기능의 통합을 추구하였다.

사고 측면		의사소통 측면					
인지 중심적 사고	명료화 상세화 객관화 주체화	기본 활동		이해	표현	상호작용	
			음성 언어	듣기	말하기	대화	
			문자 언어	읽기	쓰기	교신(交信)	
			매체 언어	보기	만들기	양방향 소통	
정의 중심적 사고	알기 따지기 느끼기 즐기기	복합 활동	언어 내적 통합	기본 기능 + 기본 기능			
			언어 외적 확장	언어 + 지각			
				언어 + 행동			

문화 측면
텍스트 문화, 소통 문화, 지식 문화, 예술 문화

〈국어과 교육과정 범주론 Ⅲ〉

〈언어 내적 통합〉

'들으면서 읽기', '보면서 쓰기'처럼 의사소통의 기본 기능들이 두 가지 이상 동시에 발휘되는 경우를 말한다. 수업을 예로 들면, 학생들은 선생님의 설명을 '들으며' 교과서를 '읽고' 중요한 내용을 '쓴다'. 또, 모르는 내용에 대해 선생님이나 친구들과 '대화하고' 자료가 있는 경우 비디오 등을 '본다'. 이것들이 순차적으로 이루어지는 것이 아니라 동시에 이루어지는 것이 복합 활동이다.

〈언어 외적 확장〉

'음악을 듣고 느낌 말하기'나 '지시대로 따라하기'처럼 언어 활동과 언어 외적인 활동이 동시에 이루어지는 경우를 말한다. 학교 수업에서는 특히 실기 교과가 이러한 확장이 자주 이루어진다.

현재로서 〈범주론 Ⅲ〉은 여러 요소들의 평면적 나열에 불과하지만, 기본적으로 사고와 의사소통, 문화의 요소들을 총체적으로 다루려는 관점을 보여준다. 국어 현상 자체가 하나의 총체적 현상이기 때문이다. 국어 주체는 국어가 제공하는 사고 틀(conceptional framework)로 세계를 해석하고, 문화 맥락과 상황 맥락 속에서 국어를 사용하여 의사소통을 한다. 국어 교과가 단순한 기능교과나 초보적인 도구교과를 넘어설 수 있으려면 이와 관련되는 내용을 발굴하고 이론을 정교화할 필요가 있다.

사고력 중심의 국어과 교육과정이 나아가야 할 방향은 대략 세 가지로 정리할 수 있다. 첫째, 언어 발달과 사고력 발달을 동시에 고려해야 한다. 언어-사고 발달의 관계성에 대해서는 워프(Whorf), 피아제(Piaget), 비고츠키(Vygotsky) 등의 이론을 점검하면서 이미 언급했거니와, 이들의 상호 관련성에 대한 고려 없이는 국어 능력의 발달을 기하기 어렵다.

둘째, 인지 중심적 사고와 정의 중심적 사고의 통합성을 구현해야 한다. 전통적으로 국어교육은 문학 영역과 비문학 영역으로 나누어 이루어져 왔는데, 사실상 두 영역 사이에는 경향성의 차이만 있을 뿐 본질적인 차이를 찾기는 어렵다. "연못에서 뱀이 입에 꽃을 물고 나오는 것은?/ 등잔불"과 같은 수수께끼에 담긴 사고나 "구름은 보랏빛 색지(色紙) 우에/ 마구 칠한 한 다발 장미(薔薇)(김광균, 〈뎃생〉)"에 담긴 사고는 결국 비슷한 은유 도식(metaphorical shema)[1]에 근거하고 있는 것이다.

---

1) 은유를 만들어 내고 이해하는 심층의 원리 혹은 틀. 비유를 은유와 직유, 환유, 대유, 제유, 활유, 풍유 등으로 분류하는 이유는 이들이 각기 다른 비유의 도식을 쓰기 때문이다. 예를 들어 "내 마음은 호수"라는 은유는 '내 마음'과 '호수' 사이의 유사성을 암시적으로 제시하는 방식이고, "호수처럼 고요한 내 마음"이라는 직유는 '내 마음'과 '호수' 사이에 '고요하다'는 공통점을 설정하여 명시적으로 제시하는 방식이다. 같은 은유라 할지라도 '시간의 화살'은 추상적 개념(시간)을 구체적 사물(화살)로 비유했고, "이렇게 슬프고도 애닲은 마음(유치환, 〈깃발〉)"이라는 표현은 구체적 사물(깃발)을 추상적 개념(마음)으로 비유했다. 본문에 제시한 수수께끼와 김광균의 시는 둘 다 형태의 유사성에 근거한 은유라는 점에서 비슷하고, '연못', '뱀', '꽃'과 같은 성적 이미지와 '보랏빛 색지', '장미'와 같은 관능적인 시각 이미지가 대비된다(정재찬, 2004 참조).

셋째, 심층적인 의미 구성 중심의 국어교육관이 구현되어야 한다. 의미 구성은 언어 이해와 표현의 바탕이 될 뿐 아니라 논리, 비판, 창의 등 제반 사고 활동의 바탕이 된다. 학습자가 국어를 매개로 하여 대상을 받아들이고 해석하고 변형하며 새로운 가치를 만들어 내는 일련의 과정이 사실은 자기만의 의미를 구성해 가는 과정임을 알아야 한다. 그를 바탕으로 국어 이해와 표현의 구체적인 기법을 구사할 때 비로소 능동적인 국어 주체가 될 수 있을 것이다.

2. 국어과 교육과정의 구성과 실천

1) 교육과정 구성의 방향과 변인

교육과정 구성은 국어과교육 전체의 체제를 설계하는 일이다. 언제 무엇을 얼마만큼 가르칠 것인가, 시간 배당은 어떻게 하고 교재는 무엇을 쓸 것인가, 결과는 어떻게 점검할 것인가 등에 관한 포괄적인 계획을 짜는 일이 교육과정 구성이다. 비유컨대 여행을 떠나기에 앞서 지도를 놓고 목적지를 정하고 코스와 장비를 점검하는 일과 같다.

교육과정 구성은 크게 두 층위에서 이루어진다. 첫째는 국가·자치단체 수준에서의 구성으로, 6-3-3-4의 학제를 짜거나 인문계/실업계의 진로를 구분하거나 '국어', '수학' 같은 교과를 설정하는 일을 한다. 또한, 각 교과에 시간을 배당하고, 교과의 목표와 내용을 결정하며, 학교 운영에 관한 일반적인 지침을 정하는 것도 이 수준에서의 구성이다. 그 결과는 국가 교육과정이나 각 지역 교육과정으로 공포되는데, 그 중 교육 현장에 가장 큰 영향을 미치는 것은 물론 교육부가 고시한 국가 수준의 표준 교육과정이다.

그 둘째 층위는 학교·교실 수준에서의 구성이 된다. 학교는 실제 교육

〈교육과정과 교육과정 구성의 개념폭〉

보통 '교육과정'이라고 하면 국가 수준의 문서만을 생각하는데, 교육과정의 개념은 그보다 훨씬 넓다. 'ㅇ차 교육과정'이라고 하는 것은 국어과 교육과정에 대한 논의의 극히 일부가 제도로 구체화된 것일 뿐이다. 또, 현장의 교사는 교육과정 실천에만 관여할 뿐 구성과는 거리가 멀다고 생각해서도 안 된다. 매 시간 수업을 포함하여 1년 동안의 교육 계획 자체가 교육과정 구성이다.

이 이루어지는 최대의 독립 단위로서, 학교 규모에 관계없이 그 학교에 재학하는 모든 학생들은 동일한 교육과정에 따라 학습하게 된다. 연간 수업 계획, 반 편성과 교사 배정, 과목과 교과서 선택, 평가 등이 학교 단위로 이루어지므로, 학교 교육과정 구성은 교육의 성패를 가름하는 중요한 일이라 할 수 있다. 그에 비해 교실의 교육과정은 실제 수업에 관한 것으로, 과목 담당 교사와 학급 구성원의 상호작용에 따라 결정되는 진행형의 교육과정이다. 교육의 내용과 방법에 관한 것이 이 수준에서의 주요 관심사가 된다.

교육과정을 구성할 때에는 기본 방향을 먼저 정해야 한다. 이는 개인적 가치 추구/공동체적 가치 추구, 규범적 접근/현상적 접근, 원론적·추상적 진술/실제적·구체적 진술, 하나의 목표로 초점화/다양한 목표로 확산, 분절적 접근/통합적 접근 등과 같은 여러 선택지 중에서 어떤 방향을 취할 것인가 하는 문제로서, 국어교육에 관한 철학과 이론적 기반, 국어 교과 내의 영역 등에 따라 달라진다. 예를 들어 의사소통 기능 신장을 위해 기초 기능의 반복을 강조하는 경우와 국어 문화 경험을 확충하기 위해 과제 해결 중심으로 접근하는 경우의 교육과정 구성 원리는 사뭇 다르다.

교육과정 구성의 방향이 여러 변인에 따라 달라진다면, 그 변인들을 좀 더 구체적으로 살펴볼 필요가 있다. 여기서는 그것을 교육·교과관, 학습·학습자관, 언어관, 지식관, 문화관으로 나누어서 살펴보기로 한다(최현섭 외, 2002).

가. 교육·교과관

교육 및 국어과를 바라보는 철학과 관점을 뜻한다. 전달 모형에 따르면 교육은 지식과 가치, 문화 등을 세대에서 세대로 전수하는 기능을 한다. 그에 비해 계발 모형은 교육을 인간의 잠재적 가능성을 이끌어 내고 실현하는 과정으로 본다. 자연히 전자는 교사·내용 중심으로 교육이 이루어지고 후자는 학습자·활동 중심으로 이루어진다. 이들 경향성은 어느

〈교육과정 구성에서의 선택지〉

· 규범적 접근 : 바람직한 국어 현상의 방향을 설정하고, 그것에 근거하여 교육과정을 구성함.

· 현상적 접근 : 국어 현상의 객관적인 실태를 바탕으로 하여 교육과정을 구성함.

· 원론적·추상적 진술 : 맥락에 따라 다양하게 해석할 수 있도록 원론 수준에서 간명하게 기술함.

· 실제적·구체적 진술 : 국어교육의 실천에서 혼란이 일어나지 않도록 세부적인 측면까지 자세하게 기술함.

· 분절적 접근 : 국어 능력의 하위 요소나 국어 활동의 과정을 잘게 나누고, 그것들을 발달 단계에 따라 체계화함.

· 통합적 접근 : 문제해결이나 의사결정, 관계 유지와 같은 실질적인 목표를 달성하기 위한 전략을 설정하고 그와 관련되는 요소들을 통합적으로 제시함.

일방이 옳다기보다는 학습 내용, 발달 수준, 요구 분석에 따라 결정될 문제이다. 특히 국어과의 경우 도구교과론이 문제가 되는데, 국어과를 도구교과로 규정하면 교과의 성격이 분명해지는 반면 국어 현상의 전반을 포괄하지 못하게 되고, 국어과의 개념을 확장하면 교과의 고유성이 약해지는 결과를 낳는다. 따라서 국어 교과란 무엇이고 왜 필요한가에 대한 국어교육의 철학이 필요하다.

나. 학습·학습자관

교육에서 학습과 학습자를 보는 관점도 여러 가지가 있다. 예를 들어 능력관에 따르면 인간의 능력에는 선천적인 차이가 있으며, 이상적인 교육은 학습자 개개인의 능력에 맞는 교육을 실시하는 것이다. 그에 비해 속도관은 학습자 사이의 차이란 속도의 차이일 뿐 역량의 차이는 없다고 보며, 이상적인 교육은 학습자의 학습 속도에 맞는 교육을 실시하는 것이라고 생각한다. 국어과의 경우에도 국어 학력이란 무엇인가, 국어 학습 능력에 개인적인 차이가 있는가, 국어 학습에서 유전적 요인과 환경 요인은 어떻게 작용하는가 등에 관련되는 문제가 중요하게 대두된다. 이성주의의 관점에서 인간의 생득적(生得的)인 언어 능력과 자연적인 언어 습득을 지나치게 강조하면 국어교육의 필요성을 부정하는 결과를 낳게 되고, 반대로 모든 것을 언어 경험과 환경 탓으로 돌리는 것도 문제가 있다.

다. 언어관

언어와 사고의 관계 속에서 언어를 무엇으로 보는가에 관련되는 문제이다. 언어 도구론은 언어를 사고나 의사소통의 도구로 보는 관점이고, 언어 가치론은 언어 자체가 사고나 문화를 형성하는 힘을 가지고 있다고 보는 관점이다. 다른 한편으로 형식적 관점은 언어를 자족적인 기호와 규칙의 체계로 보고, 수행적 관점은 맥락 속에서의 관계와 의도·효과를 중시한다. 최근 들어 언어를 단순히 의사소통 수단의 하나로 보는 관점은

〈조건관〉

능력관, 속도관과 달리 적당한 환경과 교수법을 제공하면 속도의 차이까지도 줄일 수 있다고 보는 관점도 있다. 이를 조건관이라고 한다.

〈이성주의〉

철학에서는 넓은 의미로 합리주의와 동일하게 쓰지만, 언어학에서는 언어 습득과 활용에서 인간의 고유한 인지 능력을 중시하는 관점으로 쓴다. 선천적이고 보편적인 언어 능력(Language Competence)을 상정한 촘스키(Chomsky)가 대표적이다. 그 반대는 경험주의가 된다.

언어의 다양한 양상을 외면한다는 점에서 점차 설득력이 약해지고 있다. 또한 언어가 외부와는 단절된 채 자족적인 기호들의 체계로 존재한다는 관점 역시 극복되고 있다. 따라서 언어 및 언어 활동의 본질에 입각하여 국어과의 목표를 포괄적으로 설정하는 노력이 필요하다.

라. 지식관

국어과에서 필요한 지식이란 무엇인가에 관한 문제이다. 최현섭 외 (2002)의 경우에는 국어 지식이란 듣기·말하기·읽기·쓰기에 관한 지식이라고 보고 별도의 지식 영역을 설정하지 않은 데 비해, 김광해(1999), 류성기(2001), 임지룡(2005) 등은 국어과에 고유한 지식이 필요하다고 역설한다. 국어 문법과 국어사 등의 국어 자체에 관한 지식, 사고와 의사소통을 포함한 국어 활동에 관한 지식, 국어 활동의 기반이 되는 문화와 세계 지식의 문제는 '국어 학력'이란 무엇인가 하는 문제와 관련되는 매우 중요한 문제이다.

마. 문화관

국어과가 문화와 관련을 맺고 있다면, 자연히 문화에 대한 관점도 주요 변인이 된다. 문화를 단순히 '야만'이나 '문명'에 대비되는 상대적 개념으로 받아들일 것인지, '예술'과 관련되는 고답적 개념으로 받아들일 것인지, 혹은 인류학적 관점에서 인간의 삶과 관계되는 일체의 양태로 해석할 것인지를 결정해야 한다. 7차 고등학교 '국어 생활' 과목의 교육과정에서는 국어 문화에 대해 생활 문화와 예술 문화로 구별해서 접근하면서 '전통'과 긴밀하게 관련지었는데, 그렇게 국어 문화의 고유성을 강조하는 것이 이상적인지에 대해서도 생각해 봐야 한다.

이상의 변인에 더해서, 사고력 중심의 교육과정에서는 특히 언어와 사고의 관계, 사고 프레임으로서의 문화 도식 등에 관한 관점이 주요 변인이 된다. 언어-사고의 발달 구조만 하더라도 언어적 자극이 사고 발달을

〈'문화'의 개념 폭(김창원, 2007)〉

① '자연'에 대비되는 개념으로
  : 문화는 인위적이고 관습적인 현상의 총체이다.
  예 : 인류 문화
② '미개'에 대비되는 개념으로
  : 문화는 가치롭고 세련된 상태이다.
  예 : 문화 민족
③ '문명'에 대비되는 개념으로
  : 문화는 정신적이며 교양에 관계되는 현상이다.
  예 : 문화·예술계
④ '지식'에 대비되는 개념으로
  : 문화는 일반적인 기술, 나아가 예술에 관련된다.
  예 : 문화재
⑤ '개별'에 대비되는 개념으로
  : 문화는 일종의 집단 코드로서 작용한다.
  예 : 청소년 문화

촉발한다는 스키너(Skinner)나 사피어-워프 식의 언어 우위설과 사고 발달에 따라 언어가 발달한다는 피아제(Piaget) 식의 사고 우위설이 대비되고, 그에 대해 언어-사고의 상호작용적 발달을 강조하는 비고츠키(Vygotsky) 식의 상호작용설이 대안으로 제시되었지만, 실제로 모든 단계에서 비슷한 구조로 발달하는지에 대해서는 이견이 있을 수 있다. 발달 단계에 따라 교육과정 구성의 중점이 달라질 수도 있다는 뜻이다.

2) 교육과정의 목표와 내용, 구성 체제

실제 교육과정을 구성하는 단계에서 가장 중요한 것은 국어 교과와 관련하여 목표, 내용, 방법을 정하는 일이다. 교육과정은 '어떤 내용을 어떤 방법으로 교수하여 어떤 목표를 달성할 것인가'에 관해 구체적인 전망을 보여줘야 하기 때문이다. 그 중 방법에 관한 부분은 14장으로 넘기고, 여기서는 목표와 내용에 관해서만 살펴보자.

국어과 교육과정의 목표는 국어교육의 철학 및 학교 제도를 고려하여 설정한다. 5차 교육과정에서 '국어사용능력 신장'이라는 목표가 정해진 이래 지금까지 정규 교육에서는 이 목표가 비교적 이의 없이 통용되어 왔다. 그러나 앞에서 보았듯이 이는 의사소통 관점에 치중한 목표로서, 거기에 덧붙여 사고 목표와 문화 목표의 보완이 요구된다. '사용'이라는 용어 자체가 국어를 수단 내지 도구로 보는 관점을 함축한다는 점도 문제가 된다. 따라서 국어과 교육과정의 목표를 국어 '사용' 능력의 신장에 두기보다는 포괄적인 '국어 능력' 신장에 두는 것이 더 유효할 듯하다. 이 때의 국어 능력에는 국어에 관한 인지·정의적 능력, 국어 수행 능력, 국어에 대한 가치관과 태도, 그리고 국어 경험이 모두 포함된다.

국어과 교육과정 목표가 국어 능력 신장이라면, 교육과정의 내용은 바로 그 '국어 능력'에서 추출된다. 하지만 국어 현상의 제국면이 교육 현상으로 투사되기 때문에 국어 능력 자체가 교육과정 내용이 되기는 어렵다. 더욱이 '국어 능력'이란 다분히 개인이 갖추고 있는 고정된 특성을 가리키는 경향이 있는데, 그에 비해 교육과정은 개인적인 요인과 공동체적인 요인을 고루 담아야 한다. 따라서 교육과정 이론에 따라 국어 능력의 여러 층위를 재조직하는 일이 필요한데, 그 과정에서 현저하게 나타나는 내용관은 다음과 같다(최현섭 외, 2002).

① 지식 중심의 내용관 : 교육과정 내용은 국어에 관한 지식과 관련하여 개념과 명제의 형태로 제시된다.
② 과정 중심의 내용관 : 교육과정 내용은 국어 교수-학습의 절차 및 방법의 구조로 제시된다.
③ 경험 중심의 내용관 : 교육과정 내용은 교수-학습의 결과로 학습자가 지니게 될 언어 경험의 총량으로 제시된다.
④ 기능 중심의 내용관 : 교육과정 내용은 언어 수행과 관련되는 국어 능력의 하위 기능들로 제시된다.
⑤ 가치 중심의 내용관 : 교육과정 내용은 국어 문화와 관련하여 태도 및 가치관을 함양하기 위한 활동과 조건으로 제시된다.
⑥ 전략 중심의 내용관 : 교육과정 내용은 언어 수행에 관한 상위 인지적 전략 획득을 위한 하위 전략으로 제시된다.

교육과정 구성은 이러한 내용들을 단일한 목표를 위해 체계화하는 절차라 할 수 있다. 교육과정을 구성할 때 어떤 내용관을 취하는가 하는 문제는 국어교육을 바라보는 관점과 관계되는 문제이다. 아울러, 내용을 실제 교수-학습에 투입할 수 있는 가능성도 고려해야 한다. 필요성과 가능성의 측면에서 국어 능력을 분석하고 재조직해야만 교육과정 내용이 분명하게 드러나는 것이다. 여기서 사고 중심으로 국어교육에 접근하는 일은 국어 능력에 대한 발전적인 관점으로 주목할 만하다.

국어과 교육과정의 구성 체제로는 몇 가지 다른 방식을 생각해 볼 수 있다. 첫째는 의사소통 중심의 교육과정 구성으로, 지금까지의 공식적 교육과정이 대체로 취한 방법이다. 이 체제에서는 언어 활동의 양상에 따라 듣기·말하기·읽기·쓰기 등으로 영역을 구분하고, 각 영역의 활동 과정을 분절적으로 제시한다. 예를 들어 쓰기 영역이라면 쓰기 전(Pre-Writing)

활동-쓰는 중(Writing) 활동-쓴 후(Post-Writing) 활동으로 나누어 각 단계의 하위 기능들을 분류하는 방식이다.

둘째는 사고 활동 중심의 교육과정 구성으로, 인지언어학과 철학, 심리학의 발달에 힘입은 바 크다. 이 체제에서는 개념화·추론·비판·창의·심미 등의 사고 유형을 구분하고 각각의 사고별로 하위 범주를 나누어 접근하는 방식을 취한다. 이 관점에 서면 여러 언어 활동은 사고의 측면에서 통합되며, 궁극적으로는 언어-사고의 일치를 꾀한다. 추론의 일종인 분류적 사고를 예로 들면, '분류하며 이해하기'와 '분류하여 표현하기'는 같은 영역에 속한다.

셋째는 문화 중심으로 교육과정을 구성하는 방식이다. 문화의 개념폭이 매우 넓어 분절적으로 접근하기가 어렵지만, 기초 기능이 어느 정도 숙달된 뒤에 발전적 학습을 위해 도입할 수 있다. 예를 들어 텍스트 문화·소통 문화·지식 문화·예술 문화로 영역을 나누어 각각의 영역에 관습화된 사고 및 표현 방식을 따짐으로써 국어 능력을 신장시킬 수 있다. 관용 표현의 학습이나 텍스트의 유형 학습, 발상과 표현의 심층 구조 분석 등이 이 방식에서 자주 볼 수 있는 내용이다.

이러한 여러 방식들 중 어느 것이 확연하게 낫다고 판정하기는 어렵다. 국어교육 철학에 따라, 또는 제도 운영의 목적에 따라 접근 체제가 달라질 수 있다. 이들 요소를 모두 포괄하는 모형이 있다면 이상적이겠지만, 그것이 불가능하다면 어느 한 요소를 분명하게 내세우는 것도 효과적일 수 있다. 다음의 표는 이들 요소를 종합적으로 고려하기 위한 노력의 한 예이다(이도영, 1998).[2]

---

2) 여기서 '언어의 기능' 축은 사고-언어의 요소를 고려한 것이고 '텍스트 유형'과 '개별 텍스트' 축은 언어-문화의 요소를 고려한 것이다. '주된 관련 사고'는 물론 사고 요소를, '기초 기능'은 언어 요소를 반영한다.

언어의 기능(機能)	텍스트 유형	개별 텍스트	주된 관련 사고	강조점	기본 조건
표현적 기능	표현적 텍스트	일기, 기도, 선언 등	성찰적 사고	진실성	생산성 도구성 규범성 창조성 논리성
지시적 기능	정보적 텍스트	설명, 기록, 보고, 기사 등	사실적 사고	객관성	
환정적(지령적) 기능	설득적 텍스트	논설 광고·선전 토론·토의 등	문제해결적/비판적 사고	효과성	
친교적 기능	친교적 텍스트	안부, 의식사·의식문 등	관계적 사고	예절성	
시적 기능	미적 텍스트	시, 소설, 드라마, 유머 등	상상적/창의적 사고	심미성	
기초 기능(技能)	발음/문자 능력, 어휘력, 어법/문법				

〈언어의 기능과 사고〉

이 표는 언어의 기능(機能)과 텍스트 유형, 그리고 사고 영역을 나란히 배치하여 국어교육의 체계성을 이해하기 쉽게 되어 있다. 국어교육은 문화적인 맥락 아래 한편으로 사고력을, 다른 한편으로 텍스트 중심의 언어 능력을 신장하는 교과인 것이다.

3) 교육과정의 실천 원리와 상세화

전통적으로 교육과정 논의는 내용 중심으로 이루어져 왔다. 우리 나라 교육과정의 뿌리를 이루는 '교수요목'이란 말이 저간의 사정을 잘 보여준다. 하지만 내용들의 체계만으로 교육과정이 완결될 수는 없다. 교육과정의 개념 자체가 실천적인 의미를 지니고 있거니와, 교과의 설계에서 교수-학습 결과 처리에 이르는 전과정을 일관되게 살펴볼 수 있어야만 교육과정의 존재 가치가 살아난다.

국어과교육의 실천은 목표 지향적인 일련의 행동으로 이루어진다. 그 첫 단계는 학교 교육 전반을 설계하는 일이고, 그 마지막 단계는 실천 결과를 다시 송환하는 일이다. 이 과정을 간단하게 살펴보면 다음과 같다.

학교 교육 설계 →	교과 설계 →	현장 투입 →	교과 평가 →	재구조화
교육 목적 이념적 정당성과 제도적 정합성 확보 장기적·거시적 인력 운영 계획 수립 교육의 수월성과 기회의 평등 구현 재정·인력의 뒷받침 고려	**국어과 목적** 교육적 보편성과 국어과의 고유성 조화 교과의 정당성 확보 국어 능력에 관한 공동체의 합의 국어과 논리에 따른 타당성 구현	**국어과 교수-학습 목표** 이론과 실천 통합 내용의 대표성·타당성 ·전이성 수업의 경제성·효율성 ·파급성 요구 분석과 성취도 판단	**국어과 평가 목표** 교과의 정당성 및 효율성 판단 타교과와의 수평적 연계 판단 학교급에 따른 수직적 위계 판단 사회적 요구 판단	**교과 컨설팅** 교과 재구조화 학교 교육과정 재구조화 국어과 교육과정 재구조화 교수-학습 재구조화

여기서 교수-학습의 구체적 국면과 관계가 깊은 것은 물론 현장 투입 단계이다. 그 단계에서는 교육과정의 요구와 학습자의 요구, 발달성, 학교의 물리적 환경, 수업 이론, 철학과 문화적 환경 등을 고려해야 하는데, 국어과의 경우 특히 언어적 변인을 중요하게 살펴야 한다. 예를 들어 인지 중심적 사고의 표현 능력 신장을 위해 교육과정 실천이 이루어질 경우, 명료화 - 상세화 - 객관화 - 주체화의 사고 수준과 사전 활동→중간 활동→사후 활동이라는 언어 표현의 과정이 교수-학습 과정에 분명하게 반영되어야 한다.

좀더 구체적으로 현장 투입 단계에서의 교육과정 실천 과정을 알아보자. 그 단계는 다음과 같이 간단하게 살펴볼 수 있다.

교육과정 분석 → 학습자 진단 → 수업 목표 설정 → 수업 모형 결정
→ 교과서 분석 및 수업 교재 구안 → 수업 → 사후 평가 → 송환

여기서 가장 중요한 것은 수업 목표 설정 작업으로, 수업 목표는 교육과정이 기대하는 수준과 학습자의 현수준 사이의 거리에서 설정된다. 예컨대, 진단 결과 어휘력이 부족한 학습자의 경우에는 어휘력 신장이 목표가 되고, 상상 능력이 부족한 학습자의 경우에는 상상력 신장이 목표가 되는 것이다. 그런 점에서 교육과정 목표는 일정하지만, 진단 결과에 따

라 수업의 목표는 다양하게 전개될 수 있다. 그 과정에서 국어과 수업이 지니는 특성을 고려해야 하는바, 두 층위의 언어가 사용된다는 점, 범교과적 특성, 수범자로서의 교사상, 폭넓은 잠재 효과 등이 그 예가 될 수 있다.

수업 목표 설정을 위한 기초 작업이 교육과정 상세화이다. 교육과정 그 자체는 추상적이고 본질적인 선언에 멈추는 경우가 많기 때문이다. 교육과정의 상세화는 크게 내용의 상세화와 과정의 상세화로 이루어지고, 내용 상세화는 다시 학습 범주의 상세화와 학습 수준의 상세화로, 과정 상세화는 학습 절차의 상세화와 학습 활동의 상세화로 세분된다. 그 외에 메타적 상세화도 가능한데, 이는 교육과정을 실천의 차원에서 새롭게 재구성하는 것을 뜻한다. 이때 '새롭게'의 준거로 사고와 문화를 고려할 수 있다.

교육과정 상세화와 관련하여 2007년 교육과정의 한 항목을 살펴보자.

교육과정 내용(성취 기준)	내용 요소의 예
[4-말-1] 조사한 내용을 친구들이 이해하기 쉽게 발표한다.	듣는 이를 고려하면서 내용 조사하기
	중심 내용이 잘 드러나게 내용 조직하기
	교실의 공간적 특성을 고려하여 효과적으로 전달하기

여기서는 하나의 성취 기준과 관련하여 세 가지의 내용 요소를 예로 들고 있다. 그것은 다시 여러 개의 하위 내용 요소로 분할할 수 있는데, 예를 들어 '듣는이를 고려하기'라면 듣는이의 취향, 필요, 수준, 사전 지식 등의 다양한 기준에서 초점이 달라진다. 또, 듣는이의 취향을 고려한다고 하더라도 그 조사 범위가 가정, 학교, 일반 사회 등으로 달라질 수 있고, 조사 영역도 역사, 지리, 경제 등으로 다르게 잡을 수 있다. 곧, [4-

말-1]의 한 항목 가지고도 수십 가지의 하위 학습 요소를 상세화할 수 있는 것이다. 이렇게 상세화한 하나하나가 교과서의 단원(차시) 목표나 수업 목표가 된다.

3. 국어과 교육과정의 메타적 점검

1) 교육과정 평가의 관점

국어과 교육과정은 국어과교육의 체제를 설계하고 실천하는 전과정을 담고 있다. 그 기능은 국어과교육 설계에서 평가 및 송환에 이르는 과정에 따라 몇 가지로 나누어 살펴볼 수 있다. ① 국어교육의 체제를 전반적으로 관리하는 기능 ② 국어 교수-학습 계획의 준거를 제시하는 기능 ③ 국어 교수-학습의 내용을 제공하는 기능 ④ 국어 교수-학습의 방법에 관한 제안이나 안내를 하는 기능 ⑤ 국어 교수-학습 평가의 기준 및 원리를 제공하는 기능이 그것이다(최현섭 외, 2002).

국어과 교육과정에 대한 논의로 교육과정이 이러한 기능을 온전히 수행하고 있는가 하는 점에 초점을 맞추는 방법도 가능한데, 이러한 작업이 교육과정 평가의 첫걸음이 된다. 교육과정의 평가와 송환이 없다면 국어교육 실천도 방향성을 잃을 염려가 있다.

교육과정 평가의 관점과 기준으로는 교육과정 내적 체제의 타당성과 외적 기능의 정당성을 살펴보는 일을 들 수 있다. 아울러 국어교육의 철학에 비추어 보는 작업과 국어과교육의 실천 가능성에 조회해 보는 작업도 가능하다. 국어 및 국어과교육과 관련하여 학문적·심리적·사회문화적 정합성을 살펴보는 것도 중요한 일이다. 말하자면 교육과정은 교육에 관여하는 제변인을 기준으로 평가·조정되어야 하는 것이다.

공교육의 경우 주기적으로 교육과정이 개정되었는데, 그 첫 작업이 교

〈교육과정 평가의 기준〉

· 내적 체제의 타당성 : 교육과정의 목표, 내용, 교수학습 및 평가의 방법 등이 일관된 체제를 갖추고 종·횡으로 잘 조직되었는지를 평가한다.
· 외적 기능의 정당성 : 학교교육의 체제와 관련하여 각 교과의 교육과정이 의미 있게 설정되고, 실제 수업에 활용하기에 적절한지를 평가한다.

〈2007년 교육과정 개정과 관련한 쟁점(한국교육과정평가원, 2005)〉

한국교육과정평가원에서는 7차 교육과정에 대한 평가 결과를 정리하여 다음과 같이 주요 쟁점을 추출하였다. 이는 사실상 국어과교육 전반에 관한 문제 제기이기도 하다.
① 교육과정 문서의 체제 ② 수준별 교육과정의 개념과 운영 ③ 국어과 하위 과목의 구조 ④ 국어교육의 목표 ⑤ 국어과의 영역 구분 ⑥ 학교급별·학년별 내용의 수준과 범위 ⑦ 내용의 조직 방식 ⑧ 내용 제시 방식 ⑨ 방법 제시 방식 ⑩ 평가 제시 방식

육과정 평가가 된다. 2007년에 새 교육과정을 공포하면서 7차 교육과정에 대한 평가를 거쳤음은 물론이다. 그 결과 열 가지의 주요 쟁점이 드러났고, 그에 대한 연구와 논의를 거쳐 새 교육과정이 나온 것이다. 이러한 평가 작업을 거쳐서 교육과정이 개정되고, 그에 따라 교재와 교수-학습, 평가가 일관되게 변화하는 것이 공교육의 모습이다.

2) 국어교육관과 교육과정의 역사

교육과정은 지식의 변화, 사회 여건의 변화, 교육 이론의 발전, 그리고 현존하는 교육 프로그램의 적절성에 대한 반성과 평가 등에 따라 끊임없이 변화한다(박영목 외, 1992). 우리 나라와 같이 중앙집권적인 교육 제도를 운영하는 경우에는 시기에 따라 지배적인 이데올로기가 교육과정을 바꾸기도 한다. 교육에 관한 교육공동체의 이념이 어떻게 변화해 왔는가 하는 문제는 교육과정의 변화 과정을 살핌으로써 알 수 있다. 특히 공교육의 경우에는 교육과정의 역사가 곧 교육의 역사라 해도 과언이 아니다(이하 최현섭 외(2002) 참조).

국가 수준의 국어과 교육과정은 1955년 처음 제정되었으며, 이후 여섯 차례의 개정을 거쳐 발전해 왔다. 그러나 실제 교과로서의 국어과교육은 이미 1946년 군정청 학무국에서 '교수요목'을 공포하면서 시작되었다. '교수요목'은 우리 교육사상 최초로 성문화된 교육과정으로, 전통적인 교과주의와 미국의 영향을 받은 경험주의에 기반을 두고 있다. 한편으로는 식민지 시기에 정착된 국가주의적 성격도 매우 강하게 나타난다. 이것은 문자 그대로 '요목'에 불과한 매우 간단한 문건이지만, 국어과에서 언어 수행과 가치관의 중요성을 강조하고 국어과의 영역을 읽기·말하기·듣기·짓기·쓰기의 다섯으로 구분함으로써 이후의 교육과정의 뿌리가 되었다.

1948년 정부수립과 함께 대한민국 헌법과 교육법에 바탕을 둔 교육과정을 개발하려는 노력이 시작되었다. 그러나 계속되는 사회 혼란과 전쟁

으로 인해, 공식적인 교육과정은 1955년에 비로소 공포되었다. '교과과정'으로 공포된 이 1차 교육과정은 '교수요목'과 기본 방향을 같이 하고 있다. 그러나 '교수요목'에 비해 학습자의 경험과 생활을 더욱 중시하였고, 기본적인 언어 습관과 언어수행 기능을 올바르게 기르는 데 역점을 두었다. 또한 짓기와 쓰기를 합하여 '말하기 · 듣기 · 읽기 · 쓰기'의 4대 영역을 확정하였는데, 이 구분은 현재까지도 그대로 유지되고 있다. 고등학교에서는 '국어Ⅱ'에 '한자 및 한문'을 두어 국어교육과 한문교육을 병행하도록 하였다.

제2차 교육과정은 1963년 공포되었다. 기본 방향은 역시 1차 교육과정과 유사하며, 생활 중심, 경험 중심의 진보주의 교육 사조를 실천면에서 수용, 적용한 특징을 보인다. 또한 고등학교 '국어Ⅱ'에 '고전 과정'을 신설하여 우리 고전에 대한 이해를 강조하였다.

제3차 교육과정은 1973년 공포되었다. 3차 교육과정의 기본 방향은 학문 중심 교육 원리의 도입과 가치관 교육의 강화로 요약된다. 국어과의 영역을 말하기 · 듣기 · 읽기 · 쓰기로 4분하는 방법은 유지하되, '쓰기'를 다시 '글짓기(Composing)'와 '글씨쓰기(Hand-writing)'로 나누어 서사 교육을 강화하였다. 고등학교에서는 선택 과목으로 있던 '한문'을 한문과로 독립시키고, 대신 '국어Ⅱ'에 '고전'과 '작문'을 두었다. 이 시기에 '지도상의 유의점' 아래 '제재 선정의 기준' 항목을 신설하여 교재 구성 방향을 제시한 점은 특기할 만하다.

제4차 교육과정은 1981년 공포되었다. 3차 교육과정이 표방한 가치관 중심 교육에 대한 반성에서 출발하여 기능 중심의 교육 원리를 도입하되, 학문적 배경을 갖춘 교육과정을 추구한 것이 이 교육과정의 특징이다. 국어과의 목표를 '표현 · 이해(말하기 · 듣기 · 읽기 · 쓰기), 언어, 문학'의 세 영역으로 나누어 진술하고 배경 학문으로 수사학, 언어학, 문학(학)을 설정함으로써, 언어 교과로서 국어과의 성격을 분명히 하였다. 고등학교에서는 '국어Ⅱ'에 '고전문학', '현대문학', '작문', '문법' 과목을 설정하여 선택의 폭을 넓혔다.

제5차 교육과정은 1987년 공포되었다. 이 교육과정은 학생 중심, 과정 중심의 국어교육관을 도입하고, 교수-학습 상황의 주체를 학습자로 보며, 언어 수행의 결과보다 과정을 중시하였다. 국어사용능력, 사전지식(Schema), 문식성(Literacy) 등의 개념은 이 때 정착된 것이다. 또 4차 교육과정에서 '표현·이해'로 묶었던 말하기·듣기·읽기·쓰기를 다시 세분하여 언어 수행기능을 강조하였고, 그에 따라 초등학교 교과서를 '말하기·듣기', '읽기', '쓰기'로 분책하여 국어과교육에 커다란 변화를 가져왔다. 고등학교에서도 '현대문학'과 '고전문학'을 합하여 '문학' 과목을 새로 설정하고 '국어Ⅱ'의 개념을 없애, '국어', '문학', '작문', '문법'의 4과목 체제가 완성되었다.

제6차 교육과정은 1992년 공포되었다. 이 교육과정은 언어 수행에 관한 본질 및 원리 학습을 중시하여 내용의 체계가 정비되고, 이론과 전략에 충실한 교수-학습을 강조하였다. 또한 국어과의 성격을 분명히 하기 위하여 '1. 성격' 항목을 신설하고, '3. 내용' 항목에 '가. 내용 체계'를 신설하였으며 '지도 및 평가상의 유의점'을 '4. 방법'과 '5. 평가'로 정교화하였다. 고등학교의 선택 과목에도 새로이 '화법'과 '독서' 과목을 설정하여 국어과목의 여섯 영역(말하기·듣기·읽기·쓰기·언어·문학) 다섯 선택 과목(화법, 독서, 작문, 문법, 문학)이 일관성을 유지하도록 하였다.

제7차 교육과정은 1997년에 공포되었다. 7차 교육과정의 가장 큰 특징은 이전까지 초·중·고 교육과정으로 분리되었던 것을 통합하여 1학년에서 10학년에 이르는 '국민공통기본교육과정'을 설정하고 수준별 교육을 도입한 것이다. 국어과의 경우 하위 영역을 듣기·말하기·읽기·쓰기·국어지식·문학으로 재구조화하고, 교수-학습과 평가 방법을 상세히 제시하였다. 특히 심화·보충형의 수준별 교육과정을 지향하는 동시에 고등학교의 선택중심교육과정을 강화하여, 학습자 특

〈교육과정 개정 주기와 정치·사회적 배경〉

국가 교육과정은 교육적 필요뿐 아니라 정치·사회적 요구에도 영향을 받는다. 꼭 들어맞지는 않지만, 우리나라의 교육과정도 정권이 바뀌는 시기와 비슷하게 개정됐다. 이는 새로운 정권이 스스로의 통치이념을 교육과정에 반영하려고 하기 때문이다.

제1차 교육과정(1955년, 제1 공화국)→
제2차 교육과정(1963년, 제2·제3 공화국)→
제3차 교육과정(1973년, 제4 공화국)→
제4차 교육과정(1981년, 제5 공화국)→
제5차 교육과정(1987년, 제6 공화국)→
제6차 교육과정(1992년, 문민정부)→
제7차 교육과정(1997년, 국민의 정부)

성에 맞는 교육이 이루어지도록 하였다. 그에 따라 고등학교 국어과는 공통 '국어'와 일반 선택 '국어 생활'을 바탕으로 하여 심화 선택 과목으로 '화법', '독서', '작문', '문법', '문학'이 정립하도록 하였다.

교육과정의 이러한 변화는 교육관의 변화(지식·결과·교사 중심 → 활동·과정·학습자 중심), 학습자관의 변화(교육 객체 → 학습 주체), 지식관의 변화(절대주의적 지식관 → 구성주의적 지식관), 언어관의 변화(형식적 언어관 → 수행적 언어관), 문학관의 변화(실체 중심 문학관 → 속성·활동 중심 문학관), 언어 환경의 변화(아날로그 환경 → 디지털 환경)를 반영하여 이루어지는 것이다. 이러한 변화는 지식계 전반의 패러다임과 관계되는 것으로, 국어교육에만 한정되는 것은 아니다. 상상력과 창의성을 중심으로 한 사고력을 강조하는 추세도 마찬가지여서, 국어교육은 교육 전반의 변화와 맥을 같이 한다.

3) 2007년 교육과정의 이해

주5일제 수업 도입과 21세기의 교육 환경 변화에 맞추어 제7차 교육과정을 일부 수정한 것이 2007년 교육과정이다. 그동안에는 교육과정을 주기적으로 전면 개정해 왔는데, 이제 그런 관습에서 벗어나 필요한 때에 필요한 만큼을 조금씩 개정하기로 한 것이다. 7차 교육과정이 만들어진 지 10년이 지났다는 점도 수시 개정의 배경이 된다.

제7차 교육과정을 보완할 때 역점을 둔 사항은 일곱 가지이다. ① 수준별 교육의 내실화 ② 텍스트 수용과 생산을 중심으로 한 지식·기능·맥락의 통합 ③ 언어 행위를 성찰하는 학습자 지향 ④ 교육과정 실천 주체 간의 소통성과 친절함의 강화 ⑤ 학습자 중심의 교육과정 구성 ⑥ 교육 내용의 타당성, 적정성, 연계성 강화 ⑦ 언어 환경의 변화에 따른 매체 관련 내용 제시가 그것이다(한국교육과정평가원, 2005). 이는 학교 국어교육의 전반적인 지향과 맥을 같이 한다.

2007년 국어과 교육과정은 국어과를 1~10학년의 공통교육과정과

		공통교육과정 '국어'	선택교육과정					
			화법	독서	작문	문법	문학	매체언어
초	주당 시수	7–7–6–6–6–6						
중		5–4–4						
고	단위	4	6	6	6	6	6	6

〈국어과 교육과정의 전체 체제〉

11~12학년의 선택교육과정으로 나누고, 공통교육과정에는 '국어' 과목을, 선택교육과정에는 '화법'·'독서'·'작문'·'문법'·'문학'·'매체언어'의 여섯 과목을 두었다. 선택교육과정의 각 과목들은 공통교육과정 '국어' 과목의 듣기·말하기·읽기·쓰기·문법·문학 영역을 심화·발전시킨 것이다. 다만, '매체언어' 관련 내용은 '국어' 과목에서 별도 영역으로 나누지 않고 여러 영역에 분산 배치하였다.

이 중 국어과 교육과정의 기본이 공통교육과정 '국어' 과목의 교육과정은 다음과 같은 체계를 갖추고 있다.

1. 성격
2. 목표(전문, '가', '나', '다')
3. 내용
    가. 내용 체계(듣기, 말하기, 읽기, 쓰기, 문법, 문학)
    나. 학년별 내용(1 ~ 10학년)
4. 교수·학습 방법
    가. 교수·학습 계획   나. 교수·학습 운용
5. 평가
    가. 평가 계획   나. 평가 목표와 내용
    다. 평가 방법   라. 평가 결과의 활용

'국어' 과목의 목표를 살펴보면 다음과 같다.

국어 활동과 국어와 문학의 본질을 총체적으로 이해하고, 국어 활동의 맥락을 고려하면서 국어를 정확하고 효과적으로 사용하며, 국어 문화를 바르게 이해하고, 국어의 발전과 민족의 국어 문화 창조에 이바지할 수 있는 능력과 태도를 기른다.

> 가. 국어 활동과 국어와 문학에 대한 기본적인 지식을 익혀, 이를 다양한 국어 사용 상황에 활용하면서 자신의 언어를 창조적으로 사용한다.
> 나. 담화와 글을 수용하고 생산하는 데 필요한 지식과 기능을 익혀, 다양한 유형의 담화와 글을 비판적이고 창의적으로 수용하고 생산한다.
> 다. 국어 세계에 흥미를 가지고 언어 현상을 계속적으로 탐구하여, 국어의 발전과 미래 지향의 국어 문화를 창조한다.

여기서 전문(前文)이 제시한 목표는 ① 국어 활동과 국어와 문학의 본질 이해 ② 정확하고 효과적인 국어 사용 ③ 국어 문화에 대한 이해와 태도로 요약할 수 있다. 이는 '가' ~ '다'의 세부 목표에도 그대로 나타나는바, '가'는 지식 측면, '나'는 활동 측면, '다'는 문화 측면을 중심으로 목표를 기술하였다.

'국어' 과목의 내용은 내용 체계를 봄으로써 전반적으로 이해할 수 있다. 내용 체계는 ① 국어 활동 영역인 '듣기·말하기·읽기·쓰기'의 경우 '맥락'에 바탕을 두어 '지식'과 '기능'을 분류하고 그것을 '실제'로 연관짓는 체계를 취하고, ②'문법' 영역은 정적인(stable) '지식'과 동적(dynamic) '탐구'를 '맥락' 및 '실제'와 연관짓는 체계를 취하고 있다. 그리고 ③'문학' 영역은 문학에 대한 '지식'과 작품의 '수용과 생산'을 '맥락' 및 '실제'와 연관짓는 체계를 취하였다. 곧, 국어과 교육의 내용은 맥락을 고려한 지식과 기능임을 확실히하되, 그것이 실제와 밀접하게 연관되어야 한다는 점을 분명히 밝힌 것이다. 구체적인 내용 체계는 다음과 같다.

〈국어 활동 영역의 내용 체계〉

교육과정에는 듣기, 말하기, 읽기, 쓰기가 따로 제시되어 있다. 그러나 '실제', '지식', '맥락' 영역은 같은 체제이기 때문에 합쳐서 제시하였다. 듣기와 읽기(언어 이해), 말하기와 쓰기(언어 표현)도 각기 같은 체제이다.

① 국어 활동 영역

듣기 · 말하기 · 읽기 · 쓰기의 실제				
– 정보를 전달하는 말/글 듣기·말하기·읽기·쓰기				
– 설득하는 말/글 듣기·말하기·읽기·쓰기				
– 사회적 상호 작용의 말/글 듣기·말하기·읽기·쓰기				
– 정서 표현의 말/글 듣기·말하기·읽기·쓰기				
지식	기능			
	듣기	말하기	읽기	쓰기
– 소통의 본질 – 담화/글의 특성 – 매체 특성	– 내용 확인. – 추론 – 평가와 감상	– 내용 생성 – 내용 조직 – 표현과 전달	– 내용 확인 – 추론 – 평가와 감상	– 내용 생성 – 내용 조직 – 표현과 고쳐 쓰기
맥락				
– 상황 맥락　　　– 사회·문화적 맥락				

② 국어(문법) 영역

국어 사용의 실제	
– 음운　　– 단어　　– 문장　　– 담화/글	
지식 – 언어의 본질　– 국어의 특질 – 국어의 역사　– 국어의 규범	**탐구** – 관찰과 분석　– 설명과 일반화 – 판단과 적용
맥락	
– 국어 의식　　　– 국어 생활 문화	

③ 문학 영역

작품의 수용과 생산의 실제	
– 시(시가)　– 소설(이야기)　– 극(연극, 영화, 드라마)　– 수필·비평	
지식 – 문학의 본질과 속성 – 문학의 양식과 갈래 – 한국 문학의 역사	**수용과 생산** – 내용 이해　– 감상과 비평 – 작품의 창조적 재구성 – 작품 창작
맥락	
– 수용·생산의 주체　– 사회·문화적 맥락　– 문학사적 맥락	

4) 사고력 중심 교육과정에 관한 전망

국어과 교육과정에 대한 논의는 국어교육의 철학과 긴밀히 맞물려 있다. 포괄적인 국어 현상이 교육과정이라는 창을 통해 국어교육으로 투사되기 때문이다. 교육과정이 어떤 특성을 지니느냐에 따라 국어교육의 모습은 달라지게 된다.

그 동안 국어과 교육과정은 몇 가지 패러다임에 지배되어 왔다. '한국어'가 아니라 '국어'라는 명칭을 붙인 데서 알 수 있는 바와 같은 이데올로기 패러다임, 학교에서 진정으로 가르칠 수 있는 것은 지식뿐이라는 관점에 선 지식 패러다임, 타교과와 구별되는 국어과의 고유한 영역은 언어사용기능이라는 점을 내세운 기능 패러다임 등이 대표적이다. 또는 국어교육도 총체적인 인간 교육의 일환이라는 인성 패러다임이나, 더불어 사는 모습을 강조한 생태학적 패러다임, 언어의 문화 요소를 강조하는 문화 패러다임도 거론할 수 있다.

이들 패러다임은 서로 겹치기도 하고 부딪히기도 하면서 국어교육을 형성·발전시켜 왔다. 하지만 대체로 국어교육의 일면만을 과도하게 부각하거나 그 반대 영역을 보지 못하는 한계가 있다. 정책 입안자들은 서로 다른 패러다임이 상보적으로 기능하기를 기대하지만, 학습 주체의 입장에서 보면 그들을 하나로 통합하기에 인지적·정서적 부담이 많다. 따라서 이들 패러다임과 층위를 달리하는 새로운 패러다임을 구상하는 것이 더 효과적일 수 있는데, 보다 본질적인 관점에서 사고 패러다임을 제안하는 이유도 여기에 있다.

물론 사고 패러다임이 다른 패러다임을 포용하려면 해결해야 할 과제가 많다. 가장 중요한 것이 '국어적 사고력'의 개념 범주를 정하는 일로, 사고력을 인지적 사고나 문제해결 능력 등으로 한정하면 다른 패러다임과 같거나 더 낮은 차원으로 떨어질 뿐이다. 그렇다고 해서 사고력의 범주에 인간 행동과 관계된 모든 것을 포함시킨다면 초점도 흐려질 뿐 아니라 하나의 패러다임으로서 실질적인 의미를 갖지 못한다. 따라서 인간

〈국어교육 패러다임과 가치의 문제〉

"국어 시간에 설득하는 말하기를 잘 배운 학습자가 그 화술을 이용해 사기 행각을 벌인다면, 국어교육이 잘된 것인가?"하는 질문을 둘러싼 논쟁을 보자. 기능 패러다임의 극단에 서면 "사기 행각을 벌이는 것은 도덕교육이나 인성교육이 잘못된 것이지, 국어교육의 책임은 아니다. 국어 시간에는 설득하는 말하기를 가르치는 것이 목표이므로, 이런 경우 국어교육 자체는 잘된 것이다."라는 주장을 하게 된다. 그러나, 거짓말을 하는 것이 과연 말을 잘하는 것일까?

의 인지・정의・수행 기능, 개인의 경험과 취향, 사회적 공론 등의 기초가 될 수 있는 사고력 특성을 추출하는 일이 중요하다.

사고력 중심 국어교육은 지식 기반의 정보 사회에서 그 중요성이 더욱 높아진다. 지식과 관련된 부가 가치 창출에 교육의 초점이 놓일 것이기 때문이다. 그럴 경우 교육과정도 사고력 지향으로 변화해 갈 필요가 있다. 단순하게 교육과정 영역을 의사소통 기준에서 사고력 기준으로 바꾸는 것이 아니라, 목표-내용-방법-평가의 축을 사고력에 놓도록 하여야 한다. 그러기 위해서는 사고력 중심 국어교육의 교수-학습과 평가에 관한 논의가 축적되어야 한다.

요약

01. 교육과정의 이론은 매우 다양하다. 관점에 따라 계획으로서의 교육과정/과정으로서의 교육과정, 내용으로서의 교육과정/과정으로서의 교육과정 … 등과 같이 나눌 수 있고, 주안점에 따라 교과 중심 교육과정, 학문 중심 교육과정 … 등과 같이 나눌 수 있다.

02. 국어과 교육과정은 언어와 사고, 문화의 상호작용으로 이루어지는 국어 현상 중에서 교육적으로 의미 있는 것들을 추출하여 체계화한 것이다.

2.1. 언어 현상은 음성-문자-매체의 축과 이해-표현-상호작용의 축으로 체계화 된다.

2.2. 사고 현상은 인지 중심적 사고(명료화-상세화-객관화-주체화)와 정의 중심적 사고(알기-따지기-느끼기-즐기기)의 축으로 체계화 된다.

2.3. 문화 현상은 텍스트・소통・지식・예술의 관점에서 체계화 된다.

03. 국어과 교육과정은 국어교육의 성격과 목표, 내용, 교수-학습 및 평가 방

법, 교재, 국어교육의 시기와 단위 수 등을 규정한다. 그것은 국어교육의 실체적 국면과 과정적 국면, 그리고 배경 국면을 포괄한다.

04. 국어과 교육과정은 교육·교과관, 학습·학습자관, 언어관, 지식관, 문화관에 따라 다양한 방향으로 구성할 수 있다.

4.1. 국어과 교육과정의 내용과 관련해서는 지식 중심 내용관, 과정 중심 내용관, 경험 중심 내용관, 기능 중심 내용관, 가치 중심 내용관, 전략 중심 내용관이 서로 경쟁하고 있다.

4.2. 국어과 교육과정은 전통적인 지식 중심, 기능 중심의 교육과정에서 생활 중심, 문화 중심으로 방향이 바뀌고 있다.

05. 학교 교육의 실천은 〈학교 교육 설계 → 교과 설계 → 현장 투입 → 교과 평가 → 재구조화〉의 절차로 이루어진다.

5.1. 국어과 교육과정의 실천은 〈교육과정 분석 → 학습자 진단 → 수업 목표 설정 → 수업 모형 결정 → 교과서 분석 및 수업 교재 구안 → 수업 → 사후 평가 → 송환〉의 절차로 이루어진다.

5.2. 여기서 가장 중요한 것은 수업 목표 설정으로, 이는 교육과정의 기대 수준과 학생들의 현수준 사이에서 결정된다.

06. 교육과정은 실천을 통해 완성되고, 평가로써 송환된다. 곧, 교육과정 구성, 교육과정 실천, 교육과정 평가는 서로 맞물려 돌아가면서 교육과정 현상을 만들어 낸다.

07. 공식 문서로서의 교육과정은 1946년의 '교수요목'에서 1955년의 제1차 교육과정을 거쳐 1997년의 제7차 교육과정과 2007년의 새 교육과정까지 주기적으로 개정, 발전해 왔다.

08. 2007년 교육과정은 7차 교육과정의 기본 방향을 바탕으로 하여 언어 환경과 교육 환경의 변화를 반영하도록 하였다. 이를 위하여 창조적인 언어 사용 능

력과 국어 문화에 대한 이해를 강조하고, 텍스트를 중심으로 지식과 기능을 체계
화하였다.

알아 두어야 할 것들

국어 현상, 교육 현상, 사고 현상, 의사소통 현상, 문화 현상, 도구교과론, 기초·기본 문식성, 국어 주체, 국어 문화, 전달 모형, 계발 모형, 능력관, 속도관, 언어 도구론, 언어 가치론, 형식적 언어관, 수행적 언어관, 언어 우위설, 사고 우위설, 상호작용설, 언어사용기능, 국어사용능력, 국어능력, 표현적 기능, 지시적 기능, 환정적(지령적) 기능, 시적 기능, 친교적 기능, 교육과정 실천, 교육과정 상세화, 교육과정 평가

탐구과제 ||||||||||||||||||||||||||||||||||||||||||||||||||||||||||||||||||||||||||||||||||||||||||||||||||||||||||||||||||

1. 국어과 교육과정을 다양한 기준으로 분류하고, 각각의 특징을 서술해 보자.

2. 광복 이후 국어과 교육과정의 영역 구분 방법을 시기별로 비교하고, 그 배경이 되는 이론적 경향을 알아보자.

3. 2007년 교육과정의 특징을 지식 정보 사회의 언어 및 교육 환경과 관련하여 기술해 보자.

4. 다음은 2007년 교육과정의 일부이다. 이 내용을 주어진 틀에 따라 상세화해 보자.

교육과정 내용 (성취 기준)	내용 요소의 예	내용 상세화	활용할 수 있는 텍스트의 특성	수업 모형 또는 교수-학습 전략
[6-쓰-1] 다양한 매체에서 조사한 내용을 정리하여 요약하는 글을 쓴다.	분류의 개념 이해하기			
	주제, 대상을 정하고 다양한 매체에서 내용 조사하기			
	분류 기준을 정하고 조사한 내용을 분류하여 쓰기			
	전달 효과를 높이기 위해 시각적 자료 사용하기			

제13장 국어과 교재와 사고력

　　국어 시간에 무엇을 배우는지 궁금하다면 국어 교과서를 보면 된다. 거기에는 국어교육의 목표와 내용이 무엇인지, 무엇을 가지고 어떤 활동을 하는지에 관한 사항들이 구체적으로 담겨 있다. '국어책을 공부한다.'는 말에서 알 수 있듯이, 교재는 국어과의 실체를 가장 알기 쉽게 보여준다.

　　이 장에서는 국어 교재에 관한 일반적인 내용과 교재 구성 및 활용의 원리를 살펴본다. 아울러, 사고력 중심의 국어 교재는 어떠해야 하는지에 대해서도 생각해 볼 것이다. 이를 통하여 국어교육의 이론에서 실제로 한 걸음 더 내딛게 된다.

1. 국어과 교재의 본질

1) 교재의 개념과 특성, 기능

　　교재란 교육 목표를 달성하기 위해 수업 과정에서 동원하는 일체의 자료를 가리킨다(국어교육학사전, 1999). 우리 주변에 산재해 있는 자료들이 교재로 이용되려면 첫째 교수-학습 목표 달성에 도움이 되어야 하고, 둘째 교육과정이 제시한 내용을 담아야 하며, 셋째 교사와 학습자가 지각할 수 있는 구체적인 대상이어야 한다(이성영, 1995). 그러나 최근에는 교재의 개념을 확장하여, 교육 목표 달성을 위해 동원된다면 그것이 유형이든 무형이든 상관하지 않고 교재로 인정하는 경향이 있다. 예를 들어 학습자의

·초등학교

·중학교

·고등학교

경험과 기억, 수업을 둘러싼 특정의 국어 현상, 교사와 학습자 사이의 의사소통 그 자체 등도 의미있는 교재가 된다.

국어 교재는 국어 현상을 압축적으로 제시하는 한편, 교육과정과 교사, 학습자를 매개하는 구실을 한다. 곧 교육과정이라는 창을 통해 포괄적인 국어 현상에서 교육적으로 의미있는 자료들을 표집(標集)하고(＝교재), 그것을 매개로 교사와 학습자가 서로 소통하는 것이다(최현섭 외, 2002). 그런 점에서 교육과정이 교육에 관한 심층적 원리를 제공한다면, 교재는 그것을 표층적 대상으로 구체화하는 역할을 한다고 말할 수 있다.

지금까지는 대체로 '교재' 하면 곧 교과서를 뜻했고, 교과서는 학생들에게 모범이 될 만한 글들을 모아 놓은 자료집(Anthology)으로 이해돼 왔다. 그러나 사고 중심의 국어교육관을 취한다면 교과서의 성격도 달라지게 된다. 언어와 관련하여 학습자의 다양한 사고 및 활동을 자극하고 안내하는 교과서로 바뀌는 것이다. 따라서 기존의 명문(名文) 중심의 교재관에서 벗어나 인간의 사고 활동 및 언어 현상 모두를 교재로 포괄하는 태도가 필요하게 되었다. 잘못된 텍스트나 미완성의 텍스트도 교과서에 싣는 이유가 여기에 있다.

교과서는 교육과정 내용을 가장 체계적이고 정밀하게 다룬 공식 교재이기 때문에, 그 구성에서 여타의 교재와는 다른 엄격한 조건을 충족해야 한다. 특히 국어 교과서는 국어 현상 및 교육 현상의 제변인을 고려하여, 다른 교과와 구별되는 별도의 조건을 요구한다. 예를 들면 다음과 같은 조건들이다.

① 인지·정의·수행적 측면에서 국어 능력의 구성 요소를 체계적으로 다루어야 한다.
② 설명·설득·논변(論辯)·정서 표현·관계 유지 등 국어 활동의 다양한 소통 상황을 담아야 한다.
③ 국어 텍스트의 고유한 발상과 표현, 문체, 구성상의 특징 등을 고려하여야 한다.
④ 언어 이해 및 표현의 과정과 그에 따른 전략·기능을 명시적으

로 다루어야 한다.

⑤ 사고의 측면에서 의미 구성과 언어적 문제해결 전략을 조직적으로 다루어야 한다.

⑥ 국어 문화와 관련하여 다양한 언어적 경험을 제공하여, 언어적 문화화를 촉진하여야 한다.

⑦ 학생 개개인의 취향 및 국어 능력의 편차에 따른 반응의 개방성을 수용하여야 한다.

⑧ 국어를 바탕으로 하여 범교과적 연관성을 지녀야 한다.

⑨ 국어과 교수-학습 및 평가 모형과 상동성을 지녀야 한다.

⑩ 국어 교과의 언어와 일상 생활의 언어를 유기적으로 통합할 수 있어야 한다.

그렇다면 실제 수업에서 국어 교재는 어떤 기능을 하는가. 이에 대해 노명완 외(1988)는 그린(Greene)과 페티(Petty)의 견해를 원용하여 다음과 같이 일곱 가지로 설명하고 있다.

① 관점 반영의 기능 : 국어교육의 성격과 목표에 관한 교육공동체의 합의 및 그 변화를 보여준다. 예를 들어 주제 중심, 문종 중심, 과정 중심 등의 교과서는 당대의 교육공동체가 국어교육을 어떻게 바라보는지를 보여준다.

② 내용 제공 및 구체화의 기능 : 교육과정에 추상적이고 포괄적으로 진술된 내용 요소를 구체화하여 보여준다. 예를 들어 '어휘 의미'에 관한 교육과정 내용은 교재에서 사전적 의미, 문맥적 의미, 함축적 의미 등으로 상세화되고, 나아가 의미 자질에 따른 단어 간의 관계로까지 심화된다.

③ 교수-학습 자료 제공의 기능 : 교수-학습 목표의 달성에 가장 효과적인 언어 자료를 제공한다. 실상 교재 편찬이란 '어떤 텍스트를 제재로 선정할까'에 관한 작업이라 할 수 있을 정도로, 자료 제공은 교재의 핵심 기능이다.

④ 교수-학습 방법 제시의 기능 : 교사와 학습자에게 교수-학습의 과정, 과정별로 각자에게 부여된 과제, 과제 해결을 위한 전략 등을 단계화하여 제시한다. 특히 5차 교육과정기 이후부터 학

생 중심, 과정 중심의 교재관을 취하면서 교수-학습 모형에 따라 단계적으로 교재를 구성하게 되었다.

⑤ 학습 동기 유발의 기능 : 학습자의 심리적·지적 상태를 고려하여 도전적인 과제를 줌으로써 성취도를 높인다. 학습 목표와 학습 과제를 주어 동기를 유발할 수도 있고, 학습자의 사전 경험과 관계되는 자료를 줄 수도 있다. 무엇보다도 교재는 '배워야 할 어떤 것'과 관계된다는 특성이 있기 때문에, 교재 제시만으로도 학습자는 어떤 식이든 반응을 보이게 된다.

⑥ 연습을 통한 기능의 정착 기능 : 특히 언어수행기능 영역에서 반복·심화 연습을 할 수 있는 자료 및 방법을 제시한다. 마치 수학의 '익힘책'과 같은 역할로서, 어법 지도를 위해 패턴 드릴(Pattern Drill) 방식을 활용하거나 더 읽을거리를 제공하는 데서 예를 찾아볼 수 있다.

⑦ 평가 자료 제공의 기능 : 교수-학습 결과 평가의 자료 및 방법을 제공한다. '교과서에서 나온다'거나 '시험 범위'와 같은 구태의연한 개념이 아니라, 학습자에게는 평가의 목표와 내용을 인식시키고 교사에게는 평가 방향과 원리, 자료를 제공해 준다는 전향적인 의미를 강조한다.

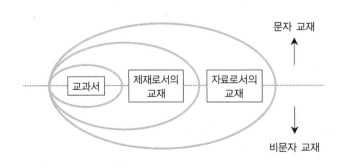

〈국어교재의 종류(최현섭 외, 2002 변형)〉

국어과의 특성상 교재는 크게 두 가지로 나뉜다. 첫째가 문자 교재로서, 교과서를 포함하여 문학 작품, 신문과 잡지, 사전, 각종 학습지, 기타 보충 자료 등이 여기에 속한다. 국어과가 고급 국어 능력을 다룬다는 점에서 문자 교재는 국어 교재의 핵심이 된다고 할 수 있다. 둘째는 비문자 교재로서, 녹음 테이프·음반과 같은 오디오 자료, 괘도·카드·그림·지도·사진·슬라이드·TP와 같은 그래픽 자료, 영화·비디오·애니메이션과 같은 시청각 자료, 인터넷과 동영상으로 압축되는 멀티미디어 자료, 표본·모형·실물과 같은 실제 자료, 그 밖에 견학·답사·참관과 같은 지역 사회 자료까지도 넓은 의미에서의 국어 교재로 활용할 수 있다. 이러한 비문자 교재는 국어교육의 장(場)을 문자 언어에 국한하지 않고 총체적인 국면으로 확장한다는 점에서 매우 중요하다(최현섭 외, 2002).

2) 사고력 중심 교재의 방향

사고력 중심 국어교육에서 교재의 모습은 과거에 비해 크게 달라진다. 과거의 교재가 기본적으로 명문 중심의 훈고주석식 수업을 염두에 두고 짜여졌다면, 사고력 중심 교육에서는 논리적·비판적·창의적 사고를 자극할 수 있는 자료와 활동 중심으로 짜여진다. 말하자면 교재는 '목표점으로서의' 자료가 아니라 '출발점으로서의' 자료가 된다.

그것은 어떻게 가능한가? 여기에서 중요한 것은 사고 원천으로서의 언어적 문제 상황이다. 학습자에게 언어적 자극을 가하고 문제를 던짐으로써 사고를 촉진하는 것이다. 기존의 교재들은 사고를 촉진한다기보다는 기존의 사고 방식을 전수하는 데 중점을 두었다. 예를 들어 우리 나라 교과서에 실린 글의 양은 미국 교과서에 비해서 비교가 안될 정도로 적다. 4학년 국어 같은 경우 절반 정도밖에 안되며, 프랑스의 교과서에 비해서도 76%밖에 되지 않는다(이용숙, 1998). 이런 현상은 교과서가 학습자에게 사고할 만한 자극을 충분히 주지 못한다는 것을 보여준다. 기본적으로 글의 양이 적다 보니 학습자의 흥미를 이끌어내지 못하고 내용도 다양하지 못한 것이다. 자연히 수업은 얼마 안 되는 자료를 가지고 이리저리 분석하고 음미하고 암기하는 방식으로 이루어진다.

· 영어
교과서

· 프랑스어
교과서

또한 기존 교과서에 수록된 글은 지나치게 어렵거나 구태의연한 어휘 및 문장으로 되어 있으며, 길이가 짧은 만큼 한 주제에 대해서 매우 한정된 단어로 설명해야 하기 때문에 내용을 극도로 압축해서 나열하게 된다. 아울러 학생들의 흥미를 유발하는 배경 제시, 사례나 탐구심을 유발하는 적절한 상황 설정, 학습 활동을 뒷받침하고 지원하는 흥미있는 정보의 제공이 별로 없이, 무미건조한 요약식 설명문 위주로 되어 있다. 문학 교과서에 수록된 작품들도 학생들이 이미 내용을 알거나 공감하기 어려운 소재이거나 배경이 오래된 작품이 짧게 제시된 것이 대부분이라, 흥미를 느끼기 어렵다(이용숙, 1998).

이런 상황은 교과서를 신성시하고 꼼꼼히 읽기를 강조하는 국어교육의 전통에서 초래된 것으로 보인다. 재미보다는 교훈을, 포괄적인 사고 활동보다는 세세한 언어 기능을 강조하고, 필요한 것은 하나도 빠뜨리지 말아야 한다는 강박 관념이 그런 분석적 수업을 낳은 것이다. 그러나 국어과 교재가 사고와 의사소통, 문화의 측면을 전형적으로 다루어야 한다는 조건과 재미있고 다양해야 한다는 조건은 서로 배타적이기보다 상동적이다. 국어 활동의 구체적인 국면을 보여줌으로써 원리를 제공하고 흥미를 유발하는 것이 바람직한 것이다. 그런 점에서 일상 언어와의 관련성, 문제 상황 제시, 구체적이고 도전적인 과제 설정 등을 위해 사고력 중심 국어과 교재 모형을 구안할 필요가 있다. 이 부분은 국어 교수-학습 및 평가 이론과 맞물리는 내용인데, 대체로 자기주도형의 탐구 학습과 유사한 모습을 띤다.

학습자의 사고를 자극하기 위한 교재는 어떤 모습이어야 하는가. 그 몇 가지 유형적 특징을 살펴보면 다음과 같다.

〈프로젝트 학습법〉

교사의 지도하에 학생이 일상 생활에서 가치있는 문제를 선정하고 이를 해결하여 나가는 가운데 종합적인 문제해결력을 학습하는 방법. 1918년에 미국의 Kilpatrick이 고안하여 주창하였다. 프로젝트 수업 진행을 통해 학습자는 탐구, 토의, 발표회 등의 활동을 협동적으로 수행함으로써 인지적 영역뿐만 아니라 정의적 영역의 교육 목적도 달성할 수 있다.

① 폐쇄형(closed)의 학습 대신 개방형(open-ended)의 학습이 가능하도록 구성된다. 예를 들면 논설문에서 주장을, 소설에서 결말을 열어 놓는 것이다. 이는 학습자의 창의력과 상상력을 자극하는 데 효과적이다. 학습의 결과도 하나로 초점화되는 것이 아니라 학습자의 반응에 따라 다양하게 실현된다.

② 단선적 선형(線形) 학습 대신 망구조에 따른 비선형(非線型) 학습이 가능하도록 구성된다. 이는 교재 편찬자나 교사의 의도에 따라 사전에 설계된 교수-학습 대신, 학습자의 선택지를 열어 놓고 자유롭게 반응하도록 하는 것이다. 학습자는 그때그때 떠오르는 생각에 따라 다양하게 수업을

진행시킨다.

③ 일제 학습 대신 모둠 학습이나 개별 학습을 염두에 두고 구성된다. 이는 학습자의 취향과 수준, 사전 언어 경험 등을 고려하여 개별화된 교수-학습이 가능하도록 하기 위해서이다.

④ 학습 과제를 교사가 부과하는 것이 아니라 학습자가 선택해서 하는 자기 주도 학습을 강조한다. 그럼으로써 학습자 스스로 문제를 발견하고 해결 전략을 세우며, 학습의 전과정에 걸쳐 자기 점검을 할 수 있게 된다. 일정한 주제(예를 들어 '중생대'라든지 '오스트레일리아', '고래' 등)를 정해 놓고 장기적으로 과제를 수행해 가도록 하는 프로젝트 학습법은 자기 주도 능력을 기를 수 있는 좋은 방법이다.

⑤ 일상 생활과 밀접하게 연관된 언어 활동 중심으로 구성된다. 이는 학교 교육과 일상 언어 사이의 괴리를 좁히기 위한 것으로, 학습자는 국어 학습의 결과를 효과적으로 자기 생활에 송환할 수 있다.

⑥ 총체적 언어 학습과 범교과적 활동을 강조한다. 이는 학습자가 다양한 문제 상황에서 실제 언어 활동을 통해 사고력을 신장시킬 수 있도록 하기 위해서이다. 관찰이나 실험 결과를 언어로 재구성하는 활동은 국어적 사고력 신장에 직접적인 도움을 준다.

⑦ 유연성과 융통성을 지닐 수 있도록 구성된다. 교과서를 전범으로 여기는 관점은 이제 많이 불식되었거니와, 기본이 되는 아이디어와 방법을 응용해서 자유롭게 재구성할 수 있는 교재가 필요하다. 그래야만 학습자의 다양한 요구를 반영할 수 있기 때문이다. 극단적인 경우는 학습 목표만 남기고 교재 전체를 재구성할 수 있어야 한다.

⑧ 비판적·창의적 사고 강조를 강조한다. 교사나 교재가 제공하는 내용을 일방적으로 받아들이는 것이 아니라, 텍스트를 비판적으로 분석하고 스스로 지식을 창출해 냄으로써 학습자가 수업의 주도 역할을 하도록 하여야 한다. 그런 점에서 친일 작가의 작품을 배제하는 것보다는 '작품의 가치와 작가적 양심' 같은 문제를 학습 과제로 제시하는 것이 더 효과적일 수 있다.

〈총체적 언어 학습〉

실제적인 과제를 중심으로 듣기·말하기·읽기·쓰기 활동이 종합적으로 이루어지는 가운데 사고력과 의사소통력을 동시에 신장시키는 방법. 그 뿌리는 코메니우스(Comenius)까지 거슬러올라가며, 듀이(Dewey), 비고츠키(Vygotsky) 등의 이론에 영향을 받았다. 우리나라에서는 유아언어교육과 외국어교육, 문학교육 분야에서 자주 활용된다.

⑨ 다양한 매체가 사용된다. 매체는 사고를 자극할 뿐 아니라 의사소통의 수단으로서도 중요성을 더해 가고 있다. 기술 발달과 함께 비약적으로 변화하는 매체 환경을 교실에 도입하여, 교실이 일상의 국어 현상을 그대로 시뮬레이션하는 공간이 되어야 한다.

2. 국어과 교재의 구성과 활용

1) 교재 구성의 원리와 방법

국어 교재는 국어 현상의 특성을 보여주는 학습용 기본 자료 - 여기에는 언어 자료(문자나 음성으로 구현된), 표·사진·그림·음악 등의 시·청각 자료, 영화·동영상·애니메이션 등의 멀티미디어 자료가 포함된다 - 원고지나 빈칸 등의 학습 활동용 자료, 그리고 학습 안내 및 설명 자료로 구성된다. 교사와 학습자는 교재를 매개로 정보를 주고받기도 하고, 문제를 해결하기도 하며, 국어 활동의 실제 연습을 하기도 하는 가운데 목표를 성취하게 된다. 이 중 학습 안내 및 설명 자료는 교수-학습의 방향을 직접 지시한다는 점에서 교재 구성상 가장 중요한 부분이라 할 수 있다.

국어 교재의 주류는 아무래도 인쇄물로 된 문자 교재이다. 디지털 마인드가 확산되고 인프라가 확충되면서 점차 비문자교재의 중요성이 늘고 있기는 하지만, '책'은 여전히 교재의 중심으로 자리를 잡고 있다. 문자 교재는 그 성격에 따라 다시 학습용 자료집, 학습 내용 해설서, 학습 과정 안내서, 워크북 등으로 나누어 볼 수 있다. 대체로 4차 교육과정기까지의 교과서가 '국어'라는 이름 아래 읽기 자료집의 성격을 띠고 있었다면, 5차 교육과정기에는 기능 중심으로 내용 해설서에 가까워지고, 6차와 7차 교육과정기에는 학습 안내서의 성격을 분명하게 보이고 있다. 좋은 교재라면 이들 요소들을 목표 중심으로 적절히 취사선택하고 통합할 수 있어야 한다.

이러한 전제 위에 국어 교재를 구성할 때 고려해야 할 원리로 다음과 같은 네 가지를 들 수 있다.

① 적합성 원리 : 윤리적·사회적 기준에서 국어 교재가 학교 교육을 위한 자료로서 적합한지에 관한 문제이다. 여기에는 국어 교육에 관한 교육 공동체의 철학과 이념이 반영된다. 예를 들어 계급 방언이나 지역 방언, 매체 방언을 국어교육으로 끌어 들일 것인가 말 것인가와 같은 문제들이다.

② 적절성 원리 : 언어적·심리적 기준에서 국어 교재가 학습자의 발달 수준과 취향, 요구, 사전 경험에 적절한지를 따져 볼 수 있다. 예를 들어 〈어린 왕자〉가 초등학교 교과서에 실리는 경우와 고등학교 교과서에 실리는 경우의 점검, 혹은 '품사', '시제', '경어법' 같은 개념의 도입 시점 같은 문제들이다.

③ 효율성 원리 : 제도적·교육공학적 기준에서 국어 교재의 효율성이 문제가 된다. 같은 시간을 투입하더라도 교수 효과가 높아야 한다. 동일한 목표를 추구하더라도 협동 학습 원리를 적용하는 경우와 개별 학습 원리를 적용하는 경우의 결과가 다를 수 있다.

④ 정당성 원리 : 학문적·교육과정적 기준에서 국어 교재에 담은 내용이 객관적으로 진실이고 가치 있는지를 따지는 것이다. 최근의 국어교육에서는 '최초의 ~'와 같은 단정은 사라졌는데, 그러한 단정의 정당성이 의심스럽기 때문이다.

물론, 언어 자료나 그밖의 것들을 단순히 모아 놓는다고 해서 교재가 되는 것은 아니다. 교재 구성의 기본 원리에 따라 그것들을 재해석하고 조직해야 하는 것이다. 그에 따라 국어과 교재는 몇 개의 부분으로 이루어지게 되는데, 통상 그것을 단원(Unit)으로 부른다. 단원은 단위 학습이 이루어지는 최대 단위로서, 교수와 학습을 위한 일체의 활동들은 단원 목표 아래 통합된다. 단원 실라버스를 구성할 때에는 일정한 방향성과 원리를 갖추어야 하는바, 그 방법은 크게 세 가지 정도로 압축할 수 있다(김창원, 2007).

첫째는 과제 기반 구성으로, 텍스트와 관련하여 학습자가 수행, 또는 해결해야 할 과제를 기준으로 구성하는 방안이다. 여기에는 절차 중심 구성(교수·학습의 절차를 상세하게 구조화한다)과 활동 중심 구성(각 단위마다 학습자가 수행해야 할 활동 중심으로 구조화한다), 반응 중심 구성(텍스트에 대한 학습자의 반응을 예상하여, 각각의 반응에 따라 후속 활동이 이어질 수 있도록 구조화한다)이 있을 수 있다. 이 모형에서는 학습 과제의 체계성과 계열성, 효용성 등이 중시된다.

둘째는 능력 기반 구성으로, 텍스트와 관련하여 학습자가 습득, 혹은 숙달해야 할 능력을 기준으로 구성하는 방안이다. 여기에는 기능 중심 구성(국어수행능력을 세분하여, 각각의 기능 단위로 구조화한다), 전략 중심 구성(국어 수행에 요구되는 전략을 분류하여, 전략 중심으로 구조화한다), 사고 중심 구성(국어적 사고력을 범주화하여 사고 단위별로 구조화한다)이 있을 수 있다. 이 모형에서는 학습 안내 및 설명의 효율성과 전이성, 포괄성 등이 중시된다.

셋째는 텍스트 기반 구성으로, 텍스트의 내용과 형식적 구조를 기준으로 구성하는 방안이다. 여기에는 주제 중심 구성(텍스트가 담고 있는 주제의 유사성을 중심으로 구조화한다)과 장르 중심 구성(텍스트의 장르적 특성에 따라 구조화한다), 구조 중심 구성(텍스트의 구성과 전개 방식의 특성에 따라 구조화한다)이 있을 수 있다. 이 모형에서는 텍스트의 다양성과 전형성, 완결성 등이 중시된다.

또한 각각의 단원들을 상호 연관지어 일관되게 배열(전개)하는 문제도 제기되는바, 이 역시 몇 가지 방향성과 원리를 찾아볼 수 있다. 첫째가 과제 중심 전개로, 국어 활동의 과제 수행 단계를 추적하여 단원들을 배열하는 방식이다. 예를 들면 읽기 전 활동 단원-읽는 중 활동 단원-읽은 후 활동 단원으로 순차적으로 배열하거나, 개념적 지식 단원-절차적 지식 단원-조건적 지식 단원으로 조직하는 방식도 가능하다[과제 1→과제 2→과제 3].

〈계열성〉

먼저 학습할 내용/해결해야 할 과제와 나중에 학습할 내용/해결해야 할 과제의 순서를 정하는 조건. 대개 쉽고, 간단하고, 친숙하고, 금방 처리할 수 있는 것을 먼저 다루고 어렵고, 복잡하고, 낯설고, 오래 걸리는 것을 나중에 다룬다.

〈전이성〉

하나를 배우면 그것이 다른 것을 배우는 데 직접 영향을 미치는 조건. 지식의 구조에서 기초적인 것이나 다른 지식들과 많이 연결돼 있는 것들이 전이성이 높다.

〈완결성〉

하나의 학습 단위는 그 자체로 완결되어야 한다. 이때의 학습 단위는 학교급, 학년과 같은 대단위에서 단원, 차시와 같은 소단위까지 폭넓게 퍼져 있다. 단일 텍스트나 텍스트군(群)도 학습 단위에 해당한다.

둘째는 능력 중심 전개로, 국어 능력을 상세하게 분석하여 능력 단위로 단원들을 배열하는 방식이다. 여기에는 국어 능력을 여러 하위 능력(혹은 전략)으로 분절하여 그것들을 순차적으로 습득·숙달해 가는 방식이 있고 [능력 1→능력 2→능력 3], 반복 학습을 통해 어떤 능력을 점점 세련시켜 가는 방식이 있다[능력 1→능력 1'→능력 1"].

셋째는 텍스트 중심 전개로, 여기서는 국어 텍스트의 특성을 분석하여 단원들을 배열한다. 예컨대 장르나 주제에 따라 범주화하여 배열하는 방식과, 텍스트의 길이, 내용의 난이도, 구조의 복잡성 등에 따라 순차적으로 조직하는 방식이 있다.

마지막으로 맥락 중심 전개를 들 수 있다. 이는 교사/학습자의 요구나 교수·학습이 이루어지는 상황을 분석하여 단원들을 배열하는 방법이다. 학습자의 관심·흥미를 추적하는 방식과 시후(時候)·학교 행사·기념일 등 시기에 따라 단원을 배열하는 방식이 그 보기이다. 맥락 중심의 배열에서는 주어진 교재의 단원 순서를 적절히 바꾸는 것도 권장된다.

교재 구성의 이러한 원리는 국어교육의 철학 및 학습자 특성에 따라 다양하게 적용된다. 사고력을 중시하는 관점에서는 텍스트 자체보다 텍스트로부터 촉발되는 사고 활동을 강조하고, 자연히 단원 실라버스 구성이나 단원과 단원의 배열에서 능력 중심 모형을 취하게 된다. 사고의 과정과 사고력의 하위 범주를 고려하여 교재를 구성하는 것이다. 교수-학습 과정에 동원되는 매체들도 사고의 관점에서 의미화된다.

2) 교과서의 재구성과 활용 원리

수업이란 교수-학습의 목표와 내용이 특정 시간과 공간 속에서 교재를 매개로 통합되는 과정이다. 이는 교재가 수업 자료로 활용될 때 비로소 의미를 갖게 된다는 뜻이다. 교육과정과 교재, 수업은 서로 맞물리는 관계여서, 수업의 형태에 따라 교재의 특성이 결정되고, 그것은 교육과정에 의해 뒷받침된다.

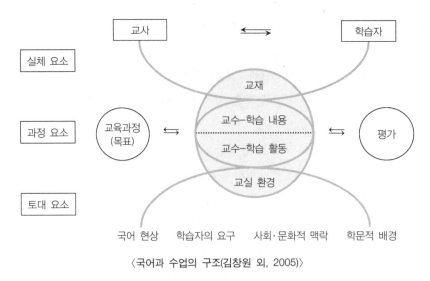

교사 ⟷ 학습자

실체 요소

교재
교수-학습 내용
교수-학습 활동
교실 환경

교육과정
(목표) ⟷ 평가

과정 요소

토대 요소

국어 현상   학습자의 요구   사회·문화적 맥락   학문적 배경

〈국어과 수업의 구조(김창원 외, 2005)〉

그러나 이 관계가 언제나 일관되게 이루어지는 것은 아니다. 교육과정의 추상성과 수업의 구체성 사이에 거리가 많이 떨어져 있기 때문이다. 교재가 그 둘 사이에 가교 역할을 하지만, 특히 전국 단위 표준 교재로서의 교과서는 그 역할을 수행하기에 한계가 많다.

교과서 분석과 재구성이 필요한 이유는 표준화된 단일본으로 제공되는 교과서가 각 수업의 특성을 일일이 반영하기 어렵기 때문이다. 곧 국어 수업은 교사의 언어관 및 국어교육관, 학습자의 사전 지식 및 선수 학습 정도, 수업의 사회·문화적 배경 등에 따라 다양하게 실현되는데, 사전에 제공되는 교과서로서는 그에 따른 요구를 제대로 구현하지 못하는 것이다. 7차 교육과정의 경우에도 교육과정과 교과서에 심화·보충 단계를 설정하여 개별화 학습을 추구하도록 했으나, 실제 학교에서는 그렇게 운영하지 못했다.

교과서의 재구성은 구체적으로 교수-학습 자료의 재구성과 교수-학습 과정의 재구성이라는 두 측면에서 이루어진다. 교수-학습 자료의 재구성은 이미 제시된 텍스트의 부분 추가·삭제·재조직·대치를 통해 이루어지고, 교수-학습 과정의 재구성은 제시된 학습 과제의 추가·생략·재조직·대치를 통해 이루어진다. 그러나 자료의 재구성과 과정의 재구성은 동전의 양면과 같은 것으로, 서로 독립적으로 이루어지는 것이 아니라 밀접하게 연관된 가운데 통합적으로 이루어진다(최현섭 외, 2002).

실제 수업 과정에서 국어과 교재는 교수-학습의 이론과 모형에 따라 각기 다른 방식으로 투입된다. 목표별 투입 전략에 따르면 교수-학습 목표에 따라 서로 다른 유형의 교재가 만들어지고, 그것이 수업에 적절하게 투입된다. 그러나 발달 단계별 투입 전략에 따르면 언어 발달 단계에 따라 교사와 학습자의 역할이 바뀌게 되고, 교재가 그 원리를 반영한다. 초등학교 교재와 중학교, 고등학교 교재의 성격이 다른 이유가 여기에 있다.

한편으로는 언어 활동의 영역별로 다르게 투입하는 원리도 구안해야 한다. 지식 학습 단원의 경우 먼저 원리를 제공하고 사례를 통해 확인하는 연역적 방식이나, 사례를 분석하고 그로부터 원리를 추출하는 귀납식 방식을 쓸 수 있다. 그에 비해 기능 연습 단원의 경우에는 대부분 원리를 제공하고 시범을 보인 뒤 교사나 동료의 보조 아래 연습하고 마지막으로 독자적인 연습을 하도록 하는 방식이 쓰인다. 어떤 수업 형태를 취하느냐에 따라 교재의 의미가 달라질 것이다. 나아가 국어과의 여러 수업 모형에 따라, 교수-학습의 단계에 따라, 언어 형식에 따라 각기 다른 방식으로 교재를 활용할 수 있다(김창원 외, 2005).

국어과 교재의 활용에 관해 논의할 때 언제나 유의해야 할 사항들이 있다. 첫째는 '교육적 의사소통의 매체로서의 교재'라는 관점을 일관되게 취하는 일이다. 교재 자체가 의사소통 현상은 아니다. 그러나 교육적 의사소통의 대부분은 교재를 둘러싸고 일어나며, 그러한 점에서 의사소통의 이론을 교재론에 적용할 수 있는 길을 모색해야 한다. 교사와 학습자가 원활하게 소통할 수 있는 교재가 필요하다는 뜻이다. 이는 실제 수업에서 교사와 학습자가 흥미를 느끼고 역동적으로 활용할 수 있어야 한다는 뜻이기도 하다.

둘째는 언어 형식에 따라, 또는 같은 형식 내에서도 텍스트 구조에 따라 교수-학습 과정과 전략이 달라진다는 점이다. 텍스트가 다르면 당연히 교재 체제(또는 그 적용)도 달라야 하며, 이런 점에서 텍스트 특성 점검 능력은 국어교육에서 가장 중요하게 다루어야 할 영역이라 할 수 있다. 문학 텍스트는 차치하고라도, 비문학 텍스트에서조차 기술적(記述的)인 텍스트와 논변적(論辨的)인 텍스트는 접근 방식이 다르다.

〈텍스트의 구조〉

텍스트의 구조는 글 전체의 전개에 관한 거시 구조와 보다 작은 단위를 다루는 미시 구조로 나눌 수 있다. 거시 구조는 자연적인 순서(주로 시간이나 공간)에 따른 순차 구조와 핵심 개념을 중심으로 나열되는 초점 구조(논문이 전형적인 예이다), 대비되는 두세 개의 개념들이 교차하는 병행 구조(논쟁적인 글에서 자주 볼 수 있다) 등이 대표적이다. 자세한 내용은 15장 참조.

셋째는 국어과 수업 모형과 교재 모형이 상동성을 지녀야 한다는 점이다. 이는 교재 자체가 하나의 수업 시뮬레이션으로서, 교재를 꼼꼼히 읽어 가며 제시된 과제를 수행하면 곧바로 국어 능력이 신장될 수 있어야 한다는 뜻이다. 절차 중심 구성이나 전략 중심 구성 방식이 이 방향에 가장 가깝지만, 다른 방식을 취하더라도 교재의 이면에는 언제나 수업에 대한 설계가 숨어 있어야 한다.

넷째는 미래 사회를 대비하는 접근이 필요하다는 점이다. 국어 교재는 지식 정보 사회에 일어나는 언어 환경과 교육 환경의 변화를 담을 수 있어야 한다. 어떤 텍스트나 활동이 교재로 정착되는 순간 그것은 이미 시대에 뒤떨어진(out of date) 것이 될 가능성이 크다. 교과서가 늘 '낡았다'고 비판받는 이유이다. 그것을 시대에 맞게 갱신하는(up to date) 작업은 한편으로 교재를 구성하는 사람들의 몫이고, 다른 한편으로 교사의 몫이다.

여기서 교과서와 보충 자료의 문제를 짚고 넘어가지 않을 수 없다. 교육과정에서도 보충 자료의 활용을 적극 권장하고 있고, 실제로 학교 수업을 교과서만으로 이끌어 가기에는 많은 무리가 따른다. 그러므로 교과서와 보충 자료의 문제는 기능 분담이라는 차원에서 접근해야 할 것 같다. 곧 교과서는 텍스트와 학습 과제, 학습 안내의 통합체로서 체계적인 학습 유도 역할을 하고, 보충 자료는 확장된 텍스트로서 수업 결과의 적용 및 일반화의 역할을 하는 것이다. 하지만 엄밀하게 보면 보충 자료를 이미 그 안에 담고 있어 새로운 자료가 필요없는 교재가 이상적인 교재에 더 가깝다고 할 수 있다.

<평가의 영역>

교육의 모든 단계나 요소가 평가의 영역이다. 교육과정 평가, 교재 평가, 교사 평가, 학습자 평가, 수업 평가, 평가에 대한 평가 등이 각기 다른 이론을 발전시켜 왔다. 보통 '평가'라고 하면 학습자 평가를 가리키지만, 학습자 평가는 교육 평가의 일부일 뿐이다. 자세한 내용은 15장 참조.

3. 국어과 교재의 메타적 점검

1) 교재 평가의 관점과 기준

교육의 다른 영역과 마찬가지로 교재도 보다 상위 심급(審級)에 의한 평가가 필요하다. 교재 평가는 교육 목적과 교육과정에 비추어 그 타당성과 효용성을 검증하는 일이다. 교재 평가가 있음으로 해서 교재의 질 개선이 이루어지게 된다.

그렇다면 교재 평가의 준거는 어디에서 가져오는가? 기본적으로 교재가 갖추어야 할 조건과 기능이 그대로 교재 평가의 준거가 될 것이다. 대표적인 준거는 다음과 같다(국어교육학사전, 1999).

① 목표 구현성(Realization) : 교재에 제시된 자료와 활동을 통하여 교육의 기본 목표가 실현되어야 한다.
② 학습의 효용성(Utility) : 교재가 제공하는 내용과 방법이 교육적으로 유용하고, 그 결과가 개인과 국가 발전에 기여하여야 한다.
③ 학습의 절차성(Procedure) : 교재에 수업 목표 달성을 위한 절차가 드러나야 하고, 그것이 시간이나 물리적 조건상 경제적이어야 한다.
④ 교육적 적합성(Fitness) : 대상을 설명하거나 진술하는 데 타당한 근거가 있고, 목표 달성에 적합한 내용을 포함해야 한다.
⑤ 지면의 조화성(Harmony) : 교재의 외적 형식이 균형과 조화를 이루어 학습에는 능률적이고 활용에는 효율적이어야 한다.

국어과의 경우 이를 좀더 구체화하여 다음과 같이 형식과 내용의 양면에서 실질적인 평가 요소들을 이끌어낼 수 있다.

① 형식상의 평가 요소 : 판형, 분량, 지질, 색도, 활자 크기와 글꼴, 행간(行間)과 행장(行長), 디자인과 편집, 일러스트, 인쇄 및 제본 상태, 표지와 화보 등.
② 내용상의 평가 요소 : 교육과정 반영도, 단원 설정의 합리성, 단원간 관계의 체계성, 단원 실라버스의 정합성, 제재 정합성, 학습 활동의 효율성, 참고 및 보조 자료의 정확성, 학습을 위한 보조 장치 여부, 평가의 타당도 등.

이 중 특히 국어 교과의 특성을 보여주는 내용 요소를 중심으로 평가

〈교재의 형식 관련 요소〉

· 판형 : 커다란 전지를 몇 장으로 자르느냐에 따라 정해진다. 국판전지를 16장으로 잘라 인쇄한 것이 국판이다. A4 용지는 A열전지를 8장으로, B4 용지는 B열전지를 8장으로 자른 것이다. 교과서는 대체로 4×6배판을 쓴다.

· 지질 : 펄프의 종류와 배합 성분 등에 따라 결정된다. 단행본은 백색지를 주로 쓰고, 잡지에는 갱지를 많이 쓴다. 백상지 표면을 매끄럽게 처리한 것이 아트지이다.

· 색도 : 한 가지 색의 농담으로 형태를 표현하는 단색 인쇄와 빨강 · 파랑 · 노랑의 기본 색에 검정을 포함하여 4가지 색을 쓰는 컬러 인쇄가 있다.

· 활자 크기와 글꼴 : 활자 크기는 '호'나 '포인트'로 표시한다. 활자 크기와 글꼴, 자간(글자 사이의 간격)은 모두 가독성에 영향을 준다.

· 행간(行間)과 행장(行長) : 줄 사이의 간격과 인쇄되는 줄의 폭을 말한다. 행간이 너무 좁거나 넓으면 가독성이 떨어진다. 행장의 길이 역시 마찬가지로, 교과서는 대체로 12 ~ 14cm를 유지한다.

기준을 살펴보기로 하자. 이 기준들은 교육 공동체의 일반적 관점과 국어 교사의 전문적 관점에 따라 융통성 있게 적용할 수 있다.

① 교육과정
  · 국어과 교육과정 내용이 교육 필요성과 가능성에 따라 타당하게 해석되었는가?
  · 교육과정의 상세화가 합리적이고, 상세화에 따라 교재가 구성되었는가?
  · 교육과정의 기초가 되는 국어교육 철학과 이론이 바르게 구현되었는가?
② 단원 설정
  · 과제 기반, 능력 기반, 텍스트 기반 등, 단원 설정의 원칙이 합리적인가?
  · 대단원-소단원-단위 활동 간의 관계가 합리적으로 고려되었는가?
  · 단원에 배당된 시간과 분량이 적당한가?
③ 단원 간의 관계
  · 단원 간에 언어적 발달성, 내용 난이도, 텍스트 구조의 복잡도 등을 고려한 계열성이 구현되었는가?
  · 단원 배열에서 언어 활동의 반복·심화 원리가 구현되었는가?
④ 단원 실라버스
  · 단원 내에서 학습 단계가 효율적이고 융통성 있게 전개되었는가?
  · 단원 목표를 중심으로 단위 언어 활동들이 유기적으로 통합되었는가?
  · 단원의 성격과 각 단계 및 요소의 성격이 분명한가?
⑤ 제재
  · 사고 및 언어 활동의 제국면이 중요성에 따라 고르게 배분되었는가?
  · 학생의 발달성, 관심과 취향이 충분히 고려되었는가?
  · 매력있고 다양한 주제를 다루었는가?
  · 텍스트가 다루는 내용이 정확하고 정당한가?
  · 텍스트의 길이와 구성이 적절한가?
⑥ 학습 활동
  · 학습자의 능력과 흥미가 고려되었는가?

· 자율 학습과 교사 보조 학습이 잘 안배되었는가?

· 반응의 자율성과 학습 활동의 다양성이 보장되었는가?

· 학습의 절차와 단계별 과제가 분명히 제시되었는가?

⑦ 참고 및 보조 자료

· 단원 학습에 직접 도움이 되는 내용인가?

· 질과 양 면에서 지나치거나 부족하지는 않은가?

⑧ 학습을 위한 보조 장치

· 학습 과정에 불필요하게 개입하지는 않는가?

· 수단 언어와 목표 언어가 서로 얽히지는 않았는가?

⑨ 평가

· 평가 목표와 준거가 분명히 제시되었는가?

· 내용이나 방법에 관한 안내가 적절한가?

· 평가 결과의 해석과 송환을 위한 원리가 마련되었는가?

이러한 평가 기준들은 매우 일반적인 것이다. 실제 교재를 평가할 때에는 평가 목표에 따라 다른 기준을 적용할 수 있다. 예를 들어 여러 종의 검인정 교과서 중에서 하나를 선택해야 할 때, 주어진 교과서를 실제 수업에 투입하려 할 때, 보충 학습을 위한 학습지를 구성할 때의 기준이 각기 다를 것이다.

2) 국어 교과서의 변화

교과서는 교재의 가장 정형화된 형태로서, 교육과정 운영을 위해 일정한 원리에 따라 선정·조직한 제재들의 유기적 구성물이다. 실상 개화기 이전의 한문중심교육에서는 '교과'와 '교과서'가 구별되지 않았다. 『천자문(千字文)』이나 『소학(小學)』, 『맹자(孟子)』와 같이 교과서로 사용되는 책명이 곧 교과명으로 통했던 것이다. 교과서가 교과보다 먼저 있었던 셈이다. 그러나 오늘날 교과는 교과서와 상관없이 그 자체로 성립되고, 교과의 교수·학습을 위하여 교과서가 따르게 되어 있다(이돈희, 1986). 따라서 근대적인 의미의 교과서는 '소학교령'과 '한성사범학교령'이 공포된 1895년 이후에 비로소 만들어졌다고 할 수 있다(이하 최현섭, 2002 참조).

광복 이후의 국어 교과서로는 『한글 첫걸음』(1945)과 『초등·중등 국어교본』(1945~1946)이 선구적이다. 조선어학회에서 만든 이 책들은 군정청의 지원을 받은데다 범민족적으로 일어난 우리말·우리글 익히기 운동에 힘입어 방방곡곡에서 널리 사용되었다. 문자 지도 방법으로는 자모식을 택하면서 전체적으로 읽기 독본 형식을 취하였다.

정부 수립 이후 처음 간행된 입문기 국어교과서가 유명한 『바둑이와 철수』이다. 이 책은 어린이들의 생활을 그대로 문장으로 제시하여 문자 습득 및 국어 수업에서 흥미를 높이려 하였고, 듣기·말하기·읽기·쓰기가 종합적으로 지도되도록 시도한 점 등에서 특기할 만하다.

한국전쟁이 끝나고 교과과정이 제정됨에 따라 이에 맞춰 교과서 편찬 작업이 시작되었다. 그리하여 1955년에 초등학교를 시작으로 중학교와 고등학교 교과서가 나오게 되었다. 이때부터 교과서는 단원별로 편찬하고 단원마다 '학습 문제'를 제시하여, 단원 학습이 가능하도록 하였다. 또한 1957년 말에 상용 한자 1,300자가 정해져, 그 중 744자를 초등학교 『국어』 교과서에 괄호로 묶어 제시하였다.

이어지는 2차 교육과정기에는 초등학교 4학년 이상에서 교육용 한자 600자를 노출하여 표기하다가 1969년 9월 한글 전용으로 전환하는 변화가 있었다. 또한 『쓰기』 교과서를 발행하여 경필쓰기와 글짓기가 체계적으로 이루어지도록 하였다. 중·고등학교도 마찬가지로 한자 표기와 관련하여 다소간 혼란을 보여, 한자 노출에서 한글 전용, 다시 국한 혼용으로 바뀌어 갔다.

3차 교육과정기에는 '공부할 문제'의 양을 늘리고 체계화함으로써 국어 교과서가 단순히 언어 자료집에 그치지 않고 학습 방법의 안내 역할도 할 수 있도록 하였다. 특히 3월이 되면 '새 학년 새 학기', 6월이 되면 '호국의 얼' 하는 식으로 주제 중심의 교과서를 채택하여, 가치관을 강조하는 교육과정의 이념이 드러난다.

4차 교육과정기에는 통합 교과의 이념을 추구하면서 저학년(초등학교 1·2학년) 국어과의 내용을 『바른생활』에서 다루도록 하였다. 그러나 곧 『국어』 교과서를 분리하여, 국어과의 도구교과적 성격을 충분히 구현할 수 있도록 하였다. 중·고등학교에서는 이전의 주제 중심 편찬 대신 '설명문', '소설' 하는 식으로 문종 중심 편찬 방법을 취하여, 학문 중심 교육과정과 맥을 같이하도록 하였다.

5차 교육과정기는 국어 교과서가 획기적으로 변화한 시기이다. 곧 종래 한 권으로 되어 있던 초등학교 『국어』 교과서를 『말하기·듣기』, 『읽기』, 『쓰기』의 세 책으로 분책한 것이다. 그럼으로써 독해 중심의 국어교육에서 벗어나 언어 수행 기능을 총체적으로 학습할 수 있도록 하였다. 또한 교과서의 판형을 국판에서 4×6배판으로 확대하여 학습의 효율성을 높이고, 지질·편집·인쇄 등에서 종래보다 한 단계 높은 교과서를 선보였다. 중학교의 『국어』 교과서도 언어 수행 기능을 중시하여 '말하기·듣기', '읽기', '쓰기', '언어', '문학'으로 나누어 단원을 안배하고, 고등학교의 경우에는 『국어』 1~3을 『국어』 상·하로 개편하여 학습 부담을 줄였다.

6차 교육과정기의 초등학교 교과서 역시 5차 교육과정기와 마찬가지로 세 책으로 분책하되, 언어 활동의 통합성을 고려하여 고학년(5·6학년)은 『말하기·듣기·쓰기』, 『읽기』의 두 책으로 편찬하도록 하였다. 고등학교 『국어』 교과서도 교수-학습을 위한 자료가 부족하다는 비판을 감안하여 4×6 배판으로 확대하고, 날개와 처마를 두어 자율 학습이 가능하도록 하였다. 아울러 대단원을 '읽기', '언어' '문학'으로 설정하고 매단원마다 말하기·듣기 및 쓰기 활동을 안배함으로써 언어 활동의 통합성이 충분히 이루어지도록 하였다.

7차 교육과정기의 교과서는 외적 체재 면에서는 6차 교육과정기 교과서와 유사하되 활동 중심, 자기 주도 학습, 통합적 언어 활동 등의 요소를 더욱 강조하였다. 특히 중학교 『국어』 교과서를 초등학교 및 고등학교와 마찬가지로 4×6 배판으로 확대하고 『국어』와 『생활 국어』로 이원화하여 교과서상에서 초·중·고의 연계와 통합이 완성되었다. 그리고 교육과정 정신에 따라 심화·보충 학습이 가능하도록 하고, 다양한 언어 자료를 교과서에 끌어들이고자 노력하였다.

이러한 변화 과정을 볼 때 국어 교과서는 국어교육의 이론이 정교화함에 따라 점점 체계적으로 발전해 왔음을 알 수 있다. 그 기본 방향은 언어 자료의 내용과 형식의 다양화, 학습자의 생활과 밀접하게 연관되는 제재 선정, 학습의 효율성 및 영역간 통합성과 학년간 계열성을 고려하는 조직, 교수·학습 방법의 체계적 제시, 학습 의욕과 흥미를 고취할 수 있는 자기 주도적 교과서 추구 등으로 요약할 수 있다. 물론 교과서가 정교화될수록 교사와 학습자의 자율성을 침해할 가능성도 있는데, 이러한 문제는 교과서 여러 가능한 교재 중 하나로 보는 열린 교재관을 취함으로써 해결할 수 있다.

문제는 현재의 교과서가 학습자의 사고력을 자극, 신장시키는 데 충분한가 하는 점이다. 부분적인 진보에도 불구하고 국가 제공의 표준 교과서는 그 부분에 취약한 면을 보인다. 전국 단위의 단일본 교과서가 지니는 한계도 그렇거니와, 국어 능력에 관한 모든 내용을 '빠짐없이' 다루어야 한다는 강박관념이 특징 없는 교재를 만들게 된 것으로 보인다. 특히 '국어'라는 교과명에 얽매여서 사고와 문화 요소를 포용하지 못하는 면도 보인다. 따라서 교실 수준에서 재구성하는 교재는 그 부분을 보완하는 데 주력해야 한다.

3) 사고력 중심 교재에 관한 전망

지금까지 국어과 교재는 교과서 중심으로 개발돼 왔고, 자습서나 참고서, 학습지와 같은 보조 교재들이 교과서를 뒷받침했다. 한편으로 독서 지도 명목으로 제공되는 추천 도서 목록도 보조 교재 역할을 해 왔으며, N.I.E에서 볼 수 있듯이 신문과 인터넷도 중요한 역할을 했다. 그러나 이들 교재들은 모두 문자 교재라는 한계를 지니고 있고, 언어 이해의 측면만을 다룰 수 있는 것들이다. 말하자면 문자를 넘어서는 통합적 언어 활동이나, 말하기·쓰기와 같은 표현 교육을 위한 교재가 부족했던 것이다. 사고력을 염두에 둔 교재는 더더욱 찾기 어렵다.

이러한 문제의 개선을 위해 서혁(2000)은 국어과 교재의 개선 방향으로 긴 학습 제재를 다룰 필요가 있으며, 장기적으로 전자 교과서와 멀티미디어 교재 개발을 고려해야 하고, 국어과 내의 영역 통합 교과서 제작과 '(읽기)자료집', '워크북(언어 활동집)'의 병행 개발을 검토할 필요가 있다는 점을 지적했다. 또한 현재 국정 체제로 되어 있는 국어과 교과서 제도를 검인정 체제로 전환하여야 하고, 국어 교재 개발 예산을 확대해야 하며, 교과서의 재활용도를 높일 필요가 있다는 점도 지적했다. 이는 크게 보아 닫힌 교재관에서 열린 교재관으로, 문자 교재에서 멀티미디어 교재로, 교사 중심 교재에서 학습자 중심 교재로의 변화를 의도하는 견해다.

이러한 경향은 자연스럽게 국어 교재 개념 범주의 확장으로 이어진다. 다매체, 다문화 시대의 국어 교재는 과거의 그것과 달라야 한다는 자각이 변화의 흐름을 가속화한다. 특히 사고력 신장을 위한 교재가 취하는 변화 양상으로 가장 중요한 것이 교재 개념을 확장하는 일이다.

국어과 교재를 확장하는 관점은 여러 가지가 있는데, 가장 일반적인 것이 외적 형태의 변화이다. 판형의 변화나 면 구성에서 날개와 처마를 활용하는 방식, 3도 이상의 컬러 인쇄, 밑줄이나 돋움글씨, 인출선, 아이콘 같은 보조 장치들의 활용들이 그 예로서, 이러한 변화는 기존 교재의 틀을 유지하면서 그 안에서 개선을 꾀하려는 시도로 볼 수 있다.

그보다 더 영향력이 큰 것이 매체의 확장이다. 이미 사이버 교재나 전자 교과서가 널리 퍼져 있거니와, 디지털화한 교재가 지니는 양방향성, 실시간성, 하이퍼 링크에 의한 비선형적 구조, 멀티미디어 효과, 손쉬운 업그레이드 등의 장점은 교재의 개념을 혁명적으로 바꾸어 놓았다. WBI(Web Based Instruction)는 그러한 변화의 최전선에 있는 교재 형태라 할 수 있다. 매체의 확장은 단순한 교재 변화에 그치지 않고 교수-학습 및 평가 방법과, 나아가서 교육과정 자체를 변화시키는 힘이기도 하다.

그런 점에서 사고력 중심 교재는 국어과의 큰 방향을 구현하기에 매우 적합하다. 기존의 제재 중심(text-based) 교재가 아니라 상호 활동 중심(inter-actual) 교재를 지향하기 때문이다. 특히 이미 만들어진(ready-made) 교재 중에서 선택하는 것이 아니라, 다양한 교재 더미에서 자신의 필요에 따라 선택, 변형하고 새롭게 만들어 가는(pre-made) 교재 개념에 주목할 필요가 있다. 그럼으로써 진정한 의미의 개별화 학습이 가능해지기 때문이다. 현재로서는 학생의 수준에 따른 개별화 학습 정도만 가능한데, 궁극적으로는 학생의 관심과 사전 경험을 고려한 개별화 학습이 이루어질 수 있을 것이다. 웹 기반의 가소성(可塑性) 있는 교재가 만들어진다면 얼마든지 가능한 일이다. 나아가 선택 학습의 폭도 넓힌다면 학습자는 '주어지는' 교재가 아니라 '내가 구성한' 교재로 배울 수 있게 된다.

그러나 가장 본질적인 변화는 아마도 내용의 확장이 될 것이다. 듣기·말하기·읽기·쓰기에 한정된 의사소통 중심 접근법에서 사고 전략과 사회·문화적 맥락을 고려한 사고 중심 접근법으로의 변화가 그것이다. 대학수학능력시험의 언어 영역도 본래 취지는 그런 것이었고, 열린 교육이나 수행 평가, 문제해결력과 같은 교육계의 주요 화두도 그와 관련된다. 텍스트를 중심으로 해서 그와 관련된 활동만을 모아 놓은 교과서가 사라지는 이유가 여기에 있다. 또한 교육과 유희를 결합한 Edutainment 개념도 계속 확장될 것이다. 사고력 중심의 교재는 내용, 방법, 매체, 투입 전략 등의 측면에서 다양성과 창의성, 실제성, 흥미성을 고려하는 방향으로 나아가게 된다.

요약

01. 교재는 교육 목표를 달성하기 위해 수업 과정에서 동원하는 일체의 자료이다. 그것은 국어 현상을 압축적으로 제시하는 한편, 교육과정과 교사, 학습자를 매개하는 구실을 한다. 국어 교재의 중심에 교과서가 있다.

02. 교과서는 교육과정 내용을 가장 체계적이고 정밀하게 다룬 공식 교재이다. 국어 교과서는 관점 반영, 내용 제공 및 구체화, 학습 동기 유발, 교수-학습 자료와 방법 제공, 평가 자료 제공, 연습을 통한 기능 정착 등의 기능을 한다.

03. 국어 교재는 자료의 성격 면에서 크게 문자 교재와 비문자 교재로 나뉘고, 기능 면에서 학습용 기본 자료, 학습 활동용 자료, 학습 안내 및 설명 자료로 구성된다. 여기서 문자 교재는 다시 학습용 자료집, 학습 내용 해설서, 학습 과정 안내서, 워크북의 다양한 성격을 띤다.

04. 국어 교재를 구성할 때에는 적합성, 적절성, 효율성, 정당성의 원리를 지켜야 한다.

4-1. 국어 교재를 구성하려면 각 단원의 실라버스를 개발하고 단원들을 유기적으로 배열해야 한다. 이때 고려해야 할 조건은 해결해야 할 과제의 성격, 학습자의 국어 능력, 그리고 텍스트의 양식과 구조이다.

4-2. 각 단원 실라버스를 구성하는 방법에는 과제에 기반을 둔 방법, 능력에 기반을 둔 방법, 텍스트에 기반을 둔 방법이 있다.

4-3. 각 단원들을 배열하는 방법도 과제에 기반을 둔 배열, 능력에 기반을 둔 배열, 텍스트에 기반을 둔 배열이 있고, 여기에 맥락에 기반을 둔 배열을 추가할 수 있다.

05. 전국적으로 표준화된 단일본 교과서는 각 수업 사태의 요구를 개별적으로 반영하기 어렵기 때문에 그것을 재구성해서 활용해야 한다.

5-1. 교과서의 재구성은 교수-학습 자료의 재구성과 교수-학습 과정의 재구성이라는 두 측면에서 이루어진다.

5-2. 교과서의 재구성은 자료와 학습 과정의 추가·삭제·재조직·대치로 이루어진다.

06. 국어 교재는 목표 구현성, 학습의 효용성, 학습의 절차성, 교육적 적합성, 지면의 조화성을 준거로 지속적으로 평가해야 한다.

6-1. 국어 교재는 형식과 내용을 중심으로 평가할 수 있는바, 국어과의 고유성은 내용 측면에서 드러난다. 내용상의 기준은 교육과정, 단원 설정과 배열, 제재 선정과 학습 활동 설계, 보조 자료/장치, 평가의 효용성과 연관된다.

07. 미래 지향적인 국어 교재는 개방형, 비선형적 복합 구조, 개별 학습과 자기 주도 학습이 가능한 체제, 생활 중심으로 발전해 가야 한다. 그러기 위해서 언어 활동의 총체성과 범교과성을 구현하고, 다양한 자료와 매체를 수용하며, 비판적·창의적 사고를 중심으로 한 고급 능력을 기르도록 해야 한다.

알아 두어야 할 것들

　문자 교재, 비문자 교재, 개방형 교재, 비선형적 교재, 개별화 교재, 자기 주도형 교재, 학습용 자료집, 학습 내용 해설서, 학습 과정 안내서, 워크북, 관점 반영의 기능, 내용 제공 및 구체화의 기능, 교수-학습 자료 제공의 기능, 교수-학습 방법 제시의 기능, 학습 동기 유발의 기능, 연습을 통한 기능의 정착 기능, 평가 자료 제공의 기능, 학습용 기본 자료, 학습 활동용 자료, 학습 안내 및 설명 자료, 단원(Unit), 실라버스, 교과서 재구성, 교재 평가, 전자 교과서, WBI, 과제 기반 구성과 전개, 능력 기반 구성과 전개, 텍스트 기반 구성과 전개, 맥락 중심 전개

1. 국어 교재의 기능과 특성을 다른 교과와 비교하여 설명해 보자.

2. 현재 사용하고 있는 교과서의 한 단원을 골라, 일정한 기준에서 평가하고 재구성해 보자.

3. 다음은 새 교육과정의 일부이다. 이 내용과 관련하여 교수−학습 목표를 설정하고, 한 단위의 교재를 구성해 보자.

교육과정 내용(성취 기준)	내용 요소의 예
[9−읽−1] 실용적 정보를 담은 책을 읽고 정보의 효용성을 판단한다.	정보 서적의 종류와 특성 알기
	자신에게 필요한 정보 목록화하기
	정보 서적의 기능과 효용 평가하기
	책의 생산·수용 맥락을 고려하여 인기 있는 책의 효용과 폐해 평가하기

4. 임의의 영역이나 학년을 대상으로 하여 교육부가 제공하는 교재와 사교육에서 제공하는 교재, 교사가 실제 수업에서 활용하는 교재를 수집하여 그 특징을 비교해 보자.

5. 현재 통용되고 있는 권장 도서 목록을 수집하고, 그것을 비판적으로 활용할 방안을 생각해 보자.

제14장 사고력 계발을 위한 교수-학습 방법

21세기는 사회 전반에서 창의적 사고력을 강조하고 있다. 교과교육 분야에서도 학습자의 사고력을 계발한다는 궁극적 목적을 달성하기 위해 특히 교수학습론 영역에서 연구가 활발히 진행되고 있다. 이 장에서는 국어과 교수·학습 용어의 개념과 방법, 그리고 최근 국어과 교수·학습의 동향을 알아보고, 국어 수업에서 사용할 수 있는 일반적 교수·학습 방법, 창의성 계발을 위한 교수·학습 방법, 교사화법과 교사 발문 등을 소개하고자 한다.

1. 국어과 교수-학습의 동향

1) 교수-학습의 개념

요즘은 가르치는 것과 배우는 것이 분리할 수 없다는 맥락에서 교수-학습이란 용어를 사용한다. 잘 가르친다는 것과 잘 배웠다는 것은 분명 주체가 다르지만 하나의 현상임에는 틀림없다. 아무리 잘 가르쳤다 하더라도 학생이 제대로 배우지 못 하였다면 교사의 교수는 그 효과를 보지 못한 것이 된다.

교수법은 달리 교수전략이라고도 하는데, 이것은 일종의 절차적인 개념으로서 '가르치는 방법'이다. 반면 학습전략은 '학습을 보다 효과적으로 하기 위하여 학습자 자신이 취하는 모든 방법적 사고나 행동'으로서, 주

〈교수전략과 기법〉

흔히 혼동하기 쉬운 기법 (technique)은 '수행하는 것으로, 교실에서 사용되는 어떤 특정의 전략, 재간' 등을 의미한다 (심영택 외 공역, 1995 참조). 보통 수업에 대한 교사의 경험이 쌓이면, 자연스럽게 획득되거나 숙달되는 일종의 수업 기술이다.

로 지식의 습득과 저장·인출에 관한 전략이다.

최근 학습자 중심의 수업이 강조되면서, 교사 중심의 일방적인 교수법보다는 학습자와의 상호작용을 고려한 교수법 혹은 학습 과정과 학습법 위주의 논의가 활발하게 진행되고 있다. 지금까지 교수—학습의 역사를 보면 당시 교육 패러다임과 참여자의 입장에 따라 각각의 비중이 달리 주어져 왔다. 20세기 전반 경험주의 패러다임에서는 당연히 교사와 교수에 초점을 두고 다양한 수업모형과 교수전략이 소개되었다. 그러나 20세기 중반 이후 이성주의 패러다임으로 전환한 다음부터는 학습자의 사고력과 학습 전략이 더 많은 비중을 지니게 되었다. 이제는 과거에 어느 때보다도 학습자의 학습 현상에 많은 관심을 보이고 있다. 최근 여러 연구에서 언급되는 학습 본질에 대한 명제들을 보면, 그러한 변화의 초점을 더 확실히 알 수 있다.

〈패러다임의 출현〉

토마스 쿤이 과학혁명의 구조를 설명하면서 패러다임이라는 용어를 사용한 이래, '패러다임'이란 용어는 모든 학문 분야에서도 광범위하게 사용되고 있다. 패러다임은 이제 당대에 지배적인 인식론이라는 포괄적 의미를 내포하면서 대중화되었다. 20세기는 패러다임 전환의 격동기였는데, 경험주의에서 이성주의로, 행동주의에서 인지주의로, 형식주의에서 구성주의로, 결과 중심에서 과정 중심으로, 절대주의에서 문화적 상대주의로의 인식의 전환이 이루어졌다.

① 학습은 목표 지향적이다.
② 학습은 새로운 정보를 사전지식(학습자의 스키마, 선행지식)과 관련짓는 것이다.
③ 학습은 정보를 조직하는 것이다.
④ 학습은 인지 및 상위인지(meta-cognition) 구조를 획득하는 것이다.
⑤ 학습은 단계적이거나 비직선적으로 이루어진다.
⑥ 학습은 발달의 영향을 받는다.

이러한 학습 관점은 국어과 교수—학습 이론에도 그대로 반영되고 있고, 구성주의 지식관의 부각과 비고츠키(Vygotsky)의 인접발달영역 개념이 재조명되면서 더욱 힘을 얻고 있다. 학습은 이제 더 이상 교수의 일방적 수용이 아니라는 점에서 학습자의 사고 과정이 상대적으로 더욱 중요하게 부각되었고, 학습의 대상이던 '지식'의 본질과 기능에 대해서도 새로운 접근이 이루어지게 되었다. 그리하여 국어과 교육과정 영역의 구성과 내용요소 진술, 그리고 교과서 체제와 단원 구성에 큰 영향을 미치고 있다.

2) 교수-학습의 초점

인간이 지식을 학습하는 과정은 선행지식의 틀을 강화하거나 조절해 나가는 과정이므로, 지식의 습득과 축적 과정은 인간의 사고력이 계발되어 가는 과정이다. 지식과 관련해서 새롭게 주목받고 있는 스키마(schema)는 '기억 속에 저장된 개념들을 표상하는 수정 가능한 정보 구조'로서, 인간의 지식·획득·조직·표상의 방식에 대한 일종의 이론적 모형이다. 교육의 관점에서 학습자의 사고 과정이 중시되면, 학습의 대상이자 자료인 지식을 다루는 방식도 당연히 중요하게 연구된다. 최근에는 학습자의 사고 구조와 학습 재료인 지식의 본질 규명이 간학문적으로 활발히 연구되고 있다.

국어과 교육처럼 '언어 사용 활동'이 학습 내용의 핵이 되는 교과에서는 과학교과나 역사교과와는 달리, 언어가 담아내는 내용인 지식(학문 체계)을 다루기가 상당히 어렵다. 사고력의 증진은 사고 과정의 정련만이 아니라, 사고 재료인 지식의 범위(양)와 깊이(질)도 관련되기 때문이다. 사실 학습자의 사고력 증진과 언어 사용의 관계는 분명히 인정되고 있으나, 언어 사용에 수반되는 지식의 문제에 대해서는 수용 범위를 한정짓기 어렵다.

가령, '게놈지도'라는 설명문을 지도할 때, 교사는 게놈지도라는 주제에 대해 어느 정도 전문 지식을 갖추고 있어야 하는지, 과연 그럴 필요가 있는지, 학습자들이 그 글을 이해했다면 해당 내용에 대해 어느 정도의 깊이로 지식을 갖추고 있어야 하는지 등에 대해 정확한 평가 기준을 설정하기가 참 막연하다. 그래서 결국 다양한 지식을 주제로 한 텍스트를 제시하고 있는 현행 국어과 수업에서는, 해당 지식을 관련 학문 체계에서 접근하기보다는 지식을 다루는 사고 과정과 언어 사용에 더 초점을 두게 된다.

이런 맥락에서 구성주의의 기본적인 주장인 '지식의 자주적 구성 원리'는, 국어과 교육의 학습 내용을 정교화하고 심화시키는 데 일정한 방향성을 제공해 준다고 볼 수 있다. 특히 국어적 사고력을 신장시키고자 할 때,

〈구성주의자들의 주장〉

Kilpatrick(1987)은 구성주의자들의 주장을 크게, '①지식은 인식의 주체에 의하여 능동적으로 구성되어지는 것이며, 결코 환경으로부터 수동적으로 받아들이는 것이 아니다. ②알게 된다는 것은, 자신의 경험 세계를 조직하는 조절 과정이다. 즉, 그것은 인식 주체의 관념 밖에 독립적으로 이미 존재하는 세계를 발견하는 것이 아니다'로 정리하고 있다(박영배, 1995 참조)

학습자의 사고 과정과 사고 재료를 구상화하는 단계에서 지식의 자주적 구성 원리는 시사하는 바가 크다. 학습자가 갈등 국면에 대처할 때 '동화와 조절'의 메커니즘에 따라 생각하게 되는, 소위 '반영적 추상화'의 과정을 통해 새로운 지식을 조정해 나가는 과정을 단계화하여 보여 주었기 때문이다.

여기서 구성주의에 기초한 교수-학습의 일반 원리에 주목할 필요가 있다. 이 원리에 의하면 개인의 주관적 시각을 벗어나서 지식의 유용성에 대한 지식의 범주를 확장할 수 있고, 더불어 학습자 사고의 심화를 꾀할 수 있다고 본다. 구체적인 내용은 아래와 같다.

① 지식의 상황성을 강조한다. 학습 과제를 수행해 나가는 과정에서 학습자에 의해 학습목표가 설정되고 평가된다.
② 현실의 복잡성과 다양성을 그대로 제시하여 문화적 동화나 협력 학습을 도모한다.
③ 학습자의 주체 의식을 고무시키고 교사와의 연대감을 조성하여 협력적인 학습 환경을 마련한다.

이 원리에 따라 국어 교과서에 제시된 다양한 분야의 지식에 대해 지식의 획득보다는 지식에 대한 탐구의 관점에서 학습자들의 사고를 유도할 수 있어야 한다. 또 인지적 도제 이론에 의거해 학습한 지식이나 기술이 실제로 통용되는 사회적 상황에서 학습할 것이 강조된다. 실제 상황에서 실제 과제 해결을 통해 지속적으로 또 점차적으로 참여하는 일의 성격이나 범위, 책임감 등을 서서히 높여나감으로 인해 결국에는 학습의 주체로서 완전하게 참여하도록 이끄는 것이다. 교사는 인지적 모델을 보여주기 위해 시범을 보이기도 하고, 조언을 하기도 하면서 학습자의 사고의 기반을 구축해 주고 안내해 준다. 그리하여 학습자의 자율학습이나 인지 전략에 관한 연구가 많이 진행되고, 종전과는 달리 모둠별 협동학습의 활용이 강조된다.

구성주의적 교육관이 광범위하게 확대되는 시점에서 6차 교육과정부터

〈반영적 추상화〉

급진적 구성주의자인 Glasersfeld는 지식의 자주적(주체적) 구성이, 바로 Piaget의 '반영적 추상화' 개념에 기원한 것이라고 하였다. Piaget의 반영적 추상화의 세 단계는, '반영적 추상화의 단계(I)'에서 '경험적 추상화→표상→반성'으로 이루어지는데 좀 더 구체적으로 서술하면 '반영적 추상화의 단계(II)'에서 '경험→(경험적 추상화)→관찰 가능한 것으로서의 내용→(표상)→고유한 가치를 가지는 것으로서의 내용→(반성)→형식'으로 정리해 볼 수 있다.

〈인지적 도제〉

고등사고능력은 교사의 직접적인 설명에 의해서 지식으로 가르쳐지지는 않는다고 본다. 그래서 시범을 보일 수 있는 교사와의 지속적인 상호작용을 통해 학습자가 스스로 그러한 사고 과정을 내면화할 수 있도록 안내하는 과정이 필요하다. 이를 인지적 도제(cognitive apprenticeship)라고 한다. 그래서 인지적 도제 이론의 교수학습 과정은 '전문가의 시범→교수적 도움 제시→독립학습을 위해 교수적 도움 중지'의 세 단계로 표현된다.

소개된 직접교수법은 활동 속에서 방법의 연습이라는 특징 때문에 사고력 수업에서 학습자의 역할과 학습의 효과를 간과하고 있다는 강력한 비판에 직면하게 되었다. 반면 사회적 구성주의에 맥이 닿아 있는 상보적 교수법은 일대일 교수 과정 때문에 현실화하기에 상당한 어려움이 예상됨에도 불구하고 가장 효과적인 교수학습법으로 주목받고 있다.

3) 교수-학습 변화의 특징

범교과적으로 진행되고 있는 교수-학습 이론의 변화는 국어과에도 매우 큰 영향을 미치고 있다. 그 변화의 흐름을 보면, 우선 언어활동을 원활하게 수행하도록 하기 위해 지식구조 이론인 스키마이론을 적극적으로 도입하고, 언어 전략의 모의수행(훈련)을 통해 언어 사용에 대한 학습 전이를 강조하며, 텍스트를 학습할 때 텍스트 정보의 학습이 아니라 적절한 정보의 수용과 정보에 대한 비판적 안목 및 판단력을 전제로 한 정보처리 능력에 주목하고 있다. 다시 말하면, 지식의 단순한 수용자가 아니라, 지식을 보는 안목에 초점을 두고 텍스트의 내용을 이해하도록 지도한다. 또한 텍스트 이해나 표현 과정에서 학습자가 역동적으로 생성하는 의미를 중시한다. 지금까지 국어과에서 이런 측면은 간과되거나 매우 소홀히 다루어져 왔지만 이제는 매우 핵심적인 과제로 인식되고 있다.

둘째로, 5차 교육과정부터 교과서를 학습자가 직접 참여하여 풀어나가는 문제 제시 형태(워크북 형태)의 활동 중심 교과서를 제작하였다. 활동 중심 교과서의 기능은 학습자 중심의 학습 활동 과정을 구현하고, 학습 활동 중 학습자의 시행착오나 학습자간 혹은 교사와 학습자간의 상호작용을 통해 학습 경험의 확대 심화를 가능하게 하는 데에 있다. 특히 학습자간의 토의나 토론을 통한 사회적 상호작용은 학습자로 하여금 고도의 사고력인 문제해결력을 증진시킬 것으로 기대된다.

또 초등학교 읽기 교과서를 비롯하여 고등학교 국어 교과서에 이르기까지, 교과서 지면 구성에서 글 옆으로 날개 편집(보통 도움 발문이나 정보

〈직접교수법과 상보적 교수법(상호교수법)의 비교〉

직접교수법은 교사 주도적 활동으로, 교사의 시범과 설명 위주에서 학습자에게 점차 그 책임이 넘어가는 흐름을 보인다. 따라서 직접교수법은 가르치면 학습자는 곧바로 배울 수 있다는 것을 전제로 하고, 목표에 따라 단계적으로 학습내용을 제시한다. 반면 상보적 교수법은 교사와 학습자가 함께 활동하면서, 학습자가 독립적으로 과제를 해결할 수 있을 때까지 교사가 안내하고 도움을 준다는 입장이다. 상보적 교수법은 교사와 학습자간의 상호작용을 강조하고, 학습의 내면화에 소요되는 시간의 필요성을 충분히 인정한다. 그러므로 사고력을 신장시키고자 하는 수업 관점에서 본다면, 분석적이고 체계적인 접근을 하는 직접교수법보다는 총체적이고 발견적인 접근을 하는 상보적 교수법이 학습자의 능동적인 사고 과정의 체험에 더 효과적이라는 게 지배적인 의견이다.

제시 기능)을 사용하여 학습자의 상위인지 학습을 의도하고 있다. 글이 수록된 자료집 형태의 읽기 교과서가 아니라 이해를 배우는 국어 교과서라면, 객관적인 지식의 전달보다는 지식을 다루는 과정에 대한 상위인지 학습 과정에 주목할 수밖에 없다. 교육 현장에서 유행했던 열린 교육이나 자기주도적 학습과도 밀접하게 관련된다.

셋째, 말하기·듣기 지도에서 정보를 다루는 다양한 담화유형을 도입하고 학습자의 다양한 반응에 대해 정보를 중심으로 하여 비판적 안목을 형성하고자 시도하고 있다. 특히 문학작품의 이해와 감상 지도에서는 학습자 개인의 가치와 판단력을 존중하며, 문학작품 자체에 대한 이해도 요구하지만, 문학작품을 매개로 한 학습자간의 토의 토론을 활성화하여 문학작품에 대한 학습자 개인 간의 (지적·정의적)차이를 체험을 통해 확인하게 하고 동시에 지식의 상대적 가치를 실감하도록 한다.

마지막으로, 언어 학습의 학습 자료에 사회적으로 통용되는 실제 자료(authentic text)를 적극 활용하도록 권장하고(NIE활용, 방송매체 활용 등), 협동학습이나 토의토론에서 학습자간의 동료상호작용과 평가를 적극 권장하며, 총체적 언어 학습과 열린교육을 지향하여 학교와 사회의 벽을 헐고 교육의 실제적인 효용성을 높이고자 한다.

이상에서 살펴본 교수—학습 상의 변화는 이론 차원에서 이루어지거나, 혹은 현장에서만 앞서 이루어지고 있는 것도 있지만, 점차 국어과 교육의 이론과 실천 전반에서 확대 적용될 것으로 기대된다.

<자기주도적 학습>

학습의 과정에 학생들을 적극적으로 참여시켜 고차원적 수준의 행동적 복합성과 관련된 결과를 얻도록 하는 교수-학습 방식이다. 학생들의 이해, 추론, 비판적 사고 등을 도와준다.

① 학습을 위한 지적 전략을 언제, 어떻게 활용할 것인가에 관한 정보를 제공한다.
② 실세계의 문제에 대한 해결 방안까지 생각하는데, 이러한 전략들을 어떻게 활용할 것인지를 명시적으로 보여준다.
③ 주어진 정보를 넘어서서 스스로의 사고방식과 선행지식에 기초하여 재구성함으로써 교과서에 능동적으로 몰입할 수 있게 되도록 장려한다.
④ 연습문제, 질의응답을 통한 대화 등을 통해 학습에 대한 책임이 점차 학생들에게 넘어가게 한다.

2. 사고력 신장과 국어과 교수-학습

1) 사고력 수업의 전제

언어에 대한 학문적 연구는 20세기 초에 현대언어학의 확립으로 본격화되었다. 현대언어학은 구조주의언어학으로 대표되는데, 언어를 구조로 보고 구성요소를 분석적으로 정리하여 언어에 대한 체계를 세우고자 한 분야였다. 이후 언어 연구는 촘스키에 의해서 획기적인 전환을 맞게 된다. 그의 이성주의적 언어관은 구조주의언어학이 채택했던 경험주의적 언어관과는 상반되는 것으로서, 새로운 패러다임의 변화 지표로 간주되고 있다. 인간의 사고를 연구대상으로 하는 인지심리학의 부상도 이와 밀접한 관련이 있으며, 교육학에서 인간 중심 교육과정의 출현이나 학습자 중심의 학습법의 개발도 마찬가지이다.

이러한 흐름은 당연히 교육의 목표를 인간 능력의 계발에 두게 하고, 인간 능력 특히 인간의 사고력은 그 핵심에 놓이게 되었다. 일반적으로 사고라고 하면 환상·소망·신념·가치관·추론 추리 등등 수많은 생각을 다 포함할 수 있으나, 인간의 사고는 '문제를 발견하고 그것에 적절히 대처해 나가는 유목적이고 의도적인 정신 활동'으로 규정한다.

교육에서 관심을 가지고 개발하고자 하는 사고는 바로 문제해결 능력이고, 인지심리학에서 규정하는 문제해결 과정이란, '주어진 과제를 선행 정보나 지식을 최대한으로 활용하고 엄밀한 논리 조작적 과정을 거쳐 객관적으로 검증될 수 있는 하나의 정답이나 최선의 대안에 이르는 지적 조작 과정'이다. 그리고 이때 문제는 '문제의 해결'은 물론 '문제의 발견' 차원까지도 포함하기 때문에 창의성도 크게 관여한다.

최근에는 교육을 통해 증진시키고자 하는 사고력을, 창의성과 비판적 사고를 모두 아우르는 '창의적 문제 해결 능력'의 차원에서 접근한다. 사고력과 문제해결력에 대한 이러한 논의는 모두 사고력 신장을 목표로 하는 현행 교과교육에서 매우 중요하게 다루어지고 있다.

지능은 환경보다 유전적인 영향을 더 많이 받고 평생을 통해 어느 정도 일정하고 비교적 영역 독립적인 성향을 보이는데 반해, 사고는 교육적 노력을 통해 수준과 질을 향상시킬 수 있는 것으로 보고 있다. 따라서 사고력 신장을 위한 교육적 환경의 조성이 매우 절실하고, 사고력을 길러주기 위해서는 사고력 자체를 경험하도록 해야 한다고 주장도 있다.

〈사고의 위계화〉

사고 과정의 위계화에는 학습을 위한 기본적 사고와, 논리·비판적 사고, 창의적 사고가 언급된다. 학습 사고는 지식을 효과적으로 얻기 위한 방법이 중시된다. 논리·비판적 사고는 어떤 명제에서 출발하여 타당한 추리 과정을 거쳐서 결론을 내리는 사고 과정을 말한다. 창의적 사고는 주어진 명제에서 출발하는 것이 아니라, 기존에 있던 지식이나 경험을 활용하여 새로우면서도 가치 있는 어떤 것을 창조해내는 것을 말한다. 지금까지 비판적 사고력이나 창의적 사고력 신장을 위한 연구는 어느 정도 진행되어 왔다. 이 모든 사고능력이 결국 인간이 살아가는 과정에 직면하게 되는 다양한 문제를 효과적으로 해결하기 위해 요구되는 능력이 아닌가 한다. 또한 사고는 결과로서의 사고(thought)만이 아니라, 과정으로서의 사고(thinking)까지 포함하는 폭넓은 개념으로 규정하고 있다.

〈가드너의 다중지능〉

언어 지능, 논리-수리 지능, 음악 지능, 공간 지능, 운동감각 지능, 대인관계 지능(다른 사람의 의도를 잘 파악하고 적절히 대처하는 능력), 개인지각 지능(자신의 감정을 잘 파악하고 조절하는 능력), 자연 관찰 지능

교육에서 사고력을 개발하고자 하는 데에 대한 관점이 엇갈리고 있다. 우선 사고기능을 직접적으로 개발하고자 하는 이들은 내용교과와는 달리 별도의 사고 기능 학습을 수행해야 한다고 주장한다. 반면 학생들이 내용을 학습하는 과정에서 학습전략이나 사고전략을 획득할 것이므로 별도의 학습은 필요하지 않다고 보기도 하지만 혹시 가르친다면 내용교과 맥락에서 가르쳐야 한다고 보고 있다.

가령, 사고력을 일반 기능 대 특수 기능으로 분류하는 접근에서 보게 되면 명시적 수업이 필요하다고 보는 이들은 다양한 문제와 상황에 적용될 수 있는 일반 기능의 지도가 유용하다고 본다. 반면 추리를 하거나 다른 정보를 생성해내는 것은 내용 관련 정보에 달려 있으며, 이런 전략은 전이되지 않으므로 명시적인 수업을 할 필요가 없다고 보는 입장이 대립하고 있다.

현재 우리의 교육은 교과교육 체제로 이루어지고 있으므로, 현실적으로 수용할 수 있는 사고력 수업의 전제는 다음과 같다.

① 사고는 기능이며 가르쳐질 수 있다.
② 사고는 직접적이고 체계적인 수업을 통해 가장 잘 가르쳐질 수 있다.
③ 사고력 수업은 사고의 과정을 강조한다.
④ 사고를 가르치는 데에는 상당한 시간이 소요된다.
⑤ 교사는 학습자들을 적절히 강화하고, 학습자는 배운 사고 기능을 적극적으로 사용해야 한다.
⑥ 가르친 사고 기능이 다른 학습 장면에서도 사용되도록 배려해야 한다.

이와 같은 전제를 토대로 한다면 사고력 수업은 다음과 같은 원리에 따라야 한다.

① 과정의 원리 : 학습자에게 학습 대상간의 관련성에 주목하게 하여, '무엇'이 아니라, '어떻게' 사고하는지를 권장한다.

② 참여의 원리 : 학습한 지식이나 내용은 사고에 의하여 생성되고, 조직화되고, 적용되고, 분석되고, 종합된 것이므로, 이러한 사고에 관여하여 얻은 학습자가 얻은 지식은 학습자에게 매우 유용하다. 따라서 학습자 스스로 참여하는 적극적인 사고 과정(유의미한 경험)을 강조한다.

③ 깊이의 원리 : 학습 대상에 대해 사고하는 과정에서 대상의 본질을 추구하도록 유도한다. 많은 양의 지식을 피상적으로 다루는 것보다 적은 양의 지식을 깊이 있게 다루는 접근이 필요하기 때문이다.

④ 주체의 원리 : 무엇보다도 학습의 과정에서 학습자가 생각하는 관점을 설정하고 그 관점에 따라 학습 과정을 주도해 나가기를 권장한다. 이때 학습에 대해 점차 학습자가 책임질 수 있는 분위기를 조성할 필요가 있다.

2) 사고력 개발 수업의 접근법

사고력을 개발하는 수업은 크게 독립적 접근법과 통합적 접근법으로 구분한다. 독립적 접근법에서는 교과 수업과는 별도의 시간에 사고력을 가르친다는 입장이다. 대개는 '비교 · 분류 · 순서짓기 · 추리' 등의 기본적인 사고 기능을 다룬다. 저학년 집단의 수업에서 가능하다. 문제는 이러한 접근법은 일회적일 수 있고 체계적인 관리가 어려워, 지속적인 교육이 되지 못한다는 단점이 있다. 또 교과내용과 결부되지 않기 때문에 학습 차원에서 다루어지지 않는다.

반면 통합적 접근법은 사고력 수업과 교과 수업을 통합시킨다. 교과 내용에 부합하는 사고 기능과 전략을 설정하고, 사고 과정에 따라 수업을 진행시킨다. 교과 내용을 이용하여 사고력 학습을 하는 것이며, 동시에 사고 과정을 통해 교과 내용의 이해를 도모하자는 것이다.

그리하여 교과 내용의 수업을 재구조화하여 사고력을 직접적으로 교수하는 통합적 수업의 경우 '사고'의 수업과 '사고를 위한' 수업이 결합되어 있는 형태이다. 여기에는 크게 세 가지 접근법이 있다.

① 내용 중심 접근법

먼저 가르치는 교과 내용을 선정한다. 그 내용의 범위와 배열을 확인하고 내용이 담고 있는 구체적인 요소들을 정리한다. 이 내용을 학습하는데 가장 적절하다고 판단되는 사고기능이나 전략을 선정한다. 이 접근법은 교사가 교과서의 단원을 재구성하는 과정에서 쉽게 이용할 수 있는데, 가령 국어 지식의 이해 수업에서 탐구학습으로 수업을 진행할 수 있다.

내용 중심 접근법에서 상정하는 사고력 수업은 어떤 대상을 사고할 때, 개념이 전제가 된다는 점을 유념해야 한다. 개념이 없는 내용은 없다. 따라서 아이디어나 원리 법칙 등에 대해 개념의 범위를 설정해야 한다. 또 모든 내용은 논리적으로 연결되어 제시된다. 논리적이라는 말은 구조를 전제로 하고 있다는 말이며, 구조는 요소와 요소들의 관계로 이루어지므로, 내용 학습은 곧 유의미한 학습이 되어야 한다. 인지 중심적 사고에서 지식 기반을 형성하고자 할 때 매우 유용한 접근법이다. 단지 종전의 지식 중심 수업과 차이점이 있다면, 수업에서 학습자의 참여를 유도하여 지식에 대해 나름의 생각을 꾸려나가도록 한다는 점이다.

② 문제 해결 접근법

학습자에게 먼저 문제를 제시하고 이를 해결해 가는 과정을 탐구해 간다. 문제 해결 과정은 정확한 답이 존재하는 경우에서부터 창의적인 답을 만들어내는 것까지 다양하게 있을 수 있다. 보통 사회과나 과학과 수업에서 주로 활용되어 왔으나, 국어과에서도 인지 중심적 사고에서 인지적 조작력을 신장시키고자 하거나, 정의 중심적 사고에서 학습자의 반응을 심화시키고자 할 경우에 매우 유용하다. 가령, 의사결정 과정에서 토의나 토론을 통해 개인·학급·사회의 당면 과제를 해결하거나, 문학작품의 감상에서 자유로운 토의를 통해 작품의 이해는 물론 학습자의 상상력을 고무시킬 수 있다.

③ 과정 중심 접근법

가르치려는 사고기능이나 전략을 먼저 선정한 다음, 그러한 사고 목표에 잘 맞는 내용을 선정하여 적절한 학습활동을 계획한다. 사고 기능의 개발에 특히 초점을 두고 있는 경우에 해당된다. 전략 중심의 쓰기 지도에서 쓰기 과정을 중심으로 수업 설계를 하는 경우가 여기에 해당된다고 볼 수 있다. 얼핏 보기에 문제해결 접근법과 별로 구별되지 않는 듯 보이지만, 문제 해결 접근법은 수행 과제를 점차적으로 진행시켜 목적 달성에 도달하도록 하는 데 좀 더 비중을 두고 있고, 과정 중심 접근법은 수행 과정상의 절차나 방법을 익히는 데 좀 더 관심을 기울이므로 궁극적으로는 문제 해결 접근법에 기여할 것이라는 점에서 다르다. 언어 사용 전략의 학습에 매우 부합하는 접근법이다.

현재 국어과에서 사고력 중심의 수업을 한다면, 내용 목표와 사고 기능 목표를 동시에 다루어야 한다. 학생이 유의미한 내용(지식)을 습득하도록 하고, 사고력을 가시적으로 가르치기 위해서이다. 알아야 할 내용을 단순히 가르치는 것만으로는 부족하며, 이와 병행하여 내용을 사용할 줄 아는 방법도 함께 가르치자는 것이다. 이 경우 수업은, 내용에 초점을 두고 수업을 조직하되 학습자의 능동적인 참여를 적극 강조하게 된다. 교사는 생각하는 시범을 보이고 적극적으로 사고를 유도하는 발문을 하는 등의 수업 관리를 해야 한다. 이때 소집단 활동을 권장하고 학습자 스스로 사고할 수 있는 기회를 많이 제공해야 한다.

3) 사고력 계발을 위한 수업 자료의 구성

가. 뇌의 특징을 반영하는 학습자료 구성

인간의 뇌가 관장하는 사고는 다음과 같이 생물학적 특징으로 구분된다.

좌뇌	우뇌
언어적 : 이름을 부르고, 기술하고, 정의하기 위해 단어를 사용하기 계열적 : 하나의 사물을 다른 것에 이어 계열화하기 시간적 : 시간의 항로를 따라가기 논리적 : 논리에 기초하여 결론 도출하기. 한 사물을 논리적인 순서에 따라 배열하기 분석적 : 사물을 단계적, 부분적으로 분리해서 그리기 이성적 : 이성과 사실에 기초하여 결론 도출하기	비언어적 : 단어의 최소한 연결을 통해 사물을 인식. 음악과 환경 음을 인식하기 시공간적 : 형, 디자인, 그림, 얼굴, 패턴을 인식하기 동 시 적 : 사물을 동시에 인식하기 공 간 적 : 사물을 다른 것과 관련지어 보고, 부분들이 어떻게 전체를 이루게 되는가를 보기 형 태 적 : 전체적인 형태와 구조를 인지하기. 가끔 확산적 결론을 유도하기 종 합 적 : 전체를 형성하기 위해 사물을 합치기 직 관 적 : 가끔 불완전한 형태, 예감, 느낌 및 심상에 기초하여 통찰력을 끌어올리기
구성 요소에 흥미가지기, 특징을 탐색하기 분석적 순서적, 계열적 정보 처리 시간적 언어적-말, 수학, 음악적 기호 등을 암호화하고 해독하기	전체와 형태에 관심(구성요소를 전체로 조직) 관계적, 구조적, 유형 탐색 동시적, 병렬적 정보 처리 공간적 시각적 및 공간적, 음악적
논리적 사고, 객관적 언어, 간접 경험, 독서	시각적 사고, 환기적 언어(연상), 은유, 직접 경험, 복합감각 학습, 음악
· 창의성 : 상상, 확산적 사고, 직관적 사고 – 유창성, 융통성, 독창성, 정교성 · 논리성 : 사고, 수렴적 사고, 분석적 사고	

〈좌뇌와 우뇌의 사고 특징〉

　　인간의 뇌는 두 부분으로 구분되는데, 좌뇌는 언어, 논리, 분석적 사고를 관장하며 사고 기법은 중요도 순으로 늘어놓는 직렬형이다. 우뇌는 음악이나 회화와 같은 비논리적인 사고, 신체 움직임과 정서 표현, 시각, 공간의 지각 사고와 관련되며, 사고 기법은 정보를 동시에 처리하는 병렬형이다. 그리하여 사고 과정에서 좌뇌는 사실의 집합이 되고 우뇌는 아이디어의 집합이 된다. 그렇다면 학습자의 어떤 사고 기능을 계발하고자 하는지에 따라 학습자에게 제시하는 지식의 형태와 종류를 달리한다면 더 효과적인 사고 계발이 가능할 것이다.

　　가령, 소설 〈반지의 제왕〉과 영화 〈반지의 제왕〉을 비교하는 것은, 좌뇌의 분석적 사고와 우뇌의 시각적 사고와 이미지를 연결하는 매우 효과적인 학습 활동이 된다. 또 피카소의 반전 그림 〈게르니카〉를 보고 전쟁에 대한 글쓰기를 하는 것도 그 한 예이다. 언어로 된 자료만 제공하면 좌뇌만 사용하게 되므로, 우뇌를 사용하게 하는 비교 텍스트를 이용하는 것이 필요하다.

나. 학습자의 경험을 다양화하는 학습활동 도입

인간은 뇌의 특성에 따라 각기 다른 사고의 성향을 보여주는데, 다음 그림처럼 인간은 경험을 구성하는 방식도 다르다. 인간이 성장하면서 축적하는 모든 경험을 스키마라고 보면, 이 그림은 학습자의 학습 경험을 체계적으로 구성하는 데 많은 시사점을 준다.

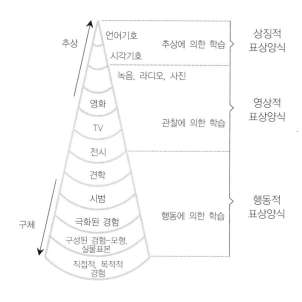

〈에드가 데일의 경험의 원추〉

이 그림에 의거하여 학생들의 학습 경험을 '행동, 관찰, 추상'에 의거해 다양한 경험이 가능하도록 학습활동을 설계하고, 교과서의 학습내용과 연계하여 학습자의 경험을 확대할 수 있다면 학습자의 사고력을 계발하는 데 매우 유용할 것이다. 우선은 아래와 같이 학습자의 스키마가 '추상과

〈창의적 발상 기법〉

창의성 발상 기법은 주로 어휘 수준에 머무는 감이 있다. 아이디어 생성 수준에서는 도움이 되겠지만, 실제로 어휘를 결합하여 텍스트를 작성할 경우에는 또 다른 교육 처치가 필요하다.

구체'의 정도에 따라 순환하며 변환하도록, 여러 가지 방법과 활동을 가르칠 수 있다.

〈스키마의 활성화〉
· 생각의 언어화 과정 : 다양한 창의적 발상 기법과 언어적 조작
· 생각의 시각화 과정 : 맵핑, 그림(이미지) 그리기
· 생각의 행동화 과정 : 역할놀이, 연극

〈스키마의 확충〉
· 직접 경험 : 체험 학습(조사, 관찰), 면담(인터뷰)
· 간접 경험 : 독서, 영상 텍스트·오디오 텍스트 감상, 인터넷 항해

또한 교육 내용과 연계하여 교실 밖에서 이루어질 수 있는 다양한 경험을 활용한다. 가령, 각종 전시회를 보고 관람 소감을 쓰게 하거나, 소설을 읽고 연극으로 극화하는 등으로 '추상, 관찰, 행동'을 결합하여 학습자의 사고 과정을 정련할 수 있다.

· 자유연상법 : 단서, 대상, 주제, 방법, 상황을 제시하고, 떠오르는 아이디어를 포착하여 제시하기
· SCAMPER법 : 기존 형태나 아이디어를 다양하게 변형하기 — substitute(대치), 결합(combine), 적용(adapt), 수정(modify), 확대(magnify), 축소(minify), 다른 용도로(put to other uses), 삭제(elimination), 재배치(rearrange), 전도(reverse)
· 체크리스트법 : 일정한 매뉴얼이나 포맷에 따라 요소들을 점검하기
· 브레인스토밍법 : 집단 발상으로 체계화, 비판 금지, 자유분방 존중, 양산 존중, 차용 존중
· PMI(Plus, Minus, Interesting Point)법 : 긍정, 부정, 재미있는 측면 등으로 대안의 모든 측면을 고려하기
· 속성 열거법
· 강제관련법 : 고정 관념에서 벗어나기
· 비유법 : 비유, 유추, 비교
· 도전적 진술법 : 비현실적 바램에서 시작하기

〈파비오(Pavio)의 이중부호화
(dual code)이론〉

이중부호화 이론에 의하면, 인간은 시각정보는 공간적으로 부호화하고, 언어정보는 계열적으로 부호화한다. 특히 시각정보는 각 부분이 개별적이고 순차적으로 기억되는 것이 아니라, 현실에 존재하는 영상처럼 전체적인 영상을 구성하면서 우리의 두뇌에 기억된다. 이 이론에서는 두개의 정보처리 위치를 가진 정보가 한 개만의 위치를 가진 정보보다 잘 회상된다고 본다. 따라서 단어, 그림, 또는 소리정보가 어떤 공간상의 서로 관련된 위치에 제시될 때, 그것들이 계열적으로 순서 지워졌을 때와는 다르게 처리된다. 언어정보와 시각정보를 별도로 제시하는 것보다는 함께 제시하는 것이 효과적일 것이고 이는 멀티미디어가 단일매체보다 학습에 효과적일 것이라는 주장을 지지해준다.

다. 교과서를 보완하는 참고학습 자료의 제작

앞서 뇌의 특징을 고려하여 학습자의 전뇌를 자극하고 계발할 학습 자료(매체 활용을 포함)를 구성하거나, 학습자 경험을 다양화하도록 학습 활동을 구성하게 되면, 제한된 교과 시간이나 교과서의 한정된 정보를 넘어서 학습자의 사고력을 계발하는 데 큰 도움이 될 것이다.

특히 현재 교과서의 구조는 하나의 학습목표가 보통 한 개의 예시 텍스트를 제시하여 학습활동을 구성하고 있다. 제시된 글이 하나이다보니 국어과 수업 본질과는 다르게, 수업 초점이 교과서에 수록된 예시 글의 내용에 집중할 경우가 종종 있다. 또 학습목표를 달성하기 위해 학습자가 알아야 할 만큼의 충분한 정보가 교과서 분량 이유로 제공되지 않거나, 학습활동이 목표 달성을 위해 단계적으로 제시되지 않고 다른 방향으로 흘러가는 경우도 있다.

따라서 교과서의 학습목표를 이해하고, 그에 따라 필요한 예시 텍스트를 더 준비하거나 학습활동의 전개 과정에서 학습자가 꼭 알아야 할 지식이나 방법 등을 참고자료로 제작하여 학습자에게 제공할 필요가 있다.

3. 국어과 수업과 교수-학습 방법

1) 수업에서 교사의 역할

교수-학습 이론에서 학습자와 학습 이론의 비중이 높아졌다고는 하나, 교사 교육에서는 학습이론을 전제로 한 교사의 역할과 기능에 대한 상세한 언급이 필요하다. 활동 중심의 국어 수업에서 학습자의 사고력을 계발하려면 교사는 다음 사항을 꼭 지켜야 한다.

첫째, 수업 설계 단계에서 수업 본질과 학습자의 수준을 고려하여 교사 발화의 방향성과 방법을 결정한다. 교사는 학습자의 수준을 고려하여 필요한 정보의 수준을 예상하고, 미리 준비한다. 그리고 정보 전달에 효과적으로 사용할 수 있는 매체를 활용하는 계획을 세운다. 실제 수업의 서두에서 수업의 목적과 주제, 그리고 학습 내용의 범위와 수업 방법 등에 대해 잘 말해주어야 한다. 이때 선행조직자를 활용하면 좋다.

둘째, 수업 진행 단계에서는 교사발문을 효과적으로 구사한다. 교사는 학습자의 학습을 촉진하고 지속적으로 효과를 유지시키도록 안내하거나 도와줄 수 있는 화법을 구사하여야 한다. 특히 학습자의 수준에 맞도록 학습의 단계나 절차를 잘 안내하고, 그 사이에 인지적 도제 형태로 학습자의 생각에 개입하는 역할을 수행하는 동시에 언어 사용 모델이 되어야 한다. 이때 수업 목표가 의도하는 학습자의 사고력 수준과 제시되는 학습 내용에 부합하는 교사의 발문은 필수적이다.

셋째, 효과적인 설명 방법을 이용하여야 한다. 우선 내용 면에서는 교사는 전달하고자 하는 정보의 요지를 조직적으로 제시하여야 한다. 보통 정보 전달에 집착하여 구체적인 사실만을 나열하다 보면, 지엽적인 내용으로 치우치기 쉽다. 따라서 정보 전달 과정에서 주제어를 중심으로 큰 줄기를 잡아 요약 형태로 제시하는 것이 큰 도움이 된다. 이때 학습자가 한 시간 내에 수용할 적절한 양과 학습 주제와 관련이 있는 내용을 명료하고 간결하게 제시하여야 한다. 학습자의 반응과 의견도 잘 수용한다. 또한 학습자의 명확한 반응을 끌어내고, 그것을 심화하거나 구체화시켜주어야 한다. 정보의 구조를 효과적으로 보여줄 수 있는 다양한 매체를 사용하는 것도 좋다.

넷째, 사용하는 어휘나 문장 수준이 학습자에게 이해 가능한 것이어야 한다. 일단 정보 전달 과정에서 교사와 학습자가 사용 용어의 개념이 일치하지 않은 상태라면 객관적인 정보 전달 자체가 불가능하다. 또 교사의 언어 표현은 학습자에 대한 언어 사용 모델로서만이 아니라 하더라도 객관적이고 정확한 언어 표현을 구사하여야 한다.

그리고 학습자의 언어로 말하여야 한다. 학습자 눈높이에서 사용하는 환언(paraphrase)은 매우 중요하다. 교사는 흔히 교사 수준에서 설명하므로

<선행조직자>

글을 읽거나 쓰기 전에 전체의 구조 혹은 내용을 이해하기 쉽게 간추려 제시한 것을 말한다. 글의 차례나 일러두기, 구조도 등이 그 예가 될 수 있다. 텍스트 구조를 그림이나 표로 나타낸 것은 그래픽 조직자(Graphic Organizer)라고 한다.

오히려 순환논리에 빠지기 쉽다. 가령, 중심문장은 글에서 중요한 문장을 찾는 것인데, 이때 중요성을 판단하는 기준 여부에 따라 중요 문장은 달라질 수 있으므로, 중요하다는 것이 무엇인지 알려줘야 한다. 보통 학습자가 모르고 있거나 알고 싶어 하는 것을 미리 파악하는 것이 도움이 된다.

마지막으로, 교사 스스로 수업에 대한 열정을 보여주고, 비언어적 표현에 유의하며 적극 활용한다. 교사의 시선이나 표정, 그리고 목소리 등이 학습자의 태도에 큰 영향을 미친다.

2) 교수-학습 방법의 종류와 예

가. 수업 진행 중에 사용하는 구체적 방법

실제 수업에서 교사가 학생의 사고를 자극하기 위해 사용할 수 있는 방법은 다음과 같다.

(1) 수업 도입 단계

동기 유발을 하거나 학습 내용에 대한 스키마 활성화를 위하여 브레인스토밍이나 생각그물을 만들어 보게 하는 것이 필요하다. 머릿속의 막연하거나 추상적인 개념을 손쉬운 기호나 그림으로 나타내고, 그것을 구조화해 봄으로써 구체적이고도 조직화할 수 있기 때문이다. 말하기나 쓰기와 같은 표현 수업에서는 반드시 학습자 스스로 자신의 생각을 구조화하기 위해 그것을 시각적으로 나타내게 하는 작업이 필요하다. 이때 다음과 같은 생각을 하도록 권장한다.

- 기억해 보기 : 기억을 더듬어 회상해 보기
- 의도 갖기 : 목적의식을 가지고 의미를 만들어 보기
- 반추하기 : 의문을 가지고 다시 생각해 보기

(2) 수업 중 단계

집단적 사고를 촉진하도록 소모임 별로 토의를 하게 하는 것도 필요하다. 다른 사람과의 대화를 통해서 자신의 생각을 정리하면서 스스로 생각을 발전시킬 수 있다. 대화적 사고는 자신도 예기치 못한 새로운 아이디어를 도출하게 해 주기도 한다. 집단적 사고가 성공할 수 있는 토의 방법을 가르쳐주어야 한다.

- 문제를 규정하기
- 목표를 세우기
- 문제에 관해 서로 말하기
- 필요한 정보 찾아 연구하기

(3) 수업 중 학생과의 소통

교사는 효과적인 질문기법과 수업에서 학습자의 반응에 대처하는 의사소통 기술을 익혀야 한다. 교사는 항상 개방적 태도와 인내심을 가지고 학습자에게 질문을 던지면서, 학습자의 지적 호기심을 자극하고 다양한 관점에서 사물이나 현상을 보도록 유도한다.

- 관련성을 찾기 : 유추하기
- 예측하기 : 결과를 분석하고 가능성을 알아보기
- 결합하거나 분류하기
- 패턴을 알아내기
- 고정관념을 깨기

나. 창의성 계발을 위한 구체적 방법

창의성은 자유롭게 상상하는 것과 밀접한 관련이 있지만, 천재적 영감보다는 논리적이고 비판적인 사고의 토대 위에서 자신의 생각을 발전시킬 수 있도록 안내해 주는 것이 필요하다. 말하기나 쓰기에서 논리성은 중요한 요건이며, 듣기나 읽기에서는 비판적 이해가 중요하다. 남의 말이나 글을 잘 이해할 수 있어야 비로소 자신의 생각을 새롭게 표현할 수 있다.

'아는 만큼 보인다.'는 말이 있다. 학습자가 창의적인 사고를 하려면 우선 생각의 자원을 많이 가지고 있어야 한다. 그러기 위해서는 평소에 다양한 독서를 할 수 있게 하고, 올바른 독서를 위해 독서 가이드북을 활용하거나 독서클럽 활동을 하도록 한다. 물론 국어 수업에서도 다양한 학습 자료를 활용하여 학습자의 경험을 확장하고 새로운 시각으로 세상을 볼 수 있도록 안내해 주어야 한다.

(1) 수업 도입에서 사용하는 일반적인 기법

다양성과 유사성, 그리고 관련성을 강조하는 훈련이 필요하다. 일반적으로 창의적인 사고의 기법으로 소개되는 것을 다음과 같다.

- 연상하기 : 비슷한 것을 연속적으로 떠올리기
- 유추하기 : 환유와 은유법을 사용하여 형태나 성질의 닮음을 이용하기
- 오디오스토밍 : 음악을 들을 때나 소리의 효과를 들을 때 떠오르는 또 다른 소리를 듣기
- 비쥬얼스토밍 : 단어를 들을 때 떠오르는 그림을 그려보기
- 워드스토밍 : 카드를 이용한 연쇄 사고의 일종으로 제시된 단서어와 비슷한 말의 발견에 주력하기

이외에도 여기에다 직관력과 경험을 추가하기도 한다. 이러한 기법은 교사가 수업 중에 적절히 활용할 수 있다.

(2) 심화 학습을 통한 창의성 계발

학습자의 사고를 자극할 수 있도록 토의 학습과 프로젝트 수업이 필요하다. 토의 학습은 총체적 언어 학습을 배경으로 학습자의 능동적이고 창의적 표현이나 비판적 사고력 증진을 도모한다. 프로젝트 수업은 '문제의 선정과 발견→문제해결방안 계획→자료 수집·분석·종합·평가→결론

의 도출→보고서의 작성'과 같은 과정으로 진행되는데, 실제적으로 개인이 수행하는 독립적인 사례 연구로서 매우 중요하다. 특히 토의 학습이든 프로젝트 학습이든지 교사가 충분히 수준별 학습이 가능한 안내자의 역할을 할 수 있어야 한다.

〈효과적인 수업 전략 아홉 가지
(박승배 외 공역, 2002)〉

① 유사점과 차이점 규명
② 요약과 노트 필기
③ 노력에 대한 강화와 격려
④ 숙제와 연습
⑤ 비언어적 표현
⑥ 협동학습
⑦ 학습목표 설정과 피드백
⑧ 가설 설정과 검증
⑨ 질문, 단서, 선행조직자

가. 토의 학습 : 지식의 수용 과정에서 비판적으로 사고하기

토의 학습은 창의적 문제해결과 의사소통 기능, 그리고 상위인지의 고양에 매우 유용하다. 토의는 보통 8-10명 규모일 때 효과가 있고, 반드시 특정 주제를 선정하여 토의한다. 토의 학습의 진행시 대부분의 교사는 발문을 하게 되는데, 이것은 학생과의 교류에 매우 중요하므로, 교사는 발문 유형을 숙지하여야 한다.

〈토의 형식〉
· 유도 토의 : 기초지식을 확인하는 암기 질문 수반, 주제에 대한 학습자의 이해와 분석을 조장
· 반성 토의 : 주제나 문제에 관한 해결책 가정하고, 계획하며, 결과를 예언하고, 실제로 문제를 해결하며, 그 결과를 판단하고, 대안을 선택하는 등의 다양한 행동을 수행.
〈토의 유형〉
· 정보 토의 : 분석 토의, 활동 보고 토의
· 문제 토의 : 문제 해결 토의, 정책 결정 토의
· 논리적 토의 : 예언 토의, 정책 결정 토의
〈토의 학습에서 교사의 역할〉
· 토의 수업의 조직, 적절한 질문의 제시, 학생에 대한 반응 제시, 자기 행동에 대한 메타인지 인식(토의 관찰), 토의 모범 등
· 핵심 질문 제시 : 지식, 이해, 적용, 분석, 종합, 평가/수용, 반응, 가치화, 조직화, 성격화
· 과정처리질문 제시 : 부추기기, 명료화, 초점화, 입증하기, 지지하기, 방향다지기, 정교화

나. 프로젝트 활동과 탐구 수업 : 스스로 문제를 해결하는 글쓰기

학문적 능력, 창의력, 기획력, 의사소통 능력, 추리력, 판단력 등이 포괄적으로 관여하는 개인 연구이므로, 연구 주제의 계획 단계에서

매우 신중한 지도 및 안내가 이루어져야 한다. 문학작품을 중심으로 한 창작 과정과 연계하여 문학작품의 분석을 위한 프로젝트를 기획하도록 유도할 수 있다. 혹은 사회적 시사 문제를 대상으로 하거나, 평소에 학습자가 호기심을 가지고 있던 주제의 선정을 유도할 수 있다.

최근에 권장하는 프로젝트 학습은 인터넷을 통한 자료 활용과 전문가 조언(전자우편, 전자게시판, 뉴스 그룹을 활용), 그리고 다른 지역이나 다른 학교 학습자와 협동하여 역할을 분담하거나 상황을 설정하고, 서로 의견을 교환할 수 있게 한다. 또한 프로젝트를 수행한 다음 반드시 활동 결과에 대한 전반적인 보고서를 작성하도록 한다. 이때 보고서의 체제는 물론이고, 보고서의 편집에 유의한다.

(3) 수업에서 교사 발문의 활용

학교 수업은 결국 학습자의 이해력 증진에 초점을 두고 있으므로, 수업에서 일반적으로 요구되는 교사의 역할은 다음과 같다.

① 수업의 서두에서 학습자의 흥미를 유발하고, 학습 목적을 인식시킨다.
② 개인 또는 학급 집단의 정보의 배경, 흥미 및 성숙도를 결정한다.
③ 분석, 비교, 정의, 해석 또는 판단을 요구하여 반성적 사고를 자극한다.
④ 학습 내용에 대해 단계적으로 접근하여 학습자의 이해력을 증진시킨다.
⑤ 교사의 발문에 대답하는 과정에서 학습자 스스로 평가의 힘과 습관을 기른다.

이 중에서 ①, ③, ④의 경우는 특히 교사의 발화가 중요하게 작용한다. 이 경우에 해당되는 이론이 바로 교사 발문 연구이다. 아래 표에는 수업 목적을 달성하기 위해 교사가 해야 할 발문의 층위가 제시되어 있다. 이러한 발문 유형은 해당 수업의 내용과 부합하게 선택되는 것이므로, 보통 수업 설계에서 교수─학습 과정안을 작성할 때 교사 발화의 참고 자료로 사용한다.

그런데 이 표의 '운영적 발문'이나 '수사적 발문'은 수업 계획 설계 단계에서 미리 설정할 수가 없다. 이 발문은 교사와 학생이 수업에서 실제로 상호작용하는 과정 중에 발생하기 때문이다. 주목할 것은 교사의 경험이나 전문성, 특히 화법 능력이 바로 이 부분에서 두드러지게 나타난다는 것이다. 문제는 이 발문 범주가 수업 중 교사의 발화의 방향을 잡게 해줄 수는 있어도 특정 수업에서 교사가 사용하는 발화의 전략이나 사례 자체를 보여주는 것은 아니라는 점이다.

수준 1	수준 2	수준 3
I. 폐쇄적 발문 (제한된 수의 인정할 수 있는 반응)	인지 기억	1. 기억 : 반복, 복사, 기억된 정의 등 2. 변별, 명명, 관찰
	수렴적 사고	1. 연결, 구별, 분류 2. 재구성 3. 적용 : 전에 습득한 정보를 새롭거나 다른 문제에 응용 4. 종합 5. 폐쇄적 예측 : 조건, 증거에 대해서 한계가 주어져 있음 6. 비판적 판단 : 학생들에게 일반적으로 알려진 기준 사용
II. 개연적 발문	확산적 사고	1. 의견 제시 2. 개연적 예측 : 반응을 제한하는데 증거가 불충분 3. 추론 또는 시사
	평가적 사고	1. 정당화 : 행위, 행동의 계획, 입장 선택 2. 계획 : 새로운 방법, 가설의 구성, 결론 3. 판단 A : 가치의 문제, 정의적 행동과 연결 4. 판단 B : 인지적 행동과 연결
III. 운영적 발문 : 교사가 학급 조작과 토의를 촉진시키는 데 사용한다.		
IV. 수사적 발문 : 교사가 요점을 강화할 때 사용하는데, 반응을 기대하지 않음		

〈교사의 발문 범주 체제(송용의, 1987)〉

블룸의 6단계 인지적 사고과정 기준을 들어 교사 발문의 예를 제시한 다음 사례는 좀 더 우리의 이해를 돕는다. 수업 목표나 수업 내용의 특징에 따라 교사 발문의 구도를 보여주는데, 특히 '과정 처리 질문'은 구체적인 전략을 제시하고 있다(변홍규, 1994. 참조).

〈인지 영역 질문〉
- 지식 : 사실, 절차, 개념, 원리 등이 있다.
- 이해 : 정보의 형태를 변경하거나 다른 정보와 비교하는 일종의 번역이나 해석이다.
- 적용 : 지식과 이해를 바탕으로 새로운 상황에 적용한다.
- 분석 : 요소나 부분으로 나누어 조직의 구조를 규명한다.
- 종합 : 요소나 부분을 모아 새로운 체계를 형성한다.
- 평가 : 기준, 목표에 따라 자료의 가치를 판단한다.

〈정의 영역 질문〉
- 수용 단계   · 반응 단계   · 가치화 단계
- 조직화 단계   · 성격화 단계

〈과정 처리 질문〉
   교사는 주의 집중하여 학생들의 응답을 듣고, 그 반응을 평가하여 다음에 필요한 사항이 무엇인지 결정해야 한다. 학생 반응의 결함을 확인하고 그것과 관련된 정보를 유출할 수 있는 질문을 작성한다. 학생 상호간에 충분히 아이디어 교환의 기회를 주어야 한다.
- 학습자의 반응을 기다리기   · 학습자의 반응을 명료화하기
- 입증하기   · 초점화하기
- 초점을 압축시키기   · 방향 다지기
- 지지하기   · 메타인지

〈발문의 목적에 따른 구분〉

사실, 규칙, 행동 계열을 가르칠 때는 수렴적 발문을 주로 한다. 지식, 이해 적용 수준이다. 반면 개념, 패턴, 추상화 등을 가르치기 위해서는 확산적 발문을 주로 한다. 분석, 종합, 평가 수준의 발문이 여기에 해당된다.

   이와 같은 두 가지 발문 유형을 보면, 수업 중에 교사가 해야 할 발화의 목적과 수준은 명확해지지만 교사와 학습자간의 역동적인 발화 교류에 대한 정보는 알 수 없다. 문제는 현재와 같이 학습자 활동 중심의 국어 수업에서 더욱이 문자언어 텍스트를 위주로 한 수업에서 교사의 발화는 주로 수업 진행의 절차에 대한 안내용 발화일 것같이 보인다는 점이다. 활동 중심 수업에서 교사의 발화는 주로 수업 목표에 대한 안내와 활동 방법에 대한 설명이기 때문이다.

   그래서 학습자 활동 중심 교과서 수업에서는 교사 화법이 좀 더 개별 학생 위주의 '대화' 양상을 띠거나, 전체 활동에 대한 안내(설명) 혹은 관

리 발화가 될 수밖에 없다. 더욱이 수업이 교과서에 충실하게 이루어지려면 교사 중심의 강의식 독화는 큰 의미가 없는 상태이므로, 수업 중 교사 발화는 더욱 소극적이 되어 갈 것으로 예상된다.

국어 수업에서 학습자의 학습활동은 과학 실험처럼 가시적인 행동을 다루는 것이 아니라, 학습자의 생각이 이해되고 표현되는 사고 과정과 그것이 드러난 언어 사용을 다룬다. 때문에 교사의 개인적인 표현 능력보다는 학습자의 발화나 활동에 대한 교사의 전문 판단(진단) 능력과 학습자와의 의사소통능력이 더 중요하다.

그렇다면 교사가 주도적으로 먼저 학습을 이끄는 것이 아니라, 항상 학습자와 상호작용하는 과정에서 특정 단서를 포착하고 그에 대한 적절한 교육적 처방을 해주는 능력을 기를 필요가 있다. 이것은 곧 교사가 수업 상황에서 학습자의 반응에 매우 순발력 있게 유동적으로 대처해야 한다는 말이다. 그 과정에서 교사의 화법 능력은 무엇보다 중요하다. 학습자의 사고력을 계발하려면 교사와 학생의 상호 교류 속에서 학습자에게 비계 설정을 해 줄 수 있는 유일한 수단일지도 모르기 때문이다. 이런 맥락에서 교사와 학생의 역동적인 상호교류를 의미하는 교사 발문은 교사 화법에 포괄적으로 관여하면서도 가장 핵심적인 분야가 아닌가 한다.

정보 차원		의사소통 장면	전달 차원	
정보 속성	정보 구조		전달 유형	전달 방법
· 개념, 사실 · 절차나 방법 · 경험 · 영상	· 문자텍스트 · 영상텍스트 · 하이퍼텍스트	↗ · 교실수업 · 회의 ↘ · 광고	· 보고하기 · 묘사하기 · 설명하기 · 시범보이기	· 판서하기 · 실물화상기 · 프리젠테이션 · 시뮬레이션

〈수업에서 정보 전달 방법 결정하기(이주행 외, 2005)〉

4. 사고력 계발 수업의 실천

1) 수업 설계의 전제

일찍이 라멜하트는 '언어의 이해는 감각적 정보와 세계에 대한 우리의 일반적 지식간의 상호작용을 포함하는 능동적인 과정이다'고 하였다. 국어적 사고력의 본질과 사고력 수업에 대한 시사점을 참으로 명료하게 드러내는 말이다.

국어 수업의 유형은 국어적 사고력(인지 중심적 사고 / 정의 중심적 사고)과 인지적 텍스트·정의적 텍스트를 축으로 하여 구분된다.

	인지적 사고	정의적 사고
인지적 텍스트	인지적 수업	인지적 수업과 정의적 수업(1)
정의적 텍스트	인지적 수업과 정의적 수업(2)	정의적 수업

↓   ↓

인지 중심적 사고와 수업   정의 중심적 사고와 수업

〈국어적 사고력 수업의 유형〉

구체적으로 수업을 설계할 때, 우선 사고력 수업의 차원에서 교육과정과 교과서의 내용을 확인하고 조정하며, 해당 내용의 본질에 따라 학습 과정에서 요구되는 지식의 유형(명제적 지식, 절차적 지식, 조건적 지식)을 추출한다.

다음으로 수업 목표에 적절한 수업 접근법(내용 중심 접근법, 문제 해결 접근법, 과정 중심 접근법)에 의거하여 수업 초점을 확정한다.

마지막으로 수업목표 달성에 타당한 수업모형 내지는 수업 방법을 선택하여 수업 계획을 수립한다. 현재 국어과에서는 7개의 수업모형을 소개하고 있는데, 국어적 사고력 중심 수업과 결합하여 보면 다음과 같다.

수업접근법 \ 사고		인지 중심적 사고	정의 중심적 사고
내용중심 접근법	명제(개념)적 지식	직접교수법, 탐구학습	
문제해결 접근법	명제적 지식·절차적 지식·조건적 지식	문제해결모형 토의학습모형	반응중심 수업모형 역할놀이 수업모형
과정중심 접근법	절차적 지식·조건적 지식	상보적 교수법	창의적 사고모형

〈국어적 사고력 신장과 수업모형의 분류〉

2) 수업모형 개념과 예

수업모형은 '교육의 과정을 구성하고, 수업자료를 구안하며, 수업에서 교수—학습을 안내하는 데 사용되는 일종의 계획'이다. 7차 교육과정부터 7개의 수업모형을 소개하면서 국어 수업의 다양화를 권장하고 있는데, 대표적인 수업모형을 알아보자.

① 직접교수법

집단학습과 교사 중심의 언어 사용 기능의 학습에 적절하다. 실제로 5차 교육과정부터 교과서 단원 구성 시 소단원 학습 활동은 이에 준해 집필하였다. 직접교수법은 교사 주도적 활동으로, 교사의 시범과 설명 위주에서 학습자에게 점차 그 책임이 넘어가는 흐름을 보인다. 따라서 직접교수법은 가르치면 학습자는 곧바로 배울 수 있다는 것을 전제로 하고, 목표에 따라 단계적으로 학습내용을 제시한다. 물론 이때 유의할 점은 교사가 학습자의 활동이 원활하게 수행될 수 있도록 적절한 방법을 꼭 안내해 주어야 한다는 점이다.

> 설명하기 → 시범 보이기 → 질문하기 → 활동하기

그러나 직접교수법은 다른 실기 교과에서는 보편적으로 사용해 오던 방식이고 교사 중심의 집단 학습에는 유용하지만, 고등사고기능을 학습자 수준별로 학습하는 언어 학습에서는 부적절하다는 지적이 제기되면서 그 의미가 많이 퇴색하였다.

② 문제해결 학습

문제의 해답 그 자체보다는 문제를 해결해나가는 학습의 과정을 중시한다. 그 과정에서 학습자 스스로 생각하거나, 동료들과 함께 해결해나가거나, 교사와 함께 할 수도 있다. 스스로 깊이 있게 생각하거나, 동료들과 어울려 집단사고를 하다보면, 문제를 다각도에서 보게 되고 문제의 합리적인 해결안을 찾아나가는 과정에서 성취감을 느낄 수 있을 것이다.

> 문제 확인하기 → 문제 해결 방법 찾기 → 문제 해결하기 → 일반화하기

③ 전문가 협력 학습

특정 주제를 맡은 학습자끼리 그 주제에 대해 심도 있게 연구한 이후 전체 학급을 대상으로 서로 가르치는 것이다. 교사의 부담을 덜어주고, 학습자들로 하여금 학습 내용에 대해 책임감을 느낄 수 있게 해준다.

> 계획하기(모집단)→ 탐구하기(전문가집단) →
> 서로 가르치기(모집단) → 정리하기(전체)

④ 역할놀이 학습

학습의 동기를 불러일으키는 데 유용하며, 역할놀이 과정에서 자연스럽게 학습이 이루어질 수 있다는 장점이 있다. 협동심을 요하기 때문에 상호작용이 원만히 이루어지지 않으면 자칫 수업이 산만해지거나 시간이

<상보적 교수법>

상보적 교수법은 교사와 학습자가 함께 활동하면서, 학습자가 독립적으로 과제를 해결할 수 있을 때까지 교사가 안내하고 도움을 준다는 입장이다. 이는 학습자보다 상위 수준에 있는 교사와의 상호작용이 학습자의 학습에 고무적이 될 수 있다는 것인데, 교사와 학생의 1:1 대화를 통한 장기적이고 지속적인 학습전략의 학습을 지향한다. 다른 능력(수준)의 사람들과 접촉하면서 그들을 모델로 학습자자신의 잠재능력을 끌어올린다는, 비고츠키의 근접발달영역 개념에 기초를 두고 있다. 따라서 상보적 교수법은 교사와 학습자간의 상호작용을 강조하고, 학습의 내면화에 소요되는 시간의 필요성을 충분히 인정한다.

낭비될 소지가 있으므로 주의해야 한다. 따라서 수업의 목표를 확실히 확인시켜둘 필요가 있다.

상황 설정하기 → 준비 및 연습하기 → 실연하기 → 평가하기

---

⑤ 반응 중심 학습

학습자들의 반응에 최대한 초점을 둔다. 학습자들의 문화적 배경이 다르므로, 문학작품을 감상할 때 서로 다른 반응을 보이는 경우가 많다. 학습자로 하여금 자신의 반응을 명료화하고, 심화시켜 일반화할 수 있는 기회를 제공해 주어야 학습의 효과가 있다. 이때 주의할 점은 학습자의 반응을 무조건 허용하면 수업이 방만해질 수 있다는 점이다. 학습자 개인의 반응을 존중하되, 동료들의 생각을 인정하고, 문학작품 자체의 의도도 파악하여 학습자 각자의 반응을 검증하는 기회를 가질 수 있어야 한다.

반응의 형성 → 반응의 명료화 → 반응의 심화 → 반응의 일반화

〈일반적인 탐구학습모형〉

1단계 문제와 대면 : 탐구 절차를 설명한다. 이례적인 사례를 제시한다.

2단계 자료 수집 - 확인 : 문제 상황의 발생을 확인한다.

3단계 자료 수집 - 설명 : 인과관계에 관한 가설을 세우고 검증한다.

4단계 설명 : 규칙을 형성하거나 설명한다.

5단계 탐구 과정의 분석 : 탐구 방법을 확인하고 더 효과적인 것을 생각해 본다.

이외에도 창의성 개발 학습, 가치 탐구학습 등을 소개하고 있다. 이러한 수업모형 이외에 수업의 효율적인 관리나 학습 효과에 대한 기대에 따라 다양하게 변형된 수업모형들이 더 많이 있다. 수많은 수업모형을 그대로 사용하기보다는 교사 스스로가 교육과정의 내용과 교과서 단원의 목표와 활동에 적합한 수업 흐름의 구성으로 변형하거나 재조직할 수 있어야 한다. 특히 한정된 수업시수와 제한된 교과서의 내용을 고려한다면, 수업모형의 경직된 도입은 또 다른 문제를 야기할 수 있다. 수업모형을 경직된 규칙의 관점에서 보지 말고, 수업의 흐름을 안내하는 일종의 지도 같은 참고자료로 생각한다면, 수업모형의 추상성이나 다양성을 극복하고, 현장 적용에 대한 나름의 아이디어를 얻을 수 있다.

3) 수업 설계와 의사결정

수업 계획은 다음과 같은 일련의 의사결정 과정과 준비 과정이 필요하다.

① 교과서의 학습 목표를 이해하고, 학습 초점을 분명히 파악한다.

수업 목적을 풀이해 보고, 가르쳐야 할 내용에 대해 정리하여야 한다. 포괄적인 목적과 구체적인 목표를 행동 용어로 기술하는데, 목표 실현에 적절한 학습활동의 제시 순서를 정한다. 수업 목표를 구체적으로 서술한 학습 목표는 다음과 같은 세 가지 구성 요소가 있다.

> ⓐ 행동 : 학생이 무엇을 하기 기대 받는지를 나타낸다.
>   (즉, 학생이 취하길 기대하는 가능한 활동)
> ⓑ 조건 : 학생이 어떤 환경(조건)하에서 행동을 수행하도록 기대
>   하는 지를 나타낸다.
> ⓒ 준거 : 학생이 행동을 얼마나 잘(얼마나 빨리) 수행할 것이 기
>   대되는 지를 나타낸다.

유의할 점은 학습 목표의 속성상 구체적으로 진술하는 방식을 달라지는데 가령, 학습목표가 '예시의 방법으로 내용을 전개하여 글을 쓴다.' 인 경우, '예시의 방법'을 글 쓰는 과정에서 익히는 것이 초점이 된다. 우선 명제적 지식의 경우 정보(사실)를 회상한다. 가령, 특정 지식을 암송한다든지, 정보를 의미 있는 문맥에서 제시한다든지, 연습과 피드백을 제공할 수 있다.

반면, 절차적 지식과 조건적 지식의 경우, 개념 학습이라면, 개념에 해당하는 예를 확인하고, 분류한 다음, 학생이 선수요소를 회상하도록 도와주고, 예와 부적절한 예를 제시한다. 규칙 학습의 경우, 특정 문제에 적절한 규칙을 사용하게 되는데, 문제를 해결하거나 연습과 반응에 구체적인 피드백을 제공한다. 문제 해결 학습은 실제로 규칙을 적용하여 문제를 푸는 것이다. 작문을 하거나, 정보를 제시하거나, 기능을 수행하는 예를 제시한다. 연습과 피드백도 제공한다. 이러한 지식 학습이 아니라, 태도의

〈학습목표의 기술〉

국어과 현재 학습목표를 '-한다.'의 행동 목표로 진술하고 있다. 국어 교과서의 학습 내용이 모두 활동 중심의 접근을 하고 있기 때문이다. 행동 목표는 다음의 세 가지 요소를 반드시 포함해야 하므로, 국어 교과서의 학습목표를 다음의 조건으로 꼼꼼히 살펴볼 필요가 있다.

① 관찰 가능한 학습 결과를 명확히 제시한다.
② 학습 조건을 제시한다.
③ 평가 기준을 명확히 제시한다. : 특별한 학습 조건 하에서 일어난 행동의 숙달 정도

경우에는 제시된 태도에서 일관성을 보여야 한다. 실제로 실천하는 것이 중요하다. 그리고 수업 내용의 제시 순서를 수평적(앞뒤 단원의 연계성, 다른 교과와의 관련성)이고 수직적 관계(학년별 위계성)에서 교과서 단원 별로 검토해 본다.

② 학습자의 요구를 결정하고, 학습자 집단의 특성을 분석한다.

학생이 경청할 만한 충분한 배경 정보가 있는지를 확인하는 것이 수업의 의사소통에서 매우 중요하다. 이때 학습자의 배경정보만이 아니라, 상호작용적인 의사소통(교사의 일방적인 운영이 아니라, 학습자가 충분히 생각해서 자신의 의견을 말할 수 있는 학습 분위기가 조성되어야 한다)이나 비언어적 의사소통(언어적 의사소통을 지원해 줄 수 있고, 언어적 의사소통을 대신할 수도 있으며, 의사소통 참여자의 감정과 태도가 담겨지게 된다. 참여자의 시선이나 표정·몸짓 등이 이에 관여한다)도 역시 중요하다.

가령, 수업에 참여하는 학습자들의 사회적 친밀도나, 학교에 대한 태도, 또 수업내용에 대한 학습자들의 태도, 수업의 유용성에 대한 학습자의 생각, 학습자들의 학습 내용에 대한 흥미 등을 알아야 한다. 또한 학습자들이 받아왔던 수업방법(강의와 연습, 협력학습, 사례연구, 역할연기, 컴퓨터 보조 수업 등)을 조사할 필요도 있고, 아울러 학습자들이 선호하는 수업방법에 대해서도 생각해 보아야 한다.

③ 수업목표에서 다루고자 하는 학습 내용을 이해한다.

수업에서 가르치고자 하는 학습 내용에 대해 교사가 충분히 알고 있지 않으면 교과서를 넘어서는 수업을 하기가 어렵다. 교과서는 특성(교육용, 종이책)상 매우 한정된 정보만을 보여주므로, 국어 수업이 본질적으로 다루고자 하는 학습내용에 대해 좀 더 심도 있는 보충자료를 마련할 필요가 있다. 그러기 위해서는 교사가 교과서에서 충분히 담아내지 못한 내용을 파악하여, 교과서에서 미처 다루지 못한 정보를 지원할 학습 자료를 만들어야 한다. 특히 단원별로 교과서는 예시 지문을 하나밖에는 제시하지 않으므로, 교과서 예시 글 이외에 참고할 텍스트나 참고자료를 준비하여야 한다. 학습자로 하여금 텍스트를 비교하며 그 속에 담긴 정보를 나름대로 생각하게 만드는 과정은 학습자의 사고력을 계발하는 데 매우 중요하다.

④ 수업 흐름을 고려하여 효과적인 교수방법을 선정한다.

학습자가 스스로 사고 경험을 할 수 있는 수업 활동이 마련되어야 한다. 이 때 학습 목표와 학습 내용이 학습자의 인지 중심적 사고력에 초점을 둔 것인지, 아니면 정의 중심적 사고에 초점을 둔 것인지를 잘 판단해야 한다. 각각에 따라 수업의 흐름이 달라지기 때문이다. 다음으로 학습 내용과 학습자의 조건에 부합하는 학습 전략을 체계적으로 진술하고, 수업 흐름에 적절한 매체를 선정해야 한다. 선정된 학습 전략에 대해 교사 자신의 교수방법 구사의 전문성 정도도 미리 검토해야 한다.

⑤ 수업을 수행하고 관리한다.

수업을 모의 수행해 보고, 발생하는 문제점과 예상 문제점을 감안하여 수업을 수정한다면 매우 바람직할 것이다. 그러나 현실적으로 수업을 모의 수행해 본다는 것은 거의 불가능하다. 따라서 학습자 정보 분석 단계에서 예상되는 문제점을 미리 검토해 본다든가, 해당 학습 내용과 유사한 다른 수업에서 발생했던 문제점을 참고로 하는 것이 현명하다. 최근에는 각종 수업 아이디어를 수록한 참고도서나 인터넷의 교사 모임에서 제공하는 수업 자료, 그리고 현장교사논문 등을 손쉽게 구할 수 있으므로, 이러한 정보를 활용하는 것도 필요하다. 일단 수업이 수행되면, 수업 수행 과정과 그 결과에 대한 수업자료를 유지하고 보완한다.

⑥ 학습 전개 과정을 고려하여 평가 절차를 구성한다.

학습 목표의 달성은 학습자가 얻어낸 학습 효과라고 할 수 있다. 학습자의 학습 효과를 가늠하는 과정을 평가라고 하는데, 학습 목표에의 부합하는지 여부, 적절한 평가 시기와 방법의 선정 등에 대한 계획이 필요하다. 학습 평가에서 가장 중요한 점은 학습 목표에 부합하는 평가 유형의 선정으로, 과거 경험이나 해당 학습과는 관련이 없는 부분이 아닌 해당 학습의 성과물을 측정하는 것이어야 한다. 가령, 전략 학습이 이루어졌다면 전략의 전이 여부를 측정할 수 있어야지 학습 내용에 대한 태도를 측정해서는 안 된다는 말이다.

시기 면에서 보통 학습이 진행되는 과정 중에 이루어질 수 있고 학습이 종결된 다음에 실시될 수도 있다. 학습이 진행되는 경우에는 교사의 관찰 평가나 질문에 의한 학습자의 자기평가, 또는 학습자간의 상호평가 등이 실행될 수 있으며, 학습이 종결된 시점에서 이루어지는 평가는 주로 학습 능력에 대한 총체적 평가가 된다. 이는 평가 수행의 목적이 어디에 있는가에 따라 다양한 평가 유형을 선택하는 것이다. 그리고 평가 결과는 학습자의 학습 상태에 대한 좋은 자료로서 이후 교수－학습 계획에 긍정적으로 활용될 수 있어야 한다. 이런 맥락에서 최근에 소개된 포트폴리오 평가는 매우 유용하다.

요약

01. 교수－학습, 교수법, 학습전략, 기법 등의 용어 개념을 구별하여야 한다.

02. 구성주의 지식관의 부각과 비고츠키의 인접발달영역 개념이 재조명되면서, 국어과 수업이 사고력 중심 수업으로 전환하고 있다.

03. 학습은 이제 더 이상 교수의 일방적 수용이 아니고, 학습자의 사고 과정과 학습 과정에 대한 관심이 고조되고 있다. 학습의 대상이던 '지식'에 대해서도 새로운 가치 판단이 이루어지고 있다.

04. 사고력 계발 수업은 '내용, 문제해결, 과정 중심 접근'으로 이루어지는데, 국어 교과서의 구성 체제가 이 중 어느 방식으로 진행되는지를 파악하는 것은 수업 계획에서 중요하다.

05. 학습자의 사고력을 계발하기 위해 뇌의 특성이나 학습 경험의 다양성에 근거한 학습 자료를 구성하여야 한다.

06. 수업에서 사용할 수 있는 구체적인 교수 방법, 창의성 계발 방법, 교사 발문의 종류와 적용 방법 등에 대해 숙지하여야 한다.

07. 교수-학습법으로서 수업모형의 활용에 주목하고, 국어과에서 사용할 수 있는 수업모형의 단계와 활용 방법을 알아야 한다.

알아 두어야 할 것들

교수전략, 수업기법, 반영적 추상화, 인지적 도제, 뇌의 기능, 경험의 원추, 토의학습, 프로젝트 학습, 교사발문, 교사화법, 수업모형, 직접교수법과 상보적 교수법

1. 사고력을 계발하는 다양한 교수–학습 방법에 대해 더 조사하고, 실제 수업에서 적용가능하게 수업 아이디어를 제안해 보자.

2. 브레인스토밍이나 생각그물이 실제 글쓰기에는 별로 도움이 되지 않는 이유에 대하여 생각해 보자.
   〈참고 의견〉 창의성 기법들은 주로 어휘 연상이나 어휘 결합 수준에서 사고를 진행시킨다.

3. 현행 교과서에 제시된 예시 텍스트의 문제점을 조사하고, 사고력 계발을 위한 수업에서 교과서를 보충하여 사용할 수 있는 학습 자료를 구성하여 보자.

4. 효과적인 수업전략으로 '비교와 대조의 규명'이 1위라면, 그 이유는 무엇일지 생각해 보자.

5. 국어 교과서에 도입된 수업모형을 실제로 찾아보고, 그 효율성을 분석해 보자.
   예) 문학 수업 – 반응 중심 학습

6. 국어 수업에서 수업모형의 활용이 실제 수업의 성공에 기여할 수 있는지 생각하여 보자.

· 수업모형 도입의 장점 :

· 수업모형 도입의 문제점 :

제15장 사고력과 국어과 평가

　21세기 교육 환경이 급변하고 국어과 교수-학습 환경이 변화함에 따라, 자연스럽게 국어과에서 보는 평가의 관점과 기능도 새로운 패러다임으로 전환하고 있다. 이 장은 국어과에서 새롭게 정립된 평가관의 의미를 알아보고, 그에 따라 급부상한 수행평가의 개념과 종류에 대해 소개한다. 또 국어과에서 학습자의 사고력이나 언어 기능을 평가하고자 할 때 수반되는 일반적인 절차를 알아보고, 이때 사용할 수 있는 평가 기준과 예에 대해서도 구체적으로 살펴본다.

1. 국어과 평가의 관점

1) 평가관의 변화

　최근까지 국어과 교육의 평가관은 지식 전달의 관점에 의거했다. 지식 전달 관점에서는 교수－학습 과정에서 지식을 외부세계에 존재하는 정적인 실재(entity)로 보고, 지식을 학습자의 머릿속으로 전달하는 방법에 교육의 핵심을 두었다. 그래서 평가도 당연히 학생이 보유한 지식의 양을 측정하는 것이 되었다. 평가 절차나 평가 과정보다는 교과서에 수록된 특정 내용의 학습에 더 초점을 두었다.

　그러나 정보가 넘쳐나는 후기 산업화 사회에서는 사고력, 특히 문제 해결에 대한 능력이 강력하게 요구되었다. 지식의 전달이 아니라, 좀 더 복잡한 '양육(nurturing)'의 관점에서 독립적 학습(independent learning, 자기주도적 학습)이 부각되었다. 학습자의 자기 주도적 학습은 지식의 단순한 전달보다는 지식에 대한 탐구(inquiry)가 교수-학습의 기본 과정이다. 이처럼 교수-학습 초점이 지식 전달에서 지식의 탐구로 이행하면서, 교육 현장에서는 평가의 수행에 중대한 변화가 일어났다.

객관적인 지식을 주입시키는 지식 전달 모형에서는 평가 도구로서 정적 지식의 검사만 있으면 충분했지만, 지식 탐구 모형에서는 그렇지 않다. 여기서는 평가의 기능과 참여자의 역할이 중요시된다. 그리하여 지식 탐구 모형에서 평가는 교육 환경과 교육공동체 참여자들이 독립적인 사고자와 문제해결자가 되기 위한 학습 과정으로서 교육을 지원하는 방식을 탐색한다. 또 교수-학습 환경에 대한 검사나 학습의 과정과 결과, 토론 참여자들이 탐구를 지원하기 위해 그들의 의무를 다하고 있는 정도 등도 검사하게 된다.

그래서 지식의 전달 자체보다는 전혀 다른 과정과 지식의 유형을 강조한다. 지식과 언어는 시간과 세대를 두고 변하지만, 새 문제를 해결하거나 새로운 지식을 생성하거나 또 새로운 언어 학습을 고안해내는 등의 모든 수준에 대한 학습자의 욕구는 시대와 장소를 초월해 지속적이고 항구적이라는 점에 주목하기 때문이다.

이제 학습자의 사고 능력 계발은 새롭게 부상한 21세기 교육의 최대 목표이다. 최근에 연구된 평가관과 기능에 대한 명제를 정리해 보면 그러한 변화를 확연히 알 수 있다.

① 평가의 목적은 학생에 대한 정보 수집과 이를 토대로 한 교수-학습의 개선이다.
② 평가는 교육과정과 지도에 대해 비판적 탐구를 반영하고 허용해야 한다.
③ 평가는 문식성 발달에서 학교와 집, 사회의 중요한 역할과 지적으로나 사회적으로 읽기 쓰기의 복잡한 본질을 인지하고 반영해야 한다.

④ 평가 절차의 결과가 가장 최우선으로 중요하고, 평가의 타당성 설정이 고려되어야 한다.

⑤ 평가에서 학생의 흥미 유발과 적극적인 참여도 필요하고, 교사는 평가의 가장 중요한 요원이 된다.

⑥ 평가 과정은 다층 관점과 다양한 자료원을 포함해야 한다.

이상의 논의는 매우 포괄적인 수준이나, 국어과 교육의 평가 방향 설정에 매우 시사하는 바가 크다. 최근 국어과 교육평가에서는 이런 추세에 힘입어 새로운 방법이 다양하게 도입되어 시도되고 있다.

이런 변화는 6차 교육과정에서부터 시작되었는데, 학습자 중심의 활동 수업이 강조되면서 자연스럽게 학습자의 사고력이나 학습자의 언어활동에 대한 평가로의 전환이 이루어질 수밖에 없었다. 그렇지만 새로운 평가 유형과 절차의 생소함 때문에, 현실적으로 교육현장에서는 많은 시행착오가 발생하고 있다. 특히 전격적으로 실시된 수행평가는 교사나 학습자 모두에게 가중한 부담을 주고 있는 것도 사실이다. 이를 해결하기 위해서는 제도적으로나 학문적으로 수행평가의 다양한 유형과 사례가 개발되어 현장에 보급되는 것이 필요하다.

2) 국어과 평가의 전제

국어과 교육에서 평가는 학습자의 언어능력과 국어적 사고력에 대한 평가여야 한다. 또 평가는 수업 후 학습자의 질적 변화를 포착하는 것이 중요하다. 평가 자체가 학습자에게 부담을 주지 않고 오히려 동기 유발의 요인이 되어야 하고, 교수 과정의 질을 높일 수 있는 정보도 제공해 주는 것이어야 한다. 이를 위해서 평가 준거의 개발이 필요하고, 교수—학습 과정에 대한 전반적인 관찰이 필요하다. 또 학습자에 대한 지속적인 평가가 이루어져야 하고, 학습의 효과가 전이되고 있는지, 그 외에 학습자에게 어떤 변화가 일어나고 있는지에 대한 접근이 필요하다.

물론 평가에서 현실적인 문제로서 평가 실시 비용 및 시간, 채점 기준,

- 학습자들의 자기평가, 학습자 집단 간의 동료평가, 교사평가

〈평가 방법에 따른 분류〉

- 지필고사 · 에세이 · 선다형검사 · 구두질문 · 문제해결안 · 과제 대처 계획 전략

- 직접 관찰(빈도수, 감독자 보고, 관찰보고, 비디오/오디오테잎, 분석 및 기술 등)을 유도하기

- 설문지 · 조사 · 보고서 토론 · 프로젝트 등을 통해 직접 정보를 도출하기

- 속도 계산이나 속도 변화, 자료 수집 결과 상 질적 변화 등을 보고 간접적으로 정보를 도출하기

〈평가 유형에 따른 분류〉

- 과정평가 : 수업 중에 수행되는 전략에 대한 직접평가, 수업 중에 이루어지는 동료평가나 자기평가, 그리고 교사가 주목하는 비형식인 평가

- 결과평가 : 수업 후에 이루어지는 평가로, 수업 성취도에 대해 분석적 평가나 총체적 평가

- 발달적 평가 : 학생에 대한 누가기록을 남기는 포트폴리오 평가

채점자의 훈련 등을 고려해야 하고, 평가 자체 문제로서 타당도, 신뢰도, 공정성 등을 감안해야 한다. 또 학습자들은 간혹 평가 유형에 낯설어서 제대로 된 평가가 이루어지지 못하는 경우도 있는데, 이러한 문제 또한 반드시 해결되어야 한다.

평가를 실행하는 단계에서 우선 교사는 다음과 같은 자기점검질문을 해야 한다.

① 이번 차시에서 주요 내용 목표는 무엇인가?
② 이 내용을 가르치는 데 사용한 수단은 무엇인가?
③ 그 방법의 선택 기준은 무엇인가?
④ 그 방법은 적절하였다고 생각하는가?
⑤ 그 방법에 대한 독서나 생각 토론을 해 본 적이 있나?
⑥ 해당 내용에 관련된 다른 방법을 알고 있는가?
⑦ 그러한 방법이 사용되는지 본 적이 있나?

이처럼 평가에 대한 교사의 관점을 정리한 후, 14장에서 제시한 수업 설계에 따라 평가 계획을 수립해야 한다.

사고력을 신장시키고자 하는 수업에는 사고 기능과 내용교과의 수업 목표가 어우러져 있다. 그렇지만 경우에 따라서 평가도 교과의 내용을 평가하고자 하는 것인지, 사고 기능을 평가하고자 하는 것인지를 명시하고, 특히 심화시키거나 보완해야 할 특정 능력을 행동목표로 구체화 하여야 한다.

(1) 예시의 방법으로 내용을 전개하여 글을 쓴다. (교과내용 - 쓰기의 내용전개방법)
(2) 생략된 내용을 추론하며 글을 읽는다. (사고기능 - 추론)

한편 평가 시기는 학기 단위로 계획될 수 있고, 한 차시 분에서 계획될 수 있다. 이때는 평가의 목적과 유형에 따라 평가의 시기를 조정하게 된다.

이상에서 보듯 평가 유형과 절차에 대한 충분한 숙지가 필요하고, 평가 결과 처리에 대한 계획도 반드시 있어야 한다.

2. 수행평가의 개념과 종류

1) 수행평가의 개념

특정 학생의 선발을 위해 평가가 필요하기도 하지만, 수업에서 고려해야 할 학습자의 상태에 대한 정보를 제공하는 것도 평가가 하는 일이다. 교수—학습과 밀접한 관련을 지니는 이러한 평가는 학습자가 앞으로 받아야 할 교수—학습의 내용과 수준을 결정하는 데 중요하다. 여러 연구에서 나타나듯 최근 변화된 평가의 가장 두드러진 특징은, 이처럼 교수—학습 상황과 결합된 자연스러운 평가 상황의 조성과 학습자 능력에 대한 수준별 질적 평가에 주목한다는 점이다.

이런 맥락에서 최근에는 수행평가가 전격적으로 실행되어 주목받고 있다. 수행평가는 학습자의 실제 능력을 평가하고자 하는 취지에서 대두된 것으로서, 학습자들이 아는 것과 할 줄 아는 것을 판단하기 위해 필요하고, 다양한 개인적 특성이나 상황에서 타당한 평가를 하기 위함이며, 여러 측면에서 지식이나 능력을 지속적으로 평가할 수 있다. 특히 학습자 개인에게는 의미 있는 학습활동으로 이어지도록 할 수 있고, 교수—학습 목표와 평가 내용을 보다 직접적으로 관련시킬 수 있다.

수행평가의 개념을 이해하기 위해 표준화검사와 실기평가와 비교하면, 그 차이점은 다음과 같다(박인기, 1999).

	표준화 검사	실기평가	수행평가
배경철학	심리측정적 패러다임	두 패러다임의 중간적 관점	맥락적 패러다임
평가목적	학생들의 규정과 판단	학생들의 규정과 판단	학생들의 이해와 진단
평가대상	평가 가능한 지식과 이해능력	선언적, 절차적 지식에 대한 학생들의 직접적 수행	선언적, 절차적 지식에 대한 학생들의 직접적 수행
평가상황	교수-학습 시간 이외에 제한된 시간 내에 이루어지는 인위적 평가 상황	평가를 위한 제한된 시간을 설정하여, 제한된 횟수 내에서 이루어지는 인위적 평가 상황	교수-학습과 통합된 자연스러운 평가 상황과 지속적인 평가 강조
평가방법	양적 평가	양적 평가	질적 평가
	객관식 지필평가	실험 실기, 관찰, 논술형 검사, 구술 시험, 실기시험 등	실험 실기, 관찰, 논술형 검사, 구술 시험, 실기시험 등

〈표준화 검사, 실기평가, 수행평가의 비교〉

수행평가는 학생이 만들어낸 반응이나 행동을 평가하는 것인 만큼, 평가자의 관찰과 전문적인 판단이 중요하게 관여되는 평가 방식이다. 따라서 수행평가가 제대로 이루어지기 위해서는 평가전문가로서 교사의 자질이 요구되고, 교사의 지속적이고 체계적인 관찰이 필요하며, 다양한 평가 방법이 사용되어야 한다. 특히 다양한 맥락에서 실시되어야 하고, 시간의 경과가 반영되고 있어야 한다. 한 번의 평가로 그 능력의 실제를 알기는 어렵기 때문이다. 또 언어 사용의 실제성이 고려되어야 하고, 평가의 결과가 선별적으로 처리되어 보관될 수 있어야 한다.

〈평가자의 전문적 판단〉

천경록(1999)은 수행평가의 적용에 있어서 평가자에게 '동화의 편견, 대조의 편견, 범주의 편견' 등을 주의해야 한다고 당부하고, 평가자 간의 차이를 극복하는 것이 문제라고 지적했다.

수행평가는 교사가 한 학생을 대상으로 거의 1년 동안 관찰이나 대화를 통해 내린 판단을 토대로 하는 것이기에 주어진 시험 시간에 객관식 평가로 얻어진 결과보다는 훨씬 정보량이 풍부하다. 그리고 이러한 정보는 곧바로 학생의 추가적인 교수 지원에 반영되어, 학습자의 학습이 효율적으로 이루어질 수 있게 한다.

2) 수행평가의 종류

수행평가의 본질적인 속성은 바로, 학생의 구성적 반응의 종류와 수준을 평가하는 데에 있다. 다음과 같은 여러 가지 종류의 예가 있다.

선택적 반응 요구	수행평가			
	구성적 반응 요구	특정 산출물 요구	특정 활동 요구	과정을 밝힘
· 선택형 문항 · 진위형 문항 (진위, 오류) · 결합형 문항	· 빈칸메우기검사 (완성형 문항) · 단답형 문항 · 도표나 그림에 제목 붙이기 · 과제물 제시 · 시각적 자료 만들기 (개념도, 흐름도, 그 래프나 표, 도안 등)	· 수필 · 연구보고서 · 과제일지 · 실험보고서 · 이야기/극본 · 시 · 과학프로젝트 · 모형 구성 · 오디오 작성 · 비디오 작성	· 구두발표 · 무용/동작 발표 · 과학실험시연 · 체육경기 · 연극 · 토론 · 음악발표	· 구두질문 · 관찰 · 면담 · 회의 · 과정(process)에 대 한 기술(記述) · 생각하는 과정을 말 로 표현(think aloud) · 학습일지
객관적, 양적 접근 용이	주관적, 질적 접근과 해석이 용이, 수행 평가 포트폴리오로 지속적이고 누적적으로 기록할 필요			

〈수행평가의 종류(한국교원대학교 초등교육연구소편, 2000 참조)〉

① 선택형 문항

흔히 선다형이라 알려진 대로 정답과 오답을 여러 개로 주고 고르게 하는 것이며, 진위형 문항은 문장 형태의 문항을 주고 맞고 틀림을 표시하게 하거나, 오류가 있는 문장을 주고 맞고 틀림을 묻는 것이다. 결합형 문항은 두 개의 축으로 이루어진 문항을 주고 서로 관계있는 것끼리 연결하는 것이다. 어쨌든 선택적 반응 유형은 정답과 오답을 함께 주고 학습자가 고르게 한다는 것이 특징이다.

② 빈칸메우기 검사(cloze test)

보통 텍스트 상에서 n번째 낱말(혹은 음절, 보통 n은 5~7)을 삭제한 다음 학습자에게 제시하여, 학습자로 하여금 문맥 속에서 미루어 삭제된 낱말을 찾아 쓰게 하는 평가 방식이다. 완성형이라거나 빈칸을 메운다고 표현하는 것이 그러한 이유에서 비롯되었다. 채점에서는 정확 채점과 허용 채점이 있는데, 원래 사용된 말을 그대로 정확하게 쓴 경우로 엄격하게 채점할 수도 있고, 문맥 속에서 이해가 되면 그것도 정답으로 채점하는 경우가 있다.

③ 면담

인지적 사고에서 정의적 사고에 이르기까지 적용 범위가 광범위한데, 크게 '구조화된 면담'과 '구조화되지 않은 면담'으로 구분된다. 전자는 평가자가 사용하는 질문 내용과 표현 방식이 미리 정해진 것으로서, 순서에 따라 질문하고 그에 대한 반응을 기록한다. 후자는 학습자에게서 특정 정보를 얻기 위해 사용하는데, 미리 준비한 몇 개의 질문 이외에 면담하는 과정에서 상황에 따라 질문이 즉흥적으로 추가된다. 면담 평가는 서면으로 응답하도록 하는 질문지법에 비해 시간과 노력이 많이 드는 편이지만, 학습자의 수준과 상태에 대해 배려할 수 있고, 그에 따라 학습자에 대한 깊이 있는 정보를 얻어낼 수 있다는 장점이 있다.

④ 관찰

정해진 행동을 항목화 하여 관찰하는 계획적 관찰 평가와, 평소에 수시로 자연스럽게 학습자의 행동을 관찰하는 비계획적 관찰 평가가 있다. 전자에서는 학습 목표 및 학습 활동과 관련하여 여러 항목을 구조화한 체크리스트가 활용된다. 체크리스트는 명료하게 규정되어 일련의 특정 행동으로 나눌 수 있는 복잡한 행위나 수행을 평가하는 데 사용하는 일종의 목록이다. 목록의 항목 별로 "예/아니오", "있음/없음", "0,1,2"등의 척도에 기록하면서, 학생의 수행에 대한 평가를 할 수 있다.

⑤ 과정 기술

학습자 스스로 기록한 학습일지를 통해 학습자의 학습 과정을 알아보는 방식이다. 사고 기술은 학습자가 직접 구술로 하거나 메모를 남겨 학습활동 중에 자신의 사고 과정을 드러내게 하는 방식이다. 이 두 가지 모두 학습자의 사고를 직접적으로 확인할 수 없기 때문에, 간접적으로나마 정보를 얻으려는 평가 방식이다. 이 두 가지의 평가 방식을 수행하기 위해서는 평가 대상자인 학습자의 일정한 훈련이 요구된다.

⑥ 포트폴리오 평가

학습자 개인의 성장 과정에 대해 타당하고 신뢰할 수 있는 일련의 자료를 선별적으로 수집하여 분석한 다음 기록 보존하는 것이다. 다양한 상황에서 작성된 글이나, 평가지 등이 자료 수집의 대상이 된다. 이때 유의할 점은 학생의 모든 활동의 결과물이 전부 그 대상이 되는 것이 아니라, 교사가 체계적인 계획 하에 선정된 자료만이 보존의 대상이 된다는 점이다.

앞의 표의 이해를 돕기 위해서 수행평가의 종류를 정리하면 다음과 같다.

수행평가 본질의 구현 정도	평가방법	비고
매우 높음 ↑ ↓ 매우 낮음	실제 상황에서의 평가	널리 사용되고 있는 수행평가 방법임
	실기시험, 실험 실습법, 관찰법	
	면접법, 구두시험, 토론법	
	자기평가 및 동료평가 보고서법	
	포트폴리오	
	연구보고서	
	논술형	
	서술형	
	단답형	보통 수행평가 방법에 포함시키지 않음
	완성형(괄호형)	
	선다형	
	연결형(줄긋기형)	
	진위형(O X 형)	

〈수행평가 본질 구현 정도에 따른 분류〉

〈포트폴리오〉

원래 이 용어는 홀더(holder)나 휴대용 상자에 보관되어 있는 단순한 서류를 의미하였으나, 인력 관리 분야에서 이러한 서류를 사람을 추천하는 심사 자료로 활용하면서 평가의 수단으로 사용되기 시작했다고 한다. 이미 예술가나 건축설계자들은 이러한 포트폴리오를 개인용 작품집으로 만들어서 심사용 서류로서 사용해 왔기에 새로운 개념은 아니다. 포트폴리오는 기본적으로 연대기적 특성을 가지고 있고, 다양한 내용을 담을 수 있어서 작성자에 대한 많은 정보를 제공해 줄 수 있다. 여기에 학습자가 직접 포트폴리오 작성에 참여하게 되면, 학습자는 자기 스스로 학습 과정과 결과에 대해 관리할 수 있게 된다.

3. 국어적 사고력 평가의 기준과 범주

1) 국어적 사고력 평가 기준

국어적 사고력을 평가하기 위해서는 학습자의 사고 층위와 평가 과제 수행을 통해 생성된 담화나 텍스트의 조화 여부가 관심의 초점이 된다. 그 관계는 다음과 같다.

(Ⅰ) 국어적 사고력 층위

1차 생성자의 사고 : 의미의 생성 → 텍스트 → 의미의 재구성 : 2차 생성자의 사고

(Ⅱ) 언어 사용 층위   (표현)   (이해)

                        ↓   ↓

(Ⅲ) 평가 대상 층위   과정·결과   과정·결과

〈국어적 사고력 평가의 맥락〉

따라서 국어적 사고력 평가에서 가장 객관적인 준거로 도입될 수 있는 것은 일단 텍스트의 요건이다. 텍스트 평가의 원리는 텍스트성의 충족 차원에서 텍스트 내용과 형식의 구성 요건에 기반을 두게 된다.

① 텍스트 내용 요건

---

1) 말하고자 하는 바를 제대로 표현(이해)하고 있는가?
  (1) 주제가 명확하게 드러나고 있어야 한다.
  (2) 동원된 지원내용(근거, 세부 내용)이 믿을만한 것이어야 한다.
2) 듣는 이와 읽는 이가 받아들일 만한 내용인가?
3) 표현된 내용이 독창적이고 신선한 것인가?
4) 의사소통의 목적과 상황에 부합하는 것인가?

---

② 텍스트 유형 요건

㉠ 거시 구조

〈하나의 주요 요소나 아이디어와 지지정보를 포함하고 있는 텍스트〉

1) 한 가지 사항에 대한 기술 : 문학에서는 인물·장소 및 대상에 중점을 둔다. 이러한 기술에는 기술되는 사항과 그 속성을 확인하는 것이 중요하다. 일정한 순서에 따라 기술되기 때문에 이것을 종종 목록 또는 수집이라고 한다. 상황지리 텍스트의 기술은 지역 틀과 같은 한정적인 틀을 따른다.

2) 명제와 지지 : 아주 일반적인 문단구조로서, 가장 단순한 형식은 명제와 그 명제를 지지하는 정보로 구성되는 것이다. 알아볼 수 있는 언어적 장치가 거의 없기 때문에, 이 구조를 알아내기는 매우 어렵다. 기술이나 개념 정의와 같은 다른 유형의 조직형태와 혼동되기도 한다. 예나 인용 등과 같은 지지정보가 포함된다. 여기에는 주 아이디어와 부 아이디어와 같은 한 수준 이상의 아이디어가 있는 경우도 종종 있다.

3) 한 가지 사항에 대한 주장 : 단순한 주장은 결론에 대한 진술(견해나 행위)과 결론을 지지하는 전제(이유, 예, 사실, 인용 등)의 두 가지 범주의 정보로 구성된다. 보다 복잡한 주장은 추론과 복잡한 연쇄적인 추론 과정은 물론 그 이유를 지지하는 설명으로 구성된다. 가장 중요한 것은 전제를 결론과 연결시키는 논리의 적절성이다. 이 논리는 정보의 적절성을 문제시하는 경우가 많지만 추론의 질에 중점이 두어진다.

4) 한 가지 사항에 대한 개념·정의 : 개념을 이해하기 위해서는 핵심적 속성과 예를 아는 것이 중요하다. 적합성 여부도 해당된다.

〈순서를 기술하는 텍스트〉

1) 순서 텍스트 : 정확한 순서가 아니라도 시대적인 순서나 논리적 순서가 포함된다. 사건의 정확한 순서를 이해하거나 예측하는 것이 중요하다. 문학작품이나 역사 텍스트에서 순서를 이해하거나 예측하는 것은 과거의 사건이나 앞으로 일어날 사건의 예상에서 사건들을 통합할 수 있는가 하는 문제가 관여된다. 순서 텍스트는 절차상의 단계나 발달 단계 등도 해당된다. 이 경우에 대상의 명칭, 절차 혹은 초기의 사건을 확인하는 것, 한 사항이 다른 사항을 이끌어가는 것을 보여주는 단계나 순서를 기술하는 것, 그리고 최종적인 결과를 기술하는 것 등과 같은 범주를 도입하는 것이 중요하다.

2) 목표·조치·결과 : 문학작품이나 설명 텍스트에서 인간 행동의 많은 부분은 목표 지향적이기 때문에(곤경에 처했을 때 빠져나가는 것, 어려운 환경에서 살아남는 것 등), 그러한 행동을 요약하는 방법은 사람이나 집단의 목표, 조치 그리고 결과를 확인하는 것이다. 확실히 텍스트에 목표가 나타나지 않거나 초기에 암시되어 있는 경우가 많기는 하지만, 여기에는 순서적인 구성요소가 있다.

〈둘 이상의 주요 요소나 아이디어를 포함하는 텍스트〉

1) 둘 이상의 사항의 비교·대조 : 전형적으로 이 구조에서는 비교되는 사항, 비교되는 점, 유사해지는 방식, 차이가 나는 방식, 그리고 비교되는 사항이 다르기보다는 유사하다는 것 혹은 가끔 그 반대임을 보여주는 요약을 볼 수 있다. 그러나 비교 대조구조를 조직화하는 방법은 다양하다. 전반적인 차이점에 이어 전반적인 유사점을 제시하는 방법, 유사점과 차이점을 하나씩 비교하는 방법, 그리고 이 두 형태를 혼합한 방법이 있다. 둘 이상의 사항에 대한 기술과 둘 이상의 개념이나 하나의 개념 위계에 대한 논의에는 모든 부류의 비교대조 틀이 포함된다.

2) 문제·해결 : 소설이나 역사의 인물에 관한 대부분의 문제해결 틀은 문제에 직면한 사람, 문제에 대한 일반적인 정의, 원인과 결과, 문제 해결을 위한 조치, 그리고 조치의 결과를 확인하는 데 중점을 둔다. 이 틀에는 가장 가능한 선택, 자원, 그리고 각 선택의 결과를 정의하는 것과 같은 의사결정의 요소도 포함된다. 문학작품에서의 문제해결 틀은 해결 방법을 찾는 과정과 해결의 인과적인 연결이나 해결 방법에 대한 설명을 확인하는 데 중점을 둘 것이다. 또한 순서적 구성요소도 포함된다.

3) 원인·결과 : 결과·원인·원인을 결과와 연결시킨 설명의 구성이 포함된다. 복합적인 원인·결과 틀에는 다수의 결과는 물론 다양한 요인의 원인과 혹은 상호작용이 포함될 것이다. 먼저 결과를 기술하고, 이어서 원인에 대하여 논의하기는 하지만, 실제 이 틀은 원래가 순서적이다.

4) 상호작용 틀(협력과 갈등) : 문학작품에는 둘 이상의 인물이나 집단의 상호작용이 포함된다. 이 상호작용을 이해하기 위한 핵심적인 질문으로는 인물이나 집단이 누구이며, 이들의 목표는 무엇인지, 상호작용의 본질(갈등과 협력 중에서)은 무엇인지, 이들이 어떻게 작용하고 반작용했는가, 각 인물과 집단에 대한 결과는 무엇이었는가를 들 수 있다. 상호작용 틀에는 순서적 조직화와 비교대조 조직화 모두가 포함된다.

ⓛ 미시 구조

1. 문장 단위
   1) 단어 선정의 적절성 : 문장에 사용된 어휘가 문장 의미를 잘 드러내 주어야 한다.
   2) 문장 구성의 적절성 : 문장 의미가 잘 드러나게끔 문장 요소들이 결합하고 있어야 한다.
2. 단락 단위
   1) 인접 문장 연결 : 앞 뒤 문장이 서로 매끄럽게 연결되어야 한다.
   2) 문장 조직 : 단락 내 문장들이 유기적으로 결합되어 있어야 한다.
   3) 언어적 장치의 사용 : 문장을 연결하는 접속기제의 사용이 효과적이어야 한다.

이상의 텍스트 요건은 국어적 사고력을 평가하는 데 있어서 내용상 타당성을 부여해 줄 수 있을 것이다. 가령, 학습목표에 준해 평가의 기준을 마련할 때 각각의 서술 내용이 그대로 분석적 평가의 항목으로 전환되어 사용할 수 있다.

2) 국어적 사고력 평가의 범주

국어적 사고력 평가의 중심에 인지 중심적 사고와 정의 중심적 사고로 두고, 텍스트 처리 방식(이해와 표현)을 평가 대상으로 하되, 언어 사용 기능을 통해서 한다. 물론 일차적으로 학습자의 언어 사용 기능을 평가할 수도 있고, 학습자의 사고 과정을 평가할 수도 있다. 중요한 점은 바로 각각의 평가 요소들이 별개로 다루어진다기보다는 통합성의 원리에서 계획되고 실행되며, 설정된 학습 목표에 따라 평가 대상은 단지 초점이 될 뿐이라는 점을 유념해야 한다.

가. 사고 기능의 평가

현재 교과 교육체제 하에서 사고 기능은 교과 내용과 분리할 수 없기에, 교과의 내용 측정이 함께 수반될 수밖에 없다. 또한 사고는 지식이라는 내용이 존재하지 않는 상태에서 논의될 수 없다. 그러나 학습자의 사고 기능 자체를 평가하고자 할 때는, 교과 내용이 매개적 수단이므로 교과 내용 자체보다는 사고 기능에 더 비중을 두어야 한다.

사고 기능은 드러나는 학생의 수행에 의해서 가늠이 가능하기 때문에, 학습자에 대한 관찰은 필수적이다. 아래와 같은 자료를 교사는 관찰평가 실행에서 활용할 수 있다(김영채, 1998 참조). 이때 유의할 점은 평가 계획의 전반에서 관찰 항목을 관리하여 지엽적이고 사소한 사실에 얽매이지 않는 결단성이 필요하고, 또 계획에는 없었지만 주목할 만한 점이 발견된다면 그것을 이용하는 융통성이 있어야 한다는 점이다.

일반적 사고 행동 관찰 목록	의사결정 행동 관찰 목록
① 목표 목적을 분명하게 정의한다. ② 목표를 생각하며 계획을 세운다. ③ 필요하면 대안적인 계획을 사용한다. ④ 지지하는 자료를 수집하고 추리한다. ⑤ 정확한지를 체크하고 또 체크한다. ⑥ 오류나 실수를 찾아내고 고친다. ⑦ 과거의 지식을 이용한다. ⑧ 이전에 학습했던 것을 적용해 본다. ⑨ 언어를 정확하게 사용한다. ⑩ 어떤 과제가 끝이 날 때까지 끈기 있게 버틴다. ⑪ 얼른 처음 보기에 '좋은 것' 같은 것을 넘어 그 이상에서 대안을 찾는다. ⑫ 어떤 장면이나 문제를 다른 입장 다른 견해에서 음미해 본다.	① 목표를 분명하게 말한다. ② 목표 획득에 장애가 되는 것을 분명하게 밝혀낸다. ③ 여러 가지 대안을 찾는다. ④ 대안을 분석하기 위한 기준을 구체적으로 그리고 분명하게 말한다. ⑤ 중요도에 따라 기준의 무게를 달리한다. ⑥ 기준에 따라 대상을 분석하고 순위를 매긴다. ⑦ 상위에 있는 2~3개 대안들을 선택한다. ⑧ 위험 부담과 기타의 기준에 따라 상위에 있는 이들 대안들을 재평가한다. ⑨ 최선의 대안을 선택한다.

〈학습자의 행동 관찰지의 예〉

나. 기능이나 전략의 평가

언어 사용 기능은 무의적인 앎(내재적 지식)이 언어로 수용되거나 표출되는 기능이다. 말하고 듣고 읽고 쓰는 활동의 수행이 전제가 되지 않고서는 교수−학습이나 평가가 이루어질 수 없다. 이런 맥락에서 언어 기능과 언어 수행은 같은 연장선에서 접근해도 된다. 언어 기능은 언어 수행을 통해 드러나는 것이고, 언어 수행은 언어 기능을 눈으로 확인할 수 있는 증거가 된다.

언어기능의 본질은 언어 사용 전략을 드러내는 인지 과정이다. 언어 기능 수행 평가는 '전략'을 발견하여 그 효용성을 평가해야 한다. 언어 수행에서 전략은 학생이 언어를 수행할 때 여러 상황에 비추어 목표 지향적으로 자신의 지식을 재구성하고 재처리하는 능력이다. 고등정신기능으로서 논리적 사고·비판적 사고·창의적 사고 등이 모두 관여된다. 따라서 내용 언어보다는, 사용 언어에 초점을 두어야 한다.

① 듣기에 초점을 둔 평가

듣기 평가는 텍스트 내용의 확인, 내용에 대한 추론 및 비판, 내용에 대한 감상 등을 평가하게 된다. 이해 과정에서 듣기 과정의 평가는 듣기 현상을 관찰하여 기록하는 방법을 쓸 수 있고, 듣기 결과의 평가는 텍스트 내용에 대한 지필검사(선다형, 단답형, 서술형 등) 방식을 채택할 수 있다. 듣기 평가는 과정 평가와 결과 평가를 적절하게 활용하는 것이 필요하다.

평가 목표를 설정할 때에는 교육과정의 영역별 내용과 세부내용, 학생의 성취 수준과 요구 및 흥미 따위를 종합적으로 고려하되, 교육과정 영역의 평가 목표와 서로 깊이 관련을 맺도록 한다. 평가 목표와 내용은 지식·기능·태도의 여러 측면을 모두 포괄하되, 독립 요소로 평가하기보다는 언어 기능을 중심으로 통합적으로 평가할 수 있도록 한다. 듣기 평가에서는 음성언어의 특성과 평가의 보존의 위해 녹음기나 영상매체의 사용이 꼭 필요하다. 만일 관찰 평가를 하려면 정규 평가와 수시 평가를 병행하도록 한다. 평가 결과는 학습자의 성취 수준을 측정하고 교수-학습 방법을 개선하는 데 적정하게 활용되도록 한다.

② 말하기에 초점을 둔 평가

삶 속에서 일어나는 실제의 언어 수행은 구체적인 상황에서 발생한다.

언어를 잘 사용한다는 것은 상황·목적·대상에 맞게 적절히 말할 수 있는 것을 뜻한다. 따라서 말하기 평가는 과정 중심 평가와 결과 평가가 적절하게 도입되어야 한다. 특히 음성언어의 선조성이나 소멸성, 상호대면성 등의 특성을 고려하여, 평가 실행에서 자기평가와 동료평가를 적극적으로 활용하도록 한다.

말하기 평가는 의사소통능력에 대한 평가이어야 하며, 지식 차원의 검사여서는 안 된다. 말하기 능력은 실제 상황에서 자신의 의도 목적 따위를 관찰 할 수 있는 수행 능력이다 따라서 말하기 평가는 학습자가 효율적으로 의사를 소통할 수 있는 능력을 평가해야 한다. 가령, 토론이나 토의, 과제 수행 담화 등을 수행할 때 평가할 수 있다. 물론 수업 동안이나 일상적인 담화는 관찰을 통해 평가에 반영할 수 있다.

③ 읽기에 초점을 둔 평가

읽기 평가는 텍스트 내용에 대한 지식에 기반을 두되 그것만을 배타적으로 평가해서는 안 된다. 텍스트에 대한 사실적 이해보다는 내용에 대한 추론이나 비판적 이해의 비중을 점차 높여나가야 한다. 이해력은 단기간에 향상되는 것이 아니기 때문에 읽기 평가는 지속적이고 누가적으로 평가되어야 한다.

읽기 과정 평가에는 오독분석 평가나 빈칸메우기검사, 그래픽조직자 작성 등이 있고, 읽기 결과 평가로는 회상검사(자유회상)·탐문·진위 문항 연결·요약하기·선다형 문제 해결 등이 있다. 아울러 상위인지 평가도 필요한데, 자기평가나, 프로토콜 분석, 자율적 수정, 오류발견 과제 등을 실시할 수 있다. 앞서 살펴본 수행평가의 종류를 읽기 평가에 적용하여 보면 다음과 같다.

〈토론 평가의 준거〉

1) 적절한 근거를 들어 주장한다.
2) 상대방의 주장에 대한 반증할 수 있다.
3) 토론 주제에 대해 필요한 정보를 제공할 수 있다.
4) 토론 주제를 일반화하여 논할 수 있다.
5) 주장을 명료하고 자신감 있게 한다. - 문제해결 태도 및 기능
   · 가능한 해결에 대한 개방성
   · 문제를 확인하는 능력
   · 대안적 해결책을 도출하는 능력
   · 자기 자신 및 타인의 대인적 문제해결책의 결과를 평가하는 능력
   · 이러한 결과에 비추어 결과를 경험하고 마지막 결정을 하기
   · 대안의 이면에 있는 준거와 가정 평가
   · 새로운 행동의 습득

선택적 반응	구성적 반응			
	서술형 검사	독서 산출물	독서 후 활동	이해 과정
· 선택형 문항 · 진위형 문항 (진위, 오류) · 결합형 문항	· 회상검사 · 빈칸메우기검사 (완성형 문항) · 중요도평정검사 · 요약하기	· 연구보고서 · 문예창작물 · 오디오 작성 · 비디오 작성	· 발표 · 토론, 토의 · 시연 · 연극	· 면담 · 관찰 · 과정기술(記述) · 사고기술(記述)
객관적, 양적 접근 용이	주관적, 질적 접근과 해석이 용이, 수행 평가 포트폴리오로 지속적이고 누적적으로 기록할 필요			

〈읽기 수행평가의 예〉

④ 쓰기에 초점을 둔 평가

쓰기는 독자를 고려하되 쓰기 목적과 상황에 부합하여야 하므로, 여러 가지 변인이 개입하는 복잡한 사고 기능의 발현이다. 따라서 학습자의 국어적 사고력을 증진시키는 데 매우 유용한 언어 기능이자, 평가 유형이 된다.

쓰기 평가는 내용요소로서 '의도에 맞는 경험이나 소재를 구안할 수 있는지, 의도에 맞는 내용 전개 방식을 구사하는지, 틀리거나 부족한 표현을 보완할 수 있는지, 제시된 조건에 맞게 문장이나 글을 완성할 수 있는지, 문제점을 찾고 그 원인을 분석할 수 있는지 자신감을 가지고 글을 쓰는지, 애로사항은 무엇인지'등에 대해 평가해야 한다.

대부분의 학생들은 작문을 할 때 자신의 생각을 논리적으로 조직하여 제시하는 데 약하고, 자신의 주장을 일반화하고 정교하게 만드는 데 취약하다. 따라서 학생들의 사고를 명료하게 만들거나 그 상태를 평가하는 데에 작문은 매우 유용한 평가 도구일 수 있다. 실제로 대학입학 논술고사와, 대학에서 이루어지는 대부분의 평가는 작문에 근거하고 있다. 이때 학생의 작문을 통해 학생의 사고에 대한 통찰과 자료를 얻을 수 있어야 한다.

○ 회상검사

어휘나 텍스트를 주고 읽게 한 다음, 일정한 시간이 경과된 후 그 내용을 회상하게 하여, 학습자 기억의 재생과 왜곡 정도를 보고 읽기 능력을 판단한다.

○ 중요도 평정 검사

제시한 문단이나 전체 글에서 모든 문장에 번호를 붙인 다음, 글 내용의 중요도 순서대로 번호를 순서 짓거나, 혹은 문장에 중요도 순서로 번호를 부여하는 평가 방식이다. 학습자가 글을 이해하여서 내용요소들의 중요도를 제대로 파악하고 있는지를 평가한다.

○ 오독 분석

학습자의 읽기 능력을 소리 내어 읽는 과정을 통해 평가해 볼 수 있다. 학습자가 글을 읽을 때, 낱말이나 구, 혹은 문장을 빠뜨리고 읽거나, 글에 없는 내용을 추가하여 읽는 경우, 혹은 다른 낱말이나 구로 바꾸어서 읽는 경우, 반복해서 읽는 경우, 읽으면서 머뭇거리거나 자의적으로 쉬어 읽는 경우 등 다양한 현상이 나타날 수 있다. 이러한 현상을 분석하여 학생이 잘 하는 것과 잘못하는 것을 찾아내고, 교수-학습 과정에 반영하게 된다.

○ 그래픽 조직자

그래픽조직자는 달리 도식조직자라고도 한다. 말 그대로 글의 내용을 일정한 형태의 구조도로 그려 나타낸 것이다. 줄글로 되어 있는 텍스트를 시각적으로 구조화하여 보여줌으로써, 학습자로 하여금 좀 더 정확하게 효과적으로 텍스트를 이해하도록 도와준다. 벤다이어그램, 수형도, 시간표, 사건 흐름도, 인물분석표, 비교표, 의미망 등이 있다. 전체 글의 구조와 세부 내용의 연결 관계를 한눈에 파악하게 해 주므로, 효과적인 읽기전략인 동시에 평가의 도구로 사용될 수 있다.

○ 프로토콜 분석

1970년대 후반부터 많이 활용된 방법으로, 학습자가 글을 읽으면서 머릿속에 떠오르는 생각을 소리 내어 밖으로 표현하게 하는 것이다. 이 과정은 학습자가 글을 이해하는 과정을 생생하게 보여주고, 학생이 구사하는 이해 방법을 파악하기 용이하다. 이를 통해 학습자의 상위인지 능력을 평가할 수 있다.

범주	평가 기준		
내용과 사고	1) 정보의 풍부성	2) 정보의 정확성	3) 정보의 관련성
	4) 추론적 사고	5) 종합적 사고	6) 비판적 사고
	7) 대안의 제시		
조직	8) 글의 구조	9) 구성의 일관성	10) 구성의 통일성
표현과 문체	11) 표현의 객관성	12) 표현의 공정성	13) 표현의 유창성

〈퍼브스(Purves)의 작문 평가 기준〉

작문 능력의 구성 요인	평가 기준

A. 텍스트 구조화 기능
  가. 인지적 기능(의미 처리 작용)
    1) 아이디어 생성 ----------→ 아이디어의 질과 범위
    2) 아이디어 조직 ----------→ 내용의 조직과 전개
  나. 사회적 기능(사회적 상호작용)
    1) 표현의 규준 및 관습에 대한 숙달 -----→ 문체 및 어조의 적절성

B. 텍스트 산출 기능
  가. 텍스트 관련 문법적 기능 --------→ 어법 및 문장 구조의 적절성
  나. 심동적 기능 --------→ 글씨

〈국제교육평가학회의 작문 평가 기준〉

평가 범주 및 평가 항목점수	척도		
· 내용 창안 범주			
1) 내용의 풍부성	1	2	3
2) 내용의 정확성	1	2	3
3) 내용 사이의 연관성	1	2	3
4) 주제의 명료성과 타당성	1	2	3
5) 사고의 참신성과 창의성	1	2	3
· 조직 범주			
1) 글 구조의 적절성	1	2	3
2) 문단 구조의 적절성	1	2	3
3) 구성의 통일성	1	2	3
4) 구성의 일관성	1	2	3
5) 세부 내용 전개의 적절성	1	2	3
· 표현 범주			
1) 어휘 사용의 적절성	1	2	3
2) 문장 구조의 적절성	1	2	3
3) 효과적 표현	1	2	3
4) 개성적 표현	1	2	3
5) 맞춤법, 띄어쓰기, 글씨	1	2	3

〈작문 평가의 일반적 기준〉

(박영목, 1999 참조)

다. 문학 활동의 평가

문학 평가는 문학 현상의 이해를 대상으로 하는데, 문학 현상의 이해란 문학 체험의 양적 질적 수준을 진단 송환하고, 문학 체험을 문학 내적 원리에 따라 이해하고 정리할 수 있는 능력을 강조한다. 또한 문학 체험의 축적을 통해 문학 작품을 심미적으로 수용하고 향유하며, 문학의 가치 요소를 일상의 삶이나 문화 등의 공간에 전이시킴으로써 개인과 사회를 성찰할 수 있는 수준으로 나아갈 수 있는지를 평가한다. 이때에는 구체적인 작품 해석을 기반으로 하되, 감상의 총체성을 중심으로 고려해야 한다. 인지적 영역과 정의적 영역의 조화를 도모해야 하고, 학생의 문학 경험을 고려해야 한다.

문학 활동 평가의 준거는, 문학작품을 통한 미적 감수성의 세련과 인간 삶의 총체성을 문학의 방식으로 이해하고 내면화할 수 있는 능력이다. 즉, 문학작품 체험의 양적 질적 수준, 문학 체험을 문화 내적인 이론에 의해 이해하는 수준, 문학의 가치요소를 사회·역사·문화 등의 확장된 공간으로 전이시킴으로써 삶의 문제로 투사하여 대응할 수 있는 수준 등이 여기에 해당된다. 그리하여 매우 추상적인 접근이지만 평가요소는 '지식 구조, 정의적 요소, 학습자 개인적 체험을 통해 작품을 수용하고 해석하고 관점의 독창성이 드러나는지의 여부, 문학작품을 즐겨 읽는 태도 및 습관' 등으로 세분할 수 있다.

〈문학제재의 평가 원리〉

· 황정규 : 작품의 장르별 특성에 따른 문학지식, 풍부한 언어 경험 즉 심미적 경험 세계를 통하여 획득된 언어구사기능과 신장된 언어 능력, 문학 교육을 통한 정서의 순화와 행동의 변화, 학습목표 및 학습 내용의 달성도 등.

· 구인환 외 : 잠재 가능성으로서 문학의 감상역량, 감수성, 태도, 사물과 세계에 대한 문학적 인식의 습관 등. 평가의 자료와 대상, 시간을 확대하고 평가의 과정이 계속적이고 종합적이어야 한다.

· 윤희원 : 문학 교육의 평가는 문학 교육의 내용이 지향하는 요소를 일정한 측정을 통해 확인하고 마무리하는 실천 과정이며, 동시에 일정 기간 수행되어온 문학 교육의 전체적 과정을 피드백 하는 기능도 수행한다.

① 작품 해석과 감상 능력의 평가

구체적인 작품의 해석과 감상 능력은 문학교육의 중심 영역이다. 그리고 이 구체적인 작품이라는 것이 일차적으로는 문학 수업에서 다루어지는 제재를 대상으로 하는 것이 되겠지만, 진전된 학습의 수준에서는 같은 수준의 여타 작품에도 충분히 적용될 수 있는 것이 될 수 있다. 문학에 대한 개념적 지식은 대체로 항목화 된 지식으로 암기될 가능성이 많은데, 구체적인 작품 해석 능력과 연관 지어 평가하는 기술이 필요하다. 독서감상문보다는 에세이 수준의 비평문을 작성하는 것도 평가 방법으로 권장된다.

〈주관식 평가〉

국립교육평가원 전신인 중앙교육평가원에서 1987년 고시한 주관식 고사의 문항 유형을 보면, 우선 주관식 고사의 문항 유형을 크게 '완성형(완결형), 단답형, 논문형'의 세 가지로 나누고 있다. 이중 단답형의 경우 단구적 단답형과 서술적 단답형이 있고, 논문형의 경우는 응답 제한 논문형과 응답자유 논문형으로 대별되고, 응답제한 논문형의 경우는 다시 분량제한 논문형, 내용범위제한 논문형, 서술양식제한 논문형으로 나누고 있다.

② 주관식 평가의 활용

문학 이해 및 감상 능력은 그것에 내포된 정신 기능이 종합적이고도 입체적인 사유 과정을 드러내 보이기 위해 서술형이나 논문(논술)형과 같은 주관식 평가의 도입이 필요하다. 서술형 문항은 객관식 문항과 조화를 이룰 수 있어야 한다. 논술형 문항은 논술 방향과 활동을 구체적으로 조건화하는 조건 항목을 문항 속에서 정교하게 부여해 주는 것이 필요하다.

③ 작품 이해의 과정 평가

과정 평가는 문학 이해의 과정이 작품에 대한 의미화의 과정이라는 점을 인식하는 데서 출발한다. 즉 이해 및 감상의 과정에 몰입하는 방식, 의미화를 구사하는 전략, 이해 과정에 등의 조화되는 학습자의 구체적인 삶의 경험, 작품 세계에 의미를 부여하고 가치를 매기는 방식, 여러 차원의 상상력을 발휘하는 양상과 문학적 사유의 본질과의 부합성 등이 구체적 문학 세계 경험을 문학 교육의 과정 평가로 접근하는 구체적 기준이 될 수 있다.

④ 평가의 누적적 기록

과정 평가와 더불어 문학 수업에서 이루어지는 활동에 대한 평가도 일종의 질적 평가이다. 활동 평가의 난점은 의도에 비해 평가의 객관성을 확보하기 어렵다는 데에 있다. 교사의 주관이 개입될 소지가 있을 수 있기 때문이다. 따라서 활동 평가는 합리적 기준을 사전에 마련하고 일관되게 적용하는 것이 중요하다. 즉, 활동 평가의 횟수를 일정 수준 적용하고, 평가 횟수에 따라 평가 결과를 누적적으로 관리한다.

⑤ 인지적 사고와 정의적 사고 평가의 조화

문학의 독자(학습자)의 이해 구조 속에 들어와서 감상되는 일련의 과정은 인지적 사고와 정의적 사고가 상호 작용하는 양상으로 이루어지고 있다는 것은 널리 알려진 사실이다. 문학교육에서는 내용(문학작품) 자체가 인지적 구조와 정서적 구조를 동시에 적용시키는 것이다. 이른바 문학작품이 내적으로 '감동적 구조, 심미적 구조, 예술적 형상화 구조'라는 것들이 모두 정서적 기제의 작동을 표상하는 것이다. 독자는 당연히 이러한 정서적 구조에 맞물리는 감상의 기제를 가질 것이고, 문학교육 평가는 이 점을 평가의 본질로 인정하여야 한다.

4. 국어과 평가의 특징과 절차

1) 언어 평가와 평가 언어

국어과 평가는 다른 교과의 평가와는 본질 면에서 큰 차이가 있다. 지능검사나 다른 교과가 언어를 매개로 하여 평가를 실행하면서 언어 요소에 그다지 주목하지 않는 반면에, 국어과 교육의 경우는 언어에 대한 평가이자 언어를 매개로 한 평가이기 때문이다. 평가 대상인 언어의 경우, 구체적으로 언어의 지식에 관한 평가인지, 언어 이해나 표현 능력에 관한 평가인지, 아니면 고급한 사고력의 평가인지를 구분하여 언어의 수준과 텍스트 범주를 선정하여야 한다. 특히 해당 학년의 교수—학습 단계와 무관하게 학생의 누적적 경험을 평가하기보다는, 가르친 내용에 초점을 두고 평가 범위와 수준을 선정하여야 평가 결과를 다음 단계의 교수—학습에 반영할 수 있다.

따라서 언어 평가의 개선을 위해서는 평가만이 아니라, 언어 그리고 언어가 평가에 관여되는 방식을 이해해야만 한다. 언어의 이해가 특히 중요한 것은 평가 대상일 뿐만 아니라 평가 과정 그 자체의 부분으로 관여하기 때문이다.

언어 사용에 대한 평가는 대상이 언어이고 평가 도구도 언어를 매개로 하기 때문에 매우 어렵고 복잡하다. 즉, 평가의 대상이자 평가의 매개체가 되기 때문이다. 평가 유형의 구조나 진술이 언어로 제시되기 때문에, 평가 언어를 이해하지 못하여서 제대로 된 평가를 받을 수 없다면 학생으로서는 매우 억울한 일이다.

최근에는 수행평가의 실시로 교사는 학습자의 산출물을 평가할 기회가 많아졌다. 수행평가에서 이처럼 평가 대상과 평가 언어가 같이 나타난다면, 평가는 일종의 해석 과정이라고 할 수 있다. 읽고 쓸 텍스트를 구성하는 것처럼 학생들이 작성한 텍스트를 교사는 잘 해석해야 적절한 평가를 할 수 있다.

2) 문항 제작의 방법

국어과는 언어 교과이므로, 어휘 구사력에서부터 문장 구성력, 문법 능력, 그리고 담화나 텍스트 이해와 생성 능력이 평가 대상이 된다. 단지 일반적인 사고력만의 평가이거나 지식 수준에서 언어 형식에 대한 평가일 수는 없다.

이 절에서는 언어 형식과 언어 사용의 관점에서 구분하는 평가 범주와 평가 방법을 다음과 같이 정리하였다.

어휘 평가	문법 평가	발음 평가	의사소통 능력 평가

· 선택형 평가
– 문장에서 빠진 어휘 찾기
– 의역하여 유사한 뜻의 어휘 찾기
· 완성형 평가
– 문장에서 빠진 어휘 직접 쓰기
	· 선택적 완성형
	– 불완전한 문장을 주고, 선택형 답안을 제시
	– 문장 속에 오답과 정답을 제시하여 선택하게 함
	– 대화를 제시하여 빠진 문법 성분을 선택하게 함.
	· 문장이나 문단을 주고 오류를 찾게 함
	· 빈칸메우기검사
		· 개별평가(구두반복)
		· 집단평가(청취식별)
		· 낭독검사
			· 읽기 평가
			– 글을 읽고 핵심어나 이해와 관련하여 특정 어휘를 찾게 하기
			– 문장 이해 평가
			– 본문 이해 평가
			
			· 쓰기 평가
			– 작문 전 평가
			  : 문장결합, 문장 확대, 문장 단축
			– 문단 바꾸기
			– 받아쓰기
			– 자유 작문
			
			· 듣기 평가
			– 그림단서와 듣기
			– 듣고 선택하기
			– 영상 상황 제시하고 선택하기
			
			· 말하기 평가
			– 제한된 반응
			  : 지시된 반응, 그림단서문항, 문단낭독하기
			– 안내 기술
			  : 의역, 설명, 유도역할극
			– 구두면접

〈평가 요소와 평가 방법(임병빈 역, 1992 참조)〉

이 표는 어휘와 텍스트 위주의 간단한 평가 방식이므로, 현재와 같은 국어 수업에서 쉽게 사용할 수 있는 평가 방식이다.

평가를 실시하기 위해서는 구체적으로 평가 문항을 제작하여야 한다. 국어과 수업에서 일상적으로 자주 사용할 수 있는 평가 유형을 중심하여, 평가 문항 작성 방법에 대하여 살펴보자(성태제, 2004 참조).

가. 진위형 문항 제작 방법

① 진술문에 중요한 내용이 포함되어야 한다.

② 일반화되지 않은 주장이나 이론의 옳고 그름을 묻지 않는다.

③ 하나의 질문에 하나의 내용만 포함되게 한다.

④ 부정문의 사용을 삼간다.

⑤ 교과서에 있는 똑같은 질문으로 하지 않는다.

⑥ 가능한 한 간단명료하게 단문으로 묻는다.

⑦ 답의 단서가 되는 부사어는 사용하지 않는다.

　예) 문항 수를 추가하면 항상 신뢰도가 증가한다.

⑧ 참인 정답인 문항과 거짓인 답인 문항의 비율을 비슷하게 한다.

⑨ 정답의 유형이 고정되지 않고 무선적이 되게 한다.

나. 괄호형 문항 제작 방법

① 중요한 내용을 여백으로 한다.

② 정답이 가능한 단어나 기호로 응답되도록 질문한다.

③ 교과서에 있는 문장을 그대로 사용하여서는 안 된다.

④ 질문의 여백 뒤에 조사가 정답을 암시하지 않게 한다.

⑤ 여백에 들어갈 모든 정답을 열거한다.

⑥ 채점 시 여백 하나를 채점 단위로 한다.

다. 선다형 문항 제작 방법

① 문항의 질문이 긍정문이어야 한다.

② 질문 내용에서 답을 암시하는 내용이 포함되어서는 안 된다.

③ 그럴 듯하고 매력적인 오답을 만들어야 한다.

④ 답지 중 정답이 여러 개일 경우 최선의 답을 선택하게 환기시켜야 한다.

⑤ 답지 안에 정답 선택의 단서를 포함시켜서는 안 된다.

⑥ 가능하면 답지를 짧게 해야 한다.

⑦ 답지만을 보고 정답을 선택할 수 있어서는 안 된다.

⑧ 답지의 형태를 유사하게 한다.

⑨ 답지의 길이는 비슷하게 하고, 상이할 때에는 짧은 것부터 배열한다.

⑩ 정답 번호가 특정 번호에 치우치지 않도록 한다.

라. 논술형 문항 제작 방법

① 복잡한 학습내용의 인지 여부는 물론, 분석과 종합 등의 고등정신능력을 측정할 수 있도록 한다.

② 지시문을 '비교분석하라', '이유를 설명하라', '견해를 논하라' 등으로 한다.

③ 논쟁형 논술일 경우 어느 한편의 견해를 지지하는 입장으로 논술을 지시하지 말고, 수험생이 자신의 견해를 밝히고 그 의견을 논리적으로 전개할 수 있게 유도한다.

④ 질문의 요지가 분명하며 구조화되어 있어야 한다.

⑤ 적절한 응답 시간을 배정하고, 응답의 길이를 제한하여 주는 것이 바람직하다.

⑥ 논술문의 제한된 내용이나 지시문 등의 어휘 수준이 수험자가 이해하기 어려운 수준이면 안 된다.

⑦ 문항 점수를 제시한다.

⑧ 채점 기준을 마련하여야 한다.

3) 채점 방식과 결과의 해석

평가 유형의 선정과 평가 문항의 제작에 이어 중요한 것이 바로 평가 결과에 대한 수량화와 그 해석에 관한 문제이다. 다음은 국립교육평가원 (1996)에서 예로 제시한 평가 척도이다.

	채점 기준	비고
상	① 어떤 일이, 어디에서(장소), 어느 때(시간), 어떻게, 누구와 일어났는지 차례대로 말한다. ② 말의 속도, 크기, 발음 등이 적당하다. ③ 말하는 태도가 바르다.	
중	① 그림의 차례는 맞으나 말하는 내용이 구체적이지 못하다. ② 말의 속도, 크기, 발음은 적당하다.	
하	① 그림의 차례가 바르지 못하다. ② 말하는 내용이 구체적이지 못하고 태도가 바르지 못하다.	

〈3학년 수행평가 과제 '일이 일어난 차례가 드러나게 말하기'의 채점 기준〉

흔히 수행평가에서 권장되는 상·중·하 세 등급의 설정이 매우 명쾌한 것 같으면서도, 구체적인 평가 상황에서는 적용이 매우 난처한 경우가 종종 있다. 학습자간의 변별도 잘 되지 않을 뿐만 아니라, 학습자 개개인에게 있어서도 목표 성취 여부가 매우 불투명하게 보이는 경우가 많다. 그럼에도 불구하고 이러한 채점 기준은 매우 선호되는 추세이다.

목표 중심의 국어과 교육이 의존하는 준거 지향의 평가가 수행평가의 양식으로 제시될 경우, 그 결과는 결국 등급으로 다루어질 수밖에 없다. 이런 종류의 등급화는 학습자에 대한 구체적인 정보를 제공해 주지 않으므로, 해석하는 사람에 달리 학습자의 능력이 달리 파악될 우려가 있다. 따라서 이와 같은 척도 이외에 다른 추가 정보가 함께 제시되어야 한다.

구체적으로 학습자의 능력을 평가할 때 채점 방식이 중요하다. 채점 방식에는 분석적 채점과 총체적 채점이 있다. 말하기나 쓰기에서 총체적 평가는 교사의 전문성에 의거하여 학습자의 말과 글을 전체적으로 조망하며 유창성을 평가할 수 있다. 앞의 표가 여기에 해당한다. 반면 분석적 평가는 평가 대상 능력을 요소별로 세분하여 평가할 것이므로 총체적 채점에서 나타나는 포괄적 해석의 한계를 벗어날 수 있다. 다만, 요소간의 배점 비중은 평가의 목적에 부합하게 조정해야 한다.

마지막으로 평가 수행에서 고려해야 할 것은 평가 결과의 유지 및 관리 문제이다. 6차 교육과정부터 수행평가를 실시하고 있는데, 이를 통하여 학습자에 대한 정보 수집과 교수 학습의 개선이 이루어진다. 따라서 평가 결과에 대한 지속적인 보완과 전문적인 관리가 필요하고, 나아가 이러한 자료를 다른 교과의 학습이나 학부모 상담, 그리고 국

총체적 채점	분석적 채점

1. 평가 유형의 선정 및 과제 제시하기
2. 평가 지침의 개발과 예시문 선정하기
   : 보통 3~6 단계 기준과 참고답안 작성
3. 평가자 훈련과 실제 평가 실시하기
   : 평가자의 직관이 중요하게 작용하므로, 평가자들 간의 합의된 평가관점의 확인이 중요.
4. 평가 결과에 대한 해석 정보 기록하기
	1. 평가 대상을 몇 가지 범주 별로 나누고,범주별 요소를 설정하기
	2. 요소 별로 난이도와 비중을 고려하여, 점수를 각각 배정하기
	3. 실제 평가 실시하기
	4. 요소별 점수 합산하기
	5. 요소별 점수 현황에 대해 해석하기

〈총체적 채점과 분석적 채점의 평가 절차〉

가 차원의 시험에서 참고자료로 활용하는 광범위한 제도적 장치가 마련되어야 한다.

요약

01. 지식 전달에서 지식 탐구의 관점으로 이행하고 있는 시대의 흐름에 따라 평가의 관점과 방법도 변화하고 있다.

02. 수행평가에는 구술평가, 논술평가, 면담평가, 관찰평가, 체크리스트 평가, 포트폴리오 평가가 있다.

03. 국어적 사고력과 학습자가 생성하는 텍스트 요건의 관계를 이해한다.

04. 언어 사용 기능에 초점을 두고, 말하기 평가, 듣기 평가, 읽기 평가, 쓰기 평가, 문학 활동 평가 등이 있다.

05. 언어 형식에 근거한 평가 유형으로, 어휘 평가, 문법 평가, 발음 평가, 의사소통능력 평가가 있다.

06. 평가 문항의 제작 방법은 진위형, 괄호형, 선다형, 논술형으로 구분하여 적용하여야 한다.

07. 평가 채점에는 총체적 채점과 분석적 채점이 있는데, 평가의 목적과 절차의 차이를 이해한다.

08. 평가 대상인 언어와 평가의 언어가 동시에 작용하기 때문에, 평가 과정과 결과에 대한 해석이 신중해야 한다.

알아 두어야 할 것들

지식의 전달과 지식의 탐구, 수행평가, 면담평가, 관찰평가, 체크리스트 평가, 포트폴리오 평가, 텍스트 요건, 총체적 채점과 분석적 채점, 주관식 평가와 객관식 평가, 상대기준평가와 절대기준평가

1. 다음은 제7차 초등학교 4-2 〈말하기 · 듣기 · 쓰기〉 교과서 셋째마당의 내용이다. 평가 계획을 수립하여 보자.

• 대단원 학습목표 : 알리려고 하는 내용이 잘 드러나게 글을 쓸 수 있다

• 소단원 1
 - 학습목표
  · 쓸 내용을 미리 정리하여 글을 쓰면 좋은 점을 알아봅시다.
  · 소개하려는 내용이 잘 드러나게 글을 써 봅시다.
 - 학습 활동의 전개
  : 생각그물 만들기, 그래픽조직자로 개요 짜기, 직접 쓰기

• 소단원 2
 - 학습목표
  · 우리 반 신문에 실을 기삿거리를 정하여 봅시다.
  · 우리 반 신문에 실을 기사를 써 봅시다.
 - 학습 활동의 전개
  : 신문 보기, 토의하기, 기삿거리 조사하기, 기사 쓰기(6하 원칙)

---

① 평가 목적 :
② 평가 유형과 방법 :
③ 평가의 실행 절차 :
④ 평가 결과의 해석 :

2. 다음은 제7차 중학교 3-2 〈국어〉 · 〈국어생활〉 교과서 '3. 작가의 개성' 단원의 평가 계획이다. 교사용 지도서에 수록된 다음 계획의 문제점을 찾아보고 보완하여 보자.

① 평가 초점 : 작가의 개성을 잘 파악할 수 있는가?
         작가의 개성과 나의 생각을 대비할 수 있는가?
② 평가 방법 : 이 단원의 평가는 내용상, 형식상, 문체상 작가의 개성이 잘 드러난 작품을 중심으로 작가의 개성을 파악해 보는 방법이 적당하다.
③ 평가 자료 예시 :
 - 〈얼굴 중에서〉라는 수필을 제시한다.
 - 제시한 글에 대해 질문을 제시한다.
  · 이 글에서 작가가 하고자 하는 말이 무엇인지 본문에서 찾아 밑줄을 그어 보자.
  · 지은이만의 독특한 가치관을 느낄 수 있는 구절들을 찾아 5개의 문장으로 정리해 보자.

참고문헌

강내희(1992 겨울), 언어와 변혁, 문화과학 2집, 문화과학사.

강성우 외 공역(2000), 언어 평가, 박이정.

강인애(1997), 왜 구성주의인가?, 문음사.

강혜진(2000), 읽기 교육의 최근 동향과 국어교육에의 시사, 국어교육학 10, 국어교육학회.

고주영 외 공역(1986), 수업기술(II), 교육과학사.

교육부(1987), 좋은 교과서란 어떤 교과서인가, 대한교과서.

교재편찬위원회(1998), 다매체 시대의 글쓰기, 세종출판사.

국어교육학회(2006), 국어 교과서에 대한 비판적 점검 및 교과서 개발 방향, 제34회 학술발표대회 자료집.

권성호(2002), 디지털 시대에 다시 생각해 보는 교육과 방송의 본질과 발전방향, 한국 교육정보방송학회 2002년 춘계학술대회 자료집.

김진우(1992), 인간과 언어, 집문당.

_____(1996), 언어와 문화, 중앙대학교 출판부.

김경석(1993), 한국어와 영어에서의 칭찬에 대한 응답의 비교분석, 영어교육 46, 한국 영어교육학회.

김광해(1999), 국어지식교육론, 서울대출판부.

김기중(1993), 리더빌리티 : 읽기의 이론과 실제, 일진사.

김대행(1995), 국어 교과학의 지평, 서울대학교 출판부.

_____(1998), 문학과 사고력, 서울대학교 국어교육연구소 학술 심포지엄 자료집.

김명순(2002), 문식력 개념의 변화 양상과 재개념화 방향, 국어교육 110, 한국국어교육학회.

김상욱(1998), 다시 쓰는 문학 에세이, 우리교육

김선배(1995), 쓰기능력 신장을 위한 학습 지도 방법 탐색, 청람어문학 13, 청람어문학회.

김수업(1987), 국어과 교육과정·교과서에 대하여 - 그 개선방안의 모색, 모국어교육 제5호, 모국어교육학회.

_____(1994), 교육과정(국어과)의 내용·영역에 대하여, 모국어교육 제 2호, 모국어교육학회.

김영채(1995), 사고와 문제 해결 심리학, 박영사.

_____(1998), 사고력:이론, 개발과 수업, 교육과학사.

김정우(2006), 시 해석 교육론, 태학사.

김종택 외(1998), 화법의 이론과 실제, 정림사.

김중신(1995), 소설감상방법론 연구, 서울대 출판부.

_____(1995), 한국문학교육론의 방법과 실천, 한국문화사.

김진우(1985), 언어, 탑 출판사.

_____(1996), 언어와 문화, 중앙대학교 출판부.

김창원(1995), 시교육과 텍스트 해석, 서울대 출판부.

_____(1997), 독자들의 반란 - 대안문학이 왜 필요한가, 독서연구 제2호, 한국독서학회.

_____(1999), 국어교육 평가의 구조와 원리, 한구초등국어교육 15집, 한국초등국어교육학회.

_____(2007), 국어교육론 - 관점과 체제, 삼지원.

김창원 외(2005), 국어과 수업모형, 삼지원.

김춘일(1999), 창의성 교육, 그 이론과 실제, 교육과학사.

김태옥·이현호 역(1991), 담화·텍스트 언어학 입문, 양영각.

김홍원(1993), 사고력 교육에 접근 방법, 사고력 교육의 이론과 실제, 서울특별시교육연구원

김홍원 역(1998), 사고 전략, 원미사.

김흥규(1992), 고전문학 교육과 역사적 이해의 원근법, 현대비평과 이론 3, 한신문화사.

노나카 이쿠치로·히로타카 다케우치(1998), 지식창조기업, 세종서적.

노명완 외(1988), 국어과교육론, 갑을출판사.

노명완(1995), 국어과 교육과 사고력 신장, 충청남도교육청 편저, 사고력을 기르는 국어과 교육, 대한교과서주식회사.

노명완 외(2003), 창조적 지식 기반 사회와 국어과 교육, 박이정.

노명완·손영애·이인제(1989), 국어과 사고력 신장 프로그램 개발을 위한 방안 탐색, 연구자료RM89-9, 한국교육개발원.

니콜라스 네그로폰테(1995), 백욱인 역, 디지털이다, 커뮤니케이션북스, 1995.

다이안 맥도넬(1992), 임상훈 역, 담론이란 무엇인가, 한울.

도정일(1993), 고슴도치와 여우, 그리고 두더쥐-비평적 교육의 필요성에 대하여, 현대비평과 이론 6, 한신문화사.

레어드(1991), 이정모 역, 컴퓨터와 마음, 민음사.

레이먼 셀던(1987), 현대문학이론연구회 역, 현대문학이론, 문학과지성사.

로잘린드 코워드·죤 엘리스(1992), 이만우 역, 언어와 유물론, 백의.

류성기(2001), 초등국어지식교육론, 박이정.

류호섭 역(1996), 창조적 사고, 도서출판국제.

린다 플라워(1993), 글쓰기의 문제해결전략, 동문선.

마단 사럽(1991), 임헌규 편역, 데리다와 푸코, 그리고 포스트모더니즘, 인간사랑.

모세종(2000), 일본인을 도마위에 올려 놓고, 도서출판 두남.

민현식(2001), 교수화법론, 화법 연구 3, 한국화법학회.

박경자 외(2001), e-언어학습 : 이론과 실제, 박영사.

박경자, 유석훈 공역(1986), 심리언어학, 한신문화사.

박성방(1995), 총제적 언어 학습, 우리교육.

박수자(2001), 읽기 자료를 활용하여 내용 생성에 초점을 둔 쓰기 지도, 2001년 부산교대 초등교육연구소 지원 교과교육세미나 발표자료집.

_____(2001), 읽기 지도의 이해, 서울대 출판부.

_____(2002), 21세기 문식력과 국어과교육의 과제, 국어교육 110, 한국국어교육학회.

_____(2002), 지식과 창의성의 맥락에서 본 쓰기 유형 개발, 이중언어학20호, 이중언어학회.

_____(2003), 읽기 평가의 유형과 사례, 어문학교육27, 한국어문교육학회.

박승배 외 공역(2002), 효과적인 교수법, 아카데미프레스.

박영목(1991), 중·고등 학교에서의 작문 지도, 논문집 42, 한국국어교육연구회.

_____(2002), 21세기 새로운 문식성과 국어교육의 과제, 국어교육 110, 한국국어교육학회.

박영목·한철우·윤희원(1996), 국어교육학원론, (주)교학사.

박인기(1992), 국어과 교재론 기술의 이론화 방향, 봉죽헌박붕배교수 정년기념논문집. 교학사.

_____(1996), 문학 교수-학습과정의 구조와 이론, 서울대 출판부.

박인기 외(1999), 국어과 수행평가, 삼지원.

박인기 외(2005), 미래 지향형 초등학교 국어 교재 개발을 위한 기초 연구 Ⅰ·Ⅱ·Ⅲ, 미래지향형초등학교국어교재개발위원회·(주)두산동아.

박재문(1998), 지식의 구조와 구조주의, 교육과학사.

박태호(1996), 사회구성주의 패러다임에 따른 작문 교육 이론 연구, 교원대학교 석사학위논문.

백낙청(1994), 세계시장의 논리와 인문교육의 이념, 소광희 외, 현대의 학문체계, 민음사.

변홍규(1994), 질문 제시의 기법, 교육과학사.

변홍규(1997), 능률적인 토의수업의 기법, 교육과학사.

서상준, 송진한, 임칠성(1997), 인성 교육을 위한 고등 학교 화법 교육 연구, 교원대 교과교육연구소.

서울대 교육연구소 편(1998), 교육학대백과사전, 하우동설.

서울대 국어교육연구소 편(1999), 국어교육학사전, 대교.

서울대학교 국어교육연구소(1998), 국어교육과 사고력 -통합적 사고력 프로그램의 이론과 실제, 서울대학교 국어교육연구소 학술 심포지엄 자료집.

서정수(1993), 말과 생각의 관계, 우리말 우리글, 한양대출판원.

서정수·노대규(1983), 말과 생활, 한양대학교출판원.

서혁(1998), 국어적 사고력과 텍스트의 주제적 이해, 국어교육학연구 8집, 국어교육학회.

____(2000), "제7차 초등학교 국어과 교과서에 대한 비판적 고찰", 제7차 국어과 교육과정에 대한 비판적 고찰, 전국학술대회자료집, 한국초등국어교육학회.

성태제(2004), 문항 제작 및 분석의 이론과 실제, 학지사.

손영애(1986), 국어과 교육과정 개선 방안 연구, 국어교육57·58, 한국국어교육연구회.

손영애·이삼형·이성영(1992), 국어 표현력 신장 방안 연구, 연구보고 RR92-28, 한국교육개발원.

송용의 역(1987), 효율적인 교사의 발문 기법, 교육신서159, 배영사.

신세호 외 공역(1984), 창의력 개발을 위한 교육, 교육과학사.

신익성 역(1985), 훔볼트 - 카비말 연구 서설, 서울대학교출판부.

신헌재(1992), 국어 교과서의 지향점 탐색 - 국어 교과서의 개념과 평가 기준 설정의 모색을 중심으로, 봉죽헌박봉배교수 정년기념논문집, 교학사.

신현정 역(2002), 역동적 기억, 시그마프레스.

심영택(1995), 문법 지식의 확대 사용 전략에 대한 연구, 서울대학교 박사학위논문.

심영택, 위호정, 김봉순 공역(1995), 언어 교수의 기본 개념, 하우.

아놀드 하우저(1989), 문학과 예술의 사회사 현대편, 창작과비평사.

안정임(2002), 디지털 시대의 미디어 리터러시 : 의미와 방향설정의 과제, 한국교육정보방송학회 2002년 춘계학술대회 자료집.

앤소니 웨스트(1991), 논리적으로 생각하기 논리적으로 글쓰기, 도서출판 공간.

양성희(1995), 선택적 바보만들기, 씨네 21 11호.

여홍상 편(1995), 바흐친과 문화 이론, 문학과지성사.

올리비에 르불(1994), 홍재성·권오룡 역, 언어와 이데올로기, 역사비평사.

우리말교육연구소(2003), 외국의 국어 교육과정 1·2, 나라말.

우종옥·전경원 역(2001), 창의적인 교사, 창의적인 학생, 창지사.

원진숙(2001), 교사 화법 교육의 내용과 방법, 국어교육학연구13, 국어교육학회.

위호정(1988), 국어교육의 문제점과 개선의 과제, 교육개발 54, 한국교육개발원.

윤여탁 외(2006), 국어교육 100년사 1·2, 서울대출판부.

윤팔중(1984), 교육과정론, 학연사.

윤희원(1994), 국어과교육의 본질과 방향, 충청남도교육청 편저, 사고력을 기르는 국어
　　　과 교육, 대한교과서주식회사.

이경섭(1999), 교육과정 쟁점 연구, 교육과학사.

이관용 역(1984), 인간 기억의 심리학, 법문사.

이규태(1983), 한국인의 의식구조 1, 신원문화사.

이규호(1998), 말의 힘, 좋은날.

이기동 역(1980), 말의 여러 모습, 덕문출판사.

이대규(1995), 수사학 : 독서와 작문의 이론, 신구문화사.

이도영(1998), 언어사용 영역의 내용 체계에 대한 연구, 서울대 대학원(박사).

＿＿＿(2000), 제7차 국어과 교육과정 내용에 대한 비판적 고찰, 한국초등국어교육학
　　　회 발표자료집.

이돈희(1986), 새로운 교과서의 개념, 2000년대 한국 교과서의 미래상, 한국2종교과서
　　　협회.

이득재(1992), 바흐친의 유물론적 언어이론, 문화과학 2호, 문화과학사.

이미영(1995), 눈 명칭에 대한 고찰, 우리말 내용 연구, 국학자료원.

이병혁(1993), 언어사회학서설, 까치.

이삼형(1998), 언어 사용 교육과 사고력, 국어교육연구5, 서울대학교 교육종합연구
　　　원 국어교육연구소.

이삼형·김중신·심영택(1999), 중등학교 국어과 사고 기능 신장 프로그램 개발을 위
　　　한 이론화 탐색, 연구보고 RR 97-IV-13, 한국요원대학교 부설 교과교육공동연
　　　구소.

이삼형 외(2003), 국어교육 연구의 반성과 전망 - 이해·표현, 역락.

이상회 역(1999), 창조성과 정신, 김영사.

이성영(1995), 국어교육의 내용 연구, 서울대출판부.

_____(1996), 직접 교수법에 대한 비판적 고찰, 한국초등국어교육 12, 한국초등국어교육학회.

_____(2001), 작문 교육을 위한 텍스트 분석 방법, 텍스트언어학 11, 텍스트언어학회.

이성은(1994), 총체적 언어교육, 창지사.

이성진·조석희(1987), 사고와 인지전략, 사고와 교육-사고에 대한 다학문적 접근, 한국교육개발원.

이영애 역(2003), 사고 유형, 시그마프레스.

이용숙(1998), 학습을 위한 독서 자료로서의 교과서 분석, 독서연구 3, 한국독서학회.

이용주(1986), 초·중·고교에서의 언어지식 교육, 한국교육개발, 제5차 국어과·한문과 교육과정 개정을 위한 세미나.

_____(1993)a, 한국어의 의미와 문법 I -기본적인 관점-, 삼지원.

_____(1993)b, '표현'이라는 용어에 대하여, 선청어문21, 서울대학교 사범대학 국어교육과.

_____(1995), 국어 교육의 반성과 개혁, 서울대학교 출판부.

이익섭(1986), 아동의 언어발달, 개문사.

이재승(2002), 글쓰기 교육의 원리와 방법 : 과정 중심 접근, 교육과학사.

이주행 외(2003), 교사화법의 이론과 실제, 역락.

이창덕 외(2000), 삶과 화법, 박이정.

이통진 역(1994), 언어와 지식의 문제, 한신문화사.

이화국 외 공역(2003), 영재 교육의 방법과 자료(상)(하), 대교.

인천광역시 교육과학연구원(1996), 창의성 교육의 이론과 실제.

임병빈(1992), 영어 교육 평가 기법, 한국문화사.

임선하(1996), 창의성에의 초대, 교보문고.

임지룡(2005), 학교문법과 문법교육, 박이정.

임천택(2003), 학습자 중심의 국어과 평가, 박이정.

임칠성(1995), 대인 관계와 의사소통, 집문당.

장경렬 외 편역(1997), 상상력이란 무엇인가, 살림.

장상호(1997), 학문과 교육(상), 서울대학교 출판부.

재클린 브룩스, 마틴 브룩스(1999), 추병완·최근순 역, 구성주의 교수 학습론, 백의.

전경원(2000), 창의학, 학문사.

전영우(1996), 토의토론과 회의, 집문당.

전은주(1999), 말하기 듣기 교육론, 박이정.

정옥분·정순화·임정하(2006), 정서 발달과 정서 지능, 학지사

정재찬(2003), 문학교육의 사회학을 위하여, 역락.

_____(2004), 문학교육의 현상과 인식, 역락.

정준섭(1994), 교육과정 전개의 사적 연구, 경원대 대학원(박사).

정찬섭・권명광・노명완・전영표(1993), 편집 체제와 글의 읽기 쉬움, 대한교과서.

정혜승(2002), 국어과 교육과정 실행 요인의 작용 양상에 관한 연구, 고려대 대학원(박사).

제프리 리이취(1990), 이정민 역, 언어 의미의 기능과 사회, 이정민 외 편, 언어과학이 란 무엇인가, 문학과지성사.

조석희(2001), 영재 교수 학습 이론, 창의적 지식 생산자 양성을 위한 영재 교육, 한국 교육개발원(교육인적자원부 주최 제 1기 영재 교육 담당 교원 직무연수교재).

조성민・정선심(1993), 논리와 가치 탐구, 철학과현실사.

조성식 외(1990), 영어학사전, 신아사.

조세현, 안지혜 역(2000), 인지 학습과 교수법, 민지사.

조연주 외(1997), 구성주의와 교육, 학지사.

조연주・조미헌・권형규 역(1997), 구성주의와 교육, 학지사.

조영태(1998), 교육 내용의 두 측면 : 이해와 활동, 교육과학사.

조화태(1994), 포스트모던 철학과 교육의 새로운 비전, 강영혜 외, 현대사회와 교육의 이해, 교육과학사.

주영주 외(2001), 영어교육과 멀티미디어, 남두도서.

천경록(2001), 국어과 수행평가와 포트폴리오, 교육과학사.

최영환 외(1998), 쓰기 수업 방법, 박이정.

최영환(2003), 국어교육학의 지향, 삼지원.

최창렬(1979), 국어 교재의 구조와 수업의 개선, 국어교육 34, 한국국어교육연구회.

최현섭 외(2001), 창의적인 쓰기 수업 어떻게 할까?, 박이정.

최현섭 외(2002), 국어교육학개론, 개정판, 삼지원.

테리 이글튼(1986), 김명환 외 역, 문학이론입문, 창작사.

토니 트리우(1993), 대중정보의 왜곡과 이데올로기, 이병혁 편, 언어사회학 서설, 까치.

폴 드 만(1993), 장경렬 역, 문헌학으로의 복귀, 현대비평과 이론 6, 한신문화사.

한국교원대 초등교육연구소(2000) 수행평가와 교과교육, 한국교원대 출판부.

한국교육개발원 편(1987~1991), 사고력 신장을 위한 프로그램 개발 연구(Ⅰ~Ⅴ).

한국교육과정평가원(1999), 고등학교 국어과 수행평가의 이론과 실제.

_____(2005), 국어과 교육과정 개정시안 공청회 자료집, 연구자료 ORM2005-56.

_____(2006), 국어과 교육과정 개정안 토론회 자료집.

한국어교육학회(2005), 국어교육론 1・2・3, 한국문화사.

한국정신문화연구원 편(1993), 언어 문화 그리고 인간, 고려원.

한국초등국어교육학회(2001), 말하기 듣기 수업 방법, 박이정.

한국화법학회(2003), 교사화법, 제7회 전국학술대회 자료집.

한명희(1987), 사고와 교육-사고교육의 다학문적 접근, 한국교육개발원.

한상기(1995), 지식의 조건, 지식산업사.

한준상·김종량·김명희 공편역(1991), 교육과정 논쟁, 집문당.

허재영(2006), 국어과 교과서와 교재 지도 연구, 한국문화사.

홍영기 외 공역(2006), 성공적인 수업으로 가는 아홉 가지 수업전략, 양서원.

Austin, J. L., 김영진 역(1992), 말과 행위, 서광사.

Beaugrande, R. de & Dressler, W., 김태옥·이현호 공역(1991), 담화·텍스트 언어학 입문, 양영각.

Beaugrande, R.de.(1984), *Text production*, Norwood, N.J. : Ablex.

Bereiter, C.(1980), Development in Writing, In Gregg & Steinberg(Eds.), *Cognitive processes in writing*, Hillsdale, N.J : LEA.

Beyer, B. K.(1987), *Practical Strategies for the Teaching of Thinking*, Boston:Allyn & Bacon.

Bloom, B.S.(1965), *Taxonomy of Educational Objectives*, Handbook 1. Cognitive Domain, David Mckay.

Brown, G. et al.(1984), *Teaching talk*, Cambridge : Cambridge university press.

Brown, H.D.(1987), *Principle of Language Learning and Language Teaching*, Prentice-Hall, Inc.

Bruffe. K. A.(1993), *Collaborative learning. Baltimore* : Johns Hopkins University Press.

Dewey, J.(1933), *How we think*, Boston:Heath and Co.

Douglass, H. B.(1994), *Principles of Language Learning and Teaching,* 3rd ed. Prentice-Hall, Inc.

Fairclough Norman(1989), *Language and Power*. Longman.

Farb, P, 이기동·김혜숙·김혜숙(1997), 말의 모습과 쓰임, 한국문화사.

Flower, L.(1981), *Problem-solving strategies for writing*, New York : Harcourt Brace Jovanovich, Inc.

Goodman, K. S. et al.(1987), *Language and thinking in school*, Richard C. Owen Publishers, Inc.

Graff Gerald(1989), The Future of Theory in the Teaching of Literature. in Cohen. Ralph. ed. *The Future of Literary Theory*. Routledge.

Gribble, J., 나병철 역(1987), 문학교육론, 문예출판사.

Halliday, M.(1979), Three Aspects of Children's Language Development : Learning Language, Learning Through Language, Learning About Language. In y, Goodman, M, Haussler, and D.Strickland(Eds.), *Oral and Written Language Development Researc h : Impact on the Schools,* Urbana, Il : NCTE.

Hayes, J. R. & Flower, L. S.(1980), Identifying the organization of writing processes, In Gregg & Steinberg(Eds.), *Cognitive processes in writing,* Hillsdale, N.J : LEA.

Hillerich, R. H.(1985), *Teaching children to write : K-8,* Englewood Cliffs, New Jersey : Prentice-Hall, Inc..

Hospers,J.(1988), *An Introduction to Philosophical Analysis,* 3.ed, N.J., Englewood Cliffs: Prentice-Hall.

L. 바이스게르버(1923), 허발 옮김, 모국어과 정신형성, 문예출판사.

Leech, G.(1981), *Semantics,* Penguin Books.

Lehrer,K.(1990), *Theory of Knowedge,* Westview Press.

Lyuh, Inook. (1994). A Comparison of Korean and American Refusal Strategies. *English Teaching, 49,* 221-248.

Marzano, R.J. et al(1989) *Dimensions of thinking : A Framework for Curriculum and Instruction,* Association for Supervision and Curriculum Development.

Park, M. (1979). *Communication Styles in Two Different Cultures : Korean and American.* Seoul : Hanshin Publishing Co.

Pearson, P.D. & Gallagher, M.C.(1983), The instruction of reading comprehension, *Contemporary Educational Psychology* 8.

Presseien, B.Z.(1985), Thinking skills: Meaning and Models in Casta, A.L.(ed.), *Developing Minds : A Resource Book for Teaching Thinking,* Alexandria:ASCD.

Richter. David H.(1994), *Falling into Theory : Conflicting Views on Reading Literature.* St. Martin's Press.

Rosenshine, B. & Stevens, R.(1986), Teaching function, In Wittrock, M.C.(ed), *Handbook of research on teaching,* New York, MaCmillan Publishing Company.

Slobin, D.I.(1979), *Psycholinguistics,* Scott, Foresman and Company.

Sperber, D. & Wilson, D.(1986), *Relevance - Communication and Cognition,* Basil Blackwell.

Sternberg, R.J. & Smith, E. E., The Psychology of Human Thought, Cambridge Univ. 이영애 역(1992), 인간 사고의 심리학, 교문사, 22-5쪽.

Stewart, J. & Logan, C. E(1998), *Together: Communication interpersonally,* McGraw Hill.

Stotsky, S.(1983), Research on reading/writing relationships : A synthesis and suggested directions, *Language Arts 60,* NCTE.

Tylor, A.(1995), Conflicts in perception, negotiation and enactment of participant role and status, *Studies in Second Language Acquisition,* 17.

Venzky, R.S.(1990), Defining of literacy, In D. A. Wagner & B.S. Ciliberti(eds.), *Toward*

Defining Literacy, IRA.

Vygotsky, L.S., Thought and Language, Cambridge, 신현정 역(1985), 사고와 언어, 성원사, 120쪽.

Wiliams, Oliver, F.(1997), *The Moral Imagination: How Literature and Films Can Stimulate Ethical Reflection in the Business World.* The University of Notre Dame Press.

찾아보기

저자 소개(집필순)

이삼형(제1장, 제2장)

　　서울대 대학원 국어교육과 졸. 한양대학교 국어교육과 교수.

　　『설명적 텍스트의 구조 분석과 교육적 적용 연구』, 『국어교육 연구의 반성과 전망』(공저) 외.

심영택(제3장)

　　서울대 대학원 국어교육과 졸. 청주교육대학교 국어교육과 교수.

　　『언어 교수의 기본 개념』(공역), 『다차원적인 언어사용의 존재와 갈등 양상 연구』 외.

정재찬(제4장)

　　서울대 대학원 국어교육과 졸. 청주교육대학교 국어교육과 교수.

　　『문학교육의 사회학을 위하여』, 『문학교육의 현상과 인식』 외.

서 혁(제5장)

　　서울대 대학원 국어교육과 졸. 이화여자대학교 국어교육과 교수.

　　『담화의 구조와 주제 구성에 대한 연구』, 『국어 표현·이해 교육』(공저) 외.

이성영(제6장, 제7장, 제8장, 제9장)

　　서울대 대학원 국어교육과 졸. 춘천교육대학교 국어교육과 교수.

　　『국어교육의 내용 연구』, 『직접교수법에 대한 비판적 고찰』 외.

김중신(제10장, 제11장)

　　서울대 대학원 국어교육과 졸. 수원대학교 국어국문학과 교수.

　　『한국 문학교육론의 방법과 실천』, 『3일간의 소설 여행』 외.

김창원(제12장, 제13장)

　　서울대 대학원 국어교육과 졸. 경인교육대학교 국어교육과 교수.

　　『시교육과 텍스트 해석』, 『국어교육론-관점과 체제』 외.

박수자(제14장, 제15장)

　　서울대 대학원 국어교육과 졸. 부산교육대학교 국어교육과 교수.

　　『읽기 지도의 이해』, 『급진적 구성주의』(공역) 외.

국어교육학과 사고

초판 발행 2000년 8월 30일

개정신판 1쇄 발행 2007년 2월 28일

개정신판 2쇄 발행 2007년 8월 31일

지은이 이삼형·김중신·김창원·이성영·정재찬·서혁·심영택·박수자 | 펴낸이 이대현

편　집 박소정 | 펴낸곳 도서출판 역락

주　소 서울 서초구 반포4동 577-25 문창빌딩 2층(우137-807)

전　화 02-3409-2058, 02-3409-2060 | FAX 02-3409-2059 | 이메일 youkrack@hanmail.net

등　록 1999년 4월 19일 제303-2002-000014호

ISBN 978-89-5556-535-5　93810

정　가 22,000원

* 파본은 교환해 드립니다.